GOLDMANN

Buch

In einer mondhellen Nacht, auf einem kleinen Friedhof oberhalb von Drumboola in Irland, kauert ein Mann über einem Grabstein, um mit einem Meißel die Inschrift zu entfernen...

Die Geschehnisse, die diese Handlung auslösten, liegen siebzehn Jahre zurück. Damals, an einem wunderschönen Sommernachmittag, begegneten sich die junge Rose, die gerade den Hund auf dem Landsitz ihres Vaters ausführte, und John Flynn, der in der Nähe beim Fischen war. Aus diesem zufälligen Zusammentreffen entbrannte eine tiefe Leidenschaft, die ihr restliches Leben beherrschen sollte. Doch nicht nur Rose und John sollte die Liebe schicksalhafte Veränderungen bringen – vier weitere Menschen gerieten durch diese Beziehung in einen reißenden, zerstörerischen Strudel der Gefühle, den keiner aufzuhalten vermochte...

Deirdre Purcell, die bei Publikum und Kritikern als die »irische Rosamunde Pilcher« gefeiert wird, hat auch mit diesem Roman wieder eine großartige Familiensaga und eine unvergeßliche Liebesgeschichte vorgelegt. Bereits mit ihrem ersten Roman *Tränen aus Stein* begeisterte sie Leser und Presse und erreichte mühelos die oberen Ränge der Bestsellerlisten: »Ein grandioses und ein höchst befriedigendes Buch – es verfügt über alle Qualitäten, die man bei einer großen Erzählerin erwartet!«

(Sunday Independent)

Autorin

Deirdre Purcell, geboren 1945 in Dublin, war Mitglied einer renommierten Theatergruppe in Irland. Nach einem fünfjährigen Aufenthalt in den USA kehrte sie auf die Grüne Insel zurück und arbeitete als Nachrichtensprecherin bei Rundfunk und Fernsehen. Seit 1983 ist sie als Journalistin und Schriftstellerin tätig. Sie lebt mit ihren zwei Söhnen in Dublin.

Bei Goldmann bereits lieferbar:

Tränen aus Stein. Roman (42563)

Deirdre Purcell

Heimat meiner Träume

Roman

Aus dem Englischen
von Uta Hege

GOLDMANN VERLAG

Die Originalausgabe erschien unter dem Titel
»That Childhood Country« bei Macmillan London Limited.

Für Kevin

Umwelthinweis:
Alle bedruckten Materialien dieses Taschenbuches
sind chlorfrei und umweltschonend.
Das Papier enthält Recyclinganteile.

Der Goldmann Verlag
ist ein Unternehmen der Verlagsgruppe Bertelsmann

Deutsche Erstveröffentlichung Januar 1996

Umschlaggestaltung: Design Team München
Umschlagmotiv: Henry Moret
Satz: Uhl + Massopust, Aalen
Druck: Elsnerdruck, Berlin
Verlagsnummer: 42564
Lektorat: Silvia Kuttny
Redaktion: Sabine Unger
Herstellung: Heidrun Nawrot
Made in Germany
ISBN 3-442-42564-6

1 3 5 7 9 10 8 6 4 2

PROLOG

Zehn Minuten später fuhr Rose vor den Toren des Friedhofs vor. Sein Wagen stand da, aber die Fahrertür war offen, und die Innenbeleuchtung brannte. Auch der Kofferraumdeckel klaffte sperrangelweit auf. Sie blickte sich um, aber er war nirgends zu sehen.

Nachdem sie die Wagentür geschlossen hatte, so daß das Licht erlosch, ging sie durch das halbrunde Eingangstor und blieb stehen, um sich zu orientieren. Beinahe verließ sie der Mut. Es war so still, und die kalte Luft und der weiß leuchtende Dreiviertelmond wirkten so feindselig, daß sich ihre Kehle in spürbarem, körperlichem Entsetzen zusammenzog. Aber sie war schon zu weit gegangen, und ihr Ziel war zu wichtig, als daß sie jetzt hätte umkehren können. Sie zog sich den Kragen ihres Mantels vor das Gesicht, so daß ihr Atem ihre Nase wärmte, und langsam faßte sie neuen Mut.

Der Friedhof erstreckte sich bis zur Kuppe eines kleinen Hügels. Seine Steinmauern waren von Brombeersträuchern und knorrigem Weißdorn überwuchert, und an ihrem Rand reckten sich die Zweige eines blattlosen Dornenstrauches wie die Finger einer deformierten Hand in den sternenübersäten Himmel hinauf. Seit Jahrhunderten waren die Katholiken des Bezirks hier begraben worden. Viele der alten Steintafeln und keltischen Kreuze hatten sich bereits bedrohlich zur Seite geneigt oder waren von einem wirren Teppich aus Efeu, Nesseln und hartem, holzigem Gestrüpp bedeckt. Von allen Seiten drang ihr der scharf-süßliche Friedhofsgeruch, eine Mischung aus Erde, verrottenden Pflanzen und etwas anderem, an das sie lieber nicht denken wollte, in die Nase. Rose straffte die Schultern und ging langsam in Richtung des neueren Friefhofteiles, in dem immer noch Menschen begraben wurden, zu dem Teil, in dem sie selbst vor so kurzer Zeit gestanden hatte. Das Geräusch ihrer Schritte wurde von dem grasüberwachsenen Weg verschluckt.

Die Sektion des Friedhofs, die jetzt genau vor ihr lag, war sauberer, ordentlicher. Die Gräber waren gepflegt, und die marmornen Grabsteine schimmerten kalt und hart. Aber an der Stelle, an der der alte Friedhofsteil in den neuen überging, war eine von Flechten überzogene Jesusfigur hintenüber gestürzt und lag nun mit hilflos ausgestreckten Armen und starrem, blindem, gen Himmel gerichtetem Blick auf einem dornigen Brombeerkissen.

Als Rose die Figur betrachtete, kam es ihr so vor, als starre sie reglos zurück. Plötzlich erschien ihr der gesamte Friedhof unendlich größer und finsterer. Vom Kopfende eines Grabes direkt neben dem Weg schien sich eine Engelsstatue mit ausgebreiteten Flügeln auf sie zu stürzen, die künstlichen Blumen zu ihren Füßen schienen ihre bösartigen Tentakel gegen die Plastikumhüllungen zu strecken, um sie einzufangen und zu sich herabzuziehen, und die schwarze Erde und der Kies auf den Gräbern wirkten viel zu leicht, um die Bewohner festzuhalten.

Sie hielt es einfach nicht aus. Sie würde draußen neben seinem Wagen warten. Falls er wirklich hier war, mußte er ja früher oder später herauskommen.

Doch dann hörte sie ein Geräusch, ein leises Klirren, als hätte jemand mit einem Löffel gegen eine Porzellantasse geschlagen.

Sie zwang sich stehenzubleiben und zu lauschen. Da war es wieder – unverkennbar.

Und wieder.

Und wieder und wieder – ein rhythmisches Klirren, das von der anderen Seite des Hügels herüberdrang.

Mit klopfendem Herzen ging sie vorsichtig den Hügel hinauf, bis sie ganz oben neben dem Dornenstrauch stand und den ganzen Friedhof überblicken konnte. Sie sah ihn sofort. Er kauerte über einem Grab, und sein helles Haar hob sich leuchtend von dem dunklen Hintergrund ab. Sie versuchte ihn zu rufen, aber ihre Kehle war wie ausgetrocknet, und sie brachte keinen Ton heraus. In der Hoffnung, daß er sie hören und aufblicken würde, trat sie auf ihn zu. Doch er war zu sehr in seine Arbeit vertieft.

Und dann sah sie, was er tat: Er kratzte einen Namen aus dem Grabstein heraus.

Teil Eins

1

Immer wenn sein Zwillingsbruder krank war, litt John Flynn.

Er saß elend in einer Ecke der Küche im Pförtnerhäuschen, während seine Mutter mit einem Geschirrtuch vor dem Herd herumwedelte, um den Dampf aus zwei Töpfen kochenden Wassers in Richtung des Stuhls zu lenken, auf dem Derek in Decken gehüllt kauerte und verzweifelt nach Luft rang.

Mary Flynns Gesicht glühte von der Anstrengung, der Hitze und dem Dampf. Sie erinnerte John an einen erschöpften Spatz, als sie sich auf einen Stuhl fallen ließ. Ihr Gesicht wirkte viel älter als das einer Neunundvierzigjährigen. Er haßte es, sie so zu sehen. Er wußte, daß es nichts mit ihm zu tun hatte, aber als er sie ansah, fühlte er sich unweigerlich verantwortlich für ihr schweres Leben und ihr Witwendasein. »Kann ich irgendwas tun, Mam?« fragte er.

Sie wischte sich mit dem Geschirrtuch den Schweiß von der Stirn, erhob sich schwerfällig, schleppte sich die paar Schritte zur Hintertür und hob den Deckel der Milchkanne, die daneben stand. »Wir könnten noch ein bißchen Wasser gebrauchen«, sagte sie. Die Flynns hatten hinter dem Haus zwei Tonnen, in denen sie Regenwasser auffingen, aber ihr Trinkwasser mußten sie von der Pumpe an der Straße holen.

John war froh über die Gelegenheit, der Küche zu entkommen. Er wußte, daß die Erstickungsanfälle seines Bruders gefährlicher wirkten, als sie tatsächlich waren, aber trotzdem hatte seine Mutter ihn bereits vor über einer Stunde zur Post geschickt, um die dort arbeitende Frau zu bitten, den Arzt anzurufen. Warum kam der Mann nur nicht? Er zog zwei Zinkeimer unter der Spüle hervor und ging in den Hinterhof. Sobald sie ihn hörte, kam die zahme Ziege, die sie ihrer Milch wegen hielten, herbeigetrottet und schnupperte zutraulich an seiner Hand.

Nach der dampfdurchzogenen Küche war es draußen angenehm

frisch und ruhig. Die Blätter einer Schlehdornhecke raschelten in der warmen Junibrise und nur fünf Meter von ihm entfernt legte ein Rabe den Kopf schräg und sah John direkt in die Augen, ehe er sich auf einem Baum in Sicherheit brachte. Als ihn die Ziege erneut anstieß, öffnete er den Gemüsekasten, der an der Giebelwand des Hauses stand und hielt dem Tier eine Karotte hin, die es wie mit damenhaft gespitzten Lippen vorsichtig nahm.

Er war noch keine fünfzig Meter gegangen, als der schwarze Prefect des Arztes neben ihm zum Stehen kam. Der Doktor kurbelte die Scheibe hinunter und rief: »Hallo, John. Ich komme, um nach deinem Bruder zu sehen.«

»Ich weiß, Doktor«, erwiderte John. »Ich habe Sie schließlich rufen lassen.«

»Sehr gut. Wir werden ihn schon wieder hinkriegen. Bis gleich dann.«

John stand auf der Straße und sah dem Wagen nach. In dem Vorgänger des Prefect, einem großen Morris Cowley, hatte Dr. Markey Derek ins Sanatorium gefahren. Sie hatten gerade erst ihren zwölften Geburtstag gefeiert, und John hatte die Schule ausfallen lassen dürfen, um seinem Bruder auf Wiedersehen sagen zu können. Als es an der Zeit gewesen war, sich zu verabschieden, hatte er jedoch kein Wort herausgebracht. Auch Derek hatte schweigend seine Tasche genommen und war, gefolgt von seiner schluchzenden Mutter, durch die Hintertür in den Hof hinausgetreten. John war zurückgeblieben und hatte beobachtet, wie sein Bruder mit bleichem, ängstlichem Gesicht hinter dem Arzt in den Wagen geklettert war. Das Sanatorium hatte irgendwo in der Nähe von Dublin gelegen, in unerreichbarer Ferne von Drumboola, obgleich es in Wirklichkeit kaum mehr als achtzig Kilometer waren.

Jener Tag war der erste Tag in seinem Leben gewesen, an dem John wortlos von zu Hause verschwunden war. Er war kilometerweit über die Felder gewandert, bis er am späten Nachmittag einen kleinen Bach entdeckt hatte, der mitten im Wald über eine winzige Lichtung floß, in weiter Ferne des vertrauten heimischen Grundstücks. Zu beiden Seiten des Baches war der Boden mit weichem Farn überwachsen gewesen. Er hatte sich einen Platz unter einer Kiefer gesucht, sich aus toten Blättern und Gras ein Nest gebaut, bis nach

Einbruch der Dunkelheit dort gelegen und sich von den Kiefernnadeln beregnen lassen. Die ganze Zeit über war er in seinem Herzen mit Derek nach Dublin gereist, und mit jedem Kilometer hatte er gespürt, wie Dereks Angst größer wurde.

Seine Mutter war außer sich gewesen vor Sorge, als er schließlich heimgekommen war, und ihre Erleichterung hatte sie grob werden lassen. John hatte die Tracht Prügel stoisch über sich ergehen lassen, ohne einen einzigen Laut hatte er den Schmerz Gott als Gabe für Dereks Rückkehr geboten. Erst hinterher im Bett hatte er den Tränen freien Lauf gelassen. Er hatte immer ein Doppelbett mit seinem Zwillingsbruder geteilt, und dies war die erste Nacht gewesen, die er allein darin verbrachte.

Mit der Zeit waren zwei Kuhlen in der Roßhaarmatratze entstanden. In jener Nacht hatte sich John in Dereks Vertiefung gelegt, und er hatte die ganzen elf Monate bis zur Rückkehr seines Bruders darin geschlafen.

Jetzt wartete er, bis er hörte, wie der Arzt den Motor seines Wagens abstellte und die Tür zuwarf, ehe er sich erneut auf den Weg zur Pumpe machte, die abseits der Straße auf einem kleinen, von Dornenbüschen umrankten Betonsockel stand. John hob den schweren Eisengriff und pumpte, bis die ersten, rostbraunen Wassertropfen auf den Boden tropften. Er pumpte, bis das Wasser klar wurde, füllte die Eimer, schob dann seine Hände unter den dünnen Strahl, fing ein wenig Flüssigkeit auf und führte seine Hände an den Mund.

Während er trank, hüllten ihn die leisen Geräusche und die Stille der Landschaft wie eine Decke ein. Die Vögel, die noch vor einem Monat ohrenbetäubend gezwitschert hatten, waren verstummt, und nur hin und wieder verriet ein gedämpftes Zirpen, daß sie sich in den Hecken verborgen hielten. Es wehte kaum noch ein Lüftchen. Die Blätter hingen reglos von den Bäumen herab, die Kühe standen wiederkäuend auf den Feldern herum, und selbst die Hunde der Nachbarschaft waren ruhig. John wischte sich den nassen Mund mit dem Ärmel ab, nahm die gefüllten Eimer und machte sich auf den Heimweg. Er wußte, daß sich Dereks Atembeschwerden inzwischen ein wenig gelegt haben würden. Doch obgleich er sich nach wie vor um seinen Zwilling sorgte, hatte die Nähe ihrer früheren Beziehung die lange Trennung nicht überstanden.

Der Tag von Dereks Rückkehr war heiß und drückend gewesen. John hatte mit nacktem Oberkörper im Hinterhof gestanden und die Hecke um den Gemüsegarten gestutzt, als das entfernte Summen von Dr. Markeys Wagen an sein Ohr gedrungen war. Er hatte die Schere fortgeworfen und war in die Küche gerannt, um seiner Mutter Bescheid zu sagen, und sie hatte ihre Schürze abgelegt und war zum Spiegel neben der Hintertür gestürzt, um ihre Frisur zu ordnen. Als sie endlich aus der Tür gelaufen waren, hatte der Wagen das Tor bereits passiert.

John hatte Derek durch das Autofenster gesehen, und plötzlich hatte er eine ungewohnte Schüchternheit verspürt. Er hatte sich so sehr auf diesen Augenblick gefreut, aber nun hatte er nicht gewußt, was er tun oder sagen sollte, und er hatte Angst gehabt, daß er einfach losheulen würde. Er hatte zu seiner Mutter hinübergeblickt, aber auch sie hatte wie gelähmt dagestanden.

Der Arzt hatte die Fahrertür geöffnet und war ausgestiegen. »Los, los, junger Mann!« hatte er gerufen. »Worauf wartest du?«

In diesem Augenblick war ihre Mutter losgestürzt und hatte ihre Arme um Derek geschlungen, so daß auch John sich aus seiner Erstarrung hatte lösen und sich der allgemeinen Wiedersehensfreude hatte anschließen können. Aber in dem Augenblick, in dem er seinen Bruder umarmt hatte, hatte er gewußt, daß etwas nicht stimmte. Derek hatte seinen Arm vors Gesicht gehalten, wie um ihn und ihre Mutter abzuwehren, und John hatte den Widerwillen seines Bruders gegen die Liebkosung gespürt.

In der nächsten Stunde im Haus hatte er Derek genau beobachtet. Wenn auch sehr dünn, hatte sein Zwilling durchaus gesund gewirkt, aber sein Körper hatte irgendwie unförmig gewirkt, eine der Schultern hatte leicht nach unten gehangen. »Was ist mit deiner Schulter los?« Die Frage war einfach so aus ihm herausgeplatzt.

Derek war rot geworden. »Was meinst du? Mit meiner Schulter ist nichts. Was ist mit deiner eigenen Schulter?«

Später, als Derek auf der Toilette war, hatte ihre Mutter erklärt, daß die leichte Deformierung zu erwarten gewesen war; daß es trotz Physiotherapie nach der Entfernung eines Lungenflügels nicht ungewöhnlich war, wenn die Schulter über der leeren Brustseite etwas tiefer hing.

Den ganzen Abend hindurch hatte John sich einzureden versucht, daß die neue Fremdheit zwischen ihm und Derek etwas Vorübergehendes sei, daß sie zu erwarten gewesen war und daß sie sich mit der Zeit legen würde. Und tatsächlich waren er und Derek schließlich wie immer gemeinsam ins Bett gegangen und hatten sich noch flüsternd unterhalten. Aber lange nachdem sein Bruder eingeschlafen war, hatte John noch wach gelegen, hatte unglücklich auf die Schatten an den Wänden und der Decke ihres Zimmers gestarrt und versucht, alles zu verstehen.

Es war einfach nicht mehr dasselbe.

Nach außen hin war ihr Leben jedoch wieder in völlig normalen Bahnen verlaufen. Sie hatten Sommerferien gehabt, und nach der Erledigung ihrer häuslichen Pflichten waren sie gemeinsam auf die Kaninchenjagd oder zum Angeln gegangen. Der einzige Unterschied zu anderen Sommern war der gewesen, daß Derek bei Regen oder Kälte nicht nach draußen gedurft hatte. An jenen Tagen war auch John im Haus geblieben, aber selbst dieses kleine Opfer hatte Dereks Unwillen hervorgerufen.

An einem verregneten Nachmittag ungefähr fünf Wochen nach seiner Rückkehr hatte sich die Situation dann zugespitzt. Sie hatten sämtliche Leihbücher gelesen und John war einfach nichts eingefallen, was sie hätten tun können. Ihre Mutter war bei einer Nachbarin zu Besuch gewesen, und er war ans Fenster gegangen und hatte zum Himmel hinaufgeblickt. »Sieht so aus, als würde es gleich besser«, hatte er ohne große Hoffnung gesagt.

»Warum bist du überhaupt hier im Haus? Weißt du, du brauchst nicht hier herumzuhängen – du kannst ja gehen, wenn du willst. Wer braucht dich hier schon? Ich wünschte mir, du würdest endlich gehen und mich in Ruhe lassen!« Dereks Gesicht war wutverzerrt gewesen, und er hätte vor Zorn fast geschrien. Seine Rage war so plötzlich und mit einer solchen Gewalt zutage getreten, daß John zu schockiert gewesen war, um zu reagieren. Er war langsam aus der Küche in das kleine Schlafzimmer gegangen, und Derek war ihm gefolgt. »Tut mir leid, John, ich hab's nicht so gemeint. Wirklich nicht.«

Aber John war sich sicher gewesen, daß sein Bruder es so gemeint hatte. »Schon gut«, hatte er gesagt. »Mach dir deswegen keine Gedanken.« Er hatte sich abgewandt und sein bereits ordentlich daliegendes Kissen gerade gerückt.

»Um Himmels willen!« Derek war in die Küche zurückgekehrt.

Im Verlauf der nächsten Jahre hatte John sich an die neue Beziehung zu seinem Zwilling gewöhnt. Derek wurde von ihrer Mutter mit Eierflips zum Frühstück und einem halben Glas Dunkelbier zum Abendessen verwöhnt, und seine Asthmaanfälle wurden seltener und weniger beängstigend. Aber jedesmal, wenn Derek wie heute krank wurde, erwachten die Verlustgefühle in seinem Bruder aufs neue.

Die schweren Eimer zerrten an Johns Armen und er stellte sie ab. Dabei blickte er über die Hecke auf das Eichenfeld.

Der riesige Baum, der dem Feld seinen Namen gegeben hatte, war bereits vor seiner und Dereks Geburt bei einem Gewitter gespalten und abgetötet worden, aber aus irgendeinem Grund hatte man ihn nie gefällt. Sein knorriger Stumpf, der ein Miniaturuniversum für Kleinlebewesen war, stand auf einem leichten Hügel genau in der Mitte der Weide. Als John hinübersah, sah er in seinem Geist nicht die Insekten, Vögel und kleinen Säugetiere vor sich, die sich in dem dichten, verrottenden Holz tummelten, sondern sich und Derek im Alter von drei Jahren, wie sie nebeneinander in zwei Spalten des alten Baumstammes saßen und so heftig lachten, daß sie Gefahr liefen abzustürzen.

An jenem Sommerabend hatten zahllose Mücken im Eichenfeld gesummt, Bienen und Schmetterlinge hatten sich an Schlüsselblumen und Klee gütlich getan, und Fliegenschwärme hatten über den Kuhfladen gebrummt. In dem Bild gab es noch eine weitere Person, ihren Vater, der die Hände in die Hüften gestemmt hatte und mit zurückgeworfenem Kopf vor dem Baumstamm stand. Dies war eine der wenigen Erinnerungen, die John an Matty Flynn hatte. Während eines Spaziergangs hatte Matty die Zwillinge mit auf das Feld genommen, sie nebeneinander auf ihre kleinen Throne gesetzt und sie dann bewundernd angesehen. »Wie zwei Buchstützen!« hatte er gerufen. »Meine beiden feinen Buchstützen!«

Weder John noch Derek hatten gewußt, was eine Buchstütze war, aber da sie sich über die gute Laune ihres Vaters gefreut hatten, hatten sie mitgelacht. Je stärker sie gelacht hatten, um so heftiger hatte ihr Vater gelacht, bis er sie schließlich immer noch grinsend vom Baum geholt und auf seine Schultern gesetzt hatte und mit ihnen zum Rand des Feldes marschiert war. Dabei hatte er sie derart durchgeschüttelt, daß sie sich instinktiv hinter seinem Nacken an den Händen gehalten hatten.

Nach dem Tod ihres Vaters waren er und Derek weiterhin zum Eichenfeld gekommen, um in dem Baum oder an dem Bach, der durch eine kleine Senke am hinteren Ende der Weide verlief, zu spielen. In dem Bach gab es Greßlinge, unsichtbar, bis sich die Zwillinge dicht über das braune Wasser beugten und angestrengt hineinstarrten. Sie hatten immer vollkommen reglos dagestanden und ihre Zehen im schlammigen Untergrund gespreizt, überzeugt, daß die Fische ihre nackten Füße kitzeln würden, wenn sie sich nur nicht bewegten. Als er jetzt auf der staubigen Straße stand und den Geruch der warmen Erde einsog, bedauerte John, daß diese Einfachheit und Freude verloren waren.

Er seufzte und griff erneut nach den Eimern. Das Leben hatte sich so sehr verändert; es war so leicht gewesen, als sie beide jung gewesen waren, und nun machten sie die dramatischste aller Veränderungen durch. Im August würden sie beide siebzehn, und da ihre Mutter es sich nicht leisten konnte, sie noch länger in die Schule zu schicken, mußten sie sich eine Arbeit suchen. Irgendeine Arbeit. Früher hätten sie sicher Arbeit auf dem Gut gefunden, aber da die Besitzer, die O'Beirne Moffats, inzwischen weit weniger wohlhabend waren, gab es diese Möglichkeit nicht mehr.

Die Straße wand sich entlang der Grenzmauer zum Gut, und als John um die Kurve bog, sah er das Dach des Pförtnerhäuschens. Schlimmstenfalls müßte einer von ihnen oder vielleicht sogar sie beide auswandern. Er fragte sich, ob sie dann für immer getrennt sein würden, und trotz all ihrer Probleme fand er den Gedanken unerträglich. Und was würde dann aus ihrer Mutter werden?

In letzter Minute beschloß Rose O'Beirne Moffat, mit ihrem Vater nach Carrick zu fahren. »Warte, Daddy, warte!« rief sie und rannte die Treppe hinab, wobei sie den von Unkraut überwucherten Kies im Vorhof aufwirbelte.

»Du hast es dir also doch noch überlegt?« Gus O'Beirne Moffat lächelte zu seiner Tochter hinab, als sie neben dem zweirädrigen Einspänner zum Stehen kam. Er hatte vorstehende Zähne, und gleich einer Kerze machte sein Lächeln sein rotes Gesicht hell und sanft.

»Ja, warum nicht?« keuchte Rose, kletterte auf den gegenüberliegenden Sitz und schlug die Tür hinter sich zu. »Ich habe gerade nichts zu tun.« Sie sicherte die Tür mit einem verschlissenen Seil und lehnte sich zurück.

»Wird dir so nicht ein bißchen kalt?« Gus trug einen Schal unter seiner Jacke und hatte einen weichen Tweedhut über seine Ohren gezogen. Er musterte skeptisch Roses ärmelloses Leinenkleid, aber sie winkte ab. »Nein, nein, Daddy, alles in Ordnung. Mir ist total heiß.« Sie blickte zum bleiernen Himmel auf. »Und ich glaube nicht, daß es regnen wird. Es regnet nie, wenn es so schwül ist.«

»Hmm«, sagte Gus. »Ich frage mich, was für einen Geographieunterricht ihr in der Schule habt. Bist du sicher, daß du nicht frieren wirst?«

»Oh, Daddy, sei doch nicht immer so besorgt!« Sie faltete die Hände im Schoß.

»Nun, wenn du meinst!« Gus ließ die Zügel auf den breiten Rücken des Ponys klatschen, und das Tier verfiel in einen steifbeinigen Trab. Rose wurde zur Seite geworfen und verlor das Gleichgewicht. »Das macht er mit Absicht, Daddy«, beschwerte sie sich und strich sich das Kleid glatt. Der Weg vor dem Tor, der selbst im Sommer nur selten vollkommen trocken war, wand sich durch einen schweren, grünen Tunnel miteinander verschlungener Kastanienbäume. Rose fröstelte, aber da sie eben erst behauptet hatte, daß sie nicht frieren würde, versuchte sie, das Zittern vor ihrem Vater zu verbergen. Sie lehnte sich aus dem Einspänner, um eine Blüte von einem Rhododendronbusch abzupflücken, aber in diesem Augenblick versank eines der Räder in einem Schlagloch und wieder verlor sie die Balance. »Das ist einfach schrecklich, Daddy«, rief sie, als sie sich erneut aufgerichtet hatte. »Wann lassen wir endlich das verdammte Auto reparieren?«

»Rose!« sagte ihr Vater. »Du sollst nicht fluchen.«

»Tut mir leid.« Sie seufzte und blickte zurück auf Sundarbans, das Haus, in dem sie geboren war und einen Großteil ihrer beinahe sechzehn Lebensjahre verbracht hatte. Angesichts der Lage und der vierschrötigen Häßlichkeit des Gebäudes empfand sie den Namen als äußerst unpassend. Das Haus war in der Mitte des achtzehnten Jahrhunderts von einem ihrer Vorfahren erbaut worden, der als Versehrter aus der indischen Armee ausgeschieden, aber dessen Herz immer auf dem Subkontinent geblieben war. Die nachfolgenden Generationen der O'Beirne Moffats hatten versucht, das Haus zu erhalten, aber inzwischen wies das Dach mehrere Löcher auf, die Fensterscheiben waren blind, die Steinfassade war von Flechten übersät, und ein paar der großen Schornsteinkästen beherbergten ganze Schwalbenkolonien. Rose sehnte sich oft danach, wie die meisten ihrer Dubliner Klassenkameradinnen in einem gemütlichen, warmen Haus in der Vorstadt zu wohnen, mit Zentralheizung und funktionierenden Wasserleitungen. Sie sah, daß sich eines der Fallrohre aus der Halterung gelöst hatte und in einem bedrohlichen Winkel vom Haus abstand. Der Gedanke, daß es eines Nachts umstürzen und das gesamte Gebäude hinter sich herziehen könnte, war durchaus nicht unangenehm.

Sie warf einen verstohlenen Blick auf ihren Vater. Als sie aus der Schule heimgekommen war, hatte sie einen regelrechten Schock erlitten. Gus hatte immer so robust und unveränderlich gewirkt. Er hatte immer schon ziemlich alt ausgesehen – seit sie denken konnte, hatte er eine Glatze gehabt – aber dieses Mal stimmte irgend etwas nicht. Er war geistesabwesender als sonst gewesen, und in den zweieinhalb Monaten seit den Osterferien schien ihm das Mark aus den Knochen gesogen worden zu sein, so daß er schlaff und träge war.

Sie war sich des aussichtslosen Kampfes durchaus bewußt, den er führte, um einen gewissen Lebensstandard für seine kleine Familie zu erhalten. Und obgleich er niemals klagte, wußte sie, daß ihre Schuldgebühren ein großes Loch in die ohnehin beständig schrumpfende Haushaltskasse rissen. »Weißt du was, Daddy«, sagte sie plötzlich, als sie in die Hauptstraße einbogen. »Ich könnte doch einfach die Klosterschule sausen lassen und hier zur Schule gehen. Dann könnte ich jeden Abend nach Hause kommen. Irgend jemand könnte mich bestimmt hinbringen und…«

»Wie kommst du denn plötzlich auf diese Idee?« Gus' helle Brauen verschwanden ganz unter der Krempe seines Hutes.

»Einfach so. Es ist nur so, daß ich in der Klosterschule nichts lerne, was ich hier nicht auch lernen kann. Außerdem habe ich sowieso nur noch ein Jahr. Ich habe recht gute Noten und ich weiß genau, was ich für die Abschlußprüfung tun muß –«

»Rose«, sagte Gus, »das wirst du nicht tun. Wie du selbst sagst, hast du nur noch ein Jahr, und so lange werden wir ohne Probleme zurechtkommen.«

Er setzte sein Kaninchenlächeln auf und schnalzte mit den Zügeln, aber das Pony trottete weiter in dem ihm genehmen Trab vor sich hin. »Das ist Dr. Markeys Wagen«, sagte er, als sie das Pförtnerhäuschen passierten, das ein wenig zurückgesetzt hinter dem reich verzierten Eisentor stand. »Anscheinend geht es dem jungen Flynn wieder mal schlecht.«

»Ach ja?« fragte Rose ohne allzu großes Interesse. Sie bedauerte, daß sie keine Strickjacke mitgenommen hatte. Obwohl die Luft warm war, zog es oben auf der Kutsche, und ihre Arme waren bereits von einer Gänsehaut überzogen. Als sie in die Hauptstraße einbogen, sah sie den zweiten Flynn-Jungen, der mit zwei Eimern auf den grasüberwachsenen Straßenrand trat.

»Hallo!« rief Gus, als sie an ihm vorbeifuhren. Rose stellte fest, daß der Junge ein ganzes Stück gewachsen war, seit sie ihn zum letzten Mal gesehen hatte, aber sonst beachtete sie ihn kaum. Die Straße war sehr schlecht, und sie konzentrierte sich ganz darauf, nicht noch einmal das Gleichgewicht zu verlieren. »Netter Junge«, sagte Gus, als sie weiterfuhren. »Vielleicht sollten wir auf dem Rückweg kurz bei ihnen hineinschauen, um zu sehen, ob sie irgend etwas brauchen.«

»Meinetwegen«, sagte Rose ohne allzu große Begeisterung. Da sie nie genau wußte, wie sie sich benehmen sollte, haßte sie die gräßlichen offiziellen Besuche bei den wenigen Arbeitern oder den ehemaligen Pächtern, die noch auf dem Gut lebten. Sie haßte die Unterwürfigkeit und die kaum verhohlene Abneigung, die sie hin und wieder zu spüren bekam. Sie war seit Jahren nicht mehr bei den Flynns gewesen, aber sie wußte, daß es der Familie sehr schlecht ging, was sie als Anklage gegen ihren eigenen Lebensstil empfand. Aus unerfindlichen Gründen hatte sie bei diesen Begegnungen immer Schuldgefühle.

Sie fuhren ein paar Kilometer, ohne auch nur einem einzigen Fahrzeug zu begegnen. Obwohl man bereits das Jahr 1953 schrieb, erholte sich dieser immer schon ärmliche Teil Irlands nur sehr langsam von den Kriegsjahren, und Autos und Benzin waren rare Luxusgüter. Viele Menschen, selbst die besser gestellten, benutzten nach wie vor Pferde und Ponys, aber um diese Zeit des Tages, kurz nach dem Mittagessen, war es immer sehr ruhig. Rose konzentrierte sich darauf, die Balance zu halten, und zu diesem Zweck klammerte sie sich mit beiden Händen am Rand der Kutsche fest. Als sie sich umsah, stellte sie fest, daß auf dem brachliegenden Land, auf den kleinen Hügeln und den heckengesäumten Feldern, abgesehen von ein paar Bullen, kaum Vieh weidete.

Sie liebte das Land zu jeder Jahreszeit, aber besonders jetzt, zu Beginn des Sommers. Nach einem warmen, regenreichen Mai war die Umgebung in üppiges Grün getaucht, dessen Farbton sich heute aufgrund des fehlenden Sonnenscheins noch vertiefte. Die Felder waren mit Butterblumen und Silberdisteln übersät, die inzwischen fast verblühten späten Primeln und der Weißdorn wurden durch langsam erblühende Heckenrosen, Winden und Schafgarbe ersetzt, und das fußhohe, leuchtendgrüne und gesund und feucht schimmernde Gras wucherte ungehindert über den Straßenrand hinaus. In den sumpfigen Senken sprossen weiße und purpurrote Schwertlilien, und das Geißblatt schob vorsichtig seine blassen, lachsfarbenen Köpfchen zwischen den Ebereschen und Dornenbüschen hindurch. Hier und da schimmerten winzige Teiche, wenig mehr als überfüllte Tümpel, in denen sich Enten, Teichhühner und andere Vögel tummelten.

Der tief hängende Himmel fing die Düfte von Dung und Lehm, Wasser und Gras, Blumen und Tieren ein und vermischte sie zu dem unverkennbaren Aroma, das Rose immer als den Sommergeruch von Monaghan erkennen würde. »Darf ich mal die Zügel nehmen, Daddy?« rief sie ungefähr anderthalb Kilometer vor der Stadt.

»Sicher«, sagte Gus und reichte sie ihr. »Aber halt sie gut fest.«

Rose genoß das Gefühl des warmen Leders in ihren Händen. Als sie am Ortseingang um eine Ecke bogen, verlangsamte sie das Tempo. Fast alle Fußgänger sagten »hallo« oder tippten sich an die Mütze, als sie die Hauptstraße hinabklapperten. Auch wenn sie Großgrundbesitzer waren, galten die O'Beirne Moffats im Bezirk als »anständige« Leute, denen außer ein paar unverbesserlichen Dickschädeln niemand ihren Status mißgönnte. Sundarbans war zwar immer noch groß, aber es maß nur noch ungefähr ein Fünfzigstel seines ursprünglichen Areals, es gab schon seit langem keine Pächter mehr, und daß die Familie seit der Konvertierung eines Vorfahren katholisch war, wurde in der Gegend als großes Plus gewertet.

Gus war in die Stadt gekommen, um ein paar Pakete aus Dublin abzuholen, aber als Rose das Pony vorsichtig an achtlos abgestellten Pferdewagen, Lastwagen und Fahrrädern vorbeimanövrierte, sah sie, daß der Bus noch nicht angekommen war. Sie brachte die Kutsche zum Stehen, sprang ab und band die Zügel an einem Laternenmast an. Gus kletterte hinter ihr auf die Straße und sah auf seine Uhr. »Zehn vor drei«, sagte er. »Wir sind ein bißchen zu früh. Weißt du was, meine Kleine, ich gehe nur schnell zu McCaig's und hole mir eine Zeitung. In Ordnung?«

»In Ordnung«, erwiderte Rose. »Ich komme gleich nach, Daddy.« Sie prüfte, ob sie das Pony gut festgebunden hatte, und schlenderte über die Straße zu einer Reihe von Tischen, an denen eine Gruppe Handelsreisender ihre Waren anboten. Rose ging an den Tischen entlang, nahm schimmernde Kessel und Kannen, einen Gummistiefel, Porzellanfiguren und Teetassen in die Hand, prüfte die Waschbretter, Kerzen, Primuskocher, Fahrradschläuche, Bindfäden, das Pferde- und Ponygeschirr, dachte kurz daran, eine Heiligenfigur zu kaufen, aber entschied sich dann für drei alte Messingpferde. Sie verfolgte gespannt, wie sich zwei Männer über einen runden Gegenstand mit zackigen Eisenzähnen stritten, von dem sie annahm, daß er zu einem Traktor gehört, aber da sie sonst nichts interessierte, ging sie über die Straße zu dem Zeitungsgeschäft.

Als sie die Tür öffnete, klingelte eine kleine Glocke. Rose liebte den Geruch bei McCaig's. Es duftete schwer nach Tabak und nach den harten, in Zellophan gewickelten Bonbons, die sie schon als kleines Kind geliebt hatte. Die Ladenbesitzerin blickte von ihrem Strickzeug auf. »Ach, hallo Rose!« sagte sie. »Hast du Sommerferien?«

»Ja, Mrs. McCaig«, antwortete Rose. »Ist es nicht ein wunderbarer Tag? Ich dachte, Daddy wäre hier.«

»Nun, Hauptsache es fängt nicht an zu regnen«, sagte die Frau. »Er war eben noch hier, aber inzwischen ist er wieder weg. Er sagte, er wollte auf den Bus warten.«

»Danke«, sagte Rose, und im gleichen Augenblick sah sie, daß der Bus am Fenster vorbeifuhr. »Ah, da ist er ja.« Sie verabschiedete sich und ging hinaus. Der Bus, ein plattnäsiges grünes Nilpferd, auf dessen Dachgepäckträger Fahrräder, Koffer und Pakete verschnürt waren, kam schnaufend an der Haltestelle zum Stehen, und der Fahrer ließ den Motor einfach weiterbrummen, als er die Leiter zum Dach erklomm und die Gepäckstücke losband. Rose ging hinüber zu Gus, dessen große, schwere und unförmige Pakete als letzte abgeladen wurden. »Was ist da drin?« fragte sie, während sie ihm half, die Dinger zum Einspänner zu tragen.

»Ersatzteile fürs Auto«, antwortete er. »Ich hoffe, ich kriege die alte Kiste wieder hin.«

»Gott sei Dank«, sagte Rose. »Meinst du, du schaffst es bis morgen?«

»Was ist denn morgen?« fragte Gus und sah sie unschuldig an.

»Daddy!« sagte Rose und sah ihn empört an. »Das weißt du ganz genau!«

»Ach ja, irgendwer hat morgen Geburtstag, nicht wahr?«

»Nun, schaffst du es?«

»Was soll ich schaffen?«

»Schaffst du es, das Auto zu reparieren?«

»Mal sehen.«

Auf halbem Weg nach Hause trafen sie auf den Wagen des Arztes und blieben stehen, um ein kurzes Schwätzchen zu halten. »Hallo, Rose«, sagte Dr. Markey. »Schön, dich zu sehen. Das ist das erste Mal in diesem Sommer, daß wir uns begegnen. Seit wann bist du wieder da?«

»Erst seit ein paar Tagen«, stellte Rose fröhlich fest.

»Schön. Da hast du noch den ganzen Sommer vor dir.«

»Ja«, stimmte sie ihm zu.

»Du mußt unbedingt einmal vorbeikommen, die Mädchen würden sich sehr freuen, dich zu sehen.«

»Gerne.«

Er hatte einen ganzen Stall voller Töchter, sechs an der Zahl, im

Alter zwischen vierzehn und sechsundzwanzig, die alle noch zu Hause lebten. Sie waren nette, ungestüme Mädchen, und Rose mochte sie, obwohl sie nach der eisigen Weiträumigkeit von Sundarbans immer ein wenig eingeschüchtert war von der Enge und dem fröhlichen Lärm in ihrem Heim.

»Ich hoffe, im Pförtnerhäuschen war nichts Ernstes?« fragte Gus.

»Nein, nein«, sagte der Arzt. »Wieder mal der junge Derek. Er hat eine Erkältung, aber es wird ihm bald wieder bessergehen. Wir brauchen uns keine Sorgen mehr um ihn zu machen – der Junge ist inzwischen in besserer Verfassung als die meisten anderen Menschen!«

»Das freut mich«, sagte Gus. Der Vater der Zwillinge war sein Gutsverwalter gewesen, ehe das Anwesen derart heruntergekommen war, und nach seinem Tod hatte Gus die Familie weiter im Pförtnerhäuschen wohnen lassen. »Ich muß mal wieder bei ihnen reinschauen.«

»Tun Sie das, Colonel«, sagte der Arzt und ließ den Motor seines Wagens an. »Aber jetzt muß ich weiter. Tschüs, Rose«, rief er und fuhr davon.

»Tschüs«, rief Rose ihm automatisch hinterher.

Als sie sich der Einfahrt zum Gutshaus näherten, zupfte sie ihren Vater am Ärmel. »Daddy, laß uns die Flynns nicht heute besuchen.«

»Warum nicht?«

»Mir ist wirklich kalt. Du hattest recht. Ich möchte nach Hause und mir so schnell wie möglich eine Jacke anziehen.«

Gus zuckte mit den Schultern. »Also gut, Rose, wie du meinst. Vielleicht komme ich einfach nachher noch mal zurück...«

Abends saß Rose nach dem Essen auf dem Fenstersims in ihrem Zimmer und versuchte, sich aufzuraffen, um endlich einmal wieder in ihr Tagebuch zu schreiben. Der Himmel hatte sich aufgeklärt, und die Sonne schien ihr mitten ins Gesicht.

Der einzige Teil der Sundarbansschen Gärten, um den sich überhaupt noch jemand kümmerte, war der Grasstreifen vor dem Haus, zu unregelmäßig und zu unkrautüberwuchert, um Rasen genannt zu werden, aber aus der Entfernung grün und hübsch. Rose beobachtete verträumt, wie sich zwei der Hunde, ein Dalmatiner und ein Boxer-Labrador-Mischling, um einen kaputten Gummiball balgten. Die Vitalität und Kraft der Hunde betonte noch die Stille der Umgebung, die zusammen mit dem wärmenden Sonnenschein ein herrliches Gefühl der Trägheit in ihr weckte.

Das Haus war auf der Kuppe eines kleinen Hügels errichtet worden, und der Rasen erstreckte sich bis zum Wald und zum See hinab, dessen schimmernde Oberfläche zwischen dem Grün kaum zu sehen war. Rose ließ ihre Augen und ihre Gedanken wandern. Während eines vorweihnachtlichen Ausflugs nach Dublin hatte sie eine Aufführung von *Giselle* gesehen, und sie war begeistert gewesen von der Romantik und dem Pathos des Stückes. Obwohl es noch heller Tag war, stellte sie sich jetzt vor, wie sie einfach durch ihr offenes Fenster flog und von der weichen Luft über den Rasen und die Bäume getragen wurde, bis sie frei und geisterhaft schweben konnte. Aber etwas fehlte. Ein *Er*. Wer würde ihr Albrecht sein?

Ihr Dasein als Einzelkind hatte sie schon immer als Nachteil empfunden, aber wenn sie jetzt als Teenager hörte, wie ihre Schulfreundinnen von den Freunden ihrer Brüder erzählten, empfand sie ihre Isolation noch schlimmer als zuvor. Sie seufzte. Die Sommerferien erstreckten sich vor ihr wie eine Wüste. Einziger Lichtblick war der Dubliner Pferdemarkt, aber der war erst im August.

Sie blickte auf das Tagebuch in ihrem Schoß. Es reichte für fünf Jahre, hatte ein kleines, vergoldetes Schloß und war an der Stelle aufgeschlagen, an der sie ihren letzten Eintrag gemacht hatte, am ersten Juni, dem Tag, bevor sie aus der Schule nach Hause gekommen war. Heute war bereits der neunte, aber sie hatte sich bisher einfach nicht aufraffen können, etwas hineinzuschreiben. Das Tagebuch war ein Weihnachtsgeschenk gewesen, aber Rose hatte ernste Zweifel, daß sie es jemals voll bekäme. Wenn sie so weitermachte wie bisher, würde sie wohl noch vor Jahresende aufgeben.

Was hatte sie seit ihrer Rückkehr nach Hause gemacht? Nicht viel – zwei Fahrten nach Carrick, ein paar Ausritte auf ihrem Pony. Außer dem alten Pony, das den Einspänner zog, hatte Gus noch ein fast ebenso altes Jagdpferd und ein fünfjähriges, graues Connemara-Pony, das er letztes Jahr auf dem Pferdemarkt in Ballinasloe für Rose gekauft hatte. Sie ritt gern, und sie mochte die Stute, aber sie wünschte sich von ganzem Herzen, daß jemand sie auf ihren Ausritten begleiten würde.

Sie las die Eintragung vom ersten Juni:

Orangenmarmelade zum Frühstück, das Ei schon wieder hart. Nun, wenigstens ist das Essen zu Hause besser.

Was wird diesen Sommer passieren? Vielleicht begegne ich ja IHM. Ich frage mich, wer er sein wird... Auf keinen Fall jemand aus Drumboola. Bald bin ich süße Sechzehn und noch nie hat mich ein Mann richtig geküßt. Vielleicht ja dieses Jahr!!! Gemma T. *schwört*, daß sie ES letzte Weihnachten auf dem Rücksitz eines Autos gemacht hat. Lügnerin!

Nun, das wär's für dieses Schuljahr, liebes Tagebuch. Und nächstes Jahr kommt die gefürchtete Abschlußprüfung! Ich frage mich, ob ich *Vertrauensschülerin* werde???????!!

Der nächste Eintrag wird auf Sundarbaus erfolgen.

Rose mußte zugeben, daß ihr Geschreibsel nicht gerade aufmunternd war. Sie hatte angefangen, die Brontës und Jane Austen zu lesen, und sie hatte das Gefühl, sich mit den Heldinnen identifizieren zu können. Als sie das Tagebuch angefangen hatte, hatte sie sich gefreut, da sie es als Anfang für eine vielversprechende schriftstellerische Karriere gesehen hatte. Schließlich bot ihr ihr eigenes Leben zu Hause in gewisser Weise die gleichen literarischen Möglichkeiten wie das Leben der Pfarrerstöchter in den Büchern. Sie blätterte zum Beginn des Jahres zurück. Nach einem vielversprechenden Anfang waren die Eintragungen immer kürzer und in immer größeren Abständen erfolgt. Nach dem ersten Monat gab es teilweise Löcher von bis zu einer Woche. Sie ärgerte sich über ihre Nachlässigkeit.

Draußen auf dem Gras spielten die Hunde inzwischen mit einem abgebrochenen Ast. Rose beschloß, in diesem Sommer ihren literarischen Stil zu verbessern. Jeden Abend, egal, *was* sie sonst zu tun hatte oder *wie* müde sie war, würde sie eine ganze Seite des Tagebuchs mit bedeutsamen Worten, Gedanken und Gefühlen füllen. Sie würde sich auf die Natur konzentrieren. Davon gab es in der Umgebung von Sundarbans weiß Gott mehr als genug. Und dann gab es noch *Jungen* und andere wichtige Themen.

Nun, Jungen spielten in ihrem Leben bisher keine allzu bedeutende Rolle. Sie müßte das Beste draus machen und sich auf die anderen wichtigen Themen konzentrieren. Sie nahm sich vor, jeden Tag im Radio die Halbeinsnachrichten zu hören. Auf diese Weise bekäme ihr Tagebuch wie das der Anne Frank einen historischen Kontext und eine gewisse Bedeutung für ihre zukünftige Arbeit. Am besten fing sie gleich an. Sie nahm ihren Stift und dachte angestrengt nach.

Das einzige, was heute passiert war, war die Fahrt nach Carrickmacross.

Sie klappte das Tagebuch zu, ging durch ihr Zimmer und legte es zusammen mit dem Stift auf ihr Nachtschränkchen. Morgen würde sie richtig anfangen, aber diesen wunderbaren Abend würde sie anders nutzen. Sie würde einen Spaziergang machen und wichtiges Material über die Natur zusammentragen.

Voll der guten Absicht verließ sie ihr Zimmer. Statt auf den abgetretenen Teppich auf der breiten Treppe zu treten, machte sie absichtlich möglichst viel Lärm in der riesigen, eichenverkleideten Eingangshalle, indem sie kräftig auf den Marmorboden stapfte.

Niemand kam, um zu sehen, was der Krach bedeuten sollte: Die Haushälterin, die nicht länger bei ihnen lebte, war bestimmt schon nach Hause gegangen; Gus war wahrscheinlich im Stall oder mit den Jagdhunden unterwegs; ihre Großmutter lag wahrscheinlich bereits im Bett, ein Buch in der Hand, die zwei schnarchenden Pekinesen auf dem Bauch.

Blieb noch ihre Mutter. Rose wußte, daß sie in dem kleinen Wohnzimmer neben dem großen, unbenutzten Salon saß und entweder etwas Frommes oder etwas Nützliches tat. Daphne O'Beirne Moffat war eine englische Konvertitin, die sich mit Begeisterung auf alles stürzte, was katholisch war, einschließlich der Wohltätigkeitsvereine und der Kirchenverbände. Sie verbrachte einen Großteil ihrer Zeit mit ehrenamtlicher Arbeit, und im Augenblick dekorierte sie gerade einen Altarornat für eine Missionsdiözese. Rose stellte sich vor, wie sie, den Arbeitskorb zu Füßen, in einem Meer aus steifem Brokat und schimmernder Stickseide unterging. Sie schlich sich auf Zehenspitzen durch den Flur an der Küche vorbei zur Hintertür, tätschelte im Vorbeigehen den harten, fadenscheinigen Kopf eines ausgestopften Hirsches, den sie als kleines Kind Roger getauft hatte und dessen nur auf einer Schädelhälfte vorhandenes Geweih ihm ein geradezu verwegenes Aussehen verlieh. Nachdem sie sich vergewissert hatte, daß niemand sie hören konnte, blickte sie dem Tier in eines seiner Glasaugen und flüsterte: »Abend, Roger. Ich mache nur kurz meinen allabendlichen Spaziergang...«

Als sie die Hintertür öffnete, die seit Jahren nicht mehr gestrichen worden war, zögerte sie. Obwohl es im Augenblick so warm und trocken war, fiel ihr ein, daß es am Ufer des Sees wahrscheinlich matschig war. Sie zog ihre Schuhe aus und nahm zwei Gummistiefel von dem Haufen neben der Tür. Sie waren schwarz und paßten ihr recht gut – aber eigentlich waren sie kein Paar – einer hatte ein zerrissenes rotes Band um die Sohle gewickelt. Sie richtete sich auf und sah auf ihre Füße. Das Schuhwerk paßte nicht unbedingt zu einem ärmellosen Leinenkleid... »Ach, wer sollte mich schon sehen?« sagte sie laut, schob die Tür ein wenig weiter auf und trat in den sonnigen Abend hinaus.

Sie überquerte den Rasen, pfiff die beiden Hunde heran und ging mit ihnen den Hügel hinab, vorbei an der überwachsenen, nesselbedeckten Einfriedung, die von ihrer Familie immer noch als Lustgarten bezeichnet wurde, da dort vor langer Zeit Rosenbeete, Rabatten und ordentliche Ligusterhecken angelegt worden waren. Rose hatte noch eine undeutliche Erinnerung daran, wie sie von zwei Gärtnern, einem alten Mann und einem Jungen, hochgehoben worden war, um eine Sonnenuhr zu bestaunen, aber diese war bereits vor einer Ewigkeit verkauft worden, die Rosen hatten sich zu wilden, buschigen Gewächsen entwickelt, und die einzig verbliebene Statue war eine rissige, armlose, von schleimigen grünen Algen bedeckte Steinfigur.

Abgesehen vom Lärm der Hunde, die vor ihr im Unterholz herumschnüffelten, war es sehr ruhig zwischen den Bäumen. Sie stand einen Augenblick vollkommen still, ließ die Hunde vorlaufen und lauschte den leisen Geräuschen des Waldes. In Gedanken an ihr Tagebuch horchte sie besonders aufmerksam und versuchte, die Worte zu finden, mit denen eine echte Schriftstellerin ihrer Meinung nach das beschreiben würde, was sie um sich herum sah, hörte und roch.

Rose war so aufgeregt, wie sie als kleines Kind bei der Entdeckung eines neuen Hobbys gewesen war. Jedesmal war sie der festen Überzeugung gewesen, daß dies das einzig Wahre war, und jedesmal hatte sie den Beschluß gefaßt, daß sie für den Rest ihres Lebens Gefallen daran finden würde. Egal, ob es um das Sammeln von Briefmarken, Sammelalben, Postkarten oder Muscheln ging, um Stricken oder

Malen – mit jedem neuen Anfang hatte sich Rose als freundliche, grauhaarige alte Dame gesehen, die in einem blumenumrankten Cottage vor einem knisternden Kaminfeuer saß und immer noch sammelte, strickte oder malte, und die ihren Enkelkindern erzählte, was für ein Vergnügen ihr dieses Hobby in ihrem langen Leben bereitet hatte.

Bisher allerdings hatte ihr keines ihrer Hobbys länger als ein paar Wochen genügt, und inzwischen war Rose voller Schuldgefühle wegen ihrer Unbeständigkeit und ihrer mangelnden Disziplin, einer Charakterschwäche, die ihr täglich von den Nonnen in der Schule vorgeworfen wurde.

Mit dem Schreiben, dachte Rose, während sie den Hunden folgte, mit dem Schreiben würde es anders sein. Sie hatte das Wasser inzwischen fast erreicht, und nur wenige Meter vor ihr erstreckte sich die spiegelglatte Oberfläche des Sees. »Hierher, Muffin, hierher, Charlie«, rief sie, aber keiner der Hunde kam. Sie rief erneut, und dann hörte sie, wie Muffin, der Mischling, leise bellte. Überrascht, daß die Tiere ihr nicht gehorchten, trat sie ans grasbewachsene Ufer des Sees und blickte in die Richtung, aus der das Bellen zu ihr herübergedrungen war. Die beiden Hunde standen ungefähr hundert Meter westlich von ihr auf einem Felsvorsprung, der ins Wasser ragte und den die Familie hin und wieder als Landungssteg benutzt hatte. Der richtige Landungssteg, weitere hundert Meter von ihr entfernt, war aus Holz gewesen und bereits vor langer Zeit verrottet und zusammengebrochen. Die Hunde wedelten mit den Schwänzen und schnüffelten zu Füßen eines großen Jungen herum, der eine Angel in der Hand hielt und zu ihr herüberblickte.

Da sie gegen die Sonne blickte, erkannte sie den Fremden nicht. Aber wer es auch war, auf jeden Fall hatte er hier nichts verloren. Dieses Land war Privateigentum.

Rose zögerte. Im Grunde ihres Herzens war sie ein durch und durch friedfertiger Mensch, aber sie hatte schon so oft Gus' Klagen über Wilderer gehört, daß sie beschloß, etwas zu unternehmen. Sie ging in Richtung des Felsvorsprungs, aber der Junge rührte sich nicht vom Fleck, und plötzlich fiel ihr ein, wie lächerlich sie in ihrem Leinenkleid und den schlabberigen Gummistiefeln wirken mußte. Obwohl ihr die Sonne immer noch direkt in die Augen schien, hörte sie auf zu blinzeln und versuchte, ihrer Stimme einen möglichst autoritären Klang zu verleihen. »Wer bist du? Was machst du hier?« fragte sie ungefähr zwanzig Meter von ihm entfernt und stemmte die Hände in die Hüften, wie sie es bei ihrer Mutter gesehen hatte.

»Hallo, Miss Rose«, rief der Junge.

»John!« Es war Rose peinlich, daß sie ihn nicht erkannt hatte. »Tut mir leid«, sagte sie, als sie ihn erreichte. »Ich habe dich nicht erkannt. Bitte laß dich von mir nicht stören.« Genaugenommen hatten die Flynns ebensowenig wie andere das Recht, auf Sundarbans zu jagen oder zu angeln, aber sie wußte, daß Gus ein Auge zudrückte, wenn sie sich hin und wieder eine Forelle oder einen Fasan zum Essen holten. Schließlich hatten sie es wirklich nicht leicht.

»Schon gut, Miss Rose«, sagte John und holte seine Angel ein. »Ich wollte sowieso aufgeben. Heute abend beißt einfach überhaupt nichts an.« Er schien es nicht eilig zu haben, und Rose wußte nicht, was sie sagen sollte. Da sie stehengeblieben war, konnte sie wohl kaum wortlos weitergehen. Das Hecheln der Hunde, die abwartend zwischen ihnen saßen, dröhnte ihr laut in den Ohren.

Um ihre Verlegenheit zu verbergen, beugte sie sich vor und tätschelte Charlie den Kopf. Sie war den Flynns noch nie außerhalb ihrer Küche begegnet. In früheren Jahren, als der Vater der Zwillinge noch gelebt hatte, waren sie und ihre Eltern jedes Jahr vor Weihnachten zu ihnen gegangen, um die üblichen Gaben zu verteilen – ein Pfund Butter, ein Pfund Tee, ein Pfund Speck und eine halbe Krone. Die sauber geschrubbten Zwillinge, die kaum älter als sie selbst gewesen waren, waren vorgeführt worden, hatten jeder einen Diener machen und nacheinander »guten Tag, Miss Rose«, »guten Tag, Colonel«, und »guten Tag, Madam« zu ihnen sagen müssen. Seit dem Tod ihres Vaters hatte sie höchstens ein halbes Dutzend Male mit jedem der Zwillinge gesprochen, und sie war ihnen noch nie allein begegnet. »Wie geht es dir, John?« fragte sie und hoffte, nicht allzusehr wie das gnädige Fräulein zu klingen, als das sie sich fühlte. »Ich habe dich heute schon auf der Straße gesehen. Du siehst wirklich gut aus.«

»Es geht mir auch gut, danke«, erwiderte er, nahm den Haken von der Angelschnur und machte ihn sicher an einer der Ösen seiner Rute fest.

»Und wie geht es deinem Bruder?« fuhr Rose fort und riskierte einen Blick in seine Richtung. Zum ersten Mal, seit sie ihn kannte, fielen ihr seine blonden Locken und seine grauen Augen auf.

»Derek geht es auch gut – nun, nicht ganz. Er hatte einen seiner Anfälle, und der Arzt war heute nachmittag da, um nach ihm zu sehen.«

»Oh, das tut mir leid. Wir haben den Arzt noch getroffen.« Rose versuchte verzweifelt, sich zu erinnern, an welcher Krankheit John Flynns Bruder litt, doch es fiel ihr nicht ein. »Ich hoffe, der Anfall war nicht allzu schlimm?«

Er hob die alte Segeltuchtasche auf, die vor ihm auf dem Boden lag. »Nein, Miss Rose, nur eine Erkältung.« Er stand höflich vor ihr, als warte er darauf, von ihr entlassen zu werden.

»Tja, nun«, sagte Rose, »bitte richte ihm unsere – ich meine *meine* guten Wünsche aus. Ich hoffe, er erholt sich bald.«

»Das werde ich tun«, sagte er.

Inzwischen hatte Rose ihre Fassung wiedererlangt. Er war ein recht hübscher Junge. Es war natürlich vollkommen unmöglich, daß *er* derjenige war, aber andererseits sollte man sich immer alle Möglichkeiten offenhalten. Er sah wirklich sehr gut aus. Seine grauen Augen waren ernst, sie standen weit auseinander und leicht schräg, und anders als die meisten irischen Jungen, die Rose kannte, hatte er gute Zähne. »Wie ist es, wenn man einen Zwilling hat?« fragte sie spontan. »Verwechseln euch die Leute oft?«

Er lachte. »Nein. Wir sehen einander zwar ähnlich, aber wir sind nicht gleich. Und außerdem ist da Dereks Schulter.« Als er ihre verständnislose Miene sah, erklärte er: »Eine seiner Schultern hängt ein bißchen tiefer als die andere, weil er nur noch einen Lungenflügel hat.«

»Ich verstehe«, sagte sie, und nach einer kurzen Pause fügte sie hinzu: »Hör zu, ich habe diesen Sommer nichts zu tun. Wie wär's, würdest du mir vielleicht das Angeln beibringen?«

Er reagierte, als hätte sie ihn gebeten, mit ihr auf den Mond zu fliegen. »Was?« fragte er mit alarmierter Stimme.

»Würdest du mir das Angeln beibringen, John – bitte?« Sie legte den Kopf leicht schräg und bedachte ihn mit ihrem schönsten Lächeln.

Er raufte sich die Haare, und sie hoffte, daß er nicht dachte, er *müßte* ihr das Angeln beibringen, weil sie aus dem Herrenhaus kam. »Wenn es natürlich zu schwierig ist oder wenn du zuviel zu tun hast –« Sie hielt inne, als ihr klar wurde, daß sie wirklich wollte, daß er ihr Unterricht im Fischen gab. »Ich – ich will über das Angeln schreiben«, sagte sie.

»In einem Buch?« fragte er.

»Eines Tages vielleicht in einem Buch, aber im Augenblick mache ich mir nur Notizen«, improvisierte sie.

Er zögerte. »Hast du etwa noch nie geangelt?« fragte er, und sie schüttelte den Kopf.

»Nun, weißt du, es gibt verschiedene Arten. Ich weiß nicht, welche Art du lernen willst.«

»Egal«, sagte Rose. »Welche würdest du mir empfehlen?« Sie merkte, daß sie Charlies Halsband umklammert hielt. Sie ließ los, und sofort stürzte er an den Rand des Felsvorsprungs und begann, das Wasser, das gemächlich ans Ufer schlug, aufzuschlabbern. »Magst du Hunde?« fragte sie.

»Sie sind in Ordnung.« Er machte eine Pause. »Ich hätte gerne einen Hund.«

»Warum holst du dir dann keinen? Es gibt schließlich genug.«

»Wir können es uns nicht leisten, einen Hund durchzufüttern«, sagte er ruhig.

»Gebt ihm doch einfach die Reste«, antwortete Rose, aber dann hätte sie sich am liebsten selbst in den Hintern getreten. Zu spät wurde ihr klar, daß es in Johns Familie wahrscheinlich niemals Reste gab. »Vielleicht kannst du dir ja eines Tages einen leisten«, sagte sie, aber sie hatte ihn getroffen. Das sah sie seiner Miene an.

»Was das Angeln betrifft«, sagte er. »Hier im See gibt es Forellen und Brassen und ein paar kleine Hechte, aber die fängt man alle auf unterschiedliche Art und Weise. Außerdem könnte ich dir zeigen, wo du Lachse findest.«

»Brr!« Rose verzog das Gesicht. »Ich hasse Hechte. Könntest du mir vielleicht zeigen, wie man Forellen fängt?«

»Das ist das Schwerste von allem, Miss Rose –«

»Wenn du mir das Angeln beibringen willst, kannst du mich unmöglich weiter Miss Rose nennen.«

Er raufte sich erneut die Haare. »Wohl nicht. Aber ich werde es sehr seltsam finden, Sie nicht Miss Rose zu nennen.«

»Wie wäre es ganz einfach mit Rose?«

»Ich glaube, das kann ich nicht.«

»Versuch's mal – los!« Nach ihrer anfänglichen Verlegenheit hatte Rose die Situation inzwischen wieder vollkommen unter Kontrolle.

»Vielleicht später, wenn wir uns etwas besser kennen.« Er grinste. Wenn er lächelte, wurden seine Eckzähne sichtbar. Sie waren sehr weiß und standen ein wenig weiter vor als die Schneidezähne, was ihm ein wölfisches Aussehen verlieh. Er sah wirklich *sehr* gut aus, beschloß Rose und dankte dem Himmel, daß sie ihr gutes Leinenkleid trug. Doch dann fielen ihr die Gummistiefel ein. »Tut mir leid, daß ich solch unförmige Latschen trage.« Die Worte platzten aus ihr heraus, und sie wäre am liebsten vor Scham im Boden versunken.

Er blickte auf ihre Füße. »Warum tut es Ihnen leid? Was sollte man denn sonst am See anziehen?« Er selbst war barfuß. Seine Füße waren groß und sonnengebräunt, und er hatte lange Zehen. Wieder lächelte er. »Sollen wir gleich mit dem Unterricht anfangen?«

»Aber hast du nicht eben gesagt, daß heute abend nichts anbeißt?«

»Wann sollen wir dann anfangen?« Er warf sich seine Tasche über die Schulter.

»Ich weiß nicht. Hast du im Augenblick sehr viel zu tun?«

Er lachte. »Nein, ich habe überhaupt nichts zu tun.« Doch dann wurde er ernst. »Obwohl ich mir wünschen würde, daß es anders wäre. Ich suche nach Arbeit. Wir – ich habe mit der Schule aufgehört.«

»Sucht dein Bruder auch Arbeit?«

»Ja«, sagte er. »Obwohl es, soweit ich weiß, hier in der Gegend einfach nichts gibt.«

Sie gingen langsam am Ufer des Sees entlang, und Rose wurde klar, daß er auf dem Felsvorsprung tiefer als sie gestanden haben mußte, denn plötzlich war er mindestens fünfzehn Zentimeter größer als sie. Sie war vollkommen aufgewühlt. Mit Jungen hatte sie praktisch keine Erfahrung. Vor zwei Jahren auf der Reise zum Dubliner Pferdemarkt hatte Gus sie zu einer »gemischten« Party in das Haus eines Freundes der Familie gebracht, wo sie zum ersten Mal mit Jungen zusammengetroffen war, aber sie war vor lauter Schüchternheit völlig gelähmt gewesen. Beim Flaschendrehen war sie geküßt worden, und die Freude und die Verlegenheit, die sie dabei empfunden hatte, hatten sie schockiert. Noch Wochen später, lange nachdem sie in die Klosterschule zurückgekehrt war, hatte sie abends wach in ihrem Bett im Schlafsaal gelegen und zwei Finger auf ihre Lippen gepreßt in dem Versuch, das Gefühl noch einmal zu erleben.

Als sie so nebeneinander hergingen, überlegte sie, wie sich John Flynns Lippen wohl anfühlen würden, und der Gedanke ließ sie erschaudern. Um ihre Erregung zu verbergen, bückte sie sich nach einem Stein. Es war ein vollkommen normaler Kiesel, glatt und grau, aber sie hielt ihn hoch, als wäre sie eine Expertin für Kiesel und als wäre dies das Wertvollste, was sie je gesehen hatte. Sie stopfte ihn in die Tasche ihres Kleides und ging weiter. »Weißt du, ich will einmal Schriftstellerin werden.« Sie hörte die verwegene Erklärung, als hätte sie jemand anders gemacht.

»Ach ja?« Er schien ehrlich beeindruckt zu sein. »Ich habe noch nie jemanden getroffen, der eines Tages Schriftsteller wird.«

»Ah.« Sie nickte in dem Versuch, weise und reif zu wirken. »Ich habe gesagt, daß ich Schriftstellerin werden *will.* Ich fürchte, es besteht ein großer Unterschied zwischen dem, was man *will,* und dem, was man tatsächlich *ist.*«

»Trotzdem…«, sagte er langsam, »ist es großartig, wenn man weiß, was man will.«

Da ihr Entschluß, sich der Schreiberei zu widmen, noch ganz jung war, fürchtete Rose, er könne nachhaken und feststellen, daß sie die ganze Sache noch nicht genug überdacht hatte. Also beschloß sie, vom Thema abzulenken. »Und was wirst du machen, John? Oder besser gesagt, was würdest du gerne machen?«

»Keine Ahnung«, sagte er. »Außerdem wäre es sinnlos, wenn ich mir etwas wünschen würde. Ich brauche einfach einen Job, das ist alles.«

Er blickte auf den See hinaus, und Rose hatte den Eindruck, daß dies das Ende der Unterhaltung war. Er schien nicht mehr sagen zu wollen, und ihr fiel einfach nichts mehr ein. »Morgen habe ich Geburtstag«, sagte sie, nur um etwas zu sagen.

»Aha. Herzlichen Glückwunsch«, sagte er und lächelte erneut.

Sein Mund war breit und geschwungen. Rose bekam eine Gänsehaut, und zugleich war sie wütend. Er sollte doch derjenige sein, der sich unwohl fühlte. Schließlich war er der Eindringling. »Wie geht es deiner Mutter?« fragte sie, wobei sie den herablassenden Ton imitierte, mit dem Daphne die ortsansässigen Händler nach den Rechnungen fragte.

John Flynn schien jedoch nicht zu bemerken, daß er von oben herab behandelt wurde. »Sie hat es nicht leicht«, sagte er. »Und ich weiß einfach nicht, was sie tun wird, wenn wir sie verlassen. Einerseits wird es ihr dann besser gehen, das heißt, es wird billiger sein. Aber ich frage mich, wer dann Holz hackt, Wasser holt und andere Sachen macht.« Die letzten Worte murmelte er fast, und Rose hatte den Eindruck, daß er mehr gesagt hatte, als er hatte sagen wollen.

»Geht ihr denn weg?« fragte sie sanft.

»Keine Ahnung«, sagte er. »Wenn wir hier keine Arbeit finden, müssen wir gehen.«

»Wo wollt Ihr dann hin?« fragte Rose. »Könnte eure Mutter nicht mitkommen?«

»Nein. Ich glaube nicht. Sie hat schon immer hier gelebt. Sie hat eine Schwester und einen Bruder in der Nähe von Carrickasedge. Vielleicht könnte sie ja dorthin ziehen.«

Geld, beziehungsweise fehlendes Geld, war inzwischen fast das einzige Gesprächsthema im Herrenhaus, aber egal, wie arm sie und ihre Familie jemals sein würden, hatte Rose bereits vor langer Zeit begriffen, daß Armut immer etwas Relatives war, daß sie zumindest immer noch eine gewisse Auswahl im Leben hätte. Und falls sie jemals selbst Geld verdienen mußte, dann könnte sie mit dem Abschlußzeugnis in der Tasche jederzeit die Prüfung für den Staatsdienst machen oder in einer Bank anfangen. Insgeheim jedoch träumte sie davon, als Stewardeß bei der neuen irischen Fluggesellschaft, Aer Lingus, anzufangen. Eine der Schülerinnen des St.-Louis-Konvents in Carrickmacross hatte diese Höhen erreicht, und ihr Bild war auf der Titelseite des *Argus* gewesen.

Sie erreichten eine Stelle am Ufer, wo die Rhododendren ein dichtes, undurchdringliches Buschwerk bis direkt ans Wasser bildeten. Rose rief die Hunde und lauschte, aber sie waren bereits nach Hause zurückgekehrt. »Setzen wir uns doch«, schlug sie vor und war überrascht von ihrem eigenen Mut.

John zögerte. »Ich weiß nicht...«

»Nun mach schon! Wer sollte uns denn sehen?« drängte Rose. Sie ging ein paar Schritte bis zu einer Stelle, an der die grasbewachsene Böschung zusammengebrochen war und einen sitzförmigen Halbkreis bildete. Schließlich legte er seine Angelrute ab und folgte ihr. Er setzte sich jedoch nicht neben sie, sondern ließ sich in einiger Entfernung fallen und blickte aufs Wasser hinaus. Dann nahm er eine Handvoll Steine und warf sie einzeln in den See.

Sie beobachteten, wie die von den Steinen hervorgerufenen Wellenkreise immer größer wurden, bis sie schließlich abebbten und die Oberfläche des Wassers ihre alte Ebenmäßigkeit wiedergewann. Zwanzig Meter zu ihrer Linken, wo das Ufer eine Biegung machte, stand ein Reiher vollkommen reglos im Schilf, und in einiger Entfernung surrte ein Mückenschwarm herum, aber sonst regte sich nichts. Das Wasser, das ein paar Meter neben ihnen gegen die Steine schlug, war kaum zu hören, und das einzige Geräusch, das von der anderen Seite zu ihnen herüberdrang, stammte von irgendeinem Motor, so leise, daß Rose nicht wußte, ob er von einem Traktor oder einer Kettensäge war.

Zehn Minuten vergingen. Ungefähr fünf Meter vom Ufer entfernt sprang ein Fisch aus dem Wasser und John drehte sich um. »Eine Forelle«, sagte er.

Rose nickte. »Und du bringst es mir bei?«

»Das ist mein Geburtstagsgeschenk.«

2

Derek Flynn hatte seit über einer Stunde Ausschau nach seinem Bruder gehalten. Sein Asthmaanfall hatte sich bereits vor einer Ewigkeit gelegt, so daß es ihm körperlich wieder besserging, aber der Arzt hatte ihn »sicherheitshalber« ins Bett gesteckt, und er langweilte sich.

Die Schlehdornhecke vor seinem Schlafzimmerfenster verdeckte einen Großteil des Himmels, aber der schmale Streifen, den Derek sehen konnte, hatte die hellblaue Färbung angenommen, die er immer kurz vor Sonnenuntergang bekam. Er hörte seine Mutter in der Küche arbeiten und die beständigen, rhythmischen Geräusche ihrer Bewegungen verrieten ihm, daß sie Brotteig knetete. »Wieviel Uhr ist es, Mam?« rief er.

Er hörte, daß sie zum Kamin hinüberging und die Zinnuhr vom Sims nahm, die immer vornüber fiel. »Kurz nach halb neun«, rief sie zurück und begann erneut, ihren Teig zu kneten.

»Wann kommt John zurück?« brüllte er.

»Das kommt wohl darauf an, wie die Fische anbeißen«, antwortete sie. »Er hat die Angel mitgenommen, und ich nehme an, daß er zum Schwanensee raufgegangen ist.«

»Das ist ungerecht«, beschwerte sich Derek.

»Was ist ungerecht?«

»Alles.«

Seine Mutter sagte nichts. Derek schwitzte, teils wegen der Medikamente, die er genommen hatte, teils, weil es ein warmer Abend war. Die grobe Baumwolldecke kratzte an seinen Beinen, und er warf sie ab. Dann sah er sich im Schlafzimmer um. Die geblümte Tapete war verblichen und in der Nähe der Decke wies sie dunkle Feuchtigkeitsflecken auf. Das Zimmer war gerade groß genug für das eiserne Doppelbett, zwei Holzstühle und ein paar wacklige, selbstgezimmerte Regale, auf deren unterer, mit einem Vorhang verkleideter Hälfte die Hemden und die Unterwäsche der Jungen lagen. An der Zimmertür waren einige Holzhaken befestigt, an denen die Jacken und Hosen hingen, und auf dem offenen, oberen Teil der Regale lagen die wenigen persönlichen Habseligkeiten sowie Dereks vom vielen Lesen zerfledderte Bücher, die größtenteils aus dem Herrenhaus stammten. An den Wänden hingen zwei gerahmte Bilder, über dem Bett ein düsterer Druck von Christus, dem Guten Hirten, und an der langen Wand gegenüber dem Fenster ein Bild von der Mutter Gottes, deren goldene Krone schwach im Abendlicht schimmerte. Er hatte den Anblick der beiden Bilder satt. Er setzte sich auf. »Kann ich jetzt aufstehen, Mam?« rief er. »Es geht mir gut, wirklich.«

Er wartete auf eine Antwort, aber statt dessen kam seine Mutter herüber und blieb im Türrahmen stehen. »Deck dich zu«, befahl sie. »Du wirst dir noch den Tod holen.«

»Um Himmels willen, Mam, es ist Sommer. Ich bin kein Baby mehr.«

»Deck dich zu, Derek!«

Sie trat an das Bett und nahm sein Kopfkissen, um es aufzuschütteln, wobei die Federn in sämtliche Richtungen stoben. Derek nieste, als er eine von ihnen in die Nase bekam. »Siehst du?« fragte seine Mutter. »Ich habe dir gesagt, daß du dir den Tod holen wirst.« Sie gab ihm das Kissen zurück. »Gib es mir morgen früh, damit ich es nähen kann.« Sie verließ das Zimmer, und ein paar Sekunden später hörte er, daß sie die Asche aus dem Kamin kehrte. Er schloß die Augen und versuchte vergeblich, ein wenig zu dösen.

Ungefähr eine Stunde später, als der schmale Streifen Himmel über der Hecke bereits goldfarben leuchtete, hörte er endlich, daß sein Bruder durch die Haustür kam. Er setzte sich wieder auf. »John«, rief er und eine Sekunde später kam sein Bruder ins Schlafzimmer.

»Wo bist du gewesen?« fragte Derek.

»Draußen.«

»Ja, aber wo?«

»Am See.«

»Die ganze Zeit?«

»Was ist los?« fragte John ungeduldig.

»Nichts.«

John drehte sich um und ging in die Küche zurück, und Derek legte sich wieder hin. »Mam«, rief er. »Kann ich was zu essen haben?«

»Ich bringe dir gleich dein Abendbrot«, rief seine Mutter zurück, aber es war John, der zehn Minuten später einen Becher Tee und eine dick mit Schmalz bestrichene Scheibe Brot brachte. Er reichte Derek sein Essen und setzte sich auf die Bettkante.

Derek sah, daß etwas mit seinem Zwilling nicht stimmte. »Hast du was gefangen?« fragte er mit vollem Mund, und John schüttelte den Kopf.

»Nichts.«

»Hast du irgend etwas Interessantes gesehen?« Als sie jünger gewesen waren, hatten sie stundenlang geduldig im Unterholz ausgeharrt und auf Dachse und rote Eichhörnchen gelauert.

John schüttelte erneut den Kopf und starrte reglos aus dem Fenster. Dann sagte er: »Warte, ich hole mir nur eine Tasse Tee.« Er ging aus dem Raum und Derek hörte, wie er in der Küche mit den Tassen klapperte und seiner Mutter gute Nacht sagte. Als er zurückkam, war es vollkommen dunkel. Er schloß die Tür, zündete eine Kerze an und zog sich aus. Dann schob er sich ins Bett. »Rate mal, was mir heute passiert ist«, sagte er schließlich, nachdem er es sich mit seinem Tee gemütlich gemacht hatte.

»Was?«

»Rate mal, wen ich heute getroffen habe.«

»Wen?«

»Rate!«

»Ich gebe auf.«

»Rose O'Beirne Moffat.«

»Oh«, sagte Derek. »Tatsächlich? Fräulein Hochnäsig höchstpersönlich.«

»Nein«, widersprach John. »Sie ist gar nicht so hochnäsig, wenn man sie erst mal kennt. Wir haben uns richtig nett unterhalten.«

»Worüber?«

»Alles mögliche. Weißt du...«

»Nein, ich weiß nicht.« Derek trank seinen Tee aus. Mädchen waren ihm ein Rätsel. Die Zwillinge waren in die kleine, staatliche Grundschule gegangen, die von Jungen und Mädchen besucht wurde, aber selbst dort hatte eine Art von Geschlechtertrennung stattgefunden. In der Tat war es eine wirksame und erniedrigende Strafe gewesen, wenn sich ein Junge an einen Mädchentisch hatte setzen müssen. Und während der letzten drei Jahre waren er und John auf einer reinen Jungenschule gewesen. Die Jungen des College trafen in Carrickmacross zwar des öfteren auf Mädchen aus dem Konvent, aber die Kommunikation beschränkte sich für gewöhnlich auf quer über die Straße gebrüllte Foppereien.

Sie hatten ein paar Cousinen in der Umgebung von Drumboola, aber sie waren sich einig, daß keine von ihnen etwas Besonderes war. Auf jeden Fall waren die Mädchen in ihrer Gegenwart ebenso reserviert wie sie selbst, und John und Derek waren bereits vor langer Zeit zu dem Schluß gekommen, daß keine von ihnen es wert war, irgendwelche Phantasien auf sie zu verschwenden.

Derek lehnte sich zurück. »Erzähl mir von ihr«, sagte er. »Ich habe sie schon seit Jahren nicht mehr gesehen. Wie ist sie jetzt so? Hat sie immer noch so einen seltsamen Akzent?« Er versuchte mehr schlecht als recht, Roses »vornehme« britische Sprechweise zu imitieren, und sah, daß sein Bruder lächelte.

»Ich kann sie nur schwer beschreiben«, sagte John langsam. »Sie ist ganz schön erwachsen geworden, irgendwie weich und zugleich doch nicht weich.«

»Ja, aber wie sieht sie jetzt aus?«

Die Kerze flackerte und warf ein gemütliches Licht auf das Bett. John nippte nachdenklich an seinem Tee. »Sie ist groß«, sagte er. »Nun, ziemlich groß«, verbesserte er sich. »Größer als die meisten Mädchen hier in der Gegend. Ihr Haar ist jetzt lang, und sie hatte ein Band drumgebunden – wie auf dem Bild von Alice im Wunderland in deinem Buch«, fügte er hinzu. Er leerte seine Tasse und stellte sie neben das Bett. Dann schob er sich unter die Decke und legte die Hände hinter den Kopf.

»Weiter«, sagte Derek. »Worüber habt ihr euch unterhalten? Wo hast du sie getroffen? Wie?«

»Am See. Es hat kein Fisch angebissen, und ich wollte gerade aufgeben, als die beiden Hunde ankamen und sie sie suchte. Ich glaube, sie war überrascht, mich zu sehen. Sie hat mich gar nicht erkannt.«

»Was hat sie gesagt?«

»Nun, zuerst hat sie so getan, als hätte ich kein Recht, dort am See zu sein. Dann hat sie gesehen, wer ich bin, und ich glaube, es tat ihr leid.«

»Und was ist dann passiert?«

»Wir sind spazierengegangen.«

»Sofort? Du bist sofort mit ihr spazierengegangen? Einfach so? Hast du gesagt ›Laß uns spazierengehen‹ oder was?«

»Nein, es ist einfach so passiert. Ich weiß nur, daß wir plötzlich spazierengegangen sind.«

»Wo?«

»Am Seeufer, zum Schwarzen Loch.« Das Schwarze Loch war die Bezeichnung der Zwillinge für die Stelle, an der das Seeufer steil abzufallen begann. Der Legende zufolge war der See dort unendlich tief. Dort hatten Generationen von unerwünschten Kätzchen und

Hundewelpen in mit Steinen beschwerten Mehlsäcken ihr Ende gefunden.

»Kannte sie das Schwarze Loch?«

»Keine Ahnung. Darüber haben wir nicht gesprochen.«

»Nun, worüber habt ihr dann gesprochen, was habt ihr gemacht?«

»Wir haben uns kurz hingesetzt.«

Derek merkte, daß sein Bruder nicht mehr sagen wollte. »Los, John«, drängte er. »Erzähl mir mehr.«

»Tja, das ist alles, wirklich. Wir haben einfach dagesessen und aufs Wasser gestarrt.«

»Habt ihr euch nicht weiter unterhalten?«

»Doch, aber nur über unwichtige Dinge. Sie hat mir von ihrer Schule in Dublin erzählt.«

»Und was hast du ihr erzählt?«

»Daß wir Arbeit suchen.«

»Daß *wir* Arbeit suchen?« Derek dachte nach. »Hat Miss Rose etwa nach mir gefragt?«

»Allerdings. Sie hat nach dir gefragt.«

»Hat sie einfach so gefragt ›Wie geht's Derek‹?«

»So in etwa.«

»War das alles?«

»Ich glaube, ja.« John beugte sich vor, blies die Kerze aus und sagte so beiläufg wie möglich: »Ich werde sie wiedersehen.«

Derek wartete, bis sich seine Augen an die plötzliche Dunkelheit gewöhnt hatten. Er starrte auf den schwachen Schimmer der Krone der Mutter Gottes und versuchte, seine Eifersucht nicht zu zeigen. »Ach ja?« fragte er.

»Ja«, sagte John und drehte sich um. »Sie will, daß ich ihr das Angeln beibringe.«

Der Morgen vor Roses Geburtstag war hell und klar. Ihr Zimmer lag in einer Ecke des Hauses mit Fenstern zu zwei Seiten, und als sie wach wurde, strömte das Sonnenlicht durch das Fenster, das nach Osten ging. Sie hatte erwartet, daß das Wetter gut sein würde. Obgleich sie bereit war zuzugeben, daß ihre Erinnerung selektiv sein mochte, war bisher jeder zehnte Juni sonnig und warm gewesen. Ein Blick auf ihre Uhr verriet ihr, daß es erst Viertel vor sechs war.

Sie warf ihre Bettdecke zurück, stand auf und ging zum Südfenster, um hinauszusehen. Die Baumwipfel glänzten in der aufgehenden Sonne, und aus dem Gras stiegen dünne Nebelschwaden auf.

Zu ihrer Freude entdeckte sie mitten auf dem Rasen zwischen zwei Schuppentannen drei Hasen, die friedlich an den Halmen zupften. Und auch am Waldrand bewegte sich etwas. Sie hielt den Atem an. Vorsichtig trat ein Reh unter den Bäumen hervor. Mit hoch erhobenem Kopf stand es ein, zwei Minuten vollkommen reglos da und schnupperte in der Morgenluft. Rose machte es sich auf dem Fenstersims gemütlich, um das Tier zu beobachten, doch es schien die Bewegung hinter der Scheibe zu spüren oder zu sehen. Es drehte sich zu ihr um, und sie rührte sich nicht, bis es nach ein paar Minuten den Kopf senkte und friedlich zu äsen begann.

Rose schlang die Arme um ihre Knie. Fast zehn Minuten lang beobachtete sie die Hasen und das Reh, bis es wieder im Wald verschwand. Dann stand sie auf und ging zurück zu ihrem warmen Bett. Wohlig streckte sie sich darauf aus und schwelgte in dem Bild von John Flynn, das seit ihrer gestrigen Begegnung die ganze Zeit vor ihrem inneren Auge schwebte.

Wer hätte das gedacht? Ausgerechnet John Flynn! Bis gestern hätte sie ihn noch nicht einmal beschreiben können, wenn jemand sie darum gebeten hätte, und sie hatte an ihn und seinen Bruder immer als an zwei unzertrennliche, kleine Jungen gedacht, die sich jedesmal, wenn sie ihnen irgendwo auf dem Gut begegnet war, in Luft aufzulösen schienen. Sie hatten ihr immer die riesigen Eisentore neben dem Pförtnerhäuschen geöffnet, wenn sie in der Kutsche, auf dem Pferderücken oder im Auto vorbeigekommen war, aber auch das hatten sie kurz nach dem Tod ihres Vaters aufgegeben.

Obgleich sie sich der finanziellen Schwierigkeiten ihrer eigenen Familie bewußt war, waren ihr die wirtschaftlichen Aspekte des Gutsbetriebes ein Rätsel, um das sie sich nach Ansicht ihres Vaters auch nicht weiter kümmern mußte. Allerdings wußte sie, daß abgesehen von dem etwas abseits gelegenen zweistöckigen Haus, in dem der Guts- und Forstverwalter lebte, nur noch das Cottage der Flynns bewohnt war. All die Hütten der Arbeiter waren bereits seit langer Zeit verlassen und in äußerst traurigem Zustand, zwei der

Häuschen waren zwar noch bewohnbar, aber leer, und das vierte war an einen englischen Künstler vermietet.

Sie wackelte mit den Zehen und vergrub sie tief in der Decke. Was würde ihre Mutter wohl dazu sagen? Rose schob diesen unerquicklichen Gedanken lieber gleich beiseite. Was war denn schon dabei, wenn John Flynn ihr an ihrem eigenen See und ihren eigenen Flüssen das Angeln beibrachte?

Und als Gegenleistung würde sie John Reitunterricht geben. Das zumindest dürfte kein Problem werden. Gus sagte immer, daß sein Jagdpferd zu fett wurde, weil ihm Bewegung fehlte. Das ältliche Tier hatte einen breiten Rücken und das Gemüt eines Schaukelpferdes, es war also perfekt für einen Anfänger. Rose genoß den Gedanken, John Flynn am Ende einer Longe über ein Feld zu führen. Sie schloß die Augen und stellte sich sein Gesicht vor: Seine Lippen waren lang und ebenmäßig. Zum zwanzigsten Mal seit ihrer Begegnung stellte sie sich vor, wie sie sich auf ihren eigenen Lippen anfühlen würden. Fest und zugleich weich. Sie erschauderte, und plötzlich kicherte sie, als sie daran dachte, wie oft sie in der Schule vor unreinen Gedanken gewarnt worden war. Sie hatte Neuigkeiten für die Nonnen. Sie hegte wunderbare Gedanken, und sie genoß es.

Es gelang ihr, noch ungefähr eine Stunde zu dösen, bis sie das Knirschen der Reifen von Mrs. McKennas Fahrrad auf dem Kies in der Einfahrt vernahm. Sie sprang aus dem Bett, nahm wahllos ein paar Kleidungsstücke von dem Haufen auf dem Fußboden und zog sich eilig an. Sie zupfte an der Bettdecke, bis sie halbwegs ordentlich aussah, und stürmte hinaus in den Flur. An der Treppe begegnete sie Gus. Überrascht stellte sie fest, daß er eleganter als sonst gekleidet war, mit einem schneeweißen Hemd, einer Tweedkrawatte und seinem besten Anzug, dessen Jacke er über den Arm gehängt hatte. Seine Schuhe blitzten frisch poliert. »Morgen, Daddy«, sagte sie fröhlich. »Du siehst aus, als würdest du in die Kirche gehen.«

»Herzlichen Glückwunsch zum Geburtstag, meine Kleine«, sagte Gus, umarmte sie und ging neben ihr die Treppe hinunter. »Ich wünschte, ich ginge wirklich in die Kirche. Ich muß gleich nach dem Frühstück weg. Ich habe einen Termin bei meiner Bank.«

»Oje«, sagte Rose mitfühlend. »Nun, vielleicht wird's ja gar nicht so schlimm.«

»Es ist immer schlimm«, sagte Gus finster, doch dann hellte sich seine Miene auf. »Ich habe ein Geschenk für dich, Rose.«

»Oh, ja!« Sie hakte sich bei ihm ein, als sie in Richtung der riesigen Küche gingen, aus der der Duft von gebratenem Schinken drang. Es war Rose einfach schleierhaft, wie schnell Mrs. McKenna kochen konnte. Mit Ausnahme von Weihnachten und Ostern und den seltenen Gelegenheiten, bei denen Gäste geladen waren, nahm die Familie inzwischen sämtliche Mahlzeiten in der großen Küche ein. Das zugige Eßzimmer war zu groß für sie und zu weit von der Küche entfernt, als daß Mrs. McKenna, die nicht mehr die Jüngste war und deren Füße beständig schmerzten, immer alles hätte hinüberschleppen können.

Die Haushälterin, die immer noch ihren randlosen Hut aufhatte, wendete gerade die Speckschnitten in der Pfanne, so daß sie mit dem Rücken zu ihnen stand, als sie die Küche betraten. »Morgen, Mrs. McKenna«, rief Gus.

»Morgen, Colonel«, antwortete sie, ohne sich umzudrehen. Sie schlug ein halbes Dutzend Eier in die Pfanne und erhob ihre Stimme über das laute Gebrutzel. »Herzlichen Glückwunsch zum Geburtstag, Miss Rose!«

»Danke, Mrs. McKenna«, sagte Rose. Plötzlich bemerkte sie, daß ihr Platz am Küchentisch noch nicht gedeckt war und daß statt Messer und Gabel ein Päckchen dort lag. Sie rannte hinüber und nahm es in die Hand.

»Tut mir leid, daß ich nur braunes Einwickelpapier hatte«, sagte Gus. »Ich hätte an etwas Bunteres denken sollen, aber ich habe es einfach vergessen.«

»Macht nichts, Daddy«, sagte Rose, hielt das Päckchen an ihr Ohr und schüttelte es. »Was ist es?«

»Mach's doch einfach auf und sieh nach.«

Rose riß das Papier ab und entdeckte ein flaches, mit abgewetztem, rotem Samt bezogenes Schmuckkästchen. »Mein Gott!« Sie machte den Deckel auf.

Wie schimmernde Wassertropfen hoben sich von dem roten Samt die wertvollen, in altes Rotgold gefaßten Steine einer Kette, eines Armreifs und eines Paars Ohrringe ab. Sie stellte den Schmuckkasten auf den Tisch und nahm die Kette heraus. Sie wog schwer in ihrer Hand, und als sie sie gegen das Licht des Küchenfensters hielt, sah sie, daß die Steine in Purpur schimmerten. »Es sind Amethyste«, sagte Gus.

Rose rannte zu ihm hinüber und umarmte ihn. »Oh, Daddy, vielen Dank! Die müssen doch ein *Vermögen* gekostet haben!«

Gus löste sich sanft aus ihrer Umarmung. »Nein, Rose«, sagte er ruhig. »Sie haben Lizzie gehört. Seit ihrem Tod haben sie in einem Banksafe gelegen. Ich habe es einfach nicht über mich gebracht, sie zu verkaufen, und ich habe mir geschworen, falls ich mal eine Tochter haben sollte, würde ich sie ihr an ihrem sechzehnten Geburtstag schenken. Ich weiß, daß sie es so gewollt hätte. Sie sind ein bißchen matt. Ich wollte sie noch polieren lassen, aber irgendwie hatte ich keine Zeit...«

»Oh, Daddy«, sagte Rose erneut. »Sie sind wunderbar, so wie sie sind. Ich hätte nicht gewollt, daß irgendwer sie auch nur *anrührt.*« Elizabeth O'Beirne Moffat war die einzige Schwester ihres Vaters gewesen. Sie war im Alter von achtundzwanzig an Tuberkulose gestorben, als diese Krankheit noch Schwindsucht genannt worden war, und Rose kannte sie nur von einem unscharfen Schnappschuß in einem alten Album. »Ich werde gut auf sie aufpassen, Daddy, das verspreche ich.«

»Ich habe auch ein Geschenk für Sie, Miss Rose«, sagte Mrs. McKenna schüchtern. Sie ging zu ihrer Handtasche und zog ein weiteres Päckchen hervor.

»Oh, Mrs. McKenna, das wäre doch nicht nötig gewesen«, sagte Rose, während sie das Geschenk auspackte. Es war ein Stück Lavendelseife und Talkumpuder. »Vielen, vielen Dank.«

»Die Eier dürften fertig sein«, sagte Mrs. McKenna zufrieden und wandte sich erneut der Pfanne zu.

Die Haushälterin war mit dem Frühstückstablett für Roses Großmutter nach oben gegangen und Rose und ihr Vater hatten sich gerade an den Tisch gesetzt, als ihre Mutter die Küche betrat. Anders als ihre Tochter war Daphne O'Beirne Moffat ordentlich gekleidet, mit einem praktischen Tweedrock, einem Twinset und einer strengen Perlenkette. »Herzlichen Glückwunsch zum Geburtstag, Rose«, sagte sie, kam quer durch den Raum und beugte sich zu ihrer Tochter hinab, um ihr ihre nach Pond's Gesichtspuder duftende

Wange hinzuhalten. »Ich habe dein Geschenk oben«, fuhr sie fort. »Ich werde es dir später geben.«

»Hast du gesehen, was Daddy mir geschenkt hat, Mutter?« fragte Rose und zeigte auf das Schmuckkästchen.

»Ja, das habe ich«, sagte Daphne. »Nun, Rose, du solltest es sofort in den Banksafe zurücklegen. Das ist der einzig richtige Platz dafür. Man kann nie wissen, was passiert, wenn man es im Haus behält oder es gar trägt. Es ist zu wertvoll, um es einfach herumliegen zu lassen.«

Rose war fest entschlossen, sich die Freude an dem Geschenk ihres Vaters nicht nehmen zu lassen, so daß sie nichts erwiderte. Statt dessen wechselte sie das Thema. »Ich glaube, Muffin ist schon wieder schwanger«, verkündete sie und erzielte mit der Bemerkung genau die beabsichtigte Wirkung.

Ihre Mutter verzog das Gesicht. »Rose! Nicht am Frühstückstisch, bitte.«

Rose schnitt energisch in die Speckschnitte auf ihrem Teller, während Daphne an den Herd ging, sich Speck und Eier nahm und sich neben sie setzte. Sie senkte den Kopf, faltete die Hände zum Gebet, bekreuzigte sich und begann zu essen.

Rose aß so schnell sie konnte und räumte ihren Teller, ihre Tasse und ihr Besteck in die Spüle. »Viel Glück bei der Bank, Daddy«, rief sie, nahm ihr Schmuckkästchen und ging damit zur Tür.

»Wo willst du hin?« fragte ihre Mutter.

»Ich habe heute tausend Dinge zu erledigen«, log Rose.

»Was zum Beispiel?«

»Oh«, Rose winkte ab. »Alles mögliche. Ich muß noch etwas schreiben – für die Schule. Ferienaufsätze und so.«

»Das ist gut, Rose«, sagte ihre Mutter. »Es freut mich zu sehen, daß du allmählich Vernunft annimmst und deine Aufgaben nicht mehr bis zum letzten Tag vor dir herschiebst. Vergiß nicht, daß ich auch noch ein Geschenk für dich habe.«

Rose wußte nur zu gut, was für ein »Geschenk« ihre Mutter für sie hatte. »Danke, Mutter«, sagte sie und versuchte, begeistert zu klingen. »Ich vergesse es bestimmt nicht. Aber ich möchte nicht alles auf einmal haben. Ich komme dann später.«

»Genieß deinen Geburtstag«, rief Gus ihr nach, als sie aus der

Küche floh. Während sie die Treppe hinaufging, nahm sie das Armband heraus und legte es um ihr Handgelenk. Die Steine lagen wie flüssige Veilchen auf ihrer Haut.

Fünf Stunden später beendete John Flynn mit vor Aufregung klopfendem Herzen sein Mittagessen. Er stand auf und kratzte die Kartoffelschalen und die wenigen auf seinem Teller verbliebenen Kohlstückchen in den Eimer, der für die Ziege neben der Tür stand. »Soll ich sonst noch was tun, Mam?« fragte er seine Mutter, die ihre Mahlzeit bereits beendet hatte, neben dem Herd stand und kochendes Wasser in die Teekanne goß.

»Haben wir noch genug Wasser?« fragte sie.

John nahm den Deckel von der Milchkanne und sah, daß sie noch mehr als halbvoll war. »Reichlich«, sagte er und machte die Kanne wieder zu.

»Warum hast du es denn so eilig?« fragte Derek, der mit einem Stück Pökelfleisch herumspielte.

»Ich habe es nicht eilig«, sagte John.

»John geht angeln, Mam«, verkündete Derek.

Falls seine Mutter den sarkastischen Unterton in seiner Stimme bemerkte, so ließ sie es sich nicht anmerken. »Schön«, sagte sie.

»Warum fragst du ihn nicht, wo er hingeht?«

Sie drehte sich überrascht um. »Was meinst du? Warum sollte ich ihn fragen?«

»Frag ihn.«

John unterbrach ihn. »Ich gehe zum See, Mam.«

Ihre Mutter blickte von einem zum anderen. »John, was hat das alles zu bedeuten?«

»Nichts, Mam«, erwiderte John, und ehe sein Zwilling noch etwas sagen konnte, schnappte er sich seine Angel und seine Tasche und ging eilig nach draußen, wo die Hennen, die vor der Schwelle herumpickten, erschreckt auseinanderstoben.

Am liebsten hätte er Derek erwürgt. Nicht, daß ihre Mutter ihm verboten hätte, zum See zu gehen, aber auf jeden Fall wäre sie dagegen gewesen, daß er Kontakte zu jemandem vom Herrenhaus unterhielt. Wie alle Menschen des Bezirks war Mary Flynn der felsenfesten Überzeugung, daß man besser unter Seinesgleichen blieb.

Obgleich es noch viel zu früh war, ging er los. Er hatte seine Hausarbeit erledigt und würde bestimmt nicht noch einmal hineingehen und sich erneut das Genörgel seines Bruders anhören. Er brauchte fünfzehn Minuten bis zu dem Felsvorsprung, von dem aus er gestern abend geangelt hatte. Als er dort ankam, war es bis zu seiner Verabredung noch gut eine Stunde, so daß er sein Hemd auszog und sich der Länge nach auf dem warmen Stein ausstreckte, um ein Sonnenbad zu nehmen. Er lag mit dem Kopf in Richtung des Sees und blickte aus weit geöffneten Augen zum wolkenlosen Himmel hinauf. Nach einem Augenblick hatte er das eigenartige Gefühl, als würde sich sein ganzer Körper drehen und als würde er langsam in eine tiefe blaue Schüssel, in die Unendlichkeit hineingesogen. Das Gefühl machte ihn schwindlig, und er schloß die Augen.

Rose war zu früh dran und sie wäre noch früher gewesen, wenn sie nicht sechs verschiedene Garderoben ausprobiert hätte, ehe sie sich für ein durchgeknöpftes Baumwollkleid mit Puffärmeln und einem breiten weißen Kunstledergürtel entschied. Sie zog ein Paar weißer Sandalen an, die eher für eine Modeschau als für einen Spaziergang an einem steinigen Seeufer geeignet gewesen wären, aber da sie ihre langen Beine und ihre schmale Figur gut zur Geltung brachten, war ihr die mangelnde Bequemlichkeit egal.

Schon von weitem sah sie ihn auf dem Felsvorsprung liegen. Ihre Sandalen versanken lautlos im Gras und da er sich nicht rührte, konnte sie ihn ungeniert mustern. Er lag ausgestreckt auf dem Stein, den Kopf leicht zur Seite gedreht, eine Hand auf dem Bauch. Da sie nicht sicher war, ob er tatsächlich schlief, blieb sie kurz stehen, aber als er sich nach ein paar Sekunden immer noch nicht bewegte, ging sie einen guten Meter neben ihm lautlos in die Hocke. Sie war ihm nahe genug, um die feinen Haare zu sehen, die sich in einer dünnen Linie von seinem Brustbein bis zu seinem Gürtel erstreckten.

Am liebsten hätte sie die Hand ausgestreckt und ihn berührt.

Nach einer Weile öffnete er die Augen, sah verwirrt um sich, und als er sie erblickte, fuhr er auf und griff nach seinem Hemd. »Ich bin zu früh«, sagte Rose. »Tut mir leid, daß ich dich geweckt habe. Du hast so friedlich ausgesehen.«

»Ich habe nicht geschlafen. Wie lange bist du schon hier?« Er war sichtlich verlegen.

»Oh, höchstens ein, zwei Minuten. Ich hoffe, du hast dir keinen Sonnenbrand geholt«, fügte sie schüchtern hinzu. »Es ist sehr heiß heute.«

Er konzentrierte sich darauf, sein Hemd zuzuknöpfen, und Rose stellte zufrieden fest, daß sie wieder die Oberhand hatte. »Wie ich sehe, hast du die Angel mitgebracht«, sagte sie.

»Ja.« Er stand auf. »Können wir anfangen?«

»Sicher.« Auch Rose stolperte auf die Beine.

»Also gut.« Er griff nach der alten Segeltuchtasche, die neben seiner Angel lag, nahm eine kleine Blechbüchse heraus und öffnete sie. Rose war überrascht und erfreut: Die Köder, einige winzig klein, andere fett wie Bienen, schimmerten wie Spielzeugjuwelen. Im Herrenhaus gab es zwar noch ein paar alte Angelsachen, aber Gus fehlte die Geduld zu diesem Sport, und sie hatte noch nie zuvor eine Fliegenbüchse gesehen. »Sie sind einfach wunderbar, John«, rief sie begeistert und strich vorsichtig über eins der zarten, federleichten Gebilde.

»Schön, nicht wahr?« stimmte er ihr zu, erfreut über ihren Enthusiasmus. »Ich habe sie von meinem Onkel. Er ist tot.«

»Oh, das tut mir leid«, sagte Rose.

»Schon gut, er ist schon lange tot. Er ist ein paar Jahre nach meinem Vater gestorben.« Vorsichtig nahm er eine der Fliegen, erklärte ihr, daß sie Bibio genannt wurde und zeigte ihr, wie man die Angelschnur durch die Drahtringe an der Rute fädelte und wie man die Fliege daran festmachte. Sie hockten sich auf den Stein, steckten die Köpfe über der Fliegenbüchse zusammen, und während er ihr die Namen der anderen Köder aufzählte, versuchte Rose, sich auf die unbekannten Wörter zu konzentrieren: Black Pennell, Hasenohr, Silberdachs, Connemara Black, Kingsmill, Claret, Grauer Stäubling, Eintagsfliege, Schwarzbraune Olive. Sie sog den warmen, leicht süßlichen Duft seiner Haare ein, und obwohl sie versuchte, sich auf den Unterricht zu konzentrieren, konnte sie den Blick einfach nicht von seinen langen, schmalen Fingern wenden, die so geschickt mit dem Köder und der Schnur hantierten. Die sanften, behenden Bewegungen weckten ein Gefühl tiefer Ruhe in ihr. Sie wünschte sich, daß

John mit seiner Arbeit niemals fertig würde, und um den wunderbaren Augenblick zu verlängern, zeigte sie auf ein besonders schönes Exemplar in der Schachtel. »Und wie heißt der hier?«

»Das ist ein Grüner Peter«, sagte er.

»Aber er ist überhaupt nicht grün«, protestierte sie. »Er hat tausend verschiedene Farben.«

»Nun, er heißt aber so.«

»Ich verstehe«, sagte Rose bescheiden. »Und du bist sicher, daß wir mit dem Bibio was fangen?«

Er lächelte. »Hör zu«, sagte er. »Drei Uhr nachmittags an einem heißen, wolkenlosen Junitag ist nicht die allerbeste Zeit zum Angeln. Wahrscheinlich ist es sogar die ungünstigste Zeit, die man sich denken kann.«

»Wäre es besser, wenn wir mit einem Boot auf den See hinausfahren würden?« fragte Rose. Sie entdeckte grüne Sprenkel im Grau seiner Augen. »Wir könnten eins der Boote nehmen.« Noch während sie den Vorschlag machte, bedauerte sie es schon. Sie hatte keine Ahnung, in welchem Zustand die Boote waren. Die Familie besaß zwei offene Ruderboote, die in dem heruntergekommenen Bootshaus ein Stückchen den See hinauf lagen. Als sie noch kleiner gewesen war, hatte Gus sie oft damit unterhalten, daß er mit ihr am Ufer entlang gerudert war, aber soweit sie wußte, war in den letzten Jahren niemand auch nur in die Nähe des Bootshauses gegangen.

John schien zu zögern. Er blickte über den See und dann zum Himmel hinauf, und Rose, die noch nie so lange in der Nähe eines Jungen gewesen war, stellte fest, daß sein Adamsapfel hervortrat, wenn er den Kopf in den Nacken legte. »Meinst du, sie wären einverstanden?« fragte er, und Rose wußte, daß er an etwas anderes dachte als an das Boot. Sämtliche Gedanken an die Seetüchtigkeit der Boote waren auf einmal wie weggewischt.

»Natürlich wären sie einverstanden«, sagte sie fest. »Außerdem habe ich heute Geburtstag, und da kann ich tun und lassen, was ich will.«

»Also gut, vielleicht haben wir da draußen wirklich bessere Chancen«, sagte er. »Aber ich kann nichts versprechen.« Er stand auf. »Als erstes mußt du lernen, wie man die Angel auswirft.«

Dies war leichter gesagt als getan. Als die Schnur endlich zu seiner Zufriedenheit aufgerollt war, begann er mit dem Unterricht. Er gab ihr nicht sofort die Angelrute, sondern brach einen Ast von einem in der Nähe stehenden Baum und zupfte Blätter und Zweige ab, bis er glatt war. Dann zeigte er ihr, wie man die Angel auswarf: anheben, zweimal leicht schlagen, *auswerfen*, anheben, zweimal leicht schlagen, *auswerfen*... »Und jetzt bist du dran.«

Sie nahm den Ast. Obwohl sie sich ziemlich blöd vorkam, wedelte sie mit dem Ast hinter ihrem Kopf herum. »Nein«, sagte er und nahm seine Angelrute. »Du mußt es in einem bestimmten Rhythmus machen. So: eins ... zwei, drei und *vier*!« Es zischte und der Köder segelte mühelos über das Wasser und zog die Schnur hinter sich her.

Rose hob erneut ihren Ast. »Eins, zwei, drei, *vier*...«

»Nicht schlecht«, sagte John und holte seine Schnur ein. »Versuch's noch ein paarmal und dann gebe ich dir die Angelrute.« Rose freute sich über das kleine Lob. Wieder und wieder hob sie den Ast, schlug leicht und zählte, hob den Ast, schlug leicht und zählte. Als er ihr die Angel gab, war sie von der Leichtigkeit des Geräts überrascht, doch es war sehr lang und ließ sich nur sehr schwer im Gleichgewicht halten. Die Spitze hüpfte bei der geringsten Bewegung zitternd auf und ab. »Beweg die Angel erst einmal gar nicht«, warnte John. »Gewöhn dich erstmal daran.« Rose bedauerte inzwischen ihre Kleiderwahl. Das knapp sitzende, gegürtete Kleid engte ihre Bewegungsfreiheit ein, und jedesmal, wenn sie die Arme hob, spürte sie, daß sich der Stoff über ihren Brüsten spannte. Sie warf ihm einen verstohlenen Blick zu und überlegte, ob er etwas bemerkte, aber sein Gesicht war ernst. Um ihre Verwirrung zu verbergen, hielt sie die Angel tief und tat so, als prüfe sie ihr Gewicht.

Aber dann konnte sie der Versuchung, ein wenig anzugeben, einfach nicht widerstehen. »Ich glaube, ich hab's verstanden. Vielleicht sollte ich jetzt mal die Angel auswerfen.« Sie hob die Angelrute so wie sie zuvor den Ast gehoben hatte, doch der Stab war mehr als dreimal so lang und sie nahm zuviel Schwung. Die Spitze sauste hinter ihren Kopf, die Leine flog los und der Köder schoß seitwärts in einen der Rhododendronbäume, wo er sich in einem der obersten Äste verfing. Rose ließ die Angel fallen, als hätte sie sich daran verbrannt.

John lachte. »Keine Angst, das passiert jedem beim ersten Mal.« Er ging zu dem Baum und zerrte an der Leine, aber nichts tat sich – die Fliege saß fest. Er wackelte mit der Leine nach links und rechts, aber immer noch bewegte sich nichts. »Ich muß wohl raufklettern«, sagte er. »Ich brauche den Köder noch.«

Während Rose zusah, wie er den Baum hinaufkletterte und an dem Haken zerrte, überlegte sie, ob dies Liebe sei: diese Verwirrung, diese Woge der Erregung, die ihren gesamten Körper erfaßte, als sie John Flynns langen, beweglichen Körper sah, wie er sich von dem schimmernden Grün des Baumes abhob. Er trug ein fleckenloses weißes Hemd und eine dunkelgraue Hose. Das Hemd war ihm etwas zu groß, und da es keinen Kragen hatte, sah sie seinen Hals, als er sich nach hinten lehnte, um den Angelhaken durch das dichte Grün zu führen. Auch seine langen, sehnigen Unterarme kamen unter den aufgerollten Ärmeln gut zu Geltung.

Rose wagte kaum noch zu atmen. Sie wandte sich ab und tat, als blicke sie auf den See hinaus. »Ich frage mich, warum niemand den See bei seinem richtigen Namen nennt«, rief sie über die Schulter.

»Den Schwanensee?«

»Ich finde, der richtige Name, Allabawn, ist schöner.«

»Das ist doch das gleiche. Kein Mensch nennt ihn so.«

»Ich weiß, aber Loch Allabawn ist der richtige Name.«

Sie hörte, daß er auf den Boden sprang. Dann trat er neben sie und hob die Angel vom Boden auf. »›Allabawn‹ heißt doch nichts anderes als ›weißer Schwan‹«, sagte er und holte die Angelschnur ein. »Was für einen Unterschied macht es also?«

Es tat ihr leid, daß sie die Sprache überhaupt auf den Namen des Sees gebracht hatte. »Ich habe ja nur gefragt«, murmelte sie. »Aber eigentlich ist es egal. Nehmen wir jetzt das Boot?«

»Ich fürchte, du mußt erst noch ein bißchen das Auswerfen üben. Schließlich will ich nicht, daß du ertrinkst oder daß wir kentern.«

Während der nächsten zehn Minuten wurde Roses Technik zusehends besser. Obgleich sie sich nur mit halbem Herzen dem Fliegenfischen widmete, gelang es ihr ein paarmal, den Köder in den See zu werfen, ohne die Leine irgendwo zu verheddern, und schließlich meinte John Flynn, nun sei sie sicher genug, um ihr Glück in einem Boot zu versuchen.

Während sie am Ufer entlang gingen, hoffte sie inständig, daß das Bootshaus nicht abgeschlossen war. Sie erinnerte sich daran, daß vor ein paar Jahren davon die Rede gewesen war, als die IRA an der nur wenige Kilometer entfernten Grenze zu Nordirland aktiv werden wollte. Gus hatte die Gerüchte mit einem Kopfschütteln abgetan, aber Daphne hatte darauf bestanden, eine neue Tür für die Waffenkammer zu bestellen und sämtliche Türen des Hauses und selbst der Stallungen mit neuen Schlössern und Riegeln zu versehen. Rose hoffte nur, daß ihre Mutter das unbenutzte Bootshaus vergessen hatte.

Je näher sie dem Gebäude kamen, um so verzagter wurde sie. Die Farbe war verblichen und abgeblättert, und die Scheibe des einzigen Fensters war schwarz verschmiert. Dichtes Brombeergestrüpp verkratzte ihre nackten Beine, als sie sich zum Eingang durchkämpften, und sie mußten sich an hüfthohen Brennesseln vorbeischieben, die links und rechts der moosbewachsenen Betonhelling wucherten, die zu der Flügeltür führten. Erleichtert sah sie, daß das große eiserne Vorhängeschloß verrostet im Gras lag. »Das stammt bestimmt noch aus dem letzten Jahrhundert«, sagte sie, schob es mit dem Fuß beiseite und streckte die Hand nach dem Riegel aus, um die Türen aufzuschieben.

»Und du bist sicher, daß das in Ordnung ist?« John zögerte.

»Natürlich. Wie gesagt – an meinem Geburtstag ist alles in Ordnung.« Nach diesen Worten trat er vor, um ihr beim Öffnen der Türen behilflich zu sein, aber als sie es geschafft hatten, stellten sie fest, daß das Innere des Bootshauses in noch traurigerem Zustand als sein Äußeres war. Die Boote lagen zwar da, aber hinter dem grauen Spinnwebschleier, der sich wie dicke Baumwolle von einer Wand zur anderen erstreckte, waren sie kaum zu erkennen. Rose hörte ein leises Rascheln und erschauerte. Vor Mäusen hatte sie keine Angst, aber Ratten verabscheute sie. »Hier ist schon ewig kein Mensch mehr gewesen. Wer weiß, was alles hier drin ist.«

»Aber auf jeden Fall Boote«, stellte John fröhlich fest, schob seine Hand in den Vorhang aus Spinnweben und riß ihn in der Mitte durch. Rose sprang instinktiv zurück, und John selbst duckte sich und fuhr sich mit den Händen durch die Haare, als sich der Schleier teilte. Rose nieste und hielt sich aus Angst vor Ratten weiter im Hintergrund, aber John packte das kleinere der beiden Boote und zog es aus dem Bootshaus ins Sonnenlicht. »Sieht aus, als wäre es durchaus noch in Ordnung«, sagte er, während er es auf die Seite drehte, um den Kiel zu untersuchen.

»Nun, in Ordnung ist für mich etwas anderes«, sagte Rose.

»Keine Angst, es ist durchaus fahrtüchtig«, sagte er und trat kräftig gegen die Holzrippen des ehemals grün gestrichenen Gefährts. Er sah Rose an. »Aber es ist schmutzig. Was ist mit deinem weißen Kleid?«

Rose nieste erneut. »Kein Problem«, sagte sie. »Ich trage es immer nur einmal. Es – es –« Wieder nieste sie. »Es ist waschbar. Tut mir leid«, stieß sie hervor. »Das ist der Staub.«

»Bleib dort stehen, dann schiebe ich das Boot ins Wasser.« Er kehrte ins Bootshaus zurück, fand ein Paar Ruder und Riemendollen, warf alles ins Boot und schob es dann über die Helling in den See. Er sprang hinein und Rose wollte ihm gerade folgen, als er sie aufhielt. »Nicht so eilig.« Unter einem der Sitze zog er eine alte Kakaodose hervor, in der früher offensichtlich Köder aufbewahrt worden waren. Er beugte sich über den Rand des Boots, tauchte sie ins Wasser und goß mehrere Ladungen voll über die hölzernen Sitzbänke. »Sie werden in der Sonne schnell trocken«, rief er. »Warte noch kurz. Ich überprüfe solange die Geräte.« Er setzte die Riemendollen, schob die Ruder hindurch und begann, in kleinen Kreisen zu rudern.

Rose wußte mit absoluter Sicherheit, daß sie diesen Augenblick nie in ihrem Leben vergessen würde. Es war, als hätte sich ihr Gehirn in eine Kamera verwandelt, die alles, was um sie herum geschah, mit einer Reihe gestochen scharfer Schnappschüsse auffing: das Klatschen der Ruder im stillen Wasser, die Flut von Geräuschen, die eine Lerche auf sie herabprasseln ließ, das entfernte Bellen eines Hundes, die Gerüche – den Staub aus dem Bootshaus und den Lehm des zertrampelten Bodens – die Art, wie die Sonne diamanten auf dem Wasser schimmerte, die Straffheit von Johns Schultern, während er ruderte, die Art, in der er eins der Ruder sinken ließ und sich zu ihr umdrehte. Sie merkte, daß er etwas gesagt hatte. »Wie bitte?« rief sie.

»Ich sagte, die Bänke sind fast trocken«, antwortete er. »Ich komme dich jetzt abholen. Bringst du die Angel und die Tasche mit?«

Er manövrierte das Boot ans Ende der Helling, nahm ihr Angel und Tasche ab, legte die Ruder ins Boot und half ihr hinein. Entsetzt merkte sie, daß dies das erste Mal war, daß sie einander berührten. Sie ließ seine Hand fallen und hoffte, daß er nicht merkte, wie abrupt sie es tat.

Miss Rose und er … John konnte es einfach nicht glauben.

Während er sich auf das Rudern konzentrierte, als müsse er einen Ozean überqueren, versuchte er verzweifelt, Herr seiner Gefühle zu werden. Sie saß kerzengerade auf ihrem Platz, hatte die Hände im Schoß gefaltet und blickte aufs Wasser hinaus. Seinen begrenzten Erfahrungen mit Mädchen zufolge war sie das schönste Geschöpf, das er je gesehen hatte. Obwohl sie nicht braun war, ließ das Weiß ihres Kleides ihre Haut golden schimmern, und ihr langes, dunkles Haar, das sie wie gestern mit einem Band zusammenhielt, leuchtete wie Kupfer in der hellen Sonne.

Als sie ihm vorhin auf dem Felsen so nahe gewesen war, während er die Fliege an der Schnur befestigt hatte, hatte er ihren Honigduft eingesogen, und als er ihr eben ins Boot geholfen hatte, hatte sich ihre Hand kühl und zerbrechlich angefühlt. Jetzt hob sie diese Hand, um ihre Augen vor der Sonne zu schützen, und er bemerkte an ihrem Handgelenk einen mit glitzernden bläulichen Steinen besetzten Reif. Er riskierte einen Blick in ihre Augen, um zu sehen, ob die Farbe der Steine zu ihnen paßte, aber in der gleißenden Helligkeit erkannte er es nicht.

Um sich zu beruhigen, konzentrierte er sich erneut auf die Ruder in seinen Händen. Das Holz war abgenutzt und warm. Rudern war ihm schon immer leicht gefallen, wie jede andere rhythmische Übung. Sein Musiklehrer in der Schule hatte einmal gesagt, er gäbe einen guten Schlagzeuger ab. Er tanzte gern – so gern, daß ihm der Spott der anderen egal war – und er hatte bereits Medaillen in verschiedenen Kategorien des irischen Stepptanzes gewonnen. Auf Jahrmärkten und Hochzeiten war er ein gefragter Partner für den Walzer. Er versuchte sich vorzustellen, wie es wäre, mit Rose zu tanzen, sie in seinen Armen zu halten. Wahrscheinlich war sie federleicht. Er sah sie erneut verstohlen an. Sie beugte sich leicht über den

Rand und ließ eine Hand durchs Wasser gleiten. Ihr Haar hing wie ein Schleier über ihr Gesicht. »Ich habe dir noch gar nicht zum Geburtstag gratuliert«, sagte er, um etwas zu sagen.

»Nun, das kannst du ja immer noch tun.«

»Also gut, herzlichen Glückwunsch zum Geburtstag.«

»Danke. Und jetzt bringst du mir das Angeln bei?«

Etwas an der Art, wie sie diese Frage stellte, elektrisierte ihn, und um sich abzulenken, legte er die Ruder ins Boot und griff nach der Angel. »Ich glaube, dieser Platz ist so gut wie jeder andere«, sagte er. »Aber ich warne dich, mach dir lieber keine allzu großen Hoffnungen.« Unter ihrem Blick zitterten seine Hände ein wenig, als er die Fliege befestigte, und er brauchte ungewöhnlich lange dazu.

»Wie heißt dieser Köder?« fragte sie. Inzwischen saß sie auf ihren Händen.

»Grünschnabel.« Endlich hatte er es geschafft.

»Armes kleines Ding«, sagte sie und lächelte. Er erwiderte ihr Lächeln. Die ganze Szene, der Sonnenschein, das glatte, klare Wasser, wirkte verträumt und unecht. Einzige Sicherheit bot noch die Angelrute, das Zischen und Quietschen der Schnur, als sie über das Wasser schoß, das V, das sie auf der Oberfläche hinterließ, als er sie wieder einholte.

Sie versuchten eine halbe Stunde lang, etwas zu fangen, und als sie ein wenig sicherer wurde, entspannte er sich ein wenig. Anscheinend fiel es ihr hier draußen auf dem Wasser leichter, die Angel auszuwerfen, und ein-, zweimal traf sie genau die Stelle, die sie ins Visier genommen hatte. Einmal nahm er ihr die Rute ab und zeigte ihr, wie man den Köder sanft ins Wasser fallen ließ, indem man leicht mit dem Handgelenk zuckte, so daß die Fliege über die Wasseroberfläche sprang, als sei sie echt. »Wunderbar!« sagte sie. »Das schaffe ich nie.«

»Versuch's mal«, sagte er und gab ihr die Angel, wobei er sorgsam darauf achtete, sie nicht zu berühren. Aber diese Übung erwies sich als zu schwierig, und nach einer Weile sagte sie, daß sie müde sei, so daß er vorschlug, es an einer anderen Stelle zu versuchen.

Sie waren langsam mit der Strömung getrieben, und inzwischen befanden sie sich in einiger Entfernung vom Bootshaus am südlichen Ende des Sees. Als er hinüberblickte, sah er ein paar Trauerweiden, die über dem Wasser hingen und dort Schatten spendeten. »Vielleicht sollten wir es mal dort drüben probieren«, sagte er und wies in Richtung der Bäume. »Dort ist es nicht ganz so hell.«

»In Ordnung«, stimmte sie zu. Er holte die Angelschnur ein und ruderte los. Links von dem Baum stand ein Reiher – derselbe wie gestern? – auf einem Bein im Schilf und döste friedlich vor sich hin. Als das Boot näher kam, streckte er Hals und Flügel aus, erhob sich über dem Wasser und glitt gemächlich davon, um sich etwa zwanzig Meter weiter erneut niederzulassen. Außer dem Reiher waren sie die einzigen sich bewegenden Lebewesen auf dem See. Normalerweise gab es immer noch ein paar Schwäne, Bläßhühner oder Stockenten, aber offenbar hielten sich bei der Hitze alle vernünftigen Geschöpfe im Schatten auf.

Wieder legte John die Ruder ins Boot und ließ es ins Schilf treiben, bis der Bug sanft auf das Kiesbett auflief. Er wollte die Angel gerade in den Schatten der Weiden auswerfen, als sie ihn ansah. »John?«

»Ja?«

»Es ist wirklich heiß. Laß uns einfach einen Moment nichts tun.«

»Also gut.« Er fühlte sich sichtlich unwohl.

Sich selbst überlassen, löste sich das Boot vom Kies und trieb weiter nach Süden, wobei es sich sanft drehte, so daß das Heck vorne war. Bald senkte sich der Kühle spendende Schatten der Bäume über sie.

»Könnten wir das Boot nicht dort drüben hinlenken?« Sie zeigte an eine Stelle, wo die Weiden eine Art Höhle zwischen dem Blattwerk und dem grasüberwachsenen Ufer bildeten.

»Sicher.« Er benutzte die herabhängenden Äste, um das Boot durch die Blätter in den Schatten zu ziehen. Das Sonnenlicht fiel durch den grünen Baldachin über ihren Köpfen, und er bemerkte, daß ein Teil ihrer Haare sanft schimmerte, während ein anderer Teil schwarz wie der Flügel einer jungen Krähe war. Und was jetzt? Er wußte nicht mehr weiter.

»Dies ist ein wunderbares Versteck«, sagte sie und zupfte ein schmales Blatt von einem über dem Boot hängenden Zweig.

»Ja«, sagte er unsicher. Er fühlte sich wie ein Schauspieler, der seinen Text vergessen hatte.

»Hier sieht uns kein Mensch.«

Offenbar war er an der Reihe. »Stimmt.«

Sie legte den Kopf schräg und bedachte ihn mit einem eigenartigen Blick. Da er sich selbst nicht traute, beugte er sich über den Rand des Bootes und tat, als beobachte er das Treiben der Wasserkäfer und der winzigen Elritzen, die am Rand des Wassers, wo der Lehm von der Böschung rutschte, hin und her flitzten. Es war so still unter den Bäumen, daß er sogar die Bewegungen der Insekten vernahm. Die Spannung zwischen ihnen beiden steigerte sich immer mehr, bis sie durch das plötzliche Surren eines Vogels über ihren Köpfen aufgeschreckt wurden und gleichzeitig nach oben sahen.

Fast ohne zu wissen, was er tat, stand John halb auf, beugte sich vor und küßte ihr ihm zugewandtes Gesicht. Statt ihren Mund traf er irgendwie ihr Kinn. Das Ganze dauerte höchstens eine tausendstel Sekunde, und er machte einen Satz, als habe er sich verbrannt. »Tut mir leid. Tut mir wirklich leid.«

»Warum tut es dir leid?« fragte sie sanft. »Es hat mir gefallen.«

Er beugte sich erneut vor, wobei das Holz des Bootes bei seiner Bewegung knarrte. Er küßte sie erneut, dieses Mal auf den Mund, jedoch ohne sie sonst zu berühren. Ihre Lippen reagierten. Sie waren warm und voll, und der Honigduft ihres Körpers hüllte ihn ein.

Rose wünschte sich, daß der Kuß niemals enden würde, aber als sie meinte, daß er aufhören wollte, zog sie sich zurück. Er sollte nicht denken, daß sie zu begierig nach seinen Liebkosungen war. Sie beide wandten den Blick voneinander ab und sahen aufs Wasser hinaus.

Sie ließ ihr langes Haar über ihr Gesicht fallen, so daß sie ihn mustern konnte, ohne daß er sie sah. Er hatte den Kopf zur Seite gedreht, aber sie sah, daß eine Ader an seinem Hals so heftig klopfte, daß der oberste Knopf seines Hemdes zitterte. Ihr eigener Puls raste nicht weniger, und sie verspürte gleichzeitig Verwirrung, Erregung und Furcht. Der Kuß war einfach wunderbar gewesen, viel, viel besser als die flüchtige Erfahrung beim Flaschendrehen, die sie vor so langer Zeit auf der Party gemacht hatte. Sein Mund hatte sich genau so angefühlt, wie sie ihn sich vorgestellt hatte. Nein, besser noch.

Sie wollte noch einmal geküßt werden, aber natürlich stand es einem Mädchen nicht zu, die Initiative zu ergreifen. Sie müßte eben abwarten und sehen, was passierte. Er griff erneut nach den Rudern. Er würde sie wieder auf den See hinausbringen ...

Ehe er seinen Plan in die Tat umsetzen konnte, nahm sie all ihren Mut zusammen. »John?«

»Ja?« Eins der Ruder war aus der Riemendolle gerutscht, und er schob es vorsichtig wieder hinein.

»Gehen wir jetzt?«

»Was willst du denn tun?«

»Ich möchte, daß du mich noch einmal küßt.« Sie hörte, daß sie nervös kicherte. »Tut mir leid ...«

Er sah sie eine Sekunde lang an, und dann setzte er sich vorsichtig, damit das Boot nicht allzusehr schwankte, neben sie, nahm ihr Gesicht in beide Hände und zwang sie, ihn anzusehen. Seine Finger waren kühl, als er sie festhielt und seinen Mund erneut sanft auf ihre Lippen preßte. Rose schloß die Augen. Sie hatte das Gefühl, als würde sie schwimmen und ertrinken, schwimmen und ertrinken. Nach einer Weile öffneten seine Lippen ihren Mund, und sie spürte die Spitze seiner Zunge. In diesem Moment wurde sie panisch. Das war ein Zungenkuß. Eine Sünde.

Aber er ließ ihren Kopf nicht los, sondern wartete nur eine Sekunde, ehe er sie abermals küßte. Sie öffnete den Mund und ließ ihn hinein. Zuerst fühlte es sich seltsam und erschreckend an, aber dann schien ihr gesamter Körper ein eigenes Leben zu entwickeln, ihr zu befehlen, die Arme um seinen Hals zu schlingen und sich an ihn zu pressen. Doch das Boot schwankte gefährlich, und instinktiv streckte sie die Hände aus, um sich abzustützen.

Er lachte und sie lachte ebenfalls. Dann sahen sie einander an. Rose konnte kaum atmen. Aus der Nähe betrachtet wirkte die pulsierende Ader an seinem Hals wie ein kleiner Hammer. »Ich glaube, wir kehren jetzt besser um«, sagte er.

»In Ordnung.« Sie legte den Finger auf die Stelle, an der sein Puls zu erkennen war.

Er schob seine Hand auf ihren Finger und drückte ihn an seinen Hals. »Du bist wunderbar, Rose«, sagte er. »Herzlichen Glückwunsch zum Geburtstag.« Dann küßte er sie erneut, so schnell, daß sie keine Gelegenheit hatte zu reagieren, setzte sich auf die gegenüberliegende Bank und griff nach den Rudern.

Nach der Kühle unter den Weiden traf die Hitze über dem See Rose wie ein Schlag. Und die glitzernde Sonne blendete sie. Hier draußen fühlte sie sich ungeschützt und zur Schau gestellt, als trage sie ein großes Schild, auf dem stand, was unter den Bäumen zwischen ihnen geschehen war. Und bald brachen sämtliche Zweifel über sie herein: Sie hätte es nicht tun solllen, sie hatte ihn »aufgefordert«, sie zu küssen, und nun würde er sie nicht mehr respektieren. Ihre Mutter würde es herausfinden – und Rose hatte nicht den leisesten Zweifel, was ihre Mutter dann denken würde.

Und was am schlimmsten war – sie hatte eine Todsünde begangen und würde es beichten müssen. Zungenküsse waren eine Todsünde.

Sie sah in Johns ernstes Gesicht und wünschte, sie würde rudern und nicht er. Sie wollte die Energie loswerden, die in ihrem Inneren tobte. Was er wohl dachte? Hatten Jungen dasselbe Schamgefühl, wenn solche Dinge passierten? Aber schließlich hatte sie ihn gebeten, sie zu küssen, oder nicht? Auf jeden Fall hatte er sich ihr nicht aufgedrängt. Andererseits hatte er sie als erster berührt. Es war alles sehr verwirrend.

Auf halbem Weg zum Bootshaus machte er eine Pause und ließ das Boot ein wenig treiben. Rose kämpfte mit aufkommender Panik; er brachte sie zurück, und das wäre es dann. Er würde sie nicht wiedersehen wollen. Aber *sie* wollte *ihn* wiedersehen. Zur Hölle mit ihrer Mutter und den Nonnen und der Beichte – sie wollte unbedingt wieder geküßt werden. Und wieder und wieder.

Das Boot kam fast gänzlich zum Stehen, und sie atmete tief ein. Jetzt oder nie. Sie beugte sich vor und legte ihre Hand auf Johns Oberschenkel, der sich durch den Stoff seiner Hose hindurch überraschend hart anfühlte.

Er hatte über seine Schulter geblickt, und bei ihrer Berührung fuhr sein Kopf herum. Sie schluckte, aber zog die Hand nicht zurück. »Was denkst du?«

»Nichts. Und was denkst du?« Er sah sie aus halb zusammengekniffenen Augen an, die schräger wirkten als je zuvor. Sie nahm all ihren Mut zusammen und sagte die Wahrheit. »Ich denke daran, wie du mich geküßt hast.« Es klang so armselig, daß ihre Stimme zitterte.

Er senkte den Kopf und murmelte etwas Unverständliches.

»Wie bitte?«

»Ich auch«, sagte er lauter.

»Ich verstehe.«

»Also«, sagte er und wandte den Blick von ihr ab.

»Also«, wiederholte sie. Sie drehte sich nach dem Reiher um, aber der schien seinen Posten verlassen zu haben. Sie holte noch einmal tief Luft. Ebensogut konnte sie es sagen. Schließlich hatte sie nichts zu verlieren. »Werden wir uns wiedersehen?«

»Du meinst, ob wir miteinander gehen?«

Sie versuchte, ihrer Stimme einen ruhigen Klang zu verleihen. »Willst du das denn?«

»Was meinst du?« Er blickte auf den Boden des Bootes.

»Wenn du mit mir gehen willst, will ich es auch.«

»Ja, ich will«, sagte er ruhig. »Sehr sogar.«

Ihr Innerstes drohte zu zerbersten vor lauter Freude, aber sie versuchte, ihre Stimme an seinen ruhigen, ernsten Ton anzupassen. »Also gut dann«, sagte sie, als besprächen sie die Arrangements für eine Beerdigung.

Er setzte sein breites Wolfslächeln auf. »Im Herrenhaus werden sie nicht gerade aus dem Häuschen sein vor Begeisterung ...«

»Nein«, sagte Rose, und dann erwiderte sie sein Lächeln. Sie lächelte heute so viel, daß sie das Gefühl hatte, ihr Gesicht müsse zerbersten, und sie glaubte sie würde nun für den Rest ihres Lebens lächeln. »Aber wie sollten sie es schon erfahren?« sagte sie. »Ich werde wohl kaum eine Anzeige in der *Irish Times* oder auch nur im *Argus* oder im *Democrat* aufgeben – und du?« Sie war glücklicher, als es ein Mädchen an seinem sechzehnten Geburtstag verdient hatte. Sie war richtig geküßt worden und hatte einen Freund.

»Am besten sind wir vorsichtig.« Er zerrte an seinem Hemdkragen herum, und Rose fand, daß es die sinnlichste Geste war, die sie je gesehen hatte.

»Natürlich bin ich vorsichtig«, sagte sie. Über die Schwierigkeiten würde sie später nachdenken. Morgen vielleicht.

Er ließ die Ruder fallen, wischte sich die Handflächen an seiner Hose ab und streckte ihr förmlich die Hand entgegen. Verwirrt nahm sie sie. »Wir haben uns noch gar nicht ordnungsgemäß vorgestellt«, sagte er. »Guten Tag, Miss O'Beirne Moffat, ich bin John Flynn, einer Ihrer Pächter.«

Sie lachte ein bißchen unsicher. »Guten Tag, Mr. Flynn. Schön, Sie kennenzulernen. Sie leben im Pförtnerhäuschen, nicht wahr?«

»Allerdings, Miss.«

»Und was, bitte, tun Sie für uns O'Beirne Moffats?«

»Ich stehe Ihnen voll und ganz zu Diensten, Miss, in *jeder* Beziehung...«

Er hob ihre Hand an seine Lippen und küßte sie. Dann drehte er sie vorsichtig um und küßte ihre Handfläche so hart, daß sie seine Zähne spürte. Er sah sich um, um sicherzugehen, daß sie unbeobachtet waren, und dann ging er vor ihr auf die Knie und zog ihren Kopf zu sich herab. Er küßte ihre Augen, ihren Hals und schließlich ihren Mund. Sie öffnete ihn begierig, aber er legte zwei Finger auf ihre Lippen und küßte sie erneut. »Das soll dir Glück bringen, Rose«, flüsterte er.

Als er sie zum Bootshaus zurückruderte, hatte Rose das Gefühl, zwanzig Zentimeter über ihrem Sitz zu schweben. Die Hitze schwirrte um ihren Kopf, und sie spritzte sich soviel Wasser ins Gesicht, daß ein paar der brackigen Tropfen in ihren Mund liefen. »Das ist der schönste Geburtstag, den ich je hatte«, sagte sie, während das Wasser von ihrem Kinn tropfte. »Wann hast du Geburtstag, John?«

Sein Geburtstag war am 25. August. »Bis dahin weiß ich auch, ob ich fortgehe oder nicht«, sagte er.

»Ob du fortgehst?« Sie war enttäuscht. »Wo gehst du denn hin?«

»Ich werde auswandern«, sagte er. »Vielleicht. Ich weiß es noch nicht.«

»Auswandern?« Rose wußte, daß Auswandern in Irland zum Alltag gehörte, aber das war etwas, was andere Menschen taten, etwas, was in ihren Geschichts- und Geographiebüchern stand. »Wohin?«

»Wahrscheinlich nach Kanada, an einen Ort namens Prince Edward Island.«

»Davon habe ich noch nie gehört.« Sie konnte ihm unmöglich zeigen, was sie empfand. »Klingt romantisch«, sagte sie, fest entschlossen, positiv zu reagieren. »Gibt es dort viel Schnee und Eskimos und so?«

»Ehrlich gesagt weiß ich nicht besonders viel darüber. Wir haben ein paar entfernte Verwandte dort.«

»Oh, John«, sagte sie eilig. »Kannst du dir nicht hier in der Nähe eine Arbeit suchen? Und außerdem, was ist mit deiner Abschlußprüfung?«

»Hier in der Gegend sind die Aussichten auf einen Job ziemlich schlecht«, sagte er knapp. »Ich – wir, Derek und ich – wir haben vielleicht keine andere Wahl als zu gehen. Und wir haben die Schule bereits verlassen.«

Jetzt dämmerte es Rose. Am liebsten hätte sie sich selbst in den Hintern getreten für ihren Mangel an Feingefühl. Offensichtlich konnte sich Mrs. Flynn die Schulgebühren nicht länger leisten. »Ich verstehe«, sagte sie und überlegte verzweifelt, was sie sagen sollte. »Es wird immer heißer«, stellte sie schließlich zaghaft fest. »Ich fühle mich vollkommen ausgetrocknet.«

»Wir haben es gleich geschafft«, antwortete er.

Rose ließ ihre Hand erneut ins Wasser hängen. Mit einem Mal erschien ihr der Tag etwas weniger strahlend. Warum gab es eigentlich immer eine Wolke am Horizont? dachte sie.

Im Augenblick weigerte sie sich, über die Möglichkeit, daß er ginge, nachzudenken. Jetzt war er hier, und sie war hier, und der Sommer fing gerade erst an. Sie hatten den ganzen Sommer. Und vielleicht *haßte* sie ihn ja bis zum Herbst. Um Himmels willen, vielleicht haßte er *sie* bis dahin. Sie sah ihn verstohlen an. O Gott, dachte sie halb hingerissen und halb verzweifelt, er ist so wunderbar...

Er zog das Boot die Helling hinauf und half ihr an Land. Als sie seine Hand nahm, wurde sie von Schüchternheit gepackt, aber er hielt sie fest, während er das Boot vertäute, und dann nahm er sie in die Arme und küßte sie erneut.

Vom Bootshaus her hörte Rose ein Geräusch, und da sie dachte, daß es eine Ratte war, schrie sie leise auf. Sowohl sie als auch John drehten sich um.

»Hallo«, sagte Derek und trat ins Sonnenlicht.

»Du bist mir nachgegangen«, sagte John, ließ seine Arme sinken und trat auf seinen Bruder zu.

Derek sah ihn gleichgültig an. »Nein«, sagte er. »Ich habe nur einen Spaziergang gemacht. Genau wie du. Ich habe einen ruhigen Ort, um zu lesen.« Rose sah, daß er ein Buch in den Händen hielt. Er lächelte. »Ich bin bis zum Bootshaus gekommen und als die Tür offenstand, habe ich mich ein wenig darin umgesehen.«

»Du bist noch nie so weit spazierengegangen.«

»Woher willst du denn wissen, was ich tue?«

John ballte die Fäuste. »Du hast uns draußen auf dem Wasser beobachtet–«

»Euch beobachtet? Natürlich nicht«, sagte Derek. »Gab es denn irgendwas zu sehen?« Dann blickte er an seinem Bruder vorbei. »Willst du mich nicht vorstellen?«

»Du hast dich hier versteckt und mir nachspioniert.«

»Da gab es ja wohl nicht allzuviel zu spionieren. Ich habe dich gebeten, mich vorzustellen.« Ohne abzuwarten, trat Derek ein paar Schritte vor und streckte die Hand aus. »Hallo, Miss Moffat. Ich bin Derek. Der Zwillingsbruder.«

Rose nahm seine Hand. Es war ihr furchtbar peinlich, daß es einen Zeugen dafür gab, daß sie John Flynn geküßt hatte. »Nett, dich kennenzulernen«, sagte sie, obwohl sie natürlich wußte, wer er war.

»Und ich finde es sehr nett, Sie kennenzulernen«, sagte Johns Bruder, und der Klang seiner Stimme erhöhte ihre Verlegenheit noch. Er war John sehr ähnlich – die Augen, der Mund und sogar die Zähne waren gleich, aber Rose bemerkte seine hängende Schulter und daß er etwas kleiner als sein Bruder war. Er starrte sie an, und sie sah sich durch seine Augen – die von der Sonne und der Scham geröteten Wangen, das zerzauste Haar, das zerknitterte weiße Kleid.

»John hat mir gezeigt, wie man angelt«, sagte sie. »Weißt du, ich habe heute Geburtstag.«

»Ich verstehe.«

Allmählich wurde Rose böse. »Ich habe heute *Geburtstag*. Warum gratulierst du mir nicht wenigstens?«

»Herzlichen Glückwunsch zum Geburtstag, Miss Moffat.« Dafür, wie er ihren Namen aussprach, haßte sie ihn. *Die kleine Miss Maffet, die neugierig gaffet...*

»Du kannst mir helfen, das Boot ins Bootshaus zurückzubringen«, sagte John, bückte sich und hob ein Ende des Bootes hoch. »Das heißt, wenn du dich heute nicht zu schwach dazu fühlst.«

»Es geht mir gut«, erwiderte Derek und ignorierte den Sarkasmus seines Bruders. Er ging ans andere Ende des Bootes, und dann zerrten sie es die Helling hinauf in den Unterstand. »Nette kleine Hütte«, sagte Derek und schob ein paar Spinnweben beiseite.

Rose hatte das Gefühl, als habe sie jemand auf dem Boden festgenagelt. Die Freude des Tages war verflogen. Außer ihrem Ärger, daß sie beobachtet worden waren, haßte sie es, Zeugin dieser unangenehmen Auseinandersetzung zwischen den beiden Brüdern zu sein. Sie fragte sich unglücklich, ob sie vielleicht einfach gehen und die beiden sich selbst überlassen sollte, doch in diesem Augenblick kam John aus dem Bootshaus und schloß eine der beiden Türen. »Darf ich mal, bitte?« fragte er seinen Zwilling, der am Pfosten der anderen Tür lehnte. Derek machte einen übertriebenen Satz und John schloß auch die zweite Tür. »Sollen wir abschließen, Rose?« fragte er.

Rose bemerkte, daß er seinen Bruder absichtlich schnitt. Sie warf einen Blick auf das verrostete alte Vorhängeschloß, das neben ihr lag. »Ich bezweifle, daß das Ding überhaupt noch funktioniert«, sagte sie. »Und außerdem habe ich keine Ahnung, wo der Schlüssel sein könnte.«

»Also gut«, sagte John. »Sollen wir dann gehen?«

»Kann ich mitkommen?« fragte Derek und lächelte.

»Wohin?« fragte John. »Wir gehen nirgendwo hin. Ich bringe Rose nur nach Hause.«

»Bis zur Tür des Herrenhauses?«

»Halt den Mund, Derek!« sagte John, und Rose sah, daß sein Gesicht vor Zorn rot anlief.

»Aber sicher doch«, sagte Derek und wandte sich an Rose. »Tut mir leid, Miss Moffat.«

John schnappte sich seine Angel und seine Tasche und stürmte mit wütenden Schritten davon. Als Rose ihm nach kurzem Zögern folgte, hörte sie, daß Derek sich ebenfalls in Bewegung setzte.

Die drei marschierten im Gänsemarsch am Rand des Sees entlang, bis sie den Felsvorsprung erreichten, auf dem Rose John zum ersten Mal begegnet war. Er blieb stehen und drehte sich um. »Derek«, sagte er über Rose hinweg. »Wir sehen uns dann zu Hause.«

Derek warf seine Arme in gespielter Ergebenheit in die Luft. »In Ordnung. Bis später dann.« Er wandte sich an Rose und machte eine spöttische Verbeugung. »Tschüs, Miss Moffat.«

»Bitte nenn mich Rose«, sagte sie traurig.

»Tschüs, Rose.« Er stopfte seine Hände in die Hosentaschen und ging davon. Als er den Waldrand erreichte, hob er eine Hand, brach den Zweig einer Roßkastanie ab und fächerte sich mit den Blättern frische Luft zu.

»Es tut mir leid«, sagte John.

»Was ist mit ihm los? Habt ihr beide Streit?«

»Ehrlich gesagt, ich weiß es nicht«, sagte er. »Derek fühlt sich irgendwie zurückgesetzt wegen seiner Schulter.«

»Aber ich dachte, Zwillinge stünden einander sehr nahe.«

»Das tun sie – wir auch. Das heißt, wir standen uns lange Zeit sehr nahe, und in gewisser Weise tun wir das immer noch.«

»Und wenn ihm etwas weh tut, tut dir dann auch etwas weh?«

»Nein«, sagte John eilig, doch dann zögerte er. »Tja, nun, eigentlich doch«, verbesserte er sich. »Ich sage nur automatisch ›nein‹, weil ich es satt habe, daß mich das jeder fragt. Ich fühle seine Schmerzen – nicht immer, aber manchmal. Und ich weiß immer, wann er unglücklich ist.«

»Und wie steht's mit ihm?«

»Ich weiß nicht.« Sie hörte seiner Stimme an, daß er nichts mehr zu diesem Thema sagen wollte. Er nahm ihre Hand. »Es tut mir wirklich leid, daß du das alles mitbekommen hast«, wiederholte er.

»Schon gut, John.«

Er hielt weiter ihre Hand, und einen Augenblick lang dachte sie, daß er sie erneut küssen würde, doch dann trat er einen Schritt zurück. »Ich gehe jetzt wohl besser nach Hause.«

»In Ordnung.«

Sie verabredeten sich für den folgenden Tag. »Zum Angelunterricht?« fragte er. Seine Laune hatte sich gebessert, und seine schrägstehenden Augen lachten sie wieder an.

»Zum Angelunterricht«, sagte sie.

Er küßte sie auf die Wange und ging dann eilig davon. Als er die Bäume erreichte, drehte er sich noch einmal um und winkte zum Abschied mit der Angelrute.

Es gelang Rose, sich unbemerkt durch die Küche, den Flur und über die Treppe in ihr Zimmer zu stehlen. Sie schloß die Tür hinter sich, zog ihr Kleid aus und warf es achtlos auf den Haufen in der Mitte des Raumes. Dann warf sie sich rücklings auf ihr Bett, starrte auf die abbröckelnde, verblichene Stuckarbeit unter der Decke und folgte mit den Augen den Schnörkeln an den Rändern. Es war eine Angewohnheit, die sie als kleines Kind entwickelt hatte und die sie beruhigte. Sie mußte unbedingt Ordnung in das Durcheinander ihrer Gefühle bringen. Ihre Romanze mit John Flynn war nicht unproblematisch. Er würde fortgehen...

Aber sie war so aufgeregt, daß sich ihre gute Laune durch nichts dämpfen ließ. Sie warf sich auf den Bauch und schloß die Augen, um das Gefühl von John Flynns Küssen wiederzuerwecken. Dann merkte sie, daß jemand klopfte. »Ja?« rief sie.

»Darf ich hereinkommen, Rose?« fragte Daphnes helle Stimme durch die Tür.

»Einen Augenblick, Mutter«, rief Rose, sprang vom Bett und zerrte ihren Morgenmantel von einem Stuhl. Sie ging zur Tür, wobei sie die Kleider vom Boden auflas und in eine Ecke warf.

Ihre wie immer tadellos gekleidete Mutter hielt ein Päckchen in der Hand. Rose sah, daß es weich war, was hieß, daß es etwas Selbstgemachtes enthielt. »Komm rein, Mutter«, sagte sie.

Daphne O'Beirne Moffat betrat den Raum, und Rose machte sich bereits auf eine Strafpredigt wegen ihrer Unordnung gefaßt, aber ihre Mutter hielt sich seltsamerweise zurück. Statt dessen hielt sie ihr das Päckchen hin. »Herzlichen Glückwunsch zum Geburtstag, mein Liebling.«

»Danke, Mutter.« Rose nahm das Geschenk und küßte ihre Mutter auf die Wange. Sie zwang sich, Begeisterung zu zeigen, was ihr bei ihrer momentanen Euphorie hervorragend gelang. »Darf ich es aufmachen?«

Ihr Mutter sah sie erfreut an. »Natürlich.«

Rose riß das Papier auseinander. Es enthielt einen watteweichen Angorapullover in herrlichem Blaßblau mit einem zarten Spitzenbesatz. Obwohl Rose keine besondere Ahnung vom Stricken hatte, sah sie, daß die Arbeit mit ganz dünnen Nadeln ausgeführt worden war, und daß ihre Mutter Wochen, wenn nicht gar Monate dafür gebraucht haben mußte. Sie hielt den Pullover an sich. »Oh, Mutter«, rief sie ehrlich entzückt. »Das ist das Schönste, was ich je gesehen habe. Vielen, vielen Dank!« Ehe Daphne sie aufhalten konnte, hatte sie ihre Mutter umarmt.

»Rose, bitte«, protestierte Daphne lachend, aber Rose umarmte sie ein zweites Mal. Es war ein seltener Augenblick der Harmonie zwischen ihnen beiden, und Rose merkte, daß ihr die Tränen in die Augen stiegen. Sie wußte jedoch, daß ihre Mutter eine derartige Szene hassen würde, und blinzelte.

»Danke«, murmelte sie, löste die Umarmung und legte den duftigen Pullover auf ihr Bett. »Ich werde ihn heute beim Abendessen tragen.«

»Nun, es freut mich, daß er dir gefällt, Rose«, sagte Daphne. »Wo in aller Welt bist du den ganzen Nachmittag gewesen? Ich habe dich überall gesucht.«

»Ich – ich war mit Muffin und Charlie unterwegs«, log Rose. »Ich habe einen langen Spaziergang am See mit ihnen gemacht.« Aber Daphne sah sich bereits mit kritischem Blick im Zimmer um. »Rose, du mußt wirklich mal wieder aufräumen. Es ist eine Schande. Ich weiß, daß heute dein Geburtstag ist, und ich möchte wirklich nicht schimpfen, aber es überrascht mich, daß du in der Klosterschule noch immer keine Ordnung gelernt hast. So etwas tolerieren sie dort doch sicher nicht?«

Rose dachte an ihre winzige Zelle im Schlafraum des Konvents. »Wir haben dort nicht so viel Platz, Mutter. Aber keine Angst, ich werde noch vor dem Essen aufräumen. Versprochen.«

»Und warum läufst du am hellichten Tag im Morgenmantel herum? Hast du geschlafen?«

»Nein, Mutter, ich wollte mich nur gerade umziehen.«

Daphne räusperte sich. »Nun, nochmals alles Gute zum Geburtstag. Es freut mich, daß dir der Pullover gefällt.«

»Er ist wunderbar.«

»Dann sehen wir uns also beim Abendessen. Ich glaube, Mrs. McKenna hat etwas ganz Besonderes gekocht.«

»Gut, bis dann.« Rose hielt ihrer Mutter die Tür auf und schloß sie erleichtert hinter ihr. Sie hatte ernsthafte Schuldgefühle. Dies war der erste Tag ihrer Romanze mit John Flynn, und schon fing das Lügen an.

3

Es gab doch nichts Elenderes, dachte Rose, als die traurig herabhängenden Äste einer Schuppentanne. Der Sommer war mit einer Geschwindigkeit verflogen, die sie erschreckte. Sie saß auf dem Fenstersims in ihrem Zimmer und blickte lustlos in den trüben Regen hinaus, der pausenlos die Dachrinne und die Wände von Sundarbans hinunterlief, der das Unkraut auf dem Kiesweg plättete und tiefe Pfützen in den Löchern auf der unebenen Rasenfläche hinterließ. Der Regen hatte sogar den Chintzbezügen der Stühle und den fadenscheinigen indischen Teppichen auf dem Boden ihres Zimmers einen Teil der Farbe ausgesaugt. Mit zitternden Fingern blätterte sie in ihrem Tagebuch, das sie seit ihrer ersten Begegnung mit John Flynn täglich mit einer ausführlichen Beschreibung ihrer Gefühlslage gefüllt hat.

Der August hatte noch weniger als zwölf Stunden. Und der erste September war der Tag, an dem John auf die Prince Edward Island auswanderte.

Genausogut hätte er auf einen anderen Planeten fliegen können. Roses eigene Familie hatte Beziehungen in ehemalige exotische Kolonien und nach England, und mehrere ihrer Freundinnen aus dem Internat hatten Verwandte in Amerika. Aber von John wußte sie, daß »normale« Leute in Monaghan nicht nach Boston, in die Bronx oder nach Chicago emigrierten, sondern in diese winzige kanadische Provinz – eine Praxis, die offensichtlich Mitte des letzten Jahrhunderts noch vor der großen Hungersnot ihren Anfang genommen hatte, als ein Priester aus der Gegend dorthin gezogen war und später ein paar seiner Schäfchen dorthin eingeladen hatte.

In ihren Schulbüchern hatte sie nur eine einzige Bemerkung über Prince Edward Island ausfindig gemacht: Die kanadische Konföderationsurkunde schien in der Hauptstadt der Insel, einer Stadt namens Charlottetown, unterzeichnet worden zu sein. Und als sie ihrer Großmutter gegenüber, die weltweite Brieffreundschaften pflegte, vorsichtig den Namen der Insel erwähnt hatte, hatte diese ihr nur sagen können, daß die Handlung des Kinderbuches *Anne auf Green Gables* auf P. E. I. spielte.

Rose hatte die riesigen Bücherschränke in der Bibliothek von Sundarbans durchsucht, aber es gab nicht eine einzige Ausgabe des Buches. Nun, wenigstens verriet ihr der Atlas, daß die Insel vor der Küste von Neuschottland lag, geschwungen und schmal wie ein halb gelutschtes Gummibärchen.

Sie lehnte ihr Gesicht an die kühle Fensterscheibe. Es war typisch für Gottes Launen, dachte sie, ihren letzten Tag mit John zu einem Regentag zu machen. Vielleicht könnten sie noch nicht einmal ausreiten, was ihre gemeinsame Lieblingsbeschäftigung war. Ihre Augen füllten sich mit Tränen. John war der geborene Reiter, und sie hatten den Großteil des Sommers, der bei weitem der glücklichste in Roses Leben gewesen war, damit verbracht, die Landschaft von Monaghan vom Pferderücken aus zu erkunden.

John und Derek hatten in den Geschäften und Werkstätten der Umgebung nach Arbeit gesucht, in Carrickmacross und Clones und Monaghan, selbst auf der anderen Seite der Grenze in Butlersbridge und Enniskillen. Aber Nordirland war wirtschaftlich ebenso schlecht gestellt wie die Republik, und keiner der Großgrundbesitzer konnte es sich leisten, noch Arbeiter anzustellen. Es blieb ihnen also nichts anderes übrig, hatte John ihr erklärt, als zu gehen. Er hatte Angst davor, seine Mutter allein zu lassen, aber er und Derek würden ihr Geld schicken, so daß sie zumindest gut abgesichert wäre. »Und vielleicht, Rose«, hatte er gesagt, »ist es sogar besser so. Vielleicht bin ich in ein paar Jahren Millionär und dann kann ich zurückkommen.«

Rose wußte, daß die Chance, als Kartoffelbauer in Kanada Millionär zu werden, recht gering war. »Ich werde dich nie wieder sehen«, hatte sie geschluchzt, und er hatte versucht, sie zu trösten. »Ich werde in den Ferien kommen, Rose«, aber dieser Satz hatte ihr Schluchzen nur noch verstärkt. Sie wußte, daß es bis dahin Jahre wären. Vielleicht träfe er eine andere, vielleicht veränderte er sich. Es wäre nie wieder wie jetzt, und ihrer Meinung nach würde ihr Leben in dem Augenblick vorbei sein, in dem John Drumboola verließ.

Sie liebte ihn so sehr, daß sie bei dem Gedanken an eine Trennung körperlichen Schmerz empfand. Selbst in den glücklichsten Augenblicken, *besonders* in den glücklichsten Augenblicken, brach sie manchmal unerwartet in Tränen aus. Am schlimmsten war der Tag gewesen, an dem auch er geweint, an dem er den Kopf gesenkt und geflüstert hatte: »Ich will nicht gehen, Rose.« Sie hatte ihn in die Arme genommen und versucht, ihn zu trösten, aber es war sinnlos gewesen, weil sie selbst nicht minder unglücklich gewesen war.

Und jetzt war er da, der Tag, vor dem sie sich beide fürchteten. Sie blickte auf ihre Uhr. Es war halb eins. Er hatte versprochen, sie so früh wie möglich zu treffen, was so gegen zwei Uhr sein würde.

Rose biß die Zähne zusammen, stand auf und klappte das Tagebuch zu. Sie würde nicht länger hier herumsitzen und wie ein Baby heulen, sie würde sich nützlich machen. Sie würde in den Stall gehen und dafür sorgen, daß die Pferde für den Ausritt fertiggemacht wurden. Wenn sie und John heute nicht ausreiten würden, wäre es zumindest nicht ihre Schuld.

Sie putzte sich die Nase, ging die Treppe hinunter und war fast aus dem Haus, als sie hörte, wie jemand aus dem kleinen Salon ihren Namen rief. Sie drehte sich um und ging zurück. Ihre Großmutter saß am Schreibtisch vor dem Fenster, einen der Pekinesen auf dem Schoß, den anderen zu ihren Füßen.

»Du hast mich gerufen, Nanna?« fragte Rose.

»Ja, Liebling. Es tut mir wirklich leid, dich zu belästigen, aber könntest du mir vielleicht die Flasche Tinte aus meinem Zimmer holen? Hier unten habe ich keine mehr.« Rose liebte ihre Großmutter, und sie tat ihr immer gern einen Gefallen, wie zum Beispiel zweimal täglich die Pekinesen in dem überwachsenen Lustgarten spazierenzuführen. Gus' Mutter war eine kleine und gepflegte, immer tadellos gekleidete Dame, die ständig eine Perlenkette trug. Sie hielt sich die meiste Zeit in ihrem Zimmer auf und pflegte eine rege Korrespondenz mit Freunden in der ganzen Welt. Für Gus und Daphne war Nancy O'Beirne Moffats Gegenwart wie ein zarter Nebelschleier, sichtbar, aber unwesentlich. Für ihre Enkelin hingegen war sie eine warme und liebevolle Vertraute.

Bis zu diesem Sommer, bis sie John Flynn getroffen hatte.

Rose brachte es einfach nicht über sich, irgend jemandem, noch nicht einmal ihrer wunderbaren Großmutter, von John Flynn zu erzählen.

Sie rannte die Treppe hinauf in Nancys Zimmer, in dem es immer leicht nach Kölnisch Wasser roch. Die fast leere, dunkelblaue Tintenflasche stand auf dem Rosenholzschreibtisch, der neben dem riesigen Holzbett das größte Möbelstück im Zimmer war. Rose hatte den Schreibtisch, den Nancys eigene Großmutter vor mehr als einem Jahrhundert aus Südafrika mitgebracht hatte, immer geliebt. Sie schnappte sich die Tintenflasche und rannte wieder hinunter. »Danke, mein Kind«, sagte ihre Großmutter, als sie ihr die Flasche gab. Der Pekinese auf ihrem Schoß schnupperte an der Flasche und rollte sich dann wieder zu einem Fellknäuel zusammen. Seine Herrin stellte die Flasche auf den Tisch und streichelte ihn. »Was für ein ungemütlicher Tag«, sagte sie zu Rose. »Hättest du später vielleicht Lust zu einer Partie Canasta?«

Rose hörte die Einsamkeit in der sanften Stimme und hatte sofort Schuldgefühle, weil sie ihre Großmutter in diesem Sommer derart vernachlässigt hatte. Aber John Flynn war ihr Leben geworden, und gerade heute ließ sie sich durch nichts von ihm ablenken. »Auf jeden Fall morgen, Nanna«, sagte sie und wandte sich zum Gehen. »Ich – ich habe heute eine Menge zu tun. Ich muß die Pferde bewegen.«

»Bei diesem Wetter?«

»Oh, es wird schon noch besser werden. Das haben sie zumindest in der Wettervorhersage gesagt.« Rose hatte die Wettervorhersage gar nicht gehört. »Und außerdem ist es den Pferden egal, ob es regnet.«

Ihre Großmutter streichelte immer noch den Hund. »Also gut, meine Liebe, dann freue ich mich auf morgen.«

Der Regen strömte gleichmäßig Roses Regenmantel hinab, als sie zu den Ställen hinüberging. Sie hatte sich nicht die Mühe gemacht, einen Hut aufzusetzen oder einen Schirm mitzunehmen, und nach wenigen Minuten klebten ihr die Haare platt am Kopf. Aber was machte das schon? Es war vollkommen egal, wie sie heute aussah.

Aus dem perversen Wunsch heraus, sich noch elender zu fühlen, als es ihr ohnehin schon ging, blickte sie hinauf zum durchhängenden Dach des Stalles. In diesem Sommer war Sundarbans fast sämtlicher hoher Schornsteine beraubt worden. Ihr Gewicht hatte gedroht, das altersschwache Dach und somit das ganze Haus zum Einsturz zu bringen. Sundarbans, dachte sie und schwelgte in ihrem

Unglück, fiel auseinander wie ein abgetragenes Ballkleid, das niemand mehr wollte.

An dem Tag, an dem die Abrißarbeiten an den Schornsteinen begonnen hatten, hatte Gus in der Mitte des Hofes gestanden und mit müdem Blick die Bewegungen der Arbeiter auf dem Dach verfolgt. Rose war zum dritten Mal mit John verabredet gewesen, und alles andere war daneben verblaßt. Trotzdem hatte sie gewußt, daß es ein schrecklicher Tag für ihren Vater war. »Daddy?« hatte sie schließlich gesagt und versucht, sich ihre Aufregung nicht anmerken zu lassen. »Du sagst doch immer, daß Thumper zu fett ist und daß er mehr Bewegung braucht.«

»Ja.« Gus hatte den Blick nicht vom Dach abgewandt.

»Nun, wie wäre es, wenn ich dafür sorgen würde, daß er ein bißchen geritten wird?«

»Du hast mit Tartan genug zu tun.« Tartan war Roses Connemara Pony.

»Nicht von mir. Ich meine, natürlich würde ich Tartan weiterreiten. Es ist nur so, daß ich gestern John Flynn getroffen habe, du weißt doch, den Jungen aus dem Pförtnerhäuschen, und er scheint unbedingt reiten lernen zu wollen. Ich dachte, wenn es dir nichts ausmacht, könnten wir zwei Fliegen mit einer Klappe schlagen. Ich habe hier nicht allzuviel zu tun, und ich würde es ihm gerne beibringen, wenn du nichts dagegen hast, Daddy.«

Das Dröhnen eines Hammers auf dem Metallgerüst wurde durch die Akustik im Hof derart verstärkt, daß sie beinahe schreien mußte, um sich Gehör zu verschaffen. »Du hast doch nichts dagegen, oder, Daddy?« wiederholte sie, als er nicht antwortete.

Gus hatte sie kurz angesehen. »Geld, Geld, Geld«, hatte er gesagt und sich im Nacken gekratzt.

»Es geht also in Ordnung, Daddy? Wir können Thumper nehmen?« Sie hatte an seinem Ärmel gezupft.

Ihr Vater hatte sich weiter im Nacken gekratzt, aber er hatte sie angesehen. »Ich denke schon. Aber seid vorsichtig. Und ihr müßt jedesmal die Sättel und das Zaumzeug ordentlich wegräumen.«

»Danke, Daddy. Natürlich.«

Als Rose sich zum Gehen gewandt hatte, hatte Gus ihr nachgesehen. »Aber erzähl es nicht deiner Mutter, ja?«

Am Nachmittag hatte sie John seine erste Reitstunde erteilt.

Die Erinnerung an Gus' Ermahnung zauberte ein grimmiges Lächeln auf ihr Gesicht. Es war nicht allzu schwierig gewesen, ihre Romanze selbst vor Daphnes Adleraugen zu verbergen. Solange sie ihre Hausarbeit erledigte, ihrer Großmutter half, abends pünktlich zu Hause war und immer nett und höflich war, schien ihre Mutter zu akzeptieren, daß sie den Großteil ihrer Ferien mit Reiten und Spaziergängen verbrachte. Muffin und Charlie, dachte sie, hatten es noch nie so gut gehabt...

Selbst bei allerbestem Wetter war der Hof vor dem Stall ein verlorener, gespenstischer Ort, aber heute rann das Wasser in Strömen durch die löchrigen Regenrinnen und klatschte auf die Pflastersteine, so daß Rose aufpassen mußte, um nicht auszurutschen. Sie bemerkte, daß einer der Abflüsse in der Mitte des Hofes verstopft war. Da es ihr egal war, ob sie ihre Hände schmutzig machte, watete sie mitten in den Miniaturteich, der sich inzwischen dort gebildet hattte, zerrte Blätter und Klumpen nassen Heu heraus und warf sie achtlos beiseite. Sie wartete, bis das letzte Wasser den Abfluß hinabgegurgelt war, und dann sah sie sich um. Clicker, das Pony, das sie für die Kutsche benutzten, war nirgends zu sehen, aber Thumper und Tartan standen mit gespitzten Ohren in ihren Boxen und blickten sie erwartungsvoll an.

Gus sprach oft von der Zeit, als hier noch sechs, sieben, acht oder gar zehn Jagdpferde gestanden hatten, die von Pflegern versorgt worden waren, die über den Stallungen wohnten. Jetzt war die einzige Person, die sich neben Rose und Gus um die drei verbliebenen Tiere kümmerte, Fergie McKenna, der Sohn der Haushälterin, der täglich ungefähr eine Stunde zum Ausmisten der Ställe und zum Verrichten anderer schwerer Arbeiten kam.

Sie ging hinüber zu dem Jagdpferd, das sich eindeutig über sein neues Leben mit all der Bewegung freute. Es wieherte ihr leise entgegen und sie strich ihm über die weichen, warmen Nüstern. »Oh, Thumper«, sagte sie. »Was sollen wir nur machen?«

Das Pferd rieb seinen Kopf an ihrer Hand, um ein Stück Zucker zu erbetteln.

Fairerweise streichelte Rose auch Tartan, und dann ging sie in Clickers Box. Er döste auf drei Beinen mit dem Rücken zur Tür, aber als Rose kam, öffnete er die Augen und drehte den Kopf zu ihr um. »Auch du wirst ihn vermissen, Clicker«, sagte sie und tätschelte dem Tier den Hals. Dann nahm sie eine Handvoll Heu aus dem Netz und hielt sie ihm hin. Mit vornehm gespitzten Lippen zupfte das Pony ein paar Halme heraus.

Rose lehnte sich an seinen warmen Rücken. Das Pony verlagerte sein Gewicht, und während sie den stechenden Geruch seines Fells einatmete, bewegte sie sich mit. Sie fühlte sich wie auf einer ruhigen Insel. Das Geräusch des Regens, die stramme Gestalt des alten Ponys und sein rhythmisches Kauen besänftigten sie.

Plötzlich tauchte eine Gestalt in der Türöffnung auf. »Und, ist's naß genug für dich?«

Rose machte vor Schreck einen Satz. »Oh!«

Und dann: »Oh, John, du bist's –« und streckte die Arme aus. Aber dann bemerkte sie die hängende Schulter. Es war nicht John, sondern Derek. Das Versehen war verständlich, denn sein Gesicht lag im Schatten. »Hallo, Derek.« Die Enttäuschung war ihr deutlich anzuhören.

»Tut mir leid«, sagte er. »Tut mir leid, daß ich es nur bin.« Selbst durch den Regen hindurch war die Bitterkeit und Ironie in seinem Ton zu hören.

»Bitte entschuldige dich nicht dafür, Derek«, bat Rose ihn unglücklich. Sein blondes Haar war dunkel vor Nässe, und seine Kleider tropften unablässig vor sich hin.

»Du bist ja vollkommen durchnäßt«, sagte sie und öffnete die obere Tür der Box. »Komm doch rein.«

»Danke.« Er trat ein paar Schritte in das Halbdunkel des Stalles. Clicker, dessen Fütterung unterbrochen war, schnaubte vernehmlich und wandte sich ab.

»Suchst du John?« fragte Rose. »Er ist noch nicht hier, aber er müßte jeden Augenblick kommen. Er sagte, er wolle so früh wie möglich kommen.«

»Darum bin ich hier«, sagte Derek. »Ich habe eine Nachricht für dich. Er kann heute nachmittag nicht kommen. Er ist mit Mammy in der Stadt, um den Priester zu besuchen.«

»Was?«

»John kann heute nachmittag nicht kommen, er ist –«

Rose fiel ihm ins Wort. »Ich habe dich durchaus verstanden. Soll das heißen, daß er überhaupt nicht kommt?«

»Das war alles, was ich dir sagen sollte. Er kann heute nachmittag nicht kommen«, wiederholte Derek.

»Ja, aber wird er später noch kommen, nach dem Besuch beim Priester? Was will er überhaupt dort?«

»Keine Ahnung.«

»Um Himmels willen, du mußt doch etwas Genaueres wissen«, Rose stand kurz davor, hysterisch zu werden.

»Ich habe dir alles gesagt, was ich weiß. Ich bin schließlich nur der Bote.«

»Ja, aber du mußt dir doch denken können, warum er den Priester besucht.«

»Mammy wollte, daß wir beide mitgehen, aber ich habe ein Abkommen mit John getroffen. Ich habe gesagt, daß ich dir die Nachricht überbringe, wenn er sie davon überzeugt, daß ich den Priester nicht besuchen muß, weil ich erst letzten Sonntag bei der Beichte und beim Abendmahl wahr.«

»Und er war nicht bei der Beichte und beim Abendmahl?«

»Er war seit Wochen nicht mehr in der Messe.«

Dereks Stimme war bedeutungsschwer, und sie sah ihn fragend an. »Das hat er mir nie erzählt«, sagte sie langsam und fügte dann noch hinzu: »Danke für die Nachricht.« Sie und John hatten sich nie über die Kirche unterhalten. Dachte er, daß er sowieso verdammt sei wegen der Dinge, die sie miteinander taten?

»Und Mammy hat Angst, daß wir da drüben irgendwas mit Protestanten zu tun haben könnten«, sagte Derek. »Mit protestantischen *Mädchen*.«

Sie wußte, daß er sie ärgern wollte, aber sie war nicht bereit, darauf einzugehen. »Danke, Derek«, wiederholte sie.

»Gern geschehen.« Er rührte sich immer noch nicht vom Fleck. »Ich nehme an, daß er später noch vorbeikommen wird«, sagte er. »Wenn er aus der Stadt zurück ist. Er ist vor einer Stunde los.«

Seine Reglosigkeit ging ihr auf die Nerven. »Eh, und wie geht's dir? Was macht deine Lunge?« fragte sie.

»Gut. Der Arzt sagt, daß ich mir keine Sorgen zu machen brauche, ich soll nur bei Kräften bleiben und mich nicht erkälten.«

»Das freut mich, Derek«, sagte sie, und als er sich immer noch nicht bewegte, zermarterte sie sich das Hirn nach möglichem weiterem Gesprächsstoff. »Würdest du dir gerne mal den Hof ansehen?« war alles, was dabei herauskam. Sie wußte, daß dieser Vorschlag bei dem Regen lächerlich war, aber sie mußte endlich aus der Dunkelheit und Enge des Stalles heraus.

»Gern.«

Sie führte ihn in den Hof. Nie zuvor war sie allein mit ihm gewesen. Was sollte sie nur mit ihm machen? Er schien es nicht besonders eilig zu haben, wieder zu gehen. »Nun«, sagte sie und fühlte sich völlig idiotisch dabei. »Wie du siehst, ist dies der Hof.« Sie machte eine vage Handbewegung.

»Ja.« Sonst sagte er nichts. Der Regen trommelte weiterhin auf die Pflastersteine. Er rann von Dereks Kopf in seine Augen und seinen Mund und verlieh ihm das Aussehen eines Seehundes, aber das schien ihm nichts auszumachen. Im Gegensatz zu ihr trug er keinen Regenmantel, sondern nur eine vom Regen schwarz gefärbte Jacke. Hier draußen fühlte sich Rose bereits deutlich wohler. Sie war egoistisch gewesen, sagte sie sich, hatte sich nur Sorgen um John und sich gemacht, so daß sie Dereks Elend völlig vergessen hatte. Schließlich war er auch nur ein Junge. Rose versuchte, sich an Dereks Stelle zu versetzen: Er ging ans andere Ende der Welt, niemand außer seiner Mutter würde ihn vermissen, er hatte kein Geld, keine Zukunftsaussichten.

»Möchtest du vielleicht die Kutschen sehen?« fragte sie. »Daddy hat eine große Sammlung, sie sind alle sehr alt. Eigentlich eher Antiquitäten.« Er nickte, und sie öffnete eins der schweren Tore. »Oh, Derek«, platzte es plötzlich aus ihr heraus. »Es ist einfach schrecklich, daß du und John gehen müßt.«

Seine steinerne Miene schien in tausend Scherben zu zerspringen. Dann vergrub er sein Gesicht in den Händen und schluchzte wie ein Baby.

Ein paar Sekunden stand sie wie angewurzelt neben der Tür, doch dann rührten seine Tränen an ihr eigenes Elend und sie begann ebenfalls zu weinen. »Komm wenigsten rein«, brachte sie gerade noch heraus. »Es ist lächerlich, hier draußen rumzustehen wie – wie –« Sie nahm seinen Arm und führte ihn in die Scheune. Dann tätschelte sie hilflos seinen Arm. »Derek, Derek, bitte hör auf... bitte, Derek, bitte hör auf. Ich ertrage es nicht.«

Er entzog ihr seinen Arm, packte mit beiden Händen das Eisenrad einer Kutsche und rüttelte so heftig daran, daß das ganze Gefährt zu schaukeln begann. Rose stand hilflos hinter ihm, so nah, daß sie die nasse Wolle seiner Jacke roch. Als er sich allmählich beruhigte, hätte sie ihn am liebsten umarmt, aber das wagte sie nicht. »Oh, Derek«, sagte sie elend. »Ich wünschte –«

»Was?« Er drehte sich zu ihr um, aber sie wußte nicht, was sie wünschte oder was sie sonst noch sagen sollte.

Plötzlich machte er einen Satz auf sie zu, packte sie bei den Schultern und brachte sie dadurch derart aus dem Gleichgewicht, daß sie sich an ihn klammern mußte, um nicht umzufallen. Dann küßte er sie, hart und leidenschaftlich, und versuchte, seine Zunge in ihren Mund zu schieben.

Sie schrie erschreckt auf, und so plötzlich wie er sie geküßt hatte, so abrupt hörte er wieder auf. Mit weit aufgerissen Augen trat er durch die Tür der Scheune in den Regen hinaus. Er sah so jung und ängstlich aus, daß sie auf ihn zu trat, aber er drehte sich und rannte über den Hof und war weg, ehe sie ihm auch nur hinterherrufen konnte.

Rose hatte weiche Knie. Sie setzte sich auf die steinerne Plattform neben einer der Kutschen und lehnte den Kopf an das nach altem Wachs riechende Holz; nach einer Minute merkte sie, daß ihre Lippen von dem erzwungenen Kuß zwar noch brannten und daß ihr Herz wild pochte, aber daß sie Derek eigentlich nicht böse war. Sein John so ähnliches, aber bleiches und verlorenes Gesicht hatte ein solches Mitgefühl in ihr geweckt, daß sie ihm auf der Stelle verzieh.

Nach einem Augenblick stand sie auf und verließ die Scheune. Von der anderen Seite des Hofes her beobachteten die beiden Reitpferde ihre Bewegungen, aber statt zu ihnen kehrte sie zu Clicker zurück. Manchmal wünschte sie sich, sie wäre ein Tier. Ein Tier wurde geboren, fraß, arbeitete, schlief, fraß, arbeitete, schlief und starb. Das Leben war so einfach für ein Tier.

In der Ecke der Box entdeckte sie eine Bürste. Sie hob sie auf und begann, Clicker abzureiben, den Rücken, die Flanken, selbst die wirre Mähne. »Was soll ich nur tun? Was soll ich nur tun?« Sie wiederholte den Satz immer und immer wieder, während sie mit langen, gleichmäßigen Bewegungen striegelte.

Während die Minuten des letzten Tages vergingen, zitterte John innerlich vor Ungeduld. Seiner Mutter zuliebe versuchte er jedoch, sich nichts anmerken zu lassen.

Der Besuch beim Priester war kurz und relativ schmerzlos gewesen: nur eine Segnung und ein paar salbungsvolle Ratschläge über »katholische Keuschheit« und die »Bewahrung des Glaubens«. Aber dann hatten sie sich auf einen Rundgang durch die Geschäfte von Carrick begeben, der John wie der Weg zur Kreuzigung erschien, da jeder Ladeninhaber darauf bestand, ein paar Worte zu sagen und ihm ein kleines Geschenk zu überreichen. Die Leidensmiene seiner Mutter war fast mehr, als John ertrug, und außerdem hatte er es eilig, endlich nach Drumboola und zu Rose zurückzukehren.

McCann's, das Textilgeschäft, in dem sie zwei weiße Hemden kauften, war ihre letzte Station. Der Inhaber, ein dickbäuchiger, rotgesichtiger Kerl, hatte darauf bestanden, sie höchstpersönlich zu bedienen, und wollte von einer Bezahlung der Ware nichts hören. »Nein, *nein*, Mrs. Flynn, Sie sind seit Jahren eine unserer besten Kundinnen, und, lieber Himmel, es kommt mir vor, als wäre es erst gestern gewesen, daß dieser junge Mann eine Erstkommunion hatte, und jetzt verläßt er uns! Über den Atlantik in die Neue Welt!«

Er wickelte die Hemden in braunes Papier und bestand darauf, John und seine Mutter bis an die Tür zu begleiten. Im Laden waren noch mehrere andere Kunden, und John wurde vor Verlegenheit über diesen Aufstand puterrot. Er wußte, daß der Mann es nur gut meinte, aber er wäre am liebsten im Boden versunken, als die blumigen Ermahnungen immer noch keine Ende nahmen. »Und daß du dich immer gut benimmst, ja? Mach dein Glück und sieh zu, daß deine Mutter und wir alle hier in Carrick stolz auf dich sein können.« Er schüttelte John kräftig die Hand und wandte sich an Mary Flynn. »Er macht bestimmt Millionen, Mrs. Flynn, die beiden werden Millionen machen, und dann werden wir alle neidisch sein. Sicher, was soll man machen, sie müssen schließlich gehen. Junge Männer müssen erblühen, während die alten Männer welken.«

Schließlich gelang ihnen die Rückkehr zu Ned Sherlings Auto, doch als sie heimgefahren wurden, wuchs Johns Verzweiflung noch. Er wollte nicht fort von hier, fort von dieser ruhigen, in sattes Grün getauchten Landschaft, fort von seiner Mutter, und vor allem fort von Rose. Er warf einen verstohlenen Blick auf Mary, die starr und leidend auf dem Rücksitz saß. Um ihretwillen durfte er sich sein Elend nicht anmerken lassen.

Die letzten paar Tage waren die schwersten seines Lebens gewesen. Abgesehen davon, daß er Rose verlassen mußte, war die Emigration auf die andere Seite des Atlantiks ein Trauma für ihn wie für jeden anderen Menschen hier, fast so ähnlich wie ein vorausgeplanter Tod. Normale Leute konnten sich kaum das Flugticket leisten, und sobald der Emigrant fort war, gab es keine Garantie, daß man ihn jemals wiedersähe. Von diesem Augenblick an beschränkte sich die Kommunikation auf gelegentliche Briefe und man kam nur zu Beerdigungen heim – falls man es sich überhaupt leisten konnte.

Johns Traurigkeit wegen der bevorstehenden Trennung von seiner Mutter wurde noch von Schuldgefühlen überlagert, weil er sosehr mit Rose beschäftigt war. Sie waren noch jung, und für sie war noch alles möglich.

Aber er wußte, daß morgen wahrscheinlich der letzte Tag sein würde, an dem er und Derek ihre Mutter lebend sahen.

»Bitte setz mich hier ab, Ned«, sagte er zu seinem Nachbarn, als der Wagen eines der verlassenen Pförtnerhäuschen passierte. Das Tor daneben war verschlossen, aber John wußte, wie man durch ein Loch durch die efeuumrankte Mauer kam. »Du hast doch nichts dagegen, Mammy?« fragte er. Er und seine Mutter hatten niemals über seine Beziehung zur Tochter des Gutsherrn gesprochen, aber ihm war klar, daß sie es wußte. Und da die Zeit drängte, konnte er auf ihre Gefühle keine Rücksicht mehr nehmen.

Sie schüttelte den Kopf. Sie hatte die Hände um die Griffe ihrer Handtasche und die Papiertüten mit den Einkäufen gefaltet. »Bist du sicher?« Seine Schuldgefühle brachten ihn fast um. »Wenn du willst, bleibe ich bei dir...« Aber wieder schüttelte sie den Kopf. Erleichtert – und sich gleichzeitig verurteilend wegen dieser Erleichterung – stieg er aus dem Wagen, verabschiedete sich von Ned und glitt durch das Mauerloch.

Wie erwartet fand er Rose in den Ställen vor. Sie saß auf einem Strohballen in der Box ihres Ponys, das gesattelt, aber ohne Zaumzeug neben ihr stand. Als er die Tür öffnete, sprang sie auf. »Ich hatte schon Angst, daß du nicht kommen würdest…«

»Hat Derek dir nicht Bescheid gesagt? Ich mußte mit Mammy nach Carrick –«

»Nun, jetzt bist du ja da«, sagte sie, und er merkte, daß sie kurz davor stand, in Tränen auszubrechen.

»Nicht, Rose«, sagte er aus Angst vor seinen eigenen Gefühlen. »Bitte nicht. Wir haben nicht mehr viel Zeit.«

»Ich weiß«, jammerte sie. »Ich halte es einfach nicht aus, John.«

»Sollen wir ausreiten?« fragte er, doch die Frage verstärkte ihr Elend noch. Sie ließ sich erneut auf den Strohballen fallen. »Wozu?«

»Es ist noch früh genug – und es hat aufgehört zu regnen.«

»Ich weiß, aber wozu sollen wir noch *irgend etwas* tun?«

»Bitte, Rose«, sagte er, nahm Tartans Zaumzeug vom Haken und schob es dem Pony ins Maul. »Ist Thumper schon gesattelt?«

Sie nickte, immer noch den Tränen nahe. »Los«, sagte er und führte das Pony in den Hof. »Sieh nur – die Sonne kommt.« Absurderweise hatte er das Gefühl, als versuche er, ein Kleinkind aufzumuntern.

Sie erhob sich schwerfällig und trat aus dem Stall. Nachdem er ihr Tartans Zügel gegeben hatte, ging er los, um Thumper zu holen.

Sie stiegen auf und ritten vom Hof durch das Tor auf ein großes Feld, wo sie den Pferden freien Lauf lassen konnten. Nach all dem Regen war es überraschend warm in der wäßrigen Sonne, und während sie über das hügelige Land galoppierten, ergab sich John, der vorne ritt, ganz dem Rhythmus seines Tieres. Sie ritten gen Westen, und als er seinen Kopf leicht nach links drehte, wärmte ihm die Sonne das Gesicht. Er würde all das vermissen, dachte er, diese Wärme und Bewegung, das Gefühl von Heiterkeit und Freiheit, wenn seine Hände und Füße die Kraft eines Pferdes in vollem Lauf kontrollierten. Er trieb Thumper weiter an, er durfte nicht an morgen denken, sonst wäre die ihm mit Rose verbleibende Zeit ruiniert.

Sie verlangsamten das Tempo der Tiere, als sie am anderen Ende des Feldes in den Wald einbogen. Der Weg unter den Bäumen war eng, und sie mußten hintereinander reiten, wobei Rose auf Tartan als erste ritt. Dieser Teil des Gutes war dicht bewaldet mit Immergrün, und da die Hufe der Pferde lautlos in dem dicken Nadelteppich versanken, war das einzige Geräusch das laute Zwitschern der Vögel. John betrachtete Roses geraden Rücken, ihr langes Haar, das in dicken Strähnen auf ihren Schultern trocknete. Zum x-ten Mal mußte er schlucken: Was sollte er nur ohne sie tun?

Sie kamen zu der kleinen Lichtung, die sie inzwischen als ihr Geheimversteck betrachteten, und stiegen ab. Nachdem sie die Pferde an einen Haselnußstrauch gebunden hatten, standen sie einander gegenüber, sich der Tragweite des Augenblicks schmerzlich bewußt.

In gewisser Weise hatte John das Gefühl, als hätten sie einander bereits verlassen. Er nahm Rose in die Arme, und obwohl sie anfangs völlig erstarrt war, ergab sie sich ihm in Sekunden und sie sanken gemeinsam ins Gras.

An diesem Abend klopfte Rose leise an die Tür des Zimmers ihrer Großmutter und trat ein, ohne eine Antwort abzuwarten.

Nancy saß, ein Bettjäckchen um die schmalen Schultern gelegt, hoch aufgerichtet in ihrem riesigen Bett. Beim Anblick ihrer Enkelin hellte sich ihre Miene auf. »Rose! Was für eine nette Überraschung.« Rose stürzte zum Bett hinüber, sank auf die Knie, legte den Kopf auf die Daunendecke und ließ ihren Tränen freien Lauf.

Die beiden Pekinesen, die zusammengerollt neben ihrer Herrin gelegen hatten, sprangen vom Bett und stapften steifbeinig zu ihrem Körbchen. »Liebling, Rose, Liebling – was ist denn los? Was hast du, mein Kind? Was ist passiert?« Nancy runzelte besorgt die Stirn und streichelte Rose sanft über das Haar. »Was ist los, mein Liebling? Du kannst es mir ruhig erzählen ...«

Rose schluchzte weiter in die Decke. »Oh, Nanna, es ist alles vorbei, es ist alles vorbei.«

»Was ist vorbei, mein Liebling? Bitte, Schatz, was ist vorbei?«

Aber Rose konnte immer nur wiederholen: »Es ist vorbei, Nanna, es ist vorbei ...«

»Nun, nun«, beruhigte Nancy. »Was auch immer es ist, Liebling, so schlimm kann es nicht sein. Du kannst es mir ruhig erzählen, ich werde dir helfen. Nun, nun ... Arme, liebe Rose, armer Schatz ... Los, mein Liebling, komm hoch und setz dich neben mich.«

Schließlich beruhigte sich Rose so weit, daß sie neben ihre Großmutter unter die Daunendecke kroch und den Kopf an ihre Schulter lehnte. »Es tut mir wirklich leid, Nanna, es ist nur…«

Wieder lief sie Gefahr, in Tränen auszubrechen, und Nancy sah sie streng an. »Rose, du mußt tapfer sein. Zumindest tapfer genug, um mir alles zu erzählen…«

Rose schluckte. »Ich *liebe* ihn, Nanna, und – er geht fort, und ich werde ihn nie wieder sehen.«

»Wen liebst du, mein Schatz?«

»John. John Flynn.«

»John Flynn? Tut mir leid, mein Kind, ich kenne ihn nicht. Bin ich ihm schon einmal begegnet?«

»Du *mußt* ihn kennen, Nanna. Du weißt schon – die Flynns aus dem Pförtnerhäuschchen, er hat noch einen Zwillingsbruder, Derek.«

Wenn Nancy von dieser Enthüllung überrascht oder schockiert war, so zeigte sie es nicht. »Natürlich, mein Schatz. Wie dumm von mir. Natürlich kenne ich die Flynns. Es ist nur so, daß ich sie schon eine ganze Weile nicht mehr gesehen habe.« Sie strich ihrer Enkelin erneut übers Haar. »Du sagst, er geht fort?«

»Nach – nach Kanada, Nanna. Das ist am anderen Ende der Welt.« Rose begann erneut zu weinen. »Ich – ich werde ihn nie wiedersehen!«

»Nun, nun, mein Schatz. Diese Dinge sehen immer schlimmer aus, als sie sind. Natürlich wirst du ihn wiedersehen. Die Welt wird kleiner. Wir leben in der Mitte des zwanzigsten Jahrhunderts und nicht im Mittelalter. Es gibt Flugzeuge, und ich glaube, daß man mit dem Flugzeug in weniger als dreizehn Stunden New York erreicht.«

»Aber er hat kein Geld, und ich habe kein Geld, um ihn zu besuchen.«

»Rose, mein Liebling, um Geld solltest du dir die geringsten Sorgen machen. Geld ist nichts, nur Blech und Papier. Wenn du ihn wirklich liebst und er dich wirklich liebt, werdet ihr einen Weg finden. Du bist noch sehr, sehr jung, meine Liebe –«

Rose hob den Kopf. »Oh, ich *wußte*, daß du das sagen würdest. Ich *wußte*, daß jeder sagen würde, daß wir zu jung für die Liebe sind. Aber das sind wir *nicht*. Wir lieben uns wirklich, Nanna.«

»Ich habe nicht gesagt, daß du zu jung bist, mein Schatz. Ich habe nur gesagt, daß du jung bist. Und falls du denkst, daß ich der Meinung bin, junge Menschen könnten sich nicht verlieben, *Romeo und Julia* war mein Lieblingsstück von Shakespeare, und ich fand es nicht im geringsten seltsam, daß sie einander liebten.«

Während Rose der sanften Stimme ihrer Großmutter lauschte, beruhigte sie sich ein wenig. »Was soll ich nur tun, Nanna?« fragte sie. »Er geht morgen früh. Ich war wirklich dumm. Ich konnte mich noch nicht einmal richtig verabschieden. Ich war einfach zu unglücklich.«

»Hast du ihn heute gesehen?«

»Ja, wir – wir sind zusammen im Wald spazierengeritten.«

»Und was ist dort passiert, mein Schatz?«

»Ich kann es dir nicht sagen, es ist einfach zu schrecklich, Nanna...« Rose vergrub ihr Gesicht im Kissen.

»Vielleicht hilft es dir ja ein bißchen, wenn du es mir erzählst.«

Rose strich über ein gesticktes Vergißmeinnicht auf dem Kissen. »Es gibt nichts zu erzählen, wirklich nicht, Nanna«, sagte sie. »Ich meine, es gibt keine Worte, um zu beschreiben, wie dumm ich war.«

»Versuch es, mein Liebling.«

»Nun, wir sind durch den Wald geritten, wie ich gesagt habe, das haben wir oft getan – weißt du, ich habe ihm das Reiten beigebracht – und – und – ich wußte, daß es das letzte Mal sein würde. Auf jeden Fall ist da diese kleine Lichtung. Egal. Wir – wir sind wie immer abgestiegen und dann – oh, Nanna.« Sie konnte nicht weitersprechen.

»Nun, nun, mein Kind. Pst.« Roses Großmutter zog ein Taschentuch aus einer Schublade ihres Nachtschränkchens und gab es Rose.

»Nun, um es kurz zu machen, Nanna«, sagte Rose und schneuzte sich. »Nach einem Augenblick – wir haben uns geküßt und so – nach einem Augenblick bin ich wieder auf Tartan gestiegen und davongaloppiert. Ich habe mich noch nicht einmal zu ihm umgesehen.«

Nancy räusperte sich. »Ich verstehe.«

Trotz ihres Elends vernahm Rose einen neuen Ton in der Stimme ihrer Großmutter und sah sie argwöhnisch an. »Was verstehst du, Nanna?«

»Nichts, Liebling. Es ist nur, daß ich dachte – ich hatte Angst –«

»*Was*, Nanna?«

»Pst, mein Schatz.« Nancy legte ihrer Enkelin einen Finger auf die Lippen. Dann nahm sie eine Bürste von ihrem Nachtschränkchen und begann, Rose sanft das Haar zu bürsten. »Vielleicht ist es besser so, mein Kind ...«

Rose hob den Kopf und ergab sich dem beruhigenden Rhytmus. »Wie sollte es so *besser* sein? Ich habe ihn dort einfach *stehenlassen*. Ich habe noch nicht einmal *auf Wiedersehen* gesagt! Von allem anderen abgesehen, war ich einfach furchtbar *egoistisch*!«

Ihre Großmutter dachte einen Augenblick lang nach. »Es ist erst acht Uhr. Kannst du ihn heute abend nicht noch einmal besuchen? Oder wäre das zu schmerzlich für dich?«

»Ja, auch«, gab Rose zu. »Aber der Hauptgrund ist, daß heute abend bei ihm zu Hause eine Amerikawache stattfindet.«

»Könntest du dort nicht hingehen?« fragte Nancy. Die Amerikawache wurde so genannt, weil sie am Abend vor der Abreise eines Emigranten nach Amerika ihm zu Ehren von seiner Familie, seinen Freunden und seinen Nachbarn ausgerichtet wurde – eine Abschiedsfeier ähnlich der Totenwache, die man einem Verstorbenen zuteil werden ließ.

»Nein, Nanna«, sagte Rose. »Dort kann ich unmöglich hingehen. Selbst wenn ich es ertragen würde, was ich nicht könnte, glaube ich nicht, daß John sich in meiner Anwesenheit sonderlich wohl fühlen würde.« Sie schlug die Hände vors Gesicht. »Es ist einfach vorbei, das ist alles, es ist nur so, daß es so schwer zu ertragen ist.«

Ihre Großmutter fuhr mit dem Bürsten fort. »Arme Rose. Du wirst so schnell erwachsen ... Wo, sagtest du, geht er hin?«

»Auf die Prince Edward Island in Kanada.«

»Ich verstehe. Nun, versuch, es positiv zu sehen, wenn du kannst. Wenigstens ist es näher als Australien. Wenn er nach Australien ginge, dann hättest du wirklich Grund zur Besorgnis. Aber Kanada? Kanada ist mit dem Flugzeug in Null Komma nichts zu erreichen.« Nancy hielt das Haar ihrer Enkelin zusammen und begann, ihr einen dicken Zopf zu flechten.

»Oh, Nanna. Es tut mir so leid, daß ich nicht vorher schon mit dir darüber gesprochen habe. Ich hätte wissen sollen, daß du mich verstehst. Es war so schrecklich, meine Ängste mit niemandem teilen zu können. Ich hatte solche Angst vor heute abend, und nun ist es soweit.« Erneut rannen ihr Tränen über die Wangen.

»Nun, nun, mein Kind. Wein, soviel du willst. Ich bin ja hier. Aber es ist nicht so schlimm, wie du denkst, wirklich nicht.«

»Mutter würde mich nicht verstehen.«

»Vielleicht wärst du überrascht von ihr, mein Liebling, aber das mußt du entscheiden. Eines der zweifelhafteren Privilegien des Erwachsenwerdens ist, daß du die Entscheidung, wem du vertraust, selber treffen mußt.«

»Ich vertraue dir, Nanna, wirklich. Tut mir leid, daß ich ein solches Theater veranstaltet habe. Ich kann einfach nicht anders, die Tränen kommen ganz von selbst. Ich glaube, ich habe in meinem ganzen Leben noch nie soviel geweint.«

»Tränen reinigen die Seele, mein Kind. Tiere weinen nicht, nur Menschen, wußtest du das? Menschen müssen hin und wieder weinen.«

Es gelang Rose, ein schwaches Lächeln aufzusetzen. »Ja, nun, vielleicht hast du recht, vielleicht aber auch nicht. Ich bin *sicher,* daß ich schon Pferde weinen gesehen habe.« Sie schwieg, während ihre Großmutter den Zopf zu Ende flocht. Einer der Pekinesen, der offensichtlich davon ausging, daß wieder so etwas wie Ruhe in sein Leben eingekehrt war, sprang zurück aufs Bett und kuschelte sich eng an seine Herrin. Ein paar Augenblicke später folgte sein Artgenosse ihm.

Alle vier lagen sie friedlich in der hellen Insel von Nancys Nachttischlampe. Einer der Hunde schnarchte leise und Rose streichelte ihm sanft den wolligen Kopf.

Das Pförtnerhäuschen hatte sich vollkommen verwandelt. Das Mobiliar der Flynns hatte man durch Stühle und Bänke aus der Nachbarschaft aufgestockt, und über dem Strom von Musik und Getränken erhob sich durch den Nebel von Zigaretten- und Tonpfeifenrauch lautes Stimmengewirr.

Obgleich das sonst nie benutzte Wohnzimmer blank geputzt war und im Kamin ein gemütliches Feuer prasselte, drängten sich alle in der Küche, so daß kaum noch Platz zum Atmen blieb. Nachbarn, die sich täglich oder zumindest einmal wöchentlich während der

Messe trafen, unterhielten sich so angeregt, als hätten sie sich seit Jahren nicht mehr gesehen.

John konnte sich nicht erinnern, sich je zuvor so elend gefühlt zu haben. Nachdem er Teller mit Obstkuchen, Sandkuchen und von ihm und seiner Mutter gestrichenen Broten herumgereicht und jeden mit Getränken versorgt hatte, machte er eine kurze Pause. Als er sich umsah, dachte er traurig, wieviel all dies seine Mutter kostete, aber er wußte, auch wenn sie Monate oder Jahre daran abzahlen würde, wäre es ihr nicht im Traum eingefallen, an irgend etwas zu sparen.

Obgleich das Feuer im Ofen inzwischen fast erloschen war und die Tür weit offen stand, fand er es unerträglich heiß. Allmählich bekam er Kopfweh und er überlegte, ob er wohl für einen Augenblick hinausschlüpfen und ein wenig frische Luft schnappen könnte. Als er sich umblickte, stellte er fest, daß sein Zwillingsbruder wie ein Häufchen Elend zwischen einem schnauzbärtigen alten Mann und dessen zahnloser Schwester kauerte, und beschloß, ihn loszueisen. »Könntest du mir mal draußen helfen, Derek?« rief er über den Lärm hinweg und wurde durch den erleichterten Blick seines Bruders belohnt. »Noch ein Mineralwasser?« rief John den beiden alten Leuten zu, von denen er wußte, daß sie Abstinenzler waren. Er nahm ihre Gläser und folgte Derek hinaus, wo die Flaschen in der Kühle direkt neben der Hintertür lagerten.

»Himmel, ist das furchtbar«, zischte Derek. »Willst du auch 'ne Kippe?«

»Nur noch ein paar Stunden«, flüsterte John zurück. »Nein, ich will keine Zigarette. Sieh bloß zu, daß Mammy nicht sieht, daß du diese Dinger rauchst.«

Sie entfernten sich ein wenig von der Tür und lehnten sich an die Hauswand. John sah ihre Mutter am Küchentisch sitzen, der gegen eine Wand geschoben worden war. Sie strich gerade neue Brote, und im Licht der Paraffinlampen wirkte sie unnatürlich rot. »Ich mache mir Sorgen um Mam«, sagte er zu Derek. »Glaubst du, daß sie zurechtkommen wird?«

»Willst du so enden wie all die Gestalten hier?« Derek wies mit dem Daumen über seine Schulter auf die alten Leute, denen er gerade entkommen war. Er zog an der halben Zigarette, die er sorgfältig in seiner Hand verborgen hielt. »Ehrlich gesagt kann ich es kaum erwarten, endlich von hier fortzukommen.«

»Gestern abend hast du noch gesagt, daß du nicht gehen willst.«

»Das war gestern abend.«

»Und warum hast du deine Meinung plötzlich geändert?«

»Einfach so.«

»Irgendwas muß dich doch dazu bewogen haben.«

»Nichts. Und jetzt halt endlich den Mund.«

John sah seinen Bruder prüfend an, aber Dereks Gesicht lag im Schatten. Dann lehnte er sich an die Wand und blickte hinauf zum Mond und zu den Sternen. Die Musik aus der Küche klang fröhlich und unbekümmert, als sei dies hier ein Freuden- und kein Abschiedsfest. »Auf jeden Fall ist es für Mammy furchtbar hart«, sagte er.

»Ich weiß«, erwiderte Derek. »Aber das ist schließlich nicht unsere Schuld, oder?«

»Ich weiß nicht, wessen Schuld es ist«, sagte John ruhig. »Aber auf jeden Fall ist es nicht ihre, und ich will bestimmt nicht gehen.« Die Sehnsucht nach Rose wallte erneut schmerzlich in ihm auf.

Sie standen eine Weile nebeneinander, Derek zog erneut an seiner Zigarette und die Spitze glühte rot in der Dunkelheit. »Wie wird es dort wohl werden, was meinst du?« fragte er, während er den Rauch ausblies.

»Keine Ahnung, das weiß ich genausowenig wie du.«

Einer der Gäste kam heraus und grüßte sie, als er zum Toilettenhäuschen hinter der Hecke ging. »Wirst du ihr schreiben?« Derek trat gegen ein Grasbüschel, und John wußte, daß sein Bruder nicht über ihre Mutter sprach.

»Wir haben gesagt, daß wir einander schreiben wollen.«

»Die großen Schreiber! Die großen Brief-freun-de!« Er betonte das Wort, um seinem Gift eine möglichst große Wirkung zu verleihen.

»Hör auf, Derek!« Das letzte, was sie jetzt brauchten, war ein Streit. »Ich gehe wieder rein. Bringst du den beiden ihre Limonade?«

»Leck mich am Arsch!«

John Flynn hatte vielleicht viermal in seinem Leben die Geduld verloren, aber jetzt lief er Gefahr, daß es ihm zum fünften Mal passierte. Er zog eine Flasche rote Limonade aus einer der Kisten und öffnete sie. Da er zu gewaltsam vorging, zischte der kohlensäurehaltige Inhalt in hohem Bogen heraus. Er machte einen Satz zurück, um die Flüssigkeit nicht auf die Hose zu kriegen, aber er hatte nur bedingten Erfolg, denn ein Teil lief ihm auf die Schuhe.

Er schüttelte die Tropfen von der Flasche ab, kehrte in die Küche zurück und goß die Limonade in die Gläser. Als er sie den beiden alten Leuten brachte, merkte er, daß seine Mutter jede seiner Bewegungen verfolgte, daß sich ihre Augen in seinen Rücken bohrten. Je mehr die Leute tranken, um so lauter unterhielten sie sich, und inzwischen schrien einige der Gäste, um sich noch verständlich zu machen. John war heute abend ganz bestimmt nicht in Feierstimmung. Dereks Worte hallten immer noch in seinen Ohren: *Es ist nicht unsere Schuld.*

Irgend jemandes Schuld mußte es doch sein.

Die Wut in seinem Inneren steigerte sich und wurde zu glühender Galle. Er mußte raus aus der erstickenden Enge der Küche, fort von der Traurigkeit seiner Mam. Er zwang sich zu lächeln, als er die Limonade überreichte, und machte auf dem Absatz kehrt, ehe ihn die alten Leute auffordern konnten, sich zu ihnen zu setzen. Aus den Augenwinkeln heraus sah er, daß Derek wieder hereingekommen war und daß er Platten mit Broten herumreichte. Dies war seine Chance.

Die Melodie, die die Fiedler gespielt hatten, näherte sich ihrem Ende, und einer der Männer bat um ein langsames Stück. Als die Gespräche verstummten und das leise, süße Lied erklang, ging John zur Hintertür, als wolle er noch Getränke holen.

Ehe er jedoch hinaustrat, macht er den fatalen Fehler, sich noch einmal nach seiner Mutter umzusehen. Selbst aus der Entfernung schalt ihn ihr Leiden und erhöhte noch seinen Zorn. Draußen versuchte er, sich zu beruhigen, indem er tief einatmete, aber das Adrenalin wirkte stärker und stärker, und am liebsten hätte er wild um sich geschlagen, auf einen unsichtbaren Feind eingedroschen.

Er rannte los, um so schnell und so weit wie möglich fortzukommen. Er bog in die Felder hinter dem Haus ein, hetzte ziellos über den matschigen Untergrund, und es war ihm nicht nur egal, sondern er hoffte sogar, daß seine guten Schuhe und seine neue Hose dabei ruiniert werden würden. Keuchend hastete er minutenlang über das offene Feld.

Als er den Waldrand erreicht hatte, suchte er nicht erst einen Weg, sondern tauchte einfach unter den Zweigen hindurch, krachte durch Dickicht und Unterholz. Seine Jacke verfing sich an einem Dornbusch, und er ließ seinen Zorn daran aus, indem er so heftig daran zerrte, daß die Tasche ausriß. Dann schnappte er sich einen verrotteten Ast und schlug mit dieser Waffe gegen die Stämme und überhängenden Zweige der umstehenden Bäume, bis das Holz in seiner Hand zerbarst und nur noch ein dürres Zweiglein war. Mit all seiner verbleibenden Kraft schleuderte er es fort. Es war ihm egal, daß seine Hände und Wangen von den Nadeln zerstochen wurden, als er sich einen Augenblick gegen den Stamm einer Fichte lehnte, um wieder zu Atem zu kommen. Nach ein paar Minuten verebbte sein Zorn, und es blieb nichts als die Leere zurück, von der er spürte, daß sie von nun an immer in ihm wäre.

Erst in diesem Augenblick merkte er, daß er ziemlich weit gerannt war, fast bis zum See. Das Wasser glänzte silbergrau nur wenige Meter von ihm entfernt im Sternenlicht.

Jetzt fühlte er sich idiotisch – und schuldig, daß er von seiner eigenen Feier davongelaufen war. Er machte es für seine Mutter nur noch schlimmer, die ihn inzwischen sicher vermißte. Aber dann dachte er an die Hitze, an die überfüllte Küche, an die verzweifelte, unechte Fröhlichkeit. Er konnte einfach nicht zurück. Noch nicht. Er stieß sich von dem Baum ab und ging langsam aufs Wasser zu. Als er aus dem Wald trat, sah er, daß er an einem unzugänglichen Teil des Ufers war, das morastig und von Schilf überwuchert war. Weiter käme er nur, wenn er durch den Schlamm waten würde.

John setzte sich. Er atmete tief ein und konzentrierte sich auf die leisen Nachtgeräusche, die ihn umgaben: das leise Flüstern der Bäume, das Rascheln des Schilfs und das kaum hörbare Klatschen der Wellen nur wenige Zentimeter von ihm entfernt. Plötzlich sprang ein Fisch neben ihm in die Luft, so unerwartet, daß er zusammenfuhr. Überall regten sich kleine Lebewesen, Geschöpfe, die ihre Leben lebten und sich über Generationen hinweg fortpflanzen würden, ehe er diesen Platz wiedersah – wenn überhaupt. Der Gedanke hüllte ihn ein wie eine kalte, schwarze Decke.

Und Rose?

John hatte keinen Erwachsenen, dem er seine tiefe Liebe und Leidenschaft für Rose anvertrauen konnte, aber selbst wenn er einen solchen Menschen gehabt hätte, wäre ihm dies kein Trost und keine Ermutigung gewesen: kein Erwachsener würde je glauben, daß ein Siebzehnjähriger sich so vollkommen und unwiderruflich verlieben konnte. Aber er wußte, daß es so war. Er war vollkommen und unwiderruflich verliebt.

Und in weniger als zwölf Stunden würde er sie verlassen.

Sie hatten sich noch nicht einmal voneinander verabschiedet.

Der Mond stand hoch oben am Himmel und warf ein weißes Oval auf den See. Nachdem er all seine Energie und Wut ausgelassen hatte, fühlte sich John flach und kalt, so leer wie der Mond. Irgendwie erschien es ihm angemessen, daß er und Rose dort aufhörten, wo sie angefangen hatten, am Ufer des Sees.

Er stand auf. Es hatte keinen Zweck, er mußte sie einfach noch einmal sehen. Er hatte keine Ahnung, was er am Herrenhaus tun würde, aber trotzdem rannte er durch den Wald in Richtung von Sundarbans.

Er konnte wohl kaum um diese Zeit einfach an die Haustüre klopfen, aber er mußte sie sehen. Er mußte sich wenigstens von ihr verabschieden.

Rose lag vollständig bekleidet auf ihrem Bett und hatte unzählige »Wenn-doch-Nur« im Kopf. Wenn sie doch nur heute nachmittag nicht so dumm gewesen wäre. Wenn er doch nur nicht fortginge. Wenn sie doch nur ein bißchen älter wären und sie mit ihm gehen könnte. Wenn er doch nur nicht der arme Sohn einer armen Witwe wäre. Wenn sie ihm doch nur niemals begegnet wäre, dann würde sie jetzt nicht so leiden…

Sie sollte in ihr Tagebuch schreiben, wenigstens hatte sie etwas Wichtiges zu berichten. Erwachsenendinge. Aber wenn dies das Leben der Erwachsenen war, dann bliebe sie lieber ein Kind. Sie hob ihr Tagebuch auf und schleuderte es in eine Ecke.

Nicht jetzt. Nicht, solange er noch in Irland war, kaum mehr als einen Kilometer von ihr entfernt auf demselben Stückchen Erde.

Sie versuchte, ihn sich auf seiner Amerikawache vorzustellen.

Wahrscheinlich trug er seine guten, neuen Kleider, die praktische Jacke und die weite Hose aus braunem Tweed, die sie so gelobt hatte, als er sie ihr stolz zeigte.

Vielleicht könnte sie ja ihren Schmuck verkaufen und ihn dann besuchen. Sie sprang vom Bett und ging hinüber zu ihrem Ankleidetisch, auf dem der rote Samtkasten stand. Sie setzte sich auf ihren Hocker, nahm die Halskette heraus und strich über die schimmernden Steine. Dann legte sie den Armreif an und drehte die Handgelenke, um die Amethyste im Licht zu sehen.

Plötzlich ertönte an einem ihrer Fenster ein Geräusch. Als sie es ein zweites Mal hörte, merkte sie, daß jemand Kieselsteine gegen die Glasscheibe warf. Mit klopfendem Herzen ging sie ans Fenster, zog die Vorhänge zurück und blickte auf eine dunkle Gestalt mit hoch erhobenem Arm.

Er war es.

John.

Sie versuchte, das Fenster zu öffnen, aber da es seit Jahren nicht mehr aufgeschoben worden war, klemmte es. Außer sich vor Freude bedeutete sie ihm zu warten und rannte hinaus. Sie flog die Treppe hinunter in Richtung der Küche, gab Roger einen Klaps aufs Geweih, öffnete den Riegel der Haustür und trat hinaus.

Nie zuvor war ihr das Haus so riesig erschienen wie nun, da sie über den Hinterhof eilte, durch das Tor und auf die Terrasse neben der Eingangstür. Sie hatte entsetzliche Angst, daß er nicht mehr da sein könnte.

Aber er war noch da. Er lehnte an der Balustrade und blickte zu ihrem Fenster hinauf, als erwarte er, daß sie einfach hinausgeflogen käme.

»John!« Sie stürzte auf ihn zu.

Er drehte sich um und hielt einen Finger an seine Lippen, aber sie versuchte gar nicht erst, leise zu sein. Sie warf sich an seine Brust und schlang die Arme um seinen Hals.

»Komm«, flüsterte er. »Laß uns woanders hingehen.«

»Wohin gehen wir?«

»Irgendwohin. Hauptsache, wir stehen nicht länger vor deiner Haustür herum.«

Er nahm ihre Hand und sie rannten zusammen die Treppe hinunter über den Kiesweg und dann über den Rasen in den Wald hinein. Dann drehte sich John zu ihr um. »Eine Bitte«, sagte er immer noch im Flüsterton.

»Was, John?« Automatisch flüsterte sie ebenfalls.

»Keine Tränen. Wir haben nur wenig Zeit. Wir sollten sie nicht vergeuden.«

»Das kann ich dir nicht versprechen.«

»Ich auch nicht, aber laß es uns versuchen, ja?«

»Ja.«

Sie schlang erneut ihre Arme um seinen Hals und hätte ihn am liebsten sofort geküßt, aber er sagte: »Nein, noch nicht. Ich möchte an den See.«

»An den See?«

»Ich kann es dir nicht erklären. Es ist nur so, daß ich es möchte.«

»Also gut.« Sie wäre ihm auch nach Timbuktu gefolgt.

Hand in Hand marschierten sie durch den Wald. Obwohl sie mitten auf dem Land aufgewachsen war, hatte Rose einige der dort lebenden Geschöpfe noch nie besonders gemocht, vor allem nachtaktive Kreaturen wie Ratten, Frösche oder Fledermäuse. Aber neben John war sie voller Sicherheit und Selbstvertrauen. Sie war so glücklich über diese kurze Gnadenfrist, daß sie vor lauter Dankbarkeit am liebsten gebetet hätte.

Sie erreichten das Ufer des Sees und gingen bis zu dem Felsvorsprung, an dem sie sich zum ersten Mal begegnet waren. Dort drehte John sich zu ihr um und nahm sie in den Arm. »Jetzt«, flüsterte er.

Glücklich erwiderte sie seinen Kuß und küßte sein Gesicht, seinen Hals, seine Ohren und seinen Mund, sooft es ging. Dann schob er sie ein wenig von sich fort. »Rose, darf ich deine Brüste sehen?«

Obgleich es Sünde war, hatte Rose ihm kürzlich gestattet, ihre Brüste zu streicheln, aber nur durch ihre Bluse oder ihren Pullover hindurch. Sie zögerte kurz, doch dann erinnerte sie sich daran, daß sie ihn vielleicht nie wiedersehen würde.

Er könnte ihren ganzen Körper sehen, wenn er wollte.

Langsam und ohne den Blick von seinem Gesicht zu wenden, öffnete sie die Knöpfe am Hals ihrer Bluse. Wie hatte sie nur ausgerechnet *dieses* Kleidungsstück anziehen können! Die weiße Baumwollbluse mit dem Peter-Pan-Kragen und den schmalen Ärmeln war mit zwanzig winzigen Perlmuttknöpfen geschlossen, für deren Öffnen man jedesmal eine Ewigkeit brauchte.

Einen nach dem anderen öffnete sie, aber an einem hatte sich ein Faden verfangen und obwohl sie mit aller Kraft zog, ging er nicht auf.

John streckte die Hand aus, um ihr zu helfen, und als er den Faden löste, bemerkte sie, daß er zitterte. Außerdem fiel ihr auf, daß er versuchte, ihre Haut möglichst nicht zu berühren.

Schließlich war auch der letzte Knopf auf. Rose, die inzwischen ebenfalls zitterte, öffnete die Bluse weit, er beugte sich vorsichtig vor und fummelte unerfahren an ihrem Büstenhalter herum. Schließlich gelang es ihm, die Haken zu lösen, und ehrfürchtig, als enthülle er ein Paar zerbrechlicher Porzellanmuscheln, schob er die spitzenbesetzten Körbchen hinauf, bis ihre Brüste ganz zu sehen waren. Dann trat er einen Schritt zurück.

Sie zitterte wie Espenlaub, aber sie hielt die Bluse auf, damit er alles erkennen konnte. Langsam streckte er die Hände aus und legte sie sanft auf ihre Haut. Dann, als sei er der Teilnehmer an einer förmlichen Zeremonie, beugte er sich vor und küßte sie leicht. Rose dachte, er würde seine Hände wieder fortnehmen, aber er ließ sie liegen. Sie liebte das warme, lebendige Gefühl von Johns Händen und blieb reglos stehen.

Jetzt küßte er ihre Brüste erneut, dieses Mal länger und inniger, doch zugleich vorsichtig, wie um sie nicht aus dem Gleichgewicht zu bringen. Sie schloß die Augen und schwankte leicht. Offenbar interpretierte er ihre Bewegungen falsch, denn er trat zurück und ließ seine Hände sinken. »Oh, bitte hör nicht auf.« Sie konnte nicht anders. »Bitte hör nicht auf.«

»Bist du sicher?«

Sie nickte. Dieses Mal umfaßte er ihre Taille und küßte sie auf den Mund. Sie ließ die Bluse über ihre Schultern rutschen, und preßte sich eng an ihn, so daß sie den rauhen Tweedstoff seiner Jacke spürte. Am liebsten hätte sie ihn gebeten, ihre Brüste noch einmal zu küssen, aber das wagte sie nicht.

Aber dann tat er es auch unaufgefordert. Dieses Mal waren es andere, drängende, saugende Küsse mit Lippen, Zunge und Zähnen. Er umfaßte ihre Taille mit einer Hand und legte die andere auf ihre Brust, während er unablässig weitersog. Sie wußte, daß sie ihm sagen sollte, er solle aufhören, aber sie konnte es nicht. Er würde morgen gehen... Er würde morgen gehen... Wieder und wieder schoß ihr dieser entsetzliche Gedanke durch den Kopf. Jetzt wandte er sich ihrer anderen Brust zu, und sie schob sich ihm entgegen. Sie liebte ihn so sehr...

»Nein, John«, murmelte sie, »nein, John...« Aber er wußte, daß sie es nicht wirklich meinte.

»Ich weiß, ich weiß«, sagte er. »Oh, Rose!«

Sie hob ihre Brüste mit den Händen an, um ihm zu helfen. Sie bot sie feil wie Pfirsiche, küßte seinen Hals und merkte, daß er etwas murmelte. »Was, John? Was sagst du?«

»Ich will mit dir baden.«

»*Was*? Jetzt? Mitten in der Nacht?«

»Warum nicht?«

»Aber wir haben keine Badesachen mit.«

Die Absurdität der Bemerkung brachte sie beide zum Lachen. »Nun, wenn du nichts für Romantik übrig hast. Wenn du Bäder im Mondschein nicht magst, dann soll's mir auch recht sein!«

»Ist das Wasser nicht furchtbar kalt?«

»Vielleicht tut uns das gut. Kasteiung des Fleisches! Außerdem ist immer noch August – Sommer.«

Wieder lachten sie und Rose fühlte sich ungewöhnlich verwegen. »Und wenn wir erwischt werden?« fragte sie, obwohl sie sich bereits entschieden hatte. Ein Bad im Mondschein. So etwas taten nur fortschrittliche Leute. Sie wollte mehr als alles andere mit John im Mondschein baden. Aber als es soweit war, brachte sie es nicht über sich, sich vor ihm auszuziehen. »Du gehst als erster«, sagte sie.

Er warf seine Jacke ab, knöpfte sein Hemd auf und zog die Schuhe aus. Dann drehte er ihr den Rücken zu, und ehe Rose sich versah, hatte er seine Hose, seine Unterhose und seine Socken abgestreift und stürzte sich in die Fluten. Sie hatte keine Zeit, um ihn nackt zu bewundern. Alles, was sie erkennen konnte, war ein kurzes Aufblitzen seines Hinterteils, ehe er untertauchte.

»Großer Gott«, brüllte er. »Das Wasser ist *eiskalt*!«

Rose zögerte, fast froh über den Ausweg, den er ihr bot, aber sein Anblick im silbrigen Wasser faszinierte sie. Sie entschied sich, ihm zu folgen. »Guck weg!«

»Ich?« fragte er unschuldig. »Aber warum denn?«

»Los, dreh dich um!«

Er gehorchte. »Wie tief ist es?« rief Rose, während sie ihren Hüfthalter löste und die Strümpfe herunterrollte.

»Vielleicht anderthalb Meter«, rief er zurück. »Nicht allzu tief. Bist du fertig? Ich würde mich gerne mal wieder umdrehen.«

»Fast«, rief sie und glitt aus Rock und Slip. »Aber du guckst nicht eher, als bis ich im Wasser bin. Bis zum Hals«, fügte sie hinzu.

»Aber sicher, Ma'am«, sagte er.

Im Gegensatz zu ihm tastete sich Rose vorsichtig über die Steine, bis sie am Wasser war. Dann steckte sie einen Zeh hinein. »Himmel«, entfuhr es ihr. »Schrecklich!«

Als er sich zu ihr umdrehte, schrie sie auf und versuchte vergeblich, ihre Blöße zu verdecken. »Ich habe dir doch gesagt, daß du weggucken sollst.«

»Tut mir leid«, sagte er. »Aber woher sollte ich denn wissen, daß du noch nicht bis zum Hals im Wasser stehst?«

»Ich sage dir, wenn es soweit ist.«

»Also gut, aber bitte beeil dich ein bißchen.«

Zögernd, Schritt für Schritt, schob sie sich ins eisige Wasser hinein. Der Grund des Sees fiel steil ab und nach wenigen Sekunden konnte sie schwimmen. »Ich bin drin«, rief sie.

»Gott sei Dank.«

Selbstbewußt drehte sie ein paar Runden, und allmählich gewöhnte sie sich an das eigenartige Gefühl, daß ihr ganzer Körper von Wasser umgeben war. Jetzt, wo sie drin war, war es gar nicht mehr so kalt. Auch er schwamm in einiger Entfernung von ihr vor sich hin. Sie merkte, daß auch er nicht wußte, was als nächstes kam.

Mit leicht angewinkelten Knien, damit ihr das Wasser weiter bis zum Hals reichte, stellte sie sich schließlich hin. Der Grund war weich und matschig, aber aus einem unerfindlichen Grund war es ihr egal, auf was sie trat. Das Wasser war ganz klar, und sie konnte seinen Körper unter der Oberfläche schimmern sehen wie einen ätherischen, länglichen weißen Fisch. »John?«

»Ja?«

»Ich liebe dich.« Das hatte sie noch nie gesagt. Sie hatten es noch nie gesagt.

»Ich liebe dich auch, Rose.«

»Was sollen wir nur machen?«

»Keine Tränen.«

»Ich weiß. Aber was sollen wir nur machen?«

»Das hier.« Auch er stellte sich hin, und als er sich aufrichtete, ging ihm das Wasser nur knapp bis zur Brust. Er beugte sich über sie, legte die Hände unter ihre Arme und zog sie neben sich, so daß ihre Brüste auf der Wasseroberfläche schwebten. Er küßte sie, und dann zog er sie eng an sich und küßte sie auf den Mund. Seine Lippen schmeckten torfig wie das Wasser.

Sie spürte seine Männlichkeit an ihrem Bauch und keuchte. »Schon gut, Rose, schon gut«, sagte er. »Wir werden nichts tun, was du nicht willst.«

Seine Stimme war rauh, aber erregend. Flüchtig dachte sie an die sichere Verdammnis, die nun folgen würde. Dies war das Sündigste, was man tun konnte, aber tief in ihrem Inneren fühlte sie, daß es richtig, gut und sicher war. Morgen und in all den kommenden Jahren hätten sie Zeit genug, um über die Sündhaftigkeit ihrer Handlungen nachzudenken und Buße zu tun. Morgen wäre er fort.

Sie erwiderte seinen Kuß und schmiegte sich an ihn. Sein Körper war kühl und hart, doch zugleich spürte sie die Hitze unter seiner Haut. Er hob ein Bein und sie setzte sich rittlings auf seinen Schenkel. Das *Ding* war genau zwischen ihnen. Sie wagte nicht hinabzusehen.

»Oh, Rose, du bist wunderschön«, flüsterte er. »Lehn dich zurück, ich möchte dich ganz sehen.« Sie ergab sich ihm und ließ sich auf dem Rücken treiben. »Darf ich das abmachen?« fragte er und zog an ihrem Haarband.

»Ja.« Sie löste es für ihn und ließ es davontreiben.

Er schob eine Hand unter ihr Hinterteil, so daß sie nicht unterging. Mit der anderen Hand schob er ihr Haar über ihre Schultern, damit es offen ihren Kopf umschwebte. Wieder und wieder fuhr er durch ihr Haar und trennte die Strähnen voneinander. Sie schloß die Augen und gab sich der Freiheit des Wassers und dem Gefühl seiner Hände hin.

»Du bist ein wunderschönes, wunderbares Geschöpf«, sagte er, schob seine Hand von ihrem Rücken und streichelte sie.

Sie wußte, daß es auch für ihn das erste Mal war, aber als er in sie glitt, war es ganz leicht. In der Klosterschule hatte Rose furchtbare Geschichten von Schmerzen, Blut, Leid und Scham gehört, aber so war es nicht. Es war ruhig und sanft, nur ein leichtes Ziehen. Es war vollkommen natürlich. Getragen von Wasser, umschlang sie glücklich seinen nassen Nacken.

4

Als John erwachte, war es immer noch dunkel. Er spürte einen Druck in seiner Armbeuge, dort, wo Rose ihren Kopf hineingeschoben hatte, und außerdem war ihm eiskalt.

Als sie mit klappernden Zähnen aus dem Wasser gekommen waren, hatten sie sich nebeneinander auf einem Bett aus Blättern unter einer Linde zusammengerollt und versucht, unter dem unzureichenden Schutz von Johns Jacke warm zu werden. Nach ein paar Minuten hatte er angefangen, ihren langen, weichen Rücken zu streicheln. Er hatte sie geküßt, und sie hatte seinen Kuß erwidert, und innerhalb weniger Sekunden war das gegenseitige Verlangen neu entflammt.

Dieses zweite Mal war für John weniger überraschend und wesentlich inniger gewesen als das erste Mal: Überwältigt von Glück und dem bevorstehenden Verlust hatte er geweint, als er kam, hatte seinen Kopf an Roses Hals vergraben und sein Herz und seine Seele genau wie seinen Körper in sie geleert. Auch sie hatte sich weinend an ihn geklammert. »John, John, mein lieber, lieber John...«

Er hatte keine Ahnung, wie spät es war, aber er nahm an, daß es gleich dämmern würde. Durch die Zweige der Bäume sah er, daß der Mond noch nicht untergegangen war, aber außer einem kaum hörbaren Flüstern im Blattwerk über ihren Köpfen herrschte um sie herum vollkommene Stille. Er haßte es, Rose zu wecken, aber sie mußten unbedingt nach Hause. Er betrachtete ihr Gesicht, um es sich für die Ewigkeit einzuprägen. Sie wirkte so friedlich, ihre Wange schimmerte in dem schwachen Licht wie feinstes Porzellan, so daß er das Gefühl hatte, einen Akt der Zerstörung zu begehen, wenn er sie wachrüttelte. Aber er mußte es tun. Seine Mutter war bestimmt schon außer sich vor Angst.

Als er sich vorsichtig bewegte, wurde sie wach. Er legte sich vollkommen reglos neben sie, und trotz der Dunkelheit erkannte er die rasche Abfolge verschiedener Ausdrücke auf ihrem Gesicht: Verwirrung, gefolgt von Erkennen, Angst und dann Verzweiflung. »Oh, John«, sagte sie und schlang ihre Arme um seinen Hals.

Er mußte stark sein. »Rose«, wisperte er in ihr Haar. »Wir müssen gehen. Meine Mutter –«

»Oh, ich weiß, ich weiß...«

»Denk dran, daß wir einander versprochen haben, nicht zu weinen...«

»Ich kann es nicht ändern.«

»Rose, uns wird etwas einfallen, *mir* wird etwas einfallen, Ehrenwort.«

Sie entzog sich ihm, und er sah, daß sie ihm verzweifelt zu glauben versuchte. »Versprichst du es, John? Ohne dich werde ich *sterben.*«

»Rose, wir sind noch sehr jung. Zwei jungen Menschen ist alles möglich. Wie oft hat man uns das gesagt?«

»Ja, aber –«

»Vertraust du mir?«

»Natürlich. Mehr als je zuvor. Nachdem – du weißt schon –« Sie blickte ihm tapfer in die Augen.

Einen Augenblick lang lagen sie reglos nebeneinander. Er küßte sie sanft, aber der Drang, nach Hause zu kommen, übertraf jetzt selbst sein Verlangen nach Rose. Sie schien seine Eile zu spüren, denn sie legte ihre Hand auf seine Schulter und zwang ihn liegenzubleiben. »Eins noch, John.«

»Ja?« Obwohl es nicht notwendig war, flüsterten sie.

»Kennst du die Geschichte von Königin Elizabeth und Lord Essex?«

»Nein!« Er sah sie überrascht an.

»Nun, sie waren ein Liebespaar –« Ihre Worte überstürzten sich – »vielleicht war es auch Sir Walter Raleigh, aber egal, einer der beiden – und –«

»Was war mit ihnen?«

»Nun, Königin Elizabeth ließ den, der ihr Liebhaber war, monate-, wenn nicht gar jahrelang im Tower of London einsperren – ich glaube, wegen Verrats – aber vorher – ich meine, als sie sich noch liebten – hatte sie ihm einen Ring gegeben und gesagt, wenn er ihr diesen Ring schicken würde, egal wann, würde sie ihm *jede* Bitte erfüllen.« John hörte kaum zu. Das bleiche Gesicht seiner Mutter tauchte vor seinem geistigen Auge auf, aber er wollte Rose nicht weh tun. Sanft zog er seinen Arm unter ihrem Kopf hervor. »Ja?«

»Lord Essex sollte hingerichtet werden«, fuhr sie in heiserem, eindringlichem Flüsterton fort, »und Königin Elizabeth wartete die ganze Zeit auf den Ring, aber er kam nicht, und am Abend, bevor er hingerichtet werden sollte, ließ sie ihm eine Nachricht zukommen, in der stand: ›Wo ist der Ring? Schick mir den Ring‹ oder so, aber er hat ihn behalten und wurde hingerichtet.«

John richtete sich auf und zog sie neben sich. »Und, Rose?« fragte er, umfaßte ihre Schultern und sprach so sanft, wie es ihm möglich war. »Was hat das mit uns zu tun?« Statt einer Antwort öffnete sie den Amethyst-Armreif und hielt ihn ihm hin. »Was ist damit?« fragte er.

»Das ist unser Ring.«

»Rose! Das kann ich unmöglich annehmen – das ist das Geburtstagsgeschenk deines Vaters. Außerdem ist er wertvoll.«

»Genau«, flüsterte sie. »Ich weiß. Ich habe nur das Gefühl, daß er uns irgendwie helfen kann. Bitte, John, nimm ihn. Bitte.«

»Du meinst, ich soll ihn dir schicken?«

»Oder so. Tu damit, was uns hilft.«

»Du meinst, ich soll ihn verkaufen oder verpfänden oder so?«

»Nicht unbedingt. Aber, ja, wenn's sein muß. Alles, was uns hilft. *Alles.*«

»Bitte, Rose, du weißt, daß ich den Armreif unmöglich annehmen kann.«

»Warum nicht. Er gehört *mir,* und ich kann damit machen, was ich will. Los, John, bitte, *bitte* nimm ihn. Ich *sterbe*, wenn du ihn nicht nimmst. Ich brauche unbedingt etwas Hoffnung.«

»Also gut.« Immer noch zögernd nahm er den Armreif, der noch die Wärme ihrer Haut ausstrahlte. »Danke«, sagte er. »Mir wird schon einfallen, wie ich ihn für uns verwenden kann. Aber jetzt muß ich wirklich gehen, Rose.« Er stand auf und half ihr auf die

Beine. Dann zog er seine Jacke an und schob den Armreif in die Tasche.

Er nahm sie in die Arme und küßte sie. »Keine Tränen. Willst du, daß ich dich nach Hause bringe?«

Sie schüttelte den Kopf. »Nein. Geh nur. Ich komme allein zurecht.«

»Wirst du mir schreiben?« John kämpfte verzweifelt darum, seiner Stimme einen festen Klang zu verleihen. Nun, da tatsächlich der Moment des Abschieds gekommen war, hatte er das Gefühl, als habe man ihm ein Messer in den Bauch gerammt und ziehe es langsam wieder heraus. Sie nickte und trat einen Schritt zurück. In der Dunkelheit konnte er ihre Augen nicht sehen, aber ihr Gesicht war naß, als er es berührte. »Ich liebe dich«, sagte er.

»Ich liebe dich auch…« Er hörte die Worte kaum, als er eilig kehrtmachte und blind davonstolperte. Sein Körper, unempfindlich für die Kälte und den Matsch unter seinen Füßen, schien nicht zu ihm zu gehören, und es war ihm egal, daß ihm die Zweige der Bäume gegen die Wangen klatschten.

Als er in Sichtweite des Pförtnerhäuschens kam, hatte er seine Gefühle unter eiserner Kontrolle, aber trotzdem blieb er kurz stehen, da sein Herz vor Schuldgefühlen und Gewissensbissen zu zerbersten schien. Hinter den Fenstern brannte noch Licht.

Was hatte er denn erwartet? Daß seine Mutter seine Abwesenheit zur Kenntnis nehmen und fröhlich ins Bett gehen würde? Er atmete tief ein und versuchte, sich ein wenig zu säubern. Er rieb seine schlammigen Schuhe mit Grasbüscheln ab, spuckte sich in die Hände und glättete sein Haar. Dann ging er zum Haus und trat durch die Hintertür.

Nur eine einzige Lampe brannte auf dem Kaminsims und warf einen sanften, goldenen Schein an die Wand. Seine Mutter und Derek saßen nebeneinander im Dunkeln auf der Sitzbank neben dem Feuer, und Ned Sherling, ihr Nachbar, saß ihnen gegenüber auf einem Stuhl. Die Küche war aufgeräumt. Der Küchentisch stand an seinem alten Platz, und sämtliche ausgeliehenen Stühle waren an der Wand aufgereiht. John ging zu seiner Mutter. »Tut mir leid, Mammy. Tut mir wirklich leid.«

Ihr Gesicht war rot und verquollen. »Wo bist du gewesen?« Er sah, daß sie ihn musterte, den Schlamm an seinen Schuhen, die ruinierte Jacke. »Ich war am Schwanensee.«

»Bis jetzt?«

»Ja.«

Sie sahen einander volle fünf Sekunden an. »Ich verstehe«, sagte sie ruhig, und dann wandte sie sich an ihren anderen Sohn. »Mach doch bitte Feuer im Ofen, Derek. Und setz den Wasserkessel auf.« Derek blieb reglos sitzen, und obwohl John seinen Zwilling nicht ansah, wußte er nur allzugut, was für ein Gesicht er machte. »Derek!« Die Stimme seiner Mutter brach.

»Ich muß erst Holz holen.« Dereks Stimme war säuerlich. Als er nach draußen ging, wandte sich ihre Mutter an den Nachbarn. »Danke, daß du mit uns gewartet hast, Ned. Du trinkst doch sicher noch eine Tasse Tee, bevor du gehst?«

»Nein danke, Mary. Ich muß wirklich gehen. Wenigstens kann ich auf dem Heimweg gleich die Kühe melken.«

Ihre Mutter erhob sich ebenfalls. »Tut mir wirklich leid, Ned. Ich bin dir sehr dankbar.«

»Sei nicht zu streng mit dem Jungen. Die Nächte ohne ihn werden noch lang genug werden.«

»Ich weiß«, sagte sie, und es hätte John fast das Herz gebrochen.

»Mammy«, setzte er zögernd an, als sie von der Haustür zurückkam, aber sie hob abwehrend die Hand.

»Nein, John. Ich will es gar nicht wissen. Jetzt läßt sich sowieso nichts mehr ändern. Ich habe getan, was ich konnte.«

Traurig lehnte er sich gegen die Wand und blickte durchs Fenster hinaus. Die Sterne begannen zu verblassen. Er wäre nur noch wenige Stunden daheim.

Seine Mutter griff nach der Lampe und überprüfte, wieviel Paraffin sie noch enthielt, und dann kam Derek mit einer Handvoll Holzscheite durch die Tür gestapft und warf sie neben den Kamin. John beobachtete, wie sein Zwillingsbruder die Tür des Ofens gewaltsam öffnete und drei Holzscheite mit einer Wucht hineinschob, als wolle er die Rückwand des Ofens mit ihnen durchbohren.

»Ich glaube, ihr schlaft am besten erst mal ein bißchen.« Mary Flynn hatte die Lampe wieder abgestellt. »Es wird bald hell. Ned sagt, er kommt um elf mit dem Wagen vorbei. Es bleiben also nur noch ein paar Stunden.«

»Gute Nacht, Mammy.« Derek schloß die Tür des Ofens, drehte sich zu seiner Mutter um, umarmte sie flüchtig und rannte fast ins Schlafzimmer.

»Du auch, John, los.«

Er mußte etwas sagen, irgend etwas, um sie für sein Fortbleiben zu entschädigen. »Mammy –«

»*Los*, John!«

Sofort war er neben ihr. »Mammy, du darfst nicht weinen. Bitte weine nicht.«

»Es tut mir leid. Tut mir leid.« Aber die Tränen rannen ihr über die Wangen, während er hilflos neben ihr stand. Schließlich streckte er die Hand aus und legte sie sanft auf ihren Arm. Sie legte ihre Hand auf die seine und tätschelte sie. »Gib mir die Jacke. Sie ist ja völlig ruiniert. Ich werde sehen, was noch zu retten ist.«

Er zog sie aus, gab sie ihr, und sie schob die Hand in die zerrissene Tasche, um zu sehen, was sich machen ließ. »Was ist denn das?«

In seiner Verzweiflung hatte er den Armreif ganz vergessen. »Das ist – ein Armreif.«

»Das sehe ich. Was machst du damit?«

»Mammy, bitte gib es mir zurück. Es war, es ist – es ist so was wie ein Geschenk.«

»Ein Mädchenarmband?«

»Ja.«

»Von Miss Rose?«

Es erschütterte ihn, den Namen aus dem Mund seiner Mutter zu hören. »Ja, Mammy«, sagte er nach dem ersten Schreck. »Rose hat es mir geschenkt.«

Sie wischte sich mit dem Handrücken über die tränennasse Wange. »Das ist ein sehr wertvolles Armband. Echtes Gold.«

»Ich weiß«, sagte er leise. »Und es sind echte Steine.«

Sie gab ihm den Armreif, wandte ihm den Rücken zu und hielt die Jacke gegen das schwache Licht der Lampe, um die zerrissene Jacke zu begutachten. »Aber jetzt geh ins Bett, John. Es ist alles fertig. Laß mir deine Hose und deine Schuhe hier, ich werde versuchen, sie sauberzumachen. Ich wecke euch dann um zehn zum Frühstück.«

Er sah, daß ihr dünner Rücken vor Müdigkeit gebeugt war, und wünschte sich verzweifelt, sie wieder jung machen zu können. Ihr sagen zu können, wie sehr er sie liebte. Ihr seine Liebe zu Rose gestehen zu können. Statt dessen bückte er sich und zog Schuhe und Hose aus. »Mammy?«

»Ja?« Sie drehte sich halb zu ihm um.

»Nichts«, sagte er. »Schon gut. Gute Nacht.«

»Gute Nacht, John.«

Er legte die Hose sorgsam über eine Stuhllehne und trottete ins Schlafzimmer. Derek hatte sich unter der Decke zusammengerollt, und das ganze Bett wackelte von seinen unterdrückten Schluchzern. Ohne sich erst die Mühe zu machen, sein Hemd auszuziehen, glitt John neben ihn. Derek schob sich so weit wie möglich von ihm fort. »Du Schwein!« zischte er. »Warum hast du das getan? Du Schwein!«

John legte sich auf die Seite und sah aus dem Fenster. Er wußte, daß er unmöglich schlafen konnte. Er schloß gar nicht erst die Augen, sondern blickte in die anbrechende Dämmerung hinaus, bis er die riesige Hecke deutlich von dem heller werdenden Himmel unterscheiden konnte. Der Rabe, der den ganzen Sommer in dieser Hecke gesungen hatte, begann sein Lied, als wäre es ein ganz normaler Tag. John hatte fast das Gefühl, als würde er nachher aufwachen und alles wäre wie früher. Er ginge nicht ans andere Ende der Welt. Er hätte nicht beständig den Schmerz seiner Mutter vor Augen. Er könnte Rose wiedersehen, die nur einen Kilometer weiter lebte, er könnte sie erneut lieben, er könnte sie immer lieben, jeden Tag und jede Nacht.

Zu seiner Überraschung hatte er keinerlei Schuldgefühle oder Scham wegen dem, was zwischen ihnen passiert war. Es hatte sich richtig und natürlich angefühlt. Das erste Mal, im See, hatte er vor Freude laut gelacht. Sie hatte die Augen geschlossen, aber als er gelacht hatte, hatte sie ihn groß angesehen und in sein Lachen eingestimmt, an ihn geklammert wie eine Klette, tropfnaß. »Ist es das, John?«

»Ich glaube, ja!« hatte er gesagt und hatte sie beide, immer noch in ihr, im Kreis gedreht, so daß das Wasser nur so spritzte.

Sie war fortgeglitten. »Mir ist kalt.« Er hatte seinen Arm um ihre Schulter gelegt und sie geküßt und ihr geholfen, als sie aus dem Wasser gestolpert waren.

Dann, das zweite Mal unter der Linde, war es ganz anders gewesen, intensiv bis zur Unerträglichkeit. Wahrscheinlich sollte er sich wegen seines babyhaften Geheules schämen, statt dessen starrte er immer noch in den langsam rosa werdenden Himmel und konzentrierte sich auf Roses schlafendes Gesicht.

Als er sie verlassen hatte, hatte ihn der Drang, nach Hause zu kommen – und die körperliche Erfüllung, die er bei diesem Abenteuer erfahren hatte –, stark gemacht. Jetzt trafen körperliche und emotionale Erschöpfung zusammen, so daß ihm übel wurde. Vielleicht half eine Tasse Tee oder ein Glas Wasser. Er sah nach, ob Derek schlief, und glitt dann lautlos aus dem Bett und schlich auf Zehenspitzen in die Küche zurück.

Seine Mutter nähte gerade die zerrissene Jacke, und als sie hörte, daß die Schlafzimmertür geöffnet wurde, blickte sie auf. Er hörte das sanfte Knistern des Feuers im Ofen. Sie hatte neues Paraffin in die Lampe gegeben und sie neben sich auf den Küchentisch gestellt.

»Ich kann nicht schlafen, Mammy.«

»Du wirst dir noch den Tod holen, wenn du immer barfuß herumläufst. Hier.« Sie ging zur Hintertür und nahm einen alten Tweedmantel vom Haken, der seinem Vater gehört hatte und den sie immer noch anzog, wenn sie im Winter im Garten arbeitete. »Zieh den an.«

Er nahm den Mantel, der nach der gestrigen Party und nach zahlreichen Regengüssen roch, und setzte sich wieder an den Tisch. »Ich bin fast fertig. Die Jacke wird fast wie neu aussehen.«

Er war sich des leisen Tickens der Uhr auf dem Sims überdeutlich bewußt. Mit jeder Sekunde wurde die Zeit für ihn und seine Mutter knapper. Warum konnte er ihr nur nicht sagen, daß er sie liebte? Die Worte lagen ihm auf der Zunge, aber sie kamen einfach nicht heraus. »Glaubst du, daß Dan uns vom Schiff abholen wird, Mammy?« fragte er.

»Sicher. Er hat geschrieben, daß er zum Hafen kommen wird.«

Keiner von ihnen hatte Dan, ihren Cousin zweiten Grades väterlicherseits, je gesehen. Er war auf Prince Edward Island geboren und hatte noch nie einen Fuß auf irischen Boden gesetzt. John versuchte verzweifelt, die liebevollen Worte hervorzubringen, ihr nicht nur zu sagen, wie sehr er sie liebte, sondern daß er sie vermissen würde. Am liebsten hätte er sie in die Arme genommen. Statt dessen fragte er: »Möchtest du eine Tasse Tee?«

»Gern«, sagte sie, biß den Faden ab und wickelte ihn um die Nadel.

Er stand auf und ging zum Herd. »Mammy?«

»Ja?«

»Ich – wir – weißt du, es ist nicht so, daß wir gerne gehen.«

»Ich weiß, mein Junge.«

»Es ist noch nicht zu spät. Wir könnten es uns noch einmal überlegen.«

»John, denkst du etwa, ich möchte, daß ihr geht?« Er hörte, wie ihr Stuhl über den Boden kratzte, als sie ihn nach hinten schob. »Aber ihr könnt nicht tatenlos hier herumhängen, ohne etwas zu tun. Dafür seid ihr zu gut. Ihr beide. Egal, was für Möglichkeiten ihr dort drüben haben werdet, sie werden besser sein als hier – und...« Sie hielt inne und wandte den Blick von ihm ab. »Wahrscheinlich ist es sogar besser, wenn du gehst.«

»Was –«

Sie hob abwehrend die Hand. »Du brauchst mir nicht zu erzählen, was diesen Sommer passiert ist«, sagte sie sanft. »Ich weiß über dich und Rose O'Beirne Moffat Bescheid.«

Das Ticken der Uhr wurde fast unerträglich.

»Das ist nichts für Leute wie uns, John.«

Draußen hatte der Rabe seine Stimme wiedergefunden. Um etwas zu tun, ging John die paar Schritte bis zum Tisch und blies die Lampe aus. »Mammy, ich liebe sie.«

»Ich weiß, daß du das tust.« Sie kam um den Tisch und legte ihre Hände auf seine Schultern. »Aber du weißt, daß ihr keine gemeinsame Zukunft habt. Du weißt es.« Sie sah ihn an, und er merkte, daß sie wirklich verstand, was er durchmachte.

Hinter sich hörte er, daß der Kessel zu pfeifen begann. »Der Tee«, sagte er.

Sie ging ans Fenster, und als sie es öffnete, flutete der Gesang des Vogels herein. »Gott sei Dank wird es ein schöner Tag werden«, sagte sie.

All die vertrauten Gegenstände im Raum wurden für John plötzlich unerträglich wertvoll: der alte Wecker, die angeschlagene Blechteebüchse mit dem verblichenen Bild eines chinesischen Gartens, die Wachstuchdecke, die über dem hohen Kaminsims lag und deren Kanten mit rosafarbenen Zacken versehen waren. Er konzentrierte sich darauf, den Tee in die Kanne zu löffeln. »Ich werde mein Möglichstes tun, Mammy, damit du stolz auf mich bist. Wir beide werden unser Möglichstes tun. Ich werde auf Derek aufpassen.«

»Gut.«

»Und – danke für alles.« Die Worte waren nichts Besonderes, aber sie waren besser als nichts.

»Gern geschehen, John. Ich habe es sehr gern getan«, sagte sie sanft. Er sah nicht mehr, was er tat, und ein paar Teeblätter fielen daneben.

Die Wettervorhersage seiner Mutter war richtig gewesen. Die Sonne schien warm, als Ned Sherlings Auto durch das Tor gerattert kam. Mary Flynn kam nicht mit nach Dublin. Sie wurden zum Zwölf-Uhr-Bus nach Carrickmacross gebracht, so daß sie rechtzeitig für das abendliche Schiff nach Liverpool in Dublin sein würden. Sie hatten absichtlich ein paar kleine Arbeiten bis zum Schluß aufgehoben – Päckchen, die in Koffer gequetscht werden mußten, Gegenstände, die noch unter dem Bett oder in der Ecke lagen – so daß der Abschiedsschmerz in Geschäftigkeit unterging.

Als das Auto lärmend vor der Tür zum Stehen kam und Ned verlegen ausstieg, eilten sie alle drei zwischen dem Haus und dem Wagen hin und her. Als er nichts mehr zu tun fand, ging John zur Küchentür, in der seine Mutter stand. Sie drehte sich zu ihm um. »Ich sage nur noch schnell der Ziege auf Wiedersehen«, sagte er, um Zeit zu gewinnen.

Sobald das Tier ihn sah, kam es ihm freudig entgegengerannt. Er ging zur Gemüsekiste, zog einen Salatkopf und eine Karotte heraus und hielt sie ihm hin. »Braves Mädchen, Biddy, braves Mädchen …« Da er Angst hatte, jeden Moment in Tränen auszubrechen, blieb er so lange bei der Ziege, bis sie alles aufgefressen hatte, strich ihr liebevoll über den Kopf und zupfte sie an den Ohren. Dann gab er ihr einen letzten Klaps aufs Fell und wandte sich zum Gehen.

Zurück im Hof sah er, daß Derek wie ein Kleinkind schluchzte und seine Mutter eng umklammert hielt. Dann war er an der Reihe, doch nach wenigen Sekunden war alles vorbei. Er umfaßte die knochigen Schultern seiner Mam und küßte sie auf die Wange. Dann fand er irgendwie die Kraft, normal zu sprechen. »Keine Angst, Mammy. Bitte mach dir um uns keine Sorgen. Wir werden brav sein. Wir werden dir alle Ehre machen, das verspreche ich. Ich werde dir oft schreiben und dir Geld schicken. Vielleicht verdiene ich ja genug, daß du uns besuchen kommen kannst, vielleicht sogar schon nächstes Jahr. Und wir kommen dich sobald wie möglich besuchen.«

Mary nickte und versuchte zu lächeln. »Gott schütze dich.«

John ließ sie los und wandte sich seinem Bruder zu, der immer noch hilflos schluchzte. Er nahm Dereks Arm und schob ihn auf den Rücksitz des Autos. »Am besten fahren wir los, Ned.« Er selbst setzte sich auf den Beifahrersitz und nickte seinem Nachbarn zu. Seine Mutter machte auf dem Absatz kehrt, und es war vorbei.

Sie waren viel zu früh in Carrickmacross. Schließlich kam der Bus, sie stiegen ein, und das Gefährt machte sich gemächlich auf den Weg nach Dublin. Während es immer wieder anhielt, um weitere Fahrgäste aufzunehmen, beschloß John, die Situation so positiv wie möglich zu sehen. Er und Derek waren auf dem Weg nach Kanada, und es gab kein Zurück. Und er wußte, daß seine Mutter recht hatte, wenn sie sagte, daß er und Rose durch Welten getrennt waren, auch wenn die Probleme nicht dort lagen, wo sie sie vermutete. Es ging um Geld. Die einzige Chance für ihn und Rose lag in weiter Ferne von Drumboola. Und er würde sie nutzen.

Kurz vor Ardee sah er seinen Bruder an. »Wollen wir Frieden schließen?«

Derek sah ihn durch die Rauchwolken seiner Zigarette an. »Was für einen Frieden?«

»Du weißt genau, was ich meine.« John hielt ihm die Hand hin. »Wir werden einander brauchen, Derek.«

Derek sah an ihm vorbei aus dem Fenster. Dann ließ er seine halb gerauchte Zigarette auf den Boden des Busses fallen und trat sie mit dem Absatz eines seiner neuen Schuhe aus. »Also gut.«

Sie schwiegen, während sich der Bus den langen, steilen Hügel hinter Collon hinaufquälte. »Stell dir vor, Derek«, sagte John dann,

»Weiße Weihnachten.« Ihr Cousin hatte in einem seiner Briefe geschrieben, daß es im Winter immer schneite. Der Schnee, den sie aus Monaghan kannten, war nicht viel mehr als ein armseliger Versuch, der innerhalb weniger Stunden naß und matschig wurde.

Derek, der sich eine weitere Zigarette anzündete, grunzte unverständlich, doch dann hellte sich seine Miene auf. »Ich frage mich, ob es dort wohl Schlitten gibt.«

»Ich denke, schon«, sagte John. »Wie sollten sie sich dort sonst fortbewegen?«

»Mit Pferden vielleicht?« schlug Derek vor. »Dann kämst *du* natürlich prächtig zurecht. Auf einem Pferd. Damit kennst du dich jetzt ja aus.« Dies war die einzige Stichelei während der Fahrt und John reagierte nicht darauf. Als der Bus unter dem steinernen Vordach des Dubliner Busbahnhofs zum Stehen kam, war er ruhig und fast optimistisch. Sie waren bisher erst zweimal in der Hauptstadt gewesen, beide Male, um mit ihrer Mutter bei Clery's, dem großen Kaufhaus im Zentrum, einkaufen zu gehen, aber sie hatten eine schriftliche Wegbeschreibung vom Busbahnhof zum Hafen am Nordwall, aus dem die britischen und irischen Postschiffe ausliefen.

Es war noch früh am Abend, und überall traten Büroangestellte auf die Straßen, Mädchen in leuchtenden Baumwollkleidern und Riemensandalen und Männer in Hemdsärmeln, die ihre Jacken locker über die Schultern gehängt hatten. John beneidete diese Männer von ganzem Herzen. Sie waren frohgemut und zufrieden. Sie gingen nach Hause. Vielleicht gingen sie heute abend noch aus. Sie hatten eine gute Ausbildung, einen festen Job. Vielleicht eine Freundin, die auf sie wartete. Keine Probleme mit Geld oder ihrer gesellschaftlichen Klasse – keine unsichere Zukunft.

Derek wies mit dem Finger auf ein riesiges, grünes Schiff, das auf ihrer Seite des Hafens lag. »Das muß es sein.«

Die Abfertigungshalle für die Passagiere war nicht viel mehr als eine kleine Hütte. Obwohl noch mehr als neunzig Minuten Zeit bis zur Abfahrt waren, quollen zahlreiche Menschen aus einer Reihe von Taxis vor dem Eingang, und drinnen ging es bereits zu wie in einem Bienenstock. Als John all die fremden Gesichter sah, wurde er von einem Gefühl der Einsamkeit gepackt, so stark, daß ihn beinahe schwindelte.

Es war Derek, der die Sprache auf Rose brachte.

Um halb neun hatten sie den Leuchtturm von Kish passiert. Es war ein ruhiger Abend, und zusammen mit anderen Passagieren standen sie am hinteren Deck und beobachteten das Kielwasser, das rückwärts in Richtung Küste strömte, von der sie sich immer weiter entfernten. Keiner von ihnen beiden war bisher auch nur in der Nähe des Meeres gewesen, und trotz seiner Trauer, weil er die Heimat verlassen mußte, war John von der dunklen Endlosigkeit der See beeindruckt, als die Sonne über der wogenden Linie violetter Berge südlich der Dubliner Bucht versank.

Später, als sie in einem der schmutzigen und überfüllten Passagierräume saßen, Orangensaft tranken und eins der Schinkenbrote aßen, die ihnen ihre Mutter eingepackt hatte, wurden sie durch den Anblick eines blonden Mädchens abgelenkt, das ungefähr in ihrem Alter war. Sie trug ein braunes Tweedkostüm mit einem gerade geschnittenen Rock und einer durchgeknöpften, taillierten Jacke und ging an ihnen vorbei, um etwas an der Bar zu bestellen. Von hinten betrachtet hatte sie schöne Beine mit wohlgeformten Waden und hübschen Knöcheln. »Nicht schlecht«, sagte Derek.

»Nein«, stimmte John ihm zu, obwohl er es anders sah. »Nicht schlecht.« Inzwischen verglich John alle Mädchen mit Rose.

»Allerdings kein Vergleich zu Miss O'Beirne Moffat, oder?« Derek biß unschuldig in sein Brot und nahm einen Schluck vom Saft.

»Nein.« John biß ebenfalls in sein Brot.

»Liebst du sie etwa?« wollte Derek wissen.

John ließ sich durch den beiläufigen Ton nicht täuschen. Er beschloß, ehrlich zu sein. »Ja, das tue ich.«

»Und liebt sie dich auch?«

»Sie sagt, daß sie es tut.«

»Habt ihr euch allen Ernstes gesagt, daß ihr euch liebt?«

»Ja.«

Das Mädchen an der Bar drehte sich um und trug zwei Flaschen Orangensaft zurück an ihren Platz, wo ein älteres Mädchen saß, das offensichtlich ihre Schwester war. Die beiden Jungen sahen ihr nach. »Da würde ich mich nicht lange zieren«, stellte Derek fest, als sie Platz nahm.

»Ich weiß, was du meinst«, pflichtete John ihm automatisch bei.

»Ihr beide habt es getan, nicht wahr?«

Dies war mehr eine Feststellung als eine Frage, und John versuchte, Zeit zu gewinnen. »Warum glaubst du das?«

»Ich glaube es nicht, ich weiß es.«

»Woher willst du das wissen? Hast du uns nachspioniert?«

»Aha, also habt Ihr es wirklich getan!«

»Das habe ich nicht gesagt.« John war verwirrt und fühlte sich Rose gegenüber furchtbar unloyal.

»Aber schließlich geht es mich nichts an, was ihr tut«, sagte Derek. »Dies ist ein freies Land.«

Es war nahezu eine Erleichterung, es endlich zu sagen. »Also gut.«

»Wie war's?«

»Darüber rede ich nicht.«

»Wie du willst. Ich hole mir noch eine Flasche Orangensaft. Willst du auch noch eine?«

»Das können wir uns nicht leisten.«

John versuchte, Ordnung in seine Gedanken zu bringen, während Derek an der Theke stand. Er liebte Derek, da war er ganz sicher, aber selbst einem Heiligen würde es schwerfallen, mit Dereks plötzlichen Stimmungsumschwüngen zurechtzukommen. Andererseits hätten sie in den nächsten Monaten nur sich, und sie würden das Beste daraus machen müssen. Was natürlich hieß, dachte er grimmig, daß er sich anpassen mußte.

Aber es war etwas gänzlich anderes, mit seinem Bruder über Rose zu sprechen. Doch wenn er noch nicht einmal mit seinem eigenen Zwilling über die wichtigste Sache in seinem Leben sprechen konnte, mit wem sollte er dann darüber reden? Das Schiff schaukelte leicht von einer Seite auf die andere, und er merkte, daß die Bewegung seinem Magen nicht bekam. Er hoffte nur, daß ihm nicht übel werden würde.

Derek kam mit den beiden Flaschen Orangensaft zurück und setzte sich. »Übrigens hoffe ich nur, daß sie nicht schwanger ist…«

John, den diese Feststellung wie ein Fausthieb traf, stammelte: »Beim – beim ersten Mal kann ein Mädchen nicht schwanger werden.« Dies war eine Sache, über die er nicht nachgedacht hatte, aber die Gerüchte und Halbwahrheiten, auf die sich seine Erziehung in sexueller Hinsicht beschränkt hatte, stimmten ihn zuversichtlich, daß es tatsächlich so war. »Nein«, wiederholte er bestimmter. »Beim ersten Mal kann ein Mädchen nicht schwanger werden.«

»Wer hat dir denn das erzählt?«

»Das weiß doch jeder.«

»Nun, ich hoffe, dann haben sie alle recht.«

Allmählich wurde John wirklich übel, zu übel, als daß er hätte weiterstreiten können. »Ich muß mich hinlegen«, sagte er.

Die mehrstöckig angeordneten Kojen in den Quartieren der Männer standen in drei Reihen nebeneinander, und die meisten von ihnen waren bereits belegt, als er und Derek nach unten kamen. Sie stellten ihre Koffer ab und sahen sich um. Ein paar Männer spielten Karten, und in einer Ecke machten zwei Männer und ein Junge von etwa dreizehn gemeinsam Musik – zumindest sangen die Männer, und der Junge sah ihnen mit großen Augen und gespitzten Ohren zu, während zu seinen Füßen die leeren Flaschen hin und her kullerten.

Etwa acht Reihen hinter einem lauten Schnarcher fanden sie zwei leere Kojen, schoben ihre Koffer unter eine von ihnen und legten sich auf die Matratzen. Sie waren hart und unnachgiebig und rochen fremd. Als John die grobe Decke hochzog, entdeckte er den Grund für den eigenartigen Geruch: die Koje, die aus Holzlatten zusammengezimmert war, wurde von einer Gummimatte bedeckt.

Er schob die Tasche mit Geld und Papieren unter seinen Kopf und legte einen Arm über seine Augen. Er versuchte, die Gerüche, den Gesang, das Schnarchen, die lauten Gespräche und das Gelächter der Kartenspieler zu ignorieren und seine Gedanken zu ordnen. Trotz der Übelkeit sah er das schöne, geliebte Gesicht von Rose vor sich. Er dachte an die Amethyste, die er sicher in seinem neuen Kulturbeutel verstaut hatte. Sollte er Derek davon erzählen? Wozu? Andererseits würden die Steine ihnen vielleicht einen Ausweg bieten, falls sich das neue Leben auf der Insel als unerträglich oder sinnlos erwies.

Aber angenommen, er benutzte sie, um heimzukehren? Was dann? Er käme ebenso arm und hoffnungslos zurück, wie er gegangen war. Was hätte Rose davon? Die Worte seiner Mutter hallten in seinem Kopf: *Das ist nichts für Leute wie uns…*

Selbst er sah ein, wie sinnlos es wäre, Rose O'Beirne Moffat aufzufordern, sein armseliges Leben zu teilen. Oh, Rose! dachte er, und seine Augen füllten sich mit Tränen.

Daphne O'Beirne Moffat spitzte die Lippen. »Also gut, Fräulein, du wirst hierbleiben, bis du Vernunft annimmst.«

Rose reagierte noch nicht einmal mit dem Zucken eines Wangenmuskels auf die Worte ihrer Mutter. Sie lag auf ihrem Bett und hatte das Gesicht in ihrem Kissen vergraben.

»Hast du mich verstanden, Rose?« Daphnes Stimme wurde schrill. »Rose! Antworte mir!« Als immer noch keine Erwiderung kam, wandte sie sich an ihren Mann. »Sprich du mit ihr, Gus. Du bist schließlich ihr Vater.«

Gus, der hinter Daphne stand und nervös mit ein paar Münzen in seiner Hosentasche klimperte, sah elend aus. Er haßte laute Stimmen, Streit, Szenen jeder Art. Aber Daphnes Aufforderung ließ sich nicht ignorieren. Sie trat zur Seite und zeigte ihm mit einem Winken der Hand, daß er an der Reihe war. »Rose?« fragte er vorsichtig und trat an ihr Bett. »Rose?« Und als sie nicht zu erkennen gab, daß sie ihn gehört hatte: »Rose, hör mir zu, du mußt etwas essen. Komm mit runter. Du bist seit heute morgen hier oben, und jetzt ist es ...« er sah auf seine Uhr, »zehn Uhr abends. Hast du denn gar keinen Hunger, Rose?«

»Darum geht es nicht!« schnauzte Daphne. »Wir müssen wissen, wo sie letzte Nacht gewesen ist – *die ganze* Nacht. Ich kann es mir ungefähr vorstellen, aber ich muß es von ihr selber hören!«

»Ich dachte, du hättest gesagt, ich sei ihr Vater!« Die Heftigkeit von Gus' Reaktion auf die Einmischung seiner Frau überraschte Rose derart, daß sie sich auf einen Ellbogen abstützte. Sie sah, daß Gus selbst erstaunt zu sein schien. Doch ehe ihre Mutter sich erholt hatte, nutzte er seinen Vorteil aus. »Schon gut, Daphne, ich kümmere mich darum. Ich nehme an, es wäre eine gute Idee, mir die ganze Sache zu überlassen. Ich rufe dich, wenn ich dich brauche.«

Roses Mutter schnaubte leise, aber sie machte auf dem Absatz kehrt und stapfte hinaus. Gus wartete, bis die Tür hinter ihr ins Schloß gefallen war, und dann wandte er sich erneut an Rose. Er legte ihr sanft die Hand auf die Schulter. »Nun, meine Kleine, was ist los? Mir kannst du es doch erzählen.«

Rose warf sich in seine Arme. »Oh, Daddy! Ich kann es dir nicht sagen, ich kann es einfach nicht, es ist zu schrecklich –«

»Warum nicht, Rose?«

»Weil du mich bestimmt nicht verstehen würdest.«

Gus räusperte sich. »Ich – eh – vielleicht würde ich dich ja verstehen. Du wärst vielleicht überrascht…« Rose spielte mit ihrem Taschentuch. »Es hat doch nichts – ich meine, es hat doch nichts mit dem Jungen aus dem Pförtnerhäuschen zu tun – du weißt schon, dem Jungen, dem du das Reiten beigebracht hast?«

Roses Blick verriet offenbar mehr als ihr lieb war, denn die Miene ihres Vaters verfinsterte sich. »Ich – ich verstehe«, sagte er. »Ich wußte, daß ihr beide euch – eh – nahestandet, aber ich nehme an, ich war zu sehr mit mir selbst beschäftigt, um zu sehen, was da vor sich ging. Es tut mir leid, Rose, aber weißt du, das Gut, die Bank und alles…« Er zuckte mit den Schultern.

Rose hielt sich das Taschentuch vor den Mund. Sie wollte ihm keine Schwierigkeiten machen, aber sie hatte Angst, daß sie zuviel verraten würde, wenn ihr Vater jetzt nicht ging. »Ich liebe ihn von ganzem Herzen, Daddy«, sagte sie mit erstickter Stimme. »Und jetzt ist er für immer fort…« Erneut rannen ihr Tränen über die Wangen.

»Ich –« Gus räusperte sich erneut. »Ich nehme an, du warst letzte Nacht bei ihm. Ich meine, du hast ihn besucht, nicht wahr?«

Rose nickte fast unmerklich. Gus räusperte sich ein drittes Mal. »Meine Kleine, du brauchst mir natürlich nicht zu antworten, wenn du nicht willst, aber ich bin dein Vater, und ich – das heißt, wir –, deine Mutter und ich, wir machen uns große Sorgen um dich. Du hast ihn doch nur besucht, nicht wahr?« Das Flehen in seiner Stimme war nicht zu überhören.

»Natürlich, Daddy. Natürlich habe ich ihn nur besucht. Es war seine letzte Nacht. Er kam gestern abend nach Einbruch der Dunkelheit hierher. Wir hatten uns bereits voneinander verabschiedet, aber nicht richtig, wenn du verstehst, was ich meine. Tja, wir haben – wir haben einen langen Spaziergang im Wald gemacht.«

»Die ganze Nacht, Rose?«

»Wir konnten uns einfach nicht trennen. Wir sind kurz eingeschlafen…«

Gus stand auf und ging ans Fenster. »Da ist nur eins, Rose – aber keine Angst, ich bin sicher, daß es dafür eine vollkommen harmlose Erklärung gibt. Deine Mutter sagt, als sie dich heute früh in der Küche angetroffen hat, waren deine Kleider vollkommen zerknittert – sehr zerknittert sogar.«

»Ich habe doch eben gesagt, daß ich mich hingelegt und ein bißchen geschlafen habe.«

»Ja, aber sie sagt, daß sie *sehr* zerknittert waren. Ich habe natürlich von solchen Dingen keine Ahnung, aber sie sagt, daß deine Baumwollbluse sehr schmutzig war. Als wäre sie naß geworden oder so...«

»Nun, ich kann dir versichern – und du kannst ihr versichern, Daddy, daß ich bestimmt nicht naß war!« Rose sprach mit der übertriebenen Empörung eines Menschen, der ungerechterweise beschuldigt worden war.

Gus drehte sich zu ihr um. »Nun, das wäre dann also geklärt. Ich werde mit deiner Mutter sprechen. Ich bin sicher, daß sie sehr erleichtert sein wird.«

»Daddy, sie haßt John Flynn.«

»Woher willst du das wissen? Deine Mutter ist eine gute Frau, Rose.« Gus' Stimme enthielt eine deutliche Warnung.

»Ja. Ja, das weiß ich, Daddy. Natürlich ist Mutter sehr gut – und ich weiß all das, was sie für mich tut, wirklich zu schätzen – und ich weiß, daß sie mich liebt – aber, Daddy, sei ehrlich! Glaubst du wirklich, daß sie damit einverstanden wäre, daß ich den Sohn eines Wildhüters liebe? Der arme John hat keinen Pfennig –« Rose begann erneut zu schluchzen.

»Rose, Kanada liegt nicht am Ende der Welt. Irgendwann wird er zurückkommen, und in der Zwischenzeit wirst du andere nette Jungen treffen –«

»Oh, Daddy, ich wußte, daß ihr das alle sagen würdet. Ich *wußte*, daß mich niemand verstehen würde. Es wird nie wieder jemanden wie John geben, nie, nie, nie!« Sie sprang von ihrem Bett. »Entschuldige mich, Daddy. Ich muß auf die Toilette.« Gus trat einen Schritt vor, als wolle er sie aufhalten, aber sie war schneller als er und verschwand, ehe er sie erreicht hatte.

Einen Augenblick stand er reglos in der Tür. Dann schloß er sie vorsichtig hinter sich und ging.

»He, Mom! Es ist schon drei Uhr. Wieso sitzt du noch nicht am Bridgetisch?« In ihrer Kabine auf der *White Empress*, die in Liverpool vor Anker lag, testete Karen Lindstrom die Federn ihrer Matratze, indem sie auf und nieder hüpfte. »Ich liebe Schiffe!« brüllte sie fröhlich und beobachtete, wie die Chintzvorhänge vor dem Bullauge in dem vor ihr kreierten Luftzug flatterten. Karen, die blond war wie ihr Vater, hatte die robuste Gestalt ihrer Mutter geerbt, und die Federn ächzten laut.

»Um Himmels willen, Karen«, rief ihre Mutter durch die offene Verbindungstür, »beruhige dich. Du machst mich noch wahnsinnig.« Sie kam an die Tür, eine Kristallvase mit Blumen in der Hand. »Es dauert noch eine Ewigkeit, bis wir ablegen. Lies ein Buch oder eine Zeitschrift oder so.«

»Ich kann nicht«, erwiderte Karen, sprang vom Bett und machte einen ungeduldigen Hüpfer in der Mitte der Kabine. »Das ist langweilig! Oh, ich wünschte, Dad wäre dieses Mal dabei. Die alte *Empress* ist sein Lieblingsschiff.« Sie nahm zwei Orangen aus dem Obstkorb auf dem Kaffeetisch und jonglierte damit herum.

Ihre Mutter seufzte. »Also wirklich, Karen! Benimm dich doch endlich mal deinem Alter gemäß. Wir beide müssen ganze fünfeinhalb Tage auf engstem Raum miteinander auskommen. Gib uns doch wenigstens eine Chance.« Karens Mutter stammte aus Glasgow, und ihr Akzent war immer noch unverkennbar. Sie und ihre Tochter kehrten von einem Besuch bei immer noch dort lebenden Verwandten zurück.

Karen fing die beiden Orangen wieder auf und legte sie zurück in den Korb. »Mom, um Himmels willen, wir werden uns schon nicht allzusehr auf die Nerven gehen. Du wirst wie immer sofort einen Haufen Freunde finden und den ganzen Tag an einem Bridgetisch sitzen, und ich werde mich – amüsieren.« Sie grinste. »Wäre es dir lieber, wenn ich still und trübsinnig wäre?«

»Vielen Dank!« Ihre Mutter grinste ebenfalls. »Natürlich wäre mir das nicht lieber. Ich bin froh, daß du glücklich bist – aber könntest du deine Freude vielleicht nur für einen Augenblick ein wenig leiser zum Ausdruck bringen?«

»Aber sicher, Mom.« Karen schnappte sich ihre Skijacke und ging zur Kabinentür. »Dein Wunsch sei dir erfüllt – ich lasse dich auf der Stelle in Ruhe. Ich mache einen kurzen Spaziergang, in Ordnung?«

»Sei vorsichtig«, rief ihre Mutter ihr automatisch nach, aber Karen war bereits aus der Tür. Im Gang zog sie die Jacke an und machte sich auf zu einer Besichtigungstour, obwohl sie das Schiff, da es ihre vierte Reise war, bereits in- und auswendig kannte. Am besten amüsierte sie sich während dieser Fahrt, denn es war gut möglich, daß es die letzte war. Die dringenden Geschäftstermine ihres Vaters erlaubten es ihm nicht länger, den Luxus einer sechstägigen Reise zu genießen, wenn er nach Europa mußte, und beim nächsten Mal würden sie fliegen.

Karen war ehrlich betrübt. Dies war ihre zwölfte Atlantiküberquerung, und ihr gefiel das intime Zusammenleben mit fremden Menschen, das an Bord eines Schiffes herrschte. Jedesmal, wenn sie einen Hafen verließen, hatte sie das Gefühl, als böten sich ihr zahllose ungeahnte Möglichkeiten. Obwohl die Schiffe der kanadischen Atlantiklinie eine große Anzahl von Immigranten in der Touristenklasse beförderten und deswegen wesentlich weniger schillernde Persönlichkeiten mit ihr als mit der Cunard Linie oder ihren amerikanischen und französischen Schwestern reisten, war die Erste Klasse etwas ganz Besonderes. Karens Meinung nach war es durchaus möglich, daß die Leute in der Nachbarsuite sich als amerikanische Filmstars oder Ölbarone, Damen der besseren Gesellschaft, englische Herzöge, französische oder andere europäische Adlige, tragikumwobene Witwen oder – und das war das Beste – mögliche Freunde erwiesen. Sie war siebzehn und voller Energie, und sie betrachtete sämtliche Männer unter zweiundzwanzig als potentielle Kandidaten.

Außer natürlich die in Charlottetown. Charlottetown, PEI, wo ihr Vater das größte und eleganteste Kaufhaus der ganzen Insel besaß, war in Karens Augen nicht gerade der geeignete Ort für eine Romanze. Keiner der einheimischen Jungen entsprach den Anforderungen, die sie an einen Liebhaber hatte.

Als sie auf das Deck trat, schlug ihr die kalte Luft entgegen, und sie hüllte sich fester in ihre Jacke ein, die sie in der Herrenabteilung des Kaufhauses ihres Vaters ausgesucht hatte.

Es machte Karen nichts aus, so groß zu sein. Andererseits, wenn sie ehrlich war, mußte sie zugeben, daß ihre Größe und ihre Persönlichkeit vielleicht der Grund dafür waren, daß es mit den Jungen in Charlottetown nicht so recht klappte. Die meisten, die sie kannte, schienen sich ein wenig vor ihr zu fürchten, aber das war ihr egal. Charlottetown war ihrer Meinung nach ein Niemandsland, und sie wartete bereits ungeduldig auf den Tag, an dem sie von dort verschwinden könnte. Obwohl ihre liebevollen, doch allzu fürsorglichen Eltern es noch nicht wußten, hatte Karen, die ihr letztes High-School-Jahr begann, die Absicht, der Insel so schnell wie möglich den Rücken zuzukehren. Sie wollte überhaupt nicht in Kanada bleiben. Ihre Noten waren gut, und sie wollte in irgendeiner schillernden Hauptstadt Europas wie Paris, Rom oder London aufs College gehen – oder wenn man sie dort nicht nahm, wenigstens an irgendein fortschrittliches Institut in Kalifornien oder Neuengland.

Sie verließ das Promenadendeck und kletterte die breite Treppe zum Sportdeck hinauf, das das zweithöchste des Schiffes war und auf dem es sogar einen Tennisplatz gab. Obwohl ihre Jacke daunengefüttert war und der Platz hinter einer hohen Schutzwand lag, zitterte sie wegen des scharfen Mersey-Windes, als sie auf die Zuschauertribüne stieg. Der Hafen von Liverpool lag mitten im Geschäftsbezirk, und das Liver-Gebäude lag direkt vor ihr, aber Karen, die schon so oft hier gewesen war, daß sie sämtliche Orientierungspunkte beim Namen nennen konnte, blickte nicht auf die Stadt, sondern über das Geländer hinter den Sitzen, um das rege Treiben in den Docks zu beobachten.

Die *White Empress* lag hinter einem anderen, noch größeren Linienschiff mit einer deutschen Flagge, und die beiden Passagiergruppen, die von Familienangehörigen, Freunden, Kofferträgern und Schauermännern verstärkt wurden, reihten sich lärmend in verschiedene Schlangen ein, die den nur zehn Meter breiten, von Lagerhäusern gesäumten Kai bevölkerten.

Am Eingang zur Ersten Klasse herrschte nicht allzuviel Betrieb, aber auf der Gangway zur Touristenklasse standen die Passagiere dichtgedrängt. Karens Blick fiel auf ein Paar mit einem Säugling und einem Kleinkind.

Ein paar Meter neben der Rampe schrie das Baby aus Leibeskräften, und die Eltern, die ganz damit beschäftigt waren, es zu beruhigen, merkten nicht, daß das zweite Kind in die andere Richtung lief und gefährlich nah am Wasser herumstolperte. Karen wollte gerade hinüberrufen, als plötzlich ein junger Mann aus der Schlange sprang, das überraschte Kleinkind an die Hand nahm und es zu seinen Eltern brachte. Es folgte eine kurze Unterhaltung zwischen dem jungen Mann und dem Paar, ehe er an seinen Platz in der Schlange zurückkehrte, wo er von seinem Ebenbild bereits erwartet wurde.

Von ihrem Aussichtspunkt starrte Karen mit offenem Mund auf die beiden hinab. *Zwei* junge Männer, die allein unterwegs zu sein schienen und recht annehmbar aussahen. Das einzig Unangenehme war, daß sie in der Schlange der Touristenklasse standen. Nun, das wäre sicher kein unlösbares Problem. Obgleich der Steward genauestens darauf achtete, daß niemand von der Touristen- in die Erste Klasse wechselte, konnte er kaum etwas dagegen sagen, wenn ein Passagier der Ersten Klasse einen Touristen besuchen wollte. Sie beobachtete die beiden jungen Männer, die geduldig darauf warteten, an Bord gehen zu dürfen. Sie hatten keinen Kofferträger engagiert, sondern trugen ihr Gepäck selbst. Wahrscheinlich waren sie so alt wie sie, vielleicht ein bißchen älter, und obgleich sie weiße Hemden und Krawatten trugen, wirkte ihre Kleidung düster und armselig. Auf keinen Fall waren es Amerikaner oder Kanadier, dachte sie, höchstwahrscheinlich irgendwelche Osteuropäer.

Flüchtlinge vielleicht? Karens romantisches Herz machte einen Satz. Cousins oder Brüder, durch einen bitteren Krieg früh verwaist, die in der Neuen Welt ein besseres Leben suchten …

Sie musterte die übrigen Menschen in der Schlange. Mit Ausnahme zweier weiterer Familien mit älteren Kindern waren fast alle Passagiere zu zweit, und somit uninteressant für sie. Sie wandte ihre Aufmerksamkeit wieder den beiden jungen Männern zu, bis sie an Bord gingen und aus ihrem Blickfeld verschwanden.

John rang nach Luft, als er das Innere dessen sah, was in den nächsten fünf Nächten und sechs Tagen sein Zuhause sein würde. Sie reisten so billig wie möglich und hatten eine Kabine ohne Fenster und ohne WC gebucht, aber der Raum war wesentlich komfortabler, als er es sich vorgestellt hatte. Die Kojen auf dem Schiff nach Liverpool waren so schmutzig und unbequem gewesen, daß er sich keine allzu großen Hoffnungen gemacht hatte. Im Gegensatz zur Dritten Klasse auf der Fähre von Irland wirkte die jetzige Unterkunft wie ein Palast. Die blaßgrünen Wände waren mit Sepiazeichnungen von Segelschiffen dekoriert; in der Kabine gab es einen Ankleidetisch mit einem Spiegel und einen Teppich, zwei eingebaute Schränke und sogar ein kleines Waschbecken in einer Ecke hinter der Tür. Aber vor allem begeisterte John sich für das richtige Bettzeug mit den schneeweißen Kissen, das auf den vier Kojen lag. Er überlegte kurz, wer wohl mit ihnen die Kabine teilen würde, aber er war zu müde, um lange darüber nachzudenken.

Derek, der hinter ihm stand, pfiff anerkennend durch die Zähne. »Himmel«, sagte er. »Das ist einfach phantastisch!«

»Ich werde mich ein bißchen hinlegen«, verkündete John, verstaute seine Taschen in einem der Schränke und zog seine Schuhe aus. Als er gerade in eine der unteren Kojen krabbeln wollte, bemerkte er, daß unter einer der Decken eine kleine, gefaltete Karte lag, die die Passagiere willkommen hieß und sie bat, ihre Pässe zum Büro des Zahlmeisters zu bringen. Im Inneren der Karte fand er eine Beschreibung des Schiffes und einen Plan der Aktivitäten des folgenden Tages. »Hier gibt es einfach alles«, rief er begeistert aus. »Ein Spielkasino, sogar ein Kino – und eine Bibliothek!«

Derek nahm eine identische Karte von der oberen Koje und klappte sie auf. »Und einen Tanzabend«, stellte er aufgeregt fest. »Himmel, John, sieh nur, es gibt sogar ein Schwimmbecken. Wir dürfen das Schwimmbecken benutzen! Und eine Bar…«

»Wir werden nichts trinken, das haben wir Mammy versprochen.«

»Kümmere du dich um deine Angelegenheiten, ich mache, was mir gefällt.«

»Derek!«

»Nun, ich werde erst mal einen kleinen Spaziergang machen. Außerdem sterbe ich vor Hunger.« Derek lehnte seinen Koffer aufrecht an die Wand. Im Gegensatz zu John hatte er sich als durch und durch seefest erwiesen, und er hatte in der letzten Nacht sogar gut geschlafen. Folglich war er nicht halb so müde wie sein Bruder. »Bis später dann«, rief er und verließ den Raum.

Derek spazierte über das Deck, beobachtete, wie die letzten Passagiere an Bord kamen, und genoß die allgemeine Geschäftigkeit.

Zahlreiche Passagiere, einige von ihnen in Tränen aufgelöst, winkten und riefen den Zurückbleibenden am Kai Abschiedsgrüße zu. Derek erinnerte sich an die Tränen, die er selbst bei der Trennung von seiner Mutter vergossen hatte – war es wirklich erst gestern gewesen? – und spürte, daß seine Augen abermals feucht wurden. Aber dann blinzelte er. Von heute an würde Derek Flynn kein plärrendes Kind mehr sein.

Die Gangways waren immer noch nicht eingezogen, was hieß, daß offensichtlich noch etwas Zeit war, bis sie in See stechen würden. Sein Magen knurrte, und er beschloß, sich auf die Suche nach einer Snackbar zu machen. Die Angestellte des Reisebüros in Carrick hatte ihnen erklärt, daß sie ihr irisches Geld an Bord des Schiffes umtauschen könnten. Aber wo war die Bank?

Er sah sich suchend um und dann entdeckte er einen ungefähr gleichaltrigen Jungen in einer Uniform, der aus einer kleinen Stahltür trat. »Entschuldigung«, rief er.

Der Junge, unter dessen Kappe sich karottenfarbene Locken hervorkringelten, blieb stehen und blickte sich um. »Ja, Sir?« Dann, als er Dereks Alter sah, entspannte er sich. »Was ist?«

»Könntest du mir vielleicht sagen, wo die Bank ist? Ich möchte ein bißchen Geld umtauschen.« Derek behielt den förmlichen Ton bei, den er bei einem Gespräch zwischen einem Passagier und einem Mitglied der Mannschaft für angemessen hielt.

»Geld wechseln?« fragte der Junge und sah ihn verwundert an. »Wir haben keine richtige Bank, Sir. Aber sobald wir auf See sind, wird der Zahlmeister sein Büro öffnen, und dann können Sie dort umtauschen.« Er kniff die Augen zusammen. »Irisches Geld, Sir? Ich selbst bin aus Liverpool, aber meine Eltern sind aus Arklow im Bezirk Wicklow. Ich habe immer meine Ferien dort verbracht. Meine Mam und mein Dad fahren mit den Kleinen immer noch hin.«

»Verstehe. Und was arbeitest du hier?« Derek wahr ehrlich interessiert.

»Ich mache eine Ausbildung«, erklärte der Junge voller Stolz. Dann sah er sich um, als habe er Angst, entdeckt zu werden. »Eigentlich darf ich nicht mit den Passagieren reden – aber schließlich hast du mich was gefragt, und außerdem bist du Ire wie ich...«

Er lächelte, und Derek erwiderte sein Lächeln. »Danke. Das Büro des Zahlmeisters, sagst du?«

»Genau. Es müßte ungefähr 'ne halbe Stunde nach Abfahrt aufmachen.«

»Himmel, ich weiß nicht, ob ich es noch so lange aushalte. Ich bin kurz vorm Verhungern.«

»Hier–« Der Junge griff in die Tasche seiner Uniform. »Nimm was von der Schokolade«, sagte er und drückte Derek einen zerdrückten Riegel von Cadburys Frucht und Nuß in die Hand. Durch das Papier hindurch fühlte Derek, daß er bereits halb geschmolzen war. »Vielen, vielen Dank«, sagte er. »Ich werde ihn bezahlen, sobald ich mein Geld gewechselt habe.«

»Nein, nein, schon gut. Ich esse sowieso zuviel Schokolade. Übrigens, ich heiße Andy.«

»Derek Flynn.«

»Andy Farrell.« Sie gaben sich die Hände.

»Aber jetzt muß ich los. Man sieht sich.« Der Junge ging davon, und Derek drehte sich mit dem Rücken zum kalten Wind, wickelte die Schokolade aus und stopfte sich den halben Riegel in den Mund.

Er lehnte sich mit den Ellbogen auf die Reling und blickte auf den Kai. Das Treiben schien weniger zu werden. Nachdem er die erste Hälfte der Schokolade verspeist hatte, nahm er den Rest und schob ihn sich ebenfalls in den Mund, als er hinter sich eine Mädchenstimme vernahm. »Kriege ich vielleicht etwas ab?« Er sah sich um, aber da war niemand.

»Hier oben!«

Er blickte auf, und zwischen zwei Rettungsbooten entdeckte er den Kopf und die Schultern eines blonden Mädchens, das über dem Geländer des Decks über ihm hing. »Hallo«, sagte sie und der Wind wehte ihr das Haar ins Gesicht.

Derek, dem es peinlich war, daß jemand sein gieriges Schlingen gesehen hatte, erwiderte dümmlich: »Hallo.«

»Sieht aus, als wär's gute Schokolade«, stellte das Mädchen fest und schob sich das Haar aus dem Gesicht. »Hast du noch welche?«

Derek zuckte mit den Schultern und drehte die leeren Handflächen nach oben. »Tut mir leid.«

»Ich habe gesehen, wie Ihr an Bord gekommen seid, du und dein Freund«, rief das Mädchen.

»Verstehe«, sagte Derek. »Fährst du auch mit dem Schiff?« Am liebsten hätte er sich in den Hintern getreten. Natürlich tat sie das. Schließlich war sie an Bord, oder nicht?

Aber das Mädchen schien durch die Frage nicht abgeschreckt worden zu sein. »Woher kommt Ihr?«

»Aus Irland«, rief Derek zurück. »Und übrigens ist er nicht mein Freund, sondern mein Bruder.«

»Ein Bruder kann doch auch ein Freund sein«, erwiderte sie ungerührt.

»Ja, sicher«, sagte Derek, »Kommt auf den Bruder an.«

»Ja, nicht?« Das Mädchen grinste, und selbst aus der Erfahrung sah Derek, daß sie zwei Reihen strahlendweißer Zähne hatte. »Aus Irland! Sprecht ihr auch Gälisch?«

»Ein bißchen«, gab Derek zu und machte sich in Gedanken eine Notiz, sein mageres Schulirisch aufzupolieren.

»Ein paar Verwandte von meiner Mutter sprechen Gälisch. Sie sind aus Schottland.«

Derek zögerte. »Und du, bist du Amerikanerin oder was?«

»Kanadierin. Aber meiner Mutter stammt aus Schottland und mein Vater aus Schweden.«

»Du klingst amerikanisch.« Derek hatte noch nie eine Kanadierin getroffen, aber in jedem Juli und August kehrten die Amerikaner wie Zugvögel in Schwärmen nach Drumboola zurück, und daher kannte er den transatlantischen Akzent.

»Das würde ich an deiner Stelle nicht zu laut sagen«, rief das Mädchen. »Kanadier *hassen* es, wenn man sie für Amerikaner hält.«

»Tut mir leid, ich werd's mir merken. Aus welchem Teil von Kanada kommst du?«

»Oh, aus einem Kaff, von dem du bestimmt noch nie gehört hast«, sagte sie abfällig. »Charlottetown, Prince Edward Island, aber –«

»Ich glaub es nicht!« rief Derek aufgeregt. »Genau dahin fahren wir. Das heißt, wir fahren nicht direkt nach Charlottetown, sondern nach Kelly's Cross – hast du davon schon mal was gehört?«

»Aber sicher«, sagte das Mädchen. »Was denkst denn du? Dann werden wir ja Nachbarn.«

»Ist es in der Nähe von Charlottetown?«

»Ungefähr vierzig Minuten.«

»Ist das nicht erstaunlich?« Derek war ehrlich schockiert.

»Ja, erstaunlich. Aber freu dich lieber nicht allzusehr auf PEI«, sagte das Mädchen gedehnt. »He, du hast doch bestimmt schon einen ganz steifen Nacken. Vielleicht sollte ich einfach runterkommen.«

»Aber sicher.« Derek konnte sein Glück gar nicht fassen.

»Bleib, wo du bist.« Der Kopf verschwand, doch dann tauchte er noch einmal auf. »Übrigens, wie heißt du überhaupt?«

»Derek. Derek Flynn.«

»Okay, Derek, ich bin Karen Lindstrom. Freut mich, dich kennenzulernen!« Der blonde Schopf verschwand zum zweiten Mal. Aus Angst, er könne Schokoladenspuren an der Wange haben, fuhr sich Derek mit dem Handrücken über das Gesicht. Was sollte er nur sagen, wenn sie vor ihm stand? Ein blondes Mädchen. Soweit er gesehen hatte, ziemlich hübsch. Langsam, aber sicher brach er in Panik aus.

Als sie neben ihm auftauchte, sah er sie schüchtern an. Das Mädchen sah noch besser aus, als es zunächst den Anschein gehabt hatte. Sie war so groß wie er, aber ihre Größe war nicht nur eine Frage der Körperlänge; sie hatte große weiße Zähne und einen großen Mund und große Augen und noch etwas Großes, das ihn schlucken ließ. Karen Lindstrom hatte sehr große Brüste.

Er zwang sich, die Hand auszustrecken. »Hallo«, sagte er.

Sie nahm sie, und ihr Griff war so fest, daß er das Gefühl hatte, als zermahle sie ihm die Knochen seiner Finger. »Hi!« sagte sie. »Ist das nicht ein Zufall? Aber ich nehme an, wenn man darüber nachdenkt, ist es gar kein solcher Zufall – wir sind auf einem kanadischen Schiff und fahren nach Kanada. Es hätte mich also mehr überrascht, wenn du mir erzählt hättest, daß du nach Honolulu fährst.« Sie ließ seine Hand fallen und kicherte, ein überraschendes, sanftes Kichern, das so gar nicht zu ihrem Äußeren zu passen schien.

Derek lächelte und zwang sich, ihrem Blick standzuhalten. »Wie ist das Wetter auf Prince Edward Island?« Sobald die Frage heraus war, verachtete er sich dafür. Hier stehe ich nun, dachte er, mit einem wunderschönen Mädchen, und alles, worüber ich reden kann, ist das Wetter. Erleichtert stellte er fest, daß sie seine Meinung nicht zu teilen schien.

»Nicht schlecht«, antwortete sie. »Ein bißchen wie in Schottland – außer, daß es im Winter viel kälter ist. Da wir gerade vom Winter sprechen – bist du ein guter Seefahrer?«

»Meinst du, ob mir übel wird? Keine Ahnung, ich habe vorher noch nie den Atlantik überquert. Aber als wir letzte Nacht von Irland übergesetzt haben, ging es mir großartig.«

»Nun, die See kann ganz schön rauh werden, aber um diese Jahreszeit ist es für gewöhnlich nicht allzu schlimm. Komm«, fuhr sie fröhlich fort. »Hier ist es eisig. Warum gehen wir nicht ein bißchen spazieren? Dann kann ich dir alles Wissenswerte über PEI erzählen – was sich wahrscheinlich mit Leichtigkeit auf der Rückseite einer Briefmarke zusammenfassen ließe.« Sie führte ihn durch eine Reihe von Türen und durch verschiedene Korridore, bis sie ein offenes Deck erreichten, auf dem sich die Passagiere drängten. Derek zitterte und Karen bemerkte es. »Ich hoffe, du hast noch etwas Wärmeres als diese Jacke. Auf dem Nordatlantik wird es ziemlich kalt.«

»Ich habe einen Mantel.«

»Gut. Und wo ist dein Bruder?«

»In unserer Kabine. Wahrscheinlich schläft er. Er hat letzte Nacht kein Auge zugemacht.«

»Wie heißt er?«

»John.«

»John und Derek. Nicht gerade irische Namen. In Charlottetown gibt es eine Menge Iren, aber sie heißen alle Sean und Michael und Patrick ...«

»Nun, meine Mutter hat Verwandte im Norden von Irland – ganz in der Nähe von dort wo wir wohnen – und in Schottland. In unserer Gegend haben viele Leute Verwandte in Schottland, und wir heißen wie zwei unserer Onkels von dort.«

»Tja, da haben wir ja noch eine Gemeinsamkeit! In welchem Teil von Schottland leben eure Verwandten?«

»Ich glaube, irgendwo in der Nähe der Highlands.«

»Ich verstehe!« Sie lächelte ihn an, blickte dann zum Himmel hinauf, und er sah sie verstohlen an. Sie lehnte sich ein wenig zurück, eine Haltung, die ihre herrlichen Brüste besonders zur Geltung brachte und ihn erschaudern ließ. Was sollte er nur machen? Was sollte er nur sagen? Nie zuvor hatte er sich, was Konversation betraf, so unzulänglich gefühlt, doch sie rettete ihn. »Komm«, sagte sie und ging ihm voran den Weg zurück.

An der Reling drängten sich inzwischen Hunderte von Menschen und als Karen endlich ein freies Plätzchen fand, quetschte er sich neben sie, um hinunterzusehen. Auf dem Kai waren zwei Männer damit beschäftigt, die dicken Taue, mit denen die *White Empress* an den Pollern festgemacht war, loszumachen. Derek überlegte verzweifelt, was er sagen sollte. »Sieht aus, als ginge es gleich los«, doch in diesem Augenblick tuteten die Schiffssirenen los, und er machte vor Schreck einen Satz.

Karen nahm seinen Arm. »Schon gut, Derek, das ist normal. Bleib ruhig, gleich tutet es noch einmal.« Und prompt ertönten die Sirenen ein zweites Mal. Dicht neben sie gedrückt hoffte er nur, daß sie sein Herzklopfen nicht bemerkte.

»Bist du mit deinen Eltern unterwegs?« fragte er.

»Nur mit meiner Mutter«, erwiderte sie. »Mein Dad konnte dieses Mal nicht mitkommen. Geschäfte.«

Er merkte, daß er besser sprechen konnte, wenn er sie nicht ansah. Die Taue waren inzwischen los. »Was für Geschäfte?«

»Wir haben einen Laden in Charlottetown«, sagte Karen.

Derek spürte die Kraft der Schiffsmotoren durch das Holz des Decks unter seinen Füßen hindurch. »Einen großen Laden? Was verkauft ihr denn so alles?«

»Ein Kaufhaus. Alles.« Sie beobachtete ebenfalls das Treiben am Kai. Die Sirene der *White Empress* ging erneut. »Oh, ich liebe Schifffahren. Ich liebe es!« Karen warf den Kopf in den Nacken und lachte. Ihr Haar wehte in Dereks Gesicht und Mund; der Geschmack erinnerte ihn an Brot. »Tut mir leid.« Wieder lachte sie, nahm die Strähnen zusammen und stopfte sie in den Kragen ihrer Jacke. Die Leute am Kai begannen zu winken, und der Spalt zwischen dem Bug des Schiffes und der Kaimauer wurde langsam breiter.

Jetzt gab es kein Zurück mehr, und für den Bruchteil einer Sekunde war er von der überwältigenden Gegenwart Karen Lindstroms abgelenkt.

Aber als er ihr erneut ins Gesicht blickte, wurde ihm klar, daß es zwar kein Zurück mehr gab, aber daß von nun an alles möglich war. Er mußte es nur richtig anfangen.

Sie blieben an der Reling stehen, als das Linienschiff langsam an den Kränen und Werften und den Frachtschiffen des North Gladstone Docks vorbei in den Mersey fuhr. Liverpool glitt an ihnen vorbei, und als sie sich der Flußmündung näherten, löste es sich in grauem, rauchigem Nebel auf. Derek zitterte in seiner dünnen Sportjacke, und schließlich hatte sie Mitleid mit ihm. »Komm«, sagte sie.

Sie gingen zurück, bis sie auf das Deck gelangten, wo sie sich kennengelernt hatten, und Karen wandte sich der Tür mit der Aufschrift *Nur für Passagiere der Ersten Klasse* zu. »Nun, weiter kann ich wohl nicht gehen«, stellte er verlegen fest.

»Im Augenblick«, erwiderte sie geheimnisvoll. »Aber jetzt muß ich wirklich los. Mom denkt bestimmt schon, ich wäre über Bord gefallen.«

»Sicher.« Er wagte nicht, sie um ein Wiedersehen zu bitten.

»Also gut dann«, sagte sie. »Bis bald.«

»Hoffentlich.« Er sah sie flehend an.

»Worauf du dich verlassen kannst«, sagte sie. »Jetzt weiß ich ja, wo ich dich finden kann.« Sie öffnete die Tür und trat über die Schwelle. Dann sah sie sich noch einmal um. »Du bist süß«, sagte sie und zog die Tür so zu, daß der Knall wie ein Ausrufezeichen klang.

John irrte in dichtem Nebel umher und wußte nicht, wo er war. Seine Furcht wurde noch von dem Klopfen und Hämmern in seinen Ohren verstärkt. Er machte die Augen auf. Er hatte keine Ahnung, wo er war. Der Lärm nahm zu und alles um ihn herum bewegte sich. Dann erkannte er seinen Bruder. Derek schüttelte ihn. »Los, John, wach auf, wach *auf*! Zeit fürs Abendessen.«

Er kämpfte sich auf einen Ellbogen hoch. »Wo ist Mam?« Er sah sich ängstlich um. »Wo ist –« Dann erinnerte er sich. Sie waren auf einem Schiff, unterwegs nach Kanada. Die Verzweiflung legte sich um ihn wie ein nasser grauer Schal. »Laß mich in Ruhe, Derek«, sagte er. »Ich will weiterschlafen.«

»Es wird dir noch leid tun, wenn du das Abendessen verpaßt.« Derek schüttelte ihn immer noch. »Das Schiff ist einfach phantastisch, John, los, komm. Du mußt etwas essen. Du kannst sogar *Steak* bestellen, wenn du willst. *Steak*.

Der Gedanke an Fleisch in jeder Form verursachte John Übelkeit. »Sprich nicht davon. Ich würde noch nicht mal ein Ei runterkriegen. Bitte, Derek, laß mich in Ruhe.«

»Es gibt auch Eier, wenn du willst. Du kannst praktisch alles haben. *Alles*!«

John stöhnte. Er wußte, daß er wohl kaum die ganze Fahrt über in seiner Koje bleiben konnte und daß er wahrscheinlich versuchen sollte, etwas zu essen. »Wo sind die anderen?« fragte er und richtete sich langsam auf.

»Welche anderen?«

»In den anderen beiden Betten sollten ja wohl auch noch Leute sein.«

»Keine Ahnung«, sagte Derek. »Vielleicht sind sie nicht rechtzeitig aufgetaucht oder das Schiff ist nicht ausgebucht.«

John hatte das Gefühl, als hätte ihm jemand mit einem Hammer auf den Kopf geschlagen. Er hatte nicht das kleinste bißchen Energie. »Meine Kleider sehen furchtbar aus«, sagte er und betrachtete seine zerknitterte Hose.

»Dann zieh dich doch einfach um.« Derek verspürte eine schmerzliche Ungeduld.

Die Holzverkleidung des Speisesaals war mit schimmernden Messingbeschlägen verziert. John fiel allerdings als allererstes auf, daß die Tische mit hohen Kanten versehen waren, so daß nichts auf den Teppich fallen konnte. Er und Derek standen zögernd in der Tür, bis ein Steward kam, der sie zu ihren Plätzen an einem Tisch in der Ecke geleitete.

Irgendwie brachten sie die Mahlzeit hinter sich. Die Älteren an ihrem Tisch versuchten, sie in die Unterhaltung einzubeziehen, aber sie fühlten sich so unwohl, daß das Gespräch bald erstarb und sie schweigend weiteraßen. Derek aß sein Steak mit reichlichen Beilagen und fast noch den Teller, und anschließend verschlang er noch ein riesiges Stück Schokoladenkuchen.

Nach dem Essen gingen sie durch einen Korridor bis zu einer

schweren Stahltür, stießen sie auf, traten auf ein offenes Deck hinaus und ließen sich die Brise um die Wangen wehen. »Ich glaube, ich bin nicht besonders seefest«, sagte John. »Mir wird bestimmt noch schlecht.«

»O nein!« Derek war ehrlich entsetzt.

»Keine Angst, noch geht's. Aber wenn die See noch rauher wird, ist's aus und vorbei.«

»Sie wird nicht rauher. Ich habe ein Mädchen kennengelernt, und sie hat gesagt, um diese Jahreszeit ist die Überfahrt recht angenehm.«

»Was für ein Mädchen?«

»Ein Mädchen namens Karen Lindstrom. Und rate mal: Sie kommt von Prince Edward Island, wohin wir unterwegs sind.«

»Wirklich? Wie hast du sie kennengelernt?«

»Du hast mir auch nicht gerade viel von dir und Rose O'Beirne Moffat erzählt«, stellte Derek fest.

»Vergiß es.« John lehnte sich über die Reling und blickte aufs Wasser hinab.

»Tut mir leid.« Es war untypisch für Derek, sich zu entschuldigen.

»Schon gut. Also erzähl mir –«

»Ich glaube, sie mag mich, John, ehrlich. Sie ist blond und sehr groß. Ich meine, wirklich groß. Phantastisch.« Derek machte mit den Händen eine Bewegung vor seiner Brust, um ihre Formen zu zeigen.

»Ich verstehe.« John lächelte. »Ist sonst noch was interessant an ihr?«

Sein Zwilling erwiderte das Grinsen. »Reicht das nicht? Sie ist wirklich nett. Ich brauchte gar nichts zu tun, John, sie hat alles in die Hand genommen.«

»Wie schön für dich.« John hielt die Nase in den Wind. Allmählich fühlte er sich besser. »War sie auch beim Abendessen?«

»Nun, das könnte problematisch werden.« Derek runzelte die Stirn. »Weiß du, sie reist Erster Klasse mit ihrer Mutter.«

»Dann hat sie mit Leuten wie uns bestimmt nichts im Sinn.« Doch im gleichen Moment bedauerte John diesen Satz. *Das ist nichts für Leute wie uns, John.* Sofort legte er Derek die Hand auf den Arm. »Tut mir leid. Das habe ich wirklich nicht so gemeint. Ich bin sicher, daß sie wunderbar ist und daß alles gut werden wird.« Derek entzog sich ihm.

»Habt ihr euch verabredet?« John ignorierte den beleidigten Blick seines Bruders und blickte gen Horizont. Er hatte gehört, daß man das tun sollte, wenn man seekrank war. Am besten konzentrierte man sich auf den am weitesten entfernten sichtbaren Punkt.

Die *White Empress* verfügte über Stabilisatoren, aber Derek wachte irgendwann mitten in der Nacht davon auf, daß er in seiner Koje hin und her geworfen wurde. Er war schläfrig, und unter der warmen Decke war es gemütlich, aber dann merkte er, daß John in der Ecke kauerte und sich elendiglich übergab. »Ist alles in Ordnung?« rief er, als das Würgen aufhörte.

»Ja.« Die Antwort klang jämmerlich. »Schlaf weiter, es geht mir schon wieder besser.«

Derek drehte sich auf die Seite und kuschelte sich in die Laken. In diesem fensterlosen, beruhigend schaukelnden Kokon erschien ihm Irland auf einmal so weit entfernt, als läge es auf einem anderen Planeten. Innerhalb weniger Sekunden war er wieder eingeschlafen.

Die See hatte sich noch nicht beruhigt, als am nächsten Morgen der Steward an die Tür klopfte und sie zum Frühstück rief. John, dem immer noch speiübel war, lehnte das Angebot des Mannes, ihm eine Tasse Tee zu bringen, dankend ab, und Derek ging allein in den Speisesaal, wo er zum ersten Mal in seinem Leben Apfelsaft trank und Schinken, Eier und ebenfalls zum ersten Mal Pfannkuchen mit Ahornsirup aß. Als er den Sirup mit dem letzten Rest seines Pfannkuchens vom Teller wischte, fühlte er sich lebendig und frei – und erwartungsvoll. Er würde Karen Lindstrom wiedersehen, da war er sich ganz sicher.

Nachdem er sein Geld gewechselt hatte, suchte er das Promenadendeck, bezahlte dem Decksteward fünfundsiebzig Cent und erhielt dafür einen Liegestuhl und eine karierte Decke. Er zog den Stuhl an eine windgeschützte Stelle, hüllte sich in die Decke ein und genoß den Blick über das Meer. Er fühlte sich pudelwohl. Nach der letzten Erkrankung Anfang des Sommers hatte ihm der Arzt versichert, daß er ebenso gesund sein könnte wie jeder andere, wenn er vorsichtig war. Nun, dachte er, anscheinend hatte der Doktor recht gehabt.

Er blickte über das Deck. Ein paar Unerschrockene spazierten vorsichtig die Reling entlang, aber ansonsten war es draußen so leer, daß Derek das Gefühl hatte, er liege auf seiner privaten Yacht. Als ihm der Wind ein paar Regentropfen ins Gesicht blies, hüllte er sich enger in die Decke ein und zog ein Stück davon über seinen Kopf. Er fühlte sich warm, gemütlich und privilegiert und träumte davon, wie es wäre, mit Karen Lindstrom zu schlafen.

»Hi!«

»Hallo.« Als er aufsprang, vergaß er, daß er in die Decke eingewickelt war.

»Du würdest eine durchaus elegante alte Dame abgeben!« Karen lachte, und Derek zerrte sich verlegen die Decke vom Kopf. »Setzen Sie sich doch, alte Dame.« Sie legte eine Hand auf seinen Arm, und wieder merkte er, wie kräftig sie war. »Ich werde Ihnen ein bißchen Gesellschaft leisten.«

Sie ließ sich auf den Boden fallen, und sein Blick folgte automatisch dem Wippen ihrer Brüste. »B-bist du sicher, daß du nicht den Stuhl haben möchtest?« stammelte er.

»Nein. Ich sitze gern auf dem Boden. Heute morgen sehen aber ziemlich viele Leute grün um die Nasenspitze aus.« Sie machte eine verächtliche Handbewegung. »Und wie steht's mit dir? Ist dir nicht schlecht?«

»Nein. Aber meinem Bruder geht es nicht besonders gut.«

»Armer Junge.«

Während der nächsten zehn Minuten amüsierte sich Derek prächtig, während Karen die wenigen Spaziergänger mit Spitznamen bedachte. »Die Flitterwöchner«, zischte sie, als ein Ehepaar mittleren Alters an ihnen vorbeimarschierte.

»Wie bitte?« fragte Derek und sah den beiden nach.

»Die Flitterwöchner, du weißt schon, Jackie Gleason.«

»Wer ist denn das?«

»Habt Ihr in Irland kein Fernsehen?«

»Nein. Das heißt, doch, aus dem Norden«, verbesserte er sich. »Aber wir haben keinen Fernseher. So etwas haben nur ganz wenige. Nur die Reichen.«

Karen legte ihm erneut die Hand auf den Arm. »Mach dir deswegen keine Gedanken. Ich würde Jackie Gleason auch nicht kennen, wenn ich nicht im Urlaub in England gewesen wäre. Auf PEI gibt es auch keine Fernseher. Ich warne dich, ich weiß zwar nicht, was du erwartest, aber auf der Insel gibt es einfach nichts. Viel Hummer. Ein paar Füchse, viel Fisch, viele Kirchen. Viele Kartoffeln. Ich hoffe, du magst Kartoffeln?«

»Das muß ich ja wohl. Schließlich werde ich eine Menge davon auf der Farm zu essen bekommen.«

»Du Armer«, sagte Karen voller Mitgefühl. »Also, was machen wir heute, Derek Flynn?«

»Was willst du denn machen?« Derek fühlte sich ungewohnt temperamentvoll.

»Keine Ahnung.«

»Ich habe eine Idee«, sagte er. »Ich habe einen Freund, der auf dem Schiff arbeitet.« Andy Farrell einen Freund zu nennen, war ein wenig übertrieben, aber darüber könnte er sich später noch Gedanken machen. »Ich könnte ihn fragen, ob er uns das Schiff zeigt.«

»Ich kenne das Schiff bereits in- und auswendig –«

»Aber er könnte uns Plätze zeigen, an denen du noch nie gewesen bist.« Karen sah ihn zweifelnd an, aber er fuhr fort. »Den Maschinenraum, die Brücke, all so was.«

»Also gut«, sagte sie. »Aber hättest du vielleicht Lust, dir erst mal die Erste Klasse anzusehen?«

Er rang nach Luft. »Wie soll ich denn das machen? Überall stehen Schilder, auf denen steht, daß ich dort nicht hinein darf.«

»Vertrau mir, Derek. Wir werden die Erste Klasse besichtigen.« Sie ahmte den britischen Akzent auf furchtbare Weise nach. »Ich hätte nichts gegen eine Partie Golf.«

Derek kicherte. Allmählich entspannte er sich und beschloß, daß es ihm noch nie so gut gegangen war wie jetzt. »Willst du damit etwa sagen, daß es dort einen Golfplatz gibt?«

»Allerdings. Und …« fügte Karen geheimnisvoll hinzu, »du brauchst dir noch nicht mal wegen der Schläger Sorgen zu machen.« Sie musterte ihn. »Was hast du unter dem Mantel an?«

Er legte den Kragen seines Tweedmantels um. »Eine Jacke und ein Hemd.«

»Mm«, sagte sie. »Ich will dir gewiß nicht zu nahetreten, Derek, aber wir müssen irgendwas für dich finden, das nach Erster Klasse aussieht.« Sie sprang auf. »Warte hier.«

Er sah ihr nach, wie sie mit sicherem Schritt über das schwankende Deck marschierte und durch eine Tür verschwand. Sollte er vielleicht einmal nach seinem Bruder sehen? Doch dann schob er diesen Gedanken beiseite. John konnte sich durchaus selbst um sich kümmern.

Innerhalb von fünf Minuten war Karen zurück, einen Marineblazer über dem Arm. Sie hielt ihn ihm hin. »Hier, probier mal. Ich habe ihn in Glasgow für meinen Dad gekauft, er müßte dir passen.«

Er zog seinen Mantel und seine Jacke aus und fuhr mit den Armen in die Ärmel des Blazers. Er war leicht, aber warm, und anders als alle Jacken, die er bisher getragen hatte, engte er den Hals nicht ein. »Er ist wunderbar«, sagte er. »Was ist das für ein Material?«

»Kaschmir«, sagte sie leichthin. »Dreh dich mal um, damit ich dich von hinten sehen kann.« Gehorsam wandte er ihr den Rücken zu. »Steh gerade«, befahl sie, »und zieh die Schulter hoch. Er sitzt nicht richtig.«

Erst schämte er sich, doch dann wurde er böse. »Das geht nicht!« er drehte sich zu ihr um. »Ich kann meine Schulter nicht hochziehen. Ich bin ein Krüppel.« Er erkannte an ihrer Reaktion, daß er aggressiver gesprochen hatte, als nötig gewesen wäre. »Es tut mir leid«, sagte er. »Tut mir leid. Natürlich bin ich kein Krüppel. Aber mir wurde ein Lungenflügel entfernt, und darum hängt die eine Schulter tiefer als die andere.«

»Oh, Derek, du Ärmster!« Ehe er sich's versah, hatte sie ihn umarmt.

Langsam legte auch er die Arme um sie. Sie war warm, sie roch gut, und sie zu umarmen war, als wenn man die Arme um eine große, feste Matratze schlang. Es war herrlich. Am liebsten hätte er seinen Kopf zwischen ihren Brüsten versenkt. »Karen?« flüsterte er, aber sie ließ die Arme sinken und legte einen Finger auf seinen Mund.

Nur wenige Zentimenter voneinander entfernt sahen sie einander an. »Anscheinend nähern wir uns Greenock«, sagte Derek. Sein Puls raste, und er hatte Schwierigkeiten zu atmen.

»Anscheinend.« Sie beugte sich ein wenig vor. Wenn er den Kopf nur ein wenig senkte, dachte er, dann würde er auf ihren Brüsten liegen. »Sollen wir?« flüsterte sie kaum hörbar durch das Dröhnen der Maschine und den Wind.

Derek erstickte fast. »Warum nicht?« krächzte er.

Statt zu gehen, beugte sie sich noch etwas weiter vor. Ihre Jacke war offen und ihre Ränder berührten seine Brust. Er beugte sich ebenfalls vor, umfaßte ihre Schultern und hätte sie geküßt, wenn sie sich ihm nicht wie ein Aal entwunden hätte. »Derek Flynn, reiß dich zusammen!«

Wahnsinnig vor Verlangen versuchte er, sie erneut zu fassen, aber sie trat ein paar Schritte zurück. »Nur Geduld«, tadelte sie. »Wir haben alle Zeit der Welt – und es sieht so aus, als hätten wir die *Empress* für uns allein.« Sie lächelte und ging in Richtung der Tür. »Kommst du?«

Er nahm seinen Mantel und seine Jacke und folgte ihr. Kurz vor der Tür zur Ersten Klasse drehte sie sich zu ihm um. »Du mußt einfach so aussehen, als wärst du schon dein Leben lang hier gewesen. Geh, als wüßtest du ganz genau, wo du hin willst. Wenn wir einem Steward oder einem Mitglied der Mannschaft begegnen, sagst du einfach ›Guten Morgen‹ und gehst weiter, ohne stehenzubleiben. Du mußt Selbstvertrauen ausstrahlen.«

Damit war es bei Derek momentan nicht allzuweit her. »Und was passiert, wenn sie mich erwischen?«

»Dann geht's in den Knast«, sagte Karen leichthin.

»Den was?«

»Den Knast – das Gefängnis.«

»Das ist ja wohl nicht dein Ernst!«

»Natürlich nicht! Derek Flynn, wo bleibt dein Sinn für Humor? Dein Sinn fürs Abenteuer? Denk *positiv*. Vielleicht bist du eines Tages ein Millionär. Da gewöhnst du dich besser schon mal dran, wie dein Leben sein wird.« Sie zwinkerte vergnügt.

»Also gut.«

»Braver Junge. Nun, bist du bereit?«

Er nickte, folgte ihr und versuchte so auszusehen, als sei er in dieser Welt zu Hause.

Sobald die Tür hinter ihm ins Schloß gefallen war, sah er, daß die Erste Klasse unendlich großzügiger und vornehmer war als die Touristenklasse. Er hätte sich gar keine Sorgen machen müssen. Es waren nur sehr wenige Leute in den Gängen, und keiner von ihnen achtete auf ihn. »Wohin gehen wir?« flüsterte er, als sie abermals eine breite, mit einem Teppich ausgelegte Treppe hinaufkletterten.

»Wie gesagt, wir gehen zum Golfspielen.«

»Aber das ist eine Kabine«, sagte er überrascht, als sie vor einer Tür stehenblieb. »Eine Suite«, verbesserte sie und öffnete. »Moms Zimmer liegt direkt nebenan.«

Er zuckte zusammen. »Deine Mutter.«

»Der echte Golfplatz ist oben an Deck, aber heute ist es dort oben viel zu windig. Entspann dich, Derek, Mom spielt Bridge. Sie ist eine fanatische Bridgespielerin. Vor dem Essen taucht sie bestimmt nicht auf.« Sie zog ihn am Arm in den Raum. »Setz dich. Möchtest du was trinken?« Sie zog ihre Jacke aus und warf sie auf das Bett. Sie trug einen gerade geschnittenen Rock, eine offene Strickjacke und eine Bluse.

»Was gibt es denn?« Er setzte sich auf einen der beiden Sessel am Tisch und sah sich in der Kabine um, die ungefähr sechsmal so groß war wie die, die er mit seinem Bruder teilte. Den Tisch in der Mitte des Raumes schmückte ein großer Korb voller Obst, und an einer der Wände stand ein reich verzierter Ankleidetisch. Das Bett, keine Koje, sondern ein richtiges Bett mit einem Messinggestell, hatte eine geblümte Tagesdecke, die zu den Vorhängen vor den beiden Bullaugen paßte. Durch eine geöffnete Tür hindurch blickte er in ein zweites Schlafzimmer, das noch größer und in anderen Farben gehalten war. Dazwischen lag ein Badezimmer. »Was möchtest du denn?« entgegnete Karen und ging durch die Verbindungstür. »Der Kühlschrank ist in Moms Zimmer. Sie trinkt immer Martinis. Trinkst du Alkohol?«

»Sicher«, log er. »Aber keine Martinis.«

»Was denn?« fragte Karen und sah ihn abwartend an. »Vielleicht ein Bier?«

»Sicher.« Er hoffte nur, daß ihm davon nicht übel werden würde.

Ehe Karen ins Nebenzimmer ging, verriegelte sie die Außentür. »So ist's gemütlicher.« Dereks Herz machte einen Satz. Er beobachtete, wie sie sich über den kleinen Kühlschrank beugte. Die Bewegung gab den Blick auf ihre mit Seidenstrümpfen bekleideten Schenkel frei, stämmig wie zwei junge Bäume, und der Stoff ihres Rocks spannte sich über die Rundungen ihres Hinterteils. Am liebsten hätte er seine Hände darauf gelegt.

Sie richtete sich wieder auf, schloß die Kühlschranktür mit dem Fuß, durchquerte den Raum, bis er sie nicht mehr sah, und dann hörte er, wie ein zweiter Riegel ins Schloß fiel. Dann erschien sie wieder in der Verbindungstür. »Jetzt kommt keiner mehr rein!«

Derek begann zu zittern. Um seine Verwirrung zu verbergen, sprang er auf und ging zu einem der Bullaugen. »Glaubst du, daß das Wetter bald besser wird?«

»Wen interessiert das schon? Hier ist dein Bier. Macht es dir etwas aus, aus der Flasche zu trinken? Das Schiff schwankt ein bißchen zu sehr, um Gläser zu nehmen.«

Er schüttelte den Kopf, kehrte zu ihr zurück und nahm ihr mit zitternder Hand die Flasche ab.

»*Skål!*« Sie prostete ihm zu.

»Was?«

»*Skål*... Das sagt man in Schweden, wenn man sein Glas erhebt.«

»Oh. *Sláinte.*« Er hob seine Flasche ebenfalls. »Das sagt man in Irland.«

»Genau wie in Schottland.«

»Na siehst du.«

»Wie bitte?«

»Ich sagte, na siehst du.« Er konnte nicht erklären, was sie sehen sollte, aber diesen Satz sagten die Leute in Drumboola bei jeder Gelegenheit. Er hob die Flasche an die Lippen und kippte ein wenig Bier in seinen Mund. Es schmeckte bitter, aber er zwang sich, es herunterzuschlucken. Die ganze Zeit über blickte er verstohlen zu Karen hinüber. Sie schien keine derartigen Probleme zu haben, denn sie legte den Kopf in den Nacken und nahm einen langen Zug.

»Setz dich doch, Derek«, forderte sie ihn auf.

Er setzte sich wieder auf den Sessel und sie nahm ihm gegenüber Platz. Er fühlte sich wie der Teilnehmer an einem neuen und sehr aufregenden Spiel. Mit zitternder Hand stellte er die Bierflasche auf den Tisch.

Karen leerte ihre eigene Flasche mit einem einzigen langen Zug. Dann schob sie ihre Hand langsam und ruhig wie eine Schlange in den Obstkorb und nahm eine kleine Mandarine heraus. Vorsichtig hielt sie sie zwischen Daumen und Zeigefinger. »Und, wie wäre es jetzt mit einer Partie Golf?«

Er hielt den Atem an. Er fühlte sich wie eins der Kaninchen, die John immer mit dem Licht der Taschenlampe geblendet hatte, damit sie in Reglosigkeit erstarrten, ehe er auf sie schoß.

Ohne ihn auch nur für eine Sekunde aus den Augen zu lassen, schob Karen den Obstkorb zur Seite, so daß nur noch die blank polierte Oberfläche des Tisches zwischen ihnen war. »Hier, nimm.« Sie reichte ihm die Mandarine und beugte sich vor, so daß ihre Brüste auf der Tischplatte lagen. Sie öffnete zwei Knöpfe ihrer Bluse, dort wo der Stoff leicht spannte, und durch den Schlitz blickte Derek auf quellendes, cremefarbenes Fleisch und eine tiefe Spalte. Er starrte wie gebannt auf ihre Brüste, so konzentriert, daß er ihr kaum merkliches Wippen sah, wenn sich das Schiff bewegte.

Karen lächelte. Sie schob ihre beiden Zeigefinger in den Schlitz und zog das Fleisch ein wenig auseinander. »Also«, sagte sie. »Dies ist das Loch...«

5

Auf der Brücke herrschte angespanntes Schweigen. Die *White Empress* hätte bereits vor über einer Stunde Belle Isle passieren sollen, und inzwischen lag sie fast drei Stunden hinter dem Fahrplan zurück. Von Belle Isle bis Father Point, wo sie für den Rest der Reise den St. Lawrence hinauf einen Lotsen an Bord nehmen würden, waren es normalerweise zweieinhalb Stunden; in diesem Tempo würden es sieben werden, und der Kapitän war sich der Tatsache bewußt, daß sie allerfrühestens morgen nachmittag in ihrem Zielhafen einlaufen würden.

Auf dieser Überfahrt waren sie vom Pech verfolgt gewesen. Gleich am ersten Morgen auf See war das Boot aus Greenock, das ihnen die Überseepost überbringen sollte, von einer hohen Welle gegen den Rumpf der *Empress* geschleudert worden. Glücklicherweise hatte das Linienschiff dadurch nicht den geringsten Schaden erlitten – nur die grüne Farblinie an ihrer Seite wies auf den Zwischenfall hin – aber während der nächsten dreieinhalb Tage, als sie von Windstärke acht über die Wogen geschleudert worden waren, hatte der Zusammenstoß wie ein böses Omen gewirkt.

Und jetzt war die Sicht auf ungefähr zwanzig Meter begrenzt, und die See war flach wie eine Scheibe. Der vom Wetterdienst angekündigte Nebel war pünktlich aufgezogen und der Kapitän, der strengste Anweisung hatte, die Sicherheit der Passagiere immer über die Geschwindigkeit zu stellen, hatte das Tempo des Schiffes auf vier Knoten gesenkt, was einem gemächlichen Paddeln entsprach. Die Maschinen standen auf Stand-by, zwei zusätzliche Beobachter waren postiert, und die wasserdichten Türen zwischen sämtlichen Schotten waren geschlossen.

Das Horn des Linienschiffes stieß einen langgezogenen, einsamen Klagelaut aus, der irgendwo im Nebel ungehört verhallte. In der darauffolgenden Stille spitzte Andy Farrell die Ohren und lauschte angestrengt wie alle anderen Mitglieder der Mannschaft. Aufgrund seines Alters würde Andy normalerweise nicht mit den anderen Wache schieben, aber unter diesen Bedingungen wurde jeder Mann gebraucht.

Niemand auf der Brücke vertraute dem neumodischen Radarsystem und sie horchten auf das Tuten eines anderen Horns. Zusammenstöße waren selten genug, aber doch häufiger, als die meisten der Passagiere, die gemütlich in ihren Kabinen oder in den gut beleuchteten Salons saßen, erwartet hätten. Nahezu alle Seemänner kannten das Verzeichnis der Schiffe, die in diesen gefährlichen Gewässern gesunken waren, auswendig. Außer der *Titanic* waren da die *Atlantic*, die *Elbe*, die *La Bourgogne*, das Linienschiff der White Star *Republic*, und selbst die großartige *Queen Mary* hatte einen der sie begleitenden Kreuzer verloren, als sie während des Krieges als Truppentransporter eingesetzt gewesen war. Und das war bei gutem Wetter passiert, nicht unter Bedingungen wie diesen, in denen ein anderes Schiff in nur fünfzig Meter Entfernung nicht mehr zu erkennen war.

So sehr sich Andy auch bemühte, er hörte nichts. Selbst der Wind, der normalerweise in den Masten rasselte und pfiff, war verstummt, und die *Empress* glitt schweigend über die stille See.

Er sah erneut auf seine Uhr. Bald würde es dunkel werden, was alles nur noch verschlimmerte.

Derek Flynns Meinung nach war der Nebel ein Segen. Über die Lautsprecher war gemeldet worden, daß sie verspätet im Zielhafen einlaufen würden, was bedeutete, daß er mehr Zeit mit Karen hatte.

Derek suchte Andy Farrell bereits seit einer Stunde. Heute abend war die letzte Gelegenheit, sein Versprechen wahr zu machen und Karen die Brücke zu zeigen. Er hatte gehofft, daß sie seinen übereilten Vorschlag – den er inzwischen zutiefst bedauerte – vergessen würde, aber aus irgendeinem unerfindlichen Grund hatte sie wiederholte Male darüber gesprochen, so daß es nun eine Frage der Ehre war, ihr das zu bieten, was er versprochen hatte. Seit der ersten Begegnung hatte er Andy nur noch einmal gesehen, flüchtig von hinten, und in zu großer Entfernung, um ihn auf sich aufmerksam machen zu können.

Von einem Mannschaftsmitglied hatte er erfahren, daß Andy auf der Brücke war, daß seine Wache jedoch bald beendet wäre. Also lungerte er jetzt an der Stelle herum, an der er hoffte, den jungen Seemann zu treffen. Er war mit Karen nach dem Essen verabredet und hatte nicht mehr viel Zeit.

Während des dreitägigen Sturms war John die ganze Zeit seekrank gewesen, aber dann war er aufgestanden, um einige Kilo leichter und hungrig wie ein Wolf. Während der ersten paar Stunden hatte Derek Johns Gegenwart nicht gestört. In seinem Zustand permanenter Euphorie war er rücksichtsvoll und sogar fröhlich gewesen und hatte seinem Bruder die Attraktionen des Schiffes gezeigt. Er hatte sogar versprochen, daß »dieses Mädchen, das ich kennengelernt habe, Karen«, ihm die Erste Klasse vorführen würde, aber sein Großmut hatte sich ein wenig gelegt, nachdem er die beiden einander vorgestellt hatte und zu dem Schluß gekommen war, daß Loyalität und Treue vielleicht nicht gerade Karens größte Tugenden waren.

Sie hatten sich vor dem Kino getroffen, und es waren nicht ihre Worte, sondern ihre Taten gewesen, die diesen Gedanken in ihm geweckt hatten. Mit einem »Hi, John« hatte sie ihr schwarzes Haar zurückgeworfen, was Johns Blick automatisch auf ihren spektakulären Busen lenkte; ob absichtlich oder nicht, war nicht klar. Derek hatte beobachtet, wie Karen John die Hand geschüttelt hatte, vollkommen unschuldig, doch in seinen eifersüchtigen Augen völlig unnötig.

Er fing gerade an, sich ernsthafte Sorgen zu machen, daß er Andy vielleicht verpaßt haben könnte, als er plötzlich den Rotschopf entdeckte. »Andy! Andy!« brüllte er.

Der Junge blieb überrascht stehen. »Ja? Ach – du bist's.«

»Hör zu, Andy«, Derek zögerte. »Ich möchte dich um einen Gefallen bitten. Weißt du, ich habe da ein Mädchen kennengelernt, und sie würde sich gern mal das Schiff ansehen, und ich habe ihr versprochen, nun, nicht versprochen, sondern nur erzählt, daß ich ein Mitglied der Mannschaft kenne.« Er unterbrach sich und suchte nach den richtigen Worten. »Also weißt du, du würdest mir einen riesigen Gefallen tun, wenn du uns – ich meine, wenn du uns ein bißchen rumführen könntest.«

»Du meinst, an die Stellen des Schiffes, zu denen Passagiere normalerweise keinen Zugang haben?«

»Ja, so in der Art. Zum Beispiel die Brücke…« wagte sich Derek noch etwas weiter vor.

»Das ist vollkommen unmöglich«, sagte Andy. »Vielleicht könnte ich euch ein paar Maschinenräume zeigen, Werkstätten und so – aber da muß ich erst um Erlaubnis fragen.«

»Danke. Ich weiße deine Bemühungen wirklich zu schätzen.« Sie verabredeten sich für den Abend.

John, der jeden Gang innerhalb von Sekunden verschlungen hatte, faltete seine Serviette zusammen. »Ich nehme an, du bist mit Karen verabredet?«

»Ja.«

John zögerte. »Derek? Hör zu, vielleicht geht es mich ja nichts an, aber meinst du, daß es dir gutgehen wird?«

»Was meinst du?«

»Nach der Reise. Ich möchte nicht, daß dir weh getan wird.«

»Das ist ja wohl meine Sache.«

»Ja, ich weiß, aber ich hasse den Gedanken, daß –«

»Kümmer du dich um dein eigenes Liebesleben, ja?« Es machte

Derek wütend, daß John mit seinen Befürchtungen immer ins Schwarze traf. Er schob seinen Stuhl zurück und verließ den Tisch.

John folgte ihm. »Derek, es tut mir leid. Wie gesagt, es geht mich ja nichts an.«

Aber Derek ignorierte ihn. Draußen an Deck stapfte er vor seinem Bruder her, und ihrer beider Schritte hallten laut auf den hölzernen Planken.

Derek fühlte sich elend. Natürlich würde sie ihn fallenlassen, wenn sie zu ihren reichen Freunden zurückkäme. Von morgen an wäre er für Karen Lindstrom ohne Bedeutung. Selbst der größte Optimist, dachte er, würde eine Beziehung zwischen einem reichen Mädchen und einem armseligen Kartoffelpflanzer als aussichtslos betrachten. Und natürlich mußte sein besserwisserischer Bruder es auch noch *aussprechen* und alles noch schlimmer machen...

John holte ihn ein, als sie durch eine Tür und die Treppe zum Kino hinaufgingen, wo er Karen treffen würde. Die Abendgeräusche – ein entferntes Lachen, das gedämpfte Knallen einer zufallenden Tür – wurde durch die Stille draußen und durch die ungewöhnlich ruhige Fahrt des Schiffes noch verstärkt.

Noch war er nicht geschlagen, dachte Derek grimmig. Ihm blieb noch eine Nacht und dank des Nebels vielleicht sogar etwas mehr. Nun, da er sie gefunden hatte, ertrug er den Gedanken nicht, Karen zu verlieren, ihren mächtigen, wohlgerundeten Körper und all das wunderbare, überwogende Fleisch. Sie trieb ihn innerhalb von dreißig Sekunden in den sexuellen Wahnsinn, und, ob er sie liebte oder nicht, diese Erfahrung berauschte ihn. Karens sexuelle Großzügigkeit und ihre Sinnlichkeit waren wie eine Offenbarung gewesen. Obgleich sie nicht bis zum Ende gegangen waren, hatte Derek in den dreieinhalb Tagen mehr über Frauen gelernt, als er je für möglich gehalten hätte. Allein der Gedanke an sie und an das, was sie getan hatten, trieb ihn zur Raserei.

Er zitterte. Die Klammheit des Nebels durchzog selbst die verlassenen Korridore und die geschlossenen Decks, auf denen sich niemand aufhielt, da die meisten Leute in ihren warmen Kabinen waren, um sich für die Abschiedsparties fertigzumachen. »Du wirst das Kino ganz für dich alleine haben«, rief er seinem Bruder über die Schulter zu.

Der Eingang zum Kino war vergoldet und säulengerahmt. Auf jeder Seite der Tür stand eine grinsende Gipsfigur mit einem nackten, vorquellenden Bauch, von denen Karen behauptet hatte, sie seinen fernöstliche Gottheiten. »Da ist Karen«, sagte John und blickte über Dereks Schulter.

»Hi.« Sie kam fröhlich den Gang hinabgehüpft. »Ist dieser Nebel nicht einfach wunderbar? Und ist nicht alles herrlich *ruhig*?«

Dereks verräterischer Puls begann zu rasen, als er sah, daß sie unter ihrer Jacke ein rotes Kleid mit einer Wespentaille trug, die ihren Körper in zwei üppige Hälften teilte. »Hi«, sagte er. »John will ins Kino. Du riechst gut.«

»Danke«, sagte sie leichthin.

Dann entdeckte Derek Andys roten Schopf. »Oh, da ist Andy Farrell.«

»Wer?« Sowohl Karen als auch John drehten sich um.

»Andy Farrell, der Freund, von dem ich dir erzählt habe, der auf dem Schiff arbeitet. Darf ich dir Karen Lindstrom vorstellen?« fragte er, als Andy sie erreicht hatte. »Und das ist mein Bruder John.«

Andy gab erst dem Mädchen die Hand. »Ich habe noch niemanden gefunden, den ich um Erlaubnis bitten konnte, euch das Schiff zu zeigen. Kommt ihr alle drei mit?« Er sah John zweifelnd an.

John sah von ihm zu seinem Bruder und dann wieder zu ihm. »Nein, schon gut«, sagte er. »Mich kannst du streichen.«

»Erzählt mir doch mal, was ihr sehen wollt.« Derek war dankbar, daß der junge Seemann mitspielte. »Alles, einfach alles«, rief er begeistert aus. »Wir sind nicht wählerisch, nicht wahr, Karen?«

Andy zögerte. »Ich werde sehen, ob ich euch den Maschinenraum oder eine der Werkstätten zeigen kann. In Ordnung? Ich gehe nach unten und frage.«

»Das wäre großartig.« Derek nahm Karens Hand.

»Nun, ich gehe ins Kino«, sagte John. »Bis später dann. Viel Spaß auf dem Rundgang«, und an Andy gewandt: »War nett, dich kennenzulernen, Andy.« Dann verschwand er im Eingang des Kinos.

»Gut«, sagte Andy. »Wartet hier auf mich.«

Zehn Meilen nördlich machte der neue Koch auf dem Küstenschiff *Dorothy Lamont* gerade Kaffee für die Mannschaft. Er saß auf einem winzigen Schemel in der niedrigen Kombüse und sah zu, wie die Flüssigkeit dampfend und blubbernd in die rußgeschwärzte Kaffeekanne lief – der Kapitän mochte seinen Kaffee so schwarz, daß der Löffel in der Tasse stand.

Die *Dorothy Lamont*, unterwegs von Goose Bay über St. John's nach Halifax, war alt und klapprig, aber immer noch relativ stabil. In den Frischwassertank war Meerwasser gelaufen und sie hatten Battle Harbour angelaufen, um ihn neu zu füllen, als sie vom Nebel überrascht worden waren. Der Kapitän, für den Zeit Geld bedeutete und der diese Gewässer wie seine Westentasche kannte, hatte beschlossen, trotzdem auszulaufen, und jetzt tuckerten sie gemächlich über das offene Meer.

Das Schiff hatte Holz und Räucherfisch geladen, und der Koch, der erst seit zwei Tagen hier arbeitete, haßte den Gestank bereits, der alles durchdrang und dem man unmöglich entkam. Als der Kaffee endlich fertig war, schenkte er das dickflüssige Gebräu in zwei Blechbecher, deren Innenseiten ebenso schwarz waren wie das Gesöff. Er trug die Becher vorsichtig die Stufen hinauf an Deck.

Der Kapitän und sein Erster Offizier standen im Ruderhaus. »Widerliches Wetter, nicht wahr?« sagte der Erste Offizier, als er seinen Becher nahm. Er nippte daran, und gleichzeitig zog er an einer Schnur über seinem Kopf, was das Horn der *Dorothy Lamont* jämmerlich quaken ließ. »Irgendwie ist das Rohr verstopft«, sagte er ohne ein Anzeichen dafür, daß er etwas dagegen zu unternehmen gedachte. »Wahrscheinlich is' ein Vogel reingeflogen.«

»Schick den Jungen los. Er soll mal nachsehen«, sagte der Kapitän.

»Reicht es, wenn ich ihn nach dem Kaffee rufe?« Der Erste Offizier hielt seinen Becher hoch.

»Sicher.« Der Kapitän hob seinen Becher an die Lippen. »Wegen anderer Schiffe mache ich mir sowieso keine Sorgen«, fuhr er fort. »Ich nehme an, daß wir sie früh genug hören. Nein, ich denke eher an Eisberge. Vor weniger als zwei Tagen habe ich den ersten gesehen.«

»Wollen Sie, daß ich mich um das Nebelhorn kümmere?« fragte der Koch. Da er neu war, wollte er einen guten Eindruck machen, selbst wenn es um Dinge außerhalb seines Tätigkeitsbereiches ging.

»Nein«, sagte der Kapitän. »Aber halten Sie die Augen auf. Das gilt für jeden an Bord.«

Der Koch verließ das Ruderhaus, doch statt zurück in die stickige Kombüse ging er an Deck, um ein wenig Luft zu schnappen. Aber am Bug war es kalt und feucht, und der Nebel dämpfte die Geräusche der Dieselmotoren derart, daß er das Gefühl hatte, er schwebe mit einem Flugzeug durch die Wolken.

Andy steckte in einer furchtbaren Klemme. Er wußte, daß er eine Disziplinarstrafe und wahrscheinlich seinen Job riskierte, wenn er dabei erwischt wurde, wie er Passagiere in die Maschinenräume schmuggelte. Andererseits hatte er niemanden gefunden, den er hätte fragen können. Der einzige, den er getroffen hatte, war der Zweite Maschinist gewesen, ein unfreundlicher Kerl, der kaum mit einem Menschen sprach, und schon gar nicht mit einem Untergebenen. Was in aller Welt hatte ihn nur dazu gebracht, zu sagen, daß er die beiden herumführen würde?

Zögernd kam er zu dem Schluß, daß er nichts tun konnte. Er würde zurückgehen und Derek Flynn und dem Mädchen sagen müssen, daß er keine Erlaubnis bekommen hatte. So einfach war es. Seine Loyalität galt dem Schiff – und wer waren diese Leute schon? Wahrscheinlich würde er sie nie wiedersehen. Er seufzte. Es war nur so, daß es nicht seinem Wesen entsprach, ein Versprechen zu brechen.

Mit bleiernen Füßen kletterte er eine der Treppen hinauf, die in den Gang führten, wo er das Paar hatte stehenlassen. Als er die Tür öffnete, sah er, daß Derek Flynn aus dem Fenster blickte und daß das Mädchen – er hatte ihren Namen vergessen – vor dem Eingang zum Kino auf und ab stapfte. Sie blickte auf, als er näher kam. »Ich konnte nicht schneller zurückkommen«, sagte er. »Tut mir wirklich leid, aber ich kann euch nicht herumführen. Ich konnte niemanden fragen, und es ist unmöglich, daß ich euch einfach so mit nach unten nehme.« Er sah die Enttäuschung in Dereks Gesicht. »Tut mir leid, Junge«, sagte er. »Es ist nur so, daß es heute abend nicht paßt. Wenn du mich früher gefragt hättest…«

»Schon gut«, sagte Derek. »Ist ja nicht deine Schuld.«

»Es wäre sowieso schwierig geworden, selbst wenn ich die Erlaubnis gehabt hätte«, fügte Andy entschuldigend hinzu. »Im Augenblick sind nämlich alle wasserdichten Türen zwischen den Schotten geschlossen und wir hätten die ganze Zeit irgendwelche Leitern rauf und runter klettern müssen.«

»Tut mir leid«, sagte Derek zu Karen, als Andy gegangen war.

»Schon gut«, stellte Karen gutgelaunt fest. »Und was machen wir jetzt?«

Derek dachte eilig nach. Ihm fielen alle möglichen Dinge ein, die er gern mit Karen gemacht hätte, aber das Bedürfnis, sie zu beeindrucken, war immer noch übermächtig. »Hör zu«, sagte er. »Hast du Lust auf ein Abenteuer? Wie wäre es, wenn wir selbst versuchen würden, in die Maschinenräume zu gelangen?«

»Meinst du, das könnten wir?«

»Aber natürlich«, sagte Derek, froh, daß er ihr Interesse geweckt hatte. »Ich habe gesehen, woher Andy gekommen ist. Wir gehen einfach dort hinein.« Er ging zu der Nische, aus der Andy aufgetaucht war, doch sofort stieß er auf ein Hindernis. Die Tür hatte keine Klinke.

Er versuchte, sie aufzuziehen, indem er seine Finger so tief wie möglich in den Spalt schob, aber nichts rührte sich. »Nun, das war's dann wohl«, stellte Karen hinter ihm fest.

»Was meinst du damit, das war's dann wohl? Ich lasse mich doch nicht von einer lächerlichen Kleinigkeit wie einer Tür aufhalten. Es *muß* einen Weg geben...«

»Oh, bitte, Derek, es funktioniert nicht.«

»Gib mir nur eine Minute Zeit.« Er führte sie den Gang hinab, als sie hinter sich ein Geräusch hörten. Er fuhr herum. Ein Mann mit einem Overall kam durch die Tür, die hinter ihm zufiel. Der Mann ging in die andere Richtung davon, aber Derek packte Karen am Arm. »Das ist es!«

»Was?«

»Erinnerst du dich dran, daß Andy Farrell sagte, sie würden heute abend Leitern benutzen wegen dieser wasserdichten Dinger? Nun, offensichtlich kommen noch mehr Leute durch diese Tür. Wir warten einfach, bis der nächste kommt.«

»Und dann?«

»Nun, wir müssen eben schnell sein. Und wir müssen zusammenarbeiten. Zeig mir, was du alles in der Tasche hast.« Karen reichte ihm ihre Tasche und er wühlte darin herum. »Gut, gut, das wird gehen«, sagte er, nahm ein kleines Lederportemonnaie und einen stählernen Kamm heraus und erklärte ihr seinen Plan.

Während der nächsten fünf Minuten lungerten sie in der Nähe der Tür herum und taten so, als seien sie ausschließlich miteinander beschäftigt. Derek war so wachsam, so energiegeladen, daß er das Gefühl hatte, einfach alles erreichen, einfach jede Höhe erklimmen zu können. Außerdem berauschte ihn Karens Nähe, und er wagte es, sie zu küssen, was er nie zuvor in der Öffentlichkeit getan hatte. Sie akzeptierte den Kuß, aber da sie in Abenteuerstimmung war, schob sie ihn fort und blickte weiter zur Tür.

Sie wurden belohnt, als sie plötzlich aufging und der Kopf eines Mannes, gefolgt von seinem Oberkörper, erschien. Er hielt die Tür mit einer Hand auf, während er herauskletterte. »Erlauben Sie?« Karen flitzte zu ihm und griff nach der Tür.

»Danke«, sagte der Mann überrascht und Derek sah, daß er von Karens Äußerem abgelenkt war, als sie ihn mit großen Augen ansah.

»Was ist denn da unten, Sir?« fragte sie mit zuckersüßer Stimme.

Der Mann drehte sich um und blickte hinter sich. »Das ist nur für die Mannschaft, Miss«, sagte er. »Passagiere haben dort keinen Zutritt.«

Derek trat vor, um ebenfalls hinabzublicken. »Darf ich auch einmal gucken?« doch ehe sich der Mann zu ihm umdrehen konnte, hatte er das Portemonnaie fallen gelassen und mit der Fußspitze nach vorne geschoben, bis es ungefähr fünf Zentimenter von ihm entfernt zwischen der Tür und dem Rahmen lag.

»Entschuldigung, Sir«, aber der Mann starrte weiterhin Karen an. »Guten Abend, Miss«, rief er, als sie mit wiegenden Schritten in Richtung des Kinos ging. Als sie zwischen den Figuren am Eingang verschwunden war, ließ er die Tür los und ging davon.

»Ist er weg?« Karen kam wieder heraus.

»Ja«, sagte Derek, blickte zu Boden und sah, daß noch zwei Zentimeter des Lederportemonnaies aus der Türöffnung ragten. »Großartig.« Er sah sich um, um sicherzugehen, daß niemand sie beobachtete.

Dann schob er den Stiel des Kammes in die Öffnung neben dem Portemonnaie, hielt sie mit der anderen Hand fest und schob beides nach oben. Als er den Geldbeutel ungefähr zwanzig Zentimeter hinaufgeschoben hatte, bewegte sich die Tür und Karen griff zu. »Gut«, flüsterte Derek. »Halt sie gut mit beiden Händen fest.« Er schob den Kamm mit der linken Hand weiter, und mit der rechten umfaßte er ebenfalls die Tür. Gemeinsam gelang es ihnen, die Tür ein paar Zentimeter zu öffnen, bis Derek einen Fuß dazwischen bekam.

»Und wenn gerade jetzt jemand raufkommt?« flüsterte Karen.

»Das Risiko müssen wir wohl eingehen. Los, es dauert ja nur eine Minute. Wir gehen nur runter und dann wieder rauf. Davon können wir dann noch unseren Enkelkindern erzählen.«

Vorsichtig öffneten sie die Tür noch ein Stückchen, und dann blickten sie gemeinsam durch die ihnen entgegenwehende warme Luft hinab. Alles, was sie sahen, war ein viereckiges, drei Decks tiefes Loch. Die Leiter, die auf ihrer Seite des Loches befestigt war, war aus Stahl.

»Los«, flüsterte Derek. »Es ist niemand zu sehen.«

John, den die *African Queen* einfach nicht interessierte, rutschte nervös auf seinem Sitz hin und her. Er hatte den Anfang des Films verpaßt, und da er zu sehr mit seinen eigenen Gedanken beschäftigt war, hatte er weder die geistige Energie noch das Interesse, um zu versuchen, die Handlungsfäden noch zu verstehen. Er war der einzige in seiner Sitzreihe, so daß er niemanden störte, als er ging. Draußen an Deck wußte er nicht, was er tun sollte; die Abschiedsparties interessierten ihn nicht.

Das Schiff kroch immer noch im Schneckentempo über das Meer; die einzige spürbare Bewegung war das schwache Vibrieren unter seinen Füßen. Er ging ans Fenster und sah, daß der Nebel immer noch undurchdringlich war und daß er durch die Dunkelheit noch verstärkt worden zu sein schien.

Er fragte sich, was Derek und Karen und ihr neuer Freund wohl im Maschinenraum taten. Vielleicht sollte er sie suchen gehen. John hatte es satt, immer allein zu sein. Roses Gesicht, ihre sanfte Stimme und ihr weicher, weißer Körper füllten seine Gedanken Tag und Nacht. Er hatte ihr fünf Briefe geschrieben, lange, wirre Ergüsse des Schmerzes, des Verlustes und der Liebe, aber er war sich klar darüber, daß er keinen von ihnen abschicken würde. Wenn er in seine

Kabine zurückginge, würde er nur einen weiteren dieser sinnlosen Briefe fabrizieren.

Er wußte, daß Derek ihn nicht dabeihaben wollte, aber vielleicht könnten sie ja alle drei in eine der Bars gehen und etwas trinken oder so, ehe sein Bruder und Karen für den Rest des Abends verschwanden.

Jede Gesellschaft, selbst übellaunige, war besser als diese Schwärze, und er hatte nichts zu verlieren, wenn er es versuchte. Er ging die Treppe hinunter und hoffte, daß er Derek und Karen auf dem Rückweg vom Maschinenraum irgendwo traf.

Derek hatte Karen auf die Leiter geholfen, ehe er selbst auf die oberste Sprosse gestiegen war, aber als er in dem viereckigen Schornstein steckte, begann alles um ihn herum, sich zu drehen. Karen hingegen kletterte behende die Sprossen hinab, und er mußte seine Angst beherrschen. Mit angehaltenem Atem folgte er ihr.

Als er auf den Boden, ein Metallgitter, trat, rutschte er fast aus. »Vorsicht«, flüsterte Karen. »Ich bin auch fast hingefallen. Es ist wirklich rutschig hier.«

Er sah sich um. Sie standen in einem Schacht, dessen eine Seite offen war und in einen Raum voller riesiger, kompliziert wirkender Maschinen mündete. Links von ihnen war eine Tür.

Er öffnete sie ein wenig und sah vorsichtig durch den Spalt. »Komm«, sagte er und trat dicht gefolgt von Karen ein.

Drinnen blieben sie wie vom Donner gerührt stehen. Derek fühlte sich wie einer der Liliputaner in *Gullivers Reisen*. Der ungefähr sechs Meter hohe Raum war mit laut brummenden Maschinen gefüllt, mit Metallkolossen von der Größe mittlerer Gartenhäuschen. Es gab unzählige Reihen von Rohren mit Skalen und Absperrhähnen, von denen einige in etwas eingehüllt waren, das für Derek wie schweres Silberpapier aussah. Sämtliche Oberflächen, Wände und Decke waren grau oder gräulich, mit Ausnahme einiger Rohre, die leuchtendrot und -gelb gestrichen waren. Die heiße, rauchgeschwängerte Luft war von einem derartigen Quietschen, Zischen und rhythmischen Klopfen erfüllt, daß es nicht notwendig war zu flüstern.

»Himmel«, stieß Karen aus. »Das ist einfach phantastisch.«

»Allerdings«, sagte Derek. Nun, da er hier war, machte ihm das beeindruckende und unverständliche Schauspiel der Kraft beinahe angst. Er wollte jedoch vor Karen keine Schwäche zeigen und legte seinen Arm um ihre Taille.

Der Koch, der am Bug der *Dorothy Lamont* stand, atmete die eisige Luft tief ein. Seine Haare klebten kalt und naß in seinem Nacken, aber nach der stickigen Enge der Kombüse empfand er die Frische als angenehm. Hier oben könnte man fast religiöse Gefühle entwickeln, dachte er, zog den Kragen seiner Jacke hoch, lehnte sich über die Reling und blickte lächelnd ins Wasser hinab. Der Nebel hing dicht über der Wasseroberfläche und umwogte die Seiten des Schiffes, das mühelos durch die dichten Schwaden schnitt.

Plötzlich ertönte ein Nebelhorn, so laut und so nah, daß er beinahe das Gleichgewicht verlor. Er war so schockiert, daß er noch nicht einmal sagen konnte, aus welcher Richtung das Geräusch gekommen war. »Käpt'n! Käpt'n!« brüllte er und rannte zurück zum Ruderhaus.

Andere Mitglieder der Mannschaft kamen durch die Luken, und von unten hörte er das Klingeln einer Glocke, die dem Schiffsingenieur befahl, die Maschinen der *Dorothy Lamont* zum Stillstand zu bringen. Der Koch hatte das Ruderhaus gerade erreicht, als der Kapitän den Ersten Offizier anbellte: »Machen Sie die Pfeife frei!« und sich die Geräusche der Dieselmotoren auf ein leises Pochen reduzierten.

Das Verfahren für Schiffe, die einander im Nebel begegnen, ist, den Kurs beizubehalten und dies durch lange, einzelne Pfeifsignale anzuzeigen. Kursänderungen werden ebenfalls durch die Pfiffe signalisiert. Da die *Dorothy Lamont* keinen Radar hatte und der Kapitän nicht wußte, wo oder wie nahe das andere Schiff ihnen war, verließ er sich auf seine Erfahrung, seine Urteilskraft und seinen Instinkt. Er traf eine Entscheidung. »Ich glaube, es ist steuerbord«, sagte er und drehte am Steuerrad, so daß sein eigenes Schiff eine Fünfundvierziggradwende in Richtung des offenen Meeres unternahm und das andere, das er vor sich vermutete, in großem Bogen umfahren würde. Genau genommen entsprach dies nicht den allgemeinen Gepflogenheiten, daß Schiffe auf See backbord aneinander vorbeifahren sollten.

Die anfängliche Panik des Kochs legte sich und er dachte, daß er sich am besten nützlich machte, indem er weiter horchen ging. Er zog sich lautlos zurück und ging wieder an Deck.

Das Ruderhaus lag ganz hinten auf dem Schiff. Der Koch tastete sich an den durch Ketten befestigten Holzstämmen vorbei zurück zum Bug. Als er ihn fast erreicht hatte, lehnte er sich an einen der Stapel, um Luft zu holen und sich eine Zigarette anzuzünden.

Das Horn des anderen Schiffes tutete erneut, so nah, als wäre es fast über ihnen, und als der Klang verhallte, bildete sich der Koch ein, schwache Motorengeräusche zu hören. Dies war mehr, als er ertrug. Seine Hände begannen vor Anspannung zu zittern.

Dann stieß die Pfeife der *Dorothy Lamont* drei eilige Töne aus und nach ein paar Sekunden ertönte ein langes Signal von dem anderen Schiff.

Der Koch entspannte sich. Die beiden Schiffe wußten voneinander. Die Situation war wieder unter Kontrolle.

Im Ausguck der *White Empress* blies der junge Wachhabende seinen warmen Atem durch die Wollschichten der beiden Handschuhpaare, die er trug, ohne daß sie seine Fingerspitzen davor bewahrt hätten, taub zu werden. Dann hörte er mitten in der Stille gefährlich nahe drei Pfeifsignale. Sofort läutete er dreimal mit der Glocke, bewegte den Zeiger der Skala vor sich in die Richtung, aus der das Geräusch seiner Meinung nach herübergedrungen war, und griff nach dem Hörer des Telefons. »Wir haben es gehört«, sagte die ruhige Stimme von der Brücke am anderen Ende der Leitung. »Kannst du irgend etwas sehen?«

Der Junge starrte angestrengt durch sein Fernglas, doch er sah nichts außer dem undurchdringlichen Grau des schnell dunkel werdenden Nebels. »Nein, Sir. Ich fürchte nicht, Sir.«

»Meinst du, es könnte von steuerbord kommen, nordnordwest?« fragte der Erste Offizier.

»Ja, Sir.« Der Junge hielt den Telefonhörer umklammert, bis das schrille Geräusch des Nebelhorns der *White Empress* verklungen war, und dann sprach er erneut. »Ich bin mir ganz sicher, Sir.«

»Halt die Augen auf, wir verlangsamen die Fahrt und ändern den Kurs nach backbord.«

»Ja, Sir.«

Er hielt das Fernglas vor die Augen, aber es war, als wären die Linsen mit grauem Papier abgedeckt.

Der Koch der *Dorothy Lamont* und der junge Wachhabende auf der *White Empress* sahen das Schiff des jeweils anderen genau im gleichen Moment. Der Koch schrie auf, als er durch den Nebel hindurch die dreigeschossige Lichterwand entdeckte, die nur acht Meter neben dem Bug des Küstenschiffes vorbeiglitt; auf der *Empress* läutete der Junge die Glocke und schrie gleichzeitig ins Telefon. Beide Kapitäne wirbelten herum und gaben Befehl, die Maschinen zu stoppen, aber es war zu spät. Die *Dorothy Lamont* schnitt durch die Nietverbindungen und bohrte sich kreischend in den Stahl der Seitenwand des Linienschiffes.

Karen klammerte sich an Dereks Arm. »Mein Gott! Was ist passiert?« Der ganze Raum dröhnte und zitterte. Sie hörten einen Mann schreien, und dann spürten sie durch die Sohlen ihrer Schuhe, daß der Boden vibrierte, als würde das Schiff über spitze Felsen gezerrt.

Etwa drei Meter vor ihnen löste sich eine der Klammern, mit denen die Rohre gehalten wurden, und das Rohr, das über das Normalmaß gebeugt wurde, zerbarst mit einem explosionsartigen Knall. Karen schrie auf, als ein dünner Ölstrahl wie ein Projektil herausgeschossen kam und auf einen der riesigen Generatoren traf, der direkt neben ihnen stand. Das Öl entzündete sich sofort, und wie eine elektrisch geladene Tischdecke breitete sich ein dünnes weißblaues Flammentuch über der Maschine aus. Ein ätzender, bitterer Geruch drang ihnen in die Nasen, als schwarzer Rauch über der Flamme aufstieg.

»Derek! Derek!« Immer noch schreiend machte Karen einen Schritt zurück, aber Dereks Blick war von einer ungefähr dreißig Zentimeter hohen Wasserwelle gefangen, die durch die Tür des Maschinenraumes drang.

John war am Ende einer Sackgasse angelangt. Er stand vor einer Tür, auf der »Privat, nur für Mannschaftsmitglieder« stand, als plötzlich das gesamte Schiff zu erschaudern schien. Es herrschte eine unnatürliche Stille, und dann hörte er eine Glocke und lautes Stimmengewirr.

Die Tür flog auf, und ein Steward kam herausgerannt und stürzte an ihm vorbei. Fast ehe er wußte, was er tat, hatte John die Tür festgehalten, bevor sie wieder zugefallen war und glitt hindurch. Zwei riesige Leinenkörbe auf Rädern, jeder mehr als einen Meter zwanzig hoch, standen neben ihm und er kauerte sich dahinter, um erst einmal zu sich zu kommen.

Offensichtlich war er direkt in die Unterkünfte der Mannschaft gestolpert. In dem Korridor, auf dem er sich befand, hallte lautes Glockengebimmel, und zahlreiche Türen wurden geöffnet und wieder zugemacht. Er machte sich noch kleiner, als einer der Männer an ihm vorbeirannte. Sein Herz klopfte laut. Er wartete, bis niemand zu sehen war, und dann sprintete er den anderen hinterher. Als er anfing zu rennen, hatte er keine Ahnung, was er überhaupt tun sollte, aber als er sich dem Ende des Gangs näherte, roch er Rauch! Es brannte auf dem Schiff.

Und außerdem hatte er das Gefühl zu ersticken. Es gab keinen Grund – überall war Luft genug – aber es war ihm unmöglich zu atmen.

Derek!

Erneut war er am Ende einer Sackgasse angelangt, erneut versperrte ihm eine verschlossene Tür den Weg. Sie hatte keinen Griff. Hier unten roch es noch stärker nach Rauch. Verzweifelt versuchte er, die Tür zu öffnen, indem er seine Nägel in den Spalt schob, aber er fand keinen Halt. John brach in Panik aus. Er schrie und hämmerte gegen die Tür, was in dem allgemeinen Lärm jedoch unterging.

Als der Koch der *Dorothy Lamont* den Zusammenstoß kommen sah, drehte er sich um, um loszurennen, aber als der Bug des Küstenschiffes in den Bauch der *White Empress* stieß, stürzte das Holz auf beiden Seiten von den ordentlichen Stapeln und begrub ihn unter sich. Seine Rippen und seine Brust brannten, und er war sicher zu ersticken, aber schlimmer als der Schmerz war der Lärm, das Knirschen, Reißen und Dröhnen, das ihn beinahe taub machte und von dem er fürchtete, daß es nie mehr enden würde.

Auf der Brücke des Linienschiffes bereitete sich die Mannschaft auf den Notstand vor. »Sollen wir die Passagiere zusammenrufen, Sir?« fragte der Erste Offizier.

»Noch nicht«, sagte der Kapitän. »Irgendwelche Schadensmeldungen?«

»Werden jeden Augenblick erwartet, Sir.« Dann roch der Erste Offizier den Rauch und drehte sich zum Feuermelder um. Die *White Empress* hatte ein altmodisches Feuermeldesystem. Es sah aus wie eine Reihe von Panflöten, aber tatsächlich waren es die offenen Enden hohler Röhren, die von den wasserdichten Kammern heraufführten. Kleine Rauchfähnchen kringelten sich aus der Röhre, die in den Nebenmaschinenraum ging.

»Feuer im Nebenmaschinenraum, Sir«, sagte der Erste Offizier heiser zum Kapitän, der bereits am Telefon stand und mit dem Ersten Maschinisten sprach.

»Danke«, sagte der Kapitän. »Unten wissen sie bereits Bescheid. Bitte versammeln Sie die Mannschaft.«

Während der Erste Offizier zu seinem eigenen Telefonhörer griff, betätigte der Kapitän einige Hebel, um die Luftzufuhr zu den Maschinenräumen zu unterbinden. Der Erste Offizier legte den Hörer auf. »Das andere Schiff ist mittschiffs, Sir«, sagte er.

»Verstehe«, erwiderte der Kapitän. »Wenn wir ihr helfen, löscht die See das Feuer vielleicht von allein. Schadensmeldungen?«

»Die Kammern drei und vier sind zerstört, Sir. Die anderen halten noch.«

»Verstehe«, sagte der Kapitän erneut.

»Soll ich jetzt die Passagiere zusammenrufen lassen, Sir?« Der Erste Offizier griff abermals nach dem Telephonhörer und hielt ihn in die Luft.

»Ja, das wäre vielleicht eine gute Idee. Nur zur Vorsicht. Keinen Alarm.«

»Ja, Sir.« Die *White Empress* war so konstruiert, daß sie auch noch mit zwei überfluteten Kammern schwimmen konnte, und je nachdem, wo der Riß im Rumpf aufgetreten war, war sie sogar mit noch mehr überfluteten Kammern fahrtüchtig.

Aber, dachte der Erste Offizier, als er ruhig seine Anweisungen gab, das war auch die *Titanic* gewesen...

Die Lichter im Raum flackerten ein letztes Mal, und dann wurde es dunkel. Durch die dichten, öligen Rauchwolken sahen Derek und Karen überall auf den Maschinen kleine gelbblaue Flammen.

»Treppe... Treppe«, hustete Derek, packte Karen am Arm und versuchte, sie dorthin zu führen, wo seiner Meinung nach die Leiter gewesen war. Aber sie reagierte nicht, und ihr Arm zog so schwer an seiner Hand, daß er sie loslassen mußte. Auch er ging in die Knie. Jeder Atemzug verursachte einen neuen Hustenanfall, und innerhalb weniger Sekunden war er auf Karens bewußtlosen Körper gesunken.

Zwei Decks weiter oben hämmerte John immer noch gegen die Tür. Dann flog ein paar Meter weiter eine andere Tür auf. Zwei Männer kletterten in dichten Rauchwolken heraus. Zu seinem Entsetzen sah John, daß sie etwas Großes, Schlaffes und Plumpes zwischen sich hatten, das er selbst aus der Entfernung als menschlichen Körper erkannte. Er konnte noch nicht einmal schreien. Er rannte auf die Männer zu, die sich um die Leiche des Ingenieurs versammelt hatten.

Die Tür hinter ihnen war immer noch geöffnet. John stürzte los und hatte bereits einen Fuß auf der Leiter, als einer der Männer ihn zu fassen bekam. »Du kannst da nicht runter, mein Junge.« John protestierte nicht. Er zog sich eilig zurück, aber aus dem Augenwinkel sah er ein Stück weiter eine andere offene Tür, durch die ebenfalls dichte Rauchwolken drangen. Er raste los, und ehe ihn jemand aufhalten konnte, hatte er sich ein schmutziges Handtuch gegriffen, das auf dem Boden lag, hatte tief Luft geholt, sich das feuchte Tuch vor das Gesicht gepreßt und mit dem Abstieg begonnen.

Auf der Brücke hatte der Kapitän von dem Todesfall gehört. Den Berichten zufolge hatte die Mannschaft Schwierigkeiten, die Brandstelle zu erreichen. Auf der einen Seite war sie durch eine der wasserdichten Türen blockiert, auf der anderen durch den Bug des anderen Schiffes. Und es war schwierig, die Leitern hinabzusteigen, wenn sie die unhandlichen Atemgeräte aufhatten.

Er wog die verschiedenen Möglichkeiten gegeneinander ab. Er konnte den gesamten Bereich evakuieren und ihn mit Kohlenmonoxyd überfluten lassen, was sich wahrscheinlich als ineffektiv erweisen würde wegen des Lecks, das um den von dem Küstenschiff verursachten Riß herum entstehen würde. Oder er könnte den Kapitän des Küstenschiffes, mit dem er inzwischen in telefonischer Verbindung stand, bitten, sein Gefährt zurückzumanövrieren, wodurch die gesamte Abteilung überflutet würde. Das müßte früher oder später sowieso passieren – aber für den Fall, daß die Schotten nicht hielten und dann das gesamte Schiff überflutet wurde, sollte er wahrscheinlich warten, bis Rettungsschiffe bereitstanden.

Er konnte das Feuer nicht einfach weiterbrennen lassen. Also traf er eine Entscheidung. Er würde auf die Stabilität seines Schiffes vertrauen. Er bat den Ersten Offizier, sämtlichen Männern zu befehlen, die Kammern neun und zehn zu verlassen. Dann sprach er mit dem Kapitän der *Dorothy Lamont* und bat ihn, sein Schiff rückwärts aus dem Bauch der *White Empress* hinauszumanövrieren.

John brauchte weniger als zwanzig Sekunden, um die Leiter hinabzuklettern. Von oben rief ihm jemand etwas hinterher, aber er ignorierte es. Er spürte, daß Wasser um seine Knöchel schwappte. Er streckte die Hände aus und ertastete zu seiner Rechten eine feste Wand, doch zu seiner Linken entdeckte er Flammen. Dies war der einzige Weg. Er zögerte den Bruchteil einer Sekunde, und dann tastete er sich, das feuchte Handtuch vor den Mund gepreßt, durch die Öffnung. Seine Augen brannten, als würde mit glühenden Schürhaken darin herumgestochert, und obgleich er immer noch genügend Luft hatte, schmerzte seine Lunge, als würde sie von einem Schraubstock zusammengepreßt. Er trat auf etwas Großes, Weiches, was er halb entsetzt und halb erleichtert als die Körper von Derek und Karen erkannte. Er wußte sofort, daß er sie niemals alleine die Leiter hinaufbekommen würde.

Er tastete sich zur Leiter zurück, wobei er sich so schnell bewegte, wie es ihm in der Finsternis möglich war. Er stolperte und fiel. Seine Wange und sein Ohr taten höllisch weh, aber er rappelte sich auf, und ein paar Sekunden später hatte er die Leiter gefunden. Er kletterte hinauf, aber ehe er oben war, trafen ihn die Füße eines Mannes, der offensichtlich gerade herunterkam, um ihn zu holen. Fast hätte er die Balance verloren, aber mit geradezu übermenschlicher Kraft hielt er sich fest. Seine Brust schien jeden Augenblick zu zerbersten und er wußte, daß er nicht länger den Atem anhalten konnte. Dann spürte er, wie er nach oben an die frische Luft gezogen wurde. Er brach zusammen, hustete, schluckte Luft; das Deck unter seiner verbrannten Wange fühlte sich an, als sei es aus glühenden Kohlen gemacht. Sobald er konnte, schrie er, daß sein Bruder und ein Mädchen noch unten waren. Was dann passierte, wußte er nicht, denn in diesem Moment verlor er die Besinnung.

Der Koch hörte das Dröhnen der Motoren unter sich und spürte, daß sich die *Dorothy Lamont* leicht bewegte. Trotz seiner Schmerzen erkannte er, daß der Kapitän sie aus dem Bauch des anderen Schiffes zog. Er fürchtete, daß das Holz, unter dem er begraben lag, erneut verrutschen könnte und er dann gänzlich verloren wäre. Der Schmerz in seinen Rippen und seiner Brust nahm unerträgliche Ausmaße an, als er all seine Kräfte zusammennahm, so tief einatmete, wie es ihm seine Verletzungen gestatteten, und einen letzten Versuch unternahm, sich Gehör zu verschaffen. »Hil-fe!« schrie er, aber selbst er fand, daß es schwach und viel zu leise war, um in dem allgemeinen Getöse gehört zu werden. Er gab auf und wartete auf den Tod. Wenigstens wäre er dann von seinen Schmerzen erlöst.

Aber dann geschah ein Wunder. Einer der Matrosen der *Dorothy Lamont*, der sich mit bleichem Gesicht an die Reling klammerte, hörte etwas – eine Stimme – unter dem Holz am Bug und gab die Information an einen anderen Matrosen weiter, der sie ins Ruderhaus überbrachte. Der Kapitän des Küstenschiffes hielt sofort die Motoren an und informierte den Kapitän der *White Empress*, daß er die Fahrt unterbrach.

Fast gleichzeitig, gerade als das Wasser schneller in den Bauch des Linienschiffes zu dringen begann, wurde der Kapitän telefonisch davon in Kenntnis gesetzt, daß im Nebenmaschinenraum eine Rettungsaktion in Vorbereitung war. Vier seiner Männer hatten es geschafft, sich mit ihren Atemschutzgeräten den Schacht hinunterzuzwängen, um zwei junge Leute zu suchen.

Der fensterlose Gang war inzwischen in dichten Rauch gehüllt. Der Bootsmann, der die Rettungstür geöffnet hatte, lauschte angestrengt, aber er hörte nichts. Er gab Anweisung, die Leiche des Ingenieurs zu bedecken, und einer der Männer rannte los, um eine Decke zu holen. Andere drehten Johns bewußtlosen Körper auf die Seite.

Nach einer Ewigkeit, die in Wirklichkeit nicht mehr als eine Minute gewesen war, tauchte der Kopf des ersten Mannes auf. Er trug einen Jungen auf der Schulter. Der Bootsmann half den Männern auf dem Deck, den Jungen hochzuheben und ihn vorsichtig auf den Rücken zu legen. Das Haar und die Kleider des Jungen waren rußgeschwärzt, aber der Schiffsarzt, der keuchend angerannt kam, legte ein Ohr auf seine Brust und nickte als Zeichen, daß er noch am Leben war.

Während der Junge und sein Bruder auf die Krankenstation gebracht wurden, tauchte ein zweiter Retter mit dem Mädchen auf. Ihre Kleider und Haare waren naß, aber ihr schwarzes Gesicht war trocken. Offensichtlich hatte sie im Wasser gelegen, aber glücklicherweise das Gesicht zur Decke gewandt. Der Arzt legte eine Hand an ihren Hals und nickte ein zweites Mal: auch sie lebte noch.

Es dauerte eine Weile, bis der immer noch nicht bewußtlose, aber vor Schmerzen fast wahnsinnige Koch aus seinem Gefängnis befreit war. Einer der Männer an Bord der *Dorothy Lamont* war in Erster Hilfe ausgebildet, aber es gab weder einen Arzt noch eine Krankenschwester, so daß der Kapitän seinen Kollegen von der *White Empress* um Hilfe bat. Das Linienschiff thronte über dem kleinen Küstendampfer, und unter den Augen der faszinierten Passagiere, die sich an der Reling drängten, wurden eine Bahre und eine Schlinge improvisiert, der Koch darauf festgemacht und vorsichtig, Zentimeter für Zentimeter, durch eine Öffnung des Promenadendecks gehievt. Auch er wurde auf die Krankenstation des Schiffes gebracht.

Zwanzig Minuten, nachdem sich die *Dorothy Lamont* in das Linienschiff gebohrt hatte, begann sie erneut, sich zurückzuziehen, wobei sie den Stahl der Schiffswand zerknüllte, als wäre er aus Papier. Als sie frei war, drang das Meerwasser durch das Loch und schob alles Bewegliche vor sich her. Innerhalb weniger Minuten war der gesamte Maschinenraum der *White Empress* bis oben hin mit Wasser gefüllt.

6

Meine liebste Rose,

es tut mir wirklich leid, daß ich Dir nicht früher geschrieben habe. Ich habe Dir geschrieben, als ich auf dem Schiff unterwegs war, aber als ich die Briefe noch einmal gelesen habe, waren sie so elend, daß ich sie zerrissen habe.

Ich vermisse Dich so sehr, Rose. Ich hoffe, Du denkst nur halb so oft an mich wie ich an Dich. Ich denke die ganze Zeit an Dich. Die *ganze* Zeit. Du bist das erste, was mir einfällt, wenn ich aufwache. Ich versuche, nachts von Dir zu träumen, aber es funktioniert nicht immer.

Ich habe Neuigkeiten. Vielleicht hast Du es ja in der Zeitung gelesen, obwohl ich nicht weiß, ob der *Argus* oder der *Democrat* Nachrichten so schnell bekommen! In der Tat schreibe ich diesen Brief im Krankenhaus von Halifax, Neuschottland. Natürlich sollte ich längst bei den McGuigans sein und Kartoffeln ausgraben (ich wette, Du hast auch gedacht, daß ich das bereits tue!), aber es kam anders.

Weißt Du, in der letzten Nacht auf See sind wir mit einem anderen Schiff zusammengestoßen. Es war wirklich beängstigend, Rose, aber besonders für uns (ich wünsche wirklich, ich könnte Dich sehen!), aber um es kurz zu machen – Derek und ein Mädchen namens Karen Lindstrom (sehr nett – sie war auch unterwegs nach Prince Edward Island), das er auf dem Schiff kennengelernt hat, waren verschwunden, als die Schiffe zusammenstießen.

Zufällig suchte ich sie gerade. Ich wußte, daß sie unten im Maschinenraum waren, das hatte Derek mit Hilfe eines Jungen arrangiert, den er kannte und der zur Mannschaft gehörte. Dann sah ich, daß ein Mann durch eine der Türen gehievt wurde. Rose, er war tot!

Ich wußte, daß es jetzt auf mich ankam, und das nächste, was ich wußte, war, daß ich von Rauch und Flammen umgeben war. Es war das Beängstigendste, was ich je erlebt habe. Aber Gott sei Dank habe ich die beiden gefunden. Ich konnte sie nicht tragen, also bin ich die Leiter wieder raufgeklettert, um Hilfe zu holen.

Inzwischen geht es den beiden wieder gut. Der Grund dafür, daß ich immer noch im Krankenhaus bin, ist, daß ich dort unten gestürzt bin und mir die Backe und das Ohr verbrannt habe. Sie wollen eine Schönheitsoperation durchführen, und die Ärzte sagen, daß man in einem Jahr kaum noch etwas von dem Unfall sehen wird.

Natürlich macht mich der Gedanke an die Operation nervös, aber die Leute hier sind wirklich nett. Sie sind alle sehr nett. Karens Eltern, die Lindstroms, bezahlen für die ganze Sache. Nach dem Unfall konnte das Schiff natürlich nicht nach Quebec weiterfahren, also wurde es in einen Hafen namens St. John's in New Brunswick gezogen. Die Lindstroms haben uns dort abgeholt und Derek und Karen im Flugzeug direkt mit nach Charlottetown genommen, aber sie haben dafür gesorgt, daß ich ein Flugzeug nach Halifax nehme, und dort wurde ich von einem Wagen abgeholt und ins Krankenhaus gebracht.

Ich muß jetzt aufhören. Ich vermisse Dich sehr, Rose. Während ich hier so rumgelegen habe, habe ich den festen Entschluß gefaßt, daß mich *nichts* davon abhalten wird, so schnell wie möglich nach Hause zu kommen, um Dich zu sehen. Ich hoffe, Du empfindest immer noch dasselbe für mich.

Ich liebe Dich, meine Rose. Ich wünschte, ich könnte immer bei Dir sein. Und das werde ich auch, so Gott will. Das *verspreche* ich.

Ich hoffe, Dir geht es gut. Inzwischen bist Du natürlich längst wieder in Dublin in der Schule. Also werde ich den Brief dorthin schicken.

Viel Glück bei der Abschlußprüfung.

Nochmals, es tut mir leid, daß ich nicht eher geschrieben habe, aber ich hoffe, Du verstehst es. Bitte schreib mir so schnell wie möglich zurück. Du kannst an die Adresse auf Prince Edward Island schreiben, weil ich bis dahin bestimmt dort sein werde.

Bitte schreibe bald.

In ewiger Liebe,
John

P. S.: Das Geschenk, das Du mir gegeben hast, ist in Sicherheit. Ich sehe es jeden Tag an.

Rose saß kerzengerade und mit hoch erhobenem Kopf auf ihrem Stuhl und las den Brief unter dem wachsamen, strengen Blick der

Nonne. Sie stand kurz davor, in Tränen auszubrechen, aber sie war fest entschlossen, sich nichts anmerken zu lassen.

Sie hätte John warnen sollen. Die gesamte Post wurde gelesen, bevor sie den Mädchen ausgehändigt wurde, aber dieses war das erste Mal, daß Rose ernsthaft unter dem System litt. Als sie den Brief fertig gelesen hatte, nahm die Nonne ihn ihr wieder ab. »Wissen Deine Eltern etwas von diesem Jungen?«

Rose konzentrierte sich auf die Geräusche, die sie hörte, auf das Knirschen der Reflektoren in dem elektrischen Ofen, auf das entfernte Hupen eines Autos draußen vor den Mauern des Konvents. »Ja, Schwester«, sagte sie.

»Befürworten Sie deine Freundschaft zu ihm?«

»Ich weiß es nicht, Schwester.«

»Nun, was haben sie zu dir gesagt? Haben sie ihn zu euch nach Hause eingeladen?«

»Nein, Schwester.«

»Was meinst du, warum sie das nicht getan haben?«

»Ich weiß es nicht, Schwester. Es ist einfach nicht passiert. Mein Vater hat uns eins seiner Pferde gegeben, damit ich ihm das Reiten beibringen kann«, fügte sie verzweifelt hinzu.

»Ich verstehe«, sagte die Nonne langsam. »Nun, es ist dein Brief.« Sie schob ihn in den Umschlag zurück und gab ihn ihr. »Wann kommen deine Eltern das nächste Mal zu Besuch?«

»Nächstes Wochenende, Schwester.«

»Gut«, sagte die Nonne. »Sag ihnen bitte, daß ich mit ihnen sprechen möchte, ja?«

»Ja, Schwester«, sagte Rose, die bereits vorhatte, es so zu drehen, daß Gus allein kommen würde. Sie hatte kein großes Vertrauen in die Reaktion ihrer Mutter auf ein Gespräch über John Flynn.

Rose verließ leise das Büro. Trotz der Sorge, weil die Nonne den Brief gelesen hatte, hatte sie nur dessen Inhalt im Kopf und konnte es kaum erwarten, ihn noch einmal zu lesen. Sie war aus der Klasse gerufen worden und überlegte, ob sie es wagen sollte, nicht sofort zurückzugehen. Als sie auf ihre Armbanduhr sah, merkte sie, daß der Unterricht in fünfzehn Minuten vorbei sein würde: Es bestünde also durchaus die Möglichkeit, damit durchzukommen.

Sie ging in Richtung der Kapelle, wobei sie versuchte, sich nicht allzusehr zu beeilen und das Quietschen ihrer Kreppsohlen auf dem blankpolierten Holzfußboden so leise wie möglich zu halten. Aber als sie an den Türen der Klassenzimmer vorbeiging, hinter denen sich all die armen Mädchen über ihre langweiligen Übungsbücher beugten und unbedeutende Antworten auf noch unbedeutendere Fragen murmelten, mußte sie sich zwingen, um nicht einfach loszurennen, zu hüpfen, die Arme in die Luft zu werfen. Sie fühlte sich einzigartig, besonders. John Flynn hatte gesagt, daß er sie liebte, hatte dieses Geständnis sogar auf Papier gebannt.

Die Kapelle war neu, und es roch immer noch nach Lack. Durch die Buntglasfenster fiel eine Reihe von Regenbogen auf den Boden, blondierte das Holz der Bänke und färbte das Parkett. Als Rose eine im Schatten liegende Bank auf der anderen Seite wählte, entdeckte sie ein mit farbenfrohen Bändern verziertes Bouquet aus weißen Rosen und Fresien auf den Stufen zum Sanktuarium. Es war nicht ungewöhnlich, daß ehemalige Schülerinnen des Konvents ihren Hochzeitsstrauß in die Kapelle brachten. Ihr eigener Hochzeitsstrauß, dachte sie vergnügt, würde ebenfalls Rosen und Fresien enthalten, aber darüber hinaus noch Narzissen und Tulpen, Veilchen, Levkojen, Dahlien, Strandastern, ja sogar Stockrosen und Goldlack – jede Blume, die in Irland an diesem Tag blühen würde.

Sie nahm Johns Brief aus dem Umschlag. Obwohl sie versprochen hatte, ihm zu schreiben, hatte die Tragweite dessen, was zwischen ihnen in jener letzten Nacht passiert war, sie irgendwie gehemmt, und ihr war nichts Passendes eingefallen, was sie ihm hätte sagen können. Also hatte sie darauf gewartet, daß er ihr zuerst schreibe, und als die Tage und Wochen zu mehr als einem ganzen Monat geworden waren, hatte sie angefangen zu verzweifeln.

Aber jetzt war alles gut. Alles war mehr als gut. Er liebte sie.

Sie liebte ihn auch – mehr als alles andere auf der Welt. Seit ihrer Rückkehr zur Schule hatte Rose in einer Phantasiewelt gelebt. Sie konnte es kaum erwarten, abends ins Bett zu gehen. Während die anderen miteinander getuschelt und gekichert hatten, hatte sie die Augen geschlossen und sich die Decke über die Ohren gezogen, um sich jene Nacht in Erinnerung zu rufen. Sie meinte fast, seine Haut zu spüren, die Kälte und die glitschige Weichheit zwischen ihren Schenkeln, während sie im Wasser gewesen waren, die Stärke seiner Arme, die Wärme und Leidenschaft hinterher unter den Bäumen.

Sie hatte sich niemandem anvertraut. Bis zu diesem Schuljahr hatten sie und ihre beste Freundin, Dolores O'Brien, alles übereinander gewußt. Sie beide waren schreibfaul und schrieben sich niemals während der Ferien, so daß die ersten paar Tage jedes neuen Jahres immer mit einer wahren Flut von Geschwätz begannen. Aber dieses Mal brachte Rose es einfach nicht über sich, Dolores von John zu erzählen – doch ihre Freundin war nicht dumm und wußte, daß sie irgend etwas vor ihr verbarg, was zu einer gewissen Kühle zwischen ihnen führte.

Rose war sich nicht ganz sicher, warum sie ihrer Freundin ihr Geheimnis nicht anvertraute. Einerseits hatte sie das Gefühl, als würde die Enthüllung ihrer Beziehung zu John sie ruinieren oder zumindest irgendwie billig machen, und andererseits hatte sie den Eindruck, als habe sie einen Schritt getan, dessen Reichweite Dolores sowieso nicht verstünde. Und während der ersten paar Wochen reichten ihr ihre lebendigen Erinnerungen.

Allerdings haßte sie Unehrlichkeit, und vor allem haßte sie die Verstimmung anderer, so daß sie in letzter Zeit ins Schwanken geraten war: Bisher hatte sich nur einfach nicht die passende Gelegenheit ergeben, doch die hatte sie nun. Sie konnte Dolores den Brief zeigen.

Er liebte sie. *Er liebte sie!* Sie mußte sich beherrschen, um nicht einfach die Blätter des Briefes in die Luft zu werfen!

Die Stille in der Kapelle wurde von der lauten elektrischen Pausenklingel und dem Lärm im Korridor unterbrochen, als die Mädchen die Klassenzimmer wechselten. Rose sprang von der Bank und verließ die Kapelle, wobei sie den Brief zusammenfaltete und ihn in die Tasche ihrer Uniform stopfte. Dann rannte sie in ihren Klassenraum.

Sie saß ganz vorn, und Dolores' Platz war zwei Reihen hinter ihr, so daß sie nicht mit ihr sprechen konnte. Als die Nonne jedoch etwas an die Tafel schrieb, kritzelte Rose ihrer Freundin eine Nachricht auf ein Stück Papier – WIR MÜSSEN REDEN. TRIFF MICH UM VIERTEL NACH EINS. R. – knüllte es zusammen und reichte es nach hinten. Fünfzehn Minuten später kam die Antwort: O.K. D.

Ihr geheimer Treffpunkt war im Wäscheraum, dessen Regale dicht mit Laken, Kissenbezügen, Tagesdecken, Turnhosen und Unterhemden bepackt waren. Da es Samstag nachmittag war, würden sie hier wohl kaum entdeckt. Samstags war nur vormittags Unterricht, und nachmittags stopften die Mädchen, schrieben Briefe, räumten die Schlafsäle auf und putzten die Schuhe.

Sie und Dolores, klein, mit feinen rotbraunen Haaren und über und über mit Sommersprossen bedeckt, quetschten sich in eine kleine Nische neben dem Fenster. Rose beobachtete, wie ihre Freundin Johns Brief las, und freute sich über ihr Gesicht. Geheimnisse, die sie einander in dem duftenden Versteck anvertrauten, waren wirkliche Geheimnisse, dachte sie, als Dolores umblätterte. Sie blickte aus dem Fenster. Es war immer noch warm, und viele der Mädchen spazierten zu zweit oder in kleinen Gruppen über den Hof. »Fertig«, sagte Dolores und gab ihr den Brief zurück. »Aber hallo!«

»Ist das alles, was du zu sagen hast?« fragte Rose, aber sie sah, daß Dolores ungemein beeindruckt war.

»Was soll ich denn sagen? Es ist einfach phanstastisch«, stellte Dolores fest. »Du bist mir vielleicht eine. Und du hast mir die ganze Zeit nichts davon erzählt.«

»Ich hatte Angst«, gestand Rose.

»Wovor?«

»Das ist der erste Brief, den ich bekommen habe. Ich hatte Angst, daß er mich vergessen haben könnte.«

»Nun, das hat er wohl nicht. Ehrlich gesagt, war ich ein bißchen böse auf dich. Ich hatte schon das Gefühl, daß du nichts mehr mit mir zu tun haben wolltest.«

»Oh, Dolores, bestimmt nicht. *Natürlich* wollte ich noch etwas mit dir zu tun haben.«

»Ist ja auch egal«, sagte Dolores. »Hauptsache, du hast es mir jetzt erzählt. Du Glückliche! Auch noch einen Helden abzukriegen.«

»Das Problem ist, daß ich nicht weiß, ob ich ihn überhaupt jemals wiedersehen werde.«

»Hat er nicht geschrieben, daß er Berge versetzen würde, um dich wiederzusehen?«

Während Rose die Stirn runzelte und sich zu erinnern versuchte, nahm Dolores ihr den Brief noch einmal aus der Hand. »Ja, hier steht's«, sagte sie. »›Während ich hier so rumgelegen habe, habe ich den festen Entschluß gefaßt, daß mich *nichts* davon abhalten wird, so schnell wie möglich nach Hause zu kommen, um Dich zu sehen.‹ Oh, Rose!« sie schlang ihre Arme um die Freundin. »Himmel«, hauchte sie dann. »Es ist einfach phantastisch. Das ist wahre Liebe.« Sie ließ Rose los. »Und jetzt erzähl mir alles ganz genau.«

Sie setzten sich auf den Fenstersims, und Rose erzählte von dem Sommer mit John Flynn, wobei sie allerdings ausließ, daß sie miteinander geschlafen hatten. Vielleicht würde sie ihrer Freundin irgendwann auch dieses Detail anvertrauen, aber Jungfräulichkeit galt im Konvent als die größte Tugend, und sie war sich nicht sicher, wie Dolores auf die Tatsache reagieren würde, daß sie ihre Unschuld verloren hatte. »Rose, das Ganze klingt einfach wunderbar«, sagte Dolores am Schluß. »Du hast wirklich Glück.«

»Es gibt allerdings auch ein paar Probleme«, sagte Rose und vergrub ihren Fingernagel in der Spachtelmasse zwischen Fensterglas und Rahmen. »Es ist schwer zu erklären, aber John ist – er ist ...« Sie zögerte, da sie nicht wußte, wie sie den Klassenunterschied zwischen sich und den Pächtern ihres Vaters erklären sollte. Sie sah Dolores an. »Weißt du, unsere Eltern und so«, beendete sie den Satz, wohl wissend, daß er wie eine lahme Entschuldigung klang.

»Unsinn«, sagte Dolores. »Wenn du erst mal einundzwanzig bist, kannst du machen, was du willst.«

»Aber ich bin erst sechzehn. Bis ich einundzwanzig bin, sind es noch *Jahre*.« Rose vergrub den Kopf zwischen den Händen.

»Rose«, sagte Dolores geduldig und berührte sie an der Schulter. »Alles zu seiner Zeit. Jetzt machst du erst mal deinen Schulabschluß. Und dann machst du dir wegen der anderen Dinge Gedanken.«

»Ich nehme an, du hast recht. Aber die verdammte Abschlußprüfung interessiert mich nicht mehr«, murmelte Rose.

»Du bist hier, nicht wahr? Also bleibt dir keine andere Wahl. Zumindest im Augenblick.«

»Aber ich liebe ihn.«

»Dann wirst du ihn auch nach der Prüfung noch lieben.«

Rose wußte, daß ihre Freundin recht hatte. »Aber da ist noch etwas«, sagte sie zögerlich.

»Was?«

»Schwester Eucharia hat den Brief gelesen und will mit meinen Eltern darüber sprechen.«

»Darüber solltest du dir Gedanken machen, wenn es soweit ist.«

»Danke, Dolores, du bist einfach toll.«

Dolores lächelte. »Ich weiß.«

Sie verließen den Wäscheraum und machten einen Spaziergang im Obstgarten. Nun, da Rose einmal angefangen hatte, über John Flynn zu sprechen, konnte sie nicht mehr aufhören. Nach einem fünfminütigen Dialog wurde sie von Dolores allerdings unterbrochen. »Ihr habt es tatsächlich getan?« fragte sie mit großen Augen.

»Das habe ich nicht gesagt!«

»Nun, so gut wie.«

»Dolores, ich habe nicht –«

»Nun, wie auch immer«, stellte Dolores friedfertig fest. »Das ist allein deine Sache.«

»Allerdings.« Doch im Grunde war Rose froh, daß es endlich heraus war.

Drei Wochen später kam John endlich auf Prince Edward Island an. Er wurde in Mr. Lindstroms Wagen aus dem Krankenhaus in Halifax abgeholt. Sven Lindstrom war ein rotgesichtiger, korpulenter Mann mit hellen Brauen und Wimpern über blaßblauen Augen und ohne ein einziges Haar auf dem Kopf. John hatte ihn sofort gemocht, aber die Großzügigkeit und Freundlichkeit des Mannes machten ihn verlegen. Als Mr. Lindstrom ihm eine Decke über die Knie legte, rutschte er ungemütlich auf dem Rücksitz des riesigen Lincoln hin und her. Abgesehen von dem Leichenwagen zu Hause hatte er noch nie ein so langes und luxuriöses Fahrzeug gesehen. »Vielen Dank, Sir«, sagte er schwach.

»Oh, nein«, Mr. Lindstrom kicherte vergnügt. »Auf der Insel legen wir keinen allzu großen Wert auf Förmlichkeit. ›Sir‹ gibt mir das Gefühl, ein Lehrer zu sein – und das bin ich ganz bestimmt nicht.« Unterwegs erzählte ihm Mr. Lindstrom ein paar geschichtliche Details von Neuschottland. Die Anlegestelle in Caribou war schlicht und gemütlich, und außer ihnen warteten nur noch etwa zwanzig andere Wagen auf die Fähre.

Auf der Insel angekommen, bestand Mr. Lincolm darauf, ihn erst mit nach Hause zu nehmen und ihm dort einen Tee anzubieten, ehe er ihn nach Kelly's Cross zu bringen gedachte. »Wie ich höre, trinkt ihr auf der Grünen Insel viel Tee.« Während John ihm abermals dankte, fragte er sich, wie er diese Gastfreundschaft jemals erwidern sollte.

John blickte gebannt aus dem Fenster und genoß die ersten Eindrücke. Die Insel war flacher als er erwartet hatte, überall war saftiges Weideland, aus dem hier und da in leuchtenden Farben gestrichene Holzhäuser und riesige rote Scheunen aufragten. Irgendwie hatte er immer gedacht, überall in Kanada sei Wald. Es gab zwar Bäume, aber nur vereinzelt. Einige von ihnen waren bereits kahl, aber andere trugen noch die Herbstkleider in Orange und Gold und in einem flammenden Rot, das er noch nie zuvor gesehen hatte. »Entschuldigen Sie, Mr. Lindstrom«, fragte er. »Aber wie heißen diese roten Bäume?«

»Das sind Ahornbäume, mein Sohn. Sie sind das Symbol von Kanada.«

Auf der Straße waren nur wenige Fahrzeuge zu sehen, aber sie mußten ihre Fahrt häufig wegen irgendwelcher Pferdewagen verlangsamen. John, der alles, was er sah, mit zu Hause verglich, hatte das Gefühl, daß es nicht viel Ähnlichkeiten gab. Die Straßen waren breiter und gerader, die Pferde wohlgenährter, die Felder grüner und offener; nichts war wie das graue, binsenbestandene Farmland, das er kannte. Nach jeder Biegung auf den Straßen von Monaghan entdeckte man einen weiteren Hügel; hier hingegen konnte man kilometerweit sehen.

Trotzdem überkam ihn bei diesem Gedanken eine Woge des Heimwehs, so stark, daß er nur mit Mühe die Tränen zurückhalten konnte. Wie es Rose wohl ging? Ob in Kelly's Cross wohl ein Brief auf ihn wartete? Er berührte vorsichtig die heilende Haut auf seiner Wange, die rot glänzte und so gespannt war wie das Fell einer Trommel; sein Ohr, auf das man keine Haut verpflanzt hatte, sah seiner Meinung nach noch schlimmer aus. Der Arzt hatte ihm versichert, daß die Narben mit der Zeit zurückgehen würden, aber im Augenblick fand er, daß er wie ein Monster aussah, und er war beinahe froh, nicht bei Rose zu sein.

Sie überquerten einen breiten Fluß, der Verkehr wurde dichter, und am anderen Ende der Brücke entdeckte er eine Reihe von Gebäuden. Dies mußte Charlottetown sein.

Er hatte gedacht, daß Charlottetown wie Dublin wäre, aber wieder hatte er sich geirrt. Die Gebäude in Dublin waren aus Stein, und die Stadt war groß, verkehrsreich und voller Menschen. Abgesehen von ein paar Steinbauten schien in Charlottetown fast alles aus Holz zu sein. Es gab Autos, aber auf den Straßen war trotzdem viel Platz; Leute hielten einen Schwatz auf dem Gehweg oder lehnten gemütlich an ihren Pferdewagen; selbst die Geschäfte waren kleiner und nicht annähernd so modern wie in Dublin. Die Straße, durch die sie fuhren, hieß Grafton Street. »In Dublin gibt es auch eine Grafton Street!« rief er.

»Was du nicht sagst!« Sven Lindstrom lächelte. »Siehst du? Innerhalb kürzester Zeit wirst du dich hier wie zu Hause fühlen.«

Vor dem von weißen Säulen gerahmten Eingang des rötlichen Steinhauses der Lindstroms erhob sich ein Mast mit der kanadischen Fahne. Als Mr. Lindstrom Johns überraschte Miene sah, erklärte er, daß am nächsten Tag Erntedankfest war. »Deine Leute in Kelly's Cross werden euch zu Ehren bestimmt ein Essen vorbereiten«, sagte er, »aber am nächsten Wochenende müßt du und dein Bruder unbedingt zum Essen zu uns kommen.«

»Oh, nein, Mr. Lindstrom«, widersprach John. »Sie haben bereits viel zuviel für uns getan. Sie sind einfach zu gut –«

»Unsinn«, sagte Sven und fuhr auf einen kleinen, betonierten Platz neben dem Haus, auf dem bereits zwei kleinere Wagen standen. »Wir sind diejenigen, die dankbar sein müssen, und dieses Erntedankfest haben wir besonders viel zu feiern. Mrs. Lindstrom und ich können dir gar nicht genug danken – wenn du in jener Nacht nicht in den Maschinenraum geklettert wärest, wäre Karen…« Er räusperte sich und stellte den Motor aus. Dann stieg er aus und ersparte John die Peinlichkeit, eine Antwort geben zu müssen.

John stieg ebenfalls aus und folgte seinem Gastgeber zur Rückseite des Hauses. Als sie durch eine Tür traten, fand er sich in einer riesigen Küche wieder, in der überall an den Wänden elektrische Haushaltsgeräte, Spültische und Schränke standen und deren Mitte von einem riesigen Holztisch beherrscht wurde. Eine Frau mittleren Alters schälte einen Berg Kartoffeln, während neben ihr ein Truthahn briet. »Dies ist Mrs. Anderson, unsere Haushälterin«, sagte Mr. Lindstrom. »Und dies ist unser Held, John Flynn.«

Johns verletzte Wange brannte, als er errötete. Aber die Frau legte ihr Schälmesser beiseite, wischte sich die Hände an ihrer Schürze ab und schüttelte ihm begeistert die Hand. »Himmel!« sagte sie. »Ich bin so froh, dich endlich kennenzulernen, John Flynn. Ich habe schon soviel von dir gehört. Wir sind dir alle sehr dankbar.«

Sven durchquerte die Küche und öffnete die Tür zu einem anderen Raum. »Wir sind wieder da«, rief er, ehe er sich wieder an die Haushälterin wandte. »Wie wär's mit einer Tasse Tee, Mabel? Ich denke, wir trinken ihn im Wohnzimmer. Komm mit, John.«

John folgte ihm in einen Flur, dessen Boden mit dem dicksten Teppich ausgelegt war, den er je gesehen hatte, und dann ging es wieder in einen großen Raum mit einem Holzfußboden, in den von drei Seiten das Licht einfiel. »Setz dich, mein Junge. Fühl dich ganz wie zu Hause«, sagte Mr. Lindstrom. »Ich glaube, ich mache mir einen Highball.«

John sah sich um: Die Stühle hatten dünne, geschwungene Beine und sahen aus, als zerbrächen sie unter seinem Gewicht. Also ging er zu einer kleinen Couch mit nur einer Lehne und setzte sich vorsichtig auf den Rand.

Während ihm Mr. Lindstrom den Rücken zugewandt hatte, sah er sich um. Eine Ecke des Raumes wurde von einem großen Klavier beherrscht, dessen seidig-braunes Holz in der Sonne schimmerte; an den Wänden hingen düstere Bilder, und auf kleinen Tischen standen Porzellanfiguren und Silberteile herum. Zwischen zweien der Fenster war ein riesiger steinerner Kamin, auf dessen Rost dicke Holzscheite lagen. Dieser Raum war größer als das Pförtnerhäuschen zu Hause in Drumboola, und wahrscheinlich gab es hier mehr wertvolle Dinge als in ganz Charrickmacross. Dann kam ihm plötzlich der Gedanke, daß Rose vielleicht genauso lebte. Schließlich war er noch nie im Herrenhaus gewesen. Verstohlen tastete er in der Tasche seiner Tweedjacke nach dem kleinen Päckchen mit Roses Amethysten.

Mr. Lindstrom rührte seinen Drink und ging zu einem riesigen Sessel neben dem Kamin, als plötzlich eilige Schritte ertönten und

Karen in den Raum gestürzt kam. »John!« schrie sie. »Du bist endlich zu Hause!«

Sie blieb vor ihrem Vater stehen. »Hi, Dad«, sagte sie, küßte ihn auf die Wange und wandte sich dann wieder John zu. »Ich hoffe, es geht dir besser. Was macht dein Gesicht? Oh, mein Gott, es sieht wirklich wund aus.« Sie trug einen Schottenrock und eine weiße Bluse unter einem pinkfarbenen Pullover, und auch wenn Johns romantische Loyalität ganz Rose O'Beirne Moffat galt, mußte er zugeben, daß sie nicht schlecht aussah.

Er erhob sich, um ihr zu antworten. »Nein, mir geht's gut, mein Gesicht ist überhaupt nicht wund, wirklich.«

»Setz dich doch wieder! Tut mir leid, daß ich bisher noch nicht die Möglichkeit hatte, dir für das, was du in der Nacht getan hast, zu danken. Weißt du, du hast mir das Leben gerettet.«

»Ach nein.« John balancierte wieder unbequem auf dem Sofarand.

»Unsinn«, sagte Karen. »Und jetzt muß ich für den Rest meines Lebens deine Sklavin sein! Weißt du, das sagen jedenfalls die Indianer. Du besitzt jetzt meine Seele.«

John hatte keine Ahnung, was er sagen oder wie er reagieren sollte. Er hatte Karen bisher immer nur in Gesellschaft von Derek getroffen, der sie ganz mit Beschlag belegt hatte. »Geht es dir auch besser?« fragte er in dem Versuch, von seinem eigenen Gesundheitszustand abzulenken.

»Oh, mir geht's großartig«, sagte sie. »Ich habe immer noch einen leichten Husten, und meine Brust tut manchmal etwas weh, aber der Arzt sagt, ich bin so gut wie neu.«

Zu Johns Erleichterung kam in diesem Augenblick Karens Mutter mit der Haushälterin herein, die ein großes Tablett in den Händen hielt. John stand auf, als Mrs. Lindstrom, die er kurz nach dem Unfall im Krankenhaus kennengelernt hatte, seine Hand schüttelte und rief, wie gut er aussah.

Karen eilte zu Mrs. Anderson hinüber, um ihr behilflich zu sein. »Oh, gut«, sagte sie, als sie den Kuchen sah. »Besucheressen. Dir wird eine besondere Ehre zuteil, John – dieses Zeug kriegt nicht jeder!«

Nachdem die Haushälterin sie bedient hatte, verließ sie den Raum. John nippte an seinem Tee und knabberte an einem Stück Obstkuchen herum, ohne den Geschmack überhaupt wahrzunehmen. Er fühlte sich linkisch und deplaziert, und die rohe Haut auf seinen Wangen pochte, als er Antworten auf die Fragen von Mr. und Mrs. Lindstrom murmelte.

Karen hatte sich neben ihn gesetzt, scherzte, plauderte, lachte und stichelte ihn, ja sie flirtete sogar. Am liebsten hätte er sie gefragt, ob sie etwas von Derek gehört hatte, aber das wagte er in Gegenwart ihrer Eltern nicht.

Er war froh, als Mr. Lindstrom seine Tasse abstellte und sich erhob. »Nun, wir fahren besser noch vor Einbruch der Dunkelheit los. Kommst du mit, Karen?«

Mit einer herzlichen Einladung, sie bald gemeinsam mit Derek zu besuchen, verabschiedete Mrs. Lindstrom ihn an der Tür. »Und auf jeden Fall sehen wir dich, wenn du wieder nach Halifax fährst«, fügte sie hinzu. John mußte noch einmal zu einer Untersuchung ins Krankenhaus zurück.

Karen saß zwischen John und ihrem Vater auf der durchgehenden Sitzbank des Lincoln. Obwohl mehr als genug Platz war, berührten sich ihre Schenkel. John wußte nicht, ob diese Berührung Absicht war, also preßte er vorsichtshalber seine Beine eng aneinander, um den Kontakt auf ein Minimum zu reduzieren.

Der Wagen zog eine dichte Staubwolke hinter sich her, während er über die rote Sandsteinstraße glitt. Hier und da kamen sie durch kleine Wälder von Immergrün oder passierten vereinzelte Laubbäume, deren herbstliches Blätterwerk herrlich schimmerte. John, dem sowohl die McGuigans in ihren Briefen als auch Leute im Krankenhaus erzählt hatten, daß PEI wie Irland sei, stellte keinerlei Ähnlichkeit fest. Die kleinen Ortschaften mit den rotgrün gestrichenen Scheunen, den sauberen, mit Schindeln gedeckten Häusern und den makellos weißen Kirchen hatten keinerlei Gemeinsamkeit mit dem windschiefen grauen Stein, den er von zu Hause kannte. Einzig das grüne Gras erinnerte ihn an daheim.

Und ein weiterer Unterschied fiel ihm auf. Hier gab es nirgends hohe Hecken. Sämtliche Straßen in Monaghan schoben sich durch offene Tunnel hohen, dichten Grüns – im Winter braun – und der Reisende konnte nur hier und da durch ein kleines Loch oder ein Tor einen Blick auf die Felder werfen.

Karen hatte für ihre Verhältnisse lange geschwiegen, und John überlegte, ob er etwas sagen sollte. »Sind das Ahornbäume?« fragte er und zeigte auf eine Gruppe besonders leuchtender Bäume, die wie Flammen von einer Hügelkuppe in den Himmel ragten.

»Ja, sie sind großartig, nicht wahr?« sagte sie. »Und nützlich. Magst du Ahornsirup?«

»Allerdings, er schmeckt wunderbar. Ich hatte welchen auf meinen Pfannkuchen auf dem Schiff.«

»Ich auch. Mmh!« Karen seufzte genüßlich, und dann lächelte sie ihn strahlend an.

»Weißt du, wie es Derek geht?« fragte John. »Ich habe seit einer Ewigkeit nichts mehr von ihm gehört.«

Es war Mr. Lindstrom, der antwortete. »Die McGuigans haben kein Telefon«, sagte er. »Aber wir haben einen Nachbarn angerufen, der sich nach ihm erkundigt hat. Es geht ihm gut.« Er tätschelte Karen liebevoll das Knie. »Wenn es ihm nur halb so gut geht wie unserer Karen hier, dann ist er wieder voll und ganz auf dem Damm.«

Derek hackte im Hof hinter dem Bauernhaus Holz. Einer der beiden Hunde, die ihn beobachteten, drehte sich um, spitzte die Ohren, und dann stürzten beide Tiere kläffend um das Haus herum zum Tor. Derek legte die Axt weg und horchte. Das Haus lag direkt an einem Hügel, und vom Tal drang das Geräusch eines Motors herauf.

Sofort griff er nach seinem Hemd – dem guten, das er normalerweise nur sonntags trug – und zog es an. Ein Nachbar hatte ihm Bescheid gegeben, daß John heute kam, und er hoffte, daß Karen ihn vielleicht begleitete.

Er hatte sie seit fast vier Wochen nicht mehr gesehen. Während der ersten vierundzwanzig Stunden nach dem Unfall waren sie beide sehr krank gewesen und hatten auf der Krankenstation des Schiffes unter den Sauerstoffzelten gelegen. Und als das Schiff in St. John's vor Anker gegangen war, hatte man sie in verschiedene Krankenhäuser gebracht.

Auf Karens Bitte hin hatten ihre Eltern ihn besucht. Sie waren freundlich gewesen, aber er hatte die Begegnung als steif und gezwungen empfunden. Zwar waren die Lindstroms froh gewesen, daß ihre Tochter das Unglück überstanden hatte, aber sie schienen sich zu fragen, was sie überhaupt in dem Maschinenraum zu suchen gehabt hatte. Sie gaben Derek zu verstehen, daß sie ihm nicht die Schuld an dem Unfall gaben, aber elend und voller Schuldgefühle hatte er sich in ihrer Gegenwart äußerst unwohl gefühlt.

Als eine Vertreterin der Schiffahrtsgesellschaft gekommen war, um die Bezahlung der Krankenhausrechnung und seine Weiterreise von St. John's nach Charlottetown zu organisieren, hatte er sie gebeten, das andere Krankenhaus anzurufen, aber Karen war bereits entlassen worden. Und obgleich er selbst sich sehr gut erholt hatte, waren die Ärzte wegen seines fehlenden Lungenflügels besonders vorsichtig gewesen und hatten seine Entlassung verzögert.

Sein Magen zog sich vor Aufregung zusammen, als das Motorengeräusch lauter wurde. Was sollte er nur zu ihr sagen? Was dachte sie jetzt von ihm – wenn sie überhaupt an ihn dachte? Während des Krankenhausaufenthaltes und auch danach hatte er ständig Sehnsucht nach Karen gehabt. Er wäre am Boden zerstört, wenn sie nichts mehr mit ihm zu tun haben wollte. Andererseits hatte sie ihm keinerlei Hoffnungen gemacht.

Er knöpfte sein Hemd zu, spuckte sich in die Hände und strich sich die Haare glatt. Dann ging er so lässig wie möglich um das Haus, um auf den Wagen zu warten.

Dan und Peggy McGuigan waren bereits da und lehnten an den Pfosten des Gartentors. Derek trat in dem Augenblick neben sie, als das Auto in einer roten Staubwolke herangeglitten kam. »Da bist du ja, Derek«, sagte Dan und versetzte seinem jungen Vetter einen spielerischen Schlag. »Du hast dich ja richtig chic gemacht.« Die McGuigans hatten drei Söhne großgezogen, die alle nach Boston gegangen waren, amerikanische Frauen in und amerikanische Nummernschilder an ihren Wagen hatten. Dan und Peggy waren ohne jede Hilfe auf der Farm zurückgeblieben und hätten sie verkaufen müssen, wenn ihnen die Zwillinge nicht zu Hilfe gekommen wären. Keiner von ihnen war jemals in Irland gewesen, aber sie hatten vor »eines Tages« mal hinzufahren, und sie waren der »alten Heimat« so treu verbunden, als hätten sie sie gestern erst verlassen. Besonders Peggy, deren Mädchenname Coady war, sehnte sich danach, endlich einmal den Friedhof von Monaghan zu sehen, auf dem ihre Großeltern begraben waren. Sie waren genügsame, unbeschwerte Leute, deren Leben sich um ihr Zuhause und die örtliche Kirche drehte, und Derek fühlte sich bei ihnen pudelwohl, auch wenn er seine Mutter immer noch sehr vermißte.

Der Wagen kam um die Ecke, und sein Herz machte einen Satz. Auf dem Vordersitz saßen drei Personen, und eine von ihnen war eindeutig Karen. Nun, da der Moment tatsächlich gekommen war, stand er wie angewurzelt hinter dem Tor.

Als die drei ausstiegen, fiel ihm die verbrannte Wange seines Bruders auf, die rot glänzende Haut, die sich straff vom Ohr bis zur Nase zog. Auch als er John die Hand gab, starrte er wie gebannt auf die Verunstaltung. Zugleich beobachtete er aus dem Augenwinkel, was Karen tat. Zu nervös, um sie vor den anderen anzusprechen, wartete er, bis die allgemeine Begrüßung ein Ende fand, und erst auf dem Weg ins Haus trat er wie zufällig neben sie. »Wie geht es dir, Karen?«

»Gut. Und dir?«

In dem Versuch herauszufinden, was sie für ihn empfand, starrte er sie an, aber ihr Lächeln war so freundlich und offen, wie er es in Erinnerung gehabt hatte. Weiter kam er nicht, denn Peggy bedeutete ihm, mit den anderen ins Wohnzimmer zu gehen. Es war frisch geputzt, aber es hatte den abgestandenen Geruch eines unbenutzten Raumes. Der dunkle Tisch in der Mitte war mit selbstgebackenen Keksen, Obstkuchen, Butter und kleinen Schälchen Erdbeermarmelade gedeckt. Derek verspürte eine qualvolle Ungeduld, als Peggy den Kaffee brachte und einschenkte. Wenn er Karen nicht gleich allein zu sprechen bekam, wäre die Chance vertan. Unter dem Vorwand, ihr die Kekse zu geben, beugte er sich zu ihr hinüber und fragte sie flüsternd, ob sie nicht die frisch geschlüpften Entenküken in der Scheune sehen wollte.

Zu seiner übergroßen Freude stimmte sie zu. »Aber sicher. Dad, ich gehe nur kurz nach draußen. Derek will mir ein paar kleine Enten zeigen.«

»Aber bleib nicht zu lange«, warnte Sven. »Ich habe deiner Mutter versprochen, daß wir rechtzeitig zum Abendessen kommen. Wenn wir überhaupt noch etwas runterbekommen«, fügte er dann grinsend hinzu, während er sich eine Scheibe Obstkuchen zwischen die Zähne schob. Derek führte Karen aus dem Haus. Die Scheune lag in einer Entfernung von ungefähr fünfzig Metern auf der anderen Seite des Hofes. Karen trottete hinter ihm her und schien sein Verlangen und seine panische Lust nicht zu spüren. Nun, da der Augenblick gekommen war, hielt er es nicht länger aus. Fast hätte er sie einfach hier mitten auf dem Hof gepackt, aber die Intimität, die sie auf dem Schiff genossen hatten, war fort.

Die vierzehn Entenküken tschilpten und hopsten unbeholfen ihrer Mutter hinterher, die sie im Gänsemarsch zu ihrem Nest führte, als sie die kühle, dämmrige Scheune betraten. »Oh, sind die *süß*!« schrie Karen. »Kannst du nicht eins von ihnen für mich einfangen? Ich würde gern eins in der Hand halten.«

Derek ignorierte das böse Zischen der Entenmutter, zog eins der Küken hinter ihr hervor und setzte das zitternde Tierchen in Karens Hände.

Als sie es an ihre Wange preßte und ihm über den zarten Flaum strich, beschloß, Derek, daß jetzt der Augenblick gekommen war. »Karen«, sagte er und versuchte, lässig zu klingen.

»Mm?« Sie war immer noch ganz auf das Küken konzentriert.

»Karen, ich liebe dich.«

Sie riß die Augen auf und starrte ihn verwundert an. »Oh, Derek.« Sie kicherte, doch als sie seine enttäuschte Miene sah, versuchte sie, ihre Abfuhr ein wenig zu mildern. »Ich meine, also bitte, du kennst mich doch kaum.«

»Oh, doch, Karen, oh, doch. Ich liebe dich von ganzem Herzen.« Er versuchte, sie zu packen, aber sie wich ihm aus.

»Derek! Benimm dich! Paß doch auf das arme kleine Tierchen auf.« Sie setzte das Küken auf den Boden, woraufhin es eilig zu seiner Mutter flüchtete.

Derek, der allmählich die Beherrschung verlor, packte sie erneut und versuchte, seinen Mund auf ihre Lippen zu pressen, aber sie entwand sich ihm. »Was *tust* du da? Laß mich los – *Derek!*«

Er wußte, daß er alles kaputtmachte, aber er konnte nicht anders. »Karen, bitte, Karen, denk doch daran, wie es auf dem Schiff war – ich liebe dich, ich liebe dich!« Er versuchte abermals sie zu küssen, aber wieder wehrte sie ihn ab, während die Küken aufgeregt um ihre Füße stolperten.

Irgendein Wahnsinn brachte Derek dazu zu glauben, er müsse sie nur ordentlich küssen, um die Leidenschaft in ihr zu wecken, die seiner felsenfesten Überzeugung nach gegenseitig war. Statt von ihr abzulassen, schob er sie gegen einen Heuhaufen, der unter ihrem gemeinsamen Gewicht zusammenbrach, so daß sie taumelnd hintenüber fiel. Als sie in einer Wolke aus Stroh und Staub miteinander rangen, erhöhte ihre Gegenwehr sein Verlangen nur noch. Er legte sich mit seinem ganzen Gewicht auf sie, griff mit einer Hand nach ihren Brüsten und fummelte mit der anderen zwischen ihren Schenkeln herum. Plötzlich spürte er einen stechenden Schmerz in der Schulter. Sie hatte ihn gebissen!

Der Schock ließ ihn zusammenfahren, und sie nutzte die Gelegenheit, um sich von ihm freizumachen. »Du dummer, dummer, dummer –« schrie sie in Ermangelung der passenden Worte. Sie zerrte die Strohhalme aus ihren Haaren und starrte ihn zornig an. »Du bist – du bist – du bist nicht ein *Viertel* des Mannes, der dein Bruder ist!« schrie sie schließlich und stürmte aus der Scheune.

Derek sah ihr verwirrt nach. Der Schmerz über den Verlust war schlimm, aber die Erniedrigung war noch schlimmer. Nicht nur, daß sie ihn abgewiesen hatte, sie hatte ihm darüber hinaus mitten ins Gesicht gesagt, daß sie seinem Bruder den Vorzug gab.

Sechs Wochen, nachdem Dolores Roses Brief gelesen hatte, hielt sie ihrer Freundin den Kopf, während diese über der Toilettenschüssel im Badezimmer hing und sich übergab. »Ruhig, Rose, ruhig«, sagte sie. »Ruhig, es wird schon wieder ...«

Der Krampf löste sich, und Rose hob langsam den Kopf. »Ich weiß einfach nicht, was mit mir los ist«, keuchte sie. »Mir war noch nie im Leben so schlecht, aber wenigstens verschwindet die Übelkeit immer genauso schnell wie sie kommt.«

»Das ist bereits das vierte Mal in dieser Woche. Warum gehst du nicht doch mal auf die Krankenstation?« schlug Dolores leise vor. »Vielleicht brauchst du einen Arzt.«

Rose, die sich inzwischen wieder deutlich besser fühlte, schneuzte sich. »Was glaubst du, was es ist? Meinst du, ich hätte eine Grippe? Vielleicht habe ich ja was Falsches gegessen.«

»Vielleicht.« Etwas in Dolores' Stimme klang ganz und gar nicht beruhigend, aber ihre Miene war unergründlich, als sie Rose noch ein Stück Toilettenpapier gab. »Du solltest wirklich noch mal die Krankenschwester aufsuchen«, riet sie. »Ich bin sicher, daß sie dir irgendwie helfen kann.«

»Ich gehe bestimmt nicht noch mal zu ihr«, schnaute Rose. »Salz! Das ist alles, woran diese Frau denken kann. Salz«, wiederholte sie voller Ekel. »In den letzten Tagen habe ich soviel Salz schlucken müssen, daß es für den Rest meines Lebens reicht.«

»Aber du mußt etwas tun!«

»Es geht mir schon wieder viel besser.« Sie fühlte sich tatsächlich fast normal, und es gelang ihr sogar zu lächeln. »In ein paar Minuten bin ich wieder vollkommen auf dem Damm, ehrlich. Danke, daß du bei mir geblieben bist.«

»Keine Ursache.«

Der Samstag dieser Woche war kalt, naß und windig, und da inzwischen November war, war es bereits dunkel, als sie gemeinsam im Schuhraum saßen und ihre Schuhe polierten. Rose tupfte lustlos an ihren Straßenschuhen herum. »Wieviel Uhr ist es?« fragte sie.

Dolores sah auf ihre Uhr. »Fast halb vier«, antwortete sie. »Hör zu«, sagte sie dann und ihre Worte klangen so eindringlich, daß Rose aufblickte. »Ich weiß, daß es mich nichts angeht, aber ich bin deine Freundin, und ich muß es einfach sagen. Ich denke, du solltest zu einem Arzt gehen.«

Rose sah sie alarmiert an. »Warum? Glaubst du, daß etwas mit mir nicht in Ordnung ist?«

»Bitte frag mich nicht weiter, und geh einfach zu einem Arzt.« Sie saßen auf einer der Bänke, die entlang der Wand des Schuhraumes aufgestellt waren. Dolores stand eilig auf, stellte ihre Schuhe in das dafür vorgesehene Fach und ging hinaus.

Rose stand ebenfalls auf und stellte ihre halb polierten Schuhe fort. Sie holte ihre Freundin in einem der Klassenzimmer ein, wo sie mit ihrem Nähkorb beschäftigt war. »Dolores«, bat sie. »Könnten wir bitte miteinander reden?«

Dolores zögerte. »Also gut«, sagte sie dann und schloß den Deckel des Korbs. Sie sah zu den anderen Mädchen im Raum hinüber und stand auf. »Komm mit raus auf den Flur.«

Rose folgte ihr, und als sie sicher war, daß niemand sie hörte, sagte sie: »Bitte, Dolores, was soll das Ganze? Warum soll ich zu einem Arzt gehen?«

»Rose«, sagte Dolores und starrte auf ein großes Bild des heiligen Martin. »Ist dir jemals der Gedanke gekommen, daß du schwanger sein könntest?«

»Das ist unmöglich!« Rose war ehrlich überrascht. Die Worte schienen keine Bedeutung zu haben.

»Warum nicht?« Dolores wandte den Blick nicht ein einziges Mal von dem Heiligenschein auf dem Gemälde. »Wann hattest du zum letzten Mal deine Tage?«

Roses Herz hämmerte wie wild. »Aber ich habe meine Tage immer unregelmäßig, das weißt du doch. Dr. Markey sagt –«

»Hattest du sie noch mal, seit du aus den Sommerferien zurück bist?«

»N-nein , aber –«

»Ist das nicht selbst für deine Verhältnisse eine ziemlich lange Zeit?«

»Dolores, sag so etwas nicht. Das ist einfach *unmöglich*.«

Schließlich sah Dolores ihre Freundin an, und Rose merkte, daß sie voll des Mitleids war. »Ich sage ja nicht, daß du schwanger bist«, sagte sie leise. »Ich sage nur, daß du es überprüfen lassen solltest.«

»Ich habe dir doch gesagt, es ist *unmöglich*!« Roses Stimme war lauter geworden, und sie sah sich ängstlich um, aber immer noch war niemand zu sehen. »Es ist unmöglich«, wiederholte sie leiser. Sie hatte das Gefühl, als würde sich alles um sie herum drehen.

»Also gut«, sagte Dolores mit tonloser Stimme. »Vergiß es.« Sie ging zurück zur Tür des Klassenraumes.

Rose packte sie panisch am Arm. »Geh nicht, bitte geh nicht.« Sie wandte sich ab und starrte in die Büchervitrine an der Wand. Die Titel auf den Buchrücken verschwammen vor ihren Augen. »Was soll ich nur tun?« flüsterte sie. »Was soll ich nur tun? Ich kann es unmöglich irgendwem in der *Schule* erzählen...«

Sie merkte, daß Dolores neben sie trat. »Ich werde dir helfen. Uns wird schon etwas einfallen.«

Irgendwie überstand Rose den Rest des Tages. Und irgendwie gelang es ihr trotz ihres Entsetzens, mit Dolores darüber zu sprechen, wie sie ohne das Wissen der Nonnen zu einem fremden Arzt käme.

Schließlich kam Dolores auf die Idee, daß Rose am nächsten Tag über heftige Zahnschmerzen klagen sollte. Ein Besuch beim Zahnarzt war so ziemlich der einzige Grund, weshalb die Mädchen allein das Konvent verlassen durften, und wenn die Zahnschmerzen stark genug waren, ließe man sie bestimmt am Montag gehen.

»Aber wir kennen außer Dr. Flanagan keinen Arzt in Dublin«, hatte Rose geweint. Dr. Flanagan war der alte Doktor, der sich um die Schülerinnen der Klosterschule kümmerte.

»Wir werden einen finden«, sagte Dolores und reckte entschlossen das Kinn. »Ich werde darum bitten, dich begleiten zu dürfen. Ich bin sicher, das funktioniert.«

Als Rose an diesem Abend im Bett lag, blieb sie lange wach. Sie hatte das Gefühl, als kämpfe sie sich durch einen Wald voller Schlingpflanzen, die sie zu ersticken drohten, die ihr das Licht und die Luft zum Atmen nahmen. Und wenn Dolores recht hatte? Diese Möglichkeit war einfach zu furchtbar, um darüber nachzudenken. Ein Baby. Ihr ganzes Leben wäre ruiniert. Sie legte beide Hände auf ihren Bauch. Er war flach und fest wie immer. Wie sollte ein Baby dort drinnen sein? Wie sollte sie es ihren Eltern sagen?

Die Nonne, die ihren Brief gelesen hatte, hatte tatsächlich mit Roses Vater gesprochen. Es war Rose gelungen, ihre Mutter unter dem Vorwand, mit ihr reden zu wollen, in den Obstgarten zu locken, während sie Gus zu der Nonne geschickt hatte.

»Was ist los?« hatte Gus besorgt gefragt. Er haßte alles Unerwartete. Normalerweise hatte es immer mit Geld zu tun.

»Keine Ahnung, Daddy.« Rose hatte mit den Schultern gezuckt. Sie hatte darauf gehofft, daß Gus, da er Unannehmlichkeiten haßte, nicht mit ihrer Mutter über das Gespräch reden würde. Sie hatte recht gehabt, und die Episode hatte ein glimpfliches Ende gefunden. Aber was sollte sie dieses Mal tun?

Und sollte sie es John sagen? Angenommen es wäre so, wie sollte sie es ihm in einem Brief mitteilen? Ihre Korrespondenz mit John wurde heimlich weitergeführt mit Hilfe eines externen Mädchens, das es aufregend fand, an einer echten Romanze mitzuwirken. Das Mädchen hatte erst vorgestern einen Brief mitgebracht.

Wie sollte sie so etwas in einem Brief schreiben? *Lieber John, ich erwarte unser Kind…*

Nie zuvor hatte sie sich so einsam gefühlt.

Rose warf die Bettdecke ab, stand auf und schlich auf Zehenspitzen ins Badezimmer. Sie ließ Wasser in eins der Becken laufen und spritzte es sich ins Gesicht. Seltsam. Ihr war überhaupt nicht schlecht; abgesehen von ihrer Angst fühlte sie sich richtig gut, fast energiegeladen. Sie spritzte sich Wasser auf die Wangen, bis sie kribbelten, und das Gefühl beruhigte sie: Immerhin bestand durchaus die Möglichkeit, daß sie sich geirrt hatten, sagte sie sich. Sie trocknete ihr Gesicht ab und ging auf die Toilette, um zu sehen, ob ihre Periode vielleicht gekommen war. Nein. Also kehrte sie ins Bett zurück.

Es gelang ihr einzuschlafen und den Rest der Nacht zu dösen. Als am nächsten Morgen die Glocke erklang, wurde sie durch das Geräusch unsanft geweckt. Zu ihrer großen Freude stellte sie fest, daß ihr überhaupt nicht übel war. Sie eilte ins Badezimmer und sah erneut nach, ob ihre Tage gekommen waren. Nicht das geringste Anzeichen. Aber trotzdem konnte sich Dolores geirrt haben. Seltsam, daß bei Tageslicht immer alles besser aussah.

Aber die kurze Phase des Optimismus legte sich während der Messe, und erneut wurde sie von Panik gepackt.

Der Zahnarzt, den die Schülerinnen des Konvents aufsuchten, hatte seine Praxis am Fitzwilliam Square, aber sie gingen eilig an seiner Tür vorbei. Dolores, die Verwandte in Dublin hatte und schon oft während der Sommerferien bei ihnen gewesen war, kannte die Stadt besser als Rose und führte sie in die Baggot Street, in der sie eine Telefonzelle vermutete.

Sie hatte recht, aber als sie sie erreichten, stellten sie fest, daß es dort kein Telefonbuch gab. Rose, die sich wirklich elend fühlte, begann zu weinen. »Hör auf, Rose«, sagte Dolores. »Das hilft uns auch nicht weiter. Wir gehen ins Shelbourne, dort gibt es bestimmt ein Telefonbuch. Und wenn wir keins finden, fragen wir einfach danach.«

Rose versuchte, sich zusammenzunehmen. »Die andere Sache ist«, sagte Dolores, als sie die Merrion Row entlanggingen, »daß wir einen Grund haben müssen, warum wir nicht beim Zahnarzt waren, für den Fall, daß die Nonnen sich bei ihm erkundigen. Je nachdem, wieviel Zeit uns noch bleibt, sollten wir vielleicht kurz hingehen und so tun, als hätten wir uns mit der Zeit geirrt. In Ordnung?«

Rose nickte. Sie fand, daß sie beide in ihren Schuluniformen sehr verdächtig aussahen, und hatte das Gefühl, als starre ihr jeder auf den Bauch. »Hast du mich verstanden, Rose?« fragte Dolores ein zweites Mal.

»Ja«, sagte Rose und verspürte plötzlich einen gewissen Widerwillen gegen den Befehlston ihrer Begleiterin.

In der Telefonkabine des Hotels schlugen sie das Telefonbuch zwischen sich auf. Sie hatten beschlossen, mit den O'Sullivans anzufangen, weil es nach Dolores' Überzeugung so viele Menschen dieses Namen in Dublin gab, daß sicher ein oder zwei Ärzte dabei waren.

Aber genau nach den ersten O'Sullivan stand eine Frauenärztin namens Margaret Osuzma, mit einer Adresse in Blackrock. »Das ist ja Kilometer von hier entfernt«, jammerte Rose. »Und außerdem ist es kein irischer Name.«

»Unsinn«, sagte Dolores. »Margaret ist ein irischer Name, oder nicht? Wahrscheinlich ist sie mit einem Ausländer verheiratet. Und wir können vom Merrion Square den Bus nehmen. Dann sind wir sofort da.«

»Woher weißt du, daß sie mich überhaupt empfängt?«

»Wir rufen sie einfach an.«

Rose hörte, was Dolores in den Hörer sprach, und schloß daraus, daß sie um Viertel nach zwei erwartet wurden. »Bis dahin sind es ja noch Stunden«, flüsterte sie, aber Dolores ignorierte sie.

»O'Beirne Moffat«, sagte sie langsam und machte eine Pause. »Nein, es ist ihr erster Besuch.« Wieder hörte sie zu. »Danke.« Sie legte den Hörer auf und wandte sich an Rose. »Wir können schließlich nicht allzu wählerisch sein.«

»Aber wie sollen wir so lange fortbleiben?«

»Wir tun es einfach, was sonst?«

Nachdem sie den Zahnarzt aufgesucht und dort so getan hatten, als hätten sie sich mit dem Termin geirrt, riefen sie in der Schule an und nahmen den Bus nach Blackrock. Inzwischen war es weit nach zwölf. »Siehst du?« fragte Dolores triumphierend, als sie die Booterstown Road erreichten. »Ich habe dir doch gesagt, daß die Zeit schnell vergeht.«

Es war Roses erster Besuch bei einer Gynäkologin, und obwohl die Ärztin, eine junge Irin, sehr freundlich war, fand sie die Prozedur unerträglich peinlich. »Du kannst dich wieder anziehen«, sagte die Ärztin, als sie fertig war. »Hat dich irgend jemand begleitet?«

Mit Tränen in den Augen nickte Rose.

»Wer?« fragte die Frau sanft und nahm ihre Hand.

»Meine – meine Freudin aus der Schule«, flüsterte Rose.

»Hol sie doch bitte herein«, bat die Ärztin, drückte Rose ermutigend die Hand und kehrte an ihren Schreibtisch zurück, so daß Rose sich ungestört hinter dem Paravan anziehen konnte, der den Untersuchungsstuhl vom Rest des Zimmers trennte.

Rose bat Dolores hereinzukommen, und sie nahmen der Ärztin gegenüber Platz. Als Dr. Osuma ihnen erkärte, daß Rose sicher schwanger sei, begann der Raum, sich um Rose zu drehen, und sie hörte die Worte wie durch einen dichten Wattebausch hindurch. Dolores nahm ihre Hand und hielt sie fest, während die Ärztin weitersprach. »Ich weiß es natürlich erst hundertprozentig, wenn ich die Ergebnisse des Tests aus dem Labor bekomme, aber ich denke, es besteht kein Zweifel…«

Ich denke, es besteht kein Zweifel. Rose kämpfte mit den Worten, drehte und wendete sie in ihrem Kopf. Sie ergaben keinen Sinn. Sie merkte, daß die Frau sie ansah. »Wie bitte?« sagte sie und spürte, daß sich Dolores' Händedruck verstärkte.

»Was wirst du tun, meine Liebe?« wiederholte die Ärztin.

Rose konnte an nichts anders denken als an den Satz *Ich denke, es besteht kein Zweifel.*

»Lebt deine Mutter noch?«

Rose nickte. Diese Erfahrung, das Zimmer der Ärztin, die sanften Worte – alles war vollkommen irreal. Genau vor sich, in einem lederbezogenen Kästchen, entdeckte sie zwei kleine Knochen. Einer von ihnen hatte ein abgerundetes Ende, der andere ein ausgehöhltes; offensichtlich paßten sie genau ineinander. Ein Gelenk. Am liebsten hätte sie gefragt, was für Knochen das waren, was für ein Gelenk so wunderbar geschaffen war… Doch dann merkte sie, daß die Ärztin immer noch mit ihr sprach. »Je eher deine Mutter es erfährt, um so besser, aber wie gesagt, wir werden es erst genau wissen, wenn ich die Testergebnisse habe.«

Rose starrte immer noch vor sich hin, so daß die Frau sich an Dolores wandte. »Könntest du ihr helfen? Sie wird eine Freundin brauchen.« Rose sah aus den Augenwinkeln, daß Dolores entschlossen nickte.

»Ruft Ihr mich am Donnerstag an?« fragte die Ärztin, immer noch an Dolores gewandt. Sie zog einen Rezeptblock über den Schreibtisch und kritzelte etwas darauf. »Dies ist meine Privatnummer. Ich müßte die Ergebnisse irgendwann Donnerstag nachmittag haben.«

»Danke«, sagte Dolores und nahm den Zettel entgegen. »Vielen Dank.« Sie zögerte. »Es gibt doch noch etwas Hoffnung, nicht wahr?«

»Wie gesagt, wir werden es erst am Donnerstag genau wissen – aber ich würde mir keine allzu großen Hoffnungen machen. Der Gebärmutterhals ist geschlossen. Ich bin ziemlich sicher, daß sie schwanger ist.« Die beiden sprachen über Rose, als sei sie gar nicht da. Rose starrte immer noch auf die Knochen. Das Ganze war ein Traum. Sie würde aufwachen und nichts davon wäre wirklich passiert. Sie würde aufwachen und wäre in ihrem Schlafsaal in der Schule oder sicher in ihrem Bett auf Sundarbans.

»Meldet euch bei mir«, sagte die Ärztin jetzt, oder zumindest dachte Rose, daß sie das sagte. Sie versuchte verzweifelt, sich zu konzentrieren, und sie war froh, daß Dolores bei ihr war, um dieses erstaunliche Gespräch zu führen.

Sie hörte, wie Dolores der Ärztin nochmals dankte.

Dann wandte sie sich zur Tür, aber Dolores sprach immer noch. Ihre Stimme kam in lauten und leisen Wellen wie durch das Radio in der Küche von Sundarbans. Rose schaltete sich ein, als sie gerade sagte: »Wir werden darüber sprechen und entscheiden, was das Beste ist.« Dann spürte sie, daß man ihren Arm nahm, und hörte Dolores sagen: »Komm, Rose.«

Selbst ihr Name klang eingenartig. Ein Ruck ging durch ihren Arm, und sie ließ sich aus dem Behandlungszimmer ziehen.

7

Rose wählte den kleinen Salon für die Konfrontation mit ihren Eltern.

Nach dem Besuch bei der Ärztin hatten sie und Dolores darüber gesprochen, ob sie vielleicht einfach fortlaufen und ihr Baby heimlich in London bekommen sollte. Aber dann hatten sie diese Idee wieder verworfen. Selbst wenn Rose ihren Schmuck verkauft hätte, hätte sie nicht genug Geld, um sechs Monate davon leben zu können.

Die Entscheidung zu bleiben fiel an einem stürmischen Samstag nachmittag Anfang Dezember bei einem Treffen im Wäscheraum. »Vielleicht könnte ich ja arbeiten«, hatte Rose ohne allzu große Begeisterung vorgeschlagen.

»Und als was?« Dolores hatte skeptisch die Brauen hochgezogen.

»Vielleicht als Bedienung in einem Café?«

»Sei doch vernünftig, Rose. Ohne jede Erfahrung? Mit einem dicken Bauch? Und wo willst du dann wohnen?«

»Andere Frauen schaffen es ja auch.«

»Ich weiß, Rose. Aber du bist nicht andere Leute. Hast du jemals in deinem Leben auch nur einen einzigen Teller abgespült?«

Rose hatte den Kopf hängenlassen. Sie schlief kaum noch und war erschöpft – was inzwischen dazu führte, daß die Nonnen sie wegen ihrer mangelnden Konzentration im Unterricht tadelten –, und ihre gesamte Existenz schien sich nur noch um einen einzigen, entsetzlichen Punkt zu drehen, um die Stelle in ihrem Bauch, in dem ein Baby heranwuchs. Ihre Gefühle schwankten beständig zwischen blinder Panik und einer konturlosen Niedergeschlagenheit, einem Zustand, in dem sie sich fühlte wie ein Stück grauer Karton. Nur in den wenigen Augenblicken, in denen sie schlief, fand sie Erleichterung.

»Hör zu«, hatte Dolores schließlich gesagt und die Arme entschlossen vor der Brust gekreuzt. »Du weißt, was du tun mußt. Du mußt nach Hause fahren und alles erzählen. Vielleicht wird es ja gar nicht so schlimm …« hatte sie ohne allzu große Hoffnung hinzugefügt. Sowohl sie als auch Rose wußte, daß es im ländlichen Irland immer noch als größter möglicher Sündenfall galt, wenn ein unverheiratetes Mädchen ein Kind bekam.

»Ich traue mich einfach nicht«, hatte Rose geflüstert.

»Wenn du meinst, daß es dir hilft«, hatte Dolores angeboten, »dann komme ich mit und sage es ihnen.«

»Nach Sundarbans?« hatte Rose überrascht und gerührt gefragt. Doch dann hatte sie es nur gerecht gefunden, ihrer Freundin zu sagen, wie schlimm es werden könnte. »Du kennst doch meine Mutter, nicht wahr?«

»Ja. Aber vielleicht überrascht sie dich ja. Schließlich bist du ihr einziges Kind.«

»Und dann ist da noch etwas«, hatte Rose gewarnt. »Weihnachten auf Sundarbans ist sehr, sehr langweilig.«

»Hör zu, Rose«, hatte Dolores gesagt, »ich weiß zwar nicht, was du denkst, was ich gewohnt bin, aber ich halte es durchaus einmal ohne Streit, Gezänk und Geschrei aus. Es wird direkt erholsam werden. Um Himmels willen, du tätest mir geradezu einen *Gefallen.*«

Rose nickte und sah sie an. Sie war Dolores wirklich dankbar gewesen. Sie hatte sogar gelächelt. »Dolores, du bist eine großartige Freundin.«

»Unsinn! Du würdest für mich das gleiche tun.«

Jetzt war der schreckliche Augenblick gekommen, und sie saßen einander gegenüber an einem Rosenholztisch in der Fensternische des kleinen Salons von Sundarbans. Draußen heulte der Wind ums Dach und trieb Blätter und andere Winterabfälle vor sich her.

Die Mädchen taten so, als würden sie Karten spielen, aber in Wirklichkeit lauschten sie, ob Roses Eltern kamen. »Ist dir kalt?« fragte Rose ihre Freundin und stand auf, um ein Holzscheit in den Kamin zu werfen. Als sie das Haus durch die Augen der Freundin sah, wurde ihr schmerzlich bewußt, wie schäbig es war. Wenigstens, dachte sie, gab es genug Feuerholz.

»Nein«, sagte Dolores. »Setz dich wieder hin, Rose, und hör auf, so nervös herumzulaufen. Bald ist es vorbei, und dann haben wir das Schlimmste hinter uns.« Rose nahm wieder ihre Karten auf, aber ihre Hände zitterten. Sie hatte vorgeschlagen, mit der Beichte bis nach den Feiertagen zu warten, aber Dolores hatte ihr abgeraten. »Sie wissen sowieso, daß etwas nicht stimmt, Rose. So wie du herumzappelst, kannst du es ebensogut gleich hinter dich bringen.«

Sie hörten Schritte, und Rose brach der Angstschweiß aus.

»Da seid ihr ja, Mädchen«, sagte Gus und trat ein. »Mrs. McKenna sagt, daß das Essen fast fertig ist. Ich hoffe, du magst Leber, Dolores. In den nächsten Tagen gibt es noch genug Truthahn und andere Köstlichkeiten.«

»Ich liebe Leber, Mr. O'Beirne Moffat.«

»Gut, gut. Ich glaube, ich mache mir einen Drink. Wie steht's mit dir, meine Liebe?« fragte er seine Frau. »Möchtest du auch etwas trinken?«

Roses Mutter schüttelte den Kopf. Sie ging zu der kleinen Couch hinüber und griff nach ihrem Stickrahmen. Sie trank kaum jemals, höchstens am Weihnachtsmorgen einen Sherry und bei irgendwelchen Feierlichkeiten ein Glas Champagner. Gus wandte sich an die beiden Mädchen. »Und was ist mit euch? Möchtet ihr vielleicht eine Limonade?«

»Nein danke«, sagten sie gleichzeitig, aber nur Dolores' Stimme war zu hören.

»Also gut«, sagte Gus, wandte sich ab, schenkte sich einen Whisky ein und setzte sich in einen Sessel neben dem Kamin.

Obwohl Rose Dolores nicht in die Augen sah, spürte sie ihren bohrenden Blick. Dann hörte sie, wie ihre eigene Stimme die Neuigkeit wie eine Bombe platzen ließ. Sie schloß die Augen. Sie hatte sich selbst so laut gehört, daß sie überrascht war, als niemand reagierte.

Sie spannte jeden einzelnen Muskel in ihrem Körper an. »Daddy? Mummy?« Sie hatte ihre Mutter nicht mehr so genannt, seit sie drei Jahre alt gewesen war.

»Mmm?« antwortete Gus und blickte ins Feuer.

Ihre Mutter sah von ihrer Stickarbeit auf, und Rose schloß erneut die Augen. »Ich muß euch etwas sagen.«

»Was?« Es war ihre Mutter, die sprach, aber trotz der geschlossenen Augen spürte Rose, daß Gus sich ihr zugewandt hatte.

»Ich fürchte, es sind schlechte Nachrichten. *Sehr* schlechte Nachrichten...«

»Was Rose? Sprich.« Daphnes Stimme war vor Besorgnis schrill.

Rose öffnete die Augen und sah tapfer in das schmale, bleiche Gesicht ihrer Mutter mit dem perfekt frisierten Haar. »Ich fürchte, ich bin schwanger«, sagte sie. Endlich war es heraus, und überrascht stellte sie fest, daß sie erleichtert war.

»Was?« Gus stand halb auf. Er blickte nicht Rose, sondern seine Frau an.

Daphne O'Beirne Moffat saß stocksteif auf dem Sofa, die Sticknadel wie einen winzigen Speer in die Luft gereckt. »Wie bitte?« flüsterte sie.

»Ich bin schwanger«, sagte Rose mit tonloser Stimme. »Ich erwarte ein Baby.«

»Du bist schwanger«, wiederholte Daphne.

»Ja, Mutter.« Rose sah hinüber zu Gus. »Es tut mir leid, Daddy«, sagte sie.

Gus trat neben seine Frau. »Bist du – bist du sicher, meine Liebe?« fragte er.

Rose sah ihre Freundin hilfesuchend an. Dolores' Gesicht war leuchtend rot. »Wir sind sicher, Mr. O'Beirne Moffat«, sagte sie mit fester Stimme. »Wir sind ganz sicher. Wir waren bei einer Ärztin.«

»Und was hast du mit der ganzen Sache zu tun, wenn ich fragen darf?« Die Stimme von Roses Mutter war hart wie ein Eispickel.

»Ich bin Roses beste Freundin, Mrs. O'Beirne Moffat.«

»Wenn du es gestattest, Dolores, dann würde ich gern unter vier Augen mit meiner Tochter sprechen.« Roses Mutter steckte die Sticknadel in den Stoff, wickelte den Faden darum und legte den Stickrahmen zwischen sich und ihren Mann. Dann faltete sie die Hände und wartete ab.

Dolores stand auf. »Natürlich, Mrs. O'Beirne Moffat. Natürlich«, sagte sie, ging zur Tür und öffnete sie. »Ich bin oben in unserem Zimmer, Rose.«

»Nun, Fräulein«, sagte Roses Mutter, als die Tür zugefallen war. »Wie, wenn ich fragen darf, ist das passiert?« Die dünne Stimme traf Rose wie ein Dolch, und sie wagte nicht aufzusehen.

»Daphne, bitte«, mischte Gus sich ein, und Rose sah ihn dankbar an. Sein Gesicht war puterrot, und er nestelte an einer der Troddeln an der Lehne des Sofas herum.

»Ich will wissen, wie es passiert ist«, wiederholte Roses Mutter. »Wer ist der Vater?«

»Welche Rolle spielt das denn jetzt?« fragte Rose und reckte trotzig das Kinn.

»Sprich nicht in diesem Ton mit mir! *Wer ist der Vater?*«

Nicht um alles in der Welt würde Rose John Flynn verraten. Sie preßte die Lippen zusammen und schwieg.

»Rose! Ich erwarte eine Antwort!« Ihre Mutter schien jeden Moment aufspringen zu wollen. »Daphne.« Gus erhob sich. »Ich bin sicher, daß Rose es uns erzählen wird. Nicht wahr, Rose?« Er sah sie flehend an.

»Daddy, es ist sinnlos, mich danach zu fragen.« Rose haßte es, ihren Vater in die Sache hineinzuziehen, aber sie konnte John einfach nicht verraten. Plötzlich fühlte sie sich nur noch wie eine Zuschauerin in dem ganzen Spektakel.

Fast ruhig hörte sie, wie ihre Mutter zu kreischen begann. »Du dummes, kleines – kleines –«, und sah, wie sich ihr hübsches Gesicht in häßliche Falten legte. Rose merkte, daß es ihre Mutter noch nicht einmal in einer Extremsituation über sich brachte zu fluchen. Daphne hielt Selbstbeherrschung für eine der wichtigsten Tugenden.

Rose betrachtete die häßlichen Linien, die sich neben den Mundwinkeln ihrer Mutter abzeichneten, als diese schrie: »Was habe ich nur getan, um so etwas zu verdienen? Was haben wir nur getan? Dein Vater und ich, diese Schande –« Dann begann sie zu Roses Entsetzen zu weinen. Sie versuchte noch nicht einmal, die Schluchzer zu unterdrücken oder die riesigen Tränen zurückzuhalten, die ihr über die gepuderten Wangen kullerten. Gus versuchte, ihr beruhigend die Schulter zu tätscheln, aber sie schob seine Hand rüde fort. »Das ist alles deine Schuld. Wenn du nicht so nachlässig gewesen wärest –« Ihre Stimme erhob sich zu einem Schreien, als sie die Fäuste hob, wie um ihn zu schlagen. »Wie oft habe ich dir gesagt –«

Rose, die ihre Mutter noch nie so erlebt hatte, mischte sich wieder ein. Sie mußte schreien, um sich überhaupt Gehör zu verschaffen. »Mutter, Mutter, hör auf, hört beide auf!«

Daphne hörte tatsächlich auf. Sie schlug die Hände vors Gesicht und schluchzte herzerweichend. Rose war wieder mitten in der häßlichen Szene gefangen, und sie fand die Verzweiflung ihrer Mutter fast schlimmer als ihren Zorn. »Bitte, Mutter«, flüsterte sie. »Bitte. Das Ganze hat mit Daddy nichts zu tun. Bitte gib nicht ihm die Schuld. Es ist allein meine Schuld. Ich allein habe mich in diese Situation gebracht.«

»Ach, ja?« schnauzte Daphne. »Tatsächlich?« Sie betupfte sich die Augen mit dem Handrücken, aber Rose stellte erleichtert fest, daß sie allmählich die Beherrschung zurückgewann. Sie machte ein paar zögernde Schritte auf sie zu, aber dann schrie ihre Mutter aufs neue los. »Wie *konntest* du mir – wie konntest du uns das antun? Nach allem, was ich – was wir – *Wer ist der Vater?* Ich *bestehe* darauf, daß du uns seinen Namen sagst.«

Rose nahm all ihren Mut zusammen. »Mutter, ich habe dir eben schon gesagt«, sagte sie leise, »daß sein Name unwichtig ist.« Sie schluckte. »Ich liebe ihn.«

»Liebe!« Daphne spie das Wort geradezu aus.

»Ja«, sagte Rose. »Ich liebe ihn. Ich liebe ihn von ganzem Herzen.«

»Dann sag uns, wer es ist!«

Daphne ging zu dem Tisch neben der Tür, auf dem ihre Handtasche stand. Sie öffnete sie, nahm ein Taschentuch heraus und schneuzte sich. Als sie fertig war, steckte sie das Taschentuch zurück, ließ die Tasche zuschnappen und kehrte zur Couch zurück. »Gib dir keine Mühe«, sagte sie, als sie Platz nahm. »Ich kann mir schon denken, wer es ist. Es war in jener letzten Nacht, nicht wahr? Die Nacht, bevor du im September in die Schule zurückgekehrt bist. Als du die ganze Nacht draußen warst.«

Rose sah in das kleine, zornige Gesicht und wandte sich an ihren Vater, der immer noch stand. »Daddy, ich glaube, das ist alles, was ich im Augenblick sagen möchte. Es tut mir sehr, sehr leid, daß ich euch beiden das angetan habe.«

»Er wird dich heiraten müssen.« Daphne spreizte die Finger und sah sie an. »Andererseits«, fuhr sie fort, »werde ich es nicht erlauben. Ich kann unmöglich unter einem Dach mit diesem –«

»Das mußt du auch nicht, Mutter«, sagte Rose. »Weil sich diese Frage gar nicht erst stellt.«

»Nun, du brauchst dir gar nicht einzubilden, daß du hierbleiben kannst.«

»Nein«, stimmte Rose ihr zu. »Das hatte ich auch nicht angenommen.«

»Bitte«, mischte Gus sich ein. »Bitte, beruhigt euch, und laßt uns vernüftig über die ganze Sache sprechen.«

»Vernünftig – *vernünftig?* Wenn du früher schon vernüftig gewesen wärest, wäre das alles gar nicht erst passiert.«

Gus ignorierte sie. »Wissen die Nonnen Bescheid?« fragte er Rose.

»Nein, Daddy, sie haben keine Ahnung.«

»Nun, das ist wenigstens etwas«, sagte Gus mit gerunzelter Stirn, und Rose sah trotz ihres eigenen Elends, daß er versuchte, das Beste für sie alle daraus zu machen.

»Daddy«, wiederholte sie. »Ich kann dir gar nicht sagen, wie leid es mir tut, wirklich. Es tut mir furchtbar leid.« Am liebsten wäre sie zu ihm hinübergegangen, hätte sich in seine Arme geworfen und um Verzeihung gebeten. Sie wollte, daß er alles gut machte. Aber sie wußte, daß es zu spät war. Niemand konnte es ungeschehen machen. Ihr Vater würde sein Möglichstes tun, aber er würde sich nicht gegen ihre Mutter stellen. Und Daphnes Reaktion hatte ihre schlimmsten Befürchtungen noch übertroffen.

In diesem Augenblick faßte sie einen Entschluß. Die nächsten sechs Monate würde sie allein durchstehen.

Daphne würde es niemals über sich bringen, sich mit einem Jungen aus dem Pförtnerhäuschen abzufinden; Dolores würde alles tun, was in ihrer Macht stand, aber selbst beim besten Willen mußte sie in die Schule zurückkehren, sich dort reintegrieren, ihren Abschluß machen; es hatte keinen Sinn, ihren geliebten John zu beunruhigen – und außerdem, wenn sie es ihm erzählte, was könnte er vom anderen Ende der Welt aus schon unternehmen? Irgendwann würde sie John von dem Baby erzählen, aber bestimmt nicht jetzt.

Ja, dachte sie, die nächsten sechs Monate mußte sie irgendwie allein überstehen.

An diesem Abend aß keiner von ihnen, und der Rest der Ferien verging in angespannter, unglücklicher Atmosphäre. Aus ihr selbst unerklärlichem Grund hatte Rose trotz der Drohungen und Bitten ihrer Mutter sich geweigert, zur Beichte zu gehen, und Daphne hatte sich in beleidigtes Schweigen gehüllt.

Obwohl Gus, Dolores und Roses Großmutter versucht hatten, fröhlich zu sein, hatte der Gedanke an Roses Baby selbst während der Weihnachtsmesse und während des Weihnachtsessens über ihnen gelegen. Die Anspannung war auch Dolores anzusehen gewesen, und Rose hatte darauf bestanden, daß sie sobald wie möglich zu ihrer eigenen Familie fuhr. Zunächst hatte Dolores dagegen protestiert, aber nach einem besonders quälenden und stillen Essen am Zweiten Weihnachtstag hatte sie sich gefügt.

»Eins noch«, sagte Rose. »Bitte, bitte vergiß nicht, John zu schreiben, ja?« Sie hatten komplizierte Vorkehrungen getroffen, um es Rose zu ermöglichen, weiterhin Kontakt zu John Flynn zu halten. Sie würde ihm schreiben und die Briefe in den Briefen an ihre Freundin verstecken. Dolores würde sie dann nach Prince Edward Island weiterschicken. Um die Schulzensur zu umgehen, würden sie weiter die Dienste des externen Mädchens in Anspruch nehmen, das Rose auch bisher geholfen hatte. »Natürlich vergesse ich es nicht, Rose«, sagte Dolores. »Du weißt, daß du dich auf mich verlassen kannst. Noch was.« Sie zögerte. »Bist du dir auch ganz sicher, daß du John nichts davon erzählen willst?«

Roses Gesicht wurde hart. »Ja.«

»Was wirst du ihm dann schreiben?«

»Ich habe dir doch schon erzählt, daß ich einmal Schriftstellerin werden will. Mir fällt schon etwas ein.« Rose versuchte zu lachen, aber die Tränen verwandelten das Lachen in ein gequältes Kichern.

Am vorletzten Tag des Dezembers bestiegen Rose und ihr Vater den Bus nach Dublin. Roses Mutter kam nicht mit, um sie zu verabschieden. Ihre Großmutter hatte mitkommen wollen, aber Rose hatte sie gebeten, es nicht zu tun. »Bitte, Nanna, ich würde es nicht ertragen. Bitte bleib hier. Ich schreibe dir, sobald ich angekommen bin.«

Roses Großmutter war schockiert und verletzt gewesen, als sie von Roses Schwangerschaft erfahren hatte, aber nach dem ersten Schock war sie wesentlich freundlicher gewesen als ihre Mutter, was Rose allerdings auch erwartet hatte. Seit der Heirat ihres Sohnes fühlte sich Nancy O'Beirne Moffat auf Sundarbans beiseite gedrängt, aber sie forderte ihre Schwiegertochter nie offen heraus. In der Woche vor ihrer Abfahrt hatte sich Rose häufig in das Schlafzimmer ihrer Großmutter geflüchtet, aber außer dem Trost durch ihre Toleranz konnte Nancy ihr nicht viel Gutes tun.

Am Abend des Tages, an dem Dolores abgefahren war, hatte Daphne den Gemeindepriester aufgesucht und durch ihn für Rose einen Platz in einem Kloster in London organisiert, das unverheiratete schwangere Frauen und Mädchen aufnahm. Auch in Irland gab es einige solcher Heime, doch sie waren zu nah. »Ich werde es hassen, Nanna«, hatte Rose in den Armen ihrer Großmutter geschluchzt, als sie von dem Arrangement erfahren hatte. »London. Ich werde London hassen. Ich kenne dort niemanden.«

»Du wirst dort Freunde finden, mein Liebling«, hatte ihre Großmutter gesagt und sie umarmt. »Keine Angst. Und ich bin sicher, daß es dort noch andere irische Mädchen gibt. Sei einfach ein braves Mädchen und tu, was man dir sagt. Dann geht die Zeit in Windeseile vorbei. Es sind doch nur sechs Monate. Und danach hast du noch dein ganzes, langes Leben vor dir, mein Kind.«

Die Reise war traurig und stumm verlaufen; während der Busfahrt von Carrickmacross nach Dublin, auf der Fähre nach Holyhead und während der langen, endlosen Zugfahrt nach London hatte Gus nur gesprochen, um ihr etwas zu essen anzubieten oder sie zu fragen, ob es ihr gutging. Trotz seiner Wortkargheit war Rose ihm dankbar für seine stumme Unterstützung, und sie versuchte, ihm ihre Dankbarkeit durch kleine Gesten wie ein Lächeln oder eine flüchtige Berührung zu zeigen.

Als sie in die schwache Wintersonne traten, die versuchte, sich durch die Nebelreste zu schieben, drang Rose die ätzende, rauchgeschwängerte Stadtluft in den Hals. Sie war so müde, daß sie sich trotz der Furcht vor dem Kloster nur noch danach sehnte, endlich dort zu sein und zu schlafen.

Sie nahmen ein Taxi und fuhren durch eine Reihe von Straßen mit bescheidenen roten Backsteinhäusern und kleinen, noch geschlossenen Geschäften. Im Fenster eines Likörgeschäfts sah Rose ein Schild, in dem ein Neujahrsangebot ausgeschrieben war, und sie bemerkte, daß es der letzte Tag des Jahres war. Es war erst elf Tage her, seit sie nach Sundarbans gekommen war, aber ebensogut hätten es hundert Jahre sein können.

Das Kloster lag in einer ruhigen Nebenstraße von King's Cross. Roses Magen zog sich schmerzlich zusammen, als sie das Gebäude sah, das in den nächsten sechs Monaten ihr Zuhause sein würde. Nur das Dach des dreistöckigen Hauses war hinter der hohen grauen Steinmauer zu sehen, die ein grünes Schild mit der Aufschrift: WÄSCHEREI ZUM GUTEN HIRTEN trug.

Am liebsten wäre Rose so weit wie möglich von diesem bedrohlichen Ort davongerannt. Nun, da sie tatsächlich hier war, wurde sie von Angst gepackt. Ihr Herz klopfte so heftig, daß es ihr schwerfiel, normal zu atmen. Gus klingelte, aber man hörte nichts. Sie wollten gerade kehrtmachen, als ein Fenster in der Tür geöffnet wurde und eine Nonne den Kopf herausstreckte. »Ja?«

»O'Beirne Moffat«, sagte Gus. »Wir haben einen Termin bei der Mutter Oberin.«

»Oh, ja«, sagte die Nonne. Das Fenster wurde wieder geschlossen und Rose hörte, wie ein Riegel zurückgeschoben wurde. Die Tür wurde geöffnet, und sie traten ein und fanden sich in einem länglichen, gepflasterten Hof wieder. »Guten Morgen«, sagte die Nonne. »Wir haben Sie bereits erwartet. Wenn Sie mir bitte folgen würden?« Sie gab ihnen nicht die Hand und wartete auch nicht auf eine Antwort, sondern verschloß die Tür und eilte ihnen voran auf das Gebäude zu.

Mit immer noch wild klopfendem Herzen folgte Rose ihr durch die Eingangstür in eine geflieste Eingangshalle. Auch hier war alles blitzblank, der Boden, die Wände, das Messinggeländer, das eine Statue der Heiligen Jungfrau umgab, die mit gold- und kupferfarbenen Chrysanthemen bepflanzte Porzellanschale. »Bitte warten Sie hier«, sagte die Nonne und wies auf eine Bank an der Wand.

Sie schwebte davon, und Rose setzte sich neben ihren Vater auf die Bank. »Nun, wenigstens ist es hell und freundlich«, sagte Gus. Irgendwo lachte jemand. Es war ein helles, fröhliches Geräusch. »Siehst du?« Gus nickte. »So schlimm wird es schon nicht werden.«

Ehe Rose etwas erwidern konnte, kam eine andere Nonne um die Ecke geeilt. Sie war eine beeindruckende Person, groß und dünn, mit riesigen braunen, von Lachfalten umgebenen Augen. In der Hand hielt sie einen Aktenordner. Sowohl Rose als auch ihr Vater erhoben sich, als sie mit ausgestreckter Hand herüberkam. »Mr. O'Beirne Moffat?«

»Ja«, sagte Roses Vater und schüttelte der Nonne die Hand.

»Und du bist Rose.« Es war eher eine Feststellung als eine Frage, und Rose gab ihr die Hand. Der Griff der Nonne war warm und fest. »Ich bin Schwester Benvenuto, die Mutter Oberin. Herzlich willkommen, Rose.« Die braunen Augen sahen sie an, und Rose hatte das unangenehme Gefühl, gemustert zu werden. Die Nonne ließ die Hand sinken. »Gehen wir doch in den Salon.« Sie ging zu einer der beiden Türen, die aus der Eingangshalle führten. »Ich habe Tee bestellt. Sie müssen müde sein nach der langen Reise. Lassen Sie die Taschen einfach hier, wir können sie später holen.«

Roses Angst legte sich ein wenig, als sie hinter der Nonne ein helles, mit einem Teppich ausgelegtes Zimmer betrat. Diese Frau war ganz anders, als sie sich die Leiterin eines Heims für gefallene Mädchen vorgestellt hatte.

In dem Salon gab es ein Klavier, ein paar Stühle, einen langen Tisch aus schimmerndem Mahagoni und eine viktorianische Etagere voller Blumentöpfe. Rose wartete darauf, daß man ihr einen Platz zuwies, und Gus, der sich in Gegenwart von Nonnen immer unwohl fühlte, stand ebenfalls herum. »Setzen Sie sich doch«, sagte die Nonne.

Rose setzte sich auf die Kante eines Clubsessels. Eine der Federn stach ihr in den Rücken, aber sie wagte nicht, sich zu rühren. »Also gut«, sagte Schwester Benvenuto. »Wie fühlst du dich, Rose? Geht es dir gut? Leidest du morgens unter Übelkeit?«

»Nein, Schwester«, flüsterte Rose. »Nicht mehr.« Sie wurde schamrot, als die Nonne in Gegenwart ihres Vaters über ihre Schwangerschaft sprach. Sie und Gus hatten nie offen über das Baby gesprochen.

Schwester Benvenuto bemerkte ihre Not. »Keine Angst, mein Kind, dies hier ist natürlich kein Ferienlager, aber wir foltern auch niemanden. Was geschehen ist, ist geschehen, und wir müssen das Beste daraus machen. Und vergiß nicht«, fügte sie lächelnd hinzu. »Du trägst ein neues Leben in dir. Ein kleines Wunder. Übrigens war ich früher einmal Krankenschwester.« Sie wandte sich lächelnd an Gus, und Rose dachte dankbar, daß sie noch nie ein breiteres, wunderbareres Lächeln gesehen hatte.

Es klopfte an der Tür, und ein Mädchen trat mit einem Teetablett herein. Sie hatte wilde, pechschwarze Locken, ebenso schwarze Augen unter buschigen Brauen, und sie war hochschwanger. Neugierig sah sie Rose an. »Danke«, sagte Schwester Benvenuto. »Nun, Effie«, fügte sie trocken hinzu, als das Mädchen das Tablett abstellte. »Wie du dir bestimmt bereits gedacht hast, ist dies das neue Mädchen, Rose O'Beirne Moffat.« Sie wandte sich an Rose. »Und dies ist Effie Brophy. Effie kommt ebenfalls aus Irland, und ich dachte, du würdest sie vielleicht gern so schnell wie möglich kennenlernen. Sie jedenfalls kann es offenbar kaum erwarten, dich zu treffen.«

»Hallo«, sagte Rose.

»Hallo«, sagte das Mädchen, und als es lächelte, kniff es vergnügt die Augen zusammen. Die Wirkung war einfach unwiderstehlich. »Eigentlich heiße ich Florence«, sagte sie. »Aber ich hasse den Namen. Ich finde, ich sehe überhaupt nicht nach Florence aus – also nennen mich alle Effie.«

Ihre Stimme, dachte Rose, war so rauh und fröhlich wie ihr Äußeres. Dieses Mädchen war vollkommen anders als alle Mädchen, denen sie bisher begegnet war. »Ich verstehe«, sagte sie unsicher.

Effie ließ sich durch Roses Zögern nicht abschrecken. »Wollen Sie, daß ich sie herumführe, Schwester?« fragte sie.

»Laß sie erst einmal ihren Tee trinken, Effie. Komm doch in zehn Minuten noch einmal zurück.«

»In Ordnung! Bis dann, Rose.« Ohne eine Antwort abzuwarten, stürmte sie aus der Tür.

»Effie ist wirklich ein Original«, sagte Schwester Benvenuto, als sie verschwunden war. »Wir werden sie vermissen, wenn sie geht.« Sie öffnete den Aktenordner und legte ihn auf den Tisch. »Nun, Rose, es gibt da ein paar Fragen, die wir dir stellen müssen, und dann müssen noch ein paar Formulare unterschrieben werden.« Nüchtern ging sie die Fragen durch, wie zum Beispiel, ob Rose Allergikerin sei, oder wie oft sie schon bei der Gynäkologin gewesen war.

Während Gus anschließend ein paar Blätter unterschrieb, sah sich Rose im Wohnzimmer um. An den Wänden hingen Fotografien von Nonnen und Heiligenbilder. Ein großes, helles Bild von Christus, dem Guten Hirten, hing stolz über dem Kamin. Rose, die dieses Bild kannte, konnte nur mit Mühe ein Kichern unterdrücken. Der Sohn

Gottes blickte verträumt in die Ferne, ein Lamm um den Hals gelegt, aber auf Rose wirkte es eher wie ein absurder, wollener Schal.

Effie kam zurück. »Bist du fertig – ist sie fertig, Schwester?« wandte sie sich in einem Atemzug an Rose und die Mutter Oberin.

»Ja, ich glaube, sie ist fertig«, antwortete die Nonne. »Oder möchtest du mich noch irgend etwas fragen, Rose?«

»Nein, Schwester.« Rose zögerte. Nun, da sie sich von ihrem Vater verabschieden mußte, fühlte sie sich hundeelend.

Schwester Benvenuto klappte Roses Ordner zu, stand auf und sah gleichzeitig Vater und Tochter an. »Keine Angst, Mr. O'Beirne Moffat, wir werden uns gut um sie kümmern, und ich denke, daß die Zeit nach den ersten paar Tagen wie im Flug für dich vergehen wird, Rose. Wie gesagt, dies ist kein Ferienlager, und wir glauben an die Würde der Arbeit. Du wirst mit den anderen Mädchen in der Wäscherei arbeiten, aber sie sind nett, und Effie wird sich um dich kümmern. Nicht wahr, Effie?«

»Aber sicher, Schwester. Ich hoffe doch, du hast eine gute Konstitution, Rose?«

»Jetzt mach ihr keine angst.« Die Nonne lächelte.

Rose drehte sich zu ihrem Vater um, umarmte ihn kurz und vergrub ihr Gesicht im Kragen seiner Tweedjacke. Gus roch nach seinem Tabak, nach Pferden und nach Sundarbans, und ihr Elend verstärkte sich. »Auf Wiedersehen, Daddy«, flüsterte sie und wandte sich zum Gehen.

Effie hielt ihr die Tür auf. »Keine Angst, Rose«, murmelte sie und tätschelte ihr den Arm. »Du wirst dich hier pudelwohl fühlen.« Rose drehte sich noch einmal um und sah, daß ihr Vater ihr verstohlen winkte. Seine Hand zitterte.

Blind vor Tränen wandte sie sich ab und stolperte Effie hinterher.

Da John im Schlaf die Bettdecke abgeworfen hatte, fror er entsetzlich, als er wach wurde. Er zog sie über sich und rollte sich zu einem kleinen Ball zusammen.

Er schlief immer bei offenem Fenster. Jetzt wanderte sein Blick über die Gegenstände in seinem Schlafzimmer, was eins der Vergnügen seines neuen Lebens war. Nie zuvor hatte er ein Zimmer für sich allein gehabt. Dieses hier war klein und einfach möbliert, aber gemessen an dem, was er in Monaghan zurückgelassen hatte, geradezu luxuriös. Die blanken Fußbodendielen waren teilweise mit einem handgeknüpften Teppich bedeckt, er hatte einen Schrank für seine Kleider, einen Waschtisch und eine Kommode, und wenn er den Blick nach oben lenkte, sah er die »Home Sweet Home«-Stickerei, die Peggy McGuigan über seinem Bett aufgehängt hatte.

Um ihn herum war es noch so still, als schliefe der gesamte Planet. John erinnerte sich daran, daß heute Silvester war und daß heute abend im Haus eines Nachbarn eine Feier stattfand. Dann hätte er etwas Interessantes, was er Rose in seinem nächsten Brief berichten könnte.

Er hatte seit ungefähr drei Wochen nichts mehr von Rose gehört, und ihr letzter Brief war nicht mehr als eine eilig hingekritzelte Seite gewesen. Er nahm an, daß ihr darauffolgender Brief in der Weihnachtspost festsaß. Er hatte noch nicht einmal eine Weihnachtskarte von ihr bekommen. Aber eigentlich brauchte er auch keine. In Gedanken war Rose immer bei ihm. Sie war bei ihm, wenn er arbeitete, wenn er schlief, wenn er abends in der Küche Radio hörte oder einfach an einem Zaun lehnte und über die offenen Felder sah.

Langsam gewöhnten sich seine Augen an das Dämmerlicht, und in seiner Phantasie zauberte er Roses Gesicht hinter die Fensterscheibe und rückte es so zurecht, daß zwei der helleren Sterne ihre Augen ergaben. Er erinnerte sich an das Gefühl von Roses kühler Haut; er schloß die Augen und küßte ihren imaginären Mund. »Rose«, flüsterte er, und als er sich hörte, fühlte er sich wie ein Narr. Trotzdem hielt er noch ein paar Sekunden an ihrem Bild fest.

Er hatte sich schnell an das geregelte Farmleben und an die Gemütlichkeit des Haushalts gewöhnt. Wenn er nicht seine Mutter und Rose vermißt hätte, wäre er glücklicher gewesen als je zuvor. Die Feldarbeit war anstrengend, manchmal geradezu erschöpfend – zum Beispiel, wenn er und Derek ihrem Onkel halfen, schützende Strohhaufen auf den endlosen Kartoffelreihen aufzutürmen – aber die angenehme Müdigkeit am Ende jedes Tages und der tiefe, traumlose Schlaf waren Lohn genug.

Sie hatten die Arbeit auf den Kartoffelfeldern gerade noch rechtzeitig beendet, denn Ende November hatte der erste Schneefall eingesetzt. John war in dieser neuen, wirbelnden weißen Welt herumspaziert, hatte die Flocken auf seiner Zunge zergehen und auf den Handschuhen schmelzen lassen. Zwischen den einzelnen Schneefällen war er über die glitzernden Felder gewandert und hatte über seine Schulter auf die tiefen, runden Löcher gesehen, die seine Stiefel hinterließen. Dan McGuigan hatte die Freude seines jungen Cousins bemerkt, aber er hatte ihn gewarnt, daß sich die erste Begeisterung bald legen würde. »Bisher sind wir noch glimpflich davongekommen! Warte nur, bis wir alle in der Küche festsitzen und nicht mehr in die Scheune kommen und die Kühe schreien, weil niemand sie melkt!«

Zwei Wochen lang hatte es fast täglich geschneit, doch während der letzten beiden Vorweihnachtswochen war jeder Morgen so klar, blau und strahlend gewesen, daß die Nachbarn bereits hofften, die Schneedecke würde schmelzen und man hätte ein grünes Weihnachtsfest. Aber dann, am ersten Weihnachtstag, während die Jungen Dan beim Füttern der Tiere halfen, hatte es erneut zu schneien begonnen, als wären die dichten Flocken extra von einem himmlischen Weihnachtskartenvertrieb bestellt. John hatte sich gefreut, aber Derek, den es störte, daß er Weihnachten arbeiten mußte, konnte Johns Begeisterung nicht teilen. »Warum brauchen die Tiere denn heute noch mehr Futter als sonst?« hatte er sich beschwert, als er und John armweise Kartoffeln in den Häcksler warfen.

Dan hatte über die Frage nachgedacht. »Keine Ahnung«, sagte er schließlich. »Ich nehme an, das ist einfach Tradition. Ich denke, daß die Tiere so vollgefressen sind, daß sie ruhig bleiben und wir Menschen das Weihnachtsfest genießen können!« Dann hatte er gelacht und sich seinen alten Hut in den Nacken geschoben. Auch John hatte gelacht. Obwohl er ihn erst kurz kannte, war ihm sein schüchterner Vetter bereits ans Herz gewachsen.

Als er jetzt warm in seinem Bett lag, runzelte er bei dem Gedanken an Derek die Stirn. Die immer schon wechselvolle Beziehung zu seinem Bruder war an einem absoluten Tiefpunkt angelangt.

Vom Tag seiner Ankunft an war Derek verstockt und ungesellig gewesen, und hin und wieder, wenn sie auf den Feldern oder in der Scheune arbeiteten, hatte John gespürt, daß Derek ihn feindselig anstarrte. Er hatte versucht herauszufinden, was die Ursache dafür war, aber sein Bruder weigerte sich, mit ihm darüber zu sprechen.

John war sich beinahe sicher, daß Dereks schlechte Laune mit Karen Lindstrom zu tun hatte. Er wußte, daß sie seit dem Tag, an dem sie und ihr Vater ihn nach Kelly's Cross gebracht hatten, nichts mehr von sich hatte hören lassen. Sie und Derek waren in die Scheune gegangen, um sich ein paar Entenküken anzusehen, und ihr Verhalten nach der Rückkehr ins Haus hatte deutlich gemacht, daß der Ausflug nicht allzu angenehm verlaufen war.

Also hatte John Geduld mit seinem Bruder. Er vermißte Rose so sehr, daß er Derek verstand. Außerdem wußte er, daß Derek immer einem anderen die Schuld an seinem Elend gab.

In der Ferne krähte ein Hahn. John warf die Bettdecke zurück, schwang die Beine aus dem Bett und beugte sich über sein Nachtschränkchen, um die Kerze anzuzünden. Er zog sich eilig an und schlich, die Stiefel und die Kerze in der Hand, in die Küche.

Er ging zum großen Tisch in der Mitte des Raumes, stellte die Kerze ab, zündete die Paraffinlampe an, und während er darauf wartete, daß der Docht Feuer fing, tauchte er den Finger in den Siruptopf und leckte ihn genüßlich ab.

Seit er auf die Insel gekommen war, hatte sein Verlangen nach Süßigkeiten in direktem Verhältnis zu Peggys Backkünsten zugenommen. Als er seinen Finger ableckte, hatte er beinahe Schuldgefühle. Es war nicht richtig, daß er und Derek es sich so gutgehen ließen, während ihre Mutter in Drumboola knausern mußte. Sie lebten *wie die Prinzen*, hatte er Rose in einem seiner Briefe geschrieben. Aber während er Rose sein neues Leben in allen Einzelheiten beschrieb, hielt er in den Briefen an seine Mutter instinktiv ein paar der Informationen zurück. Er wußte, daß sie sich für ihre Söhne freuen würde, aber den Gegensatz zwischen ihrem armseligen Leben in Irland und ihrer beider Leben im Überfluß noch zu betonen, kam ihm herzlos vor.

Bisher hatte er noch kein Geld heimschicken können. Die McGuigans waren wie die meisten ihrer bäuerlichen Nachbarn sehr genügsam und lebten fast ausschließlich von dem, was ihr Land ihnen gab. Einzig an frischem Gemüse und Obst herrschte im Winter akuter Mangel. Äpfel waren so selten, daß man sie mit Stiel und Kerngehäuse aß; eine Orange war etwas so Seltenes, daß sie als passendes Weihnachtsgeschenk galt. Aber Dan und Peggy hatten Eier und Hühner und zwei Fässer voll mit Heringen und Schweinefleisch. Im Holzschuppen stapelten sich die Scheite bis unter das Dach, im Keller unter dem Haus waren Kartoffeln und Rüben zu wahren Bergen aufgetürmt, die riesige Abstellkammer neben der Küche war voll mit Marmelade und eingemachtem Obst, und es gab genug Getreide und Mehl, um zwei Familien bis zur nächsten Ernte zu bringen. Aber wie überall herrschte Geldmangel, und die Jungen arbeiteten für Kost und Logis, nicht für Lohn.

John setzte das Glas auf die Lampe, öffnete die Tür des Ofens, nahm zwei Handvoll kleiner Holzstücke aus einem Kasten neben dem Herd und schob sie hinein. Dann warf er Anzünder und nacheinander ein paar kleine Holzscheite hinein, die unter dem kupfernen Wassertank aufgeschichtet waren. Er wartete, bis das Feuer brannte, ehe er die Ofentür wieder schloß.

Die Küche war so lang wie das gesamte Haus, und an jedem Ende des Raumes gab es ein Fenster. John blickte nach Osten. Über den geschwungenen Schneeflügeln vor der Scheibe sah er, daß der Himmel immer noch dunkel war. Die McGuigans nahmen den einzigen Wecker immer mit in ihr Schlafzimmer, aber er nahm an, daß es etwa sechs Uhr war – zehn Uhr in Irland. Rose war bestimmt eben erst aufgestanden. Er stellte sich vor, wie sie warm eingepackt über die hartgefrorenen Felder von Sundarbans galoppierte und wie der Atem ihres Ponys in zwei dünnen Wolken durch die Frostluft stieg.

John befühlte die Narbe auf seiner Wange, die inzwischen wesentlich unscheinbarer war. Trotz seines Vertrauens in ihre gegenseitige Liebe wurde er hin und wieder von leisen Zweifeln geplagt. Ihre Briefe waren wunderbar, liebevoll und sehnsüchtig, aber irgendwie klangen sie immer überstürzt. Er versuchte, sich mit dem Gedanken zu beruhigen, daß dies sicher ein Zeichen von Roses Persönlichkeit war, aber manchmal fragte er sich, ob sie die Tiefe und Ernsthaftigkeit seiner Liebe tatsächlich erkannte und erwiderte.

Er bohrte seine Finger in die Narbe, bis es weh tat; er würde dafür sorgen, daß die Liebe zwischen ihm und Rose ein glückliches Ende fand. Und wenn es das einzige Werk seines Lebens war – er würde dafür sorgen, daß ihre Liebe hielt.

Er stand auf, nahm einen großen Löffel, hob den Deckel vom Topf und rührte den warmen, aber noch nicht kochenden Haferschleim um. Dann legte er den Deckel zurück und warf ein weiteres Holzscheit in den Herd.

Karens Wecker klingelte. Sie brauchte ein, zwei Sekunden, um ganz zu sich zu kommen, doch dann sprang sie aus dem Bett.

Es war Silvester und sie hatte eine Million Dinge zu tun.

Sie zog eine bequeme Hose und einen labberigen Wollpullover an, aber ehe sie ihr Zimmer verließ, blieb sie noch kurz vor dem Kleiderschrank stehen. Sie öffnete die Tür und strich vorsichtig über *Das Kleid*. Es hing in sanften Falten von seinem Kleiderbügel herab und war Karens erstes formelles Abendkleid, das ihr Vater extra aus Boston mitgebracht und von einer Schneiderin hatte umnähen lassen, damit es wie angegossen saß. Sie nahm das Papier ab, zog das Kleid vom Bügel und hielt es sich zum millionsten Mal vor den Körper.

Sie zog Pullover und Hose wieder aus, ließ den kühlen Stoff über ihren Kopf gleiten, machte den Reißverschluß zu, trat einen Schritt zurück und begutachtete sich im Spiegel. Das aquamarinblaue Satinkleid hatte einen herzförmigen Ausschnitt, enganliegende Ärmel und wirkte täuschend schlicht. Das Oberteil legte sich wie eine samtige Haut um ihr Brüste und Taille, und unten weitete es sich zu einem schwingenden Rock. Karen türmte ihr Haar auf ihrem Kopf auf und drehte eine Pirouette. Sie liebte das Gefühl des Satins auf ihren nackten Schenkeln. Sie stellte sich vor, wie sie auf der Party aussehen würde, mit Make-up und einer ordentlichen Frisur. Wie die Jungen sie ansehen würden, wie sie tanzen und schwingen und schwindlig werden würde. Sie hörte, daß unten eine Tür zufiel. Wie versprochen war Mabel Anderson früher als sonst gekommen, um mit den Essensvorbereitungen zu beginnen.

Vorsichtig, um es nicht zu zerknittern, zog Karen das Kleid wieder aus, hängte es zurück auf den Bügel und zog die anderen Sachen wieder an. Sie flog die Treppe hinab, und schob die Schwingtür zur Küche derart schwungvoll auf, daß sie gegen die Wand krachte. »Morgen, Mabel!«

Die Haushälterin griff sich ans Herz. »Du hast mich vielleicht erschreckt!« Dann sah sie Karen liebevoll an. »Nun«, fragte sie. »Wer ist denn heute morgen so gut gelaunt?«

»Ich«, stellte Karen strahlend fest, während sie ein Paket Corn-flakes aus dem Schrank nahm, eine Riesenportion in eine Schüssel schüttete und Milch und zwei Löffel Ahornsirup dazugab.

»Hast du schon was von den MacDonalds gehört?« fragte Mrs. Anderson. Die drei Söhne der MacDonalds, der Älteste neunzehn, der Jüngste fünfzehn, waren zu der Party eingeladen.

»Nein«, sagte Karen, den Mund voller Corn-flakes. »Warum?«

»Nun«, sagte Mrs. Anderson und schüttelte zweifelnd den Kopf. »Ich will dich ja nicht beunruhigen, aber ich glaube, du solltest dich darauf gefaßt machen, daß sie vielleicht absagen. Wie ich höre, haben sie alle Grippe.«

»Oh, nein!« sagte Karen und verzog enttäuscht das Gesicht. »Dann haben wir *drei* Jungen zuwenig. Wo soll ich denn *drei* neue Jungen finden? So ein Mist!« Sie schlug mit der geballten Faust auf den Tisch.

Dann sprang sie auf, stürmte durch die Schwingtür und rannte die Treppe hinauf ins Schlafzimmer ihrer Eltern. »Mom, wir haben ein Problem!« verkündete sie.

Ihre Mutter sah sie alarmiert an. »Was ist los, Karen?«

»Es ist einfach schrecklich. Mabel sagt, die drei MacDonalds haben Grippe.«

»Nur keine Panik. Kennst du nicht noch ein paar andere Jungen, die du einladen könntest?«

»Was für andere Jungen? Ich habe alle Jungen, die in Frage kommen, gefragt.«

»Wie wäre es mit den Flynns?« mischte sich Karens Vater ein, während er einen Blick auf den Wecker warf. »Weißt du eigentlich, daß es erst Viertel vor sieben ist?«

»Ich weiß, Daddy, tut mir leid, aber dies ist eine echte Krise.« Karen hörte, daß ihre Stimme fast weinerlich klang.

»Also gut.« Sven Lindstrom seufzte, schob sich ein Kissen in den Rücken und setzte sich auf. »Nun, warum fragst du nicht die beiden Flynns? Sie sind doch ganz nett, oder nicht? Das wären schon mal zwei – dann müßtest du nur noch einen finden.«

»Das wäre doch eine Idee, Karen«, warf ihre Mutter ein.

Karen dachte eilig nach. Seit der unangenehmen Episode in der Scheune hatte sie die Erinnerung an Derek Flynn in eine Ecke ihres Gehirns verbannt, die für unangenehme Dinge reserviert war. Aber sie mußte zugeben, daß Derek und sein Bruder durchaus vorzeigbar waren.

»Also gut!« Karen hatte nicht den Wunsch, das Thema zu vertiefen. »Telefonierst du und organisierst alles, Daddy?«

»Habe ich dich jemals im Stich gelassen?«

»Du bist ein Schatz.« Karen machte einen Satz zum Bett und gab ihrem Vater einen Kuß.

»Ich werde froh sein, wenn der Abend vorüber ist.« Ihre Mutter legte sich wieder hin. »Und Karen, warte um Himmels willen noch ein bißchen, ehe du bei den Leuten anrufst.«

Karen verließ das Zimmer und eilte erneut in die Küche. Mit Derek Flynn dürfte es keine Probleme geben, beruhigte sie sich, wärhend sie sich einen Kaffee einschenkte. Aber während sie ihn trank, kamen ihr doch gewisse Zweifel. Sie hoffte nur, daß sie am Ende des Abends die Einladung nicht noch bedauern würde.

Es war kurz vor neun, und die Sonne hing noch tief am Himmel. Die scharfe Luft kratzte John im Hals, als er auf seinen Schneeschuhen über die Felder ging und seine Fußabdrücke wie eine Reihe kompakter Ovale hinter sich ließ.

Auf der Kuppe eines Hügels blieb er stehen. Er wußte, daß unter dem Schnee die rote Erde in langen, geraden Reihen gepflügt war, aber jetzt glitzerte die Oberfläche glatt und ebenmäßig in der harten Wintersonne. Zu seiner Linken war eine schützende Reihe Birken gepflanzt, deren Zweige weißgefedert über den Stämmen hingen. Hier und da ragten von den Hügeln noch andere Bäume auf, wilde Kirschen und Kiefern, reglos und starr wie Pfeile. Er vernahm schwach den heiseren Ruf einer Krähe, aber nichts regte sich. Seine Freude wuchs. In diesem Augenblick fühlte John sich so groß und frei wie der reine Himmel über ihm.

Er wollte gerade weitergehen, als er hinter sich lautes Rufen vernahm. Er drehte sich um, entdeckte Dans roten Schopf und bemerkte, daß er aufgeregt mit den Armen fuchtelte. Als er zur Farm zurückkehrte und die Küche betrat, bürstete Peggy bereits an seiner und Dereks besten Jacken herum. Die Lindstroms hatten sie beide zu einer Silvesterparty in ihr Haus in Charlottetown eingeladen, und weil das Fest lange dauern würde, sollten sie dort übernachten.

Auf dem Herd wurde bereits Wasser für ein Bad heiß gemacht, und ihre Sonntagsschuhe standen zum Putzen bereit auf dem Tisch. »Aber was ist mit dem Fest hier?« fragte John. Er spürte Dereks Aufregung, aber er war sich nicht sicher, ob er selbst allzu versessen auf diese Party war. »Sind wir wirklich beide eingeladen, Peggy? Bist du dir auch ganz sicher?«

»Du heißt doch John, oder nicht?« sagte die Frau seines Cousins. »Die Nachricht lautete, John und Derek sind um acht Uhr bei Karen Lindstrom in Charlottetown eingeladen. Und hier ist auch noch eine Wegbeschreibung.« Sie griff nach einem Zettel und gab ihn ihm. »Falls Ihr das Haus nicht mehr findet.«

»Aber wie kommen wir überhaupt in die Stadt?« Dereks Augen blitzten erregt. »Wer bringt uns hin?«

»Ich nehme an, das ist wohl meine Aufgabe«, sagte Dan. »Da muß ich wohl gleich die Schlittenkufen einschmieren.«

»Aber du fiedelst doch hier auf dem Fest«, protestierte John.

»Bis dahin ist noch genug Zeit. Die Party ist um acht, nicht wahr?«

»Aber du wirst Stunden brauchen, um uns nach Charlottetown zu bringen und wieder zurückzukommen…« John brachte jeden Einwand vor, der ihm einfiel.

»Nein. Nicht, wenn ich die Eisstraße nehme.«

»Was für eine Eisstraße?« fragte Derek.

»Die öffentliche Eisstraße. Die Bezirksverwaltung hat sie bereits freigemacht. Das habe ich gestern gesehen.« Dan erklärte, daß im Winter die Tiefe und Festigkeit des Eises auf den Hauptflüssen getestet wurde und daß dann die Ränder der Wege markiert wurden, die als sicher galten, indem man Löcher hackte und junge Bäume hineinsteckte. »Wenn wir die Eisstraße nehmen, brauchen wir weniger als zwei Stunden.«

»Warum sagst du all das, John?« Derek trat auf seinen Bruder zu. »Falls du keine Lust hast hinzugehen, ich gehe auf jeden Fall.«

John hielt abwehrend die Hände hoch. »Schon gut. Ich will ja nur nicht, daß irgend jemand allzu große Mühe hat.«

»Es ist keine Mühe!« stellten Dan und Peggy gleichzeitig fest.

Sie erledigten nur noch die allerwichtigsten Arbeiten. Peggy bügelte die weißen Hemden der Jungen, füllte die Zinkbadewanne vor dem Herd mit heißem Wasser und schirmte sie mit Laken gegen den

Rest der Küche ab. Derek badete zuerst. Als John an der Reihe war, ließ er sich in das Seifenwasser gleiten und aalte sich genüßlich in der wohligen Wärme. Wenn Rose ihn sehen könnte, dachte er und runzelte die Stirn, als ihm klar wurde, daß er unter anderem nicht zu Karen Lindstrom wollte, weil er sich Rose gegenüber unloyal fand. Karen war ein seltsames Mädchen, dachte er, als ihm einfiel, wie direkt sie war.

Um halb sechs waren sie zur Abfahrt bereit. Ihre Hemden waren so gestärkt, daß sie beinahe knirschten, und die guten Schuhe waren in den Übernachtungskoffer gepackt. Dan setzte seine Mütze auf, zog seinen dicken Mantel an, band sich die Ohrenschützer aus Biberpelz um und fuhr den Schlitten vor die Tür des Hauses. »Hüllt euch in das Büffelfell ein«, sagte er. »Draußen auf dem Eis ist es ganz schön kalt.«

Peggy winkte ihnen zum Abschied nach. »Auf Wiedersehen! Auf Wiedersehen! Viel Spaß! Bis morgen!«

Dan schnalzte mit der Zunge und lenkte den Schlitten durch das Tor auf die Straße hinaus. Die Brüder waren schon einmal Schlitten gefahren, aber noch nie in der Dunkelheit. John kuschelte sich unter die Decke und genoß die rhythmischen Bewegungen des Pferdes, an dessen Geschirr winzige Glöckchen bimmelten. Am Himmel tauchten die ersten Sterne auf, so hell, daß die Schneefelder um sie herum wie Satin schimmerten. Irgendwo in den kleinen Hügeln zu ihrer Rechten bellte ein Hund; ein anderer antwortete, und dann mischte sich ein Dritter tief unten im Tal in die Unterhaltung ein. Die Öllampen in den Fenstern der Nachbarn warfen ein gelbes Licht auf die Straße, aber außer ihnen war niemand unterwegs.

John wünschte sich von ganzem Herzen, daß er ein Maler oder Schriftsteller wäre und diese Szene und seine Empfindungen für immer festhalten könnte. Während sie durch die Winterlandschaft glitten, suchte er nach Worten, um all der Schönheit, die ihn umgab, in seinem nächsten Brief an Rose gerecht werden zu können.

Und seine Freude wurde durch die unerwartete Nähe zu Derek noch verstärkt. Das Büffelfell war ziemlich klein, und um sich ordentlich zudecken zu können, mußten sie sich eng aneinander schmiegen wie früher in ihrem Bett in Drumboola. John spürte Dereks Erregung, und obgleich er seine Sorge wegen des bevorstehenden Besuches bei Karen nicht ganz unterdrücken konnte, freute er sich für seinen Bruder.

Unterhalb von Brookvale fuhren sie auf den zugefrorenen Fluß, und von dort an ging die Fahrt sehr schnell. Die Stute hatte eine Extraration Hafer bekommen, und jetzt war sie bester Laune und klapperte fröhlich voran. Sie überholten einen anderen Schlitten und begegneten mehreren entgegenkommenden Fahrzeugen, deren Lampen in der hellen Nacht fast überflüssig waren. John lehnte sich warm und zufrieden in die Kissen zurück und gab sich ganz dem Rhythmus des Schlittens hin. Kurz nach acht erreichten sie das Haus der Lindstroms. Es war an das Elektrizitätsnetz angeschlossen, und hinter jedem Fenster brannte Licht, so daß das Haus wie ein Leuchtturm strahlte. Vor der Haustür war der Schnee geräumt worden, so daß Dan den Schlitten ein wenig abseits zum Stehen brachte. »Los, ihr zwei«, sagte er. »Viel Spaß! Ich hole euch morgen mittag wieder ab.« Die Lindstroms würden die Jungen bis nach Kingston bringen, was ungefähr die halbe Strecke war.

»In Ordnung«, sagte John. »Danke.«

Er und Derek gingen nicht direkt zur Haustür, sondern blieben noch kurz stehen. Johns Herz klopfte wie wild. Er fühlte sich wie ein zur Schau gestellter Bauerntrampel, aber vor allem sorgte er sich um Derek. »Nun, vielleicht sollten wir reingehen«, sagte er schließlich, aber er rührte sich nicht.

»Laß uns noch ein bißchen warten«, erwiderte sein Bruder. »Vielleicht kommt ja noch jemand vorbei, dem wir uns anschließen können.«

Sie klappten die Krägen ihrer Mäntel hoch und standen nebeneinander in der Dunkelheit. Nach einigen Minuten kam endlich ein Wagen mit knirschenden Schneeketten die Einfahrt hinauf. »Los«, sagte Derek. »Jetzt oder nie.«

Zu seiner Erleichterung war es nicht Karen, die öffnete, sondern ihr Vater. Sven Lindstrom begrüßte die drei jungen Leute, die mit dem Auto gekommen waren und dann entdeckte er die Zwillinge. »Ach, hallo, da seid ihr ja. Schön, euch zu sehen – was macht die Kriegsverletzung, John?«

»Es geht sehr gut, danke, Sir«, sagte John und berührte die Narbe auf seiner Wange. »Fast ganz verheilt.«

»Das sehe ich«, sagte Karens Vater, zog sie ins Haus und schloß die Tür. »Ihr wißt, wo's langgeht?« fragte er die anderen drei.

»Sicher, Mr. Lindstrom«, sagte ein kleines, dunkel gelocktes Mädchen, doch statt den Gastgeber anzusehen, starrte sie wie gebannt auf die Narbe.

John wäre am liebsten im Boden versunken, aber Mr. Lindstrom nahm seinen Arm. »Ich werde euch erst einmal zeigen, wo ihr eure Sachen ablegen könnt. Dann werde ich Karen Bescheid sagen, daß ihr da seid – sie wird sich riesig freuen.«

Sie folgten ihm die Treppe hinauf in ein geräumiges Schlafzimmer. »Meint ihr, ihr haltet es hier aus?«

»Es ist einfach wunderbar, Mr. Lindstrom«, sagte John und meinte es auch so. Auf mehreren kleinen Tischchen brannten Lampen, die dem Raum trotz seiner Größe eine gemütliche Atmosphäre verliehen. Die großen, schweren Möbel waren blitzblank poliert, und die schweren, gerafften Vorhänge, die Baldachine über den Betten und der Bezug des kleinen Sofas schimmerten in Grün, Gold und einem sanften, samtigen Braun.

»Ja, großartig, vielen Dank.« Derek nickte zustimmend.

Mr. Lindstrom nahm John den Koffer ab und stellte ihn auf die Truhe. »Laßt mich euch ansehen«, sagte er und trat einen Schritt zurück. »Seit ich euch das letzte Mal gesehen habe, seid ihr mindestens zehn Zentimeter gewachsen!«

John hatte fast vergessen, was für ein netter Mensch Karens Vater war. Er lachte. »Oh, ich glaube nicht. Aber ich glaube, wir sind ein bißchen dicker geworden – das liegt an all dem Ahornsirup.«

»Nun, auf jeden Fall seht ihr blendend aus. Aber ich begebe mich jetzt besser wieder auf meinen Posten«, fuhr Mr. Lindstrom fröhlich fort und ging zur Tür. »Ich spiele heute abend den Türsteher. Falls ihr irgend etwas braucht, ruft einfach.« Er verließ den Raum und schloß leise die Tür.

Die beiden Jungen sahen einander an. Dereks Gesicht glühte vor Aufregung. »Das ist 'ne Art zu leben, was?« Er ging zu einem der Betten, ließ sich darauf fallen, und blickte unter den rüschengesäumten Baldachin. Er senkte seine Stimme auf ein leises, drängendes Flüstern. »Oh, Gott, John, ich liebe sie so sehr!« Sein Blick bohrte sich in John hinein, den die Plötzlichkeit dieses Geständnisses schockierte. Er wußte, daß sein Bruder auf eine Antwort wartete, aber ihm fiel einfach nichts ein.

»Ich – ich weiß, daß du das tust – ich meine, daß du sie liebst«, stammelte er, aber es war bereits zu spät.

Derek stand auf und ging hinüber zum Badezimmer. »Ja, nun, ich werde mir erst mal die Hände waschen.« Als er ein paar Minuten später wiederkam, wirkte er ruhig, aber seine Körperhaltung verriet äußerste Anspannung.

John wusch sich ebenfalls eilig die Hände und kämmte sich. Als er fertig war, gingen sie die Treppe hinab zu der Party, die dem Lärm nach zu urteilen bereits in vollem Gange war.

Am Fuß der Treppe stand ein Mädchen. »Hi!« und dann rief sie durch die offene Wohnzimmertür: »Karen! Neue Gäste!«

Karen kam in den Flur. »Oh«, sagte sie, doch dann streckte sie die Hand aus. »Hallo! Herzlich willkommen.«

John hörte, daß Derek nach Luft rang. Trotz seiner Loyalität Rose gegenüber mußte er zugeben, daß Karen einfach phantastisch aussah. Sie wirkte wesentlich älter als siebzehn mit dem locker auf dem Kopf zusammengesteckten Haar, dem kleinen Diamantkrönchen und dem Kleid, das wie eine schimmernde blaue Haut aussah, und aus dessen Dekolleté die cremefarbene Haut ihrer wunderbaren Brüste quoll. »Hallo«, sagte er und gab ihr die Hand. Karens Griff war wie immer stark und warm.

Sie lächelte. »Wie geht es euch beiden?« fragte sie, ohne Derek überhaupt wahrzunehmen.

John hatte das Gefühl, als bohre sich Dereks stählerner Blick in seinen Rücken, also trat er einen Schritt zurück, um ihm die Gelegenheit zu geben, Karen ebenfalls zu begrüßen. Als Derek einfach nur vor sich hinstarrte, antwortete er: »Uns geht's gut, nicht wahr, Derek?« Aber sein Bruder stand da wie vom Donner gerührt.

Karen strich vorsichtig über die Narbe auf seiner Wange. »Deine Wunde ist großartig.« Dann lachte sie. »Tut mir leid. Aber du weißt schon, was ich meine. Sieht aus, als müßtest du gar nicht mehr nach Halifax.«

Die Berührung war federleicht gewesen. »Nein«, sagte John. Er spürte Dereks Schmerz und wünschte sich, sie hätte ihn nicht angefaßt.

»Du siehst wunderbar aus, Karen.« Endlich sagte auch Derek etwas.

»Danke, Derek«, sagte sie, ohne Derek anzusehen. »Kommt doch rein. Ich möchte euch der ganzen Truppe vorstellen. Sie wollen euch unbedingt kennenlernen.« Sie ging vor ihnen her in den Salon, wobei sie auf ihren hochhackigen Schuhen trippelte und verführerisch mit den Hüften wackelte. Während John ihr folgte, wünschte er sich nur, daß Derek sich beruhigen und es nicht allzu schwer nehmen würde.

Als er den Salon betrat, war er überwältigt. Die Teppiche waren zusammengerollt und mehr als ein Dutzend Paare drehten sich in der Mitte des Raumes zu lauter Musik. Der Lärm war beachtlich. Es war sehr warm und so hell, daß die blinkenden Lichter des Weihnachtsbaumes, der in einer Ecke stand, kaum zu sehen waren. In der Mitte der Decke hing ein riesiger Kronleuchter, über dem hell lodernden Kaminfeuer brannte eine Wandlampe und überall standen Steh- und Tischlampen herum.

Karen führte sie direkt zu einem langen Tisch, der an einer der Wände stand und der über und über mit belegten Broten, Brötchen, Keksen, Törtchen und Kuchen beladen war. Ein paar Jungen, die gerade über die Vorräte herfielen, machten ihr Platz, als sie aus einer Bowleschüssel eine himbeerfarbene Flüssigkeit in zwei kleine Gläser schenkte. »Nehmt doch einen Begrüßungsschluck.«

»Dies sind die irischen Jungs aus Kelly's Cross«, sagte sie dann an die Allgemeinheit gewandt, und die anderen Jungen musterten die beiden Neuankömmlinge. »Dies ist John, und dies ist Derek«, fuhr sie fort. »Sie sind Zwillinge. John hat mir das Leben gerettet. Daher hat er auch die Narbe. Er hat mich aus dem Feuer geholt, als Mutter und ich im Herbst aus Europa zurückgekommen sind.«

»Nett, euch kennenzulernen, John, Derek«, sagte einer der Jungen und gab ihnen die Hand. Er war groß und athletisch gebaut und hatte ein großes J auf seine Jacke gestickt. »Das sind Dave, Sam, Jimmy, Patrick und Ezrah«, stellte er die anderen vor. »Und ich bin Billy deFresne.«

Seine Freunde sagten »hi« und »hallo« und wandten sich dann wieder ihrem Essen zu. John hörte, daß einer von ihnen murmelte: »Ich wünschte, ich hätte sie gerettet!«

»So, ich überlasse euch dann einfach den Jungs«, sagte Karen und stöckelte auf die andere Seite des Raumes.

Alle sahen ihr nach. »Wow…« sagte derjenige, der bereits gesagt hatte, daß er sie gern gerettet hätte. »Wow.«

Billy füllte erneut sein Glas. »Wir sind alle in unsere Karen verliebt«, sagte er lachend. »Aber leider liebt sie keinen von uns.«

Dereks wegen versuchte John verzweifelt, das Gespräch auf ein anderes Thema zu bringen. »Wenn du Billy heißt, warum hast du dann ein J auf deiner Jacke?« fragte er.

»Oh, das hat nichts weiter zu bedeuten. Das ist nur das Kürzel unserer Schulsportmannschaft.«

»Ich verstehe«, sagte John und nippte an seinem Glas. »Wunderbarer Punsch.«

»Bleibt hier«, sagte einer der Jungen und kicherte. »Es wird noch besser.« In diesem Augenblick gesellten sich zwei Mädchen zu ihnen. Die eine farblos und dicklich, mit großen, blassen Augen, die andere die kleine Dunkelhaarige, die gleichzeitig mit den Zwillingen gekommen war.

»Karen sagt, daß jetzt ein Paul Jones dran ist«, sagte die Kleine.

»Oje!« sagte Ezrah. »Ich wette, ich lande am Schluß bei Mary-Lou Popplewell.«

»Werd nicht frech, Ezrah«, sagte sie, ehe sie sich zu den beiden Brüdern drehte und ihnen die Hand gab. »Schön, euch kennenzulernen. Ich bin Sarah Richards und das hier ist meine Freundin Amy.«

»John Flynn – und das ist mein Bruder Derek.«

Nach der gegenseitigen Vorstellung führte Sarah sie auf die leere Tanzfläche. John war nervös. Er hatte keine Ahnung, was ein Paul Jones war und sein Unbehagen steigerte sich noch, als er sah, wie kompliziert alles wirkte. Die Gäste stellten sich in zwei konzentrischen Kreisen auf und faßten sich an den Händen, die Jungen außen, den Blick auf die Mädchen gerichtet, und die Mädchen innen, den Blick den Jungen zugewandt. Er fand sich zwischen seinem Bruder und Ezrah wieder und sah Sarah und Amy an. Karen, die die Leitung übernommen hatte, reihte sich auf der gegenüberliegenden Seite ein.

Karens Vater legte eine Platte auf, und John stellte erleichtert fest, daß der Tanz ganz einfach war. Die Kreise bewegten sich lediglich langsam in entgegengesetzte Richtungen.

Dann hörte die Musik plötzlich auf und alle blieben stehen. Er stand einem bebrillten Mädchen gegenüber, dessen steifes gelbes Taftkleid um ihre dicken Beine wogte. Als alle aufeinander zugingen, merkte er, daß er mit dem Mädchen tanzen sollte. »Hallo«, sagte er, als die Musik neu einsetzte und die Paare wild durcheinanderwirbelten. »Ich bin John.« Das Mädchen senkte den Kopf und erwiderte etwas, was er nicht verstand. Er trat einen Schritt näher. »Wie bitte?«

»Ich weiß«, sagte sie tapfer und blickte ihn an. »Ich weiß, daß du John Flynn bist. Ich bin Mary-Lou Popplewell.«

»Freut mich. Wollen wir tanzen?«

»Ich bin keine besonders gute Tänzerin.«

»Dann blamiere ich mich wenigstens nicht alleine.«

Sie setzten sich als letzte in Bewegung. Obwohl John gelogen hatte, als er gesagt hatte, daß er kein guter Tänzer sei, erweckte Mary-Lous Unbeholfenheit tatsächlich den Eindruck, als hätte er die Wahrheit gesagt. Der Tanz war ein Quickstep, und sie hielt seine ausgestreckte linke Hand, als wehre sie eine Waffe ab, und senkte den Kopf, bis er nur noch ihre Haare sah. Mit seiner rechten Hand fühlte er, wie der Taftstoff auf ihrem Rücken heiß und feucht wurde, wie sie verzweifelt versuchte, der Musik zu folgen.

Je länger sie sich miteinander über den Tanzboden kämpften, um so elender wirkte sie, und John biß die Zähne zusammen, versuchte, den Rhythmus soweit wie möglich zu ignorieren und sich Mary-Lous unhörbarem inneren Takt anzupassen. Es gelang ihm, sie in eine sichere Ecke zu drängen und sich dort in einem kleinen Kreis zu bewegen, wo sie die anderen Paare nicht störten. In gewisser Weise, dachte er, tat Mary-Lou ihm sogar einen Gefallen. Sein Versuch, sich ihr anzupassen, hatte ihn seine eigenen Ängste tatsächlich vergessen lassen.

»Tut mir leid«, sagte sie zum x-ten Mal, als er ihr erneut auf den Fuß trat.

»Keine Sorge«, erwiderte er. »Das ist genauso meine Schuld.«

Schließlich blickte sie zu ihm auf, und er lächelte sie ermutigend an. Ihre Miene weckte sein Mitleid, und ehe er wußte, was er tat, hatte er den Kopf geneigt und ihr einen eiligen, tröstenden Kuß auf die Lippen gedrückt.

Sofort bereute er, was er getan hatte. Sie blieb stocksteif stehen und starrte ihn an. Dann errötete sie bis zu den Wurzeln ihres glanzlosen braunen Haares. Aber ihre Augen glänzten so strahlend, daß ihm angst und bange wurde, und einen entsetzlichen Augenblick lang fürchtete er, sie würde den Kuß erwidern wollen. Er atmete tief ein, aber zu seiner Erleichterung lächelte sie nur – sie hatte ein süßes Lächeln – und stolperte dann weiter unbeholfen im Kreis.

Ein paarmal entdeckte er Derek im Gewühl. Sein Bruder, der ebenfalls ein guter Tänzer war, schien mit seiner Partnerin ganz gut zurechtzukommen.

»Hi, John – wie ich sehe, hast du meine beste Freundin bereits kennengelernt.« Karen wirbelte in Billys Armen vorbei. »Hi, Mary-Lou«, fuhr sie fort. »Paß gut auf ihn auf – er ist etwas Besonderes!«

»Ich weiß«, keuchte Mary-Lou atemlos und strahlte ihren Tanzpartner an.

»Du bist also Karens beste Freundin?« fragte John in dem Versuch, ihre beunruhigende Aufmerksamkeit von sich abzulenken. Es überraschte ihn nicht, daß die beiden befreundet waren. Bereits in Monaghan war ihm aufgefallen, daß sehr gutaussehende Mädchen sich häufig mit häßlichen Entlein zusammentaten.

»Ja«, sagte Mary-Lou. »Wir sind schon seit dem Kindergarten befreundet.« Und als er ihr erneut auf die Zehen trat: »Tut mir leid.«

Die Musik klang aus und die Paare trennten sich voneinander. »Danke«, sagte John höflich.

»Ich danke *dir*!« sagte Mary-Lou. Sie schien noch etwas sagen zu wollen, aber statt dessen senkte sie erneut den Kopf. John zögerte und sah sich um. Wieder formten sich zwei Kreise. Er entdeckte Derek am anderen Ende des Raumes, ein wenig abseits von den anderen. Derek sah zu Karen hinüber, die neben dem Plattenspieler stand und mit ihrem Vater sprach.

Mary-Lou rührte sich nicht von der Stelle. »Nochmals danke«, sagte John. »Ich glaube, ich sehe mal nach, was mein Bruder macht. Weißt du, er kennt niemanden hier.«

»Sicher«, sagte Mary-Lou, und als er sich zum Gehen wandte, platzte sie heraus: »Vielleicht erwischen wir uns ja noch mal.«

»Sicher, das wäre nett.«

Ehe er sich jedoch zu Derek durchgeschoben hatte, klatschte Karen in die Hände. John sah, daß ihr Vater verschwunden war und daß sie sich selbst um die Musik kümmerte. »Also gut«, rief sie. »Beim nächsten Tanz ist Damenwahl.« Auf diese Ankündigung reagierten die Mädchen mit Kichern und Tuscheln, die Jungen hingegen mit theatralischem Stöhnen. Um zu demonstrieren, daß es ihnen egal war, ob man sie aufforderte oder nicht, eilten einige von ihnen hinüber an den Essenstisch und stopften sich wahllos etwas in den Mund.

Während Karen eine Platte aussuchte, ging John zu seinem Bruder, der allein in einer Wand lehnte. »Wie geht's? Amüsierst du dich?«

»Was meinst du?«

»Nun, ich habe gesehen, wie du mit diesem Mädchen getanzt hast. Sie sah nett aus.«

»Ich wünschte, wir wären nicht gekommen.«

»Auf das Fest?«

»In dieses beschissene Land.«

John sah, daß Derek erneut zu Karen hinübersah. »Vielleicht fordert sie dich ja gleich auf.«

»Einen Dreck wird sie tun.«

»Vielleicht doch, Derek.« Obwohl er nicht besonders gläubig war, murmelte John im Geiste ein Gebet, daß Karen Lindstrom herüberkommen und seinen Bruder zum Tanzen auffordern möge.

Die Musik setzte ein. John erkannte das Lied, Frank Sinatras romantische Version von »My Funny Valentine«. Einen atemlosen Augenblick lang dachte er, sein Gebet wäre erhört worden, denn Karen kam direkt auf sie beide zu.

Und dann passierte das Schlimmstmögliche. Sie lächelte, machte einen leichten Knicks und streckte die Arme aus. »Darf ich um diesen Tanz bitten, John?«

Er konnte nichts tun. Er wagte es nicht, Derek anzusehen, als er mit ihr auf die Tanzfläche trat.

Und um alles noch schlimmer zu machen, waren sie ewig lange das einzige Paar. Dereks Leiden zerrte an John wie ein angespanntes Seil: Er spürte, wie sich der Blick seines Bruders in seinen Rücken bohrte, was es ihm unmöglich machte, Karen gegenüber natürlich zu sein. Er hielt sie angestrengt so weit wie möglich von sich fern, was bei dem langsamen Lied nicht gerade einfach war. Sie bemerkte seine Starrheit. »Und, gefällt dir die Party?«

»Oh, ja.« Er wollte nicht unhöflich sein, aber da er wußte, daß Derek ihn immer noch ansah, wollte er ebensowenig allzu begeistert erscheinen.

»Nun, du machst aber nicht gerade den Eindruck, als ob du dich amüsieren würdest. Zumindest im Augenblick nicht.«

»Nun, ich wünschte, es würde noch jemand tanzen. Ich fühle mich wie auf dem Präsentierteller.«

Karen lehnte sich in seinen Armen zurück. »He, Leute«, rief sie über ihre Schulter einer großen Gruppe Mädchen zu, die sich um den Plattenspieler versammelt hatten. »Was ist los? Um Himmels willen, rafft euch auf und tanzt!«

Die Worte hatten die gewünschte Wirkung, und innerhalb weniger Sekunden drehten sich zehn, zwölf weitere Paare auf dem Parkett. Als John sah, daß auch sein Bruder auf der Tanzfläche war, entspannte er sich. »Du siehst heute abend wunderschön aus«, sagte er zu Karen und meinte es auch so.

»Danke.« Sie lachte. »Was bei diesem Haufen natürlich die reinste Verschwendung ist.«

»Oh, das würde ich nicht sagen. Es sind bestimmt ein paar Jungen dabei, die für einen Tanz mit dir sterben würden.«

»Und wie steht's mit dir?«

»Wie bitte?« Er wußte nicht, was er sagen sollte.

»Wie steht's mit dir?« wiederholte sie leise. »Würdest du auch für einen Tanz mit mir sterben?«

Sie machte sich nur über ihn lustig, beruhigte er sich. Ihre Augen blitzten lustig, hoffte er. Jede andere Möglichkeit war einfach zu entsetzlich. »Oh, ich würde nicht sterben, denn ich würde dich mit keinem anderen tanzen lassen! Außer mit Derek natürlich.« Und dann fügte er hoffnungsvoll hinzu: »Meinst du, bei der nächsten Damenwahl könntest du meinen Bruder auffordern, Karen?«

Sie verlagerte ihr Gewicht, so daß sie tiefer in seinen Armen lag. »Mmm«, sagte sie so zweideutig, daß er nicht wußte, was es bedeutete. Er beschloß, im Augenblick nichts mehr zu sagen.

Die Musik hüllte sie ein wie ein warmer, süßer Kokon. Karen schob sich näher an ihn, bis ihre Brüste seinen Oberkörper streiften. John sah sich schuldbewußt um und hoffte, daß Derek nicht sah, was da vor sich ging. Glücklicherweise hatte sein Bruder ihm gerade den Rücken zugedreht und hatte wie fast alle anderen auch seine Wange an die Wange der Partnerin geschmiegt. Es war offensichtlich, daß Karen auch ihn dazu bewegen wollte, aber so, wie er sie hielt, war das völlig unmöglich. Je größer er sich allerdings machte, um so enger schob sie ihren festen Körper an ihn heran. Ihr betörender Duft stieg ihm verführerisch in die Nase.

John begann zu schwitzen, was nicht an der Wärme im Zimmer lag. Trotz seiner Treue zu Rose und seinem Bruder spürte er, daß sein Körper auf Karens unverhüllte Sinnlichkeit zu reagieren begann, und er wünschte sich von ganzem Herzen, das Lied wäre endlich vorbei. Er kannte Frank Sinatras Version von »My Funny Valentine«, aber nie zuvor war ihm aufgefallen, wie lang das Lied war.

Karen spürte sicher seine Erregung und zweifellos auch seine wachsende Lust, dachte er voller Verzweiflung. Sie sah ihn aus halbgeschlossenen Augen an. »Und, amüsieren Sie sich jetzt, Mr. Flynn?« Die Bedeutung der Frage war klar.

»Bitte, Karen«, sagte er. »Derek –«

»Was ist mit Derek?«

»Bitte«, wiederholte er sinnlos, während sein verräterischer Körper sich benahm, als habe er keinerlei Kontrolle über ihn.

»Bleib, wo du bist.« Karen löste sich aus seinen Armen, ging hinüber zum Plattenspieler, hob die Nadel an und legte sie an den Anfang der Platte zurück. John stand wie angenagelt auf der Tanzfläche, sicher, daß alle ihm seine Nöte ansehen mußten. Nur unter Aufbietung seiner ganzen Willensstärke hielt er sich zurück, seine Männlichkeit nicht wie ein Fußballspieler mit den Händen zu bedecken. Doch niemand sah ihn an, niemand schien auch nur zu merken, daß das Lied von vorn anfing.

Karen kam zurück, und er war gezwungen, sie wieder in die Arme zu nehmen. Er fühlte sich wie ein Ertrinkender. Dieses Mal konnte er ihr nicht widerstehen, als sie seinen Kopf herabzog, bis sie wie alle anderen Wange an Wange tanzten. Sie schloß die Augen und ihr weiches Haar kitzelte sein Gesicht.

Sein Herz klopfte wie wild, und seine Gefühle schwankten zwischen wilder sexueller Erregung und beinahe nacktem Entsetzen. Während sie sich langsam wiegten, sah er, daß Mary-Lou Popplewell ihn von einem Stuhl in der Ecke aus anstarrte. Als sich ihre Blicke begegneten, lächelte sie ihn strahlend an und winkte mit dem Brot in ihrer Hand. Derek war nirgends zu sehen. Anscheinend ohne sein Zutun legten sich seine Arme enger um Karen.

Derek stand im Flur und beobachtete seinen Bruder mit Karen. Er überblickte nur einen Teil des Raumes, aber jedesmal, wenn die beiden zu sehen waren, versetzte es ihm beinahe einen körperlichen Schlag.

Jemand tippte ihn auf die Schulter und er schreckte auf. »Hallo, Derek. Tut mir leid, wenn ich dich erschreckt habe. Und, gefällt dir die Party?«

»D-danke, sehr gut, Mr. Lindstrom«, stotterte Derek und errötete bis zu den Haarwurzeln. »Ich-ich mache nur eine kurze Verschnaufpause.«

»Aber sicher doch«, erwiderte der Gastgeber. »Aber bleib lieber nicht allzulange allein hier draußen – all diese wunderbaren Mädchen warten nur auf die Gelegenheit, mit dir zu tanzen.«

Derek versuchte zu lächeln und flüchtete zurück in den Salon. Etwa die Hälfte der Gäste drehten sich immer noch im Takt der Musik, natürlich auch Karen und John. Er sah nicht ein einziges Mal zu ihnen hinüber, und als er am anderen Ende des Raumes etwas Gelbes sah, gab er dem perversen Verlangen nach, die Situation für sich selbst so schrecklich wie möglich zu gestalten, setzt sich in Bewegung und bat Mary-Lou um diesen Tanz.

Das Fleisch ihres Rückens quoll unter den Trägern ihres Büstenhalters hervor, das steife Material ihres Kleides machte jede Bewegung unangenehm, und sie tanzte wie ein dreibeiniger Esel, dachte er, während er sie über die Tanzfläche schob. Wieder und wieder entschuldigte sie sich bei ihm, und um des guten Benehmens willen versicherte er, daß ihr Tanzstil durchaus in Ordnung sei, doch ihre hopsende, unbeholfene Tapserei förderte herrlich seine innere Wut.

Als sie stolperte und ihn fast umwarf, war seine Geduld am Ende. »Hör zu«, sagte er knapp. »Möchtest du vielleicht ein Glas Punsch?«

Als sie zögerte, sah er, daß Karen durch den Raum herüberkam. Er beugte den Kopf und küßte Mary-Lou hart auf den Mund.

»Ihr Iren!« keuchte Mary-Lou, als er fertig war. »Ihr seid wirklich etwas Besonderes!«

Derek wußte nicht, was sie meinte, aber es war ihm auch egal. »Entschuldige mich.«

Er ging in normalem Tempo aus dem Raum, aber dann rannte er die Treppe hinauf, schloß sich in seinem Badezimmer ein und ließ den Tränen freien Lauf.

John erstarrte.

»Was ist los?« Sie hatte die Augen geschlossen, wie eine Katze.

»Nichts.«

»Also bitte. Irgend etwas ist los. Das spüre ich.«

»Es ist nichts, wirklich«, murmelte er und preßte seine Wange enger an ihr Gesicht. Doch obgleich seine körperliche Erregung immer noch dieselbe war, hatte er das Gefühl, als bräche sein Herz.

8

Der Raum drehte sich, als John versuchte, sich an jede Einzelheit der Party zu erinnern.

Er war noch nie betrunken gewesen, und er haßte das Gefühl, nicht mehr alles unter Kontrolle zu haben. Der Alkohol hatte sich heimlich wie ein Dieb eingeschlichen, und erst nachdem er mehrere Gläser Punsch getrunken hatte, war ihm aufgefallen, daß die leuchtendrote Flüssigkeit nicht so unschuldig war, wie es den Anschein hatte. Nach einem Quickstep mit Karen hatte er sein Glas aufs neue füllen wollen, als ihm plötzlich schwindlig geworden war und er sich am Tisch hatte festhalten müssen, um nicht umzufallen. Zwei der anderen Jungen, Ezrah und ein anderer, an dessen Namen er sich nicht mehr erinnerte, hatten gekichert, als sie seine Schwäche bemerkten. Aber erst als Ezrah sein Glas zu einem spöttischen Gruß erhoben hatte, war John klar geworden, daß das Getränk Alkohol enthielt.

Derek, der in seinem Bett lag, hörte plötzlich auf zu schnarchen. John, der nicht betrunken genug war, um sich nicht vor der Auseinandersetzung mit seinem Bruder wegen Karen zu fürchten, hielt ein paar quälende Sekunden lang den Atem an und entspannte sich erst wieder, als Derek sich herumwälzte und erneut zu schnarchen begann.

John versuchte, die Bilder der Party, die immer wieder vor seinem geistigen Auge aufblitzten, festzuhalten. Er erinnerte sich daran, daß sich ein paar Strähnen aus Karens hoch aufgetürmter Frisur gelöst hatten und sanft ihre cremefarbenen Schultern umspielt hatten... Es entsetzte ihn, daß er auch nur daran denken konnte, ein anderes Mädchen als Rose attraktiv zu finden, und er hatte furchtbare Schuldgefühle, weil er den Großteil des Abends mit dem Mädchen verbracht hatte, das in seinen Augen immer Dereks Freundin gewesen war. Er drehte sich auf den Bauch, als in seiner Erinnerung weitere Situations-, Gefühls- und Gesprächsfetzen auftauchten. »Weißt du, ich sollte wirklich nicht die ganze Zeit so eng mit dir tanzen.«

»Warum nicht?«

»Was ist mit Derek? Ist da nichts zwischen euch?«

»Das ist vorbei.«

Selbst in seinem alkoholisierten Zustand war ihm die Heftigkeit ihrer Reaktion aufgefallen.

Dann hatte er etwas noch Schlimmeres getan. Er hatte Rose betrogen. »Das ist das einzige, worum du dir Sorgen machst, nicht wahr?« hatte Karen gefragt. »Daß du deinem Bruder weh tun könntest.«

Und seine verräterische Zunge hatte geantwortet: »Ja, ehrlich.«

Er wußte, daß er Rose liebte. Er liebte sie von ganzem Herzen. Aber sein Hirn war umnebelt gewesen, Karens Taille hatte weich in seiner Hand gelegen, ihre Hüfte war eine ebenmäßige Rundung gewesen, und noch während er diese schrecklichen Worte gesagt hatte, hatte sein Körper vor Erregung gebebt.

Er drehte sich wieder auf den Rücken, und weitere Bilder tauchten vor ihm auf: Derek, der Mary-Lou küßte, Karens Eltern, die die Sekunden bis Mitternacht zählten, Karen und er selbst, die das neue Jahr mit einem Kuß begrüßten, Mrs. Anderson, die heiße Suppe austeilte, Karen, die ihm Suppe von ihrem eigenen Löffel gab, Derek, der ein anderes, rothaariges Mädchen küßte, Karen, die den Arm um

Mary-Lou legte, Mary-Lou in Tränen aufgelöst, Derek, der immer noch die kleine Rothaarige umschlungen hielt.

Und vor allem sah er, wie Karen ihn in die riesige Küche zog, sich dort an eine Wand lehnte und seine Hände plötzlich ihre Brüste umfaßten.

Die Bilder wirbelten herum, bis sie verschwammen und schließlich in der Dunkelheit untertauchten, als er endlich eindämmerte.

Er hatte einen lebhaften Traum. Er kletterte auf einen Berg, aber der Berg wurde immer höher und höher, so daß er den glatten, abgerundeten, weißen Gipfel niemals erreichte, der Lichtstrahlen ausschickte wie der Himmel über Drumboola nach einem Sturm. Die Spitzen dieser Strahlen erreichten ihn, während er kletterte, aber dann zogen sie sich immer wieder zurück. Er wollte unbedingt zu diesem Licht. Er wußte, wenn er den Gipfel erreichte, könnte er in dem Licht baden. Er spürte, daß er zu diesem Zweck geboren war. Also kletterte und kletterte er mit ausgestreckten Händen, bis er das Licht endlich berühren konnte, warm und weich, wie er es vorhergesehen hatte.

Dann wurde es fest. Er war nicht auf einem Berg. Er war bei Rose, und er hielt sie fest. Sie preßte ihre Lippen auf seinen Mund. Überglücklich ließ er ihre Zunge herein. Die Welt drehte sich um ihn, aber Rose würde ihm helfen, sie war das einzig Wirkliche. Sie war der Weg zum Licht, er rollte sich auf sie und stellte glückselig fest, daß Rose das Licht *war.* Er liebte sie und weinte vor Glück. Er war glücklicher als je zuvor.

Derek wachte auf, und nach ein paar Sekunden merkte er, was ihn geweckt hatte; aus dem anderen Bett drangen Geräusche zu ihm herüber. Er wollte seinem Bruder gerade sagen, daß er die Klappe halten sollte, als ihm klar wurde, daß John nicht alleine war. Plötzlich war er hellwach.

Am liebsten hätte Derek laut geschrien. Er öffnete den Mund, aber kein Laut drang heraus.

Die Bettdecke war halb von Johns Bett gerutscht, und er sah ihre beiden Körper – Karen trug ein zartes Nachthemd, das ihr bis zur Taille gerutscht war. Ihre langen weißen Schenkel umklammerten Johns Rücken, und sie hatte den Kopf in den Nacken geworfen.

Derek war wie gelähmt. Schmerz und Schock wichen einer entsetzlichen Faszination. Obgleich er und Karen eindeutig sinnliche Spielchen getrieben hatten, waren sie doch nie so weit gegangen.

Er beobachtete, wie sein Bruder sich in Karen ergoß; beobachtete, wie die beiden ruhig wurden, und sah – durch halbgeschlossene Augen für den Fall, daß sie ihn bemerkten –, wie sie aus dem Bett glitt und zur Tür hinüberschlich. Das Licht aus dem Flur fiel kurz auf das zerwühlte Bett, und dann herrschte wieder Dunkelheit.

All der Zorn und Schmerz brachen aus ihm heraus. Derek sprang aus dem Bett und stürzte sich auf seinen Bruder.

John merkte, wie sich langsam Frieden und Dunkelheit über ihn senkten. Auf einmal spürte er einen unerträglichen Schmerz, einen Schmerz, den er kaum zu ertragen glaubte. Und dann sah er Derek. Derek voller Schmerz. Er spürte Dereks Schmerz. Er wollte Derek helfen, wollte ihm sagen, daß er den Schmerz vertreiben würde, aber er war schwach und benommen, und Dereks Schmerz war wie eine große schwarze Krähe, deren Flügel in seinem eigenen Körper schlugen.

Dann spürte er Dereks Hände an seinem Hals. Er konnte nicht mehr atmen. Dereks Hände drückten ihm die Kehle zu. Mit entsetzlicher Gewißheit wurde ihm klar, daß sein Zwillingsbruder versuchte, ihn zu erwürgen.

Es gelang ihm, sich auf die Seite zu drehen und sich anzuspannen, so daß Derek die Arme ausstrecken mußte. Dann krümmte er mit aller Kraft die Schultern und zog Derek auf das große Bett, aber die Schlinge seiner würgenden Hände lag immer noch um seinen Hals. Seine Augen brannten vor Anstrengung, und seine Zunge schien unerträglich anzuschwellen.

Die ganze Zeit über spürte er die riesigen Schwingen von Dereks Schmerz.

Mit letzter Kraft packte er Dereks Handgelenke. Einen Augenblick lang rangen sie schweigend miteinander, aber dann gelang es John, die Arme seines Bruders neben seinem Kopf auf das Bett zu drücken.

Doch Derek gab nicht auf. Er wand sich und trat, grimmig und stumm wie zuvor, und John spürte seinen seelischen Schmerz. Er konnte nur abwarten, bis sein Bruder erlahmte.

Plötzlich war alles vorbei.

Derek gab auf, und John schaffte es gerade noch rechtzeitig ins Bad, um den Inhalt seines Magens in einem gewaltigen roten Strom in die Toilette zu entleeren.

Zum x-ten Mal in dieser Nacht hob Rose den Kopf von ihrem Kissen. Sie streckte ihren linken Arm aus, angelte nach ihrer Armbanduhr und versuchte, in dem schwachen Lichtstrahl, der von der Nachtlampe am anderen Ende des Schlafsaals zu ihr herüberdrang, etwas zu erkennen. Die goldenen Punkte über den Zahlen schimmerten matt, aber die Zeiger waren kaum zu sehen. Schließlich kam sie zu dem Schluß, daß es entweder halb fünf oder zwanzig nach sechs sein mußte.

Sie war zu dem Schluß gekommen, daß sie die nächsten sechs Monate nur überstehen würde, wenn sie optimistisch war. Wenn sie in der Wäscherei arbeiten mußte, dann wollte sie die beste Wäscherin werden, die das Kloster je gesehen hatte. Wenn ihr übel war, würde sie nicht jammern, wenn sie einsam war, behielte sie es für sich.

Aber im Laufe der Nacht war ihre Entschlossenheit ins Wanken geraten. Auf dem Höhepunkt ihres Elends hatte sie sogar überlegt, ob sie John von dem Baby erzählen sollte. Doch dann hatte sie sich selbst eine elende Närrin gescholten und sich ihre Überzeugung in Erinnerung gerufen, daß ein derart selbstsüchtiges Verhalten auch nichts half.

Sie legte die Hände auf den Bauch. Bildete sie es sich nur ein, oder war er tatsächlich etwas runder als zuvor? »O Gott«, flüsterte sie. »Bitte hilf mir!« Aber dann nahm sie die Hände wieder weg. Die Bitte war rein rhetorisch. Rose wußte, daß sie sich auf niemanden außer sich selbst verlassen konnte. Und jetzt würde sie nicht an das Baby denken. Das täte sie, wenn es unvermeidbar war.

Abgesehen von dem schwachen Schimmer der Nachtlampe war es stockdunkel. Der große Schlafsaal war durch hölzerne Trennwände in kleinere Räume unterteilt, jeder mit einer dünnen Tür. Außer einem Bett wies jede Zelle einen schmalen Schrank, einen Holzstuhl und ein verschließbares Nachtschränkchen auf.

Da Rose sich das Kloster wie eine Mischung aus Internat und Gefängnis vorgestellt hatte, hatten die relative Freiheit und die lockere Atmosphäre des Ortes sie ein wenig aufgemuntert. Von den Mädchen wurde erwartet, daß sie sich an gewisse Regeln hielten und hart arbeiteten, aber abgesehen davon war Rose zu dem Schluß gekommen, daß die Nonnen und die Angestellten sie wie Menschen behandelten. Da sie hier in England war, schien niemand zu denken, daß sie wegen ihrer Schwangerschaft bis in alle Ewigkeit verdammt war, und außerdem war es eine große Erleichterung, sich keine Gedanken darüber machen zu müssen, wer es herausfände, wer was sagte und wer über sie lästerte.

Ging diese Nacht denn niemals vorüber? Im Schlafsaal war es stickig, und Rose warf die Bettdecke fort, während die trübsinnige Litanei von Gedanken und Ängsten ihr müdes Hirn marterte. Sie sah erneut auf die Uhr, aber sie erkannte nichts. Bei Tageslicht sah immer alles besser aus, tröstete sie sich. Heute abend würde sie John schreiben, was richtiggehend aufregend würde, da sie dabei zum ersten Mal die Gelegenheit erhielt, ihr schriftstellerisches Talent zu erproben.

Und wenigstens hatte sie bereits eine Freundin. Effie Brophy hatte Rose unter ihre Fittiche genommen und ihr die Feinheiten des Klosterlebens erklärt, wem man günstigerweise Gefälligkeiten erwies, und wen man besser mied. Rose war etwas eingeschüchtert von Effies ungestümem Wesen, aber trotzdem war sie ihr dankbar. Als sie sich Effie mit ihrem fröhlichen Affengesicht vorstellte, wurde ihr peinlich bewußt, daß sie zu der Art von Mädchen gehörte, denen sie in der Schule höchstens herablassend zugenickt hätte. Bisher war sie bei ihren Freundinnen sehr wählerisch gewesen und hatte sich automatisch von den offensichtlichen Verliererinnen und den häßlichen Entlein distanziert. Wie hatte sie nur so hochnäsig sein können?

Vielleicht hatte die ganze Sache auch ihr Gutes, dachte sie. Vielleicht war sie das Beste, was ihr je passiert war. Vielleicht hatte Gott ihr eine Lektion erteilt, ihr einen Dämpfer aufsetzen wollen.

Aus welchen Gründen auch immer Effie in ihr Leben getreten war, sie war herzlich willkommen. Rose erkannte, wie sehr sie Effies Freundlichkeit und Ausgelassenheit sowie ihr unkompliziertes

Freundschaftsangebot brauchte. Wenn Effie ihr Gesicht in Lachfalten legte, mußte Rose ebenfalls lachen. Eine Freundschaft zu Effie wäre eine Erholung für sie; Effie wäre immer die Wortführerin, Effie wäre immer der Chef.

Rose hörte, wie jemand den Schlafsaal verließ und ein paar Sekunden später vernahm sie die Spülung der Toilette. Sie fragte sich, wann auch sie anfinge, ständig ins Badezimmer zu eilen. Effie, die im sechsten Monat war, hatte sie vor diesem Schrecken der lezten Monate bereits gewarnt.

Die Schritte kamen zurück. Rose hörte, daß sie ans andere Ende des Schlafsaales gingen, haltmachten und dann in ihre Richtung kamen. Sehr langsam und vorsichtig öffnete jemand ihre Tür. Rose hob alarmiert den Kopf. Am liebsten hätte sie geschrien, doch das wagte sie nicht. Der Lichtstrahl, der auf ihr Bett fiel, wurde breiter, und eine Gestalt trat ein. Erleichtert erkannte Rose die Umrisse von Effies zerzauster Frisur.

»Bist du es, Effie?« flüsterte sie.

»Pst«, flüsterte die Gestalt, schloß vorsichtig die Tür und kam auf Zehenspitzen näher. »Ich war nur auf der Toilette«, wisperte sie, »und ich habe mich gefragt, wie es dir geht.«

»Ich habe die ganze Nacht kein Auge zugemacht«, flüsterte Rose.

»Rück rüber.«

»Was?«

»Rück rüber! Ich lege mich neben dich.«

»Ist denn das erlaubt?«

»Natürlich nicht«, zischte Effie. »Um Himmels willen, rück rüber.«

Rose quetschte sich ganz an die Wand und legte sich auf die Seite, um Platz für Effie zu machen, deren Schwangerschaft nicht mehr zu übersehen war. Die Federn des Bettes quietschten, als sie sich unter die Decke schob.

Die Berührung von Effies warmem Bauch ließ sich nicht vermeiden, als sie sich mit einem Seufzer der Zufriedenheit unter die Decke kuschelte. Nie zuvor war Rose einem anderen Mädchen so nahe gewesen, und anfangs fühlte sie sich sehr unwohl. Aber dann zwang sie sich zu entspannen.

»Wie hat dir die Arbeit gestern gefallen?« flüsterte Effie.

Rose zögerte und dachte an ihren Entschluß, alles positiv zu sehen. »Es wird schon klappen, wenn ich mich erst mal dran gewöhnt habe«, wisperte sie. »Aber der Anfang ist ganz schön hart.« Nachdem sie ausgepackt und zu Mittag gegessen hatte, hatte man sie in die Wäscherei geschickt, einen langen, schmalen Raum mit hohen, vergitterten, dampfbeschlagenen Fenstern.

»Es ist ziemlich hart«, stimmte Effie ihr zu. »Aber keine Angst, nach einer Weile macht es sogar Spaß. Wir alle haben unsere Probleme, aber trotzdem haben wir gerne ein bißchen Spaß. Die Engländerinnen wirken am Anfang immer bierernst, aber du wirst dich an sie gewöhnen. Laß dich einfach nicht von ihnen einschüchtern. Und wenn dir eine von ihnen Schwierigkeiten macht, sagst du mir einfach Bescheid, ja?«

Rose lächelte. »In Ordnung, Effie. Vielen Dank.«

»Ich bin wirklich froh, daß du gekommen bist, Rose«, flüsterte Effie. »Die Engländerinnen sind zwar ganz nett, aber sie sind einfach anders als wir, findest du nicht? Sie wissen nicht, was es heißt, Spaß zu haben. Ich kann mir gar nicht vorstellen, wie überhaupt eine von ihnen schwanger geworden ist.« Sie lachte leise und dann drückte sie Rose die Hand. Rose lächelte.

»Ah, sss – verdammt«, flüsterte Effie plötzlich. »Der Balg hat mich getreten.«

»Was?«

»Das Baby hat mich getreten.«

»Wirklich?« Rose war ernsthaft besorgt. »Meins tritt nicht – zumindest glaube ich das nicht.«

»Dafür ist es auch noch zu früh«, belehrte Effie sie.

»Und wann fängt es an?« Effie schien einfach alles zu wissen.

»Bald. Wenn du erst so weit bist wie ich, passiert es oft. Aber am Ende werden sie wieder ruhiger.«

»Woher weißt du das alles?«

»Das ist meine zweite Schwangerschaft.«

Rose zog sich, soweit es das schmale Bett zuließ, zurück. »*Was?*«

»Pst, du weckst noch die anderen.«

»Tut mir leid.«

Effie besetzte gleich den von Rose freigemachten Platz. »Bist du jetzt schockiert?«

»Nein«, sagte Rose, obwohl sie es war.

»So ist es nun mal«, schloß Effie das Thema, aber so leicht machte Rose es ihr nicht. »Und wo ist das Baby jetzt – ich meine, das erste?«

»Adoptiert.«

»Hat es dir etwas ausgemacht?«

»Ja.«

Effies plötzlich starre Körperhaltung warnte Rose vor weiteren Fragen. Die Enthüllung, daß Effie bereits das zweite Baby erwartete, schockierte sie. Erwies Effie so vielen Männern ihre Gunst, oder hatten beide Babys denselben Vater? Andererseits, was für einen Unterschied machte das? Und gerade sie war wohl kaum in der Position, über andere zu urteilen. »Was glaubst du, wieviel Uhr es ist, Effie?« flüsterte sie.

»Oh, ich schätze, ungefähr sieben. Ich muß gleich gehen.« Rose hatte den beunruhigenden Eindruck, daß Effie sich verhielt wie eine normale Besucherin, die zufällig zum Nachmittagstee vorbeigekommen war.

»Also gut«, sagte sie. »Aber sei vorsichtig. Laß dich nicht erwischen.«

John blieb fast zwanzig Minuten im Bad. Er sah, daß die Hose seines Pyjamas feucht und fleckig war von seinem Traum von Rose. Sein Hals war wund, und sein Schädel dröhnte. Dereks Angriff hatte ihn ernüchtert, und die letzten Reste seiner berauschten Verwirrtheit waren verflogen.

Derek hatte versucht, ihn umzubringen.

Das Bild, das er von sich im Spiegel sah, blickte ihn spöttisch an. *Schwächling! Schwächling! Schwächling!* rief es ihm zu, *willst du ihn damit etwa durchkommen lassen?*

Mit zitternden Händen strich er sich über den Hals. Er konnte einfach nicht glauben, daß Derek soweit gegangen wäre. *Oh doch, das wäre er*, sagte der John, der ihm aus dem Spiegel entgegensah. *Schwächling! Schwächling! Schwächling!*

Derek hatte geschlafen – er hatte ihn schnarchen gehört. Das Ganze war nichts weiter als ein Alptraum. *Ach ja?*

Die ganze Situation war ein Alptraum, und er hatte sie einfach nicht mehr im Griff. Warum nur waren sie auf diese Party gekommen? Am liebsten hätte er die Uhr vierundzwanzig Stunden zurückgedreht.

Er stand auf. Hier saß er wie ein kleines Kind und jammerte vor sich hin. Aber er war inzwischen ein Mann, und er war aufgebrochen in die weite Welt. Er ging zur Tür, aber dann zögerte er. Aus dem Schlafzimmer klang kein Laut zu ihm herüber. Langsam und vorsichtig verließ er das Bad.

Sein Zwillingsbruder saß auf der Kante seines eigenen Bettes und hatte ihm den Rücken zugedreht. Seine Umrisse waren in eine Wolke blauen Dunstes gehüllt, der von der Zigarette aufstieg, die er rauchte.

John lief zu seinem Bett und machte die Nachttischlampe an. Das Bettzeug war auf den Boden gerutscht, selbst das Laken hatte sich von der Matratze gelöst. Er drehte sich zu Derek um.

Aber Derek reagierte weder auf seine Rückkehr noch auf das Licht. Er zog an seiner Zigarette und blies den Rauch in einer neuen blauen Wolke aus. John entspannte sich ein wenig. Der Kampf war, zumindest im Augenblick, vorbei. Er versuchte, sich vorzustellen, was Derek empfand, aber er wußte es einfach nicht. »Derek?« Seine Stimme klang heiser.

»Verpiß dich!« Derek zog erneut an seinem Glimmstengel.

Plötzlich wurde John wütend. »Ich werde mich nicht verpissen. Du hast versucht, mich zu erwürgen.«

»Leider hat's nicht geklappt!«

»Aber warum, Derek?« Sobald er die Frage gestellt hatte, wurde ihm bewußt, wie blödsinnig sie war. Aber sein Zorn wurde stärker, und es gelang ihm nur noch mit größter Mühe, sich zu beherrschen, als Derek langsam aufstand, ein Fenster öffnete und seine Zigarette hinauswarf. Obwohl er am anderen Ende des Zimmers stand, zitterte John wegen der plötzlich eindringenden eisigen Luft. Seine Wut legte sich so plötzlich, wie sie gekommen war.

Ihm wurde klar, daß die Bande, die ihn und Derek bisher verbunden hatten, endgültig zerschnitten waren, aber trotzdem versuchte er es ein letztes Mal. »Willst du nicht mit mir sprechen, Derek? Können wir nicht darüber reden?«

Derek stieg in sein Bett, zog die Decke über sich und wandte ihm den Rücken zu. »Bitte mach das Licht aus. Ich möchte schlafen.«

John zögerte, doch dann bückte er sich und hob seine eigene Decke vom Boden auf. Er zog das Laken halbwegs glatt, löschte das Licht und legte sich ins Bett. Unendliche Minuten lang lag er wach in der Dunkelheit und versuchte, die Wogen des Schmerzes zu ignorieren, die seinen zerschundenen Körper marterten.

Da von dem anderen Bett kein Laut zu ihm herüberdrang, wußte er, daß Derek ebenso wach war wie er, doch schließlich gewann die Erschöpfung die Oberhand, und er schlief ein.

Ein paar Stunden später wurde er von lautem Klopfen geweckt, und mit einem »Herein« richtete er sich auf.

Mrs. Lindstrom öffnete die Tür und trat ein. Obwohl er noch nicht ganz wach war, sah er, daß etwas nicht in Ordnung war. »John! Derek!« sagte sie. »Steht schnell auf, Mr. McGuigan ist hier, um euch zu holen.«

John fühlte sich elend und krank. »Wieviel Uhr ist es, Mrs. Lindstrom?«

»Viertel nach acht«, sagte Karens Mutter und fuhr mit leiser Stimme fort. »Tut mir leid, aber es gibt traurige Nachrichten aus Irland.«

Derek schlief immer noch, aber John richtete sich kerzengerade auf, wobei er vor Schmerz zusammenfuhr. Das Licht brannte in seinem Auge, und die Narbe auf seiner Wange stach.

Er versuchte, sich auf Mrs. Lindstroms Worte zu konzentrieren, als sie an sein Bett trat und ihm die Hand auf die Schulter legte. »Euer Cousin hat die Nachricht erst vor wenigen Stunden erhalten, John. Er hat euer Gepäck dabei. Offenbar ist eure Mutter ernsthaft krank. Ihr müßt sofort nach Irland zurück.«

»Aber, aber, wie –«

»Mach dir über das ›Wie‹ keine Gedanken, John. Heute morgen gibt es einen Flug zum Festland, und Mr. Lindstrom telefoniert gerade wegen der Verbindung nach Boston. Wir werden eurem Cousin helfen, bis ihr zurück seid. Aber jetzt zieht euch schnell an.« Sie blickte zu Derek hinüber. »Dein Bruder scheint noch zu schlafen. Sag ihm, daß er sich schnell anziehen soll«, wiederholte sie. »Wir müssen in einer dreiviertel Stunde am Flughafen sein. Es gibt heute nur diesen einen Flug.«

Sie verließ den Raum.

John hielt seinen schmerzenden Kopf, ging durch das Zimmer und schüttelte Derek. »Wach auf, Derek! Es ist was passiert.«

»Was –« Derek versuchte, Johns Hand abzuschütteln. Seine Augen waren immer noch geschlossen. »Verschwinde!«

»Derek, Derek! Mam ist krank. Wir müssen sofort nach Hause!«

Endlich setzte sich Derek auf. »Was hast du gesagt?«

»Es geht um Mam. Dan ist hier. Er hat eine Nachricht. Mam ist sehr krank.«

»Was hat sie?« Derek riß ängstlich die Augen auf.

»Ich weiß es nicht«, erwiderte John. »Ich weiß nur, daß sie sehr krank ist. Das ist alles.«

Derek stand auf und ging ins Badezimmer. Als er zurückkam, blieb er mitten im Zimmer stehen und senkte den Kopf wie ein angriffslustiger Stier. »Ich muß dir etwas sagen, John«, sagte er mit leiser, haßerfüllter Stimme. »Sprich nie, *nie* wieder mit mir. Hast du mich verstanden? Ich will nie wieder ein Wort von dir hören. Nie, nie wieder.«

»Die nächsten vierundzwanzig Stunden sind entscheidend.« Der junge Arzt war der erste Farbige, den John je gesehen hatte.

Er und Derek standen in einem Flur des Dubliner Krankenhauses, in dem ihre Mutter bewußtlos lag. »Es tut mir leid, aber ihr solltet euch auf das Schlimmste gefaßt machen«, fuhr der Arzt mit seiner leisen, melodischen Stimme fort. »Aber um es positiv zu sehen – eure Mutter ist zäh. Und sie ist, glaube ich, nicht besonders alt. Erst fünfzig, stimmt's?«

John merkte, daß er nicht wußte, wie alt ihre Mutter war. »Ich – ich glaube«, stammelte er. »Ich –«

»Sie wird nächsten Monat fünfzig«, fiel Derek ihm ins Wort.

»Gut«, sagte der Arzt. »Und es gibt weitere Dinge, die ihr zugute kommen. Sie hat nicht geraucht, und sie ist auf keinen Fall übergewichtig. Im Gegenteil, sie ist viel zu dünn. Aber ich glaube, daß sie durchaus eine Chance hat. Das stellt sich in den nächsten vierundzwanzig Stunden heraus.«

»Möchtet Ihr vielleicht eine Tasse Tee, Jungs?« Das Angebot kam von einer rundgesichtigen, mütterlichen Krankenschwester mittleren Alters.

»Ja, bitte«, sagte Derek, aber John war zu aufgeregt, um zu antworten.

»Setzt euch«, sagte die Schwester und zeigte auf eine Holzbank an der Wand. »Ich bin gleich zurück.« Sie eilte mit quietschenden Kreppsohlen davon.

»Ich komme auch gleich wieder«, sagte der Arzt und wandte sich zum Gehen. »Bitte macht es euch hier so bequem wie möglich.«

»Können wir sie sehen?« fragte John. Er hatte seit fast sechsunddreißig Stunden nicht mehr geschlafen, und seine Stimme war heiser vor Anstrengung und Müdigkeit. Sie waren den ganzen letzten Tag und die ganze Nacht unterwegs gewesen, dann hatte Ned Sherling sie vom Flughafen Shannon abgeholt und sofort nach Dublin gebracht.

John hatte keine Ahnung, was Derek empfand. Obwohl es um Leben und Tod ging, hatte sein Bruder seine Drohung wahr gemacht und kein einziges Wort mit ihm gesprochen, seit sie das Gästezimmer der Lindstroms verlassen hatten. Noch nicht einmal der erste Flug seines Lebens hatte ihm einen Kommentar entlockt.

Der Arzt gab ihnen die Erlaubnis, ihre Mutter zu sehen. »Aber macht euch bitte auf einen Schock gefaßt«, warnte er sanft. »Eure Mutter wird künstlich beatmet, und sie hängt am Tropf. Aber das ist bei Schlaganfallpatienten immer so. Es ist nicht so schlimm, wie es aussieht.«

Im Krankenzimmer brannte nur eine kleine Nachtlampe über der Tür. Eines der Betten war durch einen Vorhang abgetrennt; die Krankenschwester hob ihn an und bedeutete ihnen einzutreten. »Aber bitte nicht zu lange«, flüsterte sie.

Zuerst wagte John nicht, seiner Mutter ins Gesicht zu sehen, so daß er auf ihre Hände sah, die ordentlich neben ihrem Körper lagen. Dann hörte er das leise, bedrohliche Zischen, sah sich um und bemerkte, daß es aus der Sauerstoffflasche am Kopfende ihres Bettes kam.

Er mußte sich zwingen, um den Blick von der Flasche auf ihr Gesicht zu lenken.

Das, was neben der durchsichtigen Atemmaske zu sehen war, war bleich und wächsern und seltsam fremd. Der Arzt hatte nicht übertrieben, als er gesagt hatte, sie sei dünn. Ihr Gesicht wirkte mit den eingefallenen Wangen und Schläfen wie ein Totenschädel, und ihr Körper war unter der Decke kaum zu sehen. Es gab nicht das kleinste Lebenszeichen, nichts erinnerte ihn an die Mutter, die er sein Leben lang gekannt hatte. Diese reglose, klapperdürre Puppe sah noch nicht einmal wie seine Mutter aus. Er war hin und her gerissen zwischen dem Wunsch fortzulaufen und dem noch stärkeren Bedürfnis, diesen zerbrechlichen Puppenkörper in die Arme zu nehmen. »Mammy«, weinte er innerlich. »Bitte, Mam. Bitte wach auf, nur für eine Minute.«

Derek stand mit starrer Miene neben ihrem Kopf. John stellte sich neben ihn, um eine ihrer Hände zu nehmen, aber die Berührung mit der schlaffen, kalten Haut ließ ihn zusammenfahren. »Bitte, Mammy«, flehte er erneut. »Bitte ...«

Derek schob sich an ihm vorbei, verließ das Bett und trat hinaus auf den Korridor. Als John alleine war, zwang er sich, die Hand seiner Mutter zu nehmen. Sie wog nichts. Er beugte seinen Kopf darüber und versuchte verzweifelt, ihr neues Leben einzuhauchen. »Mammy, ich verspreche dir, wenn du wieder gesund wirst, bleibe ich hier und kümmere ich um dich. Ich verspreche es. Also bitte wach auf, Mammy. Bitte.«

Vorsichtig, als wäre sie ein kleiner Vogel, legte er die Hand wieder auf die Bettdecke. Die einst so flinken, eifrigen Finger wirkten zerbrechlich und nutzlos, und am liebsten hätte er laut geweint. Aber er durfte nicht weinen. Er war kein Kind mehr. Er beugte sich über das Bett und flüsterte ihr ins Ohr: »Mammy, ich brauche dich immer noch. Derek braucht dich auch, wir beide brauchen dich. Bitte wach auf.« Er wollte noch etwas sagen, wollte noch sagen, daß er sie liebte, doch diese Worte brachte er nicht heraus.

Er stand noch kurz neben ihrem Bett, dann drehte er sich um und ging. Die Krankenschwester, die gerade auf ihre Station zurückkehren wollte, wartete auf ihn. »Euer Tee ist fertig«, flüsterte sie. Dann legte sie ihm den Arm um die Taille. »Versuch, dir keine allzu großen Sorgen zu machen. Es ist schlimm, aber ich habe schon viele Leute gesehen, die einen Schlaganfall überstanden haben. Im Augenblick ist es kritisch. Man weiß es nicht, aber vielleicht kommt sie durch. Hab Vertrauen.«

Draußen saß Derek neben Ned Sherling auf der Bank. Solange

sich John erinnern konnte, schien er in jedem Notfall bei ihnen gewesen zu sein. Er und Derek tranken Tee. »Hier ist dein Becher«, sagte Ned und nahm das Getränk von einem Tablett neben der Bank. Dann senkte er die Stimme zu einem Flüstern. »Wie geht es ihr?«

»Schlecht«, sagte John. »Ich glaube, sehr schlecht –« Seine Stimme schwankte, und um die Schwäche zu verbergen, nippte er an seinem Tee.

»Ah, sicher, aber Gott ist gut. Man weiß nie, man weiß nie. Wir können nur beten«, sagte Ned. Die Stimme war nicht nur die eines mitfühlenden Nachbarn, und John blickte auf. Aber er war zu müde und zu aufgeregt, um sich weitere Gedanken zu machen, also trank er schweigend seinen Tee.

Der gekachelte Flur hatte keine Fenster, und die trüben, grünen Kacheln wurden nur von einer einzigen schwachen Birne erhellt. Es war ein trister, freudloser Ort, an dem selbst die leiseste Unterhaltung unangemessen laut erschien. Die Schwester kam zurück. »Ich habe ein bißchen herumtelefoniert. Auf der St.-Ignatius-Station sind noch Betten frei. Leider nur zwei. Aber wenn es einem von euch Jungs nichts ausmacht, hier im Gang zu schlafen, kann er eines der Rollbetten nehmen.« Sie zeigte auf eins der schmalen Betten, die ordentlich an der Wand aufgereiht waren.

»Ich bleibe hier«, sagte John. Er wollte allein und außerdem so nah wie möglich bei seiner Mutter sein.

»John, John, wach auf, wach auf!«

Jemand zerrte ihn aus der Dunkelheit. Er versuchte, sich dagegen zu wehren, aber die Person ließ nicht von ihm ab. »Komm, mein Schatz, deine Mutter ist wach geworden. Komm schnell.«

Er richtete sich mühsam auf und öffnete die Augen. »Wer –«

»Du bist im Krankenhaus, mein Lieber, erinnerst du dich? Deine Mutter …«

Er stieg aus dem Bett, zog die Schuhe an und nestelte mit den Schnürsenkeln herum. Sein Herz klopfte wie wild. Sie war wach. Sie war nicht tot.

Er nahm seinen Mantel und seine Jacke in die Hand und folgte der Schwester. Vor der Tür zum Zimmer seiner Mutter blieb sie stehen und sah ihn an. »Nun, erwarte bitte nicht zuviel, John. Denk dran, sie hatte einen Schlaganfall. Dies kann der erste Schritt auf dem Weg der Besserung sein. Doch in diesem Stadium ist es unwahrscheinlich, daß sie dich erkennt.«

»Haben Sie Derek Bescheid gesagt?« Trotz der veränderten Situation machte sich John immer noch automatisch Sorgen um seinen Zwillingsbruder.

»Ja, er ist unterwegs.«

John mußte noch kurz warten, doch nach wenigen Minuten tauchte derselbe Arzt wie gestern auf und legte ihm die Hand auf die Schulter. »Aber nicht lange«, sagte er. »Nur ein paar Minuten.« John schluckte. Er merkte, daß seine Hände schwitzten, und rieb sie an seiner Hose ab, ehe er durch den Spalt im Vorhang glitt.

Mary Flynn hatte die Augen geschlossen, und er dachte, daß der Arzt und die Schwester ihn vielleicht versehentlich gerufen hatten. Er sah keinen Unterschied. Aber als sich seine Augen an das Dämmerlicht gewöhnt hatten, meinte er zu sehen, daß sie mit den Lidern flatterte. Er sank auf die Knie. »Mammy«, flüsterte er.

Keine Antwort. Er griff nach ihrer gewichtslosen Hand. »Mammy, ich bin's, John.«

Dieses Mal schlug seine Mutter die Augen auf. Statt ihn anzusehen, schien sie direkt unter die Decke zu blicken. Der Sauerstoff gurgelte, und er merkte, daß sie etwas durch die Maske zu sagen versuchte. Er stand auf und beugte sich so nah wie möglich über sie. »Was, Mammy?«

Er wartete eine Ewigkeit, aber dann bewegte sie sich unmerklich, und er hörte, daß sie sprach. Aber es war nicht ihre Stimme, es war ein hohles, fremdes Geräusch, daß durch die Maske und den Sauerstoff drang.

»Mammy, ich habe dich nicht verstanden, bitte sag es noch einmal.« Er versuchte, ruhig zu bleiben.

Er spürte, daß sie sich große Mühe gab, aber ihr »eggh – egghle« ergab keinen Sinn.

»Mammy, Mammy«, flüsterte er. »Was? Versuch es bitte noch einmal.« Aber sie hatte die Augen geschlossen.

Er wartete und hielt immer noch ihre Hand, doch sie schien wieder bewußtlos geworden zu sein.

Vorsichtig legte er ihre Hand auf die Decke zurück. Er war zu dem, daß er sich um sie kümmern würde, wieder zu sich kam, selbst wenn sie für den Rest ihres Lebens ein Krüppel war. Er tätschelte ihre Hand und hoffte, daß sie die beruhigende Geste spürte. »Keine Angst, Mammy, ich werde dich versorgen.«

Er hörte ein Geräusch. Derek war gekommen.

John trat einen Schritt zurück. »Sie war kurz wach, aber ich glaube, jetzt ist sie wieder bewußtlos. Soll ich die Schwester rufen?« Derek antwortete nicht. Er stellte sich neben John und starrte auf ihre Mutter hinab.

John zögerte, doch dann verließ er den Raum, um die Schwester zu informieren. Auf halbem Weg wurde ihm klar, was seine Mutter hatte sagen wollen. »Derek.«

Später saßen die Jungen wieder auf der Bank im Korridor, allerdings soweit wie möglich voneinander entfernt. Sie saßen bereits seit über zwei Stunden da. Derek hatte den Kopf auf die Knie gelegt und schlief, und John glaubte nicht, daß er selbst noch viel länger wach bleiben könnte. Außerdem war er sehr hungrig.

Die Tagschicht kam und er sah, daß die Schwester, die ihnen gegenüber so freundlich gewesen war, mit einem neuen Mädchen sprach. Ein-, zweimal blickte sie zu ihnen herüber, so daß er wußte, daß es um ihn und Derek ging.

Dann kam die neue Schwester auf sie zu. »Guten Morgen, John«, und dann, mit einem Nicken, »er ist wohl noch ganz erledigt, was?« Obwohl einer seiner Füße eingeschlafen war, stand John auf, um seinen Bruder zu wecken, aber sie schüttelte den Kopf. »Nein, laß ihn ruhig schlafen. Ich werde euch erst mal was zu essen besorgen, und dann hole ich die Sozialarbeiterin, in Ordnung?«

John war zu schüchtern, um zu fragen, was eine Sozialarbeiterin war, also nickte er nur.

Als die Schwester zurückkam, trug sie zwei Tabletts mit Haferschleim, Toast und Tee. Sie schüttelte Derek sanft, und dann frühstückten die Zwillinge.

Noch ehe John aufgegessen hatte, kam die Sozialarbeiterin. Sie setzte sich zwischen ihn und Derek auf die Bank und öffnete einen Aktenordner. »Nun, wer von euch beiden ist der Ältere?«

»Ich!« Sie sprachen gleichzeitig. Ihre Mutter hatte sich immer geweigert, dieses Geheimnis zu lüften, und behauptet, sie beide wären in allen Dingen vollkommen gleich. »Wir sind Zwillinge«, sagte John.

Die Frau nickte. »Ich verstehe. Nun, ist eigentlich auch egal. Ich glaube, eure Mutter wird eine Weile bei uns bleiben, nicht wahr?«

»Wird sie – sie –«, setzte Derek an.

»Wir hoffen einfach auf das Beste«, sagte die Frau und fuhr fort. »Nun, arbeitet einer von euch beiden?«

»Nein, Miss«, sagte John. »Zumindest noch nicht, aber sobald ich nach Hause komme, suche ich mir eine Arbeit. Wenn es Mam besser geht.«

Die Sozialarbeiterin sah sie beide freundlich an. »Habt Ihr sonst noch Geschwister? Und, falls eure Mutter nach Hause kommt, wer kümmert sich dann um sie?«

»Ich«, sagte John mit tonloser Stimme.

»Ich arbeite«, warf Derek plötzlich ein. »Ich arbeite für meinen Cousin in Kanada. Ich fahre so bald wie möglich dorthin zurück. Falls Sie sich Gedanken wegen des Geldes machen – ich werde ihr welches schicken.« John starrte ihn ungläubig an. Wie konnte er nur einfach ihre Mutter im Stich lassen? Und war es wirklich erst ein paar Tage her, daß Derek bedauert hatte, überhaupt nach Kanada gegangen zu sein?

Die Sozialarbeiterin wandte sich Derek zu. »Und was arbeitest du dort?«

»Ich arbeite auf einer Farm.«

»Und wieviel verdienst du dort im Jahr?«

»Nun, im Augenblick noch gar nichts. Ich arbeite für Kost und Logis. Aber wenn die Ernte gut wird, bekomme ich auch Lohn.«

»Ich verstehe«, sagte die Sozialarbeiterin. Sie dachte kurz nach, und dann schrieb sie etwas auf ein Blatt Papier. Als sie wieder aufblickte, war ihre Stimme sanft. »Ich würde vorschlagen, daß ihr beide so schnell wie möglich nach Hause fahrt. Hier im Krankenhaus könnt ihr nicht viel tun, und es wäre nur schrecklich für euch. Eure Mutter wird sich nur sehr langsam erholen. In den ersten paar Tagen wird sie noch nicht einmal merken, ob ihr hier seid oder nicht. Habt ihr eine Möglichkeit, nach Hause zu kommen?«

»Ein Nachbar von uns ist mit dem Auto hier. Er wird uns heimfahren. Wir kommen schon zurecht, Miss«, versicherte ihr John.«

»Er kommt schon zurecht«, verbesserte Derek. »Ich fliege nämlich zurück nach Kanada.«

Die Sozialarbeiterin sah ihn scharf an, aber sie schwieg. Dann klappte sie ihren Ordner zu und ging.

»Warum mußtest du so unhöflich sein?« fragte John erbost, als sie außer Hörweite war. »Die Frau war sehr nett zu uns. Und du hast es ja ziemlich eilig zurückzukommen. Was ist, wenn Mammy uns beide braucht?«

Derek wandte sich ab.

»Hör zu«, sagte John. »Was auch immer in Kanada passiert ist – was auch immer mit dir los ist – können wir es nicht im Augenblick vergessen? Wir haben wichtigere Dinge im Kopf. Um Himmels willen, Derek, das ist einfach lächerlich. Mammy liegt da drin und stirbt vielleicht, und wir benehmen uns wie zwei Idioten. Tut mir leid, *du* benimmst dich wie ein Idiot.«

Derek kreuzte die Beine und betrachtete seine Fingernägel. John gab auf. »Ich gehe erst mal aufs Klo.«

Als er zurückkam, saß Ned Sherling frisch gewaschen und rasiert auf der Bank, so daß ihm weitere Versuche, mit Derek zu reden, erspart blieben.

Ehe sie das Krankenhaus verließen, gingen sie noch einmal zu ihrer Mutter hinein. Bei Tageslicht besehen sah sie Johns Meinung nach schon etwas gesünder aus. Sie war immer noch an die Sauerstoffmaske und den Tropf angehängt, aber sie hatte ein wenig Farbe im Gesicht, und ihre Brust hob und senkte sich gleichmäßig, während sie friedlich schlief. Zugleich jedoch fiel ihm auf, daß ihr Gesicht leicht verzerrt wirkte, daß die eine Seite schlaff herabhing, während die andere straff wie immer war.

Dann öffnete Mary Flynn die Augen. Sie waren trübe und ausdruckslos und starrten unverwandt an die Decke. Eins der Lider ging nicht ganz auf, sondern hing an einer Seite schlaff herab. »Hallo, Mammy«, flüsterte er und hörte, wie Derek dasselbe sagte.

»Braves Mädchen«, rief die Schwester, die bei ihnen war. »Sieh nur, wer hier ist, Mary. John und Derek!«

Mary sah an ihnen vorbei. Ihr Blick war verwirrt. Ihre Brust hob und senkte sich qualvoll, und der Sauerstoff verursachte erneut das schreckliche Gurgelgeräusch, als sie versuchte, etwas zu sagen. »Eggghle …«

»Es wird noch etwas dauern«, sagte die Schwester. »Macht euch deswegen keine allzu großen Sorgen. Das ist normal nach einem Schlaganfall. Aber in einer Woche wird es ihr schon viel bessergehen, nicht wahr, meine Liebe?« Sie wandte sich erneut an Mary und schob ihr sanft eine Strähne ihrer dünnen Haare hinter das Ohr.

John hielt es nicht mehr aus. »Auf Wiedersehen, Mammy«, platzte es aus ihm heraus. »Mach dir keine Sorgen, wir kommen so bald wie möglich zurück.«

Mary sah ihn verwundert an. »Egghle …«

»Derek ist hier, Mammy«, sagte er, »hier«, und zog an Dereks Arm. Derek schüttelte ihn ab, aber das war egal, da Mary ihn gar nicht erkannte. »Egghle?« fragte sie erneut, obgleich sie Johns Bruder direkt anzusehen schien.

Die Schwester mischte sich ein. Sie bedeutete den Zwillingen zu gehen, nahm Marys Hand und sagte: »Die Jungen gehen jetzt, aber sie kommen bald zurück, in ein paar Tagen schon. Ruh dich aus, Mary. Schlaf ein bißchen.« Sie strich ihrer Patientin über die Stirn.

Draußen wartete Ned auf die Zwillinge. »Wie geht es ihr?«

»Ein bißchen besser.« Es war Derek, der sprach. »Sie glauben, daß sie wieder gesund werden wird.«

»Gott sei Dank«, sagte Ned.

»Das glauben sie nicht!« warf John leidenschaftlich ein. »Das glauben sie *nicht*! Sie wird ein Krüppel bleiben!«

Derek ging davon.

John atmete tief die frische, kalte Winterluft ein, als sie die Steintreppe zur Straße hinabstiegen. Die Helligkeit des Tages besänftigte ihn. Der Januarwind kratzte in seinem Hals und brannte in seinen Ohren, aber mit jedem Schritt fühlte er sich ein bißchen besser. Vielleicht hatten die Schwestern ja doch recht. Vielleicht würde sich ihre Mutter erholen.

Auf der anderen Straßenseite entdeckte er eine Telefonzelle.

Rose.

Er könnte Rose in der Schule anrufen.

Doch dann fiel ihm ein, daß sie wegen der Weihnachtsferien bestimmt noch auf Sundarbans war. Er war so in Sorge um seine Mutter gewesen, daß er gar nicht daran gedacht hatte, daß er sie vielleicht tatsächlich sehen könnte, doch nun wäre es vielleicht schon morgen soweit.

Er und Derek waren sofort ins Bett gegangen, nachdem sie das Pförtnerhäuschen erreicht hatten. Derek war wortlos ins Schlafzimmer ihrer Mutter gestapft, hatte die Tür zugeworfen und John ihr ehemals gemeinsames Zimmer allein überlassen. John war zu müde gewesen, um sich darüber Gedanken zu machen.

Als er aufwachte, fühlte er sich wieder frisch. Das graue Tageslicht fiel durch das Fenster, und auf das Dach trommelte schwerer Regen. Er sprang aus dem Bett, immer noch in den guten Kleidern, die er vor achtundvierzig Stunden auf der Party getragen hatte. Er fror, und außerdem hatte er schon wieder einen Bärenhunger.

Als er in die Küche kam, hob er die Uhr auf dem Kaminsims auf. Den Zeigern zufolge war es zehn nach drei, und zunächst wunderte er sich, doch dann merkte er, daß sie nicht aufgezogen war. Das hatte immer ihre Mutter vor dem Schlafengehen getan.

Er stellte das Radio gerade noch rechtzeitig an, um zu hören, wie der Sprecher das »Ende der Neun-Uhr-Nachrichten« verkündete. Er hatte mehr als zwanzig Stunden geschlafen. Die Tür zum Schlafzimmer ihrer Mutter war immer noch zu.

Die Küche war sauber und aufgeräumt, doch sie strahlte eine traurige Verlassenheit aus. Er öffnete die Ofentür, kratzte die kalte Asche zusammen und trat hinaus in den Sturm, um ein paar Holzscheite zu holen. Irgend etwas fehlte. Wo war die Ziege? Hatte jemand sie während der Abwesenheit ihrer Mutter gestohlen? Oder kümmerte sich einer der Nachbarn um das Tier?

Er war klatschnaß und klapperte mit den Zähnen, als er wieder in die Küche kam. Es würde eine Weile dauern, bis das Feuer warm genug brannte, um den Teekessel aufzusetzen, und während er wartete, suchte er im Schrank nach etwas Eßbarem. Es gab nicht viel: ein halbes Päckchen Kekse, ein bißchen Butter, einen Laib Brot und einen halben Kopf Kohl. Es gab zwar etwas Tee und Zucker, aber keine Milch.

Sein Gewissen nagte an ihm. Kein Wunder, daß seine Mutter so dünn und krank geworden war. Während er und Derek sich in Kanada die Bäuche vollgeschlagen hatten, war sie fast verhungert. Diese Entdeckung bestärkte ihn in dem Entschluß, hierzubleiben und sich um sie zu kümmern. Er war jung und stark und ein guter Arbeiter. Sie würde nie mehr Hunger leiden.

Er strich die Butter so dünn wie möglich auf die Kekse und schob sie sich gierig in den Mund. Als er an Derek dachte, zögerte er, aber dann gewann sein knurrender Magen die Oberhand, und er aß sie alle auf. »Zur Hölle mit ihm«, dachte er. »Er würde mir bestimmt auch keinen Keks aufheben.«

Über das Trommeln des Regens hinweg hörte er ein Klopfen an der Hintertür. Draußen stand Ned Sherling, eine Kanne und eine Papiertüte in der Hand. Der Regen hatte die Schultern seines knopflosen Regenmantels geschwärzt, und seine dünnen Haare klebten naß an seinem Kopf.

»Ned!« rief John. »Komm doch herein.«

Ned wischte seine Schuhe auf der Fußmatte ab und schüttelte das Wasser ab wie ein nasser Hund. »Ich habe ein paar Sachen mitgebracht«, sagte er fast entschuldigend. »Es ist Sonntag, da haben die Geschäfte zu, und ich dachte, daß Ihr bestimmt nichts zu Hause habt, jetzt, wo Mary ...«

»Du bist einfach zu gut, Ned«, sagte John dankbar und nahm ihm die Vorräte ab. »Ich habe gerade den Ofen angemacht. In ein paar Minuten stelle ich den Teekessel auf.«

Er half Ned aus dem Regenmantel, wischte eilig die Kekskrümel zusammen und zog dem Nachbarn einen Stuhl an den Herd. Dies war das erste Mal, daß er hier den Gastgeber spielte. Aber vielleicht gewöhnte er sich besser daran. Er legte das Essen auf den Tisch. Ned hatte Brot, ein halbes Dutzend Eier, ein halbes Pfund Butter und fünf Scheiben Schinkenspeck mitgebracht. Die Kanne enthielt frische Milch.

»Danke, Ned«, sagte er erneut. »Das hilft uns über die Runden, bis wir zum Einkaufen kommen. Du frühstückst doch sicher mit?«

»Ah, nein, nein«, sagte Ned. »Ich habe nach dem Melken gefrühstückt.«

»Aber du trinkst doch sicher einen Tee und ißt wenigstens eine Scheibe Brot?«

»Also gut, danke.«

John sah ihn neugierig an. Er hatte Neds Gegenwart immer als gegeben hingenommen. Seit er denken konnte, war Ned ein Teil ihres Lebens gewesen wie die Ruhebank in der Ecke der Küche oder die Uhr über dem Kamin. Ned hatte mit seiner wesentlich älteren Schwester zusammengelebt, bis diese vor über zehn Jahren gestorben war. Jetzt fragte sich John, wie es der Mann all die Jahre ganz allein in seiner Hütte in den Hügeln ausgehalten hatte. Bis gestern, als er Neds Angst um Mary bemerkt hatte, war ihm niemals der Gedanke gekommen, daß dieser etwas unbeholfene, introvertierte Mann ein menschliches Wesen war, das Gefühle haben konnte, die den seinen nicht unähnlich waren. »Ich möchte dir danken, Ned«, sagte er langsam. »Kein Nachbar hätte mehr tun können als du. Und damit meine ich nicht nur, daß du mich und Derek überall herumgefahren hast.«

»Ach, schon gut«, winkte Ned ab. »Um Himmels willen, schon gut.«

Zum Glück für Ned wurde die Herdplatte langsam heiß, so daß John sich ums Kochen kümmern konnte. Er legte den Schinkenspeck in die Pfanne und ging zum Tisch, um das Brot zu schneiden. »Es gibt da etwas, das ich dich fragen möchte, Ned. Ich schäme mich, es zuzugeben, aber ich habe vorher noch nie darüber nachgedacht, nun, zumindest nicht genug. Wie ist Mam die ganzen Jahre ohne Geld über die Runden gekommen?«

»Nun, sie hat immer ein paar Eier und etwas Gemüse in Carrick verkauft«, sagte Ned. »Und sie hatte die Milch von der Ziege. Viele Menschen wollten die Milch, wenn ihre Kinder krank waren oder so.«

John mußte sich anstrengen, um Ned zu verstehen. »Das weiß ich«, sagte er. »Schließlich habe ich die Sachen oft genug für sie verkauft. Aber das reicht doch noch nicht einmal, um einen Vogel am Leben zu erhalten.«

»Und sie hat immer ein paar Schilling bekommen, wenn sie die Kapelle saubergemacht hat.«

John sah ihn an wie vom Donner gerührt. Sein Leben lang hatte er gedacht, seine Mutter ginge regelmäßig in die Kapelle, um dort zu beten. Jetzt verstand er, warum sie sie niemals hatten begleiten dürfen. Dieser Mann wußte mehr über Mary Flynn als er.

»Und sonst, Ned? Übrigens, wo ist die Ziege, und wo sind die Hühner?« Erst jetzt merkte er, daß auch das Federvieh verschwunden war.

Ned blickte zu Boden. »Nun, sie wollte nicht, daß Ihr es erfahrt«, murmelte er. »Und ich selbst habe es auch nur durch Zufall mitbekommen –«

»Was? Was hast du mitbekommen?«

»Nun, sie brauchte Geld, um eure Überfahrt nach Amerika und um die Amerikawache zu bezahlen.«

»Ich dachte, die McGuigans hätten das Geld für die Überfahrt geschickt?«

»Den größten Teil.«

»Und woher hatte sie den Rest?«

»Von Francey Meagher in Rockchapel.« Ned sah ihm tapfer ins Gesicht. »Francey hat sich bereit erklärt, die Ziege und die Hühner erst nach eurer Abreise zu holen.«

»Aber die Ziege und die Hühner haben doch niemals genug Geld für all das gebracht! Woher hatte sie den Rest?«

»Mehr weiß ich nicht«, sagte Ned, aber er blickte erneut zu Boden, und obendrein wurde er puterrot.

John brauchte nicht weiter zu fragen. »Ich werde es dir zurückzahlen, Ned«, sagte er.

Ned sah ihn an. »Was? Was wirst du mir zurückzahlen? Wovon redest du?«

John drehte sich zum Herd um. Der Schinkenspeck war fertig, und der Teekessel pfiff. Er gab noch zwei Eier über den Speck. »Ich werde eine Arbeit finden, Ned«, sagte er ruhig. »Und zwar gute Arbeit. Ich werde dir jeden Pfennig zurückzahlen.«

Sechs Stunden später blickte John zum dunklen Himmel hinauf, aber es goß immer noch in Strömen, und nirgends war auch nur der kleinste helle Fleck zu sehen. Trotzdem konnte er nicht länger warten. Das Essen im Herrenhaus war bestimmt lange vorbei, und bald würde es dunkel werden.

Er hatte sich ausgiebig gewaschen, sein bestes Hemd gereinigt, vor dem Feuer getrocknet und gebügelt – letzteres ohne allzu großen Erfolg – und er hatte sogar seine guten Schuhe geputzt. Er zog seinen Mantel an und setzte eine alte Mütze von seinem Vater auf, die er tief über seine Ohren zog. Dann öffnete er die Tür und machte sich auf den Weg nach Sundarbans.

Bereits nach hundert Metern war er klatschnaß, und obwohl er versuchte, sich so vorsichtig wie möglich zu bewegen, ließen sich die tiefen Pfützen nicht alle umgehen, so daß all seine Mühe vergeblich gewesen war und er wie eine nasse Ratte vor die Eingangstür des Herrenhauses treten würde.

Sein Magen zog sich vor Aufregung zusammen. Er würde Rose wiedersehen, aber, was noch wichtiger war – er würde ihren Vater um eine Stelle auf dem Gut bitten.

Er und Derek hatten immer noch nicht miteinander gesprochen. Er hatte daran gedacht, Derek zu erzählen, daß er Mr. O'Beirne Moffat nach einer Stelle fragen wollte, aber da er keinen neuen Streit riskieren wollte, hatte er es gelassen. Im Augenblick hatte er einfach nicht mehr die Kraft für eine Auseinandersetzung.

Da er noch nie im Herrenhaus gewesen war, hatte er keine Ahnung, ob die Klingel funktionierte. Er versuchte es einfach. Als keine Antwort kam, klopfte er schüchtern an. Immer noch nichts. Er klopfte erneut, dieses Mal lauter. Nach ein paar Sekunden hörte er, wie jemand einen Riegel zurückschob. Das Herz sank ihm in die Kniekehlen. Es war ein entsetzlicher Fehler gewesen, den Vordereingang zu wählen. Wahrscheinlich war er seit Jahren nicht mehr benutzt worden. Aber woher hätte er das wissen sollen?

Die Tür ging knarrend auf, und plötzlich stand er Roses Mutter gegenüber. Sie riß entsetzt die Augen auf, als sie ihn sah. Auch John war auf diese Begegnung nicht gefaßt gewesen, und am liebsten hätte er sich in den Hintern getreten, daß er Mrs. O'Beirne Moffat hatte vergessen können. »Entschuldigen Sie«, setzte er an, aber weiter kam er nicht, denn Daphne schlug ihm die Tür vor der Nase zu.

Eine Sekunde lang stand er völlig verblüfft im Regen, doch dann siegte der Zorn. Wie konnte sie es nur wagen? Ob sie nun eine feine Dame war oder nicht, wie konnte sie es wagen? Noch ehe er merkte, was er tat, donnerte er erneut gegen die Tür. So eine Behandlung hatte er nicht verdient. Selbst einem Bettler gegenüber wäre man höflicher.

Während er gegen die Tür hämmerte, wurde er immer wütender, doch dann wurde ihm erneut aufgemacht. Dieses Mal stand ihm der Colonel gegenüber. »Was zum Teufel –« setzte er an, doch dieses Mal war John derjenige, der sein Gegenüber nicht ausreden ließ. All der Ärger und die Trauer und die Erniedrigung kamen zusammen, so daß er entschlossen die Fäuste in die Hüften stemmte.

Ehe Roses Vater noch etwas sagen konnte, legte er los. »Ich wollte mit Ihnen sprechen, Colonel, aber Ihre Frau hat mir die Tür vor der Nase zugeschlagen.« Noch während er sprach, warnte ihn sein Herz davor, jede Chance zu vertun, daß diese Leute ihm und Rose ihren Segen gaben, aber er war einfach zu wütend, um vorsichtig zu sein. »Sie hat sie mir vor der Nase zugeschlagen!« wiederholte er zornrot.

»Sag ihm, daß er verschwinden soll.« Daphnes quengelige Stimme kam von irgendwo hinter Gus.

»Darf ich nun mit Ihnen sprechen oder nicht?« Und etwas verspätet: »Sir.«

Gus zögerte. Für den Bruchteil einer Sekunde tat es John beinahe leid, aber dann wuchs seine Entschlossenheit. Er stand immer noch im Regen, aber er versuchte noch nicht einmal, sich in irgendeiner Weise zu schützen. Obwohl er blinzeln mußte, straffte er entschlossen die Schultern.

»Augustine!« befahl Daphne eine Spur lauter. »Schließ die Tür!« John blickte Gus ins Gesicht und zwang ihn stumm, seine Frau zu ignorieren.

Nach einem Augenblick war der Kampf vorbei. Gus machte die Tür ein bißchen weiter auf. »Komm herein, John«, murmelte er. »Du bist ja tropfnaß.«

John wischte seine durchnäßten Schuhe auf der Fußmatte ab und trat ein. »Du läßt diese – diese *Person* in mein Haus!« schrie Daphne, als Gus die Tür schloß. John hatte noch nie eine so schrille Stimme gehört. Er bemerkte, daß er das Parkett in der Eingangshalle volltropfte und versuchte vergeblich, den Schaden zu begrenzen, indem er seinen Mantel eng um sich schlang.

Gus drehte sich zu seiner Frau um und sah sie halb entschuldigend, halb bittend an. »Daphne, er will nur mit mir reden. An einem solchen Tag würdest du noch nicht einmal einen Hund draußen stehen lassen –«

»Schaff ihn mir aus den Augen«, kreischte sie und wurde vor Zorn puterrot.

Johns Ärger verflog. Er hatte seiner Wut beim Klopfen Luft gemacht. Er hatte keine Angst mehr – weder vor Roses Mutter noch vor dem Colonel noch vor sonst irgendwas. Als er Daphne O'Beirne Moffat in diesem Zustand sah, fragte er sich, ob er je noch einmal von ihr oder von Menschen ihrer Art eingeschüchtert werden könnte.

»Bitte, Daphne«, stotterte Gus, »der Junge will doch nur –«

»Schaff ihn mir aus den Augen.« Daphnes Stimme wurde tödlich leise. Seltsamerweise fühlte sich John vollkommen unbeteiligt, und immer noch tropfend wartete er auf das Ende der Auseinandersetzung.

Der Colonel tat etwas Eigenartiges. Er nahm seine Taschenuhr heraus, aber statt sie anzusehen, hielt er sie wie ein Amulett vor seine Brust. »Daphne, dies ist immer noch mein Haus«, knurrte er. »Dies ist einer meiner Pächter, und ich werde mit ihm sprechen.« Während er sprach, klappte er die Uhr endlich auf, doch dann ließ er sie wieder zuschnappen. Zum zweiten Mal innerhalb kürzester Zeit verspürte John so etwas wie Mitgefühl mit diesem Mann.

Roses Mutter schwieg zunächst. »Also gut«, sagte sie dann. »Ich gehe auf mein Zimmer. Wenn du fertig bist, würde ich gern mit dir reden.« Sie machte auf dem Absatz kehrt und klapperte die Treppe hinauf. Sowohl John als auch Gus beobachteten sie, bis sie aus ihrem Blickfeld verschwand. Keiner von ihnen bewegte sich, bis sie hörten, wie oben eine Tür zufiel.

Gus drehte sich zu John um, aber er sah ihm nicht in die Augen. »Tut mir leid«, murmelte er. »Weißt du, sie ist ein bißchen aufgeregt...« Er schien noch etwas sagen zu wollen, aber dann merkte er, daß er immer noch die Uhr in der Hand hatte, und schob sie in seine Westentasche zurück.

»Bitte, Colonel«, sagte John. »Es tut mir leid. Ich habe die Beherrschung verloren, ich hatte kein Recht, so mit Ihnen zu sprechen.«

»Tja, nun«, sagte Gus. »Du sagtest, daß du mit mir sprechen wolltest. Komm doch mit in die Waffenkammer. Dort ist es ruhig. Ich benutze sie als eine Art Arbeitszimmer.«

John folgte ihm durch die Eingangshalle und dann durch einen kurzen Korridor. Gus nahm einen Schlüssel von seiner Uhrkette und öffnete damit eine schlichte braune Tür. Dann trat er in einen kleinen, holzverkleideten Raum, der mit einem Schreibtisch, einem Sekretär, einem Stuhl und einer kleinen Couch bestückt war, die schon bessere Tage erlebt haben mußte. Die Waffen, drei Schrotflinten und ein Gewehr, standen in einem Glasschrank an der Wand.

»Setz dich doch, John. Nun, worüber wolltest du mit mir sprechen?« Er setzte sich an den Sekretär.

»Ich würde lieber stehen bleiben, wenn es Ihnen nichts ausmacht, Sir«, sagte John. »Ich bin so naß, daß ich Ihre Couch bestimmt ruinieren würde. Ich bin gekommen, um Sie zu fragen, ob Sie nicht eine Stelle für mich haben, Sir. Eine richtige Stelle. Ich trage jetzt eine gewisse Verantwortung.«

Gus fuhr sichtbar zusammen. Er wollte gerade aufstehen, aber John, der Angst hatte, daß seine Bitte abschlägig beschieden werden würde, fuhr eilig fort. »Wissen Sie, Sir, meine Mutter – nun, Sie wissen wahrscheinlich, daß meine Mutter sehr krank ist. Sie hatte einen Schlaganfall. Im Augenblick liegt sie in Dublin im Krankenhaus. Wenn sie sich erholt, wird sie jemanden brauchen, der sich um sie kümmert. Derek, mein Bruder, fährt zurück nach Kanada, und er sagt, daß er etwas Geld schicken will. Aber ich suche hier nach Arbeit. Ich bin jetzt qualifiziert, Sir, ich habe alle Arten von Farmarbeit gemacht. Obwohl ich nur ein paar Monate in Kanada war, habe ich dort eine Menge gelernt. Ich kann mit Pferden, Rindern und sogar mit Schweinen umgehen. Und das Land bestellen. Ich kenne mich jetzt wirklich aus...«

Gus starrte ihn an, und seine Miene war unergründlich.

»Ich dachte, ich war sicher...« setzte Gus langsam an.

John sah ihn ohne Hoffnung an. Seine Not und sein Zorn hatten ihn bis jetzt aufrecht gehalten, aber es gab keine Heizung in diesem Raum, und er begann zu zittern. Er versuchte, das Zähneklappern zu unterdrücken. »Ja, Sir?« fragte er höflich.

»Du bist – du warst mit Rose – sehr eng befreundet?«

Dies war das letzte, was John erwartet hätte. Wie kam Roses Vater nur auf dieses Thema? Hatte Rose sich ihm anvertraut? Sein Zittern hörte auf. »Ja, Sir«, erwiderte er schüchtern. »Das war ich. Das bin ich. Wir schreiben uns regelmäßig.«

»Ach ja?« Gus' blasse Augen wurden unmerklich schmaler.

»Ja, Sir. Aber ich habe schon seit ein paar Wochen nichts mehr von ihr gehört. Bis vor ein paar Tagen war ich noch in Kanada«, fügte er unnötigerweise hinzu.

»Und du bist nach Hause gekommen, weil deine Mutter krank ist?«

»Ja, Sir.«

»Nur deshalb?«

John war verwirrt. Was wollte der Mann sagen? Glaubte er etwa, das Ganze sei ein abgekartetes Spiel, um Rose wiederzusehen? »Ja, Colonel.«

Gus stand auf, zog erneut seine Uhr aus der Tasche, aber wieder sah er nicht darauf. »Mary Flynn ist eine gute Frau«, sagte er. »Und ich habe deinen Vater sehr gemocht. Ich werde sehen, was ich tun kann.«

John traute seinen Ohren nicht. »Sie meinen, Sie werden mir eine Stelle geben?«

»Selbst wenn ich es mir leisten könnte, dich anzustellen, was ich nicht kann, glaube ich kaum, daß es passend wäre, wenn du hier auf dem Gut arbeiten würdest, John.« Wieder verstand John nicht, was der Colonel meinte, aber er war so glücklich über die positive Reaktion, daß er nicht darüber nachdachte. »Sie meinen, Sie verschaffen mir irgendwo anders eine Stelle?« fragte er begeistert.

»Überlaß die Sache einfach mir«, sagte der Colonel in einem Ton, der zeigte, das für ihn das Gespräch beendet war. Sie verließen den Raum, und der Colonel schloß die Tür wieder ab. Dann führte er John in die Eingangshalle zurück, aber dieses Mal ließ er ihn durch die Hintertür hinaus. »Die Vordertür benutzen wir nur bei Beerdigungen«, erklärte er.

»Ich kann Ihnen gar nicht genug danken, Sir«, sagte John, ehe er in den Regen hinaustrat. Automatisch klappte er den Kragen seines Mantels hoch, ehe er sich noch einmal umwandte: »Entschuldigen Sie die Frage, Colonel, aber ist Rose heute nachmittag zu Hause?«

Roses Vater zuckte zusammen. »Nein«, sagte er und griff erneut nach seiner Uhr. »Sie ist nicht da.« Zum zweiten Mal innerhalb einer halben Stunde wurde John die Tür vor der Nase zugeschlagen.

John starrte auf das abgenutzte, regennasse Holz. Jetzt verstand er. Gus und Daphne O'Beirne Moffat hatten herausgefunden, daß er und Rose befreundet waren – sie mußte es ihnen erzählt haben oder aber sie hatten die Briefe gefunden; und wie nicht anders zu erwarten, waren sie mit der Beziehung alles andere als einverstanden.

Auf dem Heimweg dachte er über diese neue Entwicklung nach. Er mußte unbedingt mit Rose in Verbindung treten, um herauszufinden, wie sie die Sache sah. Vielleicht hatte sie es ihm ja in einem Brief geschrieben, der inzwischen in Kelly's Cross auf ihn wartete.

Aber wo war sie jetzt? Hatte ihr Vater gemeint, daß sie nur heute »nicht da« war, oder war sie überhaupt »nicht da«? Das ließe sich problemlos durch die Nachbarn in Erfahrung bringen. Er wünschte sich von ganzem Herzen, daß sein Verhältnis zu Derek besser wäre. Dann hätte er ihn um Hilfe bitten können.

Erst nach zwei Tagen hatte sich John soweit erholt, daß er losgehen und sich nach Rose erkundigen konnte.

Bis dahin verbrachte er seine Zeit mit Saubermachen, einer Aufgabe, die er allein erledigte. Der Nervenkrieg, den sein Bruder mit ihm austrug, war eine große Belastung für ihn, so daß er über Dereks permanente Abwesenheit geradezu froh war. Sein Bruder hatte es sich angewöhnt, spät aufzustehen und nach dem Frühstück für den Rest des Tages zu verschwinden. John hatte keine Ahnung, wo er seine Zeit verbrachte, aber er nahm an, daß er ein paar ihrer alten Schulfreunde traf. Manchmal fragte er sich, wo Derek wohl aß, aber dann beschloß er, seine Energie nicht mit derartigen Überlegungen zu vergeuden. Als Dan McGuigan sie zum Flughafen von Charlottetown gebracht hatte, hatte er jedem von ihnen fünfzig amerikanische Dollar in die Hand gedrückt. Auf der Fahrt von Dublin hierher hatte John Ned Sherling gebeten, sein Geld auf der Bank von Carrick umzutauschen und von einem Teil Lebensmittelvorräte kaufen zu gehen. Er nahm an, daß Derek sein Geld ebenfalls umgetauscht hatte, denn sein Bruder schien immer genug Zigaretten zu haben, so daß beständig der Geruch von kaltem Rauch in dem kleinen Cottage hing.

Nach den heftigen Güssen vom Sonntag war der Montagmorgen grau und verhangen, doch wenigstens regnete es nicht mehr. John erwachte gegen neun Uhr und beschloß, sich sofort an die Arbeit zu machen. In einem der Schränke hatte er eine Dose Ofenreiniger gefunden, so daß er die Ofenklappen geöffnet hatte, um das Feuer über Nacht ausbrennen zu lassen. Nach einem Frühstück, das aus Milch und den Resten von Neds Brot und Butter bestand, reinigte er gründlich den Ofen, und anschließend rieb er die Oberfläche mit Eisenschwärze ein. Der stechende Geruch brachte ihn zum Niesen, aber er rieb eifrig mit einer kleinen Bürste und einem Tuch auf den Platten herum, bis sie wie neu aussahen.

Gerade als er fertig war, kam Ned mit neuen Vorräten. Er gab sie John zusammen mit dem Wechselgeld, aber dann machte er sich sofort wieder auf den Weg. John legte das Geld auf den Tisch und zählte. Es waren noch acht Pfund, sechzehn Schilling und fünf Pence. Er sah es an, sammelte es auf und steckte es in die alte Teedose auf dem Kaminsims, wo auch seine Mutter ihr Geld aufzubewahren pflegte. Er fühlte sich traurig, aber zugleich sehr erwachsen, als übernähme er durch diese Handlung die Führung des Haushaltes.

Er zündete den Ofen an, briet Würstchen und überlegte, wie lange das Geld wohl reichen würde. Wenn er bescheiden lebte, könnte er damit mindestens drei Wochen überstehen.

Nachdem er die Hälfte der Würstchen gegessen hatte, wickelte er die andere Hälfte in ein Stück Papier und legte sie draußen in den Fliegenschrank direkt neben der Tür.

Dann überlegte er, ob er zur Post gehen sollte, um im Krankenhaus anzurufen und sich nach seiner Mutter zu erkundigen. Außerdem wollte er endlich erfahren, wo Rose war. Aber in beiden Fällen hatte er Angst vor den Antworten, und nach der Aufregung der letzten Tage verspürte er das dringende Bedürfnis, erst einmal zur Ruhe zu kommen.

Also kehrte er wieder ins Haus zurück und machte sich erneut an die Arbeit. Er ruhte nicht eher, als bis jede einzelne Tasse, jede Ecke, jedes Möbelstück in neuem Glanz erstrahlte. Am Ende war er schon wieder hungrig, aber da er vollkommen erledigt war, machte er sich nur zwei Brote mit Brombeermarmelade und eine Tasse Tee, spülte und sank todmüde in sein Bett.

Am nächsten Tag nahm er sich das Wohnzimmer vor. Er schrubbte das Linoleum, putzte die Fenster, hängte den Teppich über die Wäscheleine im Hinterhof und klopfte ihn mit einer Bürste aus. Er wusch Marys Porzellanfiguren und polierte sie, reinigte den Ofen, die geflieste Einfassung des Kamins und selbst den Rahmen des bestickten Ofenschirms. Dann legte er neues Holz in den Kamin, schüttelte die Roßhaarkissen aus und wischte den Boden ein zweites Mal.

Als er fast fertig war, hörte er plötzlich auf. Er führte sich auf wie ein Besessener. Viel wichtiger als das Saubermachen war, sich nach seiner Mutter – und nach Rose – zu erkundigen.

Er schnappte sich ein kaltes Würstchen und eine Scheibe Brot und trabte in Richtung der Post. Dort angekommen, traf er Francey Meagher, der darauf wartete, daß die Tür geöffnet wurde. »Wie geht es dir, Francey?« fragte er und überlegte, ob er über die Ziege und die Hühner sprechen sollte, die Francey gekauft hatte, um die Amerikawache für ihn und Derek zu bezahlen.

Aber Francey kam von selbst auf dieses Thema zu sprechen. »Gut, John, gut«, sagte er. »Wie geht es deiner Mutter? Wie ich höre, ist sie auf dem Weg der Besserung. Übrigens, die Hennen von ihr legen einfach prächtig.«

»Das ist schön«, sagte John. »Ja, ich glaube – ich hoffe, daß es ihr bald bessergeht.«

»Eine schreckliche Geschichte«, sagte Francey. »Nun, wenn ich irgend etwas tun kann …«

»Das weiß ich, Francey«, sagte John.

Der alte Mann hatte sein Fahrrad an den Fensterrahmen des Postbüros gelehnt und lehnte mit dem Rücken an der Stange. Er verschob das Rad, so daß sie sich nebeneinander auf die Fensterbank setzen konnten. Nach einer Weile nahm Francey seine Pfeife heraus und schob sie sich unangezündet in den Mund. »Gott sei Dank regnet es nicht mehr«, murmelte er.

In der Tat war es für Januar sogar ein äußerst milder Tag. Es wehte ein leichter Wind, und hin und wieder fielen sogar ein paar Sonnenstrahlen auf die nackten Hecken und die grasüberwachsenen, sumpfigen Felder, die nach dem ganzen Regen saftig grün leuchteten.

John blickte die Straße hinab und tat so, als hätte er in der Ferne etwas entdeckt. Dann sprach er so beiläufig wie möglich. »In letzter Zeit ist hier ja nicht gerade viel passiert. Wie ich höre, läuft es oben im Herrenhaus nicht besonders gut.«

»Da hast du recht«, sagte Francey. »Um das Gut wieder in Schuß zu bringen, bräuchte man verdammt viel Geld.«

»Stellt er noch Leute ein?« fragte John.

»Nee, keinen einzigen! Eher schneit es in der Hölle, als daß er das Gut noch mal in Schwung bringt. Es ist nicht mehr wie früher –«

Ehe Francey sich seinen Erinnerungen hingeben konnte, fiel John ihm ins Wort. »Ich habe die Kleine, Rose, noch gar nicht gesehen.«

»Nein«, sagte Francey langsam. »Sie ist nicht mehr da. Wie ich höre, geht sie jetzt in England zur Schule.«

Es gelang John nur mit Mühe, seine Stimme ruhig zu halten. »Ach ja? Ich dachte, daß sie in Dublin zur Schule geht.«

»Tja, nun, das ist alles, was ich weiß«, sagte Francey. »Weihnachten war sie mit einer Freundin hier, aber dann ist sie nach England gefahren. Der Colonel hat sie angeblich selbst dorthin gebracht.«

»Ach ja?« sagte John. Sein Herz klopfte wie wild. Am liebsten hätte er Francey noch weiter ausgequetscht. Vielleicht wußte er ja sogar, wo genau Rose war. Aber er hatte das Gefühl, daß er sich bereits weit genug vorgewagt hatte. »Ach ja?« sagte er nochmals, und in diesem Moment öffnete die Postangestellte die Tür.

Das Postbüro war gleichzeitig der örtliche Zeitungsladen, Tabak- und Gemischtwarenhändler. Von einem Teil seines wertvollen Geldes kaufte John fünf Briefbögen und fünf Umschläge sowie eine Briefmarke. Er zögerte kurz, doch dann nahm er noch einen Riegel Schokolade. Er konnte es sich nicht leisten, aber er konnte der schimmernden blauen Verpackung einfach nicht widerstehen. Dann kaufte er sogar noch ein paar Kekse. »Wie geht es deiner Mutter?« fragte die Frau hinter dem Schalter, während sie die Preise seiner Einkäufe auf der Rückseite einer Papiertüte addierte. Sie war eine nette Person.

»Ich will gerade im Krankenhaus anrufen, um mich nach ihr zu erkundigen«, sagte John.

»Ich werde für sie beten«, sagte die Angestellte, die täglich in die Kirche ging.

»Danke, Mrs. Doody«, sagte John. »Wieviel kostet ein Telefongespräch nach Dublin?«

»Mal sehen, wieviel du hast«, sagte sie und zählte die Münzen in seiner Hand. »Das reicht allemal. Warte, bis ich Francey bedient habe, dann stelle ich dich durch. Hast du die Nummer?« Er reichte ihr einen zerknitterten Zettel, den die Sozialarbeiterin ihm gegeben hatte.

Sie verkaufte Francey zwei Unzen Tabak und eine Schachtel Streichhölzer, und dann setzte sie sich an ihre Schalttafel und wählte die Dubliner Nummer.

Es dauerte lange, bis man im Krankenhaus ans Telefon ging, und John befürchtete das Schlimmste. Seine Mutter war bereits gestorben. Er hätte schon gestern anrufen sollen. Aber schließlich bedeutete ihm Mrs. Doody, einen Schilling und drei Pence in den schwarzen Münzautomaten an der Wand zu werfen.

Die Neuigkeiten waren recht gut. Seine Mutter wurde nicht mehr künstlich beatmet, und am nächsten Morgen würde die Physiotherapie beginnen.

Es war wahrscheinlich eine der Glanzstunden von Gus. Den Brief in der Hand, stand er in dem kleinen Salon und sah seiner vor Wut zitternden Frau ins Gesicht. »Nein, Daphne«, sagte er fest. »Dieser Brief ist an Rose adressiert, und sie wird ihn auch bekommen.«

Zum zweiten Mal in dieser Woche mußte sich Daphne geschlagen geben. »Also gut«, sagte sie steif. »Aber ich denke, daß du einen großen Fehler machst. Ich dachte, wir wären uns einig gewesen. Je weniger Rose mit diesem Jungen zu tun hat, um so besser.«

Der Brief war mit der Morgenpost angekommen. Er trug den Poststempel von Carrickmacross, und Roses Name und Adresse waren sorgfältig in großen Druckbuchstaben darauf vermerkt. Gus blickte erneut auf den billigen blauen Umschlag. »Wir wissen schließlich gar nicht, ob dieser Brief von ihm ist. Wir wissen noch nicht einmal, ob er tatsächlich der Vater ist –« setzte Gus an, aber Daphne schnaubte nur.

»Ach nein?« fragte sie verbittert. »Wer sonst sollte es sein?«

»Du kannst einen Menschen nicht einfach so verurteilen«, beharrte Gus auf seinem Standpunkt.

»Oh, doch. Das kann ich. Ich bin schließlich die Mutter des Mädchens.«

Gus tastete nach seiner Uhr, doch dann hielt er in der Bewegung inne. »Und ich bin ihr Vater«, sagte er ruhig. »Ich werde ihr diesen Brief schicken.« Das sonntägliche Gespräch mit dem vollkommen durchnäßten, zitternden John Flynn ließ ihm keine Ruhe. Der Junge hatte Mut, das mußte er zugeben. Obgleich Roses Schwangerschaft ihn ebenso entsetzte wie seine Frau, und obwohl er ebenso wie sie der Meinung war, daß sie ihre Beziehung zu John Flynn beenden mußte, spürte er instinktiv, daß der Junge ein guter Mensch war. Schließlich hatte er Rose bestimmt nicht absichtlich in diese Situation gebracht.

Daphne gab auf und stapfte aus dem Raum. Gus sah ihr nach und seufzte. Doch zugleich verspürte er fast so etwas wie Freude über diesen kleinen Sieg. Das Telefon stand auf einem Tischchen neben dem Fenster. Bisher hatte er noch nicht versucht, dem Jungen einen Job zu verschaffen. Am besten tat er es gleich jetzt.

Er rief bei drei Leuten an. Die ersten beiden waren Jagdbekanntschaften, Bauern mit großen Ländereien jenseits der Grenze, einer in Armagh, der andere in Tyrone. Doch die beiden Anrufe waren vergeblich: Überall waren die Zeiten schwer, und keiner der beiden konnte etwas für ihn tun.

Der dritte Anruf galt dem Besitzer eines kleinen Hotels an einer Nebenstraße zwischen Carrickmacross und Cootehill. Willow House, ein Herrenhaus aus dem siebzehnten Jahrhundert mit riesigen Ländereien, gehörte einem alten Freund, George Cranshaw, dem es wie allen anderen Gutsbesitzern unmöglich geworden war, allein von der Landwirtschaft zu leben.

George besaß einen guten Forellenteich, auf dem verschiedene Entenarten überwinterten, und außerdem hatte er die natürliche Fauna noch um ein paar Fasane bereichert. Außerdem gab es ein paar Moorhühner und Schnepfen, deren Zahl allerdings beständig zurückging.

Das Geschäft mit dem Tourismus steckte in Irland noch in den Kinderschuhen, aber langsam fanden die Briten Gefallen an diesem

Land. Mit Unterstützung des irischen Fremdenverkehrsverbandes hatte George wesentlich mehr Geld geliehen, als er je würde zurückzahlen können, um sein Heim von Grund auf zu modernisieren. Willow House verfügte lediglich über sechs Gästezimmer, aber er hoffte, englische und andere europäische Jäger und Angler anzulocken, die, falls die Ausbeute lohnenswert war, jedes Jahr zurückkommen würden. Die anderen Besitzer großer Häuser verfolgten dieses Experiment mit großem Interesse.

»Hallo, George«, sagte Gus.

»Hallo, Gussie, daß du noch lebst!« sagte Cranshaw. »Wie geht's, altes Haus?«

»Gut, gut«, sagte Gus. »Was macht dein Projekt?«

»Also bitte, Gus, gib mir eine Chance – es ist erst Januar. Im Augenblick beherbergen wir zwei Amerikaner, die auf der Suche nach ihren Wurzeln sind, und einen Italiener, der es auf die Rotkehlchen abgesehen hat.«

»Mach dir nichts draus«, grinste Gus. »Sein Geld ist ebensogut wie das jedes anderen.«

»Ich wünschte nur, er wäre etwas treffsicherer – ich habe ehrlich Angst um die Pferde. Was kann ich für dich tun, Gus?«

»Nun, ehrlich gesagt möchte ich dich um einen Gefallen bitten. Natürlich nur, wenn es dir paßt, George, aber der Sohn eines Freundes, ein guter Junge, braucht unbedingt einen Job. Ich würde ihm gerne helfen. Er ist gerade erst aus Kanada zurückgekommen. Mit dem Farmbetrieb kennt er sich ziemlich gut aus.«

»Hat er eine Ahnung von Wild?«

»Weiß ich nicht«, sagte Gus ehrlich. »Aber das sollte er eigentlich. Sein Vater war mein Wildhüter – und ich weiß, daß der Junge ein guter Angler ist. Und mit Pferden kennt er sich ebenfalls ein bißchen aus.«

»Ich könnte tatsächlich Hilfe gebrauchen«, sagte George Cranshaw langsam. »Meinst du, der Junge kann verantwortungsvoll mit Gewehren umgehen?«

»Allerdings«, sagte Gus.

»Also gut. Schick ihn heute oder morgen zu mir, damit ich mich mit ihm unterhalten kann.«

»Vielen, vielen Dank, Colonel«, sagte John. Er stand in der Küche des Pförtnerhäuschens, und am liebsten wäre er Gus vor Dankbarkeit um den Hals gefallen.

Als spüre er diese bedrohliche Entwicklung, trat Gus einen Schritt zurück. »Es ist nur ein Versuch«, warnte er. »Aber Cranshaw scheint wirklich jemanden zu brauchen. Du müßtest ganz unten anfangen, aber ich habe gesagt, daß du zu jeder Arbeit bereit bist.«

»Zu jeder«, bestätigte John. »Ich werde mein Bestes geben, Sir. Ich verspreche, daß ich Sie nicht enttäuschen werde.«

»Kennst du dich mit Gewehren aus?« fragte Gus.

»Die alte Schrotflinte meines Vaters hängt noch irgendwo hier herum. Ich habe sie ein paarmal benutzt, aber nicht oft«, gab John zu.

»Aber wenigstens weißt du, wie man damit umgeht?«

»Oh, ja, Colonel. Derek und ich können beide damit umgehen. Wir haben damit Kaninchen geschossen und –« Er unterbrach sich gerade noch rechtzeitig. Fast hätte er zugegeben, daß er und Derek nicht nur Kaninchen, sondern auch Fasane und andere Vögel geschossen hatten.

»Gut«, sagte Gus. »Nun, ich werde in ein paar Tagen noch mal vorbeikommen. Ich hoffe, es klappt.« Er wandte sich zum Gehen, aber in der Tür blieb er stehen und nestelte an seiner Uhr herum. »Übrigens«, sagte er und blickte zu Boden. »Ich habe deinen Brief an Rose weitergeschickt. Wiedersehen!« Mit diesen Worten ging er.

John hatte Rose nicht ins Herrenhaus geschrieben.

Doch dann kam er zu dem Schluß, daß ihr vielleicht einer seiner Briefe versehentlich von der Schule in Dublin nachgeschickt worden war.

9

In dieser Nacht konnte John vor Aufregung nicht schlafen. Er nahm den alten Wecker mit ins Schlafzimmer, aber vor lauter Angst, daß er vielleicht nicht klingeln würde, stand er mindestens ein dutzendmal auf, um nach der Uhrzeit zu sehen. Um kurz vor sechs stand er schließlich auf, ging ans Fenster und wischte mit dem Ärmel seines Pyjamas die dünne Eisschicht beiseite, um hinauszusehen. Die blattlosen Hecken schimmerten im Licht des hochstehenden Mondes wie filigranes Silber. Vor Kälte zitternd zündete er die Kerze an und warf sich eilig in seine besten Kleider, die er bereits am Vorabend auf einem Stuhl zurechtgelegt hatte.

Er trug die Kerze in die Küche und stellte sie auf die Fensterbank neben dem Fahrrad. Das Hotel war fünfzehn Kilometer entfernt, und er hatte sich das Rad, ein altes, eisernes Gefährt, von einem alten Schulfreund geliehen. Nachdem er sich kaltes Wasser ins Gesicht gespritzt hatte, verschlag er eilig eine Scheibe Brot und spülte sie mit einer Tasse Milch hinunter. Dann kritzelte er eilig eine Nachricht für Derek, der wie gewöhnlich erst sehr spät nach Hause gekommen war.

Eigentlich hatte er gar keine Lust, seinen Bruder darüber zu informieren, wo er war, aber sollte zum Beispiel jemand aus dem Krankenhaus nach ihnen schicken, mußte Derek wissen, wo er ihn fand. Außerdem klammerte er sich immer noch an die Hoffnung, daß sich die Beziehung zu seinem Bruder irgendwie, irgendwann doch noch retten ließe.

Das schwere Fahrrad schwankte ein bißchen, als er von dem Hof radelte, aber nach ein paar Minuten hatte er das Gleichgewicht gefunden und verfiel in einen stetigen Rhythmus. Als er das Hotel, eine Insel aus warmem, freundlich-gelbem Licht, endlich erblickte, schmerzten seine Oberschenkel und Waden, und sein Magen knurrte erneut. Er lehnte das Rad an eine Hecke neben dem Eingangstor und sah sich seine neue Arbeitsstätte an.

Willow House war ein viereckiges, kantiges, efeuumranktes Haus, wesentlich kleiner als Sundarbans, aber dennoch beeindruckend. Vor allem war es in einem wesentlich besseren Zustand als das heimatliche Herrenhaus. In dem hellen Licht, das aus den zahlreichen Fenstern drang, erkannte John, daß der Kiesweg frisch geharkt und frei von Unkraut war, und daß die Türen und Fenster einen frischen Anstrich aufwiesen. Die Eingangstür wurde von einem Paar Messinglampen beleuchtet.

Plötzlich wurde er nervös. Er hielt sich im Schatten und versuchte, das Geräusch seiner Schritte auf dem Kies so leise wie möglich zu halten, als er sein Rad in den Hinterhof schob und es neben die Tür lehnte. Dann atmete er tief ein, nahm die Mütze ab und klopfte an.

»Ja?« Der Mann, der ihm öffnete, war drahtig, hatte schütteres, lockiges Haar, und sein bebrilltes, müdes Gesicht war schmal und kantig, mit deutlich hervortretenden Wangenknochen.

»Guten Morgen, Mr. Cranshaw«, sagte John. »Ich bin John Flynn.«

Die Miene des Mannes hellte sich auf. »Oh, ja, ja«, sagte er. »Flynn, ja. Schön, daß du gekommen bist. Komm doch herein.«

Die unaufgeräumte, mit Steinfliesen ausgelegte Küche war das Größte, was John je gesehen hatte. Sie schien so lang wie das gesamte Haus zu sein, und an jedem Ende waren Fenster. Drei Meter über dem Boden führte eine Art Galerie die Wand entlang, deren dunkles Holzgeländer hervorragend zu der mit Sparrenwerk versehenen Decke paßte. Die Luft war rauchgeschwängert, und Johns Blick fiel auf den großen Schlachtblock in der Mitte des Raumes, auf dem eine leicht dampfende Bratpfanne zwischen einem Berg von Tellern, Sieben, Töpfen, Messern und anderen Kochutensilien abgestellt war.

George Cranshaw bemerkte, daß John auf die Pfanne sah. »Ja«, sagte er. »Ich fürchte, heute morgen ist es etwas schwierig. Meine Köchin hat – nun, sie hat mich verlassen. Im Augenblick herrscht ein gewisser Personalmangel.« Er raufte sich die Haare. »Dorothy – das ist meine Frau – ist auch nicht da ...«

John nickte. Langsam wurde er ruhiger. Er mochte diesen Mann, der offenbar von der sanfteren Sorte war. Obwohl keinerlei äußerliche Ähnlichkeit bestand, erinnerte George Cranshaw John an seinen Vetter Dan McGuigan.

»Ich nehme an, du weißt auch nicht, wie man Frühstück macht?« fragte George und sah John hoffnungslos an.

»Das kommt auf das Frühstück an«, antwortete John. Er wußte, wie man Speck, Würstchen und Eier zubereitete und Peggy McGuigan hatte ihm beigebracht, wie man Pfannkuchen buk.

»Das ist ganz egal!« sagte George und strahlte vor Erleichterung. »Wer bettelt, darf nicht wählerisch sein. Heute morgen ist es einfach – wir haben nur drei Gäste. Sie sind da drüben.« Er winkte in Richtung der Küchentür. »Könntest du vielleicht gleich anfangen? Keine Angst, versuch es einfach.« Er öffnete die Tür zu einer kleinen Vorratskammer. »Ich halte solange die Stellung.« Dann ging er zur Tür, wo er sich noch einmal umdrehte und lächelte. »Übrigens, freut mich, dich kennenzulernen.«

Trotz seiner Verwirrung kam John ganz gut zurecht. Er fand sogar Tomaten und mehrere Stücke Niere, die er neben dem Speck, den Würstchen und den Eiern briet.

»Herrlich«, begeisterte sich George Cranshaw, als er zurückkam, um das Frühstück zu holen. »Vielen, vielen Dank. Nimm dir und iß, was du willst«, rief er über die Schulter zurück, ehe er mit dem schweren Tablett wieder verschwand.

Aber John war zu erschöpft, um zu essen. Er räumte die Küche auf und fiel dann auf einen Stuhl.

Anscheinend hatte er den Job bereits so gut wie in der Tasche.

Vor dem formellen Einstellungsgespräch führte ihn George Cranshaw durch das Hotel.

»Es ist alles ein bißchen durcheinander«, grinste George Cranshaw. »Ich fürchte, Dorothy ist etwas unordentlich, genau wie alle anderen Mitglieder ihrer Familie – weißt du, es ist ihr Haus. Aber den Gästen gefällt's, und der Typ vom Fremdenverkehrsverband hat gesagt, wir sollten alles so lassen. Hier Staub zu wischen ist die Hölle. Nun, wenn du genug gesehen hast«, grinste er erneut, »dann können wir vielleicht in mein Büro gehen und uns dort ein bißchen unterhalten.«

Der Raum war winzig, aber perfekt genutzt, mit einem Aktenschrank, einem Schreibtisch und zwei Stühlen. George setzte sich und bedeutete John, ebenfalls Platz zu nehmen. »Nun«, sagte er geradeheraus. »Der Colonel sagt, daß du diesen Job unbedingt brauchst.«

»Das stimmt.« John sah George Cranshaw tapfer ins Gesicht.

»Hast du irgendwelche Erfahrung?«

»Ich habe mal auf einer Farm gearbeitet, Sir.«

»Übrigens, wie alt bist du?«

»Achtzehn, Sir.« John log, ohne darüber nachzudenken.

»Wie sieht es mit Examen aus – Schule und so?«

»Nun, ich habe die Zwischenprüfung abgelegt, Sir. Ich habe sieben Auszeichnungen bekommen.«

George Cranshaw pfiff anerkennend. »Ich bin beeindruckt. Aber du wirst doch sicher nicht gleich den ganzen Laden hier übernehmen, wenn ich dir einmal den Rücken zudrehe?«

John wußte nicht, wie er reagieren sollte, aber George Cranshaw fuhr fort. »Abgesehen davon, daß du ein richtiger Schlaukopf zu sein scheinst«, sagte er, »kannst du offenbar sogar noch kochen.«

»Nun, eigentlich nicht, Mr. Cranshaw.« John hatte das Gefühl, ehrlich sein zu müssen. »Speck und Eier zu braten kann man wohl kaum als echtes Kochen bezeichnen.«

»Kannst du einen Eintopf machen?«

»Ich – ich glaube schon –«

»Ein Hühnchen braten?«

»Nun, ja.«

»Dann kannst du kochen.«

»Aber –« John war ehrlich verwirrt. Sollte er etwa als Koch eingestellt werden? George Cranshaw sah ihm seine Verwunderung an. »Keine Angst, Dorothy kümmert sich um das Essen. Es ist nur so, wenn ich dich anstelle, mußt du in der Lage sein, dich überall nützlich zu machen. Als Jagdgehilfe, Treiber, Koch, Hausmädchen, Reinemachfrau, Maler, Erntehelfer, Traktorfahrer, selbst als Pfleger – hast du mich soweit verstanden?«

John nickte. Dieses Vorstellungsgespräch war ganz anders, als er es erwartet hätte.

»Nun«, fuhr George unbekümmert fort. »Ich nehme an, daß du wissen möchtest, wieviel du verdienst, und welche Arbeitsbedingungen dich hier erwarten?«

»Ja, Sir.«

»Ich habe die Stunden noch nicht ausgerechnet, aber meinst du, daß du flexibel wärst? Könntest du vielleicht immer an den Tagen für mich arbeiten, an denen ich jemanden brauche?«

John dachte an den Hauptgrund, weshalb er eine Arbeit suchte, und wieder meinte er, ehrlich sein zu müssen. »Nun, Sir, ich werde mich häufig um meine Mutter kümmern müssen.«

»Wenn du flexibel bist, bin ich es auch. Ich bin sicher, daß wir einen vernünftigen Arbeitsplan austüfteln können.«

»Danke, Sir.«

»Oh, bitte nenn mich George. ›Sir‹ erinnert mich immer an die Marine.« Er tat, als ob er erschaudere. »Und nun zu deinem Lohn.

Ich habe darüber nachgedacht. Meinst du, daß drei Pfund akzeptabel wären?«

John schluckte. Er wußte, daß er es sich nicht leisten konnte, Forderungen zu stellen, aber drei Pfund waren sehr wenig, wenn er davon auch noch seine Mutter unterstützen sollte. Die Worte waren heraus, ehe er sie zurückhalten konnte. »Fünf Pfund, Mr. Cranshaw.« Sein eigener Wagemut erschütterte ihn, aber er versuchte, sich nichts anmerken zu lassen. »Es tut mir leid, Sir«, sagte er. »Aber für weniger als fünf Pfund die Woche kann ich nicht arbeiten.«

George Cranshaw runzelte die Stirn und trommelte auf seinem Schreibtisch herum. Dann schien er eine Entscheidung zu treffen. »Vier?« fragte er.

John sah ihm direkt in die Augen und sagte mit fester Stimme: »Vier Pfund zehn.«

»Du bist ein harter Verhandlungspartner.« George verzog schmerzlich das Gesicht.

»Nun, Sir – George – ich habe auch die Absicht, hart zu arbeiten. Sie werden es nicht bereuen. Ich werde Sie nicht enttäuschen.«

»Vier Pfund, zwei Schilling, sechs Pence.«

John wußte, daß er das Geld nehmen sollte, da das Angebot mehr als fair war. Aber seiner Mutter zuliebe mußte er es noch einmal versuchen. »Vier Pfund, fünf Schilling.«

Ein paar Sekunden lang dachte er, er wäre zu weit gegangen, aber dann nickte George Cranshaw. »Ich hoffe, du bist das Geld wert«, sagte er und streckte die Hand aus. »Willkommen im Club.«

Als John sah, wie sein neuer Arbeitgeber etwas auf einen Zettel schrieb, konnte er sich kaum noch zusammennehmen. Er hatte einen Job, einen, von dem er wußte, daß er ihm gefallen würde. Er bekam einen mehr als anständigen Lohn. Er würde etwas sparen können für die Zeit, wenn seine Mutter nach Hause kam.

Jetzt brauchte er nur noch Rose zu finden.

Rose starrte aus dem Fenster des Pausenraumes, ohne die Schreie und das allgemeine Getöse hinter sich wahrzunehmen. Es hatte angefangen zu schneien, aber sie sah die Flocken, die unter den Straßenlampen herumwirbelten und die Fenstersimse bedeckten, nicht. Sie hatte keine Ahnung, wie lange sie so dagesessen hatte. Die

Zeit hatte aufgehört, für sie zu existieren, und sie hatte das Gefühl, als wäre sie für die Ewigkeit erstarrt.

Einzige Realität war der Brief, den ihr Vater seinem eigenen Schreiben beigefügt hatte. Sein Inhalt wiederholte sich beständig in ihrem Kopf, trommelte gegen ihre Schädeldecke, und obgleich sie die Zeilen bereits auswendig kannte, las sie sie noch einmal. Der in grausamen Druckbuchstaben auf liniertem, blauem Papier abgefaßte Brief war kurz und bündig:

WARUM FRAGST DU JOHN FLYNN NICHT, WAS ER IN DER SILVESTERNACHT MIT EINEM ANDEREN MÄDCHEN IN SEINEM BETT GEMACHT HAT?

Rose hatte das Gefühl, jeden Augenblick in Ohnmacht zu fallen. Sie stand vorsichtig auf, aber der Boden unter ihren Füßen erschien ihr so uneben, daß sie sich wieder fallen ließ.

»Rose, Rose!« Jemand rief ihren Namen und tippte ihr sachte auf die Schulter, aber sie konnte einfach nicht antworten; ihr ganzer Körper schien auf seltsame Art auseinanderzubrechen. Sie versuchte, die Person abzuschütteln, aber es klappte nicht. »Rose, Rose, was ist los, Rose?«

Sie konzentrierte sich darauf, ihren Körper zusammenzuhalten, und wünschte sich, wer auch immer da hinter ihr stand, möge gehen. Das einzige, woran sie denken konnte, waren diese Worte: *Warum fragst du nicht John Flynn... mit einem anderen Mädchen... in seinem Bett...*

»Rose!« Die Stimme war beharrlich. Jemand hielt ihre Schulter so fest umklammert, daß es weh tat.

Rose hatte den Eindruck, als müsse sie sich jeden Augenblick übergeben.

Sie zwang sich, sich umzudrehen. Es war Effie. Effies Gesicht verschwamm vor ihren Augen. Effie stand da, schüttelte sie, rief sie. Rose hätte fast gelacht. Effies Augen waren so riesig, ihr Haar so zerzaust.

»Laß mich in Ruhe«, sagte sie, aber die Worte klangen fremd.

Effie wandte sich ab und rief: »Schwester, Schwester, irgend etwas stimmt nicht mit Rose O'Beirne. Schnell, schnell!«

Dann kam eine Nonne, irgendeine Nonne; und die Nonne und Effie führten sie aus dem Raum, aber alles, woran sie denken konnte, war John in einem Bett, in einem Bett mit einem anderen Mädchen. Sie stolperte, doch die Nonne und Effie stützten sie.

Dann schlug ihr die eisige Winterluft ins Gesicht, und sie spürte etwas Weiches, Kaltes in den Augen. Es war Schnee. Sie war draußen auf dem Hof, und es schneite, und die Nonne sagte, sie solle den Kopf zwischen die Knie legen. Rose dachte, es sei einfacher zu gehorchen, also ließ sie den Kopf tief hängen, aber als sie es tat, wurde ihr übel. Das lag bestimmt an dem Baby. An Johns Baby …

Rose begann zu weinen. Sie schüttelte die Nonne ab und warf den Kopf zurück und schrie so laut sie konnte. Die Nonne versuchte, sie zu beruhigen, und Effie rannte ins Haus, um weitere Hilfe zu holen, aber Rose hörte nicht auf. Sie rannte ans andere Ende des Hofes und schrie und kratzte an der Mauer, und es war ihr egal, daß sie ihre Nägel und ihre Hände an dem rauhen Zement aufriß, es war ihr egal, daß sie sich lächerlich machte. Die Nonne zerrte an ihr und schlug auf sie ein, aber sie schob die schlagenden Hände fort, als wären sie zwei lästige kleine Mücken. Schreiend rannte sie über den Hof und spürte, daß ihr der schmutzige Schnee in den offenen Mund wehte. Es war ihr egal, sie ließ ihn unter ihren Tränen und ihrer Spucke und dem Rotz, der aus ihrer Nase lief, schmelzen.

Andere Nonnen und andere Mädchen kamen angerannt, auch Schwester Benvenuto. Dann spürte sie, wie ihre Arme festgehalten und ihr Kopf an Schwester Benvenutos Kruzifix gedrückt wurde, so daß sie nicht mehr richtig atmen und schreien konnte, aber immer noch kämpfend zerrte sie die Nonne über den Hof, bis sie die Kraft verließ.

Die verhaßten Worte hämmerten immer noch in ihrem Kopf, so daß sie nicht verstand, was die Nonne zu ihr sagte. Sie war so erschöpft, daß sie nachgab und sich halb zur Tür des Klosters tragen ließ. Als sie all die schockierten Gesichter sah, bekam sie neue Energie, begann sie abermals zu schreien. Am liebsten hätte sie auf sie alle eingeschlagen, aber Schwester Benvenuto fing sie auf, und sie war einfach nicht mehr stark genug, um sich dagegen zu wehren.

Sie ließ sich die Treppe hinauf in die Krankenstation führen, wo man sie in eins der Betten schob. Inzwischen fühlte sie sich wie eine schlaffe Stoffpuppe, und das Bett war kühl und anheimelnd. Sie weinte, aber das Weinen war bittersüß. Es schmerzte, aber der Schmerz war ihr willkommen. Sie hörte, daß sie etwas sagte, aber die Worte ergaben keinen Sinn. Sie strömten aus ihr heraus wie eine endlose Litanei: »Oh, bitte, bitte, bitte, bitte, bitte –« Rose spürte einen Stich, als Schwester Benvenuto ihr eine Spritze gab, um sie herum erhellte sich alles in einem strahlendweißen Licht, und dann senkte sich die Dunkelheit über sie.

Als sie wieder wach wurde, war hellichter Tag. Sie fühlte sich erschöpft und orientierungslos, und außerdem war ihr leicht übel. Nach einem Moment erkannte sie die Fenster der Krankenstation und sah ihre Kleider, die ordentlich auf einem Schränkchen neben ihrem Bett zusammengefaltet waren. Ein paar Meter neben ihr saß eine Nonne auf einem Stuhl und las in ihrem Brevier. Rose versuchte zu sprechen. »Schwester?« Aber das Wort schien auf ihrer Zunge anzuschwellen.

»Guten Morgen, Rose«, sagte die Nonne und klappte ihr Gebetbuch zu. »Willkommen im Land der Lebenden. Möchtest du vielleicht etwas trinken?«

Rose nickte. Die Nonne holte ein Wasserglas, aber als Rose danach greifen wollte, sah sie, daß ihre Hand verbunden war. Dann erinnerte sie sich – zumindest an das Wichtigste. Sie erinnerte sich daran, daß John Flynn mit einem anderen Mädchen im Bett gewesen war.

Als sie wieder wach wurde, sah sie Effies Gesicht, das ängstlich über ihr schwebte. Ihre runzligen Züge verliehen ihr mehr denn je Ähnlichkeit mit einem Affen. »Wie geht's dir, Rose?« fragte sie zögernd, als Rose sie ansah. »Wie fühlst du dich? Geht es dir wieder besser?«

Rose nickte. Sie war immer noch müde und erschöpft, aber ihr Hirn war klar. »Wieviel Uhr ist es?« fragte sie.

»Fast Mittag.« Sie zögerte. »Willst du darüber reden?«

Rose schüttelte den Kopf. Der Schmerz in ihrer Brust hatte wieder eingesetzt, aber sie hatte einfach nicht die Energie, sich dagegen aufzulehnen.

»Hat es vielleicht etwas damit zu tun?« fragte Effie vorsichtig und zog ein zerknülltes Blatt blaues Papier aus der Tasche. »Tut mir leid«, sagte sie eilig. »Du hast den Brief gestern abend im Hof fallen gelassen, und ich habe ihn aufgehoben. Ich hätte ihn nicht lesen sollen – aber ich habe es getan. Nein, eigentlich tut es mir nicht leid, ich bin sogar *froh*, daß ich es getan habe.« Rose spürte, daß ihr die Tränen kamen. »Du glaubst diesen Unsinn doch wohl nicht?« fuhr Effie fort. Sie beugte sich über das Bett und wedelte mit dem Brief, als wolle sie einen Teil ihrer eigenen Verachtung auf Rose übertragen. »Er ist noch nicht einmal unterschrieben, Rose. Also stammt er von jemandem, der einfach Ärger machen will.«

»Ich weiß, wer ihn geschrieben hat«, sagte Rose.

»Woher?«

»Nicht, daß es dich etwas anginge, aber es gibt nur einen Menschen, der über John und mich Bescheid weiß und der gesehen haben kann, was in Charlottetown passiert ist.«

»Und ob es mich etwas angeht. Ist es ein Er oder eine Sie.«

»Ein Er.«

»Nun, stell dir einmal die Frage, was er dabei zu gewinnen hat. Warum sollte er so etwas tun?«

»Ich weiß es nicht, Effie, ich weiß es einfach nicht. Warum läßt du mich nicht einfach in Ruhe?« Rose wandte ihr Gesicht ab.

»Ich bin, verdammt noch mal, deine Freundin, darum nicht. Kein Mann, *kein* Mann, Rose, ist es wert, daß du wegen ihm etwas wie gestern abend durchmachst.« Sie wedelte erneut mit dem Brief. »Dieser John Flynn, ich nehme an, du liebst diesen Kerl...«

Rose nickte elend.

»Nun, wenn du ihn liebst, warum glaubst du dann diesem Stück Scheiße?«

»Bitte, laß mich in Ruhe, ja?«

»O nein, ich lasse dich nicht in Ruhe. Und selbst wenn es stimmt, was hat er dann schon so Schlimmes getan? Sex ist doch einfach nur Sex, Rose. Fünf Minuten im Leben eines Menschen. Da kannst du jede Kuh oder Ente – oder sogar jeden Fisch fragen! Sex hat nichts mit Liebe zu tun.«

»Für mich schon –«

»Vielleicht, aber du bist auch kein Mann. Alle Männer sind gleich, Rose«, sagte Effie ruhig. »Wenn es um Sex geht, sind sie alle gleich.

Und du kannst ihnen deswegen keine Vorwürfe machen. Es liegt einfach in ihrer Natur.«

»Oh, Effie«, sagte Rose. »Es tut mir wirklich leid, daß ich so unfreundlich zu dir war. Du hast recht. Alle Männer sind gleich.«

»Braves Mädchen«, erwiderte Effie. »So ist's richtig!«

Je mehr Rose darüber nachdachte, um so wütender wurde sie. Hier war sie, erst sechzehneinhalb Jahre alt, eingesperrt und weit weg von zu Hause, und bekam ein Baby, das sie nach der Geburt nie wieder sehen würde. John Flynns Baby.

Während er sich in Charlottetown amüsierte.

Sie würde sich von diesem Mistkerl nicht unterkriegen lassen. »Jetzt geht es mir besser, Effie«, sagte sie und stützte sich auf einen Ellbogen. »Ich glaube, ich komme zum Mittagessen herunter.«

»Bist du sicher?«

»Allerdings. Gibst du mir bitte meine Kleider?«

Effie sprang auf und holte die Sachen. »Willst du den hier zurückhaben?« fragte sie und hielt Rose den Brief hin.

Rose fühlte sich plötzlich tapfer und trotzig und sehr erwachsen. »Zerreiß ihn«, sagte sie. »Ich will ihn nie wieder sehen.«

Aber in den nächsten Wochen stellte sie fest, daß es nicht so leicht war, wie sie gedacht hatte.

Kurz hintereinander erhielt sie über Dolores zwei Briefe von John, aber da sie aufgrund der irischen Briefmarken annahm, daß er wieder ins Pförtnerhäuschen zurückgekehrt war, schickte sie sie ungeöffnet dorthin zurück. Als der dritte kam, wurde sie von ihrer Neugier fast überwältigt und überlegte, ob sie ihn öffnen sollte. Warum war er wieder in Irland? Sie hielt den Brief in den Händen, und erste Zweifel kamen in ihr auf. Vielleicht reagierte sie zu heftig? Vielleicht hatte er die Chance verdient, etwas zu seiner Verteidigung zu sagen?

Aber dann dachte sie an das Ausmaß seines Betrugs, an seinen Körper, der sich im Bett mit einem anderen Mädchen wand, und erinnerte sich an ihren Entschluß. Nie wieder würde er ihr derartig weh tun. Sie war fertig mit John Flynn – fertig mit den Männern. Wenn sein Baby geboren und adoptiert wäre, würde sie weiterleben, als hätte es ihn nie gegeben. Und nie wieder würde sie einem Mann vertrauen.

Wie die anderen beiden schickte sie ihn zurück. Hoffentlich bekam er ihn – hoffentlich würde er merken, daß sie ihn abwies wie er sie abgewiesen hatte.

Von jenem Tag an arbeitete Rose täglich, bis ihre Knöchel anschwollen, ihr Rücken und ihre Arme schmerzten, sie fast im Stehen einschlief. Aber trotzdem fand sie nachts keinen Schlaf. In der Dunkelheit tauchte John Flynns Gesicht, sein Wolfslächeln vor ihr auf und quälte sie; ihr Körper quälte sich bei der Erinnerung an seine kühle, nasse Haut, an den torfigen Geschmack seines nassen Halses. Sie versuchte, sich abzulenken, indem sie daran dachte, was er mit dem anderen Mädchen in Charlottetown getan haben könnte. Hatte er ihre Brüste gestreichelt? Hatte er an ihren Brustwarzen gesaugt, wie er es bei ihr getan hatte? Hatte das andere Mädchen den Hubbel entdeckt, der seinen ansonsten glatten Rücken verunzierte?

Außerdem versuchte sie, John Flynns Baby zu hassen, versuchte es zu hassen, weil es in ihr Leben eindrang und sie fett und häßlich machte.

An einem Tag Ende März machten sie und Effie eine Pause von der Arbeit in der Wäscherei. Es war ein milder Tag, und in den beiden Roßkastanien, die gerade erste hellgrüne Blätter bekamen, tschilpten die Spatzen. Sie beobachteten einen der Vögel, der wieder und wieder versuchte, einen kleinen Zweig vom Boden aufzuheben. Äußerlich schien Rose ihre alte Form wiedergefunden zu haben.

»Hör zu«, sagte Effie und zog an einer Craven A. »Wirst du zurechtkommen, wenn ich fort bin?« Bei Effie stand der Geburtstermin kurz bevor, und sie war inzwischen kugelrund.

»Was meinst du? Natürlich werde ich zurechtkommen. Ich bin schließlich kein kleines Kind mehr.«

»Nein, aber ich mache mir Sorgen um dich. Seit dem Abend –«

»Hör zu, Effie«, sagte Rose. »Ich werde zurechtkommen. Ich bin froh, daß es passiert ist. Ich war wirklich dumm in bezug auf John Flynn. Das habe ich inzwischen begriffen.«

»Ich hoffe, ich habe dich nicht gegen ihn aufgehetzt?« Effie war ungewöhnlich ernst.

»Nein, Effie, wir hatten sowieso keine Zukunft.«

Effie stieß eine Rauchwolke aus. »Wirst du mir schreiben?«

»Natürlich!« Rose sah ihre Freundin an. Zum ersten Mal erkannte sie, daß Effie verletzlich war. Sie war so abhängig von Effie gewesen, hatte immer nur genommen und nie gegeben. »Natürlich werde ich dir schreiben. Wo wirst du hingehen?«

»Ich weiß noch nicht genau«, sagte Effie. »Auf keinen Fall zurück nach Offal.«

»Aber lebt dort nicht deine Familie?«

Effie sah sich um. »Mein verdammter Rücken bringt mich noch um.«

»Willst du nicht darüber reden?«

»Am liebsten würde ich sie umbringen!« Effie sah ihre Freundin nicht an. »Aber das interessiert dich sicher nicht.«

»Natürlich interessiert es mich. Ich bin schließlich deine Freundin.«

»Ich habe es noch nie jemandem erzählt – aber ich wurde bei der Beichte hinausgeworfen. Noch nicht einmal der Priester hat mir geglaubt.« Roses Instinkt riet ihr, nichts zu sagen. Effie warf ihre Zigarette auf den Boden und trat sie aus. »Ich habe dir doch erzählt, daß mein erstes Kind adoptiert wurde?« Rose nickte.

»Nun, das stimmt nicht.« Effie betrachtete ihre Fingernägel. »Er ist – er ist in einem Heim.« Sie sagte diese Worte so leise, daß Rose sie kaum verstand.

»Einem Kinderheim?«

»Nein. Er ist behindert.«

Rose war schockiert. »Das ist ja schrecklich, Effie«, stieß sie nach ein paar Sekunden aus. »Du mußt dich furchtbar fühlen.«

»Und dieses Baby wird auch behindert sein.«

»Oh, Effie!« weinte Rose. »Woher willst du das wissen?«

»Ich weiß es. Ich habe dir ja gesagt, daß du es nicht wissen willst.« Effies Stimme klang wild.

»Natürlich will ich es wissen. Warum bist du dir so so sicher? Ich meine, daß mit diesem Baby etwas nicht in Ordnung sein wird?«

»Weil mein verdammter Vater der Vater ist!« Effie sah Rose ins Gesicht. »So, Rose! Was sagst du dazu?« Ihr Gesicht war kreidebleich, und ein plötzlicher Windstoß blies ihr krauses Haar nach vorn. Ungeduldig schob sie es aus der Stirn. »Auf Sundarbans gibt es so etwas natürlich nicht!«

Rose war ebenfalls bleich geworden, aber instinktiv wußte sie, daß sie ehrlich sein mußte. »Effie«, sagte sie. »Ich bin ehrlich schockiert, aber ich kann dir gar nicht sagen, wie leid es mir tut. Und vor allem tut es mir leid, daß ich so selbstsüchtig war und dich mit meinen dummen Problemen belästigt habe. Verglichen mit dir habe ich gar keine Probleme.«

Effies aufgedunsener Körper schien innerlich wie ein geplatzter Ballon zusammenzusacken. »Schon gut, Rose. Ehrlich gesagt, hatte es mir sogar geholfen, mich um dich zu kümmern. Aber jetzt habe ich Angst vor dem, was passieren wird.«

»Weiß Schwester Benvenuto darüber Bescheid?«

Effie schüttelte den Kopf.

»Aber wer bezahlt das hier für dich? Dieses Kloster ist schließlich nicht billig.«

»Meine Familie ist reich.« Rose war nie der Gedanke gekommen, daß Effies Familie Geld haben könnte, aber sie wußte, daß Effie einen älteren Bruder hatte, mit dem sie sich nicht verstand. »Wußte dein Bruder denn nicht, was da vor sich ging?«

»Doch.« Und dann zerstörte Effie den letzten Rest von Roses unschuldiger Naivität. »Er hat ihm noch dabei geholfen.«

»Effie!« Rose wäre beinahe in Tränen ausgebrochen. »Warum bist du nicht einfach fortgelaufen?«

»Wohin denn? Wer hätte mir schon geglaubt? Ich habe dir doch erzählt, daß ich versucht habe, mich dem Priester anzuvertrauen. Weißt du, mein Vater ist im Bezirksrat – und er ist ein angesehenes Mitglied der Gemeinde.«

»Wie alt warst du – beim ersten Mal? Ich meine, als er –«

»Das geht schon, seit ich denken kann.«

»Hat denn deine Mutter nichts davon gemerkt?«

»Meine Mutter starb, als ich fünf war«, sagte Effie. »Aber vorher ist es auch schon passiert.«

»Oh, Gott«, stieß Rose hilflos aus.

»So, das war's«, sagte Effie und zündete sich eine weitere Zigarette an. »Jetzt weißt du alles.«

Rose spürte, wie sie zornig wurde. »Ich werde dir helfen, Effie«, sagte sie leidenschaftlich. »Du kannst unmöglich dorthin zurückgehen.«

»Das habe ich auch nicht vor – in den letzten Monaten habe ich beschlossen, keinen von ihnen jemals wiederzusehen. Aber ich habe kein Geld, und er wird mir bestimmt keins geben.«

Rose dachte eilig nach. »Du mußt mir etwas versprechen, Effie. Wenn du das Baby bekommen hast, kommst du *sofort* zu mir. Bis dahin ist mir etwas eingefallen.« Sie hatte noch keine Ahnung, was, aber sie war sich sicher, daß ihr etwas einfallen würde.

Sie nahm Effies Arm. Nun, da sie ein Vorhaben hatte, fühlte sie sich besser. »Nur eins noch«, fragte sie neugierig, als sie in die Wäscherei zurückgingen. »Wie kommt es, daß du immer so gute Laune hast?«

»Das ist reine Gewohnheit.« Effie lächelte schwach. »Wenn du aussiehst wie ich, mußt du der Welt etwas bieten, meinst du nicht?«

»Effie«, sagte Rose. »Hör auf. Ich finde, daß du wunderbar aussiehst.«

Ihre Freundin schnaubte verächtlich. Sie war wieder ganz die alte. »Na, jetzt übertreib mal nicht, Rose!«

Effie wurde am Karfreitag ins Krankenhaus gebracht. Sie hatte zwar noch keine Wehen, war aber bereits überfällig, und ihre Knöchel waren derart geschwollen, daß der Arzt eine Blutvergiftung befürchtete.

Ihr Baby war immer noch nicht geboren, als Roses Vater Dienstag nach Ostern kam, um seine Tochter in ein Café zu führen.

Seit dem frühen Morgen war Rose immer aufgeregter geworden. Sie hatte ihr Haar gewaschen und gebürstet, bis es glänzte, und sich eines der hübscheren Umstandskleider geliehen, die die Mädchen immer untereinander tauschten. Es war aus schwerer marineblauer Baumwolle mit weißen Bändern, die von einem breiten weißen Matrosenkragen bis zum Saum herabflossen, und sie fühlte sich darin sehr weiblich und hübsch.

»Daddy!« rief sie fröhlich, als sie Gus in der Eingangshalle sah. Sie wollte sich gerade in seine Arme stürzen, als etwas an seiner Miene sie innehalten ließ. Sie hatte sich so an ihre Schwangerschaft gewöhnt, daß sie ganz vergessen hatte, wie sie auf ihren Vater wirken mußte.

Dann sah sie, daß seine Zurückhaltung durch Schüchternheit kam, und schlang die Arme um seinen Hals. »Oh, Daddy, ich freue mich so, dich zu sehen – wie sehe ich aus?« Sie drehte stolz eine Pirouette vor ihm.

»Du siehst wunderhübsch aus, Rose.« Gus' Stimme war rauh.

Rose lachte und nahm seinen Arm. »Daddy, das hast du gesagt, als hätte ich einen Sack über dem Kopf. Ich bin so dick wie eine Tonne«, fuhr sie gutgelaunt fort. »Bist du sicher, daß du dich mit mir in der großen, bösen Welt nicht schämen wirst?«

Er nestelte an seiner Uhr herum, was ein Zeichen von Verlegenheit war. »Komm«, sagte sie und zerrte ihn hinter sich her. »Laß uns keine Zeit vergeuden. Ich muß etwas mit dir besprechen.«

Obgleich Ostern in diesem Jahr sehr früh war, war es ein wunderbarer Nachmittag, mild wie sonst Ende Mai. Rose hatte sich bei ihrem Vater untergehakt, als sie durch die mit kleinen Backsteinhäusern gesäumten Straßen zu einer Kreuzung spazierten, wo Gus hoffte, ein Taxi zu finden. »Deine Mutter läßt dich herzlich grüßen«, sagte er, während sie am Bordstein warteten.

»Das ist schön«, sagte Rose und fragte dann verschmitzt: »Sie freut sich doch bestimmt schon darauf, Großmutter zu werden?«

»Rose!« Aber Gus lachte, ehe er sich eines Besseren besann. »Weißt du, sie macht sich Sorgen um dich.«

»Ich weiß, Daddy. Ihre Briefe sind voller Gebete und Ermahnungen.«

»Rose, bitte –«

»Keine Angst, Daddy. Ich werde mich den Rest meines Lebens immer reuig und anständig benehmen. Aber heute ist ein wunderbarer Tag, und ich habe die Absicht, jede Minute zu genießen. Da ist ein Taxi.«

»Wohin möchtest du?« fragte Gus, als sie einstiegen.

»Zu Harrods!« sagte Rose. Sie kannte sich in London nicht aus, aber die anderen Mädchen im Konvent hatten von Harrods wie von einer Art Mekka gesprochen, daß sie unbedingt einmal gesehen haben mußte.

Als sie das Kaufhaus erreichten, war sie kurz von der Pracht abgelenkt, aber dann nahm sie ihren Vater am Arm. »Tee, Daddy!« Eins nach dem anderen. »Ich bin am Verhungern.«

Sie nahmen den Fahrstuhl. Als er anhielt, trat das Baby heftig aus, aber Rose bemerkte es kaum. In den Wochen, seit sie den anonymen

Brief erhalten hatte, hatte sie es sich angewöhnt, das Baby lediglich als Unannehmlichkeit zu betrachten, als eine Art Fegefeuer, durch das sie hindurch mußte, ehe sie in weniger als zwei Monaten wieder frei sein würde.

Im Restaurant bestellte sie heiße Schokolade, Buttertoast und Muffins und lehnte sich gemütlich zurück, um die sanfte Musik des Streichquartetts zu genießen.

»Also«, sagte Gus, als die Serviererin davongeeilt war. »Was wolltest du mit mir besprechen?«

»Also gut, Daddy.« Rose beugte sich vor. »Ich möchte dir einen Vorschlag machen.« Sie hatte diese Rede wieder und wieder geprobt, und nun beschrieb sie ihrem Vater in knappen Worten Effies Problem, ohne die Gründe zu nennen. »Nun«, sagte sie. »Erinnerst du dich noch daran, wie gut sie immer zu mir war, Daddy? Ich habe sie dir in meinen Briefen beschrieben.«

»Ich erinnere mich daran.«

»Ja, und jetzt müssen wir ihr helfen.«

»Wir?«

»Ja, Daddy«, sagte Rose bestimmt. »Wir, du und ich. Ich brauche ein Darlehen!«

Dann hielt sie die Hand in die Luft, um ihren Vater von möglichen Einwänden abzuhalten. »Ehe du etwas sagst – Effie weiß nichts von diesem Gespräch. Ich habe ihr noch nichts davon erzählt. Aber ich habe einen Plan. Ich werde ihr vorschlagen, in Dublin eine Wohnung zu nehmen. Sie wird etwas Geld brauchen, um die Wohnung zu bekommen – ich bin sicher, daß du das verstehst, Daddy. Außerdem muß sie von irgend etwas leben, bis sie eine Arbeit hat. Sie schuftet wie ein Pferd, Daddy, das weiß ich. Sie wird innerhalb kürzester Zeit eine Stelle finden –« Roses Stimme überschlug sich fast. Sie atmete tief ein, um sich zu beruhigen. »Nun, Daddy, da ich ein Darlehen von dir möchte, kannst du mich ruhig fragen, wie ich es zurückzahlen werde.«

Sie machte eine Pause. »Ich will Tartan verkaufen. Du hast immer gesagt, daß er mir gehört –«

Rose wurde in ihrem Redefluß unterbrochen, als die Serviererin mit den bestellten Köstlichkeiten kam. Sie wartete, bis die Frau wieder gegangen war, und dann fuhr sie mit leiser, drängender Stimme fort. »Ich habe lange darüber nachgedacht, Daddy. Du müßtest eine Menge Geld für Tartan bekommen, wahrscheinlich sogar genug, daß ich dir das Geld mit Zinsen zurückzahlen kann.« Sie versuchte, die Miene ihres Vaters zu ergründen, aber er gab reglos Zucker in seinen Tee und rührte ihn schweigend um.

»Wieviel Geld brauchst du?« fragte er schließlich mit schwacher Stimme.

Rose kreuzte die Finger unter dem Tisch. »Hundert Pfund«, sagte sie und hielt den Atem an.

»Ich verstehe«, sagte Gus.

Rose atmete auf. Wenigstens war er nicht explodiert oder hatte ihr Ansinnen rundweg abgelehnt. Sie applaudierte dem Streichquartett. Nachdem sie diese Szene so oft durchgespielt hatte, war sie schwindlig vor Erleichterung. Insgesamt, dachte sie, war es ganz gut gegangen.

Was sie Gus nicht erzählt hatte, war, daß sie nach der Geburt ihres eigenen Babys zu Effie nach Dublin zu ziehen gedachte. Vorausgesetzt natürlich, daß die Freundin einverstanden war.

Sie war so froh, daß sie den betroffenen Blick ihres Vaters gar nicht bemerkte.

Heute war Johns erster freier Tag seit zweieinhalb Wochen.

Er beschwerte sich nicht; obgleich er wirklich hart arbeiten mußte, genoß er die Abwechslung und die Vielfalt seiner Pflichten. Es war ihm sogar gelungen, etwas Geld zu sparen. Und nun, da Derek ihn nicht länger mit seinem Schweigen und seiner Ablehnung belästigte, fing er an, sein unabhängiges Leben zu genießen.

Sein Zwillingsbruder hatte sein Versprechen wahr gemacht und war Anfang Februar nach Kanada zurückgekehrt. Die Nachricht, die er ihm hinterlegt hatte, hatte besagt, daß er über Dublin reisen würde, um noch einmal ihre Mutter im Krankenhaus zu sehen. Als John den Zettel gefunden hatte, hatte er als allererstes in der Teedose auf dem Kaminsims nachgesehen, aber sein schwer verdientes Geld war noch da gewesen. Wenigstens in dieser Hinsicht hatte Derek ein gewisses Ehrgefühl bewiesen, und John kam zu dem Schluß, daß das Geld für die Überfahrt von den McGuigans gekommen sein mußte.

Und morgen käme seine Mutter aus dem Krankenhaus.

Es war John gelungen, ein Mädchen aus dem Ort, Mona McConnell, zu finden, das für einen geringen Lohn täglich nach Mary sehen würde, die für den Rest ihres Lebens ein Pflegefall bliebe. Sie war linksseitig gelähmt, ihr Sehvermögen hatte nachgelassen, und obwohl sie sich verständlich machen konnte, hatte der Schlaganfall auch ihre Sprache beeinträchtigt. Außerdem war sie häufig verwirrt und erinnerte sich oft nicht einmal daran, wer sie war.

Wenn er sein Verhältnis zu Rose klären könnte, dachte John, während er in der Küche des Pförtnerhäuschens herumwirtschaftete, dann hätte er sein Leben wieder ganz unter Kontrolle.

Daß Rose seine Briefe ungeöffnet zurückgeschickt hatte, hatte ihn erst verwundert und dann gequält. Der Poststempel war aus London, so daß er wenigstens wußte, in welcher Stadt sie war. Eine Zeitlang hatte er sich sogar überlegt, ob er sie suchen sollte. Er war der Überzeugung, daß er nur mit ihr reden müßte, um das, was sie belastete, aus der Welt zu schaffen. Aber zugleich war ihm klar gewesen, daß nicht nur die Größe der Stadt diese Aufgabe unmöglich machte, sondern daß er nicht einfach für unbestimmte Zeit von seiner neuen Arbeitsstelle verschwinden konnte. Willow House war zwar nicht immer voll belegt, aber es gab immer alle Hände voll zu tun.

John war zu dem Schluß gekommen, daß er den Colonel direkt nach Rose fragen müßte. Und das würde er heute tun. Er mußte noch fast fünfeinhalb Stunden totschlagen, ehe Mona McConnell kam.

Es war noch keine neun Uhr – zu früh, um nach Sundarbans zu gehen. Andererseits, wenn er jetzt ginge, träfe er den Colonel vielleicht in den Ställen an. Seit Fergie McKennas Fortgang mußte sich der Herr des Hauses selbst um die Pferde kümmern, was er sicher immer am frühen Morgen tat. Auf diese Weise bliebe es ihm erspart, dachte John, wie beim letzten Mal an der Vordertür zu klopfen.

Er holte den Beutel mit Roses Amethyst-Armband aus seinem Schlafzimmer. Er hatte es als Talisman zu seinem Vorstellungsgespräch in dem Hotel mitgenommen, und auch jetzt könnte er es sicher gut gebrauchen.

Die Ställe waren abgeschlossen, was um diese Uhrzeit ungewöhnlich war. Er ging zu der Box, in der er Clicker, das Kutschenpony, erwartete. Offensichtlich war sie seit längerer Zeit nicht mehr geöffnet worden, denn der Riegel war eingerostet und ließ sich kaum bewegen.

Die Box war leer, ebenso wie die Unterstände von Thumper und Tartan. Auf dem Hof war nicht ein einziges Pferd. Was war passiert?

»Kann ich etwas für dich tun?« Es war eine Frauenstimme, und John fuhr erschreckt herum. Die kleine Gestalt, die in der Stalltür stand, hielt zwei Leinen in der Hand, an deren Enden zwei fette, kleine Hündchen tappelten. »Es – es tut mir leid«, stammelte er. »Ich habe nur nach Thumper gesucht.«

»Nun, wie du siehst, ist Thumper nicht mehr da«, stellte die Frau trocken fest. »Und vielleicht erspare ich dir die Mühe, dich weiter umzusehen, indem ich gleich sage, daß Tartan und Clicker auch fort sind.« Die Stimme war ruhig und sanft, und die Frau, von der er sah, daß sie älter war, schien es keineswegs verwunderlich zu finden, in den Ställen ihres Sohnes einem Eindringling zu begegnen. Obwohl John sie nie zuvor gesehen hatte, wußte er, daß sie Roses Großmutter sein mußte.

Der ständige Umgang mit Menschen im Hotel kam ihm zugute. »Bitte entschuldigen Sie, Mrs. O'Beirne Moffat«, sagte er und ging mit ausgestreckter Hand auf sie zu. »Ich bin John Flynn. Ich lebe im Pförtnerhäuschen.«

Sie ergriff seine Hand. »Du bist also John Flynn.« Und dann fügte sie seltsamerweise hinzu: »Das hätte ich mir denken sollen.«

John wußte, daß Rose mit niemandem über ihre Beziehung gesprochen hatte, so daß ihn diese Feststellung verwirrte. »Ja, Ma'am«, sagte er und schüttelte ihre winzige, spröde Hand.

»Nun, John«, sagte sie. »Wie du siehst, haben sich die Zeiten geändert, und ich fürchte, nicht gerade zum Besseren. Die Pferde sind alle verkauft. Sie sind seit Anfang Februar fort. Mein Sohn konnte es sich einfach nicht mehr leisten, sie zu behalten. Nun, es war sowieso niemand mehr da, der sie hätte reiten können. Pferde sind ein teurer Luxus.«

»Ich verstehe«, sagte John. Er war ehrlich verwirrt. Wieso war ihm diese Neuigkeit noch nicht erzählt worden? Und Rose liebte ihr Pony. Warum hatte sie sich nur bereit erklärt, es aufzugeben? Die finanzielle Situation auf Sundarbans mußte noch schlimmer sein, als sie alle gedacht hatten.

Die Hunde schnupperten an seinen Füßen, und Roses Großmutter sah ihn an, als erwarte sie, daß er noch etwas sagte. Ihre dünnen Storchenbeine steckten bis zu den Waden in Überschuhen, als traue sie dem blauen Himmel nicht für einen Moment. »Du bist ein Freund von Rose, nicht wahr?«

Die Frage überraschte ihn. »J-ja, das bin ich«, sagte er. »Wir sind zusammen ausgeritten – nun, sie hat mir auf Thumper das Reiten beigebracht. Darum war ich hier, um nach ihm zu sehen«, fügte er lahm hinzu.

Die blauen Augen sahen ihn reglos an, und er wußte, daß sie sich nicht täuschen ließ. »Ja, das habe ich gehört. Ich meine, daß du mit Rose ausgeritten bist.«

»Nun«, sagte er. »Vielleicht schließe ich besser wieder ab.«

»Ja, das wäre keine schlechte Idee.«

John spürte, daß Roses Großmutter ihn beobachtete, als er erst die Tür zu Clickers und dann die Tür zu Tartans Box verriegelte. »Entschuldigen Sie, Ma'am«, sagte er, als er um sie herumgehen mußte, um die dritte Tür zu schließen. »So«, sagte er, als er fertig war. Sie hatte sich nicht von der Stelle gerührt, und seltsamerweise hatte er das Gefühl, als stünde er vor ihr, um weitere Anweisungen entgegenzunehmen. Aber sie schwieg. »Ein wunderbarer Tag«, sagte er.

»Allerdings«, stimmte Nancy O'Beirne Moffat ruhig zu, und dann überraschte sie ihn abermals. »Hast du etwas von Rose gehört?«

Er atmete tief ein. »Nein, Mrs. O'Beirne Moffat«, sagte er. »Leider nicht. Und ehrlich gesagt bin ich deshalb hier. Ich hatte gehofft, den Colonel zu treffen.«

»Nun, er hat sich wohl kaum in Thumpers Box eingeschlossen«, stellte sie fest. »Ich fürchte, er ist für ein paar Tage verreist.«

John grinste. Er mochte diese Frau. Und natürlich! Warum hatte er nur nicht eher daran gedacht? Roses Großmutter wußte sicher ebenfalls, wo ihre Enkelin war. »Aber vielleicht können Sie mir ja helfen, Ma'am?«

»Wenn ich dir helfen kann, werde ich es gerne tun.«

Plötzlich war er furchtbar nervös. Er schob die Hände in die Hosentaschen und spürte den Beutel mit den Amethysten. Fast ohne darüber nachzudenken, zog er ihn hervor. »Ich muß das hier Rose wiedergeben«, sagte er und hoffte, sachlich zu klingen.

»Was ist das?« Sie sah den Beutel interessiert an.

»Das ist ein Armband, das sie von ihrem Vater zum Geburtstag bekommen hat.« Einen Augenblick lang fürchtete er, einen entsetzlichen Fehler begangen zu haben. Sie starrte ihn an. »Was machst du mit Roses Armband?« fragte sie.

Aber John war zu weit gegangen, um sich noch einschüchtern zu lassen. »Sie hat es mir *gegeben*, Madam, letzten Sommer. Sie wollte, daß ich es habe – aber ich möchte es ihr zurückgeben.«

»Warum kannst du es ihr denn nicht selber zurückgeben?« Er sah, daß sie besänftigt war.

»Weil ich ihre Londoner Adresse nicht habe.«

»Ich verstehe.« Sie schien über etwas nachzudenken, doch dann sah er erleichtert, daß sie die Hand ausstreckte. »Gib es mir, mein Lieber. Ich werde es ihr schicken.«

»Meinen Sie, Sie könnten mir vielleicht irgendwann einmal ihre Adresse geben?« wagte er zu fragen.

»Ich glaube, John, daß du ihre Adresse bereits hättest, wenn Rose es so wollte.«

»Sie weiß nicht, daß ich wieder in Irland bin«, sagte er, aber sie ließ sich nicht täuschen.

»Ich werde ihr sagen, daß wir miteinander gesprochen haben«, wiederholte sie. »Und wenn sie will, daß du ihre Adresse bekommst, wird sie sie dir schicken. Auf Wiedersehen, John.« Sie wandte sich zum Gehen.

»Nur eins noch, Ma'am«, rief John ihr nach. »Bitte!«

Sie drehte sich um. »Ja?«

»Mrs. O'Beirne Moffat, könnten Sie mir bitte sagen, warum Rose so plötzlich die Schule gewechselt hat? Ich dachte, sie wäre glücklich in ihrer Schule in Dublin. Und seit sie die Schule gewechselt hat, schreibt sie mir nicht mehr. Ich verstehe das Ganze einfach nicht.«

Nancy machte einen Schritt auf ihn zu. »John«, sagte sie sanft. »Rose ist jetzt eine junge Frau. Sie geht ihren eigenen Weg. Ich werde ihr schreiben und von unserem Gespräch erzählen. Das ist alles, was ich dir versprechen kann.« Sie ging davon, doch ehe sie in den Hof hinaustrat, wandte sie sich noch einmal zu ihm um. »Eins noch«, sagte sie mit lauter und deutlicher Stimme. »Wenn es dir hilft – ich werde ihr schreiben, daß ich denke, daß sie dir ihre Adresse geben soll, in Ordnung?«

Es gab Neuigkeiten. Eins der anderen Mädchen im Kloster erzählte sie Rose, sobald sie zum Frühstück in den Speisesaal kam. Effie hatte ihr Baby.

Rose war noch in Hochstimmung wegen ihrer Pläne und des Besuchs von ihrem Vater. »Wie geht es dem Baby?« fragte sie sofort.

»Irgend etwas ist nicht in Ordnung mit ihm«, sagte das Mädchen, das Rose noch nie gemocht hatte.

»Wer hat dir das erzählt? Und was stimmt nicht mit ihm?«

Das Mädchen zuckte mit den Schultern. »Keine Ahnung.«

Rose verließ den Speisesaal und ging zu Schwester Benvenutos Büro. Sie klopfte und trat ein, ohne auf eine Antwort zu warten. Die Nonne saß über ihre Bücher gebeugt an ihrem Schreibtisch. Als Rose hereinkam, blickte sie auf. »Rose. Ist alles in Ordnung? Hattest du einen schönen Tag mit deinem Vater?«

»Wunderbar, danke Schwester.« Dann kam Rose direkt zur Sache. »Ich habe gerade von Effie gehört. Sie sagen, daß etwas mit ihrem Baby nicht stimmt. Ist das richtig?«

»Ich fürchte ja, Rose.«

»Was genau ist nicht in Ordnung?«

Die Nonne setzte ihre Brille ab und legte sie vorsichtig auf den Tisch. »Wie du weißt, respektieren wir die Privatsphäre der Mädchen hier so gut es geht. Ich glaube nicht, daß ich dir diese Information geben kann.«

»Schwester.« Rose beugte sich vor und stützte beide Hände auf der Schreibtischplatte ab. »Ich respektiere Effies Privatsphäre ebenfalls. Aber ich weiß alles über ihr erstes Baby. Sie hat es mir erzählt.« *Sie hat mir alles erzählt.* Doch dann erinnerte sich Rose daran, daß sie vorsichtig sein mußte. Effie hatte gesagt, daß Schwester Benvenuto nicht die ganze Wahrheit kannte.

Die Nonne erhob sich und ging ans Fenster. »Effies Baby hat nur zwanzig Minuten gelebt«, sagte sie. »Was, auch wenn ich es nicht sagen sollte, ein Segen ist. Es war ein Junge. Er hatte einen Wasserkopf und viele, viele andere Probleme.«

Rose hielt sich die Hand vor den Mund. Arme Effie.

»Selbst wenn er gelebt hätte, wäre er für immer behindert gewesen.

»Und was passiert jetzt?« fragte Rose.

»Von seiten des Klosters nichts. Unsere Beziehung zu Effie ist beendet – bis zum nächsten Mal«, fügte sie so leise hinzu, daß Rose die Worte kaum verstand.

»Es wird kein nächstes Mal geben, Schwester. Da können Sie sicher sein!«

»Was?«

»Ich sagte, es wird kein nächstes Mal geben. Das verspreche ich Ihnen. Zumindest *denke* ich, daß ich es versprechen kann.«

»Was in aller Welt willst du damit sagen?«

»Ich habe Pläne gemacht. Für Effie. Und für mich.« Rose erklärte der Nonne, was sie und Effie tun würden. »Wir sind beide stark und gesund«, sagte sie am Schluß. »Es wird uns gutgehen, und es wäre sinnlos zu versuchen, mir die Sache auszureden.«

»Und was halten deine Eltern von der Idee?«

»Sie wissen noch nichts davon – von mir und der Wohnung, meine ich«, sagte Rose ehrlich. »Daddy wird es verstehen, aber meine Mutter wird Probleme machen.« Sie reckte trotzig den Kopf. »Aber sie können mich nicht *zwingen,* weiter zur Schule zu gehen. Ich habe die gesetzliche Schulpflicht erfüllt. In zwei Monaten werde ich siebzehn.«

»Ich verstehe«, sagte die Nonne. »Ich kann dir nur Glück wünschen, meine Liebe – und natürlich werde ich für dich beten – für euch beide. Hast du nochmals über das Baby nachgedacht? Was wirst du nach seiner Geburt tun?«

»Schwester«, sagte Rose entschieden. »In unserer Wohnung wird kein Platz für ein Baby sein.« Dann kamen ihr plötzlich zum ersten Mal leichte Zweifel. Instinktiv hielt sie sich die Hände vor den Bauch. Das Baby war wach, und es bewegte sich. Aber dann riß sie sich zusammen. »Es wird das Beste für das Baby sein – nicht wahr?« fragte sie flehend. »Wenn es adoptiert wird, meine ich. Schließlich muß ich an seine Zukunft denken. Es wird ihm besser gehen mit zwei liebenden Eltern, die es wirklich wollen. Auf diese Weise hat es wenigstens einen guten Start.«

Schwester Benvenuto nickte langsam. »Das ist deine Entscheidung, Rose. Im allgemeinen hält man eine Adaption für das Beste. Aber im Augenblick bin ich sehr unsicher.«

Rose war verblüfft. Nie zuvor hatte sie gehört, daß ein Erwachsener – noch dazu eine Autoritätsperson – zugab, Zweifel zu hegen. Die Welt stand kopf. »Ich weiß nicht, was Sie damit meinen, Schwester«, sagte sie unsicher.

Schwester Benvenuto rieb sich die Augen und setzte wieder ihre Brille auf. »Rose, für einen Tag habe ich genug Regeln gebrochen. Ich glaube, wenn du sonst nichts mehr von mir willst, gehst du besser zu den anderen zurück.«

»Ja, Schwester. Danke.«

»Würdest du Effie gern besuchen?«

»Oh, ja, Schwester, das wäre großartig, aber was ist mit meiner Arbeit?«

»Das regele ich schon. Du kannst heute nachmittag zu ihr«, sagte Schwester Benvenuto und beugte sich erneut über ihren Aktenordner. »Und jetzt ab mit dir.«

Roses Baby strampelte so heftig, daß sie vor der Tür stehenbleiben mußte, um Luft zu holen. »Hör auf!« sagte sie streng. Dann dämmerte es ihr, daß dies das erste Mal war, daß sie direkt mit dem Baby sprach.

Die Überschuhe waren Nancys Verderben.

Sie brachte die Hunde vor das Haus und machte sie von den Leinen los, damit sie über den Rasen in Richtung des Lustgartens laufen konnten. Aber als sie ihnen die Treppe hinab folgen wollte, rutschte sie auf ein paar verrotteten Blättern aus und stürzte auf den Kiesweg. Der Schmerz traf sie wie ein Messerstich und sie wußte sofort, daß sie in ernsthaften Schwierigkeiten war. Aber sie versuchte, ruhig zu bleiben. Vielleicht käme ja John Flynn auf dem Rückweg hier vorbei. Sie versuchte, nicht zu schreien, und konzentrierte sich darauf, nicht ohnmächtig zu werden.

Sie konzentrierte sich so stark, daß sie John nicht hörte, als er endlich kam. Erst als sie das Bellen der Hunde vernahm, wußte sie, daß Hilfe nahte. »Mrs. O'Beirne Moffat«, rief er und rannte zu ihr hinüber. »Was ist passiert? Oh, mein Gott – lassen Sie mich Ihnen helfen!« Er wollte sie hochhieven, aber sie hob abwehrend die Hand, obgleich diese Bewegung den Schmerz derart verstärkte, daß sie es kaum noch ertrug.

»Nein«, flüsterte sie. »Beweg mich nicht. Gebrochene Hüfte. Arm auch. Hol Hilfe.« Mit diesen Worten fiel sie in Ohnmacht.

John sah sich verzweifelt um, aber niemand war zu sehen. Dann fiel es ihm wieder ein: Der Colonel war weg, aber er nahm an, daß Mrs. McKenna in der Küche war. Er rannte ins Haus und versuchte, die Hintertür zu öffnen, aber sie war verschlossen.

Er hämmerte, so laut er konnte, gegen die Tür. »Mrs. McKenna! Kommen Sie schnell!«

Sie öffnete die Tür. »Was in aller Welt –« fragte sie empört.

John war völlig atemlos. »Mrs. McKenna, es hat einen schrecklichen Unfall gegeben. Die alte Dame, Mrs. O'Beirne Moffat, ist die Vordertreppe hinuntergefallen. Sie glaubt, daß ihre Hüfte gebrochen ist.«

»Oh, Gott!« Die Haushälterin bekreuzigte sich. »Und der Colonel ist nicht da.«

»Bitte, Mrs. McKenna, wir müssen Hilfe holen. Sie darf nicht bewegt werden. Können Sie den Arzt anrufen? Ich gehe wieder zurück und bleibe bei ihr. Haben Sie irgendwelchen Whisky oder so im Haus?«

»Unter der Spüle steht Brandy.« Während John vor Ungeduld auf und ab sprang, rannte sie los, um die Flasche zu holen. Er schnappte sie sich. »Rufen Sie sofort den Doktor. Nein«, er änderte seine Meinung, »wählen Sie den Notruf. Dann bekommen wir gleich einen Krankenwagen. Sie muß ins Krankenhaus. Und beeilen Sie sich!«

Roses Großmutter hatte das Bewußtsein wiedererlangt und stöhnte, als John sich neben sie hockte. »Mrs. O'Beirne Moffat«, sagte er sanft. »Möchten Sie vielleicht einen Schluck Brandy?«

»Brandy?« sagte sie in dem Versuch, einen Scherz zu machen. »Die Situaton auf Sundarbans wird immer besser! Nein danke…«

John zog seine Jacke aus und faltete sie zu einem flachen Kissen zusammen. Als er sie ihr unter den Kopf schob, unterdrückte sie nur mit Mühe einen Schrei. »Vielleicht könnte ich doch einen Schluck vertragen«, sagte sie schwach.

Er schenkte etwas Flüssigkeit in den Deckel der Flasche und ließ sie langsam zwischen ihre Lippen rinnen. In diesem Augenblick kam

Mrs. McKenna mit einer Decke, die sie sanft über Nancys winzigen Körper legte.

Sie hörten die Sirenen des Rettungswagens, und schließlich bog er in die Einfahrt ein. Die beiden Sanitäter kümmerten sich schnell und sorgfältig um Roses Großmutter. Nach einer kurzen Untersuchung schoben sie eine Trage unter sie und hoben sie vorsichtig in den Rettungswagen, wobei sie leise stöhnte. »Wer kommt mit?« Der Fahrer blickte von Mrs. McKenna zu John, als er eine der Türen schloß.

Mrs. McKenna wurde bleich und bekreuzigte sich erneut. John nahm an, daß sie wie viele ältere Menschen Angst vor Krankenhäusern hatte und dachte eilig nach. Er hatte noch mehr als vier Stunden, ehe er wieder im Pförtnerhäuschen sein mußte. »Mrs. McKenna«, sagte er. »Versuchen Sie, Mrs. O'Beirne Moffat zu finden.« Er kletterte neben Roses Großmutter in die Ambulanz. Sein Leben schien im Augenblick aus einer Reihe von Krankenhausbesuchen zu bestehen, dachte er, als der Rettungswagen die Einfahrt hinunterfuhr.

Aber vielleicht fände er bei diesem Besuch Rose.

Das letzte, was er von Nancy O'Beirne Moffat sah, war eine winzige Erhebung unter der Krankenhausdecke, als sie aus der Notaufnahme in den Röntgenraum gefahren wurde. Dann verließ er das Krankenhaus und machte sich auf den Heimweg. Er hatte Glück. Der erste Wagen, der vorbeikam, hielt an und fuhr ihn bis zur Kreuzung nur einen Kilometer vom Pförtnerhäuschen entfernt.

Als er heimkam, hatte er noch über eine Stunde Zeit. Er machte den Ofen an und setzte sich, um über die Ereignisse nachzudenken. Intuitiv wußte er, daß Roses Großmutter eine Freundin war, und er bezweifelte nicht, daß sie ihr Wort halten würde. Und Rose hatte sich bezüglich des Armreifs genau ausgedrückt: *Dies ist unser Ring. Tu damit alles, was du willst«*, hatte sie gesagt. *»Alles, was uns hilft...«*

Und nun würde der Armreif ihm helfen.

Als Rose sich neben das Bett setzte, sah sie sofort, wie erschöpft Effie war. Sie hatte die Augen geschlossen, und ihr bleiches Gesicht, das nichts von seiner normalen Lebendigkeit verriet, wirkte wesentlich älter als das einer Neunzehnjährigen. Das schwarze Haar klebte ihr fettig am Kopf, und ohne den krausen Heiligenschein wirkte Effie wieder mehr denn je wie ein Äffchen. Rose brach es fast das Herz. Sie saß ein paar Minuten lang ruhig da, da sie ihre Freundin nicht wecken wollte.

Effie lag auf dem Rücken, reglos wie eine Statue, taub gegen das Geschwätz und Gesumme der Besucher um sie herum. Rose blickte auf die Erhebung unter der Decke, dort wo ihr Bauch war, fasziniert, daß er immer noch nicht kleiner geworden zu sein schien. Irgendwie hatte sie erwartet, daß man sofort nach der Geburt wieder flach wurde, wie ein Ballon, aus dem die Luft herausgelassen worden war.

Als Effie sich leiste stöhnend bewegte, beugte sich Rose erwartungsvoll vor. »Effie«, rief sie leise. »Ich bin es, Rose...« Effie öffnete langsam die Augen und blickte sie verständnislos an. »Ich bin es«, wiederholte Rose und nahm Effies Hand. Effie bewegte die Lippen, aber Rose verstand nicht, was sie sagen wollte. »Was sagst du, Effie?« fragte sie und beugte sich noch weiter vor. »Was?«

»Scheiße, Rose. Die ganze Welt ist Scheiße!«

»Oh, Effie!« sagte Rose halb lachend und halb weinend. »Ist das alles, was du sagen kannst? Das mit dem Baby tut mir leid, Effie, wirklich.«

»Hauptsache, ich bin es los«, sagte Effie, aber auch ihre Augen füllten sich mit Tränen, und Rose drückte ihr fester die Hand.

»Hast du es gesehen?« fragte sie, als sie ihre Stimme wieder unter Kontrolle hatte.

Effie schüttelte den Kopf. »Sie haben ihn sofort mitgenommen. Und dann haben sie mir einen Priester geschickt, um mir zu sagen, daß er tot ist.«

Rose wußte nicht, was sie sagen sollte. Nie zuvor war sie so nah mit dem Tod in Berührung gekommen. Ihre Tante Lizzie, deren Amethyste Gus ihr geschenkt hatte, war die einzige Verwandte, die bisher gestorben war, und sie existierte für Rose nur auf ein paar alten, verschwommenen Fotografien. »Vielleicht war es besser so, Effie«, sagte sie in dem Bewußtsein, wie unzulänglich diese Worte waren. »Ich bin sicher, daß sie genau wissen, was sie tun.«

»Es ist mir egal, wie er aussah oder wie schlecht es ihm ging, Rose, und das, obwohl ich seine Mutter bin. Sie haben ihn sofort weggenommen. Ich war festgeschnallt und hatte nicht einen einzigen Blick auf ihn werfen können.« Ihr Affengesicht wurde runzlig.

Die Worte trafen Rose wie ein Hammerschlag: Sie konnte sich kaum vorstellen, wieviel Überwindung sie Effie kosteten.

Es stimmte. Das Leben war Scheiße. Wer oder was hatte Effie dazu verurteilt, ihr Leben lang zu leiden? Während sie die Hand ihrer Freundin streichelte, wurde ihre Entschlossenheit noch stärker. Von nun an würde auch Effie eine Chance bekommen.

Als Effie sich schließlich beruhigte, gab sie ihr ein Taschentuch. »Du Ärmste«, sagte sie. »Hör zu, Effie, dies ist vielleicht weder die rechte Zeit noch der rechte Ort, aber die Besuchszeit ist gleich vorüber, und ich möchte etwas mit dir besprechen. Vielleicht darf ich dich nicht noch einmal besuchen. Also muß ich es jetzt sagen. Ich habe einen Plan.« Dann beschrieb sie kurz, was sie vorhatte.

Als sie fertig war, sah Effie sie zweifelnd an. »Bist du ganz sicher? Willst du wirklich mit mir zusammen leben?«

»Mehr als alles andere in der Welt«, versicherte ihr Rose. »Das wird deine Vergangenheit nicht ändern, Effie, und es wird dir dein Baby – wird uns unsere Babys nicht zurückbringen. Aber vielleicht können wir etwas von der verlorenen Zeit nachholen. Zumindest sollten wir es versuchen.«

»Wow! Nicht schlecht! Und ob wir das tun werden.« Dieses Mal verzog Effie ihr Gesicht zu ihrem altbekannten Lächeln. »Oh, Rose, ich danke dir.«

Rose erwiderte das Lächeln. »Nichts zu danken!«

Mona McConnell hielt ihr Wort und kam pünktlich um zwei Uhr im Pförtnerhäuschen an. Sie war Ende Zwanzig, klein und dünn mit schmalen, runden Schultern. Und obwohl sie sich herausgeputzt hatte wie ein Geburtstagsgeschenk, wirkte sie einförmig und trübsinnig. Ihre Augen waren wie die Mundwinkel nach unten gezogen, und insgesamt machte sie den Eindruck eines Menschen, der nicht allzuviel vom Leben erwartete. »Gib mir deinen Mantel«, sagte John, als sie in die Küche kam.

»Danke, John«, sagte sie mit einer Stimme, deren Sanftheit zu ihrem Äußeren paßte.

»Möchtest du dir vielleicht erst einmal alles ansehen?« fragte er. »Obwohl ich fürchte, daß es nicht viel zu sehen gibt.«

»Danke«, sagte sie erneut. »Das wäre schön.« John hatte den beunruhigenden Eindruck, daß sie genauso reagiert hätte, wenn er ihr angeboten hätte, das schwarze Loch von Kalkutta zu sehen.

Nach der kurzen Besichtigungstour machte sie Tee. Während sie wie ein älteres Ehepaar einander gegenüber vor dem Ofen saßen und an ihren Bechern nippten, dachte John darüber nach, wie seltsam sein Leben verlief. Hier saß er nun, weniger als ein Jahr, nachdem er die Schule verlassen hatte, und war nicht nur Angestellter, sondern stellte selbst jemanden an. Doch Monas Bescheidenheit und Ruhe machten es ihm leicht, sich natürlich zu verhalten. Monas Job war auch nicht ungewöhnlich. In diesem Teil der Welt waren Haushaltshilfen billig.

»Was mußt du über meine Mutter wissen?« fragte er nach einer Weile.

»Wann kommt sie an?« fragte sie. Er hatte Fragen über die Verfassung oder die Eßgewohnheiten seiner Mutter erwartet und war nun überrascht. »Ich nehme an, in etwa einer Stunde«, sagte er. »Sonst noch etwas? Soll ich dir vielleicht erklären, wie du sie am besten fütterst oder so?«

»Ich bin sicher, daß ich zurechtkommen werde«, sagte Mona, lächelte beruhigend und konzentrierte sich wieder auf ihren Tee. John merkte, daß sie eine geradezu einschläfernde Wirkung auf ihn hatte, und hatte das Gefühl, jeden Augenblick in eine angenehme Trance zu verfallen.

Aber aus Gründen der Höflichkeit riß er sich zusammen. »Wie geht es deinem Vater, Mona?« Während der Ernte vor vier Jahren hatte Packy McConnell bei einem Unfall mit dem Mähdrescher ein Bein verloren.

»Gut, John«, sagte sie. »So gut, wie man es erwarten kann.«

»Verstehe«, sagte er. Mona schien keine andere Antwort zu erwarten, und er sah sie abermals neugierig an.

Sie hatte wirklich kein leichtes Leben gehabt. Sie war John sofort genannt worden, als er sich auf die Suche nach einer Pflegerin für seine Mutter gemacht hatte. »Mona McConnell ist die Richtige«, hatte er wieder und wieder gehört, und jede Person, die sie ihm empfohlen hatte, hatte ihm ein paar Informationen über sie und ihre Familie gegeben, so daß er das Gefühl hatte, es gebe kaum etwas von ihr, das er nicht bereits wußte.

Monas Mutter war kurz nach ihrer Geburt gestorben, und ihre Tante war zu ihnen gezogen, um sie aufzuziehen. Teresa McConnell war eine äußerst pedantische und fromme Frau gewesen, die sich und ihre angeheiratete Familie für etwas Besseres hielt. Mona hatte immer direkt nach der Schule nach Hause kommen müssen; sie hatte nie mit den anderen Kindern spielen und später nie zu einer Tanzveranstaltung gehen dürfen. Und Teresa, von der es hieß, daß ihre Zunge so spitz gewesen war, daß sie sich in ein Wellblechdach hätte bohren können, hatte jeden Jungen verscheucht, der es gewagt hatte, sich ihrer Nichte zu nähern, die zu einer »wahren Dame« heranwachsen sollte.

Aber was für langfristige Pläne sie auch immer für Mona gehabt hatte, ihre Arthritis und der Unfall ihres Vaters hatten dazu geführt, daß Mona mit Mitte Zwanzig dazu verdammt gewesen war, ihre beiden Verwandten zu pflegen. Teresa war vor sechs Monaten gestorben, so daß Mona wenigstens einen Teil ihrer häuslichen Verpflichtungen losgeworden war.

Da Packy nicht mehr als Farmarbeiter arbeiten konnte, hatten sie nur sehr wenig Geld, und als John ihr die Stelle angeboten hatte, hatte sie sie mit ihrem ruhigen Fatalismus angenommen.

Die Stille erstreckte sich zwischen ihnen beiden, ohne daß sie als störend empfunden worden wäre. Sie waren bei der dritten Tasse Tee, als sie Ned Sherlings Wagen hörten. Zum ersten Mal wurde John bewußt, daß er sich vor diesem Moment gefürchtet hatte. Er hatte absichtlich nicht darüber nachgedacht, was es hieße, seine veränderte und vollkommen abhängige Mutter im Haus zu haben, und hatte sich statt dessen mit den Details befaßt. Aber nun ließ sich die Realität nicht länger verschieben.

Mona trat neben ihn, als Ned den Wagen so nah wie möglich vor der Tür zum Stehen brachte. Noch ehe der Nachbar den Motor abgestellt hatte, war John an der Beifahrertür und öffnete sie, um seiner Mutter zu helfen. Doch dann fuhr er vor dem säuerlichen Gestank zurück; Mary hatte sich eingenäßt.

Er schämte sich seiner Reaktion. Eingehüllt in mehrere Decken saß sie kerzengerade auf ihrem Sitz, und an ihrem Hinterkopf schimmerte die rosafarbene Kopfhaut zwischen den weißen Haaren hindurch. Sie sah so zerbrechlich und verwundbar wie ein kleines Baby aus. »Hallo, Mammy«, sagte er fröhlicher, als ihm zumute war, und legte ihr die Hand auf die Schulter.

Als sie seine Stimme hörte, drehte sie den Kopf um und sah ihn verwundert an. Als er sah, wie ihr der Speichel aus der gelähmten Seite des Mundes rann, hätte er fast geweint. »Hallo, Mammy«, wiederholte er. »Willkommen daheim.«

Sie starrte ihn weiterhin verständnislos an. Ned war um den Wagen herum gekommen und stand hinter ihm. »Drinnen wird es ihr bessergehen«, sagte er. »Die Reise und all das waren ein bißchen viel für sie. Sie hat sich wirklich darauf gefreut, nach Hause zu kommen. Am Anfang der Fahrt hat sie ununterbrochen geredet.«

John beugte sich in den Wagen und nahm seine Mutter in die Arme. Sie war nie schwer gewesen, aber durch die Krankheit hatte sie noch mehr Gewicht verloren, und er hatte nicht die geringsten Schwierigkeiten, sie ins Haus zu tragen. Als er sie über die Schwelle trug, blieb er vor Mona stehen, ohne zu wissen, wie er sie ihrem Schützling vorstellen sollte. Er verspürte eine gewisse Panik. Angenommen, Mona kam zu dem Schluß, daß ihr die Arbeit zuviel war?

Aber Monas ernste und besorgte Miene änderte sich nicht. Sie nahm die gelähmte Hand seiner Mutter und hielt sie sanft fest. »Guten Tag, Mrs. Flynn. Sie kennen mich noch nicht. Ich bin Mona, und wir werden bestimmt gute Freundinnen werden.«

Mona half ihm, Mary in ihr Bett zu legen und sie zuzudecken. »Dort wird es ihr gutgehen«, sagte John verlegen, aber er wußte, daß seine Mutter ausgezogen, gesäubert und frisch angezogen werden mußte. Es war eine Routine, die er lernen müßte, aber im Augenblick war es ihm einfach zuviel. Doch war es fair, Mona zu bitten, diese unangenehme Aufgabe gleich jetzt zu erfüllen?

Wieder kam ihm Mona zu Hilfe. »In der Kanne ist noch Tee«, sagte sie. »Biete doch Ned eine Tasse an. Er hat schließlich eine lange Fahrt hinter sich. Ich kümmere mich in der Zwischenzeit um deine Mutter.«

Wie gewöhnlich wollte Ned nicht länger bleiben. »Die Sozialarbeiterin im Krankenhaus hat mir ein Päckchen für dich mitgegeben«, sagte er und reichte ihm ein sperriges, in Papier gewickeltes Paket, das sich an einigen Stellen merkwürdig wölbte. John riß das Papier auf, bis er sehen konnte, was darunter war. Das Krankenhaus hatte die Dinge mitgeschickt, die Mary nicht verbraucht hatte: eine fast leere Dose Babypuder, einen fast vollen Topf Vaseline und drei Dinge, die ihm deutlich machten, was ihn erwartete, nämlich ein braunes Gummilaken und zwei kleinere, verwaschene Baumwolltücher, die seiner Mutter wohl untergelegt und jedesmal, wenn sie sich einnäßte, gewechselt werden mußten. Ned sah ihn an. »Und hier sind ihre Tabletten und Rezepte«, sagte er ruhig und gab John einen großen Umschlag. »Die Sozialarbeiterin sagt, du sollst den Arzt bitten, sich deine Mutter so bald wie möglich anzusehen – und – und außerdem soll ich dir sagen, daß sie uns noch alle überleben wird. Ihr Herz funktioniert prächtig… Aber jetzt muß ich gehen«, sagte er. »Ich – ich hoffe, du kommst zurecht.« Ohne auf eine Antwort zu warten, machte er kehrt und ging. John stand in der Tür und sah ihm nach. Ehe er fuhr, öffnete er das Fenster. »Ich komme morgen vorbei«, sagte er. »Vielleicht braucht ihr ja etwas.«

John ging wieder ins Haus, und als er die Dinge aus dem Krankenhaus sah, verließ ihn der Mut.

Aber Mary schlief friedlich fast zwei Stunden lang. In der Zwischenzeit wusch Mona ihre schmutzige Wäsche und räumte ihre Kleider ein. Sie war so eifrig und still, daß John sich plump und unbeholfen vorkam. Er wußte nichts mit sich anzufangen und fürchtete, sie könne es als Überwachung auffassen, wenn er weiter in der Küche saß.

»Wäre es in Ordnung, wenn ich einen Augenblick spazierenginge und dich allein ließe, Mona?« fragte er.

»O ja, John«, sagte sie. »Geh nur. Wir kommen hier schon zurecht.« Er bemerkte den Plural und seine Angst legte sich. Mona McConnell schien wirklich genau die Richtige zu sein.

Daphne O'Beirne Moffat sprach mit dem Arzt, der ihre Schwiegermutter untersucht hatte.

Sie war schockiert und besorgt gewesen, als sie die Nachricht von dem Unfall erhalten hatte, aber als sich herausstellte, daß Nancy nicht in Lebensgefahr war, verwandelte sich der Schreck in Verärgerung. »Ich *will* nicht die Krankenschwester spielen«, hatte sie sich eingestanden, als sie in Gus' klapprigem Auto zum Krankenhaus gerumpelt war.

Sie war böse auf ihren Mann. Es war typisch für Gus, einfach nach London zu fahren und sie mit diesem Notfall allein zu lassen. Und das alles wegen Rose, dachte sie. Wenn Gus hier wäre, könnte er wenigstens *irgend etwas* tun. Diese ganze Situation war Roses Schuld.

»Was?« fragte sie den Arzt, als sie merkte, daß er aufgehört hatte zu sprechen.

»Ich habe gefragt, wann Ihr Mann nach Hause kommt«, wiederholte der Doktor geduldig. »Wir brauchen sein Einverständnis für die Operation.«

»Frühestens am Donnerstag«, schnauzte Daphne. »Er hat morgen noch geschäftlich in London zu tun, und er kommt mit dem Schiff zurück.« Ihre Laune wurde durch dieses Eingeständnis nicht gerade besser. All ihre Freundinnen und deren Ehemänner reisten inzwischen mit dem Flugzeug von Dublin nach London, aber Gus konnte sich das Ticket nicht leisten.

»Könnten dann vielleicht Sie das Formular unterschreiben?« Der Arzt fuhr sich müde mit der Hand über die Stirn.

»Oh, geben Sie das verdammte Ding schon her«, sagte Daphne, kritzelte ihre Unterschrift darauf und folgte dem Arzt in das Zimmer, in dem ihre Schwiegermutter lag.

»Wir haben ihr ein Schmerzmittel gegeben, so daß sie sehr schläfrig ist«, sagte er, und Daphne verspürte ein flüchtiges Gefühl der Scham. Es war relativ einfach, sich in der Gemeinde nützlich zu machen und die Kranken zu besuchen, wie sie es häufig tat, bei der Altargesellschaft auszuhelfen oder Silberpapier für die Missionskollekte glattzustreichen. Aber es war etwas gänzlich anderes, dachte sie und spürte eine neue Woge der Entrüstung, wenn die mildtätige Arbeit einen vierundzwanzig Stunden am Tag gefangenhielt und das auch noch unter dem eigenen Dach. Dies hatte sie seit ihrer Hochzeit mit Gus befürchtet, aber Nancy war immer so gesund und genügsam gewesen, daß ihre Angst fast verschwunden gewesen war. Nun, beschloß sie, würde eben Gus einen Teil der Arbeit übernehmen müssen.

Ihre Schwiegermutter war wach, aber ihre glasigen Augen verrieten die Wirkung des Beruhigungsmittels. Ihr rechter Arm lag in einer Schlinge, und die Bettdecke wölbte sich über einem riesigen Kasten, der ihre gebrochene Hüfte stützte. »Ich lasse Sie erst einmal mit ihr allein«, sagte der Arzt, gab Daphne die Hand und ging.

Sie zog sich einen Stuhl heran und setzte sich neben das Bett. Nancy versuchte zu sprechen, aber sie brachte keine vollständigen Sätze heraus, und Daphne merkte, daß es sinnlos wäre zu versuchen, sich mit ihr zu unterhalten.

»Keine Angst, Nancy.« Daphne lächelte, während sie sprach, was sie einige Mühe kostete, doch irgendwie schmolz mit dem Lächeln ein Teil ihres Zorn und ihrer Verärgerung dahin.

Gus' Mutter lächelte schwach zurück. Sie bewegte die Lippen, und Daphne beugte sich vor, um sie zu verstehen. »Es tut mir leid.«

Sie tätschelte Nancy die Schulter und versuchte, so ehrlich wie möglich zu klingen. »Mach dir keine Sorgen, Nancy. Wir werden es schon schaffen.«

Gus' Mutter schloß die Augen, und Daphne überlegte, ob sie es sich vielleicht leisten könnten, eine Pflegerin anzustellen. Wahrscheinlich nicht. Und es gab kaum noch etwas, das sie verkaufen konnten. Sie war so in Gedanken versunken, daß sie nicht hörte, als eine Krankenschwester kam. Sie bemerkte sie erst, als die Frau ihr auf die Schulter tippte. »Entschuldigen Sie, Mrs. O'Beirne Moffat«, sagte sie. »Aber ich dachte, Sie würden vielleicht gern die Kleider Ihrer Schwiegermutter mit nach Hause nehmen. Ich bringe Ihnen auch Ihre Ringe und die anderen Sachen. Sie liegen im Safe, aber Sie nehmen sie vielleicht besser mit. Falls sie sie haben möchte, können Sie sie ja einfach wieder mitbringen.«

Während sie darauf wartete, daß die Schwester mit den Dingen zurückkam, sah sich Daphne in dem Krankenzimmer um. Es gehörte eindeutig zur Geriatrie und hatte ungefähr zwei Dutzend Betten. Es war sauber und aufgeräumt, mit poliertem Boden und geschrubbten Wänden, aber der Desinfektionsmittelgeruch überlagerte nur unzureichend andere, stechendere Gerüche. Sie sah erneut Gus' Mutter an. Nancy unterschied sich in nichts von den anderen alten Damen im Raum. Daphnes Zorn wurde jetzt von einer Depression verdrängt, als sie traurig darüber nachdachte, daß ihr eines Tages dasselbe passieren könnte, daß sie als eine von einer Reihe elender, weißhaariger, rheumatischer Frauen enden würde, von denen die meisten ebenso betäubt waren wie ihre Schwiegermutter.

Die Schwester kam mit einem Umschlag zurück. »Hier«, rief sie fröhlich aus und schüttelte den Inhalt des Umschlags auf dem Nachtschränkchen aus, um die einzelnen Gegenstände auf ihrer Liste abzuhaken. »Eine goldene Uhr – ja – drei Ringe – ja – einen Rosenkranz – ja – eine Medaille und ein Kreuz an einer Silberkette – ja – ein Armband in einem Beutel – ja – ein Taschentuch – ja – drei Schilling und elf Pence in Münzen. Das war's! Das Geld, der Armreif und der Rosenkranz waren in den Taschen ihres Mantels.« Sie gab Daphne die Liste. »Wenn Sie hier bitte den Empfang quittieren würden …«

Zum zweiten Mal kritzelte Daphne ihren Namen auf ein Blatt Papier. Sie nahm den Umschlag und stand auf. »Hier kann ich im Augenblick wohl nichts mehr tun«, sagte sie. »Ich glaube, ich fahre nach Hause und versuche, meinen Mann zu erreichen. Er weiß noch nichts von dem Unfall.«

Als sie Sundarbans erreichte, rief sie Gus' Londoner Club an, aber Gus war noch nicht dort.

Sie beschloß, daß sie einen Sherry vertragen könnte, doch dann entschied sie, zuerst die persönlichen Dinge ihrer Schwiegermutter fortzuräumen. Sie hängte den Regenmantel auf und stellte die Galoschen neben die anderen Schuhe und Stiefel hinter die Küchentür. Sie legte die zerrissene Bluse und den Rock in ihren Nähkorb, nahm die Strickjacke und Nancys persönliche Habe und trug sie die Treppe hinauf.

Nancys Schmuckkasten enthielt nur sehr wenige Gegenstände, aber das, was darin lag, war wunderhübsch. Sie hatte schon immer einen guten Geschmack gehabt, dachte Daphne, als sie die Ringe vorsichtig in die dafür vorgesehenen Schlitze schob und das Armband aus dem Beutel nahm. Es blitzte purpurfarben im Licht der Abendsonne auf, und sie nahm es verwundert in die Hand. Es gehörte zu Roses Schmuck. Was machte dann ihre Schwiegermutter damit?

Mit gerunzelter Stirn schloß sie den Schmuckkasten und ging in Roses Zimmer. Der rote Samtkasten stand wie gewöhnlich auf dem Ankleidetisch. Daphne hängte den Armreifen auf die kleinen Haken und machte den Deckel zu.

Als sie den Raum verließ, nahm sie den Kasten mit. Morgen würde sie die Amethyste auf die Bank zurückbringen, wo sie auch hingehörten, egal welcher Meinung ihre Tochter war.

10

Zwei Wochen, bevor Mary Flynn aus dem Krankenhaus nach Hause kam, saßen Karen Lindstrom und der junge Methodistenprediger, der erst vor kurzem nach Charlottetown gekommen war, einander gegenüber im Salon ihrer Eltern. Der Prediger war auf Bitten der Lindstroms gekommen, um sich mit ihrer Tochter zu »unterhalten«, doch aus seiner Sicht verlief die »Unterhaltung« alles andere als angenehm.

»Aber, Karen«, flehte er. »Kannst du dir denn nicht vorstellen, was deine Mutter und dein Vater durchmachen? Natürlich wollen sie nur dein Bestes, aber sie müssen auch an ihren Ruf denken. Ich weiß, daß das nicht das ist, was du hören willst, Karen, aber Charlottetown ist eine sehr konservative Gemeinde, und eine unverheiratete Tochter mit einem Baby ist bestimmt nicht gut für ihr Geschäft. Das versichere ich dir.«

»Und das ist natürlich das einzige, woran sie denken«, erwiderte Karen. »Ihr Geschäft!«

»Das ist nicht wahr, Karen, und das weißt du. Aber deine Mom und dein Dad sind Mitglieder der Kirche und –«

»Was hätte Jesus in dieser Situation getan?« unterbrach sie ihn. »Sagen Sie mir das.« Sie starrte den Kirchenmann wütend an, der sich trübsinnig auf die Lippe biß. »Hätte es ihn interessiert, wer der Vater ist?« fragte sie. »Ich hätte gedacht, Jesus hätte sich über ein neugeborenes kleines Baby gefreut. Ein neues Leben, Reverend! Ist es nicht das, was man uns in der Sonntagsschule beibringt? Und übrigens«, fuhr sie arglistig fort, »bin ich sicher, daß Millionen von Menschen, Katholiken zum Beispiel, glauben, daß die Eltern von *Jesus* auch nicht verheiratet waren!« Sie lehnte sich triumphierend zurück.

Der Prediger holte tief Luft. Dann versuchte er noch einmal, dieses Mal mit schmeichelnden Worten, herauszufinden, was Karens Eltern seit zwei Wochen herauszufinden versuchten. »Bitte, Karen. Wo ist das Problem? Vielleicht könntest du mir ja wenigstens sagen, *warum* du dich weigerst, irgend jemandem zu sagen, wer der Vater ist. Schließlich hat der junge Mann, wer auch immer er ist, ebenfalls eine gewisse Verantwortung.«

»Unmöglich«, sagte Karen knapp. »Ich weiß nicht, warum mir niemand glauben will. Ich werde es niemandem verraten, Reverend, Schluß, aus!« Er sah so unglücklich aus, daß er ihr beinahe leid tat. »Wenn ich es sagen würde, würde es doch auch keinen Unterschied machen, Reverend«, sagte sie etwas freundlicher. »Schließlich verschwindet das Baby davon auch nicht. Und selbst wenn ich es erzählen würde, würden wir deswegen noch lange nicht heiraten.«

»Früher einmal war es so«, sagte der Kirchenmann traurig.

»Ja, aber wann?« spottete Karen. »Falls ich Sie daran erinnern darf, leben wir im Jahre neunzehnhundertvierundfünfzig. Was will Daddy tun? Sich ein Gewehr schnappen? Außerdem bin ich erst siebzehn. Um Himmels willen. Kinderbräute gibt es seit den Micmacs nicht mehr!« Die Micmacs waren die Indianer der Insel, von denen es nur noch sehr wenige gab.

Der Prediger änderte seine Taktik erneut. »Nun, wenn du mir schon nicht sagen willst, wer der Vater ist, vielleicht erzählst du mir ja wenigstens, was für ein Mensch er ist.«

»Ich kann Ihnen sagen, daß er, obwohl ich ihn nicht liebe oder so, ein Mann ist, den jede Frau mit Stolz heiraten würde. Aber mehr sage ich zu diesem Thema nicht.«

Der hoffnungslos unterlegene Prediger hatte keine Ahnung, was er als nächstes sagen sollte. Karen lehnte sich bequem auf dem Sofa zurück und wartete. »Wissen Sie, in ein paar Wochen werde ich achtzehn«, erklärte sie und widersprach ihrem eigenen Argument bezüglich der Kinderbräute. »Ich habe meine eigenen Vorstellungen vom Leben. Ich bin kein Baby mehr.«

»Offensichtlich nicht«, sagte ihr Gegenüber schwach. »Karen, bitte.«

»Ja?« Karen blickte unter die Decke.

»Karen, so kommen wir nicht weiter.«

»Ich bin froh, daß Sie das einsehen. Ich habe Mom und Dad gesagt, daß es sinnlos wäre, die Kirche in diese Sache hineinzuziehen.« Sie stand auf. »Hören Sie zu, Reverend«, fuhr sie fröhlich fort. »Sie vergeuden wirklich Ihre Zeit. Ich werde den Namen des Vaters nicht verraten.«

Er gab sich geschlagen und erhob sich ebenfalls. »Nun, hast du schon darüber nachgedacht, was du nach der Geburt des Babys tun willst?«

»Dazu ist es noch viel zu früh. Ich habe noch – ein paar Monate…« Plötzlich wurde ihr klar, daß sie sich fast verraten hätte. »Wahrscheinlich gebe ich es zur Adoption frei«, sagte sie knapp. »Aber, wie gesagt, das entscheide ich, wenn der Zeitpunkt näher rückt.«

»Deine Eltern haben so viel mit dir vor, Karen.«

»Das läßt sich ja immer noch machen. Ich werde im Sommer mit der High-School fertig. Gut, ich werde wohl kaum im Herbst mit dem College anfangen, aber dann fange ich eben zum nächsten Semester an. Kein Problem!«

»Nun, ich nehme an, daß es nichts mehr zu sagen gibt, oder?«

»Ich fürchte nein, Reverend.«

Abends in ihrem Bett war Karen nicht so keck und nicht halb so selbstbewußt, wie sie sich dem unglückseligen Prediger gegenüber gegeben hatte. Nie zuvor hatte sich das allgemeine Interesse derart auf ihre Person konzentriert wie jetzt, wo alle darüber sprachen, was sie mit ihr machen sollten. Während der letzten zwei Wochen hatte sie sogar hin und wieder eine heimliche Freude an der Macht verspürt, die sie über ihre Eltern, den Hausarzt der Familie und ein paar Verwandte, denen sich ihre Eltern anvertraut hatten, zu haben schien.

Als sie sich jetzt in ihrem Bett herumwälzte, mußte sie sich jedoch eingestehen, daß der Spaß am Neuen nachgelassen hatte. Zum ersten Mal in ihrem Leben hatte Karen ernsthafte Probleme mit ihren Eltern, und die Atmosphäre im Haus wurde täglich gespannter. Sie bezweifelte nicht, daß sie immer noch die geliebte Tochter war, aber die bequeme Liberalität, die sie immer als typisch für ihre Eltern empfunden hatte, war einem beinharten Konservatismus gewichen. Obwohl niemand sie wütend angeschrien hatte, waren sie wie alle prüden Victorianer schockiert wegen ihrer Schwangerschaft, und da sie ihre ablehnende Haltung nicht aufzugeben schienen, wurde Karen allmählich panisch.

Aber sie war fair; wenn sie mehr an ihre Eltern gedacht hätte, wäre sie vielleicht gar nicht erst schwanger geworden. Sie war sorglos mit ihrer Jungfräulichkeit umgegangen und hatte sie Anfang des letzten Sommers fast im Vorbeigehen verloren. Sie und Billy deFresne, einer der wenigen Jungen, die Karen in Charlottetown überhaupt beachtete, hatten sich auf dem Rücksitz seines Wagens befummelt, und die Dinge waren einfach ein wenig außer Kontrolle geraten. Es war auch für Billy das erste Mal gewesen, und das Ganze hatte nicht länger als ein paar Minuten gedauert. Über die Möglichkeit einer Schwangerschaft hatte sie nicht eine Sekunde lang nachgedacht. Und wenn da nicht der Unfall gewesen wäre, wäre sie damals auf dem Schiff mit Johns Zwillingsbruder vielleicht ebensoweit gegangen. Der Gedanke ließ sie erschaudern.

Sie warf einen Blick auf ihren Wecker. Es war nach zwei, und ihre Phantasie zog schwarze Kreise. Angenommen, sie widersetzte sich weiterhin ihren Eltern und sie warfen sie hinaus? Obgleich sie den Gedanken für unwahrscheinlich hielt, mußte sie die Möglichkeit doch bedenken. Wohin sollte sie dann gehen? Wie käme sie allein zurecht? Karen wußte, daß sie ihr Leben lang immer verwöhnt worden war. Sie hatte fast alles bekommen, was sie je gewollt hatte, problemlos und ohne jede Klage. Das war der Grund, weshalb diese neue Entwicklung in der Beziehung zu ihren Eltern so beunruhigend war.

Sie dachte erneut über die Worte des Predigers nach. *Hast du schon darüber nachgedacht, was du nach der Geburt des Babys tun willst?* Und sie hatte kaltblütig erwidert: *Wahrscheinlich gebe ich es zur Adoption frei…* Das war leicht gesagt. Aber war es auch das Richtige? Sie hätte es niemals zugegeben, aber sie befürchtete, daß sie es ihr Leben lang bedauern würde, wenn sie das Baby fortgab. Doch niemand, den sie in Charlottetown kannte, hatte jemals ein uneheliches Kind aufgezogen. Was würden die Leute sagen? Wie sollte sie sich je wieder auf die Straße wagen? Sie errötete bei dem Gedanken an die Blicke, mit denen die Leute sie ansehen würden. Auch wenn sie es nur ungern zugab, sie hatte den Konservatismus ihrer Eltern durchaus geerbt.

Sie könnte sich entschließen, das Baby zu behalten und die Insel zu verlassen. Sie könnte nach Boston oder Philadelphia gehen – oder sogar nach Toronto oder Montreal. Montreal, so hatte sie gehört, war voller Bohemiens, und niemand würde auf sie achten. Aber sie sprach kaum Französisch, was in Montreal unerläßlich war.

Dann also eine der drei anderen Städte. Aber wieder zeichnete ihre Phantasie nur Schreckensbilder. Sie sah sich in einer Wohnung ohne fließendes, heißes Wasser in irgendeinem gräßlichen Ghetto, hinter verriegelten Türen, um sich vor Kriminellen und anderen dunkeln Gestalten zu schützen, die neben ihr lebten. In der Speisekammer läge nur ein halbes Päckchen Kekse, die noch drei Tage reichen müßten, bis der nächste mildtätige Scheck von ihrem Vater käme. Ihr Baby, zu schwach zum Schreien, läge in einem erbärmlichen kleinen Pappkarton in der Ecke.

Dann würde irgendein wohlmeinender Helfer die Tür einschlagen. Sie sah sogar sein Gesicht vor sich: Er trug eine Brille und hatte ein schwabbeliges Kinn wie der Reverend. Dieser Mensch würde ihr Kind aus dem Pappkarton nehmen. »Dieses Baby hat Rachitis«, würde er mit weinerlicher Stimme sagen, und sie würde das Baby verlieren, weil sie eine schlechte Mutter war ...

Dann fiel ihr noch ein Satz des Predigers ein: *Wo ist das Problem?*

Sie mußte sich eingestehen, daß sie bereits derart in Schwierigkeiten war, daß es wahrscheinlich kaum noch etwas ausmachte, ihren Eltern John Flynns Namen zu sagen.

Aber was würde dann aus John? Und der Schmerz, den sie diesen gütigen Menschen, den McGuigans – und seiner bettlägerigen Mutter zufügen würde. Karen hatte das Gefühl, daß sie die Verantwortung für diese Sache allein tragen mußte. Nachdem sie auf der Party mit ihm zu tanzen angefangen hatte, hatte sie sofort gewußt, daß sie wesentlich mehr sexuelle Erfahrung hatte als er. Sicher, John hatte reagiert – trotz ihrer Verwirrung lächelte sie bei der Erinnerung an die Heftigkeit seiner Reaktion – aber er wußte wahrscheinlich noch nicht einmal mehr, daß sie zu ihm ins Bett gekrochen war. Sie war selbst überrascht gewesen, daß er bereits eine Erektion gehabt hatte, als sie neben ihn geglitten war.

Eines Tages, dachte sie zornig, würde sie diesen widerlichen Ezrah dafür umbringen, daß er Alkohol in die Getränke geschüttet hatte. Aber wenn sie ehrlich war, konnte sie wohl kaum alles auf den Alkohol schieben. Es war ganz einfach ihre eigene Schuld.

Und da war noch eine andere Sorge. Der Akt mit John war ruhig und geräuschlos gewesen – manchmal fragte sie sich, ob er überhaupt ganz wach geworden war – als sie aus seinem Bett gestiegen war und sich zur Tür geschlichen hatte, hatte sie den deutlichen Eindruck gehabt, beobachtet zu werden. Sie hatte sich eilig umgedreht, aber soweit sie in der Dunkelheit hatte erkennen können, hatte Derek im Nebenbett geschlafen.

Seit Derek aus Irland zurückgekommen war, hatte sie ihn nur ein einziges Mal gesehen. Sie und Mary-Lou waren vor zwei Wochen bei Woolworths gewesen – einen Tag, bevor sie herausgefunden hatte, daß sie schwanger war – und er war mit Dan McGuigan hereingekommen. Sie hatten ein paar Höflichkeiten ausgetauscht, aber Derek war steif und förmlich gewesen. Zu Recht. Sie hatte ihn schließlich sehr schlecht behandelt.

Aber wußte er es, oder wußte er es nicht?

Karen dachte logisch über ihre Zukunft nach, Schritt für Schritt. Wenn sie in Charlottetown blieb, würde ihre Schwangerschaft früher oder später von allen bemerkt. Es bestand durchaus die Möglichkeit, daß sie erneut mit Derek zusammenstieß. Er würde sehen, daß sie schwanger war, und falls er sie in Johns Bett gesehen hatte, könnte er ihr das Leben sehr schwer machen.

Wäre er so gemein? Aber selbst wenn er es wäre, was könnte er schon tun? Sie versuchte, sich an Dereks Stelle zu versetzen. Von der Freundin sitzengelassen, verärgert, eifersüchtig auf den Bruder. Wäre Derek in der Lage, der Versuchung zu widerstehen und sich nicht an ihr zu rächen?

Sie hakte die Möglichkeiten eine nach der anderen ab. Da sie fast sicher war, daß John überhaupt nicht wußte, daß er mit ihr geschlafen hatte, konnte sie es leugnen, konnte sie sagen, daß Derek log.

Sie konnte sich einfach einen anderen Vater ausdenken. Ezrah? Könnte sie sich auf diese Weise an Ezrah rächen? Der Gedanke war verlockend, aber allein die Vorstellung, mit Ezrah ins Bett zu gehen, verursachte ihr eine Gänsehaut. Sie wäre sicher nicht in der Lage, diese Lüge lange aufrechtzuerahlten...

Zurück zum Anfang. Angenommen, Derek würde alles verraten,

und John würde ihm glauben. Sie spürte instinktiv, daß Dereks Zwillingsbruder das einzig Ehrenwerte tun würde. Er würde das Kind anerkennen und sie heiraten wollen. Aber er hatte eine kranke Mutter, die er nicht verlassen konnte, so daß er versuchen würde, sie nach Irland zu holen. Ihre Eltern, die unbedingt eine »normale« Familie für das Baby haben wollten, würden ihm noch beipflichten.

Wieder erschauderte sie. Auf dem Schiff hatte Derek ihr genug von Drumboola und von der Bescheidenheit des dortigen Lebens erzählt. Sie hatte nicht die Absicht, den Rest ihres Lebens in einem solchen Elend zu verbringen.

Es gab nur eine logische Schlußfolgerung. Derek Flynn hatte ihre Zukunft in der Hand, und sie würde zu ihm gehen und mit ihm reden. Wenn er nichts wußte, war sie in Sicherheit. Aber wenn er es wußte, mußte sie herausfinden, was er vorhatte.

Karen hatte sich sorgfältig zurechtgemacht und mehrere Kleidungsstücke ausprobiert, ehe sie schließlich bei einem Kleid aus blaßgelber Wolle gelandet war. Das Kleid, dessen Rock beim Gehen um ihre Beine schwang, war mit dreieckigen Einsatzstücken versehen und schmiegte sich sanft an ihren Körper. Als sie sich im Spiegel gesehen hatte, war sie zufrieden gewesen. Sie hoffte, ernsthaft, doch zugleich bescheiden auszusehen. Außerdem betonte das sanfte Gelb ihr blondes Haar und ihre helle Haut, so daß sie frisch und gesund, ja fast unschuldig aussah. »Sicher nicht wie eine befleckte Frau«, murmelte sie und lachte fast. Auf jeden Fall ging es ihr nun, da sie endlich etwas unternahm, wesentlich besser.

Nachdem sie verschiedene Reden geprobt hatte, hatte sie schließlich beschlossen zu improvisieren. Sie müßte abwarten, wie Derek reagierte, wenn er sie sah.

Allzu schnell hatte sie Kelly's Cross erreicht. Das Haus der McGuigans lag etwa einen Kilometer weiter.

Das Auto der Familie stand auf dem Hof, aber nirgends war eine Menschenseele zu sehen. »Hallo?« rief sie. »Ist irgend jemand zu Hause?« Dann hörte sie einen Hund bellen.

Sie ging zum Zaun, und in einiger Entfernung entdeckte sie eine vornüber gebeugte Gestalt. Zwei Hunde kamen ihr mit wedelnden Schwänzen entgegen gelaufen und sprangen um sie herum, als sie weiterging. Während Karen verzweifelt versuchte, nicht allzu tief in dem weichen roten Lehmboden zu versinken, wünschte sie sich, sie hätte nicht unbedingt die zum Kleid passenden, aber vollkommen ungeeigneten Schuhe angezogen.

Einer der Hunde rannte vor und blickte sich fröhlich hechelnd nach ihr um. Der Mann, den Karen bereits aus der Ferne gesehen hatte, richtete sich auf und sah ebenfalls in ihre Richtung.

Es war Derek, aber er sah ganz anders aus, als sie ihn in Erinnerung gehabt hatte. Mit seinem freien Oberkörper, den muskulösen Armen, der abgewetzten Hose und der seltsamen weißen Kopfbedeckung sah er aus wie *Sindbad der Seefahrer.* »Hallo, Derek«, rief sie. Da er gegen die Sonne blickte, erkannte er sie nicht. »Ich bin's, Karen«, sagte sie und blieb stehen.

»Karen«, sagte er langsam, aber sie war zu weit weg, um zu erkennen, ob er sich freute, sie zu sehen. »Ja«, antwortete sie und trat näher. »Überrascht es dich nicht, mich zu sehen?«

Er nahm die Kopfbedeckung ab, die sie jetzt als zusammengerolltes T-Shirt erkannte, und beugte sich hinab, um den Hund am Halsband zu packen, obgleich der sich nicht von der Stelle rührte. »Du bist einen weiten Weg gekommen, Karen. Was kann ich für dich tun?«

Bildete sie es sich nur ein oder betonte er das »ich«? »Können wir vielleicht irgendwo ungestört reden?« fragte sie.

»Wie wäre es gleich hier?«

»Nun, ich fühle mich ein bißchen eigenartig hier auf dem offenen Feld.«

»Du willst nicht, daß dich jemand mit mir sieht, ist es das?« Er starrte sie an, und zu ihrem Entsetzen spürte sie die anmaßende Sexualität in seinem Blick und – noch schlimmer – die unverhüllte Reaktion ihres Körpers. Er ließ den Blick sinken, doch nur mit Mühe konnte sie den Impuls unterdrücken, die Arme wie eine Barriere vor der Brust zu kreuzen. Gleichzeitig bemerkte sie, daß ihre Brustwarzen hart wurden, aber sie wagte nicht, an sich hinabzusehen. Sie überlegte verzweifelt, was sie sagen sollte, aber gerade als sie dachte, sie ertrage diese schweigende Musterung nicht länger, wandte er sich von ihr ab. »Laß mich erst noch die Reihe beenden.« Als wäre sie gar nicht anwesend, bückte er sich und zupfte weiter Unkraut aus.

Karen war sich sicher, daß er langsamer arbeitete als zuvor, und mußte sich zwingen, nicht beleidigt zu sein. Aber was noch schlimmer war, ihr Puls raste. Als er sie angestarrt hatte, hatte sie bemerkt, wie sehr sich seine Schultern und seine Brust entwickelt hatten, seit sie ihn zum letzten Mal gesehen hatte. Außerdem bewegten sich seine Rückenmuskeln spielerisch unter der straffen, weißen Haut, und sein Hintern bewegte sich verführerisch, als er sich von ihr weg begab. Am liebsten wäre sie mit den Fingernägeln über die Narbe gefahren, die sich in der Morgensonne wie eine lange, dünne Silberspur über seinen Rücken zog. Vorsicht, warnte sie sich.

Dereks Verhalten verblüffte sie. So hatte sie sich die Begegnung mit ihm nicht vorgestellt. Nachdem sie ihn derart schlecht behandelt hatte, hatte sie angenommen, daß er eisig, verwirrt oder wütend wäre und sie vielleicht sogar anschreien würde. Auf keinen Fall hatte sie mit dieser kühlen Selbstbeherrschung gerechnet.

Nun war sie diejenige, die verwirrt war. Was war nur mit ihr los? Hatte sie vielleicht irgendeine tödliche Charakterschwäche, die eines Tages ihr Untergang wäre? Und ob sie eine tödliche Charakterschwäche hatte, beantwortete sie sich die Frage selbst. Diese Schwäche nannte sich Sex.

Dazu kam ein weiterer Schock. Sie hatte immer geglaubt, daß eine Schwangerschaft diesen Dingen ein Ende machte. Offenbar nicht, dachte sie, während sie verzweifelt versuchte, ihn nicht länger anzusehen.

Er ließ sie warten, bis er das Ende der Reihe erreicht hatte, und erst dann drehte er sich wieder um. »Also gut«, sagte er. »Gehen wir.« Ohne auf ihre Antwort zu warten oder zu sehen, ob sie ihm folgte, ging er den Hügel hinab zum Haus, so schnell, daß sie fast rennen mußte, um mit ihm Schritt zu halten. Sie sollte wütend auf ihn sein, dachte sie, aber sie war es nicht. Was war nur mit ihr los?

Wer auch immer gesagt hatte, Rache sei süß, hatte recht gehabt, dachte Derek, während er innerlich jubelnd den Berg hinunterlief. Er bezweifelte nicht eine Sekunde, daß sie nur gekommen war, um ihn nach John zu fragen. Nun, was sie erfahren würde, war den weiten Weg bestimmt nicht wert. Er würde sie zappeln lassen, und zwar mit dem größten Vergnügen.

Er fand, daß es sehr geschickt gewesen war, sie warten zu lassen. Vielleicht fand sie sich clever, aber er hatte das Verlangen in ihrem Blick gesehen. Irgendwie würde er dieses Verlangen ausnutzen, er wußte nur noch nicht genau, wie. Da er nichts mehr zu verlieren hatte, war er sich sicher, daß er mit Miss Karen Lindstrom sehr gut fertigwerden würde.

»Wohin gehen wir?« rief sie hinter ihm her.

»In die Scheune«, antwortete er. »Oder ist die Scheune vielleicht nicht gut genug für dich? Keine Angst, es sind keine Enten da.« Er drehte sich zu ihr um und wurde durch den Anblick zweier hektischer roter Flecken auf ihren Wangen belohnt. Ihr Haar fiel wirr um ihr Gesicht, und in ihrem gelben Kleid, unter dem die Brüste nur wie zwei sanfte Wölbungen zu sehen waren, wirkte sie wie eine Butterblume, die nur darauf wartete, gepflückt zu werden. »Ich bin sicher, daß du nicht willst, daß Dan und Peggy unser Gespräch belauschen, egal, worum es geht«, sagte er so förmlich und frostig, wie es ihm möglich war.

Er öffnete das Scheunentor und trat über die hohe Schwelle. Drinnen war es kalt und dunkel, und da ein Großteil der Futtervorräte nach dem langen Winter verbraucht waren, wirkte das Gebäude wesentlich größer als es tatsächlich war. Er machte kein Licht, denn er wollte es ihr so schwer wie möglich machen. Seine Schritte hallten laut auf dem Betonboden, als er durch den Raum zu den Heuresten hinüberging, sich auf einen der Ballen setzte, sein T-Shirt anzog und abwartete.

Es freute ihn, daß sie zögernd stehenblieb. Schließlich kam sie herüber und nahm in einiger Entfernung von ihm Platz. »Ich bin gekommen, weil –« Ihre Stimme schwankte, aber er würde ihr nicht helfen. »Wie geht es deiner Mutter?«

»Sie ist auf dem Weg der Besserung«, sagte er. »In letzter Zeit habe ich nichts gehört, aber keine Nachrichten sind gute Nachrichten. Auf dem Rückweg hierher habe ich sie im Krankenhaus besucht, und es hieß, daß sie Ostern nach Hause könnte. Aber sie wird für immer ein Krüppel sein«, fügte er verbittert hinzu. Doch dann verstummte er. Schließlich war Karen Lindstrom bestimmt nicht gekommen, um über seine Mutter zu sprechen.

»Und wie geht es dir?« fragte sie.

Als nächstes würde sie nach John fragen, da ginge er jede Wette ein. »Gut«, sagte er. »Viel zu tun.«

Dann platzte sie mit etwas heraus, was ihn ehrlich überraschte. »Du siehst einfach großartig aus«, sagte sie und klang ganz wie die Karen, die er an Bord des Schiffes kennengelernt hatte. »Du scheinst gewachsen zu sein seit –« Er wußte, daß sie »seit Weihnachten« hatte sagen wollen. »Du meinst, seit Weihnachten? Oder besser gesagt, seit Silvester?«

»Ja. Hör zu, Derek«, sagte sie. »Das, was passiert ist, tut mir sehr leid. Wirklich.«

»Was tut dir sehr leid?« fragte er vorsichtig. Ein Teil seiner Entschlossenheit geriet ins Wanken.

»Derek, laß mich doch nicht so vor dir zu Kreuze kriechen!«

»Ich sitze nur hier und warte auf das, worüber du mit mir sprechen willst. Ich habe dich schließlich ja nicht gebeten, hierherzukommen.« Er würde sie noch ein wenig zappeln lassen. »Vielleicht solltest du mir erst einmal sagen, was dir leid tut. Dann können wir immer noch sehen, ob wir auf einen Nenner kommen. Sprich es aus, Karen.«

Es gab eine lange, schmerzliche Pause, in der sie einander anstarrten. In der gespannten Stille hörte er ein leises Krabbeln in einer Ecke der Scheune, aber er achtete nicht weiter darauf. Zu seiner Verärgerung stellte er fest, daß er Karens Haut fast riechen konnte. Er versuchte, seine Erregung zu unterdrücken. »Nun«, sagte er und tat, als wolle er sich erheben. »Wenn das alles ist...«

»Es tut mir leid, daß ich auf der Party dir gegenüber so grausam war«, sagte sie leise, und er hatte das Gefühl, in ein Spinnennetz zu geraten, das sie um ihn wob. Er mußte ihr unbedingt widerstehen.

»Oh, ist das alles?« Er versuchte, sarkastisch zu klingen, aber seine Stimme klang heiser und angestrengt.

»Und das letzte Mal, als wir hier in dieser Scheune waren und so...«

»Ach, das«, sagte er. »Vergiß es.« Ihre Nähe nach so vielen frustrierenden Monaten machte ihn wahnsinnig. Er atmete tief ein und unternahm einen letzten Versuch, die Oberhand zu behalten. »Diese Grausamkeit auf der Party? Was meinst du damit, Karen?«

»Mit – mit, John und so. Du weißt schon.«

Und so... dachte er. *Du meinst, daß du mit ihm geschlafen hast!* »Auf deiner eigenen Party hast du schließlich das Recht zu *tanzen* mit wem du willst«, sagte er ebenso leise wie sie.

Sie verfielen erneut in angespanntes Schweigen, und er beobachtete ihren inneren Kampf. Er dachte fieberhaft nach. Es war eindeutig, daß sie versuchte herauszufinden, wieviel er wußte. Sie nahm an, daß er sie in Johns Bett gesehen hatte, und jetzt hatte sie Angst. Das war der einzige Grund für ihren Besuch.

Aber warum war ihr das so wichtig? Karen war ein Mädchen, das seine Verehrer verschlang wie andere Mädchen Smarties. Warum war es ihr wichtig, was er dachte? Wieder hörte er das Scharren hinter sich, und um den Bann zu zerschlagen, in dem sie ihn gefangenhielt, drehte er sich danach um. *War er ihr vielleicht doch wichtig?* Aber er war immer noch wütend und verletzt.

Als er sie wieder ansah, bemerkte er, daß sie mit einer Hand das Kleid über ihrem Bauch glattstrich. Ob aus Nervosität oder absichtlich wußte er nicht, aber unweigerlich dachte er an das, was unter dem Kleid verborgen lag.

Unter großen Schwierigkeiten blieb er ruhig auf seinem Heuballen sitzen und wartete auf Karens nächsten Schritt.

Karens Puls raste in der Stille. Einerseits frohlockte sie über die veränderte Atmosphäre zwischen ihnen. Jetzt befand sie sich auf sichererem Terrain.

Aber hatte er sie und John im Bett gesehen? Sie wußte es immer noch nicht. Zugleich wollte sie nicht, daß dieses seltsame, schwere Schweigen weiterging und daß sie Signale zu erkennen meinte, die Derek gar nicht aussandte. Sie vertraute auf ihren Instinkt und ging ein Risiko ein, indem sie sich von ihrem Strohballen erhob und sich neben ihn setzte. »Nimmst du meine Entschuldigung an, Derek?« fragte sie leise. »Können wir vielleicht wieder Freunde sein?« Aus dieser Nähe roch sie seinen sauberen, männlichen Schweiß.

»Ich habe nie behauptet, daß wir keine Freunde sind.« Seine Stimme war heiser. Er war genauso erregt wie sie. Für den Bruchteil einer Sekunde warf sie einen Blick auf seinen Unterleib. Er reagierte, jawohl.

»Das ist gut, Derek. Ich bin wirklich froh darüber...« Sie hätte nicht hinabblicken sollen. Sie waren nie bis zum Ende gegangen, aber sie erinnerte sich deutlich an seine Größe und Kraft. Fast ohne ihr Zutun legte sich ihre Hand vorsichtig auf seinen nackten Unterarm, und sie bekam so etwas wie einen Schlag. Das war unmöglich, dachte sie, vollkommen unmöglich. Aber nur ein Traktor hätte sie in diesem Augenblick von diesem Strohballen ziehen können.

Er hatte einen seltsam angespannten Gesichtsausdruck, und sie wußte nicht, ob er sie schlagen oder küssen würde. Aber sie wußte, daß sich diese Spannung, die zwischen ihnen herrschte, wie in einem Vulkan gefangene Lava ihren Weg nach draußen bahnen würde.

Ein paar herrliche Augenblicke lang starrten sie einander an, verbunden durch ihre Fingerspitzen auf seinem Arm. Sie spürte die einzelnen gesträubten Haare auf seiner Haut. »Derek?« flüsterte sie.

Dann explodierte der Vulkan. Wie im Oktober drückte er sie gewaltsam ins Stroh, aber dieses Mal breitete sie die Arme aus, packte seinen Körper und zog ihn, so eng sie konnte, an sich. Sie wollte sein Gewicht auf sich spüren, reckte sich ihm entgegen, spürte seinen harten, aufgerichteten Schwanz an ihrer Hüfte, und das Gefühl beglückte sie. Das Heu pikste in ihren Nacken, und sein Duft vermischte sich mit dem Geruch von seinem Schweiß und der Frische und Sauberkeit seiner Haut.

Sie vergrub ihre Finger in seinem Haar, als er in den Ausschnitt ihres Kleides griff und eine ihrer Brüste herauszog, und es war ihr egal, ob er ihr Kleid oder ihren Büstenhalter dabei zerriß. Sie schob sich an ihn, als er wie ein Baby an ihr saugte, spürte die elektrischen Stöße zwischen ihren Brüsten, und ihr Schoß wurde lebendig, wollte ihm mehr geben und mehr und mehr –

Er biß ihr in die Brustwarze, und sie schrie vor Schmerz und Überraschung auf, aber er ließ nicht von ihr ab. Statt dessen zog er auch die andere Brust heraus. Die ganze Zeit über lag er schwer auf ihr, und sie hatte das Gefühl, vor Lust zu vergehen.

Er verschob sich unmerklich, und sie spürte, daß er am Saum ihres Kleides herumfummelte. Sie streckte die Beine aus, damit er ihren Rock hochschieben konnte, half ihm dabei, half ihm, ihren Schlüpfer herunterzuziehen. Seine Hose hatte einen geknöpften Schlitz, und sie zerrte verzweifelt daran herum, bis sie endlich seinen dicken, warmen Penis in den Händen hielt. Er schob ihre Hand fort und preßte ein-, zweimal hart gegen ihren Spalt. Beim dritten

Mal glitt er mühelos in sie hinein. Sofort und zum ersten Mal in ihrem Leben hatte Karen einen Höhepunkt; das Gefühl war wie ein Feuerrad, das sich in ihrem Inneren drehte, und überall in ihrem Körper explodierten Sterne der Leidenschaft, selbst in den Fingern und den Zehen. Sie schrie überrascht auf und dann, als das Gefühl nicht verebbte, weinte und schluchzte sie mit einer Stimme, die sie selbst nicht kannte. Auch Derek kam und pumpte sich in sie hinein, auch er weinte und lachte in einem Ton, der erschreckend und wunderbar war. Sie klammerte sich an ihn, bis sie fertig waren und die Wogen, die über ihnen zusammengeschlagen waren, langsam verebbten. Das Ganze hatte kaum zwei Minuten gedauert.

Dann sah Karen, daß Derek wirklich weinte.

Sie streichelte seinen Hinterkopf, hatte aber das Gefühl, nichts sagen zu müssen. Sie hatte sich vorgenommen zu improvisieren, doch das, was passiert war, hatte außerhalb ihrer Vorstellungskraft gelegen.

Sie hatte das Gefühl, frei zu schweben, ohne bestimmte Richtung und vollkommen entspannt. Sie fühlte sich geborgen und friedlich, und all ihre Probleme waren auf die Größe eines Staubkörnchens zusammengeschrumpft.

Derek war körperlich erschöpft, aber wunderbar ruhig und glücklich. Richtiger Sex mit einer Frau war viel, viel besser, als er es sich je vorgestellt hatte. Er küßte Karens Hals und sah, daß sie um die Brustwarzen herum feine Härchen hatte, so zart wie gesponnenes Gold. »Karen«, flüsterte er. »Karen.«

»Mm?«

»Bist du genauso überrascht wie ich?«

»Allerdings.« Sie öffnete die Augen und sah ihn verschmitzt an. »Das hatte ich bestimmt nicht geplant.«

»Und was hattest du geplant?«

»Werde nur nicht böse, wenn ich es dir erzähle.«

»Versprochen.«

»Nun, um die Wahrheit zu sagen, ich wollte herausfinden, ob du mich in Johns Bett gesehen hast.«

Er sah, daß sie ihn ängstlich anblickte, aber er war zu entspannt, um darüber nachzudenken, daß sie vielleicht nur ein Spielchen mit ihm spielte. »Ja«.

»Es – es tut mir leid, Derek. Ich war betrunken.«

»Aber darum bist du bestimmt nicht gekommen, oder? Du wolltest mir doch nicht nur sagen, daß es dir leid tut.«

»Nein«, gab sie zu. »Ich – ich bin nicht sicher, warum ich es wissen mußte. Ich glaube, ich dachte, du würdest mich vielleicht erpressen!«

»Was?« Derek lachte unsicher, doch dann spürte er, wie Karen sich anspannte. Ihr Blick versetzte seinem Herzen einen alarmierenden Stich. »Was ist los, Karen?«

»Ich bin schwanger.«

Derek fuhr zurück, als hätte er sich an ihr verbrannt. »Was?«

»Ich bin schwanger«, wiederholte sie mit fester Stimme. »Von John.«

Dereks Ruhe schwand und wurde von Kälte und Verbitterung ersetzt. Sie hatte ihn abermals reingelegt. Vielleicht, dachte er, hatte sie alles genau geplant und versuchte, ihm dieses Kind anzuhängen. Aber am schlimmsten war sein körperlicher Ekel. Wie hatte sie nur zulassen können, daß er sich in sie schob, wenn sie bereits ein Baby trug?

»Du – du *Hure!*« schrie er, sprang auf die Füße und fummelte an den Knöpfen seiner Hose herum. Sie bewegte sich nicht und versuchte auch nicht, sich zu bedecken. »Zieh dich an!« brüllte er. »Du – du *Hure!* Wie konntest du es bloß *wagen?* Wie konntest du es *wagen*, mir so etwas anzutun?« Er stapfte in der Scheune herum und wurde immer wütender. Er trat gegen eine leere Milchkanne, die scheppernd über den Boden rollte.

»Ich nehme an, du findest das Ganze auch noch lustig. Hierherzukommen und einen Narren aus mir zu machen.« Er rannte zu ihr hinüber und beugte sich drohend über sie. »Nun, das hättest du dir überlegen sollen«, schrie er so zornig, daß kleine Speicheltröpfchen aus seinem Mund in ihr Gesicht stoben. »Vielleicht hältst du mich für einen Idioten, für einen dummen, kleinen Kerl vom Land, mit dem du dein Spielchen treiben kannst, aber da hast du dich verrechnet!« In seinem ganzen Leben hatte noch nie etwas geklappt, noch nie! Er liebte Karen, da war er sich ganz sicher. Und sie führte ihn an der Nase herum, zeigte ihm, wie es hätte sein können – und dann – und jetzt –

Sein Zorn und sein Selbstmitleid wurden so stark, daß er in Tränen ausbrach. Es war ihm egal, daß sie ihn sah. Er lehnte sich an einen der Balken und weinte wie ein kleines Kind.

Karen zog ihr Kleid über ihre Brüste, strich es glatt und wartete. Sie hatte das Gefühl, an der ganzen Szene gar nicht beteiligt zu sein, und überlegte, ob vielleicht irgend etwas mit ihr nicht in Ordnung war. So ging es ihr immer. In ihrem ganzen Leben war sie nie in der Lage gewesen, die für die jeweilige Situation passenden Empfindungen zu entwickeln, sie lachte bei Beerdigungen, weinte bei Filmen mit glücklichem Ausgang. Und jetzt wurde sie angesichts von Dereks Zorn und Verzweiflung immer ruhiger.

Als er sich ein wenig beruhigte, stand sie auf. »Derek?«

»Verschwinde, du – Hure!« Er fuchtelte heftig herum, aber Karen hörte, daß eher Trauer denn Haß aus ihm sprach. Sie trat einen Schritt näher und berührte seine Hüfte.

»Ich habe gesagt, du sollst verschwinden!« schrie er, aber dieses Mal gestikultierter er etwas weniger heftig und sie ließ ihre Hand, wo sie war.

»Nicht, ehe wir miteinander geredet haben«, sagte sie so bestimmt, wie ihrer Meinung nach wohl eher eine Mutter mit ihrem Sohn gesprochen hätte.

»Es gibt nichts, worüber wir reden müßten – Hure!« wiederholte er. Er entwandt sich ihrer Berührung und setzte sich wieder auf den Strohballen, von dem er eben erst aufgestanden war. »Warum hast du das getan, Karen? Warum konntest du mich nicht einfach in Ruhe lassen?«

»Ich habe dir eben schon gesagt, daß ich nicht dachte, daß so etwas zwischen uns passieren würde.«

»Wie soll ich dir das jetzt noch glauben?«

»Das weiß ich nicht. Aber wenn du darüber nachdenkst, Derek, glaubst du allen Ernstes, daß ich noch irgendwelche weiteren Probleme gebrauchen kann? Was kann ich denn dadurch gewinnen, daß ich mit dir schlafe?«

Er ballte die Fäuste. »Du könntest denken, daß du auf diese Weise einen Vater für John Flynns Bastard bekommst!«

Ihr Instinkt sagte ihr, ihn nicht zu drängen, sondern lieber abzuwarten. Nach einem Augenblick sagte sie sehr leise: »Ich will keinen Vater für das Baby. Ich werde es zur Adoption freigeben.«

Nach einer Weile fragte Derek gedämpft: »Weiß John darüber Bescheid?«

»Nein, Derek. Und so soll es auch bleiben.«

»Aber warum in aller Welt hast du dann mir davon erzählt?« Wieder brüllte er.

»Weil du es sowieso bald erfahren hättest.« Sie setzte sich neben ihn, und sie starrten beide geradeaus. Karen entdeckte ihre Unterhose auf dem Boden, hob sie auf und zog sie an. Er beobachtete sie und dann sprach er mit tonloser, bleierner Stimme: »Und was soll ich jetzt sagen?«

»Sag, was du fühlst.«

Er wandte den Blick von ihr ab. »Ich fühle mich wie ein Idiot«, sagte er. »Ich habe das Gefühl, daß du und John für den Rest eures Lebens über mich lachen werdet. Ich wünschte, du hättest es mir nicht erzählt. Ich wünschte, ich hätte nur einen einzigen Tag lang einfach glücklich sein können. Ich wünschte, wir könnten öfter miteinander schlafen. Ich habe das Gefühl, daß du das einzige bist, was ich in meinem Leben jemals haben wollte. Und ich liebe dich.« Den letzten Satz sagte er so leise, daß sie ihn beinahe nicht gehört hätte.

»Ich bin froh, daß du nicht länger wütend bist«, sagte sie. »Wir können noch einmal miteinander schlafen, wenn du willst. Natürlich nicht jetzt, aber ich finde, daß du ein großartiger Liebhaber bist. Dies war das erste Mal in meinem Leben, daß ich einen Höhepunkt hatte.« Sie beobachtete den inneren Kampf, der sich auf seinem tränenüberströmten Gesicht abzeichnete.

»Glaubst du wirklich, daß ich gut bin?« fragte er schüchtern. »Das meiste habe ich von dir auf dem Schiff gelernt.«

»Wie gesagt, ich bin heute ganz ehrlich. Vielleicht bin ich nie wieder so ehrlich – also nutze die Gelegenheit.« Sie merkte, daß sie ihm wirklich nicht geschmeichelt hatte. Die Erinnerung an ihren Orgasmus war noch ganz frisch, und überrascht stellte sie fest, daß sie das, was sie gesagt hatte, wirklich meinte.

Im Pförtnerhäuschen war es inzwischen Routine, daß Mona McConnell die Stellung hielt, während John arbeitete, und da Mary Flynn nachts häufig wach war und ständiger Aufmerksamkeit bedurfte, kam Ned Sherling allabendlich, gewöhnlich von acht bis Mitternacht, damit John wenigstens ein paar Stunden Schlaf bekam. Trotzdem war John inzwischen erschöpft. Wohin auch immer er sich wandte, überall wurden Anforderungen an ihn gestellt, und sein Leben erschien ihm wie ein langer dunkler Tunnel, an dessen einem Ende das Pförtnerhäuschen und seine Mutter, und an dessen anderem Ende das Hotel stand. Obwohl er an Monas Kochkünsten nichts auszusetzen hatte, fehlte ihm abends häufig einfach die Kraft, sein Essen zu kauen.

Als er an diesem Maimorgen zur Arbeit radelte, sehnte er sich von ganzem Herzen danach, einfach abzusteigen, mit der Angel an den Schwanensee oder ganz einfach spazierenzugehen.

Aber er fuhr weiter. Willow House war voll belegt, und er hatte einen arbeitsreichen Tag vor sich.

Gestern nacht war Ned Sherling zum ersten Mal nicht nach Hause gefahren. Bei Tagesanbruch war John wach geworden und hatte ihn über ein offenes Buch gebeugt am Küchentisch vorgefunden. »Ned!« hatte er gerufen. »Warst du etwa die ganze Nacht hier?« Ein Blick auf den Wecker hatte ihm verraten, daß es bereits zwanzig nach sechs war. »Oh, mein Gott, Ned, warum hast du mich denn nicht geweckt?«

Ned war aufgestanden und hatte sich gestreckt. »Ich kann den ganzen Tag schlafen, wenn ich will. Aber du mußt zur Arbeit. So wie ich die Dinge sehe, John, verläuft das Leben im Kreis. Du tust mir einen Gefallen, ich tue jemand anderem einen Gefallen und so weiter. Am Ende ist alles ausgeglichen. Und«, hatte er so leise gemurmelt, daß John ihn kaum verstanden hatte »ich habe dir schon einmal gesagt, daß ich Mary McCarthy gerne helfe.« McCarthy war Marys Mädchenname.

Während John jetzt zur Arbeit fuhr, machte er sich allerdings keine Gedanken um Ned, sondern um das Gespräch, das er mit Mona geführt hatte. »Ist alles in Ordnung, Mona?« hatte er gefragt, als sie ihren Mantel ausgezogen hatte.

Mona hatte gezögert, ehe sie sprach. »Ich habe eben Ned Sherling getroffen, John, und wir haben uns ein bißchen unterhalten – darüber, wie es hier so läuft…«

John war von kalter Angst gepackt worden. »Worüber habt ihr gesprochen?«

»Ich überlasse es lieber Ned, mit dir zu reden, John«, hatte sie gesagt und ihn angesehen. »Das ist wirklich nicht meine Sache.« Er hatte sie nicht weiter gedrängt, aber ihre Worte hatten seine schlimmsten Befürchtungen bestätigt. Mona hatte genug. Und er konnte es ihr nicht verübeln. Es war eine undankbare, grausame Plackerei.

Im Hotel machte er sich mit schwerem Herzen an die Arbeit. Als er Dorothy beim Putzen des Gemüses für das Abendessen half, ließ er in drei Minuten dreimal sein Messer fallen.

»Was ist heute morgen nur mit dir los, John?« fragte Mrs. Cranshaw. »Du bist in Gedanken ganz woanders – ist alles in Ordnung mit dir?«

»Tut mir leid, Mrs. Cranshaw«, antwortete er.

»Das Gemüse kann warten«, sagte sie mit einem Blick auf die Berge von Karotten, Zwiebeln und Lauch. »Setz dich an den Tisch. Es ist sowieso Zeit für eine Pause. Ich denke, wir haben einen Tropfen Sherry verdient. Und bevor du sagst, daß du nicht trinkst – ich *weiß*, daß du nicht trinkst. Aber ein Glas Sherry bringt niemanden um.« Gehorsam nahm er das Glas und setzte sich. Nie zuvor hatte er Sherry getrunken, aber er mochte den süßen, aromatischen Geschmack. »Und jetzt erzähl deiner Tante Dorothy, was dich bedrückt.«

John hatte noch mit niemandem über seine Probleme sprechen können. Er sah in Mrs. Cranshaws freundliches Sommersprossengesicht. Sie war mittelgroß, hatte einen üppigen Busen und helle Augen und trug selbst im Winter Trachtenkleider und Sandalen. John mochte sie sehr gern, und als er ihre offensichtliche Sorge um ihn bemerkte, brach alles aus ihm heraus – all seine Ängste, die widerliche, zermürbende Arbeit daheim und die bleierne Müdigkeit, die er einfach nicht mehr abzuschütteln vermochte. »Aber das größte Problem ist, daß ich glaube, daß Mona McConnell genug von der Arbeit hat.«

»Armer Junge«, sagte Dorothy. »Eins ist klar. Du wirst dir hier erst mal ein paar Tage frei nehmen. George hat dich mit Arbeit geradezu überhäuft. Als wärst du ein Sklave.«

»Das macht mir nichts aus, Mrs. Cranshaw. Mir gefällt die Arbeit hier, wirlich.«

»Das weiß ich, mein Lieber.« Sie tätschelte seine Hand. »Und unter anderen Umständen würdest du auch hier wohnen, was die Hälfte deiner Probleme lösen würde. Es sind fünfzehn Kilometer von euch bis hierher, nicht wahr?« Sie stand auf und strich ihre Schürze glatt. »Vertrau mir, ich werde schon eine Lösung finden.«

John sah sie überrascht an. Der Sherry hatte ihn gewärmt und gelöst. »Aber was wollen Sie tun?«

»Das weiß ich noch nicht«, gab sie zu. »Aber ich habe das Gefühl, daß etwas getan werden muß. So kannst du unmöglich weitermachen. Ich weiß, daß Mona und dieser Nachbar von euch ihr Bestes geben, aber selbst das ist nicht genug. Du bist einfach erschöpft, John, das sieht ein Blinder. Ich könnte mir in den Hintern treten, daß ich es nicht eher bemerkt habe... Aber jetzt«, sagte sie plötzlich, »könntest du vielleicht erst einmal das Gemüse zu Ende putzen.« Sie zeigte auf den Berg.

Er nickte, und sie nahm ihre Schürze ab. »Ist Mona bei deiner Mutter?« sie tätschelte ihm erneut den Arm. »Überlaß die ganze Sache einfach deiner Tante Dorothy.« Mit diesen Worten verschwand sie, und eine Minute später hörte John, daß im Hof ein Wagen angelassen wurde.

John machte sich an die Arbeit. Was hatte er nur an sich, weshalb ihm andere Menschen immer helfen wollten? Die Lindstroms, Ned Sherling und jetzt Mrs. Cranshaw, die ihn erst seit ein paar Monaten kannte. Die Welt war doch voller anständiger Menschen.

Eine Stunde später war Mrs. Cranshaw wieder da. John reparierte gerade einen tropfenden Wasserhahn über der Spüle, als er ihren Wagen hörte. »Du bist fertig mit dem Gemüse – gut«, sagte sie, als sie in die Küche trat und sich an den Tisch setzte. »Sei so gut und bring mir doch bitte ein Glas Limonade.« Er holte das Getränk und sie bedeutete ihm, sich neben sie zu setzen. »Nun«, sagte sie und sah ihn ernst an. »Als allererstes denke ich, daß deine Mutter in ein Krankenhaus gehört. Sie braucht wesentlich mehr Pflege, als irgendwelche Laien sie ihr geben können.«

John öffnete den Mund, um etwas zu erwidern, aber sie nahm seinen Arm. »Ich sagte lediglich, daß das meine Meinung ist. Ich habe sie mir angesehen, John, und ich sage dir, daß es ihr nie wieder bessergehen wird als jetzt. Ich weiß, daß es brutal klingt, und es tut mir leid, mein Lieber, wirklich.«

John ließ den Kopf hängen. Sie drückte lediglich aus, was er selber spürte, aber er war entschlossen, seine Mutter, die sich ihr Leben lang abgerackert hatte, nicht einfach fortzugeben. Dorothy Cranshaw beugte sich vor und fuhr mit sanfter Stimme fort. »Ich weiß, was du empfindest, John, und deine Empfindungen sind durchaus ehrenwert, aber du mußt dein eigenes Leben leben. Deine Mutter könnte noch jahrelang in diesem Zustand vor sich hin vegetieren.«

»Ich weiß, aber –«

Plötzlich wechselte sie das Thema. »Was hältst du von Mona?«

Er sah sie verwundert an. »Sie ist – ich weiß nicht, in welcher Beziehung – sie arbeitet einfach großartig und sie kümmert sich phantastisch um Mam. Meinen Sie, ob ich sie mag?«

»Vielleicht, obwohl das nicht wichtig ist, Sie ist ein – *seltsames* Mädchen.«

John verstand nicht, worum es Dorothy ging. Also wartete er einfach ab. »Mona und ich haben uns lange unterhalten«, sagte sie vorsichtig. »Über dich, über deine Mutter, über Ned Sherling, über die ganze Sache. Offenbar macht sich Mr. Sherling ebenfalls Sorgen um dich. Wir machen uns alle Sorgen um dich, John.«

Wieder wartete John. Er hatte das Gefühl, daß gleich etwas Wichtiges passieren würde. Es war, als balanciere er auf einer Rasierklinge – ein falscher Schritt, und er würde sich furchtbar verletzen.

Aber dann fuhr Dorothy Cranshaw in einer ganz anderen Richtung fort. »Wie ich höre, hat Mona einen behinderten Vater, der ebenfalls Hilfe braucht?«

»Das stimmt, Mrs. Cranshaw.«

»Nun, ich möchte dir einen Vorschlag machen. Die Grundidee stammt nicht von mir, sondern sie kam Mr. Sherling, als er heute morgen mit Mona sprach.« Dorothys Miene war unergründlich. »Mona pendelt täglich zwischen ihrem Haus und eurem, und sie ist ebenfalls vollkommen erschöpft.« Johns Herz krampfte sich schmerzhaft zusammen. Das wußte er bereits.

Mrs. Cranshaws nächste Worte waren so bizarr, daß er sie fast nicht verstand. »Wie wäre es, wenn ihr die beiden Haushalte zusammenführen würdet?« fragte sie. »Wenn ihr alle zusammenleben würdet? Offensichtlich wäre Mr. Sherling dann immer noch bereit auszuhelfen. Und Monas Vater ist nicht so behindert, daß er nicht auch ein wenig helfen könnte.

Und an dieser Stelle komme ich auf den Plan«, fuhr sie fort. »Ich glaube, daß ich die perfekte Lösung habe. Mona dachte, du und deine Mutter könntet zu ihnen ziehen, aber ihr Cottage ist etwas zu klein. Und dann fiel mir die Anglerhütte hier auf unserem Grundstück ein, unten am See – kennst du sie?« John starrte sie einfach nur an. »Sie wird schon seit einer Ewigkeit nicht mehr benutzt, und sie müßte ein wenig hergerichtet werden. Aber sie wäre genau das Richtige für euch, John, sie hat vier Schlafzimmer.«

Ehe er etwas sagen konnte, nahm sie seinen Arm. »Antworte nicht gleich, sondern denk erst einmal darüber nach. Aber ich bin sicher, daß das die perfekte Lösung wäre. Weder Mona noch du hättet es weit zur Arbeit, und ihr Vater ist ein guter Handwerker, er kann schreinern und so. Ich bin sicher, daß George genug Arbeiten für ihn fände. Siehst du denn nicht, daß es einfach perfekt wäre, John?« Sie klatschte vor Begeisterung in die Hände. »Und du tätest uns sogar noch einen Gefallen. Das Haus verfällt, wenn sich niemand darum kümmert, und wir haben weder Zeit noch Lust, etwas daran zu tun.«

»Könnten Sie es nicht in ein zusätzliches Hotelgebäude verwandeln?« fragte John mit schwacher Stimme.

»Ich sage nicht, daß wir es nicht irgendwann einmal nutzen werden, aber das passiert frühestens in zwanzig Jahren! Hör zu, ich weiß, daß das Ganze sehr ungewöhnlich ist – ein Novum sozusagen«, sie grinste vergnügt. »Aber das heißt nicht, daß es nicht die richtige Idee ist oder daß es nicht funktioniert. So wie bisher kannst du jedenfalls nicht weitermachen. Dann bist du ein alter Mann, noch ehe du zwanzig bist.«

»Aber selbst wenn wir das Angebot annehmen würden, wie könnte ich Ihnen jemals dafür danken?« fragte John. Er fühlte sich vollkommen schwindlig.

»Oh, das ist ganz einfach. Du brauchst dir nur die Finger krumm zu arbeiten und im Dienste der Cranshaws alt zu werden!« Sie lachte laut und stand auf. »Ich habe mich schon immer als eine zweite Scarlett O'Hara gesehen mit einer riesigen, von lauter Sklaven bewirtschafteten Plantage!« Doch dann wurde sie wieder ernst. »Denk nicht zu lange darüber nach, John. Ich möchte, daß du dich bis morgen entschieden hast.«

»Komm herein, Derek!« Sven Lindstroms rötliches Gesicht war ernst. Er führte ihn in den Salon und setzte sich neben den erloschenen Kamin. Obwohl es draußen noch hell war, waren die Vorhänge zugezogen und die Lampen an.

Derek hatte sich den ganzen Tag auf diese Begegnung vorbereitet. Karen hatte versucht, ihm zu helfen, aber sie hatte ihn nur noch nervöser gemacht, als er ohnehin schon war. Er hatte das Gefühl, als wären seine Beine aus Wackelpudding, und er war froh, als er endlich saß. Er hatte große Sorgfalt auf seine Garderobe verwandt und trug ein neues Sportjackett, weite Hosen, ein gestärktes weißes Hemd und eine marineblaue Krawatte, die Karen ihm geschenkt hatte. Seine Schuhe hatte er fast eine halbe Stunde lang geputzt.

»Die Sache ist für mich ebenso schwierig wie wahrscheinlich für dich, Derek«, setzte Mr. Lindstrom an. »Wie du sicher weißt, haben – hatten – wir große Pläne für Karen. Sie ist schließlich unser einziges Kind.«

»Ich weiß Ihre Sorge zu schätzen, Mr. Lindstrom«, sagte Derek. Seine Stimme war heiser und er räusperte sich.

»Ich weiß einfach nicht, was ich sagen soll«, fuhr Mr. Lindstrom fort. »Meine Frau und ich sind natürlich maßlos enttäuscht und sehr verärgert. Wir haben Karen zu einem verantwortungsbewußten Menschen erzogen – oder zumindest dachten wir das.«

»Sie ist ein verantwortungsbewußter und wunderbarer Mensch«, unterbrach Derek ihn.

»Das dachten wir auch – und denken es immer noch. Aber die Frage ist die, wie soll es nun weitergehen?« Er sah Derek prüfend an. »Sie sagt, daß du die Verantwortung für das Baby übernimmst.«

Dies war der schwierige Teil. Während der letzten drei Wochen war es zwischen Derek und Karen hoch hergegangen. Sie wollte auf keinen Fall den wahren Vater des Babys nennen, und Dereks Gefühle waren wahrhaft Achterbahn gefahren. Nach dem bedeutsamen Tag in der Scheune hatten die beiden soviel Zeit wie möglich miteinander verbracht. Karen besuchte wieder die Schule, aber sie hatte immer gute Noten gehabt und ging davon aus, ohne große Probleme die Abschlußprüfung zu bestehen. Also war sie jeden Abend nach Kelly's Cross gefahren, wo sie die Umgebung erkundet und sich überall leidenschaftlich geliebt hatten, in ihrem Auto, in dem kleinen Wäldchen, in den Sanddünen und bei einer denkwürdigen Gelegenheit in dem gegabelten Stamm einer alten Eiche.

Manchmal gelang es Derek, das Baby zu vergessen; andere Male überkam ihn maßlose Wut, aber Karen gelang es jedesmal, ihn zu besänftigen. Sie war so anziehend und sinnlich, daß er Wachs in ihren Händen war. Es war seine eigene Idee gewesen, das Baby anzunehmen, ohne die Vaterschaft tatsächlich anzuerkennen. Karen hatte gewollt, daß er auch das tat, aber er weigerte sich strikt, die Haut seines Bruders zu retten. Er wäre vielleicht nicht überzeugend genug. Der Verrat seines Bruders erboste ihn immer noch derart, daß er meinte, eine dreiste Lüge nicht aufrechterhalten zu können.

Jetzt beugte er sich vor, aber er hatte das Gefühl, kaum noch Luft zu bekommen. »Ja, Mr. Lindstrom«, sagte er heiser. »Das tue ich. Ich übernehme die volle Verantwortung für das Kind.«

»Ich verstehe«, sagte Sven Lindstrom langsam, runzelte die Stirn und sah Derek ins Gesicht. Derek zwang sich, dem Blick nicht auszuweichen. Es war wie ein kleines Gefecht, daß sie gleichzeitig aufgaben.

»Was hast du vor?« fragte Sven.

»Ich werde mich natürlich Ihren Wünschen beugen.«

Nach einer angespannten Pause sagte Sven: »Ihr seid noch viel zu jung, um zu heiraten.«

»Das weiß ich, Sir«, sagte Derek. »Karen und ich haben natürlich darüber gesprochen, und wenn sie hätte heiraten wollen, dann hätte ich es – mit Ihrer Erlaubnis – getan. Aber sie will nicht heiraten. Zumindest im Augenblick nicht. Wir werden nach der Geburt des Babys noch einmal darüber sprechen.«

Sven Lindstrom zuckte hilflos mit den Schultern. »Ja«, wiederholte er langsam. »Nach der Geburt des Babys.«

»Ich weiß, wie enttäuscht Sie sind, Mr. Lindstrom, wirklich. Aber falls es Ihnen und Mrs. Lindstrom hilft, möchte ich Ihnen sagen, daß ich Karen von ganzem Herzen liebe. Was geschehen ist, ist nun einmal geschehen, und niemand kann es rückgängig machen, aber ich möchte mich für den Rest meines Lebens um Ihre Tochter kümmern. Oh, ich weiß, daß Sie vielleicht denken, ich hätte diesen Satz im Kino gehört, und ich hätte es lieber anders ausgedrückt, aber das kann ich nicht. Es ist, wie ich sagte. Ich kann Ihnen gar nicht sagen, wie ernst es mir ist, Sir. Noch nie im Leben war mir etwas so ernst.

Und falls Sie sich Sorgen machen, weil Karen einen Mann unterhalb ihres Standes nimmt, Sir – ich weiß, ich habe kein Geld oder so, nun, zumindest noch nicht – aber ich habe gute Zukunftschancen. Ich werde nicht mein Leben lang Farmarbeiter bleiben. Obwohl ich ein *guter* Farmarbeiter bin. Draußen in Kelly's Cross gibt es riesige Felder, und mein Cousin sagt, daß er ohne meine Hilfe nicht zurechtkommen würde. Das sagt er jeden Tag. Ich weiß nicht, was später einmal aus dem Land werden wird, aber ich weiß, daß mein Cousin dafür sorgen wird, daß ich kein einfacher Arbeiter bleibe. Ich bin stolz auf das, was ich im Augenblick tue, und ich *weiß*, daß ich es eines Tages zu etwas bringen werde. Für mich. Und falls Sie einverstanden sind, Sir – und falls sie einverstanden ist – auch für Karen. Und natürlich für das Baby.«

Dies war die längste Rede, die Derek jemals gehalten hatte, und am Ende war er vor Verlegenheit und Anstrengung puterrot. Aber er reckte selbstbewußt das Kinn und sah Karens Vater an. »Das war eine lange Rede, mein Sohn. Wie lange hast du daran gearbeitet?«

Derek merkte, daß die Frage nicht böse gemeint war. »Ich habe jedes Wort genauso gemeint, wie ich es gesagt habe, Sir.«

»Das habe ich gesehen«, sagte Sven. »Aber trotzdem stellt sich immer noch die Frage, wie es weitergehen soll. Was soll geschehen? Ich werde nicht zulassen, daß der Name meiner Tochter hier in Charlottetown durch den Schmutz gezogen wird. Obwohl Karen durchaus bereit zu sein scheint, es durchzustehen. Weißt du, daß sie entschlossen ist, die Schule abzuschließen?«

»Ja, Mr. Lindstrom. Und ich stehe voll und ganz hinter ihr.«

»Das freut mich zu hören«, sagte Sven nüchtern. »Aber hast du einen Vorschlag, wie wir verhindern können, daß die Leute sich über sie – und uns – die Mäuler zerreißen?«

»Nein, Sir«, gab Derek zu. »Aber ich kann einfach nicht glauben, daß Karen das erste Mädchen in Charlottetown ist, dem so etwas passiert ist.«

»Oh, nein, das ist sie nicht. Aber sie ist die erste Lindstrom. Und das ist alles, was meine Frau und mich interessiert. Wir müssen schließlich auch an unser Geschäft denken.«

Dieses Argument hatte Derek erwartet, und er hatte die entsprechende Antwort parat. »Mr. Lindstrom«, sagte er. »Wenn Sie irgendwelche Kunden verlieren, weil ein Baby auf die Welt kommt, sind das Kunden, auf die Sie bestimmt verzichten können.«

Svens Mundwinkel zuckten. »Meinst du? Nun, ich muß sagen, du hast anscheinend gründlich über alles nachgedacht.«

»Karen und ich haben über alles gesprochen, ehe wir beschlossen haben, daß ich komme und mit ihnen spreche –«

»Ich wette, daß ihr das getan habt!«

»Und wir sind übereingekommen, daß dies etwas ist, was wir in Irland ein Neun-Tages-Wunder nennen. Das heißt nicht, daß wir die Sache auf die leichte Schulter nehmen, Mr. Lindstrom, aber wenn Sie darüber nachdenken, Sir, ist es schließlich nicht das Ende der Welt. Ich liebe Karen, ich liebe sie sehr. Und – und ich glaube, ich *denke*, daß sie mich ebenfalls liebt...«

»Karen ist sehr...« Sven suchte nach dem richtigen Wort, »ein *aktives* Mädchen.«

Derek zögerte. Karens Vater hatte seinen wunden Punkt erwischt. Wäre er in der Lage, mit Karen fertig zu werden? Er wußte es einfach nicht. »Ich denke – ich weiß –, daß ich Karen sehr gut kenne, Sir«, sagte er so leidenschaftlich er konnte. »Das ist alles, was ich sagen kann. Aber ich kann gar nicht oft genug sagen, daß ich sie liebe. Und mehr kann wohl niemand von sich behaupten.«

Nach einer langen Pause stand Karens Vater auf, und Derek hatte das deutliche Gefühl, den Test bestanden zu haben. Als er sich ebenfalls erhob, fiel ihm zu seiner Überraschung auf, daß er einen Kopf größer als Sven Lindstrom war. »Ich glaube, wir haben für den Augenblick so ausführlich wie möglich miteinander gesprochen«, sagte Karens Vater. »Komm mit in die Küche und trink einen Kaffee mit mir. Ich bin sicher, daß Karen und ihre Mutter uns bereits erwarten.« Er lächelte und schüttelte Derek die Hand. »Ich will nicht so tun, als wäre ich glücklich, mein Junge, denn das bin ich nicht. Aber auch wenn ich ziemlich wütend auf dich bin – welcher Vater wäre das nicht – bewundere ich doch zumindest deinen Mut. Wissen die McGuigans über die Sache Bescheid?«

»Noch nicht, Sir.«

»Hör bitte auf, mich ›Sir‹ zu nennen«, sagte Sven und fuhr sich müde mit der Hand über die Augen. »Das gibt mir das Gefühl, uralt zu sein, und bis vor kurzem fand ich mich noch recht jung. Wenn wir uns in Zukunft öfter sehen – was anscheinend der Fall sein wird –, dann kannst du ebensogut gleich anfangen, mich Sven zu nennen.«

An seinem letzten Abend im Pförtnerhäuschen ging John zum Herrenhaus hinauf. Er lehnte sich an einen Pfosten und blickte zum letzten Mal auf das riesige, graue Gebäude unter dem niedrigen, ebenso grauen Himmel. Die blinden Fenster schienen sich in Gedanken an ihr heimliches Elend nach innen gewandt zu haben, und wie ein Dinosaurier, der die Hoffnung zu überleben aufgegeben hatte, kauerte das Haus zwischen dem wuchernden Unkraut, als warte es nur noch darauf, gänzlich unter dem Wildwuchs zu verschwinden. Und tatsächlich schien der Anfang vom Ende bereits gemacht zu sein: leuchtendgrüne Algen, feucht vom Nieselregen, hatten sich wie Hautkrebs entlang der zerborstenen Fallrohre die Wände hinab, über der Terrasse und auf der Vordertreppe ausgebreitet.

Der Anblick des Verfalls war deprimierend, und John bedauerte, gekommen zu sein. Sundarbans hatte immer am Rande seines Bewußtseins, seines Lebens existiert. Sein Leben und das seiner Familie hatte um das Gebäude, das Gut und die Menschen, die hier lebten und arbeiteten, gekreist. Es wäre ihm lieber gewesen, das Haus so in Erinnerung zu behalten, wie er es als kleines Kind gesehen hatte; ein riesiger Komplex, voller Leben, mit Jagdgesellschaften auf dem Rasen, Treibern und Pferden mit Hunden, mit lärmendem Verkehr auf dem baumgesäumten Zufahrtsweg.

Er überlegte kurz, ob er zum See gehen sollte, wo er als Kind soviel Zeit verbracht hatte und wo er Rose begegnet war, aber dann kam er zu dem Schluß, daß ihn das nur noch mehr deprimieren würde. Er dachte an all die ungeöffneten, zurückgekommenen Briefe: Rose wollte nichts mehr von ihm wissen. Er mußte aufhören, allzu sentimental zu sein.

Als er einen letzten Blick auf die traurige, verfallene Fassade warf, formte sich langsam eine Idee in seinem Kopf, so wild und phantastisch, daß er fast gelacht hätte.

Was würde Rose für ihn empfinden, wenn es ihm gelänge, Sundarbans für sie zu neuem Leben zu erwecken und zu einem lebendigen, lohnenswerten Projekt zu machen? Die Führung eines Hotels schien nicht sonderlich schwierig zu sein. Er hatte in Willow House gut aufgepaßt, und es schien vor allem eine Frage der Vernunft, harter Arbeit und Aufmerksamkeit gegenüber den Wünschen und Bedürfnissen der Gäste zu sein.

Die Idee war vollkommen vermessen, sagte er sich, aber dann dachte er an all die Projekte, die aus einer verrückten Idee heraus geboren waren. Und die von einem Menschen in die Tat umgesetzt worden waren, der einfach den festen Willen dazu hatte und sich durch nichts davon abbringen ließ.

Während der nächsten halben Stunde ging John langsam um das alte Gebäude herum. Er zählte die Fenster, die Türen, Torbögen und Höfe. Er ging zu den verlassenen Stallungen und sah sie im Geiste bereits wieder mit Pferden bevölkert, nicht mit edlen Zuchttieren, sondern mit Reitpferden und Ponys für die Gäste. Er verwandelte die alte Molkerei in einen Billiardraum und möblierte diesen gemäß den Bildern, die er in den dicken englischen Zeitschriften auf den Tischen von Willow House gesehen hatte. Im letzten Sommer hatte Rose ihm die seit langem nicht mehr benutzte Kohlegasanlage, die inzwischen von Unkraut überwuchert war, gezeigt. Er zog ein paar Stränge beiseite und sah nachdenklich auf den Eisenrahmen. Er hatte keine Ahnung von der Gasherstellung, aber Rose hatte gesagt, daß die Anlage noch durchaus in Ordnung sei, ihr Vater es sich nur nicht leisten könne, genug Kohle zu kaufen, um ausreichende Gasmengen für das Beheizen des Hauses zu produzieren.

John wurde bei dem Gedanken an das phantastische Vorhaben so aufgeregt, daß er den ursprünglichen, nostalgischen Grund für seinen Besuch beim Herrenhaus ganz vergaß. Als er genug gesehen hatte, eilte er zurück ins Pförtnerhäuschen, um seine Eindrücke auf Papier festzuhalten. Er hatte nie besonders gut zeichnen können, aber er hatte ein Auge für Proportionen und Linien und wollte alles festhalten, ehe er auch nur ein einziges Detail vergaß.

Mona nahm lächelnd ihren Mantel vom Haken hinter der Tür, als er kam. »Nicht mehr lange, was, John?« sagte sie, als warteten sie beide auf einen Bus.

»Ich danke dir ewig für alles, was du getan hast, Mona«, sagte John flüchtig. »Bis morgen dann.« Alles war arrangiert. Der Umzug würde mit Hilfe der Cranshaws, Neds und eines anderen Nachbarn vonstatten gehen, der ihnen ein Pferd und einen Wagen leihen würde.

Als Mona gegangen war, nahm John ein Stück braunes Einwickelpapier und machte sich mit Feuereifer an die Arbeit.

Rose konnte es einfach nicht glauben, als sie mitten in der Nacht von Wehen geweckt wurde. Sie hatte noch über sechs Wochen. Der Arzt hatte ihr versichert, daß alles in Ordnung sei und daß sie sich keine Sorgen machen müsse. Und anfangs schien es tatsächlich, als müsse sie sich keine Sorgen machen, denn der Schmerz ließ schnell wieder nach. Wahrscheinlich hatte sie nur etwas Falsches gegessen... Aber dann wurde ihr Rückgrat von einer neuen Woge des Schmerzes erfaßt und verzerrt, und obwohl sie sich zu beherrschen versuchte, schrie sie vor Angst und Überraschung laut auf. Sie hatte das Gefühl, als steckten ihre Knochen in einem Schraubstock und würden langsam zerquetscht.

Das Mädchen im Nachbarbett hörte sie. »Rose«, flüsterte sie. »Rose, ist alles in Ordnung?«

»Nein«, stöhnte Rose. »Ich glaube nicht. Am besten holst du Hilfe.« Sie fühlte sich betrogen. Es sollte noch nicht anfangen, sie war noch nicht bereit. Und außerdem hatte man ihr gesagt, daß die Wehen langsam anfingen; daß die Natur es so eingerichtet hatte, daß es wenigstens am Anfang lange, schmerzfreie Pausen gab. Aber dieser Schmerz nahm kein Ende mehr, er ließ ihr kaum Zeit zum Atmen. Und er war viel schlimmer als alles, was sie sich vorgestellt hatte. Er erfüllte ihren ganzen Körper, verzehrte jeden Nerv, ließ noch nicht einmal Raum für einen Schrei.

Sie höre, daß ihre Bettnachbarin aufstand und aus dem Schlafsaal eilte, und kurze Zeit später standen ein paar Leute um ihr Bett herum. Es war ihr egal, wer sie waren oder was sie tun würden. Wie durch einen Schleier spürte sie, daß man sie aus dem Bett hob. Jemand legte eine Decke um ihre Schultern, und dann wurde sie die Treppe heruntergehievt. Rose konnte ihren Trägern nicht helfen. Der Schmerz war so stark, er war ihr Feind; er schwoll in ihrem Innern an wie ein Monster, das versuchte, ihr das Rückgrat zu zerreißen.

Das nächste, was sie wußte, war, daß sie in dem Transporter der Nonnen lag, auf der Seite und mit angezogenen Knien.

Ein paar Minuten später waren da ein blendend weißes Licht, weiße Uniformen und das Gefühl, irgendwohin getragen zu werden. Wohin, war ihr egal. Das einzige, was sie interessierte, war der Schmerz, dieses lange, starre Leichentuch, das sich in ihr ausbreitete, bis sie hilflos wie eine Stoffpuppe auf der Pritsche lag.

Wieder wurde sie hochgehoben, dieses Mal höher, und auf ein hartes Bett gelegt. Es roch seltsam, ätzend und antispetisch. Die Menschen um sie herum sprachen laut mir ihr; sie merkte, daß ihr die Kleider ausgezogen wurden, und hörte ihre eigene Stimme, als käme sie aus einem andern Teil dieses gleißend hellen Raumes. Dieser dünne, spitze Schrei kam nicht von ihr, aber ihr Hals brannte, so daß das Geräusch doch aus ihrer Kehle gedrungen sein mußte.

Jetzt schrien die Leute sie an, befahlen ihr, Dinge zu tun, sie sie nicht tun wollte. Sie nahmen ihre Beine und zogen sie auseinander, griffen nach ihren Fersen und legten sie in eine Art Schüsseln. Sie versuchte, sie herunterzuziehen, aber sie konnte es nicht: zu ihrem Entsetzen merkte sie, daß sie angebunden waren. Sie verkrampfte sich wegen der Kontraktionen, aber sie hatten auch ihre Arme festgebunden, und sie merkte, daß sie sich überhaupt nicht mehr bewegen konnte. Aber wenigstens hatten sie eine Art Laken über sie gebreitet, so daß sie so etwas wie ein Zelt über den Knien hatte. Und jetzt sah sie keinen Menschen mehr, da sie alle unter dem Zelt kauerten; sie sah nur noch die Decke, weiß und sehr hoch. Der Schmerz schlug in haushohen Wogen über ihr zusammen, und sie versuchte, dagegen anzukämpfen. Sie wollte sich zusammenrollen, aber gefesselt wie sie war, ging es nicht. Sie schrien sie die ganze Zeit an, sie hörte, wie sie riefen, sie solle pressen. Sie preßte und preßte, hob den Kopf so hoch es ihr möglich war, strengte sich an, bis sie meinte, jemand versuche, ihr die Augäpfel herauszureißen.

Jetzt riefen sie etwas anderes, etwas, das sie nicht verstand, aber ihre Stimmen hatten einen neuen Klang, einen drängenderen Ton. Etwas passierte. Sie spürte einen scharfen Riß in ihrer Vagina, und ohne daß man es ihr gesagt hätte, preßte sie erneut, ein letztes Mal, bis sie nicht mehr konnte. Dann hörte, sie, daß sie etwas Unverständliches riefen, aber irgendwo in den Rufen war ein Lob – sie hatte etwas geschafft. Das einzige, was sie interessierte, war, daß der Schmerz ein wenig nachgelassen hatte. Dann hörte sie einzelne Wort. »Noch einmal«, riefen sie. »Noch einmal. Los, Rose, noch einmal ...«

Sie sammelte die letzten Kräfte, beugte den Nacken und preßte erneut, und dieses Mal glitt etwas Nasses, Glitschiges aus ihr heraus, und der Schmerz floß hinterher wie durch den Abfluß einer Badewanne. Rose legte den Kopf wieder auf das harte Bett und weinte.

Jemand kam zu ihr, eine Krankenschwester in Grün. »Es ist ein kleines Mädchen«, stellte sie strahlend fest. Rose hatte das Gefühl, daß sie etwas sagen sollte, aber ihr fiel nichts ein. Sie schluchzte immer noch vor Erleichterung, daß es vorüber war.

»Braves Mädchen«, sagte die Schwester, als Rose ohne jede Aufforderung die Nachgeburt ausstieß. »Jetzt ist alles vorbei. Noch ein kleiner Stich, und dann ist alles vorbei.« Rose spürte einen Stich in der Scheide, aber nach dem Gebirge des Schmerzes, das sie eben überwunden hatte, bemerkte sie ihn kaum.

Sie lösten die Fesseln an ihren Handgelenken und Fersen und hoben sie auf einen Rollwagen. Eine warme Decke wurde über sie gelegt, und sie wurde in ein anderes Zimmer gebracht, in dem man sie in ein richtiges Bett hinter einem Vorhang hob.

Als Rose wieder wach wurde, lag sie schon wieder in einem anderen Bett. »Frühstück, meine Liebe«, rief eine laute, fröhliche Stimme. »Los, los, aufwachen!«

Rose kämpfte sich hoch und nahm das Tablett mit Tee und Toast entgegen. Als sie sich umsah, merkte sie, daß sie in einem Raum mit ungefähr zwanzig Betten lag, identisch mit dem, in dem sie Effie besucht hatte. Wann war das gewesen? Gestern? Vorgestern? Ihr Hirn arbeitete nur mit halber Geschwindigkeit. Alle anderen Frauen waren aufgestanden und frühstückten gemeinsam an einem langen Tisch in der Mitte des Saales.

Sie blickte auf ihr Tablett und merkte, daß sie einen Bärenhunger hatte. Sie lehnte sich in ihr Kissen und schob sich mit geschlossenen Augen eine Scheibe des kalten, schlaffen Brotes in den Mund. Auf diese Art leerte sie das ganze Tablett.

Gerade, als sie wieder eindämmern wollte, sprach jemand zu ihr. »Hallo, Rose.«

Rose riß die Augen auf. »Effie!« rief sie. »Ich dachte, du seist schon weg.«

»Ich fahre später nach Dublin«, sagte Effie. »Ich habe im Kloster angerufen, und Schwester Benvenuto sagte, daß du hier bist. Rose, du bist eine Ewigkeit zu früh! Wie geht es dir? Typisch High Society – ihr haltet euch nie an die allgemeinen Regeln.« Sie lächelte, und Rose war froh, daß sie ihre alte Form wiedergefunden zu haben schien. »Wie fühlst du dich?« Effie ließ sich auf das Bett fallen.

»Gut«, gab Rose zu. »Ein bißchen müde.«

»Hast du das Baby gesehen?« Effies Stimme klang etwas verhalten. »Ich glaube, es ist ein kleines Mädchen.«

»Nein.« Rose schüttelte den Kopf. »Ich habe es nicht gesehen.«

»Es geht ihm einfach großartig, Rose«, sagte Effie. »Schwester Benvenuto sagt, daß sie zwar in einem Brutkasten liegt, weil sie so winzig ist, aber daß ansonsten alles in Ordnung ist.«

»Winzig?« sagte Rose leidenschaftlich. »Ich will nicht, daß es winzig ist. Das hat mir keiner gesagt.«

»Das tun sie nie«, sagte Effie langsam. »Aber sie ist vollkommen gesund, Rose, das ist die Hauptsache.«

Rose schämte sich, daß sie sich beschwert hatte. Wie mußte sich Effie jetzt fühlen. »Wollen wir sie uns ansehen?« fragte sie spontan, doch dann hätte sie sich erneut in den Hintern treten können wegen ihres mangelnden Taktgefühls. »Es tut mir leid, Effie«, sagte sie leise.

»Weshalb?« Rose sah, daß Effie ehrlich überrascht war. »Ich würde sie liebend gerne sehen.«

Effie kannte den Weg auf die Säuglingsstation, und Rose folgte ihr wortlos, bis sie plötzlich wie vom Donner gerührt stehenblieb. Effie drehte sich zu ihr um. »Was ist los?«

»Ich habe Angst«, flüsterte Rose.

»Wovor? Wovor hast du Angst?«

»Ich habe Angst davor, das Baby zu sehen.« Rose merkte, wie sie zu zittern begann. »Es wäre ein Fehler, sie mir anzusehen. Vielleicht mag ich sie ja –«

»Das ist nicht der Grund.« In Effies Stimme schwang eine Spur Verachtung mit, und Rose starrte sie an.

»Nein«, sagte sie schließlich leise. »Das ist nicht der Grund. Ich habe einfach Angst.«

Als sie die Glaswand vor dem Säuglingszimmer erreichten, sahen sie, daß es drei Brutkästen gab, in denen jeweils ein Baby lag. Aber selbst aus einer Entfernung von zwei Metern erkannte Rose ihre Tochter sofort. Das Baby lag auf dem Bauch, hatte die Arme wie beim Schwimmen ausgestreckt und die Beine unter den Bauch gezogen, so daß seine winzigen, runzligen Fußsohlen zu sehen waren. Ihr ebenso runzliges Gesicht war dem Fenster zugewandt, und Rose sah die Linien von John Flynns Brauen und seine auseinander stehenden, schräg gestellten Augen. »Das ist sie!« Sie hielt sich die Hand vor den Mund. »Oh, Effie, das ist sie.« Effie beugte sich weiter vor. »Sie ist das hübscheste Baby, das ich jemals gesehen habe«, sagte sie. »Wirklich.« Sie hatte Tränen in den Augen, und Rose schlang ebenfalls weinend die Arme um sie.

Später lehnte Rose sich neben ihrer Freundin an die Scheibe, und sie beide sahen lange ihr Baby an. Einmal bewegte es sich und öffnete die Hand, ehe es sie erneut zu einem winzigen Fäustchen ballte. Es verzog das Gesicht wie bei einem bösen Traum, und eine Sekunde lang erhaschte Rose einen Blick auf ihre Zunge. Ihr Hals war schrumplig und faltig, als gäbe es zuviel Haut für die Knochen, und selbst aus der Entfernung sah Rose einen dunkelrosafarbenen Fleck. »Was hat sie da am Hals?« flüsterte sie.

»Das ist nichts weiter«, erklärte Effie ihr. »Ein sogenanntes rotes Muttermal. So etwas haben viele Babys. Wenn sie größer wird und ihre Haare wachsen, wird man es nicht mehr sehen.«

In diesem Augenblick verliebte sich Rose in ihr Baby. Tief in ihrem Inneren, an einem Ort, von dessen Existenz sie bisher nichts gewußt hatte, zog sie etwas zu diesem winzigen Wesen hin. Das Gefühl war rein und vollkommen, völlig losgelöst von ihr. Und gleichzeitig verspürte sie ein schmerzliches Verlustgefühl. Nicht sie, sondern irgendeine andere Frau würde sich Sorgen machen, würde überprüfen, ob das rote Muttermal nicht bösartig war, ob es die Schönheit ihrer Tochter nicht beeinträchtigte.

Sie kehrten schweigend in ihr Krankenzimmer zurück, und sie setzte sich auf ihr Bett, während Effie den Stuhl nahm und an der Ecke der Bettdecke herumnestelte. Überall im Raum plauderten die Frauen miteinander, standen Schlange vor dem Bad, drehten sich die Haare mit Lockenwicklern auf. Eine von ihnen beschwerte sich lautstark, daß sie kein Auge zu bekam, während eine andere nicht darauf wartete, daß ihr Bett gemacht wurde, sondern selbst mit der Arbeit begann. Es war alles so normal und gesund, daß Rose meinte, sie könnte sich selbst dann nicht isoliert und fremd fühlen, wenn sie von einem anderen Planeten käme.

»Du brauchst sie nicht fortzugeben«, sagte Effie plötzlich.

»Was meinst du?«

»Was glaubst du, was ich meine?«

»Woher willst du das wissen? Natürlich muß ich sie fortgeben. Meine Eltern –«

»Es gibt neue Gesetze. Du brauchst es nicht zu tun«, wiederholte Effie stur, und Rose starrte sie an. Der Gedanke war einfach zu verwegen – sie konnte es nicht tun. Vor ihren Augen sah sie das Bild des Babys: den schwarzen Haarflaum, die kleinen Fäuste, das rote Muttermal. Das Baby gehörte ihr. Sie könnte ihm – ihr – einen Namen geben und ewig mit ihr zusammen sein. Sie könnte diejenige sein, die sich wegen des roten Muttermals Gedanken machte. »Ich habe keine Ahnung von Babys.«

»Aber ich!« sagte Effie. »Ich habe schon oft den Babysitter gespielt«, fügte sie hinzu, um weiteren Fragen vorzubeugen, aber Rose hörte kaum zu. Ihre Gedanken überschlugen sich. Sie und Effie mit dem Baby in einer Wohnung. Die Idee war bizarr, aber zugleich sehr schön. Das Baby, ihr Baby, könnte zwei Elternteile haben, zwei Mütter … sie könnte arbeiten. Sie und Effie könnten beide arbeiten – sie könnten zu verschiedenen Tageszeiten arbeiten, als Serviererinnen oder so. Effie *brauchte* ein Baby. Sie, Rose, wäre selbstsüchtig, wenn sie ein Baby aufgäbe, das Effie so deutlich brauchte.

Und außerdem konnte sie das Bild von ihrem Baby einfach nicht abschütteln, von ihrem hübschen Baby mit den wunderbar geschwungenen Brauen.

Aber was würde ihre Mutter sagen? Rose wußte, wenn sie das Baby behielte, könnte sie nie mehr nach Sundarbans zurück.

»Glaubst du, wir könnten es tun?« fragte sie Effie.

»Natürlich – mit links«, sagte Effie und sah vorsichtig auf. »Hast du schon irgend etwas unterschrieben?«

Rose runzelte die Stirn. »Ich glaube nicht«, sagte sie. »Zumindest nichts Endgültiges, soweit ich weiß.«

»Gut«, sagte Effie. »Dann ist es abgemacht. Wir drei sind ab jetzt eine Familie.«

»Laß uns zurückgehen und sie uns noch einmal ansehen«, sagte Rose. »Wir müssen uns einen Namen für sie überlegen.«

»Und sie taufen lassen«, vervollständigte Effie den Satz. »Machen wir das hier – ich meine, in London? Oder warten wir, bis wir in Dublin sind?«

»Ich hätte gern Schwester Benvenuto dabei«, sagte Rose. »Sie war sehr gut zu mir.«

»Ja«, sagte Effie. »In Ordnung. Dann machen wir es so.« Sie benahmen sich bereits wie ein Ehepaar, dachte Rose.

Als sie zum zweiten Mal zur Säuglingsstation kamen, klopfte Effie an die Scheibe und winkte die Schwestern herbei. »Ja, bitte?«

»Wir möchten zu unserem Baby«, sagte Effie.

»Wir lassen sie nämlich nicht adoptieren«, erklärte Rose.

TEIL ZWEI

11

»Rose! Rose O'Beirne Moffat!« Im Gedränge des Kaufhauses Eason's in der O'Connell Street sah Rose zunächst nicht, wer sie rief. Die Arme voller Schreibhefte, Blöcke und Hefter sah sie sich suchend um, ohne ein bekanntes Gesicht zu entdecken. Dann zupfte sie jemand von hinten am Ärmel. »Rose!«

Als sie sich umdrehte, sah sie eine untersetzte Frau mit krausem Haar, die wie sie selbst Anfang Dreißig war. Die Frau lächelte und war von Roses verwirrtem Gesichtausdruck nicht im mindesten abgeschreckt. »Weißt du denn nicht, wer ich bin?« rief sie. »Habe ich mich so verändert? Du jedenfalls bist immer noch ganz die Alte.«

Es war die Stimme der Frau, die Rose schließlich wiedererkannte. »Dolores!« rief sie.

»Allerdings«, sagte die alte Freundin. »Erraten! Ich habe mich die ganze Zeit gefragt, was aus dir geworden ist, Rose – und jetzt sehe ich, daß es dir alles andere als schlecht zu gehen scheint. Du siehst einfach phantastisch aus«, sagte sie. »Wie ein Model. Ich hätte dich mit dem hochgesteckten Haar kaum erkannt – aber deine Wangenknochen sind einfach unverkennbar. Du bist nicht zufällig tatsächlich Model? Es war mein Ernst, als ich gesagt habe, daß du dich kein bißchen verändert hast, du wirkst nicht einen Tag älter als damals.«

Gerade noch rechtzeitig hielt sich Rose zurück, etwas zu erwidern. Ihre Schulfreundin sah völlig anders aus als früher: Sie hatte eine Dauerwelle, und ihre Haare waren so stark gebleicht, daß sie fast wie Heu aussahen, aus ihren Halbschuhen quollen dicke Knöchel, ihr schwarzes Kleid spannte sich über einen üppigen Busen, und mit jedem Wort, das sie sprach, wabbelten ihre Halsfalten gegen die Perlenkette, die sie trug. Rose versuchte, ihr Erschrecken zu verbergen. »Es tut mir leid, daß ich dich nicht sofort erkannt habe«, sagte sie erneut. »Ich war vollkommen abgelenkt.«

Sie zeigte auf den Berg Schulsachen, den sie in den Armen hielt. »Ich hasse den Schuljahresanfang im September.«

»Ich auch«, sagte Dolores, die noch beladener war. »Aber ist es nicht typisch, daß wir das alles erledigen müssen? Kinder sind einfach von Natur aus faul – aber was soll man machen? Sie brauchen das Zeug.« Sie verlagerte ihr Gewicht. »Wollen wir nicht irgendwo einen Kaffee trinken?«

»Sicher«, sagte Rose und fand, daß ihre Stimme viel zu herzlich klang. »Laß mich nur erst schnell bezahlen.«

Als sie an der Kasse standen, überlegte Rose, was sie sagen sollte. Sie und Dolores hatten einander einst so nahe gestanden, aber seit ihrem letzten traumatischen Zusammensein war einfach zuviel Zeit vergangen. Anfangs hatten sie einander noch geschrieben, aber Roses Leben im Kloster und Dolores Schulmädchenprobleme waren einfach zu verschieden gewesen. Rose hatte ihr zum letzten Mal kurz vor der Geburt ihrer Tochter geschrieben. »Es tut mir wirklich leid, daß ich deine Briefe nie beantwortet habe«, sagte sie jetzt. »Es ist nur so, daß –«

»Schon gut. Um Himmels willen, das ist Jahre her! Außerdem war es genauso meine Schuld – ich hätte einfach nicht aufgeben sollen.«

»Es war nur so – weißt du – als das Baby kam ...«

»Wie gesagt, denk nicht mehr darüber nach. Hauptsache, jetzt haben wir uns wieder getroffen.« Dolores stand dicht hinter Rose in der Schlange und plapperte fröhlich über die unverschämt hohen Schulbuchpreise, über die politischen Ereignisse der jüngsten Zeit – Irland wurde von Vorwürfen gegen einige politische Führer erschüttert, die angeblich in illegalen Waffenhandel verstrickt waren – über die häufigen Flugzeugentführungen, darüber, wie Dublin vor lauter Straßenarbeiten und Häuserbauten aus allen Nähten platzte, so daß Rose nur zu nicken oder den Kopf zu schütteln brauchte.

»Wo lebst du jetzt, Dolores?« fragte sie, während sie darauf wartete, daß auch ihre Freundin bezahlte.

»Monkstown.«

»Dort muß es wunderbar sein. Siehst du von deiner Wohnung aus das Meer?«

»Der Strand ist gleich auf der anderen Straßenseite«, antwortete Dolores. »Longford Terrace. Kennst du die Gegend?« Allerdings.

Die Reihe großer, eleganter Häuser gehörte zu den schönsten Wohngegenden der Stadt. Ihre Freundin mußte es zu etwas gebracht haben.

Sie traten auf die Straße hinaus, und ohne auf Rose zu warten, schob Dolores sich wie eine Bulldogge durch das Gedränge in Richtung von Cafolla's.

Das Café war nur halb besetzt, und sie bekamen sofort einen Tisch. »Uff!« Dolores versuchte, ihre Päckchen unter dem Tisch zu verstauen. »Ich hasse es, einkaufen zu gehen.« Sie winkte eine Serviererin heran und bestellte zwei Kaffee und einen Teller mit Gebäck. »Das Wiedersehen muß gefeiert werden!« stellte sie vergnügt fest. »Schließlich trifft man nicht jeden Tag seine beste Freundin aus der Schulzeit – wie lange ist es jetzt her, sechzehn, siebzehn Jahre?«

»Ich glaube, siebzehn«, sagte Rose. Sie haßte sich für ihre Reaktion auf diese Begegnung – sie überlegte bereits, wann sie sich verabschieden könnte, ohne allzu unhöflich zu sein. Was war nur mit ihr los? Dolores war eine so gute Freundin gewesen.

»Himmel«, sagte Dolores. »Die Zeit vergeht wirklich wie im Flug, nicht wahr? Aber jetzt«, sie kreuzte die Arme unter ihre fetten Brüsten, »erzähl mir erst einmal alles ganz genau. Was treibst du so, Rose O'Beirne Moffat?«

»Nun, zunächst einmal habe ich den Teil Moffat aus meinem Namen gestrichen.« Rose war entschlossen, nett und freundlich zu sein. »Ich heiße nur noch Rose O'Beirne.«

»Schade«, sagte Dolores. »Ich fand es immer nett, eine Freundin mit einem Doppelnamen zu haben. Aber was hast du sonst noch so getrieben? Was paßt denn zu dir? Bist du sicher, daß du kein Modell bist?«

»Allerdings.« Rose lachte. »Ich bin Stewardeß. Und was machst du, Dolores?«

»Stewardeß. Ich bin ehrlich beeindruckt. Ich wußte, daß es irgend etwas Glamuröses und Exotisches sein mußte«, sagte Dolores. Sie winkte mit einer beringten Hand durch die Luft. »Ich mache nichts weiter. Verheiratet, wie fast alle – Kinder –«

»Wie viele?«

»Sieben.«

»Sieben!« rief Rose und versuchte, ihrer Stimme einen bewundernden Unterton zu verleihen. »Dann mußt du sofort nach der Schule geheiratet haben!«

»Uh-huh!« sagte Dolores. »Ich war auf der Uni in Galway – ich habe Radiologie studiert – aber Murty war in einigen meiner Kurse, und das war's dann.«

»Und was, eh, macht Murty?«

»Er ist Zahnarzt«, sagte Dolores voller Stolz. »Während der ersten paar Jahre mußte ich arbeiten, um ihn durchs Studium zu bringen, aber dann kam der kleine Denis und, nun, du weißt ja, wie es ist.«

»Hast du Jungen oder Mädchen?«

»Einen Jungen, sechs Mädchen.« Dolores lachte. »Aber du kennst ja die Männer, Murty wird nicht eher Ruhe geben, als bis er noch ein paar männliche Erben hat.«

»Ihr wollt also noch mehr Kinder?«

»Murty sagt, am liebsten hätte er ein ganzes Dutzend!«

»Aber, Dolores, was willst denn du?« Rose konnte einfach nicht anders. Sie mußte die Frage stellen. »Willst du auch zwölf Kinder? Du siehst etwas – nun, müde aus.«

»Ach ja?« Dolores runzelte die Stirn. »Vielleicht – aber von einem bestimmten Alter an werden sie fast von alleine groß. Denis ist fast dreizehn und Mags – das ist meine älteste Tochter – sie kümmert sich einfach phantastisch um die Jüngeren. Inzwischen kann ich sogar hin und wieder Golf spielen gehen.«

»Golf?«

»Ja, ein großartiger Sport. Murty ist Mitglied im Golfclub von Elm Park. Nette Leute.«

Als der Kaffee und das Gebäck kamen, nahm Dolores eins der Teilchen und biß so herzhaft hinein, daß ein dicker Sahneklecks auf ihre Busen klatschte. »Huch!« sagte sie. »Na, macht nichts. Der alte Fetzen hat seine besten Tage sowieso schon hinter sich. Aber jetzt«, sagte sie mit vollem Mund, »habe ich wirklich genug von mir erzählt. Wie steht's mit dir? Was macht deine Familie?«

»Es geht ihnen gut«, sagte Rose. Wieder spürte sie diesen eigenartigen Widerwillen, etwas von sich preiszugeben. »Das heißt, Mutter und Daddy geht es gut«, verbesserte sie sich. »Aber du hast doch auch meine Großmutter kennengelernt, nicht wahr?«

»Ja?«

»Nun, sie starb ein paar Monate, nachdem du bei uns warst. Sie hatte sich bei einem Sturz die Hüfte und Schulter gebrochen und anfangs erholte sie sich ganz gut, doch dann bekam sie eine Lungenentzündung. Ich weiß nicht genau, wie es passiert ist. Und jetzt erzähl mir«, sie zwang sich zu lächeln, »was du selbst so machst.«

»Erst du. Arbeitest du für die Aer Lingus? Und was ist aus deinen Plänen geworden, Schriftstellerin zu werden?«

»Ich war nie gut genug, einen Verleger zu finden«, gab Rose lachend zu, »aber ich kritzele immer noch vor mich hin. Vielleicht schicke ich ja eines Tages mal etwas von mir an eine Zeitschrift oder so, aber ehrlich gesagt, habe ich nicht allzuviel Zeit für meine Hobbys. Die Arbeit als Stewardeß gefällt mir wirklich gut. Die Einsätze lassen mir vor allem im Winter immer noch genügend Zeit, um zu Hause bei Darina zu scin.«

»Darina?«

»Meine Tochter«, sagte Rose.

»Die –?« Dolores hielt die Reste ihres Cremeschnittchens in die Luft.

»Ja«, sagte Rose. »Sie wurde in London geboren, und alles verlief ganz nach Plan – ich glaube, ich habe dir noch geschrieben, daß ich sie zur Adoption freigeben würde – aber als ich sie sah, konnte ich mich einfach nicht mehr von ihr trennen.«

»Ich weiß, was du meinst«, sagte Dolores. »Sie sind einfach wunderbar, wenn sie so klein sind, nicht wahr?« Sie leckte sich die Finger ab. »Aber deine Entscheidung muß auf Sundarbans doch für gewisse Aufregung gesorgt haben, oder nicht?«

»Allerdings – aber Darina war und ist immer noch das Wichtigste in meinem Leben. Wichtiger als Mutter oder Daddy. Daddy hat sie sofort ins Herz geschlossen. Er liebt Darina und kommt regelmäßig zu Besuch.«

»Und wie kommt sie mit Darina zurecht?«

»Wir kommen nicht sehr gut miteinander aus«, sagte Rose knapp.

»Als sie das Baby gesehen hat, hat sie doch sicher –«

»Sie hat sie noch nie gesehen.«

Dolores rang nach Luft. »Willst du damit sagen, daß du sie nie – war sie denn noch nicht einmal bei der Taufe?«

»Die Taufe fand in London statt. Ich telefoniere hin und wieder mit ihr, aber ich habe Mutter seit Darinas Geburt nicht mehr gesehen.« Dolores pfiff leise durch die Zähne. »Noch nicht einmal bei der Beerdigung deiner Großmutter?«

»Nun, vielleicht hätte ich mich überwinden und hingehen sollen – ich bedaure, daß ich es nicht getan habe – aber Darina war noch winzig klein, als Nanna starb, und ich war ganz mit dem Umzug von London nach Dublin beschäftigt.«

»Und Darina hat das wunderbare Herrenhaus nie gesehen? Willst du etwa sagen, daß sie das Heim ihrer Vorfahren gar nicht kennt?«

»Noch nicht. Allmählich bedrängt sie mich, mit ihr hinzufahren – du weißt ja, wie Teenager so sind! Ich glaube, sie denkt, daß es sich um eine Burg oder so handelt.« Rose spielte mit ihrem Gebäck herum. »Aber Mutter hat mir immer noch nicht verziehen. Und das wird sie wohl auch nie tun. Oh, in den letzten Jahren hat sie angefangen, Weihnachtsgeschenke zu schicken. Und wenn ich ganz ehrlich bin, könnte ich auch allein zu ihr fahren – was ich wahrscheinlich tun sollte. Daddy sagt, daß Mutters Migräne mit den Jahren immer schlimmer geworden ist, und ich weiß, wenn ich eine anständige Tochter wäre, würde ich hinfahren. Aber ich werde nicht hinfahren und in Carrickmacross herumlaufen und so tun, als gäbe es Darina nicht.«

»Oh, Rose, ich bin sicher, daß deine Mutter eines Tages das Bedürfnis haben wird, ihr einziges Enkelkind zu sehen.«

Hier war sie wieder, die alte Dolores, und Rose reagierte darauf. »Vielleicht eines Tages«, sagte sie. »Bis dahin werde ich abwarten. Aber du kennst Mutter nicht so gut wie ich, Dolores. Sie würde tot umfallen, wenn ich mit einer erwachsenen, unehelichen Tochter in ihrer ehrenwerten Gemeinde auftauchen würde. Und ich habe nicht die Absicht, Darina derartigen Spannungen auszusetzen. Sie hat schon genug zu kämpfen ohne Vater. Aber irgendwann muß ich es wohl tun. Ich kann sie nicht ewig vertrösten. Und sie liebt Daddy. Vielleicht dieses Jahr Weihnachten.« Sie nippte an ihrem Kaffee.

»Du hast also nie geheiratet?« fragte Dolores nach einem Augenblick.

»Nein.« Rose schüttelte den Kopf. »Die Gelegenheit dazu hat sich nie ergeben. Anfangs war ich zu beschäftigt – ein Großteil meiner

Zeit und Energie ging dafür drauf, meinen Lebensunterhalt zu bestreiten. Als wir nach Dublin kamen, mußte ich jede sich mir bietende Arbeit annehmen, als Serviererin, Sekretärin – ich war die schlechteste Sekretärin der Welt – nach einer Woche wurde ich bereits wieder gefeuert.« Sie lächelte bei der Erinnerung. »Und weil sich immer jemand um Darina kümmern mußte, habe ich sogar eine Zeitlang nachts als Putzfrau gearbeitet.«

»Ich kann mir dich einfach nicht mit Lockenwicklern und Kittelschürze vorstellen.«

»Aber so war es«, sagte Rose. »Nicht mit Lockenwicklern, aber in Kittelschürzen. Ganze acht Monate lang. Das war wahrscheinlich die schlimmste Zeit in meinem Leben, noch schlimmer als die Zeit in London im Kloster. Dann bekam ich einen Job in der Kneipe – wenigstens war das Trinkgeld dort gut –, und schließlich sah ich die Anzeige von der Aer Lingus, und Gott sei Dank bekam ich die Stelle als Stewardeß. Zum Glück haben sie mich nie nach meiner familiären Situation gefragt. Dies war eines der wenigen Male, in denen mir mein Name und meine Heimatadresse zum Vorteil gereichten. Nicht nur in Monaghan ist Darina unbekannt – ich glaube, bis heute weiß niemand bei der Fluggesellschaft, daß es sie überhaupt gibt.« Sie lachte trocken. »Ohne Effie wäre ich nie zurechtgekommen. Sie ist eine Freundin, mit der wir von Anfang an zusammengewohnt haben, und glücklicherweise macht sie ihre Arbeit so gut, daß ihre Vorgesetzten sie zu Hause arbeiten lassen. Wir kommen ganz gut zurecht. Und natürlich wird es jetzt, da Darina unabhängiger ist, leichter. Aber alles in allem«, fügte sie hinzu, »hatte ich sehr wenig Zeit oder Energie für irgendwelche privaten Aktivitäten. Ich will nicht sagen, daß es in meinem Leben keine Männer gegeben hat, aber ich habe niemals jemanden getroffen, der uns beide genommen hätte.«

»Das ist einfach lächerlich, Rose. Du bist eine großartige Frau.«

»Oh, ein paar von ihnen schienen durchaus ernste Absichten zu haben, aber die letzte Hürde hat dann doch keiner genommen. Und ehrlich gesagt, bin ich so viel glücklicher. Wir drei verstehen uns einfach prächtig. In einer Hinsicht hatte Darina Glück – sie ist gleich mit zwei Müttern aufgewachsen.«

Dolores griff nach einem weiteren Teilchen. »Und was ist mit – Tom?« fragte sie, ohne Rose anzusehen. »So hieß er doch, oder?«

»John«, verbesserte Rose. »John Flynn.«

»Hast du ihn jemals wiedergesehen – kennt Darina ihn?«

»Nein«, antwortete Rose langsam. »Und ich habe auch nicht den Wunsch, ihn zu sehen. Ich nehme an, daß Darina ihn eines Tages kennenlernen will, aber darüber mache ich mir Gedanken, wenn es soweit ist.«

»Hast du ihr von ihm erzählt?«

Rose zögerte. »Ich habe früh beschlossen, sie nicht zu belügen, und ich habe all ihre Fragen beantwortet. Sie weiß zum Beispiel, daß er nach Kanada ausgewandert ist. Seltsam.« Sie sah auf ihre Fingernägel. »Ich habe erst vor kurzem gehört, daß er wieder hier sein soll. Und dann treffe ich nach all der Zeit heute ausgerechnet dich wieder.« Sie blickte wieder auf. »Du weißt doch, wie das ist. Da hört man jahrelang nichts von einem Menschen, und dann spricht plötzlich jemand von ihm und auf einmal gibt es kaum noch ein anderes Thema. Ausgerechnet Daddy brachte die Sprache auf ihn. Offensichtlich ist John bereits vor Jahren aus Kanada zurückgekommen und betreibt inzwischen ein Hotel. Und jetzt hat ausgerechnet er sich mit ein paar anderen Leuten zusammengetan und versucht, Daddy zu überreden, Sundarbans ebenfalls in ein Hotel umzuwandeln.«

»Und was empfindest du bei dieser Sache?«

»Ich weiß es nicht«, gab Rose ehrlich zu. »Das Haus verfällt immer mehr, und Daddy hat die Hoffnung aufgegeben, jemals wieder genug Geld zu haben, um es wieder instandsetzen zu können. Vielleicht wäre ja ein Hotel die Lösung. Ich hasse den Gedanken, daß es ganz verfällt, oder daß er es für ein paar Pfund an irgendwelche Amerikaner verkaufen muß, die als erstes einen Swimmingpool im Lustgarten bauen würden.«

»Aber daß ausgerechnet John Flynn es leiten soll? Was sagt denn deine Mutter dazu?«

»Ehrlich gesagt, wäre es das Beste an der ganzen Sache, Dolores«, grinste Rose. »Das würde ihr gerade recht geschehen. Ich würde gern ihr Gesicht sehen, wenn sie dem Angestellten aus dem Pförtnerhäuschen zu Dank verpflichtet wäre, weil sie ohne ihn kein Zuhause mehr hätte.« Sie leerte ihre Tasse. »Nicht, daß wir jemals darüber gesprochen hätten, wer Darinas Vater ist. Als Daddy über das Hotelprojekt sprach, war das das erste Mal, daß ich John Flynns Namen aus dem Mund eines meiner Elternteile gehört habe.«

»Aber was mich interessiert, ist, was du bei dem Gedanken an ein Wiedersehen mit ihm empfindest.«

»Das habe ich auch gemeint, als ich sagte, ich wisse es nicht. Es gab eine Zeit, in der ich ihn gehaßt habe, wirklich gehaßt, aber das Ganze ist inzwischen so lange her, daß es kaum noch Bedeutung hat.«

Rose war nicht ehrlich. Sie hatte sich immer wieder danach gesehnt, John Flynn wiederzusehen. Sie träumte immer noch hin und wieder von ihm, und noch öfter dachte sie an den Tag am See, als er das alte Boot hervorgeholt hatte und vor ihr im Kreis gerudert war, damit die Sitze trockneten.

Dolores befingerte ihre Perlenkette. »Was hat er getan, daß du ihn gehaßt hast?«

Jetzt bedauerte Rose, so viel gesagt zu haben. »Nichts«, sagte sie in einem Ton, der Dolores warnte, nicht weiter in sie zu dringen, und stellte ihre Tasse ab. »Außerdem«, fuhr sie sanfter fort, »ist John Flynn inzwischen wahrscheinlich längst verheiratet und hat genau wie du sieben Kinder.«

»Hast du deinen Vater denn nicht danach gefragt? Ich meine, ob er verheiratet ist?«

»Warum hätte ich das tun sollen?« entgegnete Rose. »Wie gesagt, haben wir nie über John gesprochen, und ich habe auch nicht die Absicht, jetzt damit anzufangen. Außerdem ist jetzt Dublin mein Zuhause. Drumboola und die Leute dort sind eine Million Kilometer von hier entfernt. Es interessiert mich nicht, ob John Flynn verheiratet ist oder nicht. Es wäre nie mehr wie früher. Dafür habe ich mich zu sehr verändert. Und ich bin sicher, daß er sich noch mehr verändert hat. Wahrscheinlich hätten wir keine einzige Gemeinsamkeit mehr.«

Je länger sie sprach, um so bewußter wurde Rose, wie unehrlich sie klang. Die Begegnung mit Dolores hatte viele Dinge wieder wachgerufen, die sie so weit verdrängt hatte, daß sie gedacht hatte, sie wären ihr inzwischen egal. Sie mußte fort, ehe ihre alte Freundin noch tiefer in sie drang und sie noch mehr von sich preisgab.

Sie warf einen Blick auf ihre Uhr. »Himmel, ist es schon so spät?

Ich habe zu Effie und Darina gesagt, daß ich um sechs zu Hause bin.« Sie überlegte, wie sie fortkommen sollte, ohne eine weitere Verabredung mit Dolores zu treffen. Verlorenes Vertrauen ließ sich meistens nicht mehr zurückgewinnen, und sie hatte auch nicht den Wunsch, es zu versuchen.

Angesichts Dolores' Reaktion fühlte sie sich wie ein widerlicher kleiner Wurm. »Schon gut, Rose«, sagte sie. »Keine Angst.« Sie wischte mit dem Mittelfinger die Krumen auf ihrem Teller zu einem kleinen Haufen zusammen. »Ich werde mich nicht wieder in dein Leben mischen. Ich weiß, daß wir nicht da weitermachen können, wo wir aufgehört haben. Wie du und dein ehemaliger Freund sind wir inzwischen einfach zu verschieden. Zwischen uns liegen Welten. Du fändest meinen Lebensstil wahrscheinlich viel zu bürgerlich, chaotisch, ja wahrscheinlich geradezu lächerlich. Schon gut«, wehrte sie Roses Protestversuche ab. »Keine Sorge, Rose, es war einfach nett, dich nach all den Jahren noch einmal zu sehen.«

Sie kicherte und tätschelte ihrer ehemaligen Freundin die Hand. »Und jetzt hör auf, mich wie ein waidwundes Reh anzusehen. Es macht mir wirklich nichts aus. Es war mir eine Freude, damals deine Freundin zu sein und soviel ich konnte, für dich zu tun. Schöne, wohlerzogene Mädchen haben einfach diese Wirkung auf die Menschen. Akzeptiere es und freu dich darüber, es ist ein Geschenk. Ich würde es akzeptieren, wenn ich so aussehen würde wie du. Und ich bin wirklich froh, daß du glücklich bist.«

»Bist du es, Dolores? Glücklich, meine ich?«

»Ich – ich glaube schon«, sagte Dolores langsam. »Weiß Gott, Murty erzählt mir schließlich oft genug, was für ein Glück ich habe.«

»Nun, das hast du auch – mit sieben gesunden Kindern und so.«

»Natürlich würde ich auf keines von ihnen auch nur für eine Minute verzichten wollen, Rose. Ich liebe sie. Aber ich würde einen Pakt mit dem Teufel eingehen, wenn er mir dafür dein Aussehen gäbe.«

»Oh, Dolores, bitte –«

»Aber so ist es nun mal im Leben, meine Liebe!« Dolores fing an, ihre Päckchen zusammenzusuchen. »Früher hast du mich oft um Rat gebeten. Nun, jetzt gebe ich dir noch einen Rat: Nutze dein Aussehen. Ich weiß, daß dir nicht bewußt ist, was für eine Ausstrahlung du hast, aber schließlich wirst auch du älter.« Sie sah Rose an. »Und ich weiß, daß sich alles in deinem Leben um Darina dreht, aber denk dran, wie es sein wird, wenn sie geht. Sie wird gehen, Rose, und zwar schon in wenigen Jahren. Sieh dir deine eigene Mutter an, sie hat ihre einzige Tochter schon seit über siebzehn Jahren nicht mehr gesehen.« Sie wandte den Blick ab. »Ich weiß, daß es mich nichts angeht, aber ich sage es trotzdem. Schließlich«, sie kicherte, »habe ich mich schon immer gern in fremde Angelegenheiten eingemischt. Je älter ich werde, um so mehr höre ich zwischen den Zeilen, Rose. Ich erkenne den Ton, den Blick und so. Und meiner bescheidenen Meinung nach liebst du John Flynn immer noch.« Sie sah Rose wieder an. »Ende des Vortrags. Tut mir leid!«

Die Begegnung mit Dolores verfolgte Rose noch den ganzen Abend. Gegen neun stand sie vom Eßtisch auf, wo sie mit Effie die Gästeliste für deren in drei Wochen stattfindende Hochzeit durchgegangen war. »Tut mir leid, Effie«, sagte sie. »Ich kann mich einfach nicht konzentrieren. Möchtest du vielleicht einen Tee oder Kaffee – oder wie wäre es mit einem Drink?«

»In Ordnung«, sagte Effie und schob die Blätter zusammen. »Ich nehme einen Gin Tonic.«

Wie alle Angestellten der Fluggesellschaft verfügte Rose über eine gut sortierte Bar. Sie mixte einen Gin Tonic für Effie und nahm sich selbst einen Campari Soda. Darina saß oben in ihrem Zimmer – wie Rose hoffte – über den Hausaufgaben, und im Wohnzimmer war es ruhig und anheimelnd.

Sie nahm die Gläser mit zur Couch, die zwischen den beiden Erkerfenstern stand. Die helle und luftige Maisonettewohnung umfaßte die oberen Etagen eines der großen, soliden Häuser in der Drumcondra Road, nicht weit vom Flughafen und von Effies Arbeitsstelle entfernt. Effie hatte sich selbst Buchführung beigebracht und arbeitete jetzt für ein Cash-and-carry-Unternehmen.

Die drei Schlafzimmer waren unter dem Dach eingerichtet, so daß der gesamte untere Stock als Wohnraum zur Verfügung stand. Rose setzte sich und sah sich mit einem zufriedenen Seufzer um. Die ruhige und friedliche Atmosphäre des Raumes, die hohen, stuckverzierten Decken und die pfirsichfarbenen Tapeten bereiteten ihr immer wieder Vergnügen. Sie hatte sich sofort in dieses Zimmer verliebt.

»Weißt du, ich werde dich vermissen«, sagte sie jetzt zu ihrer Freundin, während sie an ihren Getränken nippten. Sie streifte die Schuhe ab und wackelte mit den Zehen. »Wir haben viel miteinander erlebt.«

»Ja, aber denk dran, statt eine Freundin zu verlieren, gewinnst du ein Drittel des Badezimmers.« Einziger Streitpunkt, den sie je gehabt hatten, war das winzige Bad. »Und unsere Beziehung wird sich durch meine Heirat nicht verändern.«

»Das sagen sie alle!« Rose klopfte Effie liebevoll auf den Arm. Sie lehnte sich entspannt zurück. Je näher Effies Auszug rückte, um so häufiger hingen sie beide ihren Erinnerungen an die Hoch- und Tiefpunkte ihrer sechzehn gemeinsamen Jahre nach. »Meinst du, daß du jemals unsere erste Wohnung vergißt?« Ihr erstes gemeinsames Heim war ein finsteres, winziges Loch gewesen, aus dem sie nach sechs Monaten geflohen waren. »Ich frage mich, ob der Vermieter jemals seine gerechte Strafe bekommen hat.«

»Himmel, der Schuft hatte wirklich Nerven, uns überhaupt Miete abzuknöpfen! Erinnerst du dich noch an die Nacht, in der Darina die halbe Decke auf den Kopf gefallen ist?«

»Oh, Gott!« Rose lachte. Darina war ungefähr fünf Monate alt gewesen, als plötzlich riesige Gipsbrocken von der feuchten Decke in ihre Wiege geprasselt waren. Dieses Ereignis war der absolute Tiefpunkt jener verzweifelten Phase gewesen; Rose, die gerade keine Arbeit gehabt und die es gehaßt hatte, von Effies schmalem Gehalt zu leben, hatte sich das Baby geschnappt, und all die Frustrationen und die Ängste der vergangenen Monate hatten sich in einem Heulkrampf entladen, der so stark geworden war, daß Effie den Arzt gerufen hatte.

»Weißt du noch, die Kisten?« Sie stieß Effie in die Rippen.

»Du mußt zugeben, daß sie den Raum zumindest angefüllt haben«, erwiderte Effie. Ihre zweite Wohnung war nur spärlich möbliert gewesen, und eines Tages hatte Effie sich Darinas Kinderwagen geschnappt, war zum Markt gegangen und hatte sich dort so viele Obstkisten geholt, wie in den Wagen gepaßt hatten. Sie und Rose hatten die ganze Nacht damit verbracht, sie zusammenzuhämmern und mit ausgestopften Zeitungen und Baumwollresten zu »polstern«.

»Sie waren einfach großartig«, sagte Rose. »Du warst einfach großartig – aber ich muß zugeben, daß es mir so besser gefällt.« Sie kuschelte sich tiefer in die Polster der Couch. »Und ich bin wirklich froh, daß es uns beiden jetzt so gutgeht. Aber ich werde dich vermissen, Effie.«

»Ich dich auch.« Effies Gesicht wurde immer noch runzlig, wenn sie lächelte, aber mit zunehmendem Alter hatte sie ihr zerzaustes Aussehen verloren. Außerdem hatte sie ein wenig zugenommen, was ihre schrumpeligen Züge etwas weicher machte. Während ihrer Ausbildung hatte Rose eine Menge über Frisuren gelernt, und auf ihren Rat hin hatte sich Effie ihre drahtigen Haare ganz kurz schneiden lassen, so daß ihre überraschend hübschen Ohren besser zur Geltung kamen. Außerdem bändigte sie ihr Haar, ebenfalls auf Roses Rat hin, inzwischen ständig mit Gel, so daß es glatt an ihrem schmalen Kopf anlag. Als sie sie jetzt ansah, dachte Rose zärtlich, daß Effie wohl niemals einen Schönheitswettbewerb gewinnen würde, aber daß sie inzwischen das Beste aus sich machte und daß ihre individuelle Erscheinung unverwechselbar war.

»Bist du glücklich, Effie?«

»Mmm«, sagte Effie. »Wärst du an meiner Stelle nicht glücklich? Ich bin fast sechsunddreißig und gerade, als ich jede Hoffnung aufgegeben hatte, daß sich jemals jemand für mich interessieren würde, begegne ich dem wunderbarsten Mann der Welt.«

Sie hatte Willie Brehony, einen Beamten aus Cork, beim Einkaufen im Supermarkt kennengelernt, und danach hatte er sich geschmeidig wie ein Aal in ihr Leben geschlichen. Nach ihren Kindheitserfahrungen war Effie fest entschlossen gewesen, nie wieder etwas mit einem Mann zu tun haben zu wollen, und sie hatte ihn fast zwei Jahre lang abgewiesen, bis es ihm irgendwie gelungen war, ihren Widerstand zu brechen. Er war Anfang vierzig, klein und dick und hatte eine Leidenschaft für gälische Spiele. Sein einziges anderes Hobby war die Blechpfeife, die er immer mit sich herumtrug, egal, ob er sie brauchte oder nicht.

»Ich denke immer noch, daß die Hochzeit schrecklich wird«, sagte sie. »Ich wünschte, die Dinge wären anders und wir könnten eine normale Hochzeit feiern. Willies Familie ist so konservativ – ich weiß nicht, was sie denken werden.« Die ganze Zeit über hatte Effie sich dagegen gewehrt, ein Mitglied ihrer eigenen Familie einzuladen. Sie hatte schon vor Jahren den Kontakt nach Offaly abgebrochen.

»Hör zu, Effie«, sagte Rose geduldig. »Wenn du meinst, daß du damit zurechtkommst, kannst du sie immer noch einladen. Lade doch einfach den ganzen Bezirk ein.«

»Anscheinend werde ich mit zunehmendem Alter sentimental«, sagte Effie.

»Wahrscheinlich liest du einfach zuviel Hochzeitszeitschriften«, stellte Rose fest und streckte sich. »Rate mal, wen ich heute zufällig auf der Straße getroffen habe?«

Sie erzählte Effie von ihrer Begegnung mit Dolores, und wie diese alte Erinnerungen und Sehnsüchte in ihr geweckt hatte. »Ist es nicht erstaunlich, Effie? Nach all dieser Zeit taucht sein Name innerhalb eines Monats gleich zweimal auf – oh, ich weiß, mit dir rede ich über ihn, aber das ist etwas anderes. Mit dir zu reden ist wie Selbstgespräche zu führen.«

»Nicht schon wieder John Flynn!« stöhnte Effie in gespieltem Entsetzen. »Wie oft haben wir in all den Jahren beschlossen, nie wieder über ihn zu reden? Und dann beschließen wir in der nächsten Minute, daß uns schon ein Weg einfällt, wie ihr miteinander ins reine kommt. Ich habe es schon tausendmal gesagt, wenn man ein Kind mit einem Mann hat, hat man immer irgendeine Beziehung zu ihm. Wann um Himmels willen, hörst du endlich auf, herumzujammern, und wann fängst du endlich an, etwas zu *tun*, Rose O'Beirne?«

»Ich muß schon sagen, sehr beeindruckend. Auf jeden Fall haben Sie Ihre Hausaufgaben gemacht.« Der Bankdirektor, ein Neuling in der Zweigstelle in Carrickmacross, blätterte in dem dicken Ordner herum. In dem holzverkleideten Büro war es stickig, und außerdem war der Raum viel zu klein für die fünf Männer, die sich darin drängten. John sah dem Direktor ins Gesicht. »Natürlich gibt es keine Sicherheit. Es gab auch keine Sicherheit, als George Willow House in ein Hotel verwandelt hat. Aber aufgrund seines Erfolges denken wir, daß wir auch Sundarbans in ein profitables Hotel und Freizeitzentrum verwandeln können.«

»Der Bezirk Monaghan erscheint mir nicht gerade die ideale Gegend für Tourismus.« Der Bankdirektor starrte John an.

»Das kommt darauf an, wie man es betrachtet«, mischte sich George Cranshaw ein. »Wir werden nicht versuchen, mit den anderen Touristengebieten zu konkurrieren, und ganz offensichtlich können wir kaum für beständig schönes Wetter garantieren. Aber meiner Meinung nach wird es in den nächsten zehn Jahren einen wahren Freizeitboom geben, und die reichen Geschäftsleute werden es satt haben, immer nur am Strand herumzuliegen. Also werden sie sich nach Orten umsehen, wo sie Aktivurlaub machen können. Das merken wir in Willow House bereits jetzt. Wir haben mit nur sechs Gästezimmern angefangen und jetzt, mit vierzehn, haben wir immer noch nicht genug Platz.«

»Alles, was wir angefangen haben, hat sich bezahlt gemacht.« Jetzt sprach wieder John. »Der Anlegesteg, die Boote, das Tontaubenschießen, und schon jetzt haben wir Anfragen wegen des Golfplatzes, den wir anlegen wollen. Wir sind sehr zuversichtlich, daß es für all diese Dinge einen Markt gibt.«

»Aber was wollen Sie aus Sundarbans machen? Würden Sie sich nicht selbst Konkurrenz schaffen?«

»Willow House wird immer klein und anheimelnd sein«, sagte der dritte Besucher, ein Wirtschaftsprüfer aus Enniskillen. »Wir denken, daß hier das Potential für den Urlaub in der Luxusklasse liegt, ähnlich wie in Gleneagles in Schottland. Natürlich nicht in demselben Ausmaß, aber –«

»Bei allem Respekt«, unterbrach ihn der Bankdirektor. »Ich war noch nie in Gleneagles, aber da ich wußte, daß Sie heute kommen würden, bin ich gestern nach Sundarbans gefahren, um es mir einmal anzusehen. Es ist in einem erbärmlichen Zustand.«

John hatte das Gefühl, daß die Reihe wieder an ihm war. »Wir haben nicht die Absicht, das ganze Gut auf einmal zu renovieren. Erst einmal genügen ein Flügel mit Gästezimmern, die Räume im Erdgeschoß, die Stallungen und die Gärten. Hier sind die Skizzen.« Er schob sie über den Tisch und fuhr fort: »Einer der wichtigsten Punkte ist, daß die Leute aus der Umgebung animiert werden sollen, die Einrichtungen ebenfalls zu nutzen. Zum Beispiel werden wir uns um eine Lizenz zum Alkoholausschank bemühen. Und dann würden wir gerne Jagden veranstalten und schließlich eine Reithalle einrichten.«

»Und was hält der Colonel von der ganzen Sache?« fragte der Bankdirektor.

»Wir hätten uns gar nicht erst an Sie gewandt, wenn wir nicht zuvor mit ihm gesprochen hätten«, sagte George Cranshaw. »Ehrlich gesagt, Gussie – er ist übrigens ein alter Freund von mir – ist finanziell am Ende. Er hat keine Wahl. Selbst wenn er das Haus auf dem freien Markt verkaufen würde, weiß er, daß er von dem Erlös noch nicht einmal seine Schulden bezahlen könnte. Er könnte selbst ein Hotel eröffnen, aber er hat keine Erfahrung auf diesem Gebiet. Unser Plan erlaubt es ihm, auf Sundarbans zu bleiben, und außerdem wird er am Gewinn beteiligt.«

Der Bankdirektor schob die Papiere zusammen. »Ich werde mir alles in Ruhe ansehen«, sagte er.

John versuchte es ein letztes Mal. »Ich – wir sind der festen Überzeugung, daß das Projekt erfolgversprechend ist. Es wird Ihnen nicht leid tun, bei uns zu investieren.«

Der Bankdirektor blinzelte. »Nun, Sie vertreten Ihre Sache sehr gut, Mr. Flynn, das muß ich schon sagen.«

Auf dem Rückweg nach Willow House war John sehr still. Das Treffen mit dem Bankdirektor hatte ihn stärker angestrengt, als er zugeben wollte. Er hatte nicht gelogen, als er gesagt hatte, daß das Vorhaben bestimmt erfolgreich würde, aber er wußte nur zu genau, wie riskant es war. Und obwohl er selbst den Anstoß zu dem ganzen Projekt gegeben hatte, hoffte er nun, da es konkrete Formen annahm, fast, daß es nicht zu seiner Realisierung käme.

Die Pläne verlangten, daß er von Willow House zurück nach Sundarbans zog, um dort als Manager zu arbeiten. Er hatte Angst davor, mit Roses Eltern unter einem Dach zu leben, obwohl sie nur noch drei Räume des Anwesens bewohnten. Und vor allem fürchtete er sich davor, Roses Heim zu verändern, Wände einzureißen, die sie kannte, die Umgestaltung ihres ehemaligen Schlafzimmers zu überwachen.

Seine unerwiderte Liebe zu Rose hatte sich irgendwo in seinem

Herzen vergraben. Nur noch selten und immer nur nachts explodierte sie in dem heftigen Verlangen früherer Jahre. Trotzdem ließen ihn die Arbeiten an dem Sundarbans-Projekt nicht unberührt.

Abgesehen von diesem unerledigten Teil seiner Geschichte war sein Leben mit den Jahren ruhiger geworden. Seine Mutter war nur zwei Jahre nach dem Umzug in die Anglerhütte gestorben. Eine Zeitlang hatte er fortziehen und ganz neu anfangen wollen, er hatte sogar daran gedacht, nach Kanada zurückzugehen. Aber dann hatten ihn seine Loyalität den Cranshaws, Mona und ihrem Vater gegenüber sowie seine überraschende Liebe zu Drumboola und Sundarbans festgehalten.

Mona hatte ruhig abgewartet, bis er sich entschieden hatte. John wunderte sich immer wieder über ihre klaglose Hinnahme all der Dinge, die das Leben ihr bescherte – Krankheit, Tod, harte Arbeit, Glück, Unglück – sie nahm alles mit ruhiger Gelassenheit hin. Langsam hatte sich eine neue Routine entwickelt, John verdiente das Geld, und Mona versorgte den Haushalt. Packy McConnel verdiente seinen Lebensunterhalt als Schreiner, und die Hütte war inzwischen ein echtes Heim.

John arbeitete so hart in dem immer größer werdenden Hotel, daß er die Veränderungen im Haus kaum bemerkte. Willow House wurde teurer, man stellte mehr Bedienstete ein, und fünf Jahre, nachdem er mit seiner Arbeit begonnen hatte, war er zum Manager aufgestiegen.

Als er jetzt den Weg zur Anglerhütte hinauffuhr, fiel ihm ein, daß Montag war. An Montagabenden hatte er für gewöhnlich frei, und oft fuhren er und Monas Vater mit einem der Boote zum Forellenfischen auf den See hinaus.

Mona saß am Küchentisch und warf gerollte Tombolalose in einen Pappkarton. »Wo ist Packy?« fragte er.

»Hörst du ihn nicht?« Sie rollte mit den Augen.

Die Zwischenwände in der Hütte waren aus Stein, und John mußte die Ohren spitzen, aber schließlich hörte er schwach Packys Fiedel. »Er übt schon den ganzen Tag für die Hochzeit«, sagte sie. »Weißt du inzwischen, ob du mitkommen kannst?«

Am nächsten Samstag heiratete ein Verwandter von Mona, und John, der inzwischen als eine Art Ehrenmitglied der Familie Mc-

Connell galt, war ebenfalls eingeladen. »Ich werde es versuchen, Mona«, versprach er. »Wirklich.«

»Sicher«, sagte sie, nahm ihren Karton und schüttelte ihn, um die Lose zu mischen. »Auf der Anrichte liegen zwei Briefe an dich.«

John nahm die beiden Umschläge, eine Rechnung und einen, der Dereks Handschrift trug. Er riß den Brief auf und überflog ihn kurz. »Verdammt.«

»Was ist?« fragte Mona und stellte den Karton auf den Tisch.

»Derek muß in den nächsten Wochen geschäftlich nach Deutschland, und er meint, es wäre eine gute Idee, Bruno mitzubringen und uns hier zu besuchen.«

»Das wäre doch nett, John«, sagte Mona. »Wir haben genug Platz.«

»Ich weiß, aber ich habe keine Zeit, um mich um die beiden zu kümmern. Ich stecke mitten in dem Sundarbans-Projekt.«

»Mach dir deswegen keine Sorgen«, tröstete Mona. »Dad und ich sind schließlich auch noch da. Wir werden uns um sie kümmern. Bruno muß inzwischen ein großer Junge sein.«

John las weiter. »Ich soll ihm einen Mietwagen nach Dublin schicken.«

»Das dürfte nicht allzu schwierig sein.«

»Tut mir leid, Mona«, sagte John. »Natürlich können sie kommen.« Aber seine erste Reaktion war die ehrlichere gewesen. In Dereks Nähe fühlte er sich einfach nicht wohl.

Die Zwillinge hatten ihren Streit niemals offiziell beigelegt, aber auf der Beerdigung ihrer Mutter waren sie einander zumindest höflich begegnet. Und obgleich John nicht bei Karens und Dereks Hochzeit gewesen war, hatte er ihnen ein Geschenk geschickt, und hin und wieder schrieb er ihnen einen kurzen Brief.

Als ihr Sohn Bruno fünf gewesen war, hatten sie ihn zum ersten Mal mit nach Irland gebracht, und seine Gegenwart hatte friedenstiftend gewirkt. John fand, daß er ein reizendes Kerlchen war. Er war sehr blond und hatte Karens große blaue Augen und ihre stämmige Gestalt.

Dann hatte er Bruno noch einmal als Neunjährigen und dann als Dreizehnjährigen gesehen, und jedesmal hatten ihn die Ausgeglichenheit und Ruhe des Jungen überrascht.

Mona stand auf und gähnte. »Wann kommen sie?«

»Ende Oktober.« John sah aus dem Fenster. »Langsam wird's dunkel. Wenn wir noch zum Fischen gehen wollen, wird es Zeit.« Er ging zum Fuß der Treppe. »Packy! Packy?«

Die Geigenmusik verklang, und er hörte, wie eine Tür aufging. »Warte einen Augenblick«, rief Monas Vater. »Ich hole nur meine Mütze...«

Effie ging früh zu Bett, und Rose griff spontan zum Telefon und wählte die Nummer von Sundarbans. Bitte, lieber Gott, bitte, betete sie, während es am anderen Ende der Leitung klingelte, bitte laß nicht Mutter drangehen...

Ihr Gebet wurde erhört. »Hallo, Daddy«, jauchzte sie. »Ich dachte, ich rufe dich einfach mal an. Wie läuft es so auf Sundarbans?«

»Rose!« Die Stimme ihres Vaters verriet seine Freude. »Wie geht es dir?«

»Gut. Ist bei euch alles in Ordnung?«

»Oh, weißt du, wir schlagen uns so durch. Überall kriechen Landvermesser und Kerle mit Theodoliten herum. Es wird langsam schwierig, noch ein ruhiges Fleckchen zu finden.«

»Dann ist es also beschlossene Sache?«

»Sieht so aus, als bliebe mir keine andere Wahl, meine Puppe. Deine Mutter ist natürlich ein bißchen traurig, aber sie weiß, wenn sie sich nicht darauf einläßt, landen wir im Armenhaus.«

»Daddy!«

»Das war nur ein Scherz. Und wenigstens kennen wir die Leute, die das Hotel eröffnen. Aber trotzdem ist es traurig.«

Roses Herz begann, schneller zu klopfen. »Wie geht es Mr. Cranshaw?«

»Oh, gut. Obwohl ich George nicht so oft sehe wie – die anderen Leute.« Rose wußte, daß ihr Vater John Flynns Namen nicht über die Lippen brachte. »Ist es in einem sehr schlimmen Zustand – das Haus, meine ich?«

»Ich wünschte, du würdest kommen und es dir mit eigenen Augen ansehen, Rose, ehe es vollkommen verändert wird. Vielleicht gibt es ja ein paar Dinge, die du retten möchtest, ehe sie auf der Müllkippe landen.«

»Was ist mit Mutter? Du weißt, daß ich nicht ohne Darina komme.«

»Das müßt Ihr beide miteinander ausmachen.« Rose hörte beinahe das Rasseln von Gus' Uhrenkette.

»Mach dir keine Sorgen, Daddy, ich werde kommen«, sagte sie. »Vielleicht ist dies der rechte Zeitpunkt.«

»Das hoffe ich. Außerdem weißt du, daß hier, egal was aus Sundarbans wird, immer Platz für dich ist. Und vielleicht ist dies nicht der richtige Zeitpunkt, um es zu erwähnen, aber weißt du, daß ich einen Anteil an dem Hotel habe? Ich meine, finanziell?«

»Das hast du mir schon erzählt.«

»Nun, er wird natürlich auf dich übergehen, und wenn die Verträge abgeschlossen sind, werde ich ein neues Testament aufsetzen –«

»Daddy, bitte!« Rose machte der Gedanke, irgendwann einmal ohne ihren Vater dazustehen, traurig. »Über so etwas möchte ich nicht reden.«

»Sei nicht albern, Rose. Wir müssen vernünftig sein. Was ich sagen will, ist, falls du vor deiner Tochter sterben solltest, ginge natürlich alles an Darina.«

»Daddy!«

»Das ist alles, meine Puppe. Wie geht es ihr?«

»Blendend.« Rose berichtete ihrem Vater von Darinas Fortschritten in der Schule, beim Ballett und bei der Sprecherziehung, von all ihren Aktivitäten. Als sie fertig war, fragte Gus, ob sie mit ihrer Mutter sprechen wolle. »Schon gut, Daddy«, sagte Rose eilig. »Beim nächsten Mal. Das Gespräch hat schon lange genug gedauert, und da Darina Tag und Nacht mit ihren Freundinnen telefoniert, ist die Telefonrechnung sowieso immer zu hoch.«

»Also gut, dann. Gute Nacht.«

»Nacht, Daddy, bis bald.«

Anschließend ließ sie sich ein Bad einlaufen. Während sie darauf wartete, daß sich die Wanne füllte, zog sie ihre Kleider aus, stellte sich vor den Spiegel und versuchte, sich mit Dolores' Augen zu sehen. *Schöne, wohlerzogene Mädchen wie du haben diese Wirkung auf die Menschen...*

Dolores' Worte hatten sie stärker beunruhigt, als sie zunächst gedacht hatte. Vielleicht hatte ihre alte Freundin ja recht? Das hieße, daß sie ohne große Anstrengung durchs Leben ging, alles nahm und kaum etwas gab. Stimmte es, oder sprach Dolores, die arme, häßliche Dolores, nur aus Neid? Doch dann verwarf sie diesen Gedanken. Wie konnte sie es nur wagen zu denken, daß Dolores etwas anderes als eine wunderbare, helfende Freundin war? Es war schließlich nicht ihre Schuld, daß Rose keine Gemeinsamkeiten mehr mit ihr fand.

Aber hatte sie recht? Rose dachte an Effie, die bereits im Bett lag und zweifellos von ihrer Hochzeit und ihrer Zukunft mit Willie träumte. Hatte Effie einfach die Lücke gefüllt, die Dolores hinterlassen hatte? Was hatte Rose in ihrem ganzen Leben je für eine dieser beiden gutherzigen, loyalen Frauen getan? *Du hast Effies Flucht vor der Vergangenheit organisiert*, murmelte eine Stimme in ihrem Inneren. Ja, dachte Rose, aber zu wessen Gunsten? Wer hat auf Darina aufgepaßt, damit ich arbeiten konnte? Wer war Darinas Ersatzvater? Wer hat mir geholfen, überall ein warmes, liebevolles Zuhause zu schaffen?

War es möglich, daß sie sich unbewußt ihr Leben deshalb so eingerichtet hatte, weil sie sich nicht mit ihrer Familie, ihrem eigenen Leben, John Flynn auseinandersetzen wollte?

Ihr Bild sah ihr aus dem Spiegel entgegen. Viele der Frauen, mit denen sie arbeitete, waren das ganze Jahr über sonnengebräunt, aber sie sah einfach nicht ein, weshalb sie in der Sonne brutzeln sollte, so daß sie immer milchig weiß war. Jetzt sah sie die Sache plötzlich in einem anderen Licht: War dies vielleicht nur ein Symptom für ihre Passivität? Während andere Frauen sich für ihr gutes Aussehen abrackerten, nahm sie ihr hübsches Äußeres als selbstverständlich hin.

Vielleicht war Dolores der Wahrheit gefährlich nahe gekommen. Es war durchaus möglich, daß es Rose nie in den Sinn gekommen war, sich für irgend etwas anzustrengen, weil es niemals erforderlich war. Obwohl sie Freunde, ja sogar Liebhaber gehabt hatte, ging sie wesentlich weniger aus als Effie. Ein netter, gemütlicher Abend mit der Freundin und Darina im heimischen Wohnzimmer war ihr lieber. Die Freunde und Liebhaber schienen ebenso mühelos aus ihrem Leben zu entschweben wie sie gekommen waren, und sie war immer dankbar in den friedlichen Frauenalltag zurückgekehrt.

Sie kniff sich in eine Hautfalte an der Hüfte. Bildete sie es sich nur ein, oder war ihre Haut weniger elastisch als zuvor? Schließlich war Darina bereits über sechzehn…

In letzter Zeit hatte Rose angefangen, sich Sorgen um ihre Tochter zu machen. Obwohl Darina immer noch stundenlang mit ihren zahlreichen Freundinnen telefonierte, hatte Rose neue, eigenbrötlerische Tendenzen bei ihr entdeckt. Zum Beispiel schloß sie häufig ihre Zimmertür ab, verbat sich jede Störung und zog die Gesellschaft von Büchern den Menschen vor.

»Du bist jetzt dreiunddreißig und eine wahre Schande«, sagte sie laut zu ihrem Spiegelbild. Sie stieg in die Badewanne, obwohl das Wasser erst ein paar Zentimeter tief war. Sie seifte sich ein und trocknete sich bereits ab, ehe das Wasser die für ein Bad normale Tiefe erreicht hatte. Für gewöhnlich verbrachte sie allabendlich mindestens eine Stunde in der Wanne, genoß die angenehme Trägheit, gab alle paar Minuten heißes Wasser dazu, um die gemütliche Wärme zu verlängern.

Schluß damit, beschloß sie jetzt und band ihren Bademantel zu. Von nun an wäre sie aktiv. Sie bürstete ihr immer noch langes, schimmerndes Haar. Als erstes würde sie sich die Haare schneiden. Sie sah einfach lächerlich aus. Eine erwachsene Frau, die immer noch dieselbe Frisur wie mit sechzehn hatte.

Ab morgen wäre sie ein neuer Mensch. Sie würde Abendkurse in Automechanik, Kunst, Japanisch, oder was sonst noch geboten wurde, belegen. Sie würde öfter ausgehen, Leute treffen, sich bemühen. Sie würde aufhören, ein verwöhntes Kind zu sein.

Sie sollte Dolores dankbar sein. Ohne die zufällige Begegnung mit ihr wäre sie weiterhin ziellos durchs Leben getrieben, hätte nichts gegeben, nichts getan; nach ihrem Tod hätte es nicht die kleinste Spur von ihr auf der Erde gegeben.

Außer Darina.

Rose drehte das Licht im Badezimmer aus und ging über den Flur. Die Tür zu Darinas Zimmer war mit Beatles-Postern, Beatles-Aufklebern, Hüllen von alten Beatles-Alben, Beatles-Stickern und einem Beatles-Kalender bedeckt. Und genau in der Mitte prangte ein Foto von George Harrison neben dem Maharischi. »Darf ich reinkommen, Darina?«

»Ich bin schon im Bett, Mammy.« Die gedämpfte Stimme ihrer Tochter klang verdächtig munter.

»Ich will dir nur gute Nacht sagen«, rief Rose durch die Tür. »Ich werde nicht lange bleiben, ehrlich.«

Die Tür wurde aufgemacht. »Was ist, Mammy? Ich war gerade am Einschlafen.« Ihr blondes Haar war zerzaust. Sie trug nur ein kurzärmliges weißes T-Shirt, und trotz des künstlichen Lichts schimmerten ihre sehnigen, muskulösen Glieder golden, da sie den ganzen Sommer an der frischen Luft verbracht hatte.

Als Rose über ihre Schulter sah, bemerkte sie, daß das Bett noch unbenutzt war, aber sie sagte nichts. »Tut mir leid, ich wollte dir nur gute Nacht sagen, das war alles.«

»Gute Nacht.« Sie umarmten einander, aber nach einer Sekunde machte Darina sich los und kehrte in ihr Zimmer zurück.

Ehe die Tür ins Schloß fiel, wurde Rose bewußt, daß ihre Tochter John Flynn wie aus dem Gesicht geschnitten war.

Sie ging in ihr eigenes Schlafzimmer und kletterte ins Bett. War das vielleicht der Anfang der Midlife-Krise? Sie hatte immer gedacht, sie hätte ihr Leben im Griff, warum dachte sie dann plötzlich immerzu an die Vergangenheit? Sie hatte John Flynn seit siebzehn Jahren nicht mehr gesehen. Warum also wurde ihr seine Existenz auf einmal so schmerzlich bewußt?

Und warum so körperlich?

Rose hatte sich nie für besonders sinnlich gehalten. Während der letzten siebzehn Jahre – zumindest, nachdem sie sich eingebildet hatte, ihre »Besessenheit« von John Flynn überwunden zu haben – hatte sie die Gefühle, die sie in jenem Sommer mit ihm erlebt hatte, ihrer Jugend und Unerfahrenheit zugeschrieben. Es war eben das »erste Mal« gewesen, das war der Grund für die einzigartige Intensität.

Natürlich hatte sie immer wieder an ihn gedacht, an seine Stärke und Sanftheit, sein Wolfslächeln und seine Pan-Augen. Aber sie hatte sich eingeredet, daß ihre Phantasie das Bild unnatürlich verschönerte. Aus irgendeinem Grund – vielleicht wegen des Gesprächs mit Dolores oder wegen Darinas Ähnlichkeit mit ihm – verspürte sie plötzlich das absurde Bedürfnis, ihn wiederzusehen.

»Lächerlich!« murmelte sie laut. Wie sie zu Dolores gesagt hatte, war John wahrscheinlich verheiratet, gesetzt, vielleicht sogar dicklich und rotgesichtig. Ein Geschäftsmann, der Sundarbans kaufen wollte. Das war es – er war bestimmt widerlich und aufdringlich.

Aber dann dachte sie wieder an die Ruderpartie auf dem See an ihrem zweiten gemeinsamen Tag, an die Art, in der die feinen Härchen auf seinen Unterarmen golden im Sonnenlicht geschimmert hatten. Zum ersten Mal seit über sechzehn Jahren verspürte Rose ein intensives körperliches Verlangen.

Sie wälzte sich unruhig in ihrem Bett. Es war sinnlos, so zu denken. Sie würde versuchen zu schlafen, und morgen früh wäre alles vergessen. Sie konzentrierte sich auf ihren Dienstplan – morgen früh flöge sie nach Amsterdam – und auf die Verabredung, die sie für diese Woche mit einem neuen Mann getroffen hatte. Einem irischen Geschäftsmann, der regelmäßig von Dublin nach London flog, charmant und gutaussehend und bestimmt ziemlich reich.

Doch in ihrem Inneren wußte sie, daß auch diese Liaison wie alle anderen nach kurzer Zeit vorbei wäre. Mit ein paar Ausnahmen verliefen all ihre Beziehungen zu Männern nach demselben Muster. Sie und der Mann hatten ein paar angenehme Verabredungen, dann ließ er ein paar Hinweise fallen, daß er die Beziehung gern festigen würde, was sie jedesmal abschreckte.

Sie rollte sich auf den Rücken und dachte über ihre Romanzen nach. Es hatte ihr Spaß gemacht, mit den Männern zu schlafen, aber wenn sie ehrlich war, mußte sie zugeben, daß sie sich nie ganz hingegeben hatte. Sie hatte lediglich ihren Körper zur Verfügung gestellt und die Leidenschaft ihres Partners genossen, statt selbst glücklich zu sein.

Ihre jetzige Erregung war so untypisch, daß sie fast beängstigend war. Sie benahm sich dumm und teenagermäßig, ihre Gefühle hätten besser zu einem Mädchen in Darinas Alter gepaßt als zu ihr. Sie hatte über diese Fragen und Zweifel, über die empörenden und vollkommen unangemessenen Sehnsüchte gelesen, die Männer und Frauen in der Mitte ihres Lebens überkamen. Sie schämte sich, daß sie sich derart klischeehaft benahm. Schließlich wußte sie nichts über den jetzigen John Flynn. Wahrscheinlich würde sie ihn hassen. War er nicht gerade dabei, ihr Heim zu zerstören?

Um zehn nach zwei warf sie die Bettdecke zurück und ging hinunter in die Küche, um sich einen Kakao zu machen.

John wachte so plötzlich auf, daß er sich an dem hölzernen Kopfende seines Bettes stieß. Ein überwältigendes Gefühl von Gefahr schnürte ihm die Kehle zu. In der Stille des Schlafzimmers hörte er den gedämpften, rhythmischen Schlag seines Herzens. Er machte Licht und sah auf die Uhr – zehn nach zwei. Er mußte einen Alptraum gehabt haben, aber er konnte sich an nichts erinnern.

Er legte sich wieder hin und wartete darauf, ruhiger zu werden. Nach ein paar Minuten wurde das Gefühl von Gefahr durch ein Gefühl unerklärlicher körperlicher Wachsamkeit ersetzt. Es war, als habe die Luft aufgehört sich zu bewegen, in Erwartung eines ganz außergewöhnlichen Ereignisses. Seine Nerven bebten, als wären sie an Antennen angeschlossen.

John hatte sein Leben so gut unter Kontrolle, daß ein derart ungewöhnliches Gefühl äußerst beunruhigend war. Hatte es etwas mit Derek zu tun? Was für ein Traum oder was für ein Gefühl konnte sich auf diese Art bemerkbar machen?

Sein Hirn weigerte sich, ruhig zu werden. Obgleich er bereits seit langer Zeit nicht mehr betete, versuchte er jetzt, sich die Litaneien und Fürbitten ins Gedächtnis zu rufen, die seine Mutter ihm vor langer Zeit beigebracht hatte.

Spiegel der Gerechtigkeit...
bete für uns
Hort der Weisheit...
bete für uns
Grund unserer Freude...
bete für uns
Werkzeug des Geistes...
Werkzeug der Ehre...
Werkzeug der einzigen Verehrung...
Mystische Rose...
Turm Davids...
Elfenbeinturm
Goldenes Haus
Bundeslade
Himmelstor
Morgenstern...

Er unterbrach sich, nicht, weil er nicht weiter wußte, sondern weil ihm klar wurde, was ihn geweckt hatte. *Mystische Rose, Elfenbeinturm...*

Rose. Er mußte von Rose geträumt haben. Sie schwebte in der Luft, ganz nah, so nah, daß er fast ihr Haar spürte, das über seine Wangen strich. Dieses Gefühl hatte er seit Jahren nicht mehr gehabt.

Obwohl er hin und wieder an Rose dachte oder von ihr träumte, hatte sich seine Sehnsucht ganz allmählich gelegt. Aber jetzt war seine ewige Geliebte so gegenwärtig, als läge sie tatsächlich neben ihm.

In der Wohnung in Drumcondra herrschte bereits geschäftiges Treiben, als Rose zerschlagen und mit verquollenen Augen in die Küche kam. Effie putzte gerade ihre Schuhe, und Darina stand vor der Spüle und löffelte Corn-flakes aus einer Plastikschüssel. »Bitte, Darina«, tadelte Rose automatisch. »Ich habe dich schon tausendmal gebeten, dich beim Essen an den Tisch zu setzen.«

»Keine Zeit«, erwiderte Darina knapp. »Kann ich etwas Geld haben?«

Rose war so erschöpft, als hätte sie einen Marathon hinter sich. »Gib mir mein Portemonnaie«, sagte sie müde und wandte sich an Effie, die sich Gel in die Haare strich. »Ist das Wasser schon heiß?«

»Es hat gerade gekocht«, antwortete die Freundin.

In der Hoffnung, daß eine Überdosis Koffein ihr vielleicht etwas Energie verleihen würde, gab Rose zwei gehäufte Teelöffel löslichen Kaffee in eine Tasse und goß Wasser darüber. Als Darina ihr den Geldbeutel reichte, seufzte sie. »Wieviel brauchst du dieses Mal?«

»Wie immer.« Rose zählte das Geld, aber als sie es ihrer Tochter gab, bemerkte sie, daß diese eine Plastiktüte unter dem Arm hatte. »Was ist da drin?«

»Nichts.« Darina sah sie nicht an.

»Laß mich mal reingucken!«

»Mammy, es sind nur Bücher.«

»Was für Bücher?«

»Bücher, die ich in die Bibliothek zurückbringen muß.« Rose streckte die Hand aus, und zögernd gab Darina ihr die Tüte. Sie enthielt eine Reihe bebilderter Pamphlete, wie sie in den Hauptstraßen von Dublin von den Krishna-Jüngern und anderen Sekten verteilt wurden.

Rose war erschüttert. Sie wußte, daß Darina eine Leseratte und immer auf der Suche nach neuen Dingen war, aber soweit Rose wußte, hatte sie sich noch nie besonders für Religion interessiert. Für keine Religion. »Was machst du damit?« fragte sie.

»Nichts, ich lese sie.« Darina sah sie unsicher an. »Das ist ja wohl nicht schlimm, oder?«

»Natürlich nicht! Aber diese.«

»Was ist daran auszusetzen? Hast *du* sie schon gelesen?« Und als Rose zugeben mußte, daß das nicht der Fall war, nahm Darina sie ihr wieder ab. »Tja. Dann kannst du ja wohl kaum beurteilen, wie sie sind.«

»Ich hoffe, du weißt, was du tust. Ich mache mir Sorgen.«

»Worüber?«

»Daß du dich beeinflussen lassen könntest, Darina. Du bist schließlich noch sehr jung.«

»Mach dir um mich keine Sorgen, Mammy. Ich bin alt genug, um zu wissen, was ich tue. Erinnerst du dich noch? Du hast immer gesagt, ich bin ein eigenständiger Mensch und muß meine Entscheidung selbst treffen.«

»Bis später.« Effie winkte und ging zur Tür.

»Übrigens«, Darina nutzte die Gelegenheit, um das Thema zu wechseln. »Da wir gerade über Entscheidungen sprechen, hast du darüber nachgedacht, wann wir nach Monaghan fahren? Du kannst es nicht ewig vor dir herschieben. Oma wird eines Tages sterben, und dann habe ich sie nicht ein einziges Mal gesehen.«

Rose hatte einfach nicht die Energie, um noch etwas zu sagen. »Mal sehen. Gestern habe ich mit Großvater darüber gesprochen.«

»Ach ja?« Darinas Miene hellte sich auf. »Wann fahren wir?«

Rose wurde klar, daß ein Besuch auf Sundarbans unvermeidlich war. »Wann hast du die nächsten Ferien?« fragte sie.

»Zum Erntedankfest, glaube ich.«

»Mal sehen«, wiederholte Rose.

Darina öffnete erneut den Mund, aber dann besann sie sich eines Besseren. »Gut«, sagte sie. »Ich gehe dann jetzt!« Ehe sie ging, sah sie ihre Mutter an. »Du siehst furchtbar aus, Mammy.«

»Vielen Dank.«

Nachdem Darina gegangen war, dachte Rose, daß selbst die formlose, braunbeige Schuluniform Darinas gesunder Ausstrahlung und Schönheit keinen Abbruch tat. Zum zweiten Mal innerhalb von vierundzwanzig Stunden fühlte sie sich sehr alt.

Sie hatte noch eine Stunde, ehe sie zur Arbeit mußte, also setzte sie sich an den Tisch und nippte an ihrem bitteren Kaffee. Sie konnte den Besuch auf Sundarbans nicht länger hinauszögern. Bei aller Müdigkeit und Sorge verspürte sie eine gewisse Aufregung bei dem Gedanken daran. Vielleicht – nein, bestimmt – sähe sie dann John Flynn.

Plötzlich wußte sie auch, wie sie es anstellen würde.

Das Amethyst-Armband. Sie hatte durchaus das Recht, es von ihm zurückzufordern.

Kurz nachdem ihre Großmutter damals ins Krankenhaus gekommen war, hatte ihre Mutter ihr geschrieben, daß sie den Schmuck von ihrer Tante Lizzie in den Banksafe zurückgebracht hatte, wohin er gehörte. Damals hatte Rose dem Himmel gedankt, daß ihre Mutter das fehlende Armband nicht bemerkt hatte, und hatte sich eilig bei ihr für den Gefallen bedankt.

Rose beschloß, die Amethyste anläßlich des Besuches an Darina weiterzugeben, so wie Gus sie ihr zu ihrem sechzehnten Geburtstag gegeben hatte. Und da sie wohl kaum ein unvollständiges Set weitergeben konnte, wäre dies die perfekte Rechtfertigung für ein Gespräch mit John Flynn.

12

Auf dem winzigen Flughafen von Charlottetown hatten sich die Passagiere für den Flug nach Boston versammelt. Karen, Derek und Bruno standen nebeneinander am Flugsteig. »Danke, daß du uns hergefahren hast«, sagte Derek, dessen Gesicht blaß und schweißüberströmt war, noch ganz außer Atem, nachdem sie den Weg zum Parkplatz so eilig zurückgelegt hatten. In den letzten Jahren hatte er enorm zugenommen.

»Dafür sind Ehefrauen doch wohl da«, Karen sah ihn nicht an. Obwohl die Zeit auch an ihr nicht spurlos vorbeigegangen war, blickten sich immer noch sämtliche Männer nach ihr um.

»Fang bitte nicht schon wieder an, Karen, nicht hier.«

»Komm, Dad, wir sind die letzten.« Bruno, der so blond wie seine Mutter war, zerrte an Dereks Arm. Karens Miene wurde weich, und sie schlang die Arme um ihren Sohn. »Viel Spaß, mein Liebling, und ruf an, wenn du bei deinem Onkel John angekommen bist, ja? Nur, damit ich weiß, daß du eine gute Reise hattest.«

»Sicher, Mom, aber jetzt müssen wir wirklich los.«

»Auf Wiedersehen, Karen, ich rufe dich an.« Derek sah seiner Frau nicht in die Augen.

»Wie du willst.« Ihr eisiger Ton war das Gegenteil dessen, wie sie mit ihrem Sohn gesprochen hatte. *»Dad! Komm!«* Bruno war sichtlich verlegen.

»Ich komme. Auf Wiedersehen, Karen.« Derek ging zum Durchgang. »Tschüs, Mom!« Bruno umarmte seine Mutter noch einmal flüchtig und eilte seinem Vater nach. Karen sah den beiden noch ein paar Sekunden nach, dann öffnete sie ihr Portemonnaie, nahm ein paar Münzen heraus und ging schnurstracks zu einer Telefonzelle.

Der Flug nach Boston war angenehm kurz, aber als sie mit dem Anschlußflug Aer Lingus 707 nach Shannon und Dublin am nächsten Morgen landeten, war Derek vollkommen gerädert. Die Sitze im Flugzeug waren eng und unbequem für einen Mann seiner Größe, und er hatte die ganze Nacht kein Auge zugemacht.

Er sah zu Bruno hinüber, der auf seinem Platz auf der anderen Seite des Ganges friedlich schlummerte. Brunos beide Sitznachbarn waren in Shannon von Bord gegangen, und der Junge hatte die Armlehnen hochgeklappt und sich für den Rest des Fluges auf allen drei Plätzen ausgestreckt.

»Bruno! Bruno!« rief Derek und zog an seinem Fuß. »Wach auf! Wir landen jeden Moment.«

Die Stewardeß, die durch den Gang kam und überprüfte, ob die Fluggäste ihre Sicherheitsgurte angelegt hatten, blieb neben Bruno stehen, beugte sich über ihn und schüttelte ihn sanft. Er wurde wach und sah sie verwundert an. Gähnend richtete er sich auf und legte den Gurt an. Dann lächelte er seinen Vater an. »Morgen, Dad. Hast du gut geschlafen?«

»Nein«, sagte Derek barsch. »Ich hoffe, eines Tages erfinden sie eine Maschine, in der die Fluggäste bequem reisen können und mit der sie nicht nur Geld verdienen.«

»Oh, irgendwie scheinst du nicht gerade allerbester Laune zu sein. Aber keine Angst, Dad, die sanfte Luft deiner alten Heimat wird dich bald wieder auf die Beine bringen.« Bruno beugte sich vor und sah aus dem Fenster.

Als Derek auf seiner Seite aus dem langsam sinkenden Flugzeug sah, stellte er fest, daß es noch vor kurzem recht heftig geregnet haben mußte. Hinter den Rädern des Traktors, der über eine schmale Straße zwischen zwei Hecken fuhr, spritzte das Wasser auf, und auf den Feldern hatten sich kleine Seen gebildet. Derek hatte einen Kloß im Hals, ein Phänomen, das er jedesmal an sich entdeckte, wenn er nach Irland kam. Er hielt sich nicht für sentimental, aber etwas an seiner Heimkehr drang durch die Hülle des kühlen Geschäftsmannes, die er sich in den letzten zehn Jahren zugelegt hatte.

Diese frohe Erwartung verwunderte ihn, da Irland ihn immer wieder enttäuschte. Da er inzwischen an die freie, lässige Haltung der Kanadier und Nordamerikaner gewöhnt war, fand er die Verschlossenheit seiner Landsleute inzwischen unerträglich.

Er blickte erneut zu seinem Sohn hinüber. Bruno hatte keine derartigen Vorbehalte gegen das Land seiner Vorfahren. Er liebte Irland und seine irischen Verwandten auf eine unkomplizierte, offenherzige Art. Er kritisierte nie etwas, war nie gelangweilt, akzeptierte die Lebensweise der Menschen in Drumboola, die soviel ärmer waren als er selbst, als wäre er dort hineingeboren.

Derek liebte den Jungen in einem Maß, daß er ihn als sein Kind betrachtete. Anfangs hatte er Stunden damit verbracht, in Brunos Gesicht nach Spuren von John zu fahnden. Es war ein Glück, dachte er, daß er und sein Bruder einander so ähnlich waren, daß niemand Dereks Vaterschaft je anzweifeln würde. Und außerdem war es inzwischen egal. Bruno hatte keinerlei Verdacht; er liebte seinen Dad, liebte seinen Onkel, liebte seine Mom, liebte seine Großeltern und all seine kanadischen und irischen Cousins und Cousinen. Er war in der Schule beliebt, und auch wenn er kein Genie war, gehörte er sowohl in den theoretischen Fächern als auch im Sport zu den Besten seines Jahrganges.

Eltern hätten sich keinen besseren Sohn wünschen können, aber Dereks Angst, daß die Wahrheit ans Licht kommen könnte, war allmählich durch eine andere Sorge ersetzt worden: Bruno fiel alles zu leicht. Die Menschen reagierten auf sein gutes Aussehen und wollten mit ihm befreundet sein, ihm Dinge geben, ihm den Weg ebnen. Derek fragte sich, was passieren würde, falls seinem Sohn jemals Steine in den Weg gelegt würden. Sven Lindstrom hatte große Hoffnungen, daß sein Enkel in seine und Dereks geschäftliche Fußstapfen treten würde, aber Derek war klar, daß der Junge dafür nicht hart genug war.

Er hatte versucht, mit Karen über dieses Problem zu sprechen, aber sie konnten einfach nicht mehr miteinander reden. Und was ihren Sohn betraf, so war sie taub für jeden Zweifel. Ihrer Meinung nach war Bruno einfach perfekt.

Schließlich landete der Jet, und nach ein paar Minuten traten sie endlich in die Sonne und den Wind hinaus. Die Einreiseformalitäten waren schnell erledigt, und der Mietwagen wartete bereits. Vierzig Minuten nach der Landung waren sie auf dem Weg nach Monaghan.

Der Wagen kämpfte sich den Hügel südlich von Slan Village hinauf, und links und rechts von ihnen erstreckte sich das Boyne Valley. Aus dem Fluß stieg ein perliger Nebel auf und dämpfte die leuchtenden Herbstfarben der Umgebung. Die lange, geschwungene Brücke war leer, und Slane Castle, das sich in ein paar Meilen Entfernung auf einem anderen Hügel erhob, schien wie ein Feenpalast über dem Wald zu schweben. »Oh, Dad, ist es nicht einfach wunderbar?«

»Sicher, Bruno. Das ist es, was ich manchmal vermisse.«

»Aber Prince Edward Island ist auch wunderbar.«

»Ja, aber ich nehme an, der Ort, an dem man geboren wurde, ist immer der Schönste. Sieh dir nur die Burg an. Sie würde bestimmt auch deiner Mutter gefallen.«

»Ja.« Brunos Stimme war ungewöhnlich tonlos, und Derek sah ihn an. »Was ist los?«

»Nichts.«

»Also bitte, Junge, ich kenne dich. Was ist los?«

»Nichts, Dad, schon gut, ja?«

»Ich weiß, daß etwas nicht in Ordnung ist, also –«

»Ich habe gesagt, daß ich nicht darüber sprechen will!« Derek war von Brunos Vehemenz überrascht und sagte nichts mehr, bis sie die Hauptstraße von Ardee erreichten.

Obwohl er hoffte, sich zu irren, meinte er zu wissen, was mit dem Jungen los war. »Hunger?« fragte er.

»Ja.« Bruno reckte den Kopf. Er hatte immer Hunger.

»Also gut, sehen wir mal, ob wir irgendwo eine Snackbar finden.« Derek fuhr an den Straßenrand, und sie stiegen aus. Sie betraten einen Schnellimbiß, bestellten zwei große Portionen Fish and Chips und zwei Tassen Kaffee, und während sie kauten, meinte er: »Es gibt da etwas, das ich dich fragen wollte, mein Junge.«

»Ja?«

»Machst du dir Sorgen um Mom und mich?«

»Was?« Bruno starrte ihn mit großen Augen an.

»Du hast mich schon verstanden – machst du dir Sorgen um Mom und mich?«

»In welcher Beziehung?« Bruno versuchte eindeutig, Zeit zu gewinnen. Er stopfte sich eine Handvoll Pommes frites in den Mund, und Derek hatte das Gefühl, die Antwort bereits bekommen zu haben. Er mußte vorsichtig sein, sagte er sich. »Du weißt doch, daß wir beide dich lieben!«

Bruno starrte auf sein Essen, und Derek überlegte fieberhaft, was er sagen sollte. »Hör zu, es besteht kein Grund zur Sorge. Deine Mom und ich haben im Augenblick nur eine schwierige Phase.« Bruno starrte reglos auf die riesige Friteuse. »Bruno!« versuchte Derek es erneut. »Sieh mich an!«

»Ich will nicht darüber sprechen. Es geht mich nichts an.«

»Und ob es dich etwas angeht. Ich will nicht, daß du dir unseretwegen Sorgen machst. Wir werden schon eine Lösung finden – bestimmt.« Derek wußte, wie hohl seine Worte klangen, aber er konnte nicht einfach so tun, als wäre nichts. »Es ist nur so, daß Erwachsene manchmal recht komplizierte Probleme haben.«

»Dad!« Die Stimme des Jungen klang ehrlich verzweifelt. »Ich habe gesagt, daß ich nicht darüber sprechen will. Bitte.«

Derek gab sich geschlagen, leerte seine Pommes-frites-Tüte und stand auf. »Laß uns gehen, ich bin wirklich müde.«

Er mußte tatsächlich kämpfen, um nicht einzuschlafen, als er weiterfuhr, und an einer Seite bog er so scharf um eine Kurve, daß er fast mit einem entgegenkommenden Traktor mit Anhänger zusammengestoßen wäre. »Puh!« sagte er, nachdem er das Steuer so heftig herumgerissen hatte, daß er fast in einem Graben gelandet wäre. »Das war knapp!«

Bruno starrte ihn an. »Die Eltern von ein paar Freunden von mir machen dasselbe durch.« Und als Derek nicht sofort antwortete: »Eine Scheidung, meine ich.«

Endlich war es heraus. Wieder überlegte Derek, was er sagen sollte. Er wußte genau, welche Paare in Charlottetown derartige Schwierigkeiten hatten. Das wußte jeder in der kleinen Gemeinde. »Ja, Bruno«, sagte er ruhig. »Aber das heißt noch lange nicht, daß man diese Mode unbedingt mitmachen muß. Und deine Mom und ich haben noch nie daran gedacht, uns scheiden zu lassen.«

Bruno starrte reglos geradeaus. »Aber du und Mom scheint euch nicht, nun, nicht sehr *nahe* zu sein. Ihr streitet ziemlich oft.«

Derek fing an, sich ernsthafte Sorgen zu machen. Was genau hatte Bruno von ihren Streitereien mitbekommen? Aber das konnte er den Jungen unmöglich fragen. »Und seit wann denkst du über die ganze Sache nach?«

»Oh, seit ein paar Jahren.«

»Ich weiß nicht, was ich sagen soll, um dich zu beruhigen. Alle verheirateten Leute haben ihre Probleme, Bruno, eine Ehe ist schließlich keine Garantie für das dauerhafte Glück. Du bist jetzt fast sechzehn, und ich nehme an, das ist dir bereits klargeworden. Außerdem weißt du, daß deine Mom und ich unsere Ehe schon recht ungewöhnlich begonnen haben.« Er und Karen hatten beschlossen, Bruno, sobald er alt genug wäre, zu erzählen, daß sie erst sechs Monate nach seiner Geburt an Karens neunzehntem Geburtstag geheiratet hatten. Sie hatten es ihm gesagt, um ihn für mögliche bösartigen Kommentare zu wappnen, denen er eventuell ausgesetzt würde, und soweit sie wußten, hatte sich die Strategie als richtig erwiesen.

»Genau das ist es, Dad. Vielleicht – vielleicht habt ihr einfach zu früh und aus den falschen Gründen geheiratet. Zum Beispiel meinetwegen!«

Derek schämte sich zutiefst, daß Bruno diese Last so lange mit sich herumgetragen hatte. »Oh, Bruno! Du warst der beste Grund, den es für eine Eheschließung geben konnte. Und deine Mom und ich haben uns sehr geliebt.« Zu spät merkte er, daß er in der Vergangenheit gesprochen hatte und damit einen nicht wiedergutzumachenden Fehler begangen hatte. Er wußte, daß die Situation nicht mehr zu retten war, aber er versuchte sein Möglichstes, um überzeugend und beruhigend zu klingen. »Ich will dich nicht belügen, Bruno«, sagte er. »Es wäre sinnlos, so zu tun, als wäre die Beziehung zwischen deiner Mom und mir perfekt. Das ist sie nicht. Aber ich möchte, daß du verstehst und glaubst, daß wir keinerlei Pläne haben, uns zu trennen – hast du mich verstanden?« Er sprach so ernst wie möglich. »Ich habe diese Möglichkeit niemals in Erwägung gezogen, und auch, wenn ich die heimlichen Gedanken deiner Mom nicht kenne, hat sie, soweit ich weiß, ebenfalls nichts Derartiges vor. Glaubst du mir?«

Bruno hatte die Fäuste geballt. Derek sah seine Verzweiflung, aber er beschloß, trotzdem fortzufahren. »Wir sind inzwischen einfach erwachsen, das ist alles«, sagte er langsam. »Alle Erwachsenen haben zunächst ganz großartige Ideen. Und man muß versuchen, an diesen Ideen festzuhalten und sie mit den Jahren nichts an ihrem Glanz verlieren zu lassen. Verstehst du? Deine Mom und ich haben zugelassen, daß unser Leben matt und farblos geworden ist. Aber das heißt nicht, daß wir es nicht wieder aufpolieren können, wenn wir uns Mühe geben.«

»Sicher, Dad. Sind wir bald da?« Bruno sah seinen Vater von der Seite an. Obwohl er besser geschwiegen hätte, fuhr Derek fort. »Fühlst du dich jetzt etwas besser?«

»Ich habe mich nicht schlecht gefühlt.«

»Und wirst du immer daran denken, daß ich niemals zu beschäftigt bin, um mit dir zu sprechen? Ja?«

»Ja!« Erleichtert sah Derek, daß Bruno grinste. »Wenn du das nächste Mal in Halifax eine Besprechung mit den Japanern hast, werde ich rübergeflogen kommen und darauf bestehen, daß du sofort mit mir sprichst.«

Derek lachte. »In Ordnung.«

Als er die letzten Kilometer über die gewundene, mit Schlaglöchern übersäte Straße zwischen den hohen Hecken entlangfuhr, konnte Derek kaum noch die Augen aufhalten. Er rutschte unbehaglich auf dem viel zu kleinen Fahrersitz herum. Er mußte unbedingt abnehmen, dachte er. Das gute Leben und die sitzende Beschäftigung hatten ihren Teil zu der Gewichtszunahme beigetragen, aber richtig fett war er erst geworden, nachdem er endlich das Rauchen aufgegeben hatte.

Er fragte sich, wie John wohl aussah. Wahrscheinlich dünn und drahtig wie eh und je. Es war geradezu lächerlich, dachte er erbost, daß er, wenn er nicht in Irland war, nie an seinen Zwillingsbruder dachte, aber sobald er in seine Nähe kam, immer noch die alte Unsicherheit verspürte.

Er sah zu Bruno hinüber, der die Augen geschlossen hatte. Er wußte nicht, ob er damit zurechtkommen würde, falls Bruno jemals die Wahrheit erführe und John ihm vorzöge. »Gleich sind wir da«, sagte er, und Bruno richtete sich auf.

»Wo treffen wir Onkel John?«

»Bei ihm zu Hause. Er ist im Augenblick sehr beschäftigt, irgendein großes Geschäft, aber er kommt zum Essen heim.«

»Ich hoffe, er geht mit mir zum Angeln.«

»Ich weiß nicht, ob das Wasser geeignet ist, Bruno, aber wir können ihn ja fragen.«

Wieder verspürte Derek, der sich nicht im geringsten für das Angeln interessierte, einen eifersüchtigen Stich, daß »sein« Sohn mit seinem Zwilling allein unterwegs sein würde – und zwar gern.

»Bist du fertig, Darina? Um Himmels willen, was *machst* du nur da oben?«

»Nichts!« Darinas knappe Antwort erboste Rose, die die ganze Nacht kein Auge zugetan hatte und bereits seit Stunden fertig war.

»Was soll das heißen, ›nichts‹?« rief sie. »Bist du nun fertig oder nicht? Wenn du so weiter machst, werden wir nie loskommen.« Sie trommelte mit den Fingern auf dem Küchentisch herum. Sie liebte ihre Tochter, aber Darinas entsetzliche Unpünktlichkeit konnte sie kaum ertragen.

Heute war sie doppelt nervös. Sie hatte Angst vor der Begegnung mit ihrer Mutter, und noch mehr Angst vor dem Zusammentreffen mit John Flynn. Sie ging ein ernsthaftes Risiko ein. Vielleicht wäre es besser, die Seifenblase, als die ihr die Vergangenheit mit John erschien, nicht zerplatzen zu lassen, aber nun, da sie sich entschieden hatte, verspürte sie eine drängende Ungeduld – und einen ungewohnten Fatalismus. Sie würde es so nehmen, wie es kam.

»Guten Morgen!« Willie Brehony betrat grinsend die Küche. Sein Pyjamaoberteil spannte sich sichtlich über dem, was er als »Ausdruck seiner männlichen Würde« bezeichnete, was Effie jedoch passender und richtiger Bierbauch nannte.

»Guten Morgen, Willie.«

»Ich dachte, ihr wärt schon weg.« Willie stellte den Wasserkocher an.

»Das dachte ich auch, Willie. Aber anscheinend sieht Darina die Sache anders.«

»Sei nicht zu streng mit ihr. Schließlich ist es ihr erster Besuch im Herrenhaus. Da will sie sicher einen guten Eindruck machen. Wie Dorothy im Zauberer von Oz.«

Rose brach in Lachen aus. »Oh, Willie, wer wird uns hier nur unterhalten, wenn du und Effie auszieht?«

»Wer sagt denn, daß wir ausziehen?« Er strahlte. »Ich weiß eine angenehme Bleibe durchaus zu schätzen.«

»Im Ernst, fahrt ihr heute nachmittag zum Haus?«

Willie seufzte und lehnte sich an die Spüle. »Was soll man an einem Samstag schon machen, außer auf einem matschigen Bauplatz herumzustapfen? Ich könnte den Leiter der Baustelle erwürgen! Er hat mir versprochen, das Haus wäre bis zur Hochzeit fertig. Und jetzt sieh uns an. Untermieter!«

»Also bitte, Willie Brehony! Du hast, seit du erwachsen bist, immer zur Untermiete gewohnt. Da werden dir ein paar Wochen mehr ja wohl auch nichts ausmachen.«

»Ja, aber weißt du, ich gewöhne mich direkt daran. Ich habe gleich eine komplette Familie geheiratet. Gutes Essen, Frauen im Überfluß, immer saubere Wäsche und eine ordentliche Wohnung.«

»Oh, sei still und mach deine Pyjamajacke zu. Du bist eine Schande für die Männerwelt.«

»Du meinst wohl eine Zierde?« Willies seliges Gesicht sah aus wie ein runder, strahlender Apfel. Das Wasser kochte, und er machte den Tee. »Willst du auch eine Tasse?« Er stellte die Kanne auf den Herd und nahm zwei Tassen aus dem Schrank.

»Nein, danke«, sagte Rose. »Ich habe schon gefrühstückt. Ist Effie schon wach?«

»Ja.«

»Dann werde ich mal raufgehen, um nach Darina zu sehen und mich von Effie zu verabschieden.«

Als sie die Treppe hinaufging, überlegte sie, daß sie Willie tatsächlich vermissen würde. Es war wunderbar, einen so unkomplizierten, anspruchslosen Mann in der Wohnung zu haben. Effie hatte wirklich Glück. Plötzlich zog sich ihr Magen schmerzhaft zusammen. Was erwartete sie selbst auf Sundarbans? Sie wußte, daß es einfach lächerlich war, sich derart viele Gedanken zu machen. *Er ist bestimmt verheiratet!* hatte sie sich wieder und wieder gesagt, aber irgend etwas in ihr hatte sich geweigert, es zu glauben. »Wenn du nicht in fünf Minuten rauskommst, hole ich dich höchstpersönlich aus deinem Zimmer, Darina.« Statt einer Antwort wurden Türen geknallt und Schubladen lautstark aufgezogen und wieder zugemacht. Rose seufzte und klopfte an Effies Tür. »Darf ich reinkommen, Effie?«

»Aber sicher, Rose.«

Effie saß auf dem unordentlichen Bett.

»Ich wollte mich nur verabschieden. Obwohl Darina immer noch nicht fertig ist.«

»Hab Geduld, Rose.«

»Ich weiß, ich weiß. Das erste Mal im Haus ihrer Vorfahren und so. Das hat mir Willie eben auch schon erklärt. Aber was meinst du, wie *ich* mich fühle?«

»Darina kann ja wohl kaum verstehen, was du bei dem Gedanken an diesen Besuch empfindest, Rose.«

»Du hast ja recht. Oh, ich wünschte, ich wäre schon wieder hier, Effie. Dann wüßte ich wenigstens, wie es war.«

»Hör zu, Rose, du denkst seit Wochen an nichts anderes mehr. Versuch, dich nicht allzu verrückt zu machen. In drei Tagen ist alles vorbei.«

»Und ich bin tot. Mutter wird mich bestimmt mit einer ihrer Stricknadeln erstechen.«

»Also bitte, Rose, deine Mutter war durchaus höflich, als ich ihren Anruf vor ein paar Tagen entgegengenommen habe. Sie hat gesagt, daß sie sich auf euch beide freut.«

»Ja. Aber mir hat sie das nicht gesagt. *Mir* hat sie gesagt, daß ich ja wohl hoffentlich nicht in der ganzen Stadt herumspazieren will.«

»Sei ein bißchen nachsichtig, Rose. Sie ist inzwischen eine alte, senile Frau.«

»So alt nun auch wieder nicht! Sie ist erst Anfang Sechzig.«

»Nun, dann zumindest senil. Los. Spiel einfach mit. Was schadet das schon? Und außerdem genießt du die ganze Aufregung doch auch. Los, gib's zu! Im Grunde macht es dir doch Spaß. Ich glaube, es sind die Franzosen, die sagen, daß Vorfreude die schönste Freude in einer Liebesgeschichte ist.«

»Ehrlich gesagt, Effie, ich bin inzwischen etwas zu alt, um aus dem Häuschen zu geraten bei dem Gedanken, einen Menschen wiederzusehen, den ich seit siebzehn Jahren nicht mehr gesehen habe. Ich werde nur mit ihm sprechen, das ist alles. Um die Amethyste wiederzu –«

»Das kannst du vielleicht deiner Großmutter erzählen!«, erwiderte Effie. »Rose O'Beirne, wie lange kenne ich dich schon? Du kannst mich nicht hinters Licht führen. Du liebst John Flynn immer noch.«

»Aber angenommen, er hat sich vollkommen verändert?«

»Wahrscheinlich hat er sich tatsächlich verändert. Aber so stark wohl auch wieder nicht. Und wenn doch, dann wirst du aufhören, ihn zu lieben, also mach dir keine Gedanken. *Genieße* es einfach, Rose.«

»Angenommen, er ist verheiratet.«

Effie rollte mit den Augen. »Langsam habe ich es satt. Du hättest problemlos herausfinden können, ob er verheiratet ist, aber das hast du nicht gewagt. Und wir beide wissen ganz genau, daß du nicht glaubst, daß er verheiratet ist – sonst würdest du dich nicht wie eine Sechzehnjährige benehmen. Und jetzt halt die Klappe, Rose, fahr nach Sundarbans, triff John und genieß die Zeit. Und sorge dafür, daß auch Darina auf ihre Kosten kommt.«

»Das Ganze ist ein Risiko.«

»Das ganze Leben ist ein Risiko, meine Liebe! Und wenn es das nicht ist, dann ist es nicht wert, gelebt zu werden. Ah, da kommt mein Willie mit meinem Tee.« Effie machte Platz für das Teetablett. »Gib Rose einen Kuß, Willie, und dann wirf sie raus. Wenn sie nicht bald fährt, macht sie uns alle noch wahnsinnig.«

Fünf Stunden später hatte sie das Gefühl, als stecke ihr Kopf in einem Schraubstock. Wenn sie nicht gleich an die Luft kam, würde sie ersticken. Sie sah verstohlen die schweigende Gruppe am Küchentisch an und fragte sich zum zehnten Mal seit ihrer Ankunft, welcher Teufel sie geritten hatte, daß sie hatte nach Hause kommen und Darina dieser hoffnungslosen Situation aussetzen wollen. Hätte ein Außenstehender die morgendlichen Gespräche zwischen ihr, Darina, Daphne und Gus gehört, hätte er nie erraten, was zwischen ihnen vorging. Aber hinter den höflichen Worten und der gezwungenen Fröhlichkeit sah Rose glasklar, daß ihre Mutter ihr niemals verzeihen würde. Daphne mochte Lippenbekenntnisse über »christliches Vergeben« und »Barmherzigkeit« aussprechen, aber jetzt wußte Rose mit Sicherheit, daß Daphne sie und Darina im Grunde ihres Herzens als für immer Ausgestoßene betrachtete.

Die Erkenntnis, daß die Ablehnung ihrer Mutter sie immer noch berührte, war wie ein Schlag ins Gesicht. Mit den Jahren hatte sie sich eingebildet, gegen die Mißbilligung ihrer Mutter immun geworden zu sein, aber jetzt merkte sie, daß sie sich etwas vorgemacht hatte. »Habt ihr noch mal etwas von Mrs. McKenna gehört?« fragte sie so ungezwungen wie möglich. Die alte Haushälterin war seit fast elf Jahren im Ruhestand, aber ihr Wohlergehen erschien Rose im Augenblick als das einzig sichere Thema.

»Ich glaube, sie lebt immer noch bei ihrem Sohn«, sagte Daphne. »Dein Vater mag Fergie ja sehr gern«, fügte sie hinzu, »aber ich fand immer, daß er Gus' Gutmütigkeit ausgenutzt hat.«

Jetzt hatte Rose endgültig genug. Sie faltete ihre Serviette und legte sie neben ihren halbvollen Teller. »Ich habe Kopfweh«, sagte sie. »Macht es euch etwas aus, wenn ich ein bißchen spazierengehe?«

»Kann ich mitkommen?« fragte Darina sofort.

»Das Essen war wunderbar, Mutter«, sagte Rose. »Wirklich.«

Und es stimmte. Daphne hatte sich eindeutig große Mühe gemacht. »Es ist nur so, daß ich heute keinen Appetit zu haben scheine.«

»Danke, Rose.« Ihre Mutter bedankte sich mit einem Kopfnicken für das Kompliment. »Ich versuche mein Bestes.«

»Wie gesagt, es war wunderbar. Du mußt mir unbedingt das Rezept geben.« Das Hauptgericht war Ente in Orangensauce gewesen. Daphne lächelte schwach, und Rose empfand das Lächeln wie einen erneuten Beweis der mütterlichen Mißbilligung. *Du?* fragte dieses Lächeln. *Du hast noch nicht einmal ein Rezept verdient.*

Ohne die Stimme zu erheben, ohne überhaupt etwas zu sagen, verstand ihre Mutter es, sie vollkommen zu lähmen. Am liebsten hätte Rose laut geschrien, den Tisch umgestoßen, Daphne die Reste des Essens ins Gesicht geschleudert, aber da sie es noch nicht einmal wagte aufzustehen, starrte sie schweigend auf ihren Teller. Auch Gus tat nichts, um ihr zu helfen.

Doch dann schob Darina ihren Stuhl zurück. »Kommst du, Mammy?« Sie drehte sich zu Daphne um. »Ich bin ganz versessen darauf, die Ställe und alles zu sehen, Großmutter«, sagte sie höflich. »Mammy hat mir in all den Jahren soviel von Sundarbans erzählt.«

»Ach ja?« fragte Daphne. »Versuch, dir das Haus so vorzustellen, wie es einmal wahr, meine Liebe, und es nicht so zu sehen, wie es jetzt ist.« Sie bedachte Gus mit einem abfälligen Blick.

»Komm, Darina«, sagte Rose beherzt und schob ihren Stuhl ebenfalls zurück. »Ein kleiner Verdauungsspaziergang ist bestimmt genau das Richtige. Nochmals danke, Mutter. Vielleicht können wir ja nachher alle gemeinsam im kleinen Salon Kaffee trinken?«

Daphne zog eine Braue hoch. »Aber sicher, Rose. Obwohl wir es nicht mehr den kleinen Salon nennen. Da es der einzige noch bewohnbare Empfangsraum ist, nennen wir es einfach Wohnzimmer.«

»Sicher.« Rose versuchte zu lachen. Seit sie angekommen waren, hatte ihre Mutter ständig auf Gus herumgehackt. Was den Niedergang von Sundarbans betraf, schien es Daphne auf perverse Art Vergnügen zu bereiten, ihn vor seiner Tochter zu demütigen. Am liebsten hätte Rose ihn verteidigt, aber sie wußte, daß das nichts nützen würde. »Also dann im Wohnzimmer, Mutter«, sagte sie so locker wie möglich, und falls Daphne den bösen Unterton hörte, ließ sie es sich nicht anmerken.

Als sie und Darina endlich an der frischen Luft waren, wäre sie vor Erleichterung am liebsten einfach losgerannt. »Himmel!« brach es aus ihr heraus, als sie sicher war, daß niemand sie hören könnte. »Es tut mir leid, daß ich dich dieser Situation ausgesetzt habe, Darina, wirklich. Wir werden morgen so früh wie möglich wieder von hier verschwinden.«

Darina wußte nicht genau, wie sie reagieren sollte. »Was meinst du, Mammy? Ich finde sie ganz nett. Ich meine, sie kennt mich doch noch gar nicht. Schließlich ist dies das erste Mal, daß sie mich sieht, und da ist es doch wohl normal, daß es am Anfang etwas schwierig ist. Sie ist...« Sie suchte nach dem richtigen Wort. »Sie ist –«

»Zickig«, vervollständigte Rose den Satz, und im selben Augenblick tat es ihr leid. Es war nicht fair, Darina die Last der fehlgeschlagenen Beziehung zu Daphne aufzuhalsen. »Tut mir leid«, sagte sie und rieb sich den Nacken. »Ich habe es nicht so gemeint. Mutter hat es in ihrem Leben nicht immer leicht gehabt. Sie hatte so hohe Erwartungen, als sie jünger war, und ich nehme an, daß wir sie in jeder Beziehung enttäuscht haben.«

»Was meinst du damit?«

»Oh, dir das alles zu erklären, würde eine Ewigkeit dauern. Und schließlich werden wir nicht lange bleiben, da sollten wir versuchen, uns so gut wie möglich zu amüsieren.« Sie setzte sich in Bewegung. »Es ist wahrscheinlich alles meine Schuld«, sagte sie über die Schulter. »Wir haben uns noch nie verstanden, Mutter und ich. Wir sind einfach zu verschieden.«

Die Steintreppe vor dem Haus sah glitschig aus, und Rose legte warnend die Hand auf Darinas Arm. »Ich wußte nicht, daß es hier so schlimm aussieht.«

»Nun, das Ganze wirkt ein bißchen, eh, kränklich«, stellte Darina fröhlich fest. »Aber es ist über alle Maßen romantisch!« Sie hielt sich die kleine Kamera, die Willie Brehony ihr zum letzten Geburtstag geschenkt hatte, vors Auge. »Nach deinen Erzählungen habe ich es mir viel, viel kleiner vorgestellt. Und lange nicht so alt.« Darina schob ihr dichtes Haar zurück und sah sich suchend um. »Und wo ist der Lustgarten?«

»Siehst du die Säule dort?« Rose wies auf eine graue Steinsäule, deren abgebrochene Spitze kaum aus dem wogenden Gras herausschaute. »Ob du es glaubst oder nicht, das war mal eine Sonnenuhr. Mit ihr habe ich die Uhr lesen gelernt. Meine Kinderfrau oder Daddy hat mich immer hochgehoben, damit ich draufgucken konnte, und dann haben sie mir die römischen Zahlen beigebracht. Ich konnte die Sonnenuhr wesentlich früher als irgendwelche Buchstaben oder normale Uhren lesen. Auf der Vorderseite gab es noch eine Inschrift. Ich kannte sie mal auswendig, aber jetzt erinnere ich mich nicht mehr genau – irgendwas in der Richtung, daß man nur die glücklichen Stunden zählen soll.«

»Und wo sind die Zeiger jetzt?«

»Wahrscheinlich liegen sie in irgendeinem Dubliner oder Londoner Antiquitätengeschäft«, erwiderte Rose grimmig, während Darina zu dem zerborstenen Stein hinüberging.

Gus hatte sie gewarnt, daß alles in einem ziemlich schlimmen Zustand sei, und sie hatte versucht, sich darauf vorzubereiten, aber in dem Augenblick, als sie das Haus tatsächlich von der Einfahrt aus erblickt hatte, war ihr klar geworden, daß ihre Erinnerungen durch die Zeit und die Entfernung künstlich aufgehellt worden waren. Auf jeden Fall hätte keine noch so eindringliche Warnung sie auf den Eindruck vorbereiten können, den der verfallene Steinhaufen bei ihr hinterließ, der Sundarbans seit ihrem letzten Besuch geworden war.

Wenn man das Gebäude zum ersten Mal sah, meinte man, daß dort bestimmt niemand mehr lebte. Ein kleiner Teil des Daches war eingebrochen und mit Kunststoffplatten notdürftig abgedeckt, die im Wind klapperten. Die meisten Fenster im oberen Stockwerk waren mit Holzlatten zugenagelt, die abbröckelnden Balustraden und die Terrasse waren seit einer Ewigkeit nicht mehr instandgesetzt worden, die Algen waren mit der Zeit schwarz geworden und bedeckten inzwischen einen Großteil der Außenwände wie die monströsen Finger eines bösen Geistes, der das gesamte Gebäude langsam zu zermalmen drohte. Und um den erbärmlichen Eindruck vollkommen zu machen, waren die Messingbeschläge der Haustür inzwischen von einem blassen, schleimigen Pilz bedeckt.

Als sie Darina jetzt zu den Ställen führte, fragte sie sich, wie es soweit hatte kommen können. Schließlich gehörten zu dem Besitz unzählige Hektar Farmland und riesige Wälder. Was hatte ihr Vater nur getan? Wie hatte er das Gut nur derart verfallen lassen können?

Das Tor zu den Ställen war mit altem Draht zugebunden. »Verdammt«, sagte sie. »Noch nicht mal, als ich hier noch gelebt habe, war hier abgeschlossen.« Sie machte sich an dem Draht zu schaffen.

»So alt bist du nun auch wieder nicht!« sagte Darina und versetzte ihr einen freundschaftlichen Schubs.

»Aber heute fühle ich mich so!«

»Laß uns heute abend nach Carrickmacross fahren und einen drauf machen.«

»Das werden wir bestimmt nicht tun!« rief Rose, immer noch mit dem Draht beschäftigt. Er war rostig, und ihre Hände wurden schmutzig. Sie wischte sie an ihrem Rock ab, ohne darauf zu achten, daß er dadurch ebenfalls fleckig wurde. »Das, meine Liebe, ist das letzte, was wir tun werden. Willst du etwa, daß wir aus der Stadt gejagt werden wie zwei Aussätzige?«

Darina rollte mit den Augen. »Es war nur ein Scherz. Aber ich bin sicher, daß du dir all die Feindseligkeit nur einbildest. Die Dinge haben sich geändert, seit du ein Mädchen warst.«

»So sehr nun auch wieder nicht.« Endlich hatte Rose das Tor geöffnet. »Oh, Gott!«

Die Steinwände mußten dringend neu verfugt werden, ehe sie einstürzten; die Holztüren der verschlossenen Boxen waren so verrottet, daß sie Löcher aufwiesen; riesige Unkrautbüschel wucherten zwischen den Pflastersteinen; die Blätter der Bäume wirbelten über den Kompost der letzten zehn Jahre. Darina drückte ihrer Mutter den Arm. »Arme Mammy. Aber ich kann mir vorstellen, wie es gewesen sein muß, genau wie Großmutter gesagt hat. Wirklich! In welcher Box hat Tartan gestanden?«

Rose führte sie an die Stelle, an der sie so viele Stunden mit ihrem Pony verbracht hatte. Die Tür war verriegelt, aber als sie kräftig zog, löste sich der Riegel aus dem morschen Holz. Sie traten beide in die kalte Dunkelheit. Noch nach all den Jahren roch es nach den Pferden. »Ich kann es *fühlen*«, flüsterte Darina. »Oh, Mammy, hier ist es einfach wunderbar. Ich spüre dich hier!«

Trotz ihrer Traurigkeit lachte Rose und umarmte ihre Tochter. »Darina, du bist eine unverbesserliche Romantikerin. Ich hoffe, diese Eigenschaft verlierst du niemals. Aber du hast recht, hier war ich glücklich – eine Zeitlang.«

»Ich wette, du hast einen Teil dieses Glückes hier zurückgelassen. Darum können wir es jetzt fühlen.« Rose brauchte nichts zu antworten. Nie zuvor hatte sie sich ihrer Tochter näher gefühlt als in diesem Moment.

»Wenn wir uns noch alles ansehen wollen, bevor es dunkel wird, müssen wir uns etwas beeilen«, sagte Rose leise. »Ich möchte dir noch meine Lieblingsstelle am See zeigen. Bis dahin ist es ein ganzes Stück.«

Sie verließen den Hof und wandten sich dann in Richtung des Waldrandes. »Am frühen Morgen habe ich immer an meinem Fenster gesessen und die Rehe beim Äsen beobachtet«, sagte sie, als sie die Bäume erreichten.

Wenigstens der Wald schien sich nicht verändert zu haben, dachte sie. Der Wind in den Ästen war mild wie eine Sommerbrise. Darinas Haar wirkte wie fließendes Gold, als sie sich mit der Geschmeidigkeit der Ballettschülerin zwischen den Lichtflecken bewegte, die die Sonne auf den Waldboden warf. Voll Liebe und Stolz dachte Rose, daß ihre Tochter in dieser Umgebung wie eine junge keltische Göttin wirkte. Es erfüllte sie mit Dankbarkeit, daß sie ein so herrliches Geschöpf hatte schaffen dürfen. *Daß John Flynn und sie gemeinsam ein so herrliches Geschöpf hatten schaffen dürfen.* Vor Aufregung wurde ihr ganz schwindelig.

Sie traten unter den Bäumen hervor ans Ufer. »Himmel!« rief Darina. »Der See ist ja riesengroß! Viel größer, als ich ihn mir vorgestellt habe. Und das alles gehört uns?« Sie machte eine ausholende Armbewegung. »Das alles?«

Rose grinste. »Soweit ich weiß, nicht ganz. Ehrlich gesagt habe ich keine Ahnung, wem der See dem Gesetz nach gehört. Ich weiß, daß uns dieser Teil des Ufers gehört, aber inwiefern wir auch das Wasser besitzen, weiß ich nicht. Auf jeden Fall haben wir die Angelrechte.« Roses Augen wurden magnetisch von dem Felsvorsprung angezogen, auf dem sie John zum ersten Mal gesehen hatte. Sie bekam eine Gänsehaut: Dort stand er, an derselben Stelle wie an jenem Sommertag. Das Wetter war anders, es war eine andere Jahreszeit, die Farben waren anders, ja, selbst der See war anders – heute war er aufgepeitscht und schaumgekrönt – aber sie sah ihn so deutlich vor sich, daß sie erstarrte.

»Glaubst du an Geister, Mammy?«

Die Plötzlichkeit der allzu passenden Frage erschütterte Rose. Jetzt sah sie nur noch den nackten Stein, dessen Spitze die kleinen Wellen brach, die darüber hinweg schwappten, aber noch eine Sekunde zuvor hatte sie dort tatsächlich einen Geist gesehen. »Warum?« fragte sie.

»Darum.« Darina zuckte mit den Schultern. »Nur so, glaubst du an Geister?«

»Ich – ich bin nicht sicher. Ich kann nicht sagen, daß ich alles, was es auf der Welt gibt, verstehe. Ich kenne noch nicht einmal diesen kleinen Teil der Erde ganz genau.« Rose versuchte, sachlich zu klingen. »Und du?«

»Ich glaube, daß alles möglich ist, einfach alles.«

Obwohl sich Rose immer noch nicht von ihrem Schock erholt hatte, sah sie ihre Tochter an. »Hör zu, Darina«, sagte sie mit ernster Stimme. »Du tust doch nicht irgend etwas, von dem ich etwas wissen sollte?«

»Was meinst du?« Darina blickte aufs Wasser hinaus.

»Du weißt, was ich meine. Okkultismus, Geisterbeschwörungen, solche Dinge.«

»Natürlich nicht.«

Rose erinnerte sich an die Bücher, die sie in der Tüte gesehen hatte. »Und was ist mit dem Hare-Krishna-Zeug?«

»Das ist vorbei. Ich habe die Hefte nur gelesen – hör auf, dir Sorgen zu machen, Mammy! Ich interessiere mich nicht im geringsten für die Krishnas.«

»Ich mache mir aber Sorgen um dich, Darina. Du bist so verschlossen geworden.« Langsam setzten sie sich wieder in Bewegung.

»Das ist nicht fair, Mammy. Ich bin inzwischen sechzehn Jahre alt. Da habe ich ja wohl ein gewisses Recht auf Intimsphäre.«

»Aber früher wußte ich, wofür du dich interessiert hast, was du gedacht hast. Und jetzt weiß ich noch nicht einmal, was du liest. Wofür interessierst du dich, Darina?«

»Oh, für alles mögliche.«

In diesem Augenblick wurde Rose bewußt, daß Darina auf eine Art erwachsen geworden war, die sie nicht mehr unter Kontrolle hatte. Vielleicht, dachte sie, würde Darina sie eines Tages wieder an ihrem Leben teilhaben lassen. Sie müßte einfach geduldig sein. Sie wagte nicht, weitere Fragen zu stellen, weil das zu Vergleichen mit ihrer eigenen Jugendzeit führen würde, und fast genau im Alter, in dem ihre Tochter jetzt war, hatte sie festgestellt, daß sie schwanger war. Trotzdem versuchte sie es noch ein letztes Mal. Sie hob einen Kieselstein auf und tat so, als sehe sie ihn sich genau an. »Du würdest es mir erzählen, nicht wahr?« fragte sie.

»Was?« Darina sah sie argwöhnisch an, und am liebsten wäre Rose weiter in sie gedrungen.

»Nur, wenn es irgend etwas gäbe, was ich wissen sollte«, sagte sie.

»Sicher, Mammy, natürlich.«

Kurz darauf trennten sie sich. Darina wollte das Bootshaus sehen, und Rose fragte, ob es ihr etwas ausmache, allein dorthin zu gehen. »Es ist nur zweihundert Meter von hier – hinter den Rhododendronbüschen, die du direkt am Wasser siehst.«

»Und was machst du in der Zeit?«

Gute Frage, dachte Rose, die John Flynns »Erscheinung« auf dem Felsvorsprung immer noch nicht verdaut hatte. »Vielleicht gehe ich ins Haus zurück, spaziere ein bißchen herum und schaue mir an, wie schlimm es wirklich ist – oder ich fahre ein bißchen spazieren. Meine alten Lieblingsplätze besuchen.«

»Du hast mir versprochen, daß wir das zusammen machen würden.«

»Gut. Wir können ja morgen herumfahren. Und vergiß nicht, wir müssen noch nach Carrickmacross wegen der Überraschung, die ich dir versprochen habe.« Rose hatte Darina noch nicht erzählt, daß sie ihr die Amethyste schenken würde.

»In Ordnung. Dann sehen wir uns also später im Haus. Tschüs.« Sie lächelte und Rose wandte sich zum Gehen.

Als sie in Sichtweite des Hauses kam, beschloß sie, das zu tun, was sie die ganze Zeit hatte tun wollen. Sie würde den Wagen nehmen und John Flynn besuchen.

Nachdem die Entscheidung einmal gefallen war, versuchte sie ruhig und gelassen zu bleiben, aber der Kampf war von vornherein verloren, und als sie zu ihrem Auto ging, war sie wieder sechzehn und genauso nervös wie vor ihrer allerersten Verabredung. *Um Himmels willen, hör auf!* tadelte sie sich. *Du bist eine erwachsene Frau mit einer Tocher, die selbst fast erwachsen ist. Wie würde Darina reagieren, wenn sie wüßte, daß ihre Mutter sich so benahm?* Dann versuchte sie, sich Effies hämische Reaktion vorzustellen, wenn sie ihr von der »Vision« erzählte.

Da der Schlüssel noch steckte, brauchte sie gar nicht erst ins Haus zu gehen. Rose wendete den Wagen und fuhr die Einfahrt hinab. Sie wollte zum Hotel fahren und dort einfach eine Tasse Kaffee trinken. Hotelmanager waren normalerweise immer anwesend, und früher oder später würde sie zwangsläufig mit ihm zusammentreffen. Sie sah auf die Uhr. Es war kurz nach halb fünf, und Abendessen gäbe es erst um sieben. Sie hatte also jede Menge Zeit.

Rose trat aufs Gaspedal. Nun, da sie tatsächlich auf dem Weg war, wünschte sie, die Straße wäre gerader und kürzer. Sie wünschte, sie säße auf einem Motorrad und nicht in ihrem Wagen. Sie wünschte, sie würde immer noch an einen Schutzengel glauben.

»Bist du sicher, daß du alles hast?« George Cranshaw sah auf seine Uhr. »Du beeilst dich besser. Das Flugzeug kommt in weniger als drei Stunden an.«

»Ja«, sagte John. »Ich wünschte immer noch, du würdest fahren und nicht ich. Du bist schließlich derjenige, der die Kontakte geknüpft hat –«

»Unsinn«, sagte George. »Du wirst das alles hervorragend managen. Wir alle haben vollstes Vertrauen in dich.«

»Nun, ich hoffe nur, daß ich euch nicht enttäuschen werde.«

»Steig *sofort* in den Wagen!«

»Zu Befehl, Sir«, John salutierte und setzte sich in sein Auto.

»Und du vergißt Derek nicht?« Dieser dreitägige Trip nach Dublin war erst in letzter Minute geplant worden, aber er war unerläßlich für die Realisierung des Sundarbans-Projektes. Obwohl er mit seinem Bruder und Bruno noch hatte essen können, hatte er Schuldgefühle, weil er sie so kurz nach ihrer Ankunft schon wieder verließ. George Cranshaw hatte versprochen, die beiden als Entschädigung zum Abendessen in sein Hotel einzuladen.

»Ich werde dran denken. Es ist alles arrangiert«, verkündete George gutgelaunt. »Ich werde deinem Bruder erklären, daß dies das einzige Wochenende ist, an dem Mr. Pickford Zeit für dich hat.«

»Das habe ich ihm schon erklärt. Ich glaube, Derek versteht es auch – schließlich ist er selbst Geschäftsmann. Übrigens, laß dich nicht von ihm beschwatzen, falls er bei uns einsteigen will. Seit er seinen Geschäftssinn entdeckt hat, erträgt er es fast nicht, eine gewinnversprechende Gelegenheit auszulassen, und während unserer kurzen Unterhaltung habe ich den Eindruck gewonnen, daß er nichts dagegen hätte, sich hier zu beteiligen.«

George beugte sich durch das geöffnete Fenster. »Ich weiß, daß dir das nicht gefallen würde. Obwohl sein Geld wahrscheinlich ebenso gut ist wie das Geld jedes anderen.«

»Wenn er mitmacht, steige ich aus.« John merkte, daß die Vehemenz seiner Reaktion George überraschte. »Es ist so, daß Derek und ich uns einfach nicht verstehen, wenn es um Geschäfte geht. Es würde in einer Katastrophe enden«, fuhr er etwas gemäßigter fort. Dies war nur ein Teil der Wahrheit. Die räumliche Distanz zwischen ihnen beiden hatte in den letzten Jahren ein Gleichgewicht in ihre Beziehung gebracht, das John nicht gefährden wollte.

»Keine Angst«, sagte George. »Und jetzt ab mit dir – und versuch, die Zeit in Dublin zu genießen. Du brauchst nicht ständig mit diesem Mann zusammen zu sein. Führ ihn rum, biete ihm was, aber setz dich um Gottes willen hin und wieder ab. Geh aus, betrink dich, amüsier dich ein bißchen! Du hast es verdient.«

»Vorsicht, vielleicht komme ich dann gar nicht mehr zurück.«

»O doch, du kommst bestimmt zurück.« Er trat zurück und winkte, als John den Wagen anließ. »Viel Glück. Und sei nett zu ihm, mein Lieber! Knöpf ihm auf die nette Art seine wunderbare Kohle ab.«

Nachdem John losgefahren war, fand er, daß es durch das offene Fenster ein wenig zog und da der Fensterhebel abgebrochen war, mußte er langsamer fahren, um sich auf das Kurbeln an dem kleinen Stumpf zu konzentrieren. So sah er nicht den brandneuen Ford Escort, der in den Hof einbog, den er gerade verlassen hatte.

Rose stellte den Motor ab und atmete tief ein. Sie mußte ruhig sein, wenn sie nicht sofort die Aufmerksamkeit aller Leute auf sich ziehen wollte. Durch die Windschutzscheibe sah sie sich zunächst einmal die schmucke Fassade von Willow House an. Es hatte sich vollkommen verändert, seit sie es zum letzten Mal als Kind gesehen hatte. Damals war es ein gemütliches, langweiliges kleines Haus gewesen im Vergleich zu dem wesentlich großartigeren Sundarbans.

Und nun war es genau anders herum. Willow House hatte sich in einen kleinen, blumengeschmückten Palast verwandelt. Seine Wände waren mit karminrot leuchtenden Kletterpflanzen bedeckt, hinter allen Fenstern hingen geraffte Gardinen und Vorhänge, das Holz glänzte unter einem frischen Anstrich, und die Messingbeschläge an der Eingangstür wurden offenbar täglich poliert. Der geteerte Parkplatz lag zwischen zwei tadellos gepflegten Rasenflächen, deren Symmetrie nur durch halbmondförmige Rosenbeete und Rabatten unterbrochen wurde. Selbst der neue Anbau war geschmackvoll: im selben Stil wie das ursprüngliche Haus war er durch einen krummlinigen »viktorianischen« Wintergarten damit verbunden. Daß er neu war, fiel nur deshalb auf, weil die Steine noch nicht verwittert waren. »Gut gemacht, George«, sagte Rose zu sich selbst.

Sie hatte George und Dorothy Cranshaw immer gern gemocht. Mrs. Cranshaw war die einzige Erwachsene, die Rose je gesehen hatte, die selbst im Winter barfuß oder in Sandalen herumlief und die den Kindern erlaubte, die Finger in ihre Töpfe mit selbstgemachter Marmelade zu stecken, und der es egal war, wenn die Möbel hinterher verklebt waren.

Sie atmete tief ein. Es war Zeit, hineinzugehen – aber ehe sie aus dem Wagen stieg, fiel ihr ein, daß sie noch nicht einmal einen Kamm dabei hatte, und sie sah prüfend in den Rückspiegel. Glücklicherweise war ihre neue Kurzhaarfrisur sehr praktisch und gut geschnitten, so daß ihre Haare trotz des Spaziergangs im Wind mehr oder weniger ordentlich lagen. Nun, dachte sie, so müßte es gehen.

Als sie die Eingangshalle des Hotels betrat, war sie so angespannt, daß sie bestimmt zersprungen wäre, hätte jemand sie auch nur berührt. Angenommen, John wäre der erste, dem sie begegnete?

Aber die Eingangshalle war menschenleer. Als sie an den kleinen Empfangstresen ging und die Klingel betätigte, fuhr sie zusammen. Das Geräusch war für ihre übersensiblen Ohren viel zu laut.

Ein Mädchen kam durch die Tür hinter dem Tresen. »Guten Tag, was kann ich für Sie tun?«

»Ist es möglich, bei Ihnen nur – nur einen Kaffee zu trinken?«

»Aber sicher«, sagte das Mädchen. »Möchten Sie vielleicht noch irgend etwas anderes?«

»Nein, danke. Kaffee genügt.« In ihren eigenen Ohren klang Roses Stimme falsch und hysterisch, aber das Mädchen schien nichts Ungewöhnliches zu bemerken.

»Ich lasse ihn Ihnen bringen. Möchten Sie ihn in der Lounge trinken? Oder im Wohnzimmer oder – es ist ein so herrlicher sonniger Tag – warum nicht im Wintergarten?«

»Im Wohnzimmer«, sagte Rose und räusperte sich. »Entschuldigung. Ich werde ihn im Wohnzimmer trinken.«

»Wissen Sie, wie Sie dorthin kommen?« fragte das Mädchen.

»Ja«, sagte Rose. »Ich bin schon eine ganze Weile nicht mehr hier gewesen, aber ich nehme an, es ist immer noch dort drüben?«

»Stimmt«, bestätigte das Mädchen. »Nehmen Sie doch einfach schon mal Platz. Der Kaffee kommt dann gleich.«

Rose ging in das Wohnzimmer, das Mrs. Cranshaw ihr als Kind so oft gezeigt hatte. Überrascht und zugleich erfreut stellte sie fest, daß er sich kein bißchen verändert hatte. Der Raum war vielleicht ein bißchen kleiner, als sie ihn in Erinnerung gehabt hatte, aber er war immer noch so vollgestopft wie ein orientalischer Basar. Es gab noch mehr Pflanzen als früher: Sie hingen, standen und sprießten überall, wo nicht schon einer der anderen Schätze war – die Landschaftsgemälde und Porträts an den Wänden, der Porzellanelefant, die gestickten Wandbehänge, die Holzenten, Glocken, Zimbeln, Fotos, ausgestopften Vögel, Trophäen, Münzen und die Eiersammlung.

Zu nervös, um Platz zu nehmen, wanderte sie durch den Raum, berührte dies und das, nahm die Familienfotos und stellte sie wieder ab, ohne auch nur darauf zu sehen. Sie stand gerade vor einem der Schmetterlingskästen, als sie hörte, wie hinter ihr die Tür aufging. »Guten Tag!« sagte eine männliche Stimme.

Rose wirbelte herum, aber es war nicht John.

George Cranshaw stand mit dem Kaffeetablett in der Tür. Es dauerte einen Moment, dann leuchtete sein Gesicht freudig auf. »Rose! Ich hätte dich fast nicht erkannt! Du bist so – so *erwachsen*!«

Rose lachte. »Nun, George, das bin ich wirklich! Erwachsen, meine ich, obwohl ich zugeben muß, daß ich mich nicht immer so fühle.«

Er stellte das Tablett auf einen kleinen Messingtisch und stemmte die Hände in die Hüfte. »Laß dich ansehen. Tja, du siehst einfach wunderbar aus. Das Leben scheint es gut mit dir zu meinen. Immer noch frei und ungebunden, nehme ich an. Das paßt zu dir, Rose. Eine Karrierefrau zu sein.«

»Danke«, sagte Rose, und vor lauter Nervosität lachte sie erneut. »Du siehst auch nicht gerade schlecht aus, George. Wie geht es Dorothy?«

»Sie ist wie immer das blühende Leben in Person. Warte, ich hole sie, sie wird begeistert sein, dich zu sehen. Du bist nicht gerade oft hier, Rose. Wie lange ist es her, daß wir uns zum letzten Mal gesehen haben? Ich muß mal ein ernstes Wörtchen mit dem alten Gussie reden. Er hat nichts davon gesagt, daß du kommst, dabei habe ich erst vor zwei Tagen mit ihm geredet – ich nehme an, du weißt, was mit dem Herrenhaus passiert?«

»Daddy denkt kaum noch an etwas anderes.«

»Wie lange bleibst du? Ich bin sicher, daß Dorothy eine kleine Feier organisieren möchte.«

»Ich fürchte, nur bis Montag. Es ist nur eine Stippvisite.«

»Nun, vielleicht schaffen wir es trotzdem, uns alle einmal zu treffen. Warte, ich hole sie.« Er eilte davon, und Rose schenkte sich Kaffee in ihre Tasse. Ihre Hand zitterte. Es überraschte sie nicht, daß ihr Vater nichts von ihrem Besuch gesagt hatte. Und ganz offensichtlich hatte er seinem alten Freund nie etwas von Darina erzählt. An eine Begegnung mit den Cranshaws hatte sie gar nicht gedacht.

»Rose, meine Liebe! Wie wunderbar.« Dorothy Cranshaws warme, mütterliche Stimme unterbrach sie in ihren Gedanken.

»Hallo, Dorothy«, sagte sie, und die Jahre fielen einfach von ihr ab. Plötzlich war sie wieder die Zehnjährige, die zum Tee gekommen war.

Dorothy küßte sie auf beide Wangen. »Du siehst einfach prächtig aus, Rose. Prächtig! Ich wußte schon immer, daß du dich zu einer strahlenden Schönheit entwickeln würdest.«

»Bitte, Dorothy«, lachte Rose. »Du machst mich ganz verlegen. Du siehst ebenfalls wunderbar aus. Du hast dich kein bißchen verändert.«

»Himmel. Ich bin inzwischen alt und runzlig, aber das Gute ist, daß es mich nicht interessiert. Das ist das Gute am Altwerden, nicht wahr, George?« Sie drückte ihrem Mann warm die Hand. »George und ich sind inzwischen wie zwei alte Kissen. Wir polstern einander, sagen uns gegenseitig, daß wir immer besser werden wie alter Wein und so.«

»Aber es stimmt – ihr seht beide einfach wunderbar aus.«

»Setz dich und erzähl uns von dir, Rose.« Dorothy ließ sich auf einen Sessel fallen. Ihr Bauernrock wallte um ihre dicken braunen Knie, ihr Haar war unter einem Tuch zusammengebunden und Rose dachte voller Zuneigung, daß sie immer noch aussah wie von einem Bild im *National Geographic.*

»Ich habe noch ein bißchen zu tun, also lasse ich euch beide allein«, sagte George. »Soll ich dir noch eine Tasse bringen, Dorothy?«

»Nein, mein Lieber, ich habe keine Zeit. Wenn ich zu lange weg bleibe, bricht in der Küche das Chaos aus. Rose und ich werden uns nur kurz die wichtigsten Neuigkeiten erzählen, und dann reden wir ausführlich miteinander, wenn sie wiederkommt. Du kommst doch noch mal zum Essen, ehe du wieder fährst?«

»Bis später dann, Rose«, sagte George. »Tut mir leid, aber wenn du den Eindruck hast, daß hier nichts passiert, dann laß dir sagen, daß dies nur die Ruhe vor dem Sturm im Hotelgewerbe ist.«

»Ich verstehe, George. Bitte, ich wollte euch wirklich nicht bei der Arbeit stören.«

»Rede keinen Unsinn. Wir wären dir wirklich böse gewesen, wenn du nicht vorbeigekommen wärst, nicht wahr, Dot?« George lächelte und verließ den Raum.

»Und ob wir dir böse gewesen wären«, sagte Dorothy. »Aber jetzt erzähl mir erst mal von dir, meine Liebe. Du bist Stewardeß? Soviel weiß ich wenigstens. Wir sehen deinen Daddy ziemlich regelmäßig – aber Daphne fast nie. Sie hat gesundheitliche Probleme, nicht wahr?«

»Ehrlich gesagt, ich weiß es nicht. Irgendwie zieht sie sich immer mehr zurück.«

»Arme Daphne«, sagte Dorothy. »Ich mache mir Vorwürfe, weil ich sie nicht oft genug besuche, aber mit all der Arbeit im Hotel... Gefällt dir, was wir aus dem Haus gemacht haben?«

»Es ist einfach herrlich, Dorothy. Wirklich. Und, läuft es gut?«

»Hervorragend, Gott sei Dank. Ich muß dich einmal herumführen. Schade, daß John nicht da ist – weißt du, wir haben einen prächtigen Manager, der schon seit Jahren für uns arbeitet. Er war noch ganz jung, als er hier anfing, wurde sozusagen gemeinsam mit dem Hotel groß.« Dorothy zog die Füße auf den Sessel. »Aber ich habe ganz vergessen, daß du ihn wahrscheinlich kennst. John Flynn? Er hat früher bei euch im Pförtnerhäuschen gelebt.«

Nicht da? Er war nicht da? »Ja«, sagte Rose schwach. »Ich kenne ihn. Du sagst, er ist nicht da?«

»Er ist in Dublin – genießt den Luxus im Shelbourne, der Glückliche – und versucht dort, einem Geschäftsmann von der Isle of Man und einer Bank Geld für das Projekt zu entlocken, an dem wir alle beteiligt sind. George sagt, daß du nur bis Montag bleibst. Schade.« Ihre Augen blitzten vernügt. »Ich hätte mich gefreut, wenn du ihn getroffen hättest.«

»Da du gerade davon sprichst«, Rose versuchte, sich ihre Hochstimmung nicht anmerken zu lassen. »Ich glaube, er muß ungefähr in meinem Alter sein. Es wundert mich, daß er nie geheiratet hat. Schließlich gibt es hier nicht allzu viele Männer im heiratsfähigen Alter.«

»Ja«, sagte Dorothy nachdenklich. »Das verstehe ich auch nicht. Er sieht einfach umwerfend aus, weißt du – groß, mit gelocktem Haar, wie ein keltischer Gott. Bist du sicher, daß du nicht einen Tag länger bleiben willst, um ihn noch zu sehen?« Sie kicherte.

Rose lachte. »Leider muß Dar –« sie hatte gerade sagen wollen, daß Darina am Dienstag wieder in der Schule sein mußte.

»Ja?« Dorothy sah sie erwartungsvoll an.

Rose war verlegen, euphorisch, triumphierend, ängstlich, aufgeregt – alles zusammen. »Es gibt da etwas, das ich dir erzählen möchte, Dorothy«, platzte es aus ihr heraus.

»Ja, meine Liebe?«

»Es ist ein bißchen schwierig – es ist seit fast siebzehn Jahren eines der bestgehüteten Geheimnisse des Bezirks ...«

»Vielleicht soll ich raten?« Dorothys Stimme klang sanft, und ihr braunes Gesicht war ernst.

»Wie bitte?« Rose war verwirrt.

»Könnte es etwas damit zu tun haben, daß du mit sechzehn plötzlich von der Schule genommen wurdest und nach London gingst – oder besser, dorthin geschickt wurdest?«

»Woher weißt du das?« Rose rang nach Luft.

»Liebling, die Erde dreht sich selbst für zwei alte Knochen wie George und mich. Wir haben einfach geraten.«

»Wissen Mutter und Daddy, daß ihr es wißt?«

Dorothy schüttelte den Kopf. »Ich glaube nicht – in der Tat bin ich mir ziemlich sicher, daß sie es nicht wissen.«

»Weiß es sonst noch jemand?«

»Du bist nie nach Hause gekommen, Rose, und, nun, damals hat es ein paar Gerüchte gegeben – das war ja wohl normal – aber ich glaube nicht, daß irgend jemand etwas Sicheres wußte. Aber an deiner Stelle wäre ich vorsichtig – das heißt, wenn es dir immer noch wichtig ist, daß die Leute es nicht erfahren. Jemand wie du aus einem Herrenhaus wie Sundarbans steht immer im Mittelpunkt des Interesses. Die Gerüchte könnten sofort wieder einsetzen.«

Rose wurde klar, daß Dorothy nicht wußte, daß sie Darina nicht fortgegeben hatte. »Ich bin euch sehr dankbar, Dorothy.«

»Wofür?«

»Oh, ich weiß nicht. Dafür, daß ihr mich nicht verurteilt habt, daß ihr nicht mit Daddy gesprochen habt.« Sie machte eine Pause. »Aber es gibt da noch etwas, was du wissen solltest.« Doch nach all den Jahren und trotz der offensichtlich mitfühlenden Gesprächspartnerin fiel es ihr schwer fortzufahren. Es mußte etwas damit zu tun haben, daß sie wieder zu Hause war. »Du solltest wissen«, wiederholte sie und sah Dorothy ins Gesicht, »daß ich mein Baby, meine Tochter nicht fortgegeben habe.«

Die ältere Frau riß die Augen auf, aber Rose entdeckte nichts in ihrem Blick, was sie davon abgehalten hätte weiterzusprechen. »Ich habe sie behalten, Dorothy. Sie heißt Darina, sie ist jetzt sechzehn und das wunderbarste Geschöpf der Welt – und im Augenblick ist sie auf Sundarbans. Ich habe sie heute morgen zum ersten Mal mit nach Hause gebracht.«

»Hol mich doch der Teufel!« entfuhr es Dorothy, doch dann grinste sie. »Tut mir leid. Das ist wohl kaum der passende Kommentar. Aber du hast mir einfach den Wind aus den Segeln genommen. Ich hatte ja keine Ahnung.« Sie schlang die Arme um die Knie. »Nun, dein Daddy ist wirklich ein Geheimniskrämer. All die Male, wenn er dich in Dublin besucht hat – muß er doch deine Tochter auch gesehen haben.«

»Die beiden lieben sich.«

»Und deine Mutter? Schon gut«, beeilte sich Dorothy zu sagen. »Schließlich geht es mich nichts an.« Sie stand auf, ging zu Rose und umarmte sie. »Gratuliere, meine Liebe, wenn auch etwas verspätet. Ich freue mich für dich, und ich bin stolz auf dich. Es kann nicht leicht gewesen sein.« Sie trat zurück und hielt Rose ein Stückchen von sich ab. »Du hast doch nichts dagegen, wenn ich es George erzähle?«

»Nicht das Geringste, Dorothy. Ich habe es satt, Darina zu verstecken. Sie ist eine eigenständige Person. Aber ich werde es langsam angehen müssen. Ich glaube nicht, daß Mutter mir verziehen hat – oder daß sie es jemals tun wird.«

»Laß ihr Zeit, meine Liebe. Ich werde dir helfen, ich werde sie ein bißchen bearbeiten.« Dann, als sie Roses entsetzte Miene sah, kicherte sie. »Du bist vielleicht inzwischen über dreißig, Rose, aber dein Gesicht zeigt immer noch deutlich, was du denkst. Keine Angst, ich werde mich nicht vorwitzig in anderer Leute Dinge einmischen. Aber in all den Jahren seit der Eröffnung des Hotels habe ich einiges gelernt. Ich versichere dir, bei der Arbeit in der Küche lernt man, sich taktisch und diplomatisch zu verhalten. Oh, da fällt mir ein – die Küche. Ich muß jetzt gehen, meine Liebe. Aber du kommst noch mal, ehe du wieder fährst, ja? Vielleicht könntet ihr ja alle zum Essen kommen – einschließlich Darina?«

Rose hatte plötzlich eine Vision von ihrer Mutter am Eßtisch mit anderen Leuten und ihrer unehelichen Enkeltochter. »Danke für die Einladung, Dorothy«, sagte sie. »Vielleicht beim nächsten Mal. Im Augenblick ist alles ein bißchen viel...«

»Das verstehe ich. Nun, dann aber bestimmt beim nächsten Mal, ja?«

»Bestimmt!«

Sie küßten und umarmten einander, und Rose floh zu ihrem Wagen.

Auf dem Rückweg nach Sundarbans fuhr sie viel zu schnell. Es war kurz nach sechs, und die untergehende Sonne blendete sie, aber es war ihr egal. Es war wunderbar gewesen, sich Dorothy Cranshaw anzuvertrauen. Und sie wußte, wo John Flynn im Augenblick war. Dorothy hatte ihr genug erzählt. Sie könnte ihn einfach von Sundarbans oder von einer Telefonzelle aus anrufen.

Als sie die Auffahrt zum Herrenhaus erreichte, warf sie einen kurzen Blick auf das leere Pförtnerhäuschen, klein und pittoresk wie immer, aber inzwischen moosbewachsen. Plötzlich fiel ihr wieder ein, was Dorothy noch über ihn gesagt hatte:

Er sieht einfach umwerfend aus, weißt du – groß, mit gelocktem Haar, wie ein keltischer Gott.

Genau wie Darina.

Sie mußte sehr, sehr vorsichtig sein.

Die Sonne war inzwischen ein leuchtendorangefarbener Feuerball, der schnell hinter den Bäumen am anderen Ende des Sees versank. Derek war aus dem Wagen gestiegen, den er neben dem dunklen, verschlossenen Pförtnerhäuschens geparkt hatte, und er und Bruno waren vorsichtig den Weg nach Sundarbans hinaufgegangen. Nachdem John ihm die Pläne für die Umwandlung des alten Herrenhauses gezeigt hatte, wollte er sehen, in welchem Zustand es war, aber er hatte nicht den Wunsch, dem Colonel oder seiner hageren, verbitterten Frau zu begegnen. Also hatte er Bruno durch den Wald zum See geführt über den Weg, den er und John als Kinder immer genommen hatten.

Der Wind hatte nachgelassen, und es war still und friedlich unter dem Blätterdach. Obwohl sie sehr langsam gingen, rang Derek nach Luft. Er mußte unbedingt abnehmen, dachte er. Er würde mit einer Diät anfangen, sobald er wieder in Charlottetown war. »Bist du sicher, daß du nicht mit mir nach Hamburg kommen willst?« fragte er Bruno, der mit sicherem Schritt vor ihm ging.

»Danke, Dad«, rief Bruno nach hinten. »Aber ich bleibe lieber hier. Ich bin einfach kein Stadtmensch.«

Derek lächelte über die Wortwahl. Er selbst freute sich auch nicht gerade auf die Reise. Er hoffte, ein Geschäft mit hochwertiger Skikleidung abzuschließen, aber er war nicht allzu versessen auf die Verhandlungen mit ausländischen Lieferanten. Er sprach kaum Deutsch, und obwohl die Menschen, mit denen er in Deutschland normalerweise verhandelte, hervorragend Englisch sprachen, wußte er, daß die ganze Sache anstrengend werden würde.

Andererseits schloß Derek die großen Geschäfte immer lieber persönlich ab. Nach seiner Hochzeit hatte er im Kaufhaus seines Schwiegervaters eine Ausbildung gemacht, und zu jedermanns Überraschung hatte er sich als äußerst geschäftstüchtig erwiesen. Im Laufe der Jahre hatte er Sven Lindstrom geholfen, sein Kaufhaus zu einer kleinen Kette auszudehnen, wobei er eine bis dahin unvermutete Zähigkeit bewiesen hatte.

Er bückte sich, um einem tief hängenden Zweig auszuweichen, und plötzlich spürte er einen so heftigen Stich zwischen den Rippen, daß er beinahe laut aufgeschrien hätte. Er zwang sich, sich wieder aufzurichten, und merkte, daß der Schmerz langsam weniger wurde. Bruno drehte sich besorgt um. »Ist alles in Ordnung, Dad?«

»Ja, mein Junge. Ja«, keuchte Derek. »Gib mir nur eine Minute, ja?«

»Weißt du, wir machen uns Sorgen um dich. Du solltest etwas mehr für deine Gesundheit tun, Dad. Es ist nicht schwer – ich werde dir dabei helfen.«

»Vielleicht findest du es nicht schwer. Aber mir fällt es nicht so leicht. Schließlich sitze ich den ganzen Tag am Schreibtisch. Und vergiß nicht, daß ich nur einen Lungenflügel habe. Was erwartest du also von mir? Daß ich anfange, Fußball zu spielen oder so?«

»Du könntest zu Fuß ins Büro gehen –«

»Im Winter?«

»Sicher, warum nicht? Viele Leute gehen zu Fuß zur Arbeit.«

»Hör auf, dir unnötig Sorgen zu machen.« Er sah Brunos Bestürzung und mäßigte seinen Ton. »Also gut, ich werde sehen, was sich machen läßt. Vielleicht fange ich ja im Winter tatsächlich damit an.«

Sie setzten sich erneut in Bewegung, und bald hatten sie das Ufer erreicht. »Oh, Dad! Sieh dir nur den Himmel an! Ist er nicht wunderbar?«

»Ja – aber sieh dir erst mal das Haus an.« Derek pfiff leise durch die Zähne. »Sieht so aus, als wäre da nichts mehr zu machen. Ich werde mir das Ding mal aus der Nähe ansehen, in Ordnung?«

»Oh, können wir nicht einfach am Ufer entlang gehen? Es ist so ruhig und friedlich hier.«

»Wie wäre es damit, wenn ich mir das Haus ansehe und du deinen Spaziergang machst? Dann treffen wir uns in zwanzig Minuten wieder.«

»Sicher, danke, Dad.«

Bruno ging am Ufer entlang, blieb hin und wieder stehen, um einen Kieselstein aufzuheben, trat gegen ein Grasbüschel und wartete ab, ob sich etwas darin bewegte. Er suchte nach Muscheln, Insekten, Wassertieren. Er war so in seine Aufgabe vertieft, daß er nicht merkte, daß er beobachtet wurde. Doch dann spürte er, daß er nicht alleine war.

Auf einem Stück Felsen im See stand ein großes, schlankes Mädchen. Ihr Gesicht lag im Schatten, aber ihr langes, gelocktes Haar schimmerte golden im Licht des Sonnenuntergangs.

Ein seltsames Gefühl wallte in Bruno auf: Es begann in seinem Magen und breitete sich in seinem ganzen Körper aus, bis er das Gefühl hatte, luftgefüllt zu sein. Auf den Armen und im Nacken bekam er eine Gänsehaut. Er ging geradewegs auf das Mädchen zu. »Hallo«.

»Darina!« Rose öffnete das Tor zum Pferdestall.

»Bist du hier, Darina?« Es war seit über einer Stunde dunkel, und Roses Mutter, die mit dem Abendessen wartete, wurde allmählich wirklich böse.

»Verdammt!« Rose machte das Tor wieder zu. Wo war das Mädchen nur? Sie konnte überall sein. »Aber sie hat eine Uhr, verdammt, und sie weiß, daß es um sieben Uhr Essen gibt.« In ihrer Verzweiflung sprach sie laut mit sich selbst.

»Ich werde sie erwürgen!« murmelte sie, als plötzlich eine Gestalt unter den Bäumen auftauchte. »Darina!« rief sie erneut.

Zu ihrer Erleichterung bekam sie eine Antwort. »Ja.«

Rose wartete, bis Darina vor ihr stand. »Wo bist du gewesen?« fragte sie erbost. »Mutter ist wirklich wütend. Das Essen ist ruiniert.«

»Tut mir leid, Mammy«, sagte Darina atemlos. »Tut mir wirklich leid. Die Zeit ist wie im Flug vergangen. Außerdem ist meine Uhr stehengeblieben. Sie streckte den Arm aus, aber Rose war zu böse, um hinzusehen. »Was hast du die ganze Zeit *gemacht*?«

»Nichts.«

Etwas an der Art, wie ihre Tochter »nichts« sagte, ließ Rose aufhorchen. »Los«, murmelte sie. Es war zu dunkel, um ihrer Tochter ins Gesicht zu sehen, aber sie spürte, daß Darina ihr etwas verheimlichte. Es war mehr als ein bloßer Verdacht, sie wußte es.

Sie gingen durch die Küchentür ins Haus, und sobald sie drinnen waren, drehte sich Rose zu ihrer Tochter um. »Und jetzt keine Lügengeschichten, was hast du gemacht?«

»Nichts, Mammy, ehrlich.« Aber Darinas Augen glänzten, und ihr ganzer Körper erstrahlte in einer fast sichtbaren inneren Glut. Sie sah so wunderbar aus, daß Rose zusammenfuhr.

»Das glaube ich dir nicht«, sagte sie schwach.

»Oh, Mammy, ich liebe Sundarbans«, rief Darina. »Es ist der wunderbarste Ort, den ich je in meinem Leben gesehen habe.«

13

Der Sonntag auf Sundarbans war eine Strafe für Rose.

Es hatte schon damit angefangen, daß Daphne sich geweigert hatte, zusammen mit der gesamten Familie, genauer gesagt, zusammen mit Darina, die Messe in der örtlichen Kirche zu besuchen. Statt wie immer in die Rock Chapel waren sie alle in eine kleine Dorfkirche im Nachbarbezirk Cavan gefahren.

Rose war wütend gewesen. Am liebsten hätte sie ihre Mutter laut angeschrien, aber Darinas wegen hatte sie lediglich mit den Zähnen geknirscht und versucht, so zu tun, als wäre nichts. Glücklicherweise hatte Darina, die seit gestern in einer Traumwelt zu leben schien, nichts von dem Hickhack mitbekommen.

Während der Messe hatte Rose ihre Tochter heimlich beobachtet: Wenn es nicht vollkommen ausgeschlossen wäre, hätte man annehmen können, Darina genieße gerade den ersten Anflug romantischer Verliebtheit.

»Bist du glücklich?« fragte Rose jetzt. Sie waren allein und blätterten in den Sonntagszeitungen herum. Nach dem Mittagessen hatte Daphne verkündet, sie hätte Migräne, und sich in ihr Zimmer zurückgezogen, und Gus saß in der Waffenkammer über seinen Büchern.

»Ob ich glücklich bin?« fragte Darina, stand auf und räkelte sich wie eine Katze. »O ja! Ich bin so froh, endlich einmal hier zu sein. Ich habe das Gefühl, als würde ich die Geschichte dieses Hauses geradezu einatmen.«

»Nun übertreib mal nicht«, mahnte Rose, aber sie war zufrieden. »Was würdest du denn heute nachmittag gerne tun?« fragte sie, ging durch den Raum und sah aus dem Fenster. »Es ist ein herrlicher Tag. Wir sollten rausgehen.«

»Oh, ich glaube, ich würde gern noch mal allein spazierengehen. Im Wald und unten am See ist es einfach wunderbar.«

Rose merkte, daß ihre Tochter ihr irgend etwas verschwieg. Was hatte sie nur vor? War es möglich, daß sie jemanden kennengelernt hatte? »Warum bist du denn plötzlich so versessen darauf, etwas allein zu unternehmen?« fragte sie so beiläufig wie möglich.

»Das bin ich ja gar nicht! Es ist nur so, daß – daß ich besser nachdenken kann, wenn ich alleine bin. Und es gibt viele Dinge, über die ich nachdenken muß.« Als würde das die Situation erklären.

Rose kannte ihre Tochter gut genug, um zu wissen, daß es reine Zeitverschwendung wäre, weiter in sie zu dringen. »Also gut«, sagte sie. »Obwohl ich ein bißchen enttäuscht bin – ich hatte mich darauf gefreut, heute nachmittag etwas mit dir zusammen zu unternehmen.«

Der letzte Satz war vollkommen überflüssig gewesen, denn Darina eilte auf sie zu und umarmte sie. »Danke ... danke, daß du mich verstehst. Tschüs!« Und ehe Rose auch nur Luft holen konnte, war sie verschwunden.

Darina kam rechtzeitig zum Abendessen zurück. Ihr Benehmen am Tisch war tadellos, aber immer noch wirkte sie seltsam geistesabwesend. Es war einfach eigenartig. Soweit Rose wußte, gab es in der Umgebung keine Jungen in Darinas Alter, aber vielleicht war es ja irgendein Wochenendausflügler aus der Stadt. Falls Darina abends noch einmal alleine ausgehen wollte, würde sie es verbieten.

Doch die Frage stellte sich nicht. Nach dem Essen begab sich Darina ungefragt mit ihnen ins Wohnzimmer, wo sie alle einen ruhigen, relativ friedlichen Abend vor dem neu erstandenen Fernseher verbrachten. Das hieß, Rose, ihre Mutter und ihr Vater dösten vor sich hin, während Darina vor kaum verhohlener Erregung bebte.

Ab nächsten Morgen wurde Rose mit einem Gefühl freudiger Erwartung wach. Vielleicht träfe sie ja heute John Flynn? Als ihr bewußt wurde, woher ihre Erregung kam, sprang sie entschlossen aus dem Bett. Ihr teenagerhaftes Benehmen mußte ein Ende finden! Aber als sie badete, sich anzog und mit Darina frühstückte, wanderten ihre Gedanken wieder zu ihrem ungeliebten Geliebten.

Sie war froh, als sie sich endlich von ihren Eltern verabschieden konnte. Obwohl es keinen Streit mehr gegeben hatte und sie im allgemeinen mit dem Verlauf des Besuchs recht zufrieden war – vor allem von Darinas Standpunkt aus –, freute sie sich schon wieder auf ihr normales Leben. »Wie geht es dir heute morgen?« fragte sie Darina, als sie nach Carrickmacross fuhren.

»Phantastisch!« Darina zog ihr Haar aus dem Kragen ihrer Jacke und schüttelte es. »Es war einfach ein wunderbares Wochenende, Mammy, danke, daß du mit mir hierher gefahren bist.«

Am liebsten hätte Rose gefragt, was ihrer Tochter derart gut gefallen hatte, doch dann hielt sie sich zurück. Falls irgend etwas Ungewöhnliches vorgefallen war, würde Darina es ihr hoffentlich irgendwann von alleine erzählen. »Gleich sind wir da«, sagte sie, als sie die Stadt erreichten. »Aufgeregt?«

»Ja. Was für eine Überraschung erwartet mich wohl in einer *Bank?* Bist du vielleicht eine heimliche Millionärin und hast die Absicht, dein Vermögen mit mir zu teilen?«

»Nicht ganz«, lachte Rose. »Wart's nur ab. Aber ich glaube, daß du dich freuen wirst.« Rose hatte einen Brief ihres Vaters dabei, der die Bank anwies, sie an das Schließfach zu lassen. »Aber ich gebe dir einen Tip. Denk an die Farbe Lila. Und außerdem bekommst du heute noch nicht alles, sondern erst die Hälfte – nun, sagen wir zwei Drittel.«

»Dann muß es Geld sein«, stellte Darina aufgeregt fest. »Fünfpfundnoten sind lila.«

Rose überreichte Darina den Schmuckkasten und beobachtete zufrieden, wie ihre Tochter voller Ehrfurcht die Amethyst-Kette aus der Schatulle nahm. »Oh, Mammy, sie ist einfach wunderschön. Sind die Steine echt?« Sie hielt das Schmuckstück gegen das Licht.

»Allerdings. Ich werde dir auf dem Rückweg erzählen, woher sie stammen. Ich habe sie zu meinem sechzehnten Geburtstag bekommen, und nach deiner Geburt hatte ich immer vor, sie an dich weiterzugeben. Ich hoffe, daß du sie eines Tages an deine Tochter weitergeben wirst. Übrigens gehört auch noch ein Armreif dazu. Tut mir leid, daß er im Augenblick nicht dabei ist, aber ich werde ihn dir später geben –«

»Aber er ist dabei.« Darina zog den Armreif heraus.

»Das ist unmöglich«, sagte Rose, und ihr Hirn weigerte sich, die Existenz des Schmuckstücks anzuerkennen.

»Aber das ist doch ein Armreif, oder nicht?«

Völlig verblüfft griff Rose nach dem Armband und starrte darauf. Wie war es wieder in die Schatulle gekommen? John hätte sich niemals an ihre Mutter gewandt, also hatte er es Gus geben müssen. Aber warum hatte ihr Vater ihr nichts davon gesagt? »Tut mir leid, ich habe mich geirrt«, sagte sie schwach. »Das ist der Armreif.« Plötzlich war dem Tag die Helligkeit genommen. Doch da sie Darina nicht die Freude verderben wollte, setzte sie ein Lächeln auf, als sie das Armband zurückgab. »Wie konnte ich das nur vergessen? Anscheinend werde ich allmählich senil. Und, gefällt dir der Schmuck?«

»Etwas Schöneres habe ich in meinem ganzen Leben nicht gesehen.« Vorsichtig legte Darina das Armband wieder in die Schatulle.

Rose lächelte immer noch, als sie mechanisch das Schließfach verschloß.

Während der Rückfahrt nach Dublin nahm Darina den Schmuck erneut aus dem Kasten und ließ ihn vorsichtig durch ihre Finger gleiten.

Als Rose erneut den Armreif sah, fiel ihr ein, daß er das einzige Teil des Sets war, das sie je getragen hatte. Plötzlich wurde sie wütend. Man hätte ihr sagen müssen, daß John es zurückgeschickt hatte. Schließlich hatte sie ihm ein Versprechen gegeben. Wer weiß, was hätte passieren können, wenn sie es gewußt hätte?

Sofort nach ihrer Ankunft würde sie Gus anrufen, um ihn zu fragen, wann genau er das Armband erhalten hatte, und vor allem, warum er es nicht notwendig gefunden hatte, sie darüber zu informieren.

Sie hatte noch nicht den Mantel ausgezogen, als sie bereits zum Hörer griff. Gus schien überrascht zu sein, so schnell von ihr zu hören. »Ist etwas nicht in Ordnung, meine Puppe?«

Rose versuchte, ihre Verärgerung im Zaum zu halten. »Nein, Daddy, ich muß dich nur etwas fragen.«

»Dann schieß mal los.«

»Es geht um die Amethyste.«

»Ich hoffe doch, daß sie im Schließfach waren. Deine Mutter –« Gus' Stimme klang ehrlich alarmiert.

»Keine Angst, Daddy, sie waren da. Aber genau darum geht es. *Alle* Schmuckstücke waren da.« Als ihr Vater nicht reagierte, fragte sie: »Hast du mich verstanden, Daddy? Sie waren *alle* da.«

»Tut mir leid, Rose. Ich verstehe nicht, was du damit sagen willst.«

Gus klang ehrlich verwirrt, und Rose geriet ins Wanken. »Weißt du ehrlich nicht, wovon ich spreche?«

»Nein, also erzähl mir bitte, worum es geht.«

O Gott, dachte Rose, er hatte wirklich nichts mit der Sache zu tun. Und schließlich hatte ihre Mutter den Schmuck wieder auf die Bank getragen. »Tut mir leid, Daddy«, sagte sie. »Es gibt da ein kleines Mißverständnis. Ist Mutter da?«

»Warte, ich hole sie.«

»Hallo Mutter«, sagte sie, als Daphne endlich ans Telefon kam. »Ich muß dich etwas sehr wichtiges fragen. Du weißt doch, daß ich Darina heute die Amethyste von Tante Lizzie geschenkt habe? Nun, ich dachte, das Armband wäre nicht dabei – ich *wußte*, daß es nicht dabei war, aber es lag in der Schatulle. Zusammen mit dem anderen Schmuck.« Sie merkte, daß sie sich verhaspelte.

»Und?« Daphnes Stimme klang frostig.

»Wie ist der Armreif zu den anderen Schmuckstücken gekommen, Mutter? Du warst diejenige, die ihn in den Kasten gelegt hat.«

»Mir gefällt dein Ton nicht, Rose.«

»Tut mir leid, Mutter.« Rose biß die Zähne zusammen. »Ich wollte nicht unhöflich sein. Aber ich würde dieses Rätsel gerne lösen. Ich war mir vollkommen sicher, daß das Armband, eh, nicht da war...«

»Wenn du es unbedingt wissen mußt – ich habe es gefunden«, sagte Daphne kalt. »Wenn du nicht so unachtsam gewesen wärest, Rose...«

»Aber wo? Wo hast du es gefunden?«

»Es war bei den Sachen deiner Großmutter, die mir die Schwester im Krankenhaus mitgegeben hat. Nancy muß es irgendwo aufgelesen haben, wo du es liegengelassen oder verloren hast.«

Nancy? Nancy hatte es gehabt? »Ich verstehe«, stammelte Rose und riß sich zusammen. »Tut mir leid, daß ich ein solches Aufheben um die Sache gemacht habe, Mutter, es ist so, daß ich keine Ahnung hatte –«

»Wie ich schon sagte, ehe du mir so unhöflich ins Wort gefallen bist, Rose…«

Und dann mußte Rose eine Strafpredigt wegen ihrer diversen Charakterschwächen über sich ergehen lassen, während in ihrem Kopf alles durcheinander ging. Vielleicht war John eingefallen, daß sie ihrer Großmutter sehr nahe gestanden hatte – das hatte sie ihm selbst erzählt –, und vielleicht hatte er Nancy den Armreif geschickt, nachdem sie alle seine Briefe ungelesen zurückgeschickt hatte.

Sie merkte, daß ihre Mutter mit ihrer Predigt offenbar am Ende war. »Nochmals, tut mir leid, Mutter«, entschuldigte sie sich. »Und danke, daß du es für mich aufgehoben hast. Ich weiß deine Bemühungen zu schätzen.«

Sie verabschiedeten sich voneinander und hängten ein.

Rose ließ sich in einen Sessel fallen. Sie starrte auf die Tapete, als ihr die Bedeutung des Anrufs allmählich ins Bewußtsein drang. John hatte sie an das Versprechen erinnern wollen, das sie ihm mit dem Armband gegeben hatte.

Und wie hatte sie darauf reagiert? Sie hatte seine Briefe weiterhin ignoriert.

Aus lauter Angst, daß das Telefon klingeln und ihren Anruf im Shelbourne verzögern könnte, hob sie den Hörer ab, während sie nach der Nummer suchte. Ihr Finger zitterte, als sie die Wahlscheibe drehte.

»Shelbourne Hotel, guten Tag«, meldete sich eine singende Stimme. »Könnte ich – könnte ich bitte Mr. John Flynn sprechen?« Der Hörer rutschte ihr fast aus der schwitzenden Hand.

»Wohnt er hier bei uns im Hotel, Madam?«

»Ich glaube, ja.«

»Einen Augenblick bitte.« Ein paar Sekunden lang war nichts zu hören, und dann meldete sich die Stimme erneut. »Zimmer 204. Ich stelle Sie durch.«

Es klingelte und klingelte und klingelte, und Rose sagte sich, daß John um ein Uhr mittags natürlich nicht auf seinem Zimmer war. Es war einfach dumm zu versuchen, ihn um diese Zeit zu erreichen. »Tut mir leid, es meldet sich niemand«, sang die Stimme. »Soll ich den Herren ausrufen lassen, Madam?«

»Ja, bitte.« Wieder war die Leitung tot, und Rose verbrachte die nächsten fünf Minuten damit, sich vorzustellen, wie der Page durch den Teeraum, die Lobby und die Bar des Hotels lief und Johns Namen rief. Und was war, wenn er wirklich irgendwo war? Sie versuchte sich vorzustellen, wie er reagieren würde. Verlegen – oder vielleicht neugierig? Vielleicht war er mit einer Frau zusammen und ärgerte sich über die Störung.

»Er scheint nicht da zu sein, Madam. Wollen Sie vielleicht eine Nachricht hinterlassen?«

»Nein, danke, ich werde es später noch einmal versuchen.«

Während des Nachmittags versuchte sie es noch dreimal. Glücklicherweise nutzten Effie und Willie den Feiertag, um an ihrem Haus weiterzumachen, Möbel oder Tapeten anzusehen. Um sechs Uhr abends tigerte Rose wie ein gefangenes Tier in der leeren Wohnung herum. Sie rief noch einmal im Shelbourne an, aber John war immer noch nicht zurück.

Gerade als sie den Hörer auflegte, kam Darina von ihrem Besuch bei einer Freundin zurück. »Bist du fertig, Mammy? Du telefonierst doch jetzt bestimmt nicht mehr, oder? Ich erwarte jeden Moment einen Anruf.«

»Das ist immer noch mein Telefon, Darina!« schnauzte Rose. »Ich bezahle die Rechnung – oder zumindest meine Hälfte. Daß du das Telefon benutzen kannst, ist immer noch ein Privileg und kein verbrieftes Recht. Ich hingegen kann immer noch so viel telefonieren, wie ich will.«

»Was ist denn los mit dir? Ich habe doch nur gesagt –«

»Ich habe gehört, was du gesagt hast!« Sie starrten einander wütend an, doch dann merkte Rose, daß sie sich kindisch benahm. »Tut mir leid«, sagte sie. »Ich bin ein bißchen müde, das ist alles.«

»Schon gut. Und, wirst du noch mal telefonieren?«

»Nein, es gehört dir. Wer muß dich denn so dringend sprechen?«

»Nur ein Freund.«

Rose warf resigniert die Hände in die Luft. »Ich mache mir erst mal ein Sandwich. Willst du auch eins?«

»Nein, danke. Ich habe keinen Hunger, Mutter.« Darina nannte Rose nur dann »Mutter«, wenn sie böse auf sie war, und Rose wußte, daß sie sie dann am besten in Ruhe ließ.

Sie setzte sich, um ihr Brot zu essen, als das Telefon klingelte und bereits nach dem ersten Läuten der Hörer abgenommen wurde. Sie konnte nicht verstehen, was ihre Tochter sagte, aber sie erkannte an ihrer Stimme, daß sie aufgeregt war.

Sie konnte nur hoffen, dachte sie seufzend, daß diese Phase schnell wieder vorüberging. Rose wußte, daß sie Glück hatte, weil Darina schon immer harmlosen Umgang mit Mädchen und Jungen gepflegt hatte. Sie war froh, daß Darina Jungen nicht als geheimnisvolle, aufregende Geschöpfe von einem anderen Planeten sah. Sie hatte schon ein paar Romanzen hinter sich, aber nichts, was Anlaß zur Sorge gegeben hätte. Doch ihr momentanes Verhalten deutete auf eine Veränderung hin.

Plötzlich kam ihr ein beunruhigender Gedanke. Könnte dieser Anruf etwas mit dem Wochenende zu tun haben?

Sie seufzte abermals. Das fände sie wohl erst dann heraus, wenn Darina es ihr erzählte.

Schließlich hörte sie, daß ihre Tochter auflegte. Nach einer Ewigkeit kam sie in die Küche spaziert. Ihr Gesicht war gerötet, aber sie blickte zu Boden, so daß ihr langes Haar wie ein dichter Vorhang darüber fiel.

Rose wartete, bis sich Darina eine Tasse Tee machte. Sie konnte sich ungefähr vorstellen, was kommen würde und tatsächlich: »Es macht dir doch nichts aus, wenn ich heute abend noch in die Stadt gehe?« fragte Darina so beiläufig wie möglich, ohne sie dabei anzusehen. Rose biß noch einmal von ihrem Sandwich ab, so daß sie nicht sofort antworten konnte, und Darina war gezwungen, sich umzudrehen. »Hast du mich gehört, Mammy? Ist es in Ordnung, wenn ich noch kurz in die Stadt gehe?«

»Schularbeiten fertig?«

»Sicher. Wir hatten sowieso nicht viel auf.«

»Dann kannst du meinetwegen gehen.« Sie wartete, ehe sie ebenso beiläufig wie Darina fragte: »Und wen triffst du in der Stadt?«

»Ach weißt du, wie immer.« Aber Darinas glitzernde Augen verrieten etwas ganz anderes, und Rose wußte ohne jeden Zweifel, daß dieses Treffen etwas Besonderes war. *Oh, Darina, sei vorsichtig!* flehte sie innerlich, aber laut erinnerte sie ihre Tochter nur daran, spätestens mit dem letzten Bus um halb zwölf nach Hause zu kommen.

»Natürlich«, sagte Darina, und dann tat sie etwas noch Bedeutungsvolleres. Sie kam herüber und umarmte Rose. »Mammy, ich liebe dich.«

Fast wäre Rose in Tränen ausgebrochen. »Ich liebe dich auch, mein Schatz«, flüsterte sie.

Sie hörte, wie Darina die Treppe hinaufrannte, ihre Tür zuwarf und dann die Schubladen ihrer Kommode aufzog, die Türen ihres Schranks aufriß und ihre zahllosen Schuhe und Stiefel durchforstete. Rose stand auf, trat ans Fenster und blickte hinaus, ohne etwas zu sehen. Jetzt wußte sie ohne jeden Zweifel, daß Darina verliebt war. Sie hatte in den Augen ihrer Tochter ihre eigene Liebe zu John Flynn wiedererkannt.

John. Er war nur zwei Meilen von ihr entfernt. Sollte sie sich die Blöße geben und noch einmal in seinem Hotel anrufen? Früher oder später mußte er ja zurückkommen – und dann kam ihr der Gedanke, daß er abends bestimmt frei hatte – sie konnte einfach hingehen und sich in die Lobby setzen. Sie rang mit sich, doch dann verwarf sie den Gedanken als den einer Neurotikerin, nicht den der Mutter einer jugendlichen Tochter.

Und dann war da noch ein anderer Faktor. Angenommen, John Flynn wies sie zurück? Wie würde sie jemals mit dieser Demütigung fertig werden? Und inwiefern würde diese Abweisung Darina betreffen, der sie wohl bald sagen mußte, wer ihr Vater war?

Rose wandte sich vom Fenster ab, ging ins Wohnzimmer, schenkte sich einen großen Gin Tonic ein, setzte sich aufs Sofa und hielt das Glas gegen das Licht. »Ach, Scheiße!«

Darina hatte Bruno eine genaue Wegbeschreibung gegeben, und er wartete bereits in der Lobby des Skylon Hotels, als sie durch die Tür trat. Er stand links neben der Tür, den Kragen seiner Skijacke hochgeschlagen, und sein Gesicht leuchtete auf, als er sie sah. »Hi! Möchtest du vielleicht eine Cola oder so?«

»Nein, danke.« Sie lächelte ihn an. »Laß uns woanders hingehen – hier ist es mir etwas zu nah an zu Hause.«

Er nahm fast schüchtern ihre Hand. »Wohin möchtest du gehen?« fragte er. »Ins Kino oder so?«

»Nein, wir haben nur so wenig Zeit und so viele Dinge, über die wir sprechen müssen. Würde es dir etwas ausmachen, einfach nur spazierenzugehen?«

»Ist dir denn nicht zu kalt, Darina?« Sein weicher kanadischer Akzent trennte die drei Silben ihres Namens und machte aus jeder von ihnen eine Zärtlichkeit. Sie schüttelte den Kopf. »Ich bin warm genug angezogen.« Sie wies auf ihre kniehohen Stiefel und den Wollpullover unter dem Dufflecoat. »Genau wie du. Wir werden schon nicht frieren.«

Als sie das Hotel verließen und die Drumcondra Road in Richtung der Griffith Avenue hinaufgingen, blickte Darina zu ihrer Wohnung hinauf, um zu sehen, ob ihre Mutter zufällig am Fenster stand. »Da drüben wohne ich«, sagte sie und wies auf das dreistöckige Haus.

»Beeindruckend«, stellte Bruno fest. »Gehört euch das ganze Haus?«

»Nur das oberste Stockwerk und der Dachboden«, sagte sie. »Weißt du, meine Mutter ist nicht reich. Wir wohnen dort zur Miete.«

»Weiß deine Mom, daß du dich mit mir triffst?«

»Nein. Aber was soll ich ihr schon groß erzählen?« Darina zuckte mit den Schultern. »Wir gehen miteinander spazieren, na und?«

Als sie das Haus sicher hinter sich gelassen hatten und die breite, baumgesäumte Griffith Avenue hinuntergingen, nahm sie zögernd seine Hand. Der Herbst hatte spät begonnen, und immer noch lagen Haufen spröder, vielfarbiger Blätter auf den Wegen, an manchen Stellen knöcheltief. Aus den Fenstern der Häuser, die ein wenig zurückgesetzt hinter Zäunen und ordentlichen Gärten lagen, drang unscharfes, ätherisch gelbes Licht durch den Nebel. »Als Kind bin ich hier immer Rollschuh gelaufen«, sagte sie. »Ich habe diese Jahreszeit geliebt, wenn ich durch die Blätter fahren konnte und sie sich in den Rädern verfangen haben.«

»Phantastisch! Aber du solltest erst einmal den Herbst bei uns erleben. Wenn es nach mir ginge, kämest du auf der Stelle mit.«

Darina lachte. Brunos Treuherzigkeit und sein fehlender Ernst amüsierten sie. Zum tausendsten Mal in den letzten Tagen dachte sie, daß er eine außergewöhnliche Wirkung auf sie hatte und daß ihr jedesmal, wenn sie ihn ansah oder auch nur an ihn dachte, heiß und kalt wurde. Infolge ihrer ausgedehnten Lektüre der Werke von Jung und dem Psychologen Edgar Coyce hatte sie es sich angewöhnt, sich beständig selbst zu erforschen und zu analysieren. Sie hatte das Gefühl, sich gut genug zu kennen, um sicher zu sein, daß dieses neue Gefühl Liebe war.

Sie sah Bruno an. »Wo waren wir in unseren Lebensgeschichten stehengeblieben?« fragte sie und hob ihren Arm, so daß er sich bei ihr einhaken konnte. Die beiden Male, die sie sich auf Sundarbans gesehen hatten, hatten sie jeweils nach kurzem Zögern mit ununterbrochenem Reden verbracht. Darina hatte das Gefühl, als hätte sie noch nie so frei zu sprechen vermocht.

»Ich weiß nicht mehr genau«, stelle Bruno ehrlich fest. »Wir haben über so vieles geredet.«

»Glaub mir, es gibt noch viel mehr.« Trotzdem verspürte sie keinen Drang zu reden, als sie jetzt ans Ende der Straße gingen und ihren Weg in Richtung des Meeres fortsetzten. Irgendwann unterwegs fiel ihr auf, daß sie gleichzeitig atmeten und sich im selben Rhythmus bewegten. In der Clontarf Road hörten sie, daß ein Bus kam. »Warst du schon mal am Dollymount Strand?« fragte sie.

»Wo?« fragte Bruno, aber sie blieb nicht stehen, um ihm eine Erklärung abzugeben.

»Lauf los! Die Bushaltestelle ist gleich da vorne.« Sie rannte vor ihm her und hoffte, daß der Busfahrer sie sehen würde. In letzter Sekunde blieb der Bus stehen und sie stiegen ein.

Ein paar Haltestellen weiter stiegen sie aus, überquerten die Straße und traten auf die alte Holzbrücke, die über die Mündung des Flusses führte und die Straße mit dem Strand, der fast wie eine große Insel war, verband. Hier draußen schien der Nebel noch dichter zu sein, sich unmittelbar aus dem reglosen Wasser zu erheben, sie in eine blaßgraue Wolke einzuhüllen und sich von hinten an ihnen festzukrallen. Der Verkehrslärm drang nur gedämpft zu ihnen herüber, und die Lichter des Dubliner Hafens und der Stadt wirkten wie schwache, kaum sichtbare Stecknadelköpfe. »Hier ist es richtig unheimlich«, sagte Bruno, als sie sich vorsichtig über die dicken Planken tasteten. »Wir haben zu Hause wahrlich genug Nebel, aber das hier ist etwas anderes!«

»Ich liebe den Nebel, ›den gelben Nebel, der sich an den Fenstersimsen reibt.‹« Eliot war derzeit Darinas Lieblingsdichter.

»Früher hatte ich immer entsetzliche Angst davor, über diese Brücke zu gehen«, vertraute sie Bruno an. »Sogar, wenn die Sonne geschienen hat. Mammy mußte mich immer rübertragen. Du siehst es jetzt nicht, es ist zu dunkel, aber die Planken passen nicht richtig zusammen, und man kann das Wasser unter sich sehen. Egal, was sie sagte, ich hatte immer Angst, durch die Spalten zu rutschen.« Und wie aus heiterem Himmel fragte sie: »Hast du Streichhölzer oder ein Feuerzeug? Wir könnten ein Lagerfeuer machen. Das habe ich schon mal gemacht – aber noch nie in der Dunkelheit.«

»Bist du sicher, daß es erlaubt ist, Feuer zu machen?«

»Das machen alle«, antwortete sie, obwohl sie nicht sicher war, daß es gestattet war.

Darina blies warmen Atem auf ihre kalten Hände und führte Bruno den Strand hinab bis ans Ufer des Meeres. Es war wirklich außergewöhnlich kalt und feucht; der Nebel war bereits durch ihre dicken Kleider gedrungen und sie trat auf der Stelle. »Ich wünschte, du könntest die ganze Umgebung sehen. An klaren Tagen – und in klaren Nächten – sieht man praktisch die ganze Stadt. Und der Strand ist *kilometer*lang.«

»Kommst du oft hierher?«

»Ja.«

»Mit anderen Jungen?«

»Manchmal. Und manchmal komme ich allein. Es ist so viel Platz, daß man oben in den Dünen immer ein einsames Plätzchen findet. Dies hier und der Phoenix Park sind meine beiden Lieblingsplätze. Warst du schon mal im Phoenix Park?«

»Nein – offensichtlich muß ich noch viel kennenlernen. Dublin ist im Vergleich zu Charlottetown einfach riesengroß.«

»Ich würde Charlottetown gern einmal sehen.«

»Das wirst du auch«, versicherte Bruno ihr.

»Wie kannst du dir da so sicher sein. Vielleicht sehen wir uns nie wieder, wenn du erst einmal wieder nach Hause fliegst.«

»Das ist ja wohl nicht dein Ernst!« Die Leidenschaft, mit der er diesen Satz ausstieß, erregte Darina, aber plötzlich war sie ungewohnt scheu.

»Der Flughafen von Dublin muß geschlossen sein«, sagte sie, um ihre Verwirrung zu verbergen.

»Woher weißt du das?«

»Nun, dies hier ist die Einflugschneise, und ich habe noch kein einziges Flugzeug gehört. Du?«

»Du bist einfach wunderbar, Darina«, stellte Bruno zärtlich fest. »Ist dir kalt?« Er zog ihr die Kapuze ihres Mantels über den Kopf und hielt sie fest.

»Laß uns in die Dünen gehen und ein Feuer machen«, flüsterte sie. Ein paar Sekunden lang standen sie da, nur wenige Zentimeter voneinander entfernt, und sie dachte, daß er sie vielleicht küssen würde. Doch dann ließ er sie zu ihrer Enttäuschung los.

»Und womit wollen wir das Feuer machen?«

»Oh, es liegt immer genug Zeug herum, Holzstücke, Abfall. Die Leute nehmen ihren Müll nur ungern wieder mit nach Hause.«

Nach ein paar Minuten hatten sie einen recht ansehnlichen Haufen brennbaren Materials zusammen – Papier, Treibholz, Pappe, tote Pflanzen, selbst die halb angekohlten Überreste einer Apfelsinenkiste, die jemand anders bereits angezündet hatte.

»Laß uns warten, bis wir *richtig* frieren«, schlug Darina vor. »Es wäre schade, das Zeug jetzt zu vergeuden.«

»In Ordnung«, stimmte er ihr zu. Er grub ein kleines Loch im Sand und ließ sich hineinfallen. Sie machte es ihm nach, legte sich in ihr eigenes kleines Loch und benutzte die Kapuze ihres Mantels, um ihren Kopf vor dem stechenden Seegras zu schützen.

Sie lagen schweigend nebeneinander. Darina sehnte sich danach, ihn zu küssen. Sie hätte gern den Anfang gemacht, aber aus einem unerklärlichem Grund hatte sie das Gefühl, daß er zumindest beim ersten Mal den Anfang machen müsse. Sie spürte, daß es in ihm arbeitete, aber sie hielt die wachsende körperliche Spannung zwischen ihnen beiden kaum noch aus. Plötzlich fragte sie: »Kennst du dich mit Psychokram aus?«

»Was meinst du?«

»Du weißt schon, mit übernatürlichen Kräften und so.«

»Nicht unbedingt«, gab er zu.

»Befragen deine Klassenkameraden in Kanada zum Beispiel manchmal Alphabettafeln?«

»Was?«

»Das sind flache Holz- oder Pappstücke, auf die man ein Glas mit der Öffnung nach unten stellt. Dann setzen sich die Leute drum herum und halten es mit beiden Händen fest. Und dann konzentrieren sich alle zusammen und man stellt irgendwelche Fragen – die mit »ja« oder »nein« beantwortet werden müssen – über Liebe, über Verwandte oder so. Das Glas bewegte sich von ganz alleine und gibt einem die Antwort. Wir machen das oft in der Schule, obwohl es die Nonnen natürlich verboten haben.« Sie stützte sich auf einem Ellbogen ab und sah ihn ernst an. »Ehrlich, Bruno, das Glas bewegt sich.« Sie holte tief Luft. »Es bewegt sich durch die Kraft vereinter Gedanken.« Sie zögerte, da sie nicht sicher war, wie er reagieren würde, aber dann fuhr sie fort. »Das ist das universale Unterbewußtsein, weißt du. Manche Menschen glauben, daß unsere eigenen Gedanken nur Teile eines einzigen, allumfassenden Geistes sind.« Sie sah ihn an, aber in der Dunkelheit konnte sie nichts erkennen. Aus Angst, ihn verschreckt zu haben, ließ sie sich wieder in ihr Loch fallen. »Aber ich habe erst angefangen, darüber zu lesen.«

Bruno wandte sich ihr zu, legte einen Arm um sie und zog sie an sich. »Erzähl mir mehr.«

»Bist du sicher, daß es dich interessiert?«

»Natürlich.«

»Nun, wie gesagt, ich fange gerade erst damit an, aber viele von den Sachen, die ich lese, ergeben durchaus einen Sinn. Ich meine, als ich noch jünger war, konnte ich die orthodoxe katholische Lehre über die Heilige Dreifaltigkeit und die Transsubstantiation und über das Leben und den Tod und den Himmel und die Hölle nie akzeptieren – aber wenn man anfängt, sich mit Parapsychologie und fernöstlichen Religionen zu beschäftigen, ergeben die Dinge plötzlich einen Sinn. Das Christentum, ja selbst der Katholizismus sind dann Teile eines größeren Bildes.«

»Und das hat alles etwas mit diesen – wie hast du sie genannt? – Alphabettafeln zu tun?« Bruno strich Darina eine Strähne ihrer Haare aus dem Gesicht.

»Nein, das hat mit den Alphabettafeln nicht das geringste zu tun. Bei den Tafeln handelt es sich nur um ein Spiel – ein gefährliches noch dazu. Ich kann es den Nonnen nicht verdenken, daß sie es verbieten. All meine Freundinnen machen es immer noch. Sie befragen die Tafeln, um zu wissen, was für Freunde sie haben werden, wann sie heiraten werden und so – aber der einzige Grund, weshalb ich es erwähnt habe, war, daß die Bewegung des Glases der Beweis dafür ist, daß es im Leben mehr gibt als die Dinge, die wir sehen, fühlen oder hören können. Auf jeden Fall gibt es mehr Dinge als die, von denen man uns erzählt. In letzter Zeit habe ich viel über Karma und Reinkarnation und Astrologie gelesen. Kennst du dich damit ein bißchen aus?«

»Auch wenn ich vollkommen blöde wirke, meinst du Horoskope und so?« fragte Bruno und fügte beflissen hinzu: »Ich bin Waage.«

»So in etwa«, sagte Darina ernst. »Ich bin Widder – aber es geht viel, viel tiefer als das. Ich verstehe noch nicht einmal die Hälfte davon. Zumindest noch nicht.« Sie verfiel erneut in Schweigen, doch je länger es andauerte, um so unerträglicher wurde es. Brunos Arm schien zu pulsieren. Obwohl sie ein paar Zentimeter neben ihm lag, spürte sie die Starrheit seines Körpers und wußte, daß auch er vor Spannung bald zerbarst.

»Du bist sehr, sehr schön, Darina.« Mit einer einzigen Bewegung beugte er sich über sie und preßte seine Lippen auf ihren Mund. Der Kuß war weich und sanft, fragend statt fordernd, wunderbar anders als die Küsse der irischen Jungen, die nach Darinas Erfahrung immer soviel wie möglich bekommen wollten.

Sie drehte sich zu ihm um und schlang ihre Arme um seinen Rücken. Er fühlte sich breit und stark an durch die Daunen seiner Skijacke. Um sie herum war es vollkommen still; selbst das dumpfe Grollen der See, das unter anderen Umständen vielleicht zu ihnen heraufgedrungen wäre, wurde durch den Nebel abgeschirmt. Als er sie küßte, fühlte sich Darina vollkommen schwerelos. Sie hatte das

Gefühl, etwas Bedeutsames sagen zu müssen, aber ihr fiel einfach nichts ein.

Sie lösten ihre Lippen und sahen einander an, die einzigen Menschen auf der Welt. Darinas Haut prickelte, und ihr Körper pulsierte. »Spürst du es auch?« flüstete sie.

»Ja«, flüsterte er zurück und sie starrten einander in alles umhüllender Schwermut an, bis das Gefühl zwischen ihnen so schmerzlich und gleichzeitig so erregend wurde, daß Darina es nicht länger ertrug.

Sie rappelte sich auf. »Zeit fürs Feuer.« Sie rieb ein Streichholz an und hielt es gegen den kleinen Holzhaufen.

Sie beobachteten, wie die Flammen zuerst das Papier erreichten und dann durch die Spalten der Apfelsinenkiste hinaufzüngelten. Da kein Wind ging, brannte das Feuer beständig und gleichmäßig; kleine Funken stoben wie Miniaturfeuerwerkskörper auf und die beiden machten einen Satz zurück.

Darina beobachtete Brunos gedankenverlorenes Gesicht. Die Flammen beleuchteten die Wangenknochen, die blonden Haare und die glitzernden, großen Augen. Er sah aus wie ein Faun oder ein anderes metaphysisches Geschöpf. Allmählich fand sie, daß sie ein wenig übertrieb. »Mehr Holz, Sklaven!« rief sie. »Wir brauchen mehr Holz, wenn die Glut nicht erlöschen soll!«

Sie sammelten, soviel sie in der Dunkelheit finden konnten, und legten noch ungefähr eine halbe Stunde lang nach, wobei sie hin und wieder leise miteinander redeten. »Ist es nicht seltsam, wie wir uns kennengelernt haben?« fragte Darina und sah in die rote Glut. »Ich meine, ich stand nur drei Minuten auf dem Felsen. Ich wollte mir das Bootshaus ansehen, und wenn ich nicht kurz dort stehengeblieben wäre...«

»Ja«, stimmte Bruno ihr zu. »Aber Menschen begegnen sich immer zufällig, in Geschäften oder in Zügen. Es geht nur darum, daß beide zur gleichen Zeit in demselben Geschäft oder demselben Zug sind. Meine Mom und mein Dad haben sich zum Beispiel auf einem Schiff kennengelernt.«

Darina zögerte, Brunos logische Sicht der Dinge zu akzeptieren. »Wahrscheinlich hast du recht«, sagte sie langsam. »Aber du mußt zugeben, daß die Art, wie wir uns kennengelernt haben, so – so...«

Sie hatte »romantisch« sagen wollen, fand aber, daß das zu geschwollen klang. »So unvermeidbar war«, beendete sie den Satz. Sie warf das letzte Stück Holz in die Flammen. »Vielleicht werde ich eines Tages darüber schreiben.« Sie hatte ihm bereits anvertraut, daß sie Schriftstellerin werden wollte.

»Ich hoffe, du schreibst nur positive Dinge über mich.« Bruno hockte sich neben sie.

Darina lachte. »Dann sei lieber weiterhin nett zu mir.« Gemeinsam beobachteten sie, wie das Feuer ein letztes Mal aufflackerte. Dann, als nur noch die rote Glut auf der grauen Asche schimmerte, wurde ihre Stimme ernst. »Es ist so leicht, mit dir zu sprechen«, sagte sie. »Als würde ich dich schon eine Ewigkeit kennen. Ich muß nie überlegen, was ich sagen soll – und ich mache mir keine Gedanken darüber, was du denkst. Ich *weiß*, was du denkst, weil ich dasselbe denke.«

»Ich weiß, was du meinst.«

»Andere Jungen bedrängen einen immer, um zu sehen, wie weit man geht.«

»Meinst du Sex?«

»Ja. Aber nicht nur. Ich habe nie das Gefühl, daß du versuchst, etwas von mir zu bekommen, ehe ich nicht bereit bin, dir alles zu geben. Verstehst du, was ich damit sagen will?«

»Alles?« fragte er in gespieltem Eifer.

Sie lachte. »Ich habe keine Angst vor dir! Außerdem haben wir noch unser gesamtes Leben vor uns – und all die anderen Leben.« Sie versetzte ihm einen spielerischen Stoß in die Rippen. Sie fühlte sich wunderbar, leicht und beschwingt und vollkommen sicher. Sie tat so, als wollte sie ihm einen zweiten Hieb versetzen, aber er packte ihre Arme, drückte sie hinter ihrem Kopf in den Sand und küßte sie, lange und leidenschaftlich, wesentlich intensiver als beim ersten Mal.

Sie lösten sich und starrten einander an. »Ich denke, wir sollten noch warten«, sagte Darina.

Er küßte sie erneut, dieses Mal sanfter. Dann schob er sich unter sie und nahm sie in seine Arme, so daß ihr Kopf in seiner Armbeuge lag. Darina war völlig entspannt. So mußte es sich anfühlen, wenn man ein neugeborenes Baby war, dachte sie. Sie sah ihm ins Gesicht, er strich mit einem Finger über eine ihrer Brauen, zog einen Grashalm aus dem Boden und kitzelte sie damit unter dem Kinn. »Das ist Marram-Gras, wußtest du das?«

»Nein – aber jetzt weiß ich es.«

»Auf Prince Edward Island haben wir auch Dünen – wunderbare Dünen. Sie bewegen sich mit dem Wind, marschieren über die Straßen. Es ist wirklich eindrucksvoll. Und ohne das Marram-Gras würden sie sich ganz auflösen.«

Für Darina gab es nichts auf der Welt außer diesem Augenblick und seinem Gesicht. Näher, dachte sie, war sie dem vollkommenen Frieden nie gekommen.

»Wieviel Uhr ist es?« fragte er.

»Viertel vor zehn. Wir müssen bald los. Ich habe meiner Mutter versprochen, daß ich mit dem letzten Bus um halb zwölf komme. Sie wird sich Sorgen machen, wenn ich zu spät bin.«

Bruno schob Sand über die Glut, bis sie vollkommen erloschen war. Sie strichen ihre Kleider glatt und kletterten die Dünen hinab an den Strand.

Sie spazierten zur Brücke zurück und überquerten sie in Richtung der Hauptstraße. »Ich habe ganz vergessen, dich zu fragen, wie dein Onkel John reagiert hat, als du im Shelbourne angekommen bist.« Sie hatten am Vortag abgesprochen, daß Bruno Mona erzählen würde, sein Onkel John hätte ihn nach Dublin eingeladen. »Er war nicht da«, sagte er. »Also habe ich ihm eine Nachricht hinterlassen. Aber er ist bestimmt überrascht.«

»Ein bißchen gewagt war unser Plan ja schon. Was für eine Nachricht hast du ihm denn hinterlassen?«

»Nur, daß ich plötzlich in der Stadt bin – so was würde Dad auch sagen – und ob ich bei ihm übernachten kann.«

»Wird dein Vater nicht böse sein, wenn er davon erfährt?«

»Keine Ahnung.« Bruno zuckte mit den Schultern. »Aber darüber mache ich mir jetzt keine Gedanken. Dad ist in Hamburg und denkt, daß ich in Monas mütterlicher Obhut bin.«

»Wie ist sie? Wie kommt es, daß sie mit deinem Onkel John zusammenlebt, ohne mit ihm verheiratet zu sein?«

»Sie lebt nicht mit ihm zusammen – zumindest nicht in der Art, wie du denkst. Ich meine, sie haben getrennte Schlafzimmer. Ich weiß nichts Genaueres, aber es hat etwas mit der Zeit zu tun, als die

Mutter von meinem Vater und Onkel John noch lebte. Damals kam Mona als Haushaltshilfe zu ihm. Ich nehme an, sie ist einfach geblieben.«

»Ist sie nett?«

»Sie ist wunderbar. Sie gehört zu den Menschen, die immer nur Gutes von allen denken, und ehrlich gesagt habe ich mich nicht besonders wohl gefühlt, als ich sie angelogen habe. Obwohl ich finde, daß es keine richtige Lüge war.«

Einen Augenblick lang überlegte Darina, ob er nun gelogen hatte oder nicht. »Stimmt«, pflichtete sie ihm schließlich bei. »Du hast sie nicht wirklich getäuscht. Schließlich übernachtest du ja wirklich im Shelbourne, nicht wahr?«

»Das hoffe ich doch.« Händchenhaltend wanderten sie langsam am Ufer der Flußmündung entlang. »Oh, Bruno«, sagte Darina. »Ich will nicht nach Hause gehen. Wer weiß, wann wir uns wiedersehen.«

»Ich werde nichts unversucht lassen, an Weihnachten wiederzukommen«, sagte er so zuversichtlich, daß Darina glaubte, er könnte es tatsächlich schaffen. »Oh, Bruno, das wäre wunderbar. Aber wie willst du deine Eltern dazu bringen, dich kommen zu lassen?«

»Sie kommen mit!« sagte er, als gäbe es nicht den geringsten Zweifel daran. »Sie sagen die ganze Zeit, daß sie endlich mal kommen müssen, und wenn es nach mir geht, ist ›endlich mal‹ eben dieses Jahr. Und Weihnachten ist schon in zwei Monaten. Sechs, sieben Wochen, mehr nicht.«

»Aber bis dahin ist es noch eine Ewigkeit.« Die bevorstehende Trennung trübte Darinas Freude über den Abend. »Wieviel Uhr ist es?« fragte sie.

»Zwanzig vor elf.«

»Wir haben nur noch ein paar Minuten...« Darina fühlte sich fürchterlich elend. Auf der anderen Straßenseite sah sie eine Telefonzelle und faßte einen Entschluß. »Ich werde fragen, ob ich noch etwas länger fortbleiben darf!«

Rose und Effie saßen im Wohnzimmer, als das Telefon klingelte. Effie ging an den Apparat und kam wieder zurück. »Es ist Darina.«

»Hat sie gesagt, was sie will?« Es kostete Rose Überwindung, vom

Sofa aufzustehen, und sie war ehrlich erbost. Mühsam hievte sie sich hoch und ging in den Flur. »Ja?«

»Hallo, Mammy«, sagte Darina, und bei Rose brachen die Alarmglocken los. Die Stimme ihrer Tochter war unnatürlich fröhlich, was nichts Gutes verhieß. »Hör zu, ich habe mich gefragt, ob ich heute abend vielleicht etwas länger fortbleiben kann.«

Am liebsten hätte Rose sofort nein gesagt, doch dann hielt sie sich zurück. »Warum?« fragte sie. »Was gibt es denn Besonderes?«

»Das erzähle ich dir alles, wenn ich nach Hause komme – wenn du dann noch wach bist. Ich habe einen Jungen kennengelernt, einen sehr anständigen Jungen, Mammy – und er sagt, daß er mich sicher im Taxi nach Hause bringen wird. Du kannst gern mit ihm sprechen, er steht direkt neben mir.«

»Das ist nicht nötig. Wer ist er und wo seid ihr jetzt?«

»Er heißt Bruno, und wir sind in Clontarf. Ich erzähle dir noch heute nacht oder gleich morgen früh alles über ihn. Wir sind nur spazierengegangen, am Strand.«

Rose schwieg.

»*Bitte*, Mammy. Ich habe morgen keine Schule.«

Rose hörte die Verzweiflung in der Stimme ihrer Tochter. Dies war das erste Mal, daß Darina sie so offen darum bat, länger bleiben zu können, und wenn sie es ihr jetzt verbot, würde sie sich ihr vielleicht nie wieder derart anvertrauen. »Also gut«, sagte sie langsam. »Aber ich verlasse mich auf dich, Darina. Und du kommst bestimmt mit einem Taxi nach Hause? Hast du genug Geld?«

»Mehr als genug. Danke, Mammy.« Rose wollte ihr gerade eine Uhrzeit nennen, aber da war die Leitung bereits tot.

Sie kehrte zurück ins Wohnzimmer, wo Effie sie fragend ansah. »Ist alles in Ordnung?«

»Oh, Effie«, sagte Rose. »Ich hoffe es.«

John warf einen verstohlenen Blick auf den Wecker neben dem Bett des Mädchens. Wie lange noch, ehe er gehen konnte, ohne unhöflich zu sein?

Das Mädchen hatte sich an ihn gekuschelt, ihr schöner junger Körper war seidig und glänzend vom Schweiß. Sie atmete ruhig und regelmäßig, und John, der sich wie jedesmal schuldig fühlte, hoffte, daß sie fest schlafen würde. Er lag stocksteif da und zwang sich, so langsam zu atmen, als schliefe er ebenfalls. Sein Arm unter ihrem Körper begann zu prickeln, aber aus Angst, sie wieder aufzuwecken, wagte er nicht, sich zu bewegen.

Würde es jemals anders sein? Hin und wieder gelang es ihm, die körperliche Beziehung zu einem Mädchen ein wenig in die Länge zu ziehen, so daß es eine Affäre wurde, aber auch das hielt nie lange. Unweigerlich begannen die Mädchen, zarte Bemerkungen fallen zu lassen, Abendessen mit anderen Paaren zu veranstalten, Verabredungen lange im voraus zu planen, bis John das Gefühl hatte, in einem immer enger werdenden Käfig zu sitzen und mit aller Kraft um seine Freiheit zu kämpfen begann.

Während er darauf wartete, daß das Mädchen neben ihm in Tiefschlaf verfiel, dachte er über den Tag nach – und über den Abend, der mit dieser Situation geendet hatte. Er und Rodney Pickford waren von Anfang an gut miteinander ausgekommen. Der ältere Mann war zwar beinhart, wenn es um Geschäfte ging, aber er hatte sich als intelligenter, angenehmer Gesellschafter erwiesen. Nachdem er John angehört hatte, hatte er sich bereit erklärt, bei dem Sundarbans-Projekt einzusteigen und eine beachtliche Summe Geld zu investieren, aber was noch wichtiger war – er wollte ihm bei den Verhandlungen mit einer der Handelsbanken den Rücken stärken, die ihnen noch einmal den gleichen Betrag wie die Bank in Carrickmacross zur Verfügung stellen sollte. Heute morgen hatten sie drei Vertreter der Bank gesprochen, das Treffen war gut verlaufen, und vor allem dank Pickfords Einfluß vertraute John inzwischen darauf, daß er George und seinen anderen Partnern gute Nachrichten aus Dublin überbringen könnte.

Wenn er ehrlich war, mußte John zugeben, daß er sich nach dem erfolgreichen Tag, nach einem guten Essen und einigen Drinks durchaus bereitwillig in seine jetzige Zwangslage hatte hineinmanövrieren lassen.

Er und Pickford hatten früh im Hibernian Hotel zu Abend gegessen und reichlich Wein genossen. Die beiden Mädchen hatten in der Bar gesessen, in der sie anschließend noch einen Brandy getrunken hatten, und John, der seinen Begleiter trotz seines athletischen, jugendlichen Aussehens für einen gesetzten, konservativen Geschäftsmann hielt, hatte eine Überraschung erlebt. Er wußte, daß Pickford verheiratet und Vater von drei Kindern war, aber als er die kichernden Mädchen an einem Ecktisch entdeckt hatte, war der Fünfzigjährige wieder jung geworden. Nachdem er die Drinks bestellt hatte, hatte er sich an die Mädchen gewandt und sie charmant gefragt, ob er und John sich vielleicht zu ihnen gesellen dürften.

Von dem Augenblick an hatte der ältere Mann die beiden Mädchen mit einem endlosen Strom von witzigen und manchmal durchaus pikanten Geschichten aus dem Leben der High Society der Isle of Man und den Kanalinseln unterhalten. Er hatte sogar angedeutet, daß er einige Mitglieder der königlichen Familie kannte.

Die beiden Mädchen arbeiteten in der Werbebranche. Sie waren schlank und aufgeputzt wie junge Rennpferde, und vor allem waren sie vollkommen hingerissen gewesen von Pickfords Kultiviertheit und von den endlosen Komplimenten, mit denen er sie überhäuft hatte. Nach einer Weile hatte sich John durchaus bereitwillig in sein Schicksal gefügt. Kurz nach elf waren sie aufgebrochen. Pickford war mit dem einen Mädchen in sein Hotel zurückgefahren, und John war in das Auto des anderen Mädchens gestiegen, um mit ihr in ihre Wohnung in Ranelagh zu fahren, einem südlichen Vorort in der Nähe des Zentrums.

Sein Arm war inzwischen fast taub; er müßte ihn bald unter ihr hervorziehen. Das Mädchen begann, leise zu schnarchen, wobei ihre Oberlippe mit jedem Atemzug unmerklich bebte. Vorsichtig und mit angehaltenem Atem machte John sich von ihr frei. Und dann fiel ihm plötzlich das erste Mal ein, als er mit einem Mädchen geschlafen hatte. Auch Rose war in seiner Armbeuge eingeschlafen. Eine Woge der Selbstverachtung brach über ihm zusammen. Wie konnte er, nachdem er seine ersten Erfahrungen im Bereich von Sexualität – und Liebe – mit Rose O'Beirne Moffat gemacht hatte, jetzt nur so billige Vergnügungen suchen? Das Donnern der katholischen Kirche, die Warnungen der Mönche und der Prediger in Carrickmacross vor den Sünden des Fleisches – ja selbst die schüchternen Andeutungen seiner Mutter – hatten sich als richtig erwiesen.

O ja, das Fleisch war schwach. Vor allem John Flynns Fleisch. Er fühlte sich schmutzig, verachtete den sauren, verschwitzten Gestank seiner Haut nach dem Liebesakt. Auch das Mädchen stank, und ihr

Atem verströmte den Geruch von Knoblauch und Alkohol. Am liebsten hätte er die ganze Begegnung abgewaschen, sich so lange geschrubbt, bis seine Haut prickelte, am liebsten wäre er kopfüber in das eiskalte Meer – oder in das kalte schwarze Wasser des Schwanensees getaucht.

Endlich stieg er aus dem Bett und zog sich eilig an. Als er fertig war, blickte er das Mädchen ein letztes Mal an. Im Schlaf sah sie viel jünger als dreiundzwanzig und sehr verletzlich aus.

Nun wurde seine Selbstverachtung noch durch Scham verstärkt. Er sollte ihr wenigstens eine Nachricht hinterlassen, dachte er und sah sich in dem unordentlichen Apartment nach einem Zettel um. An der Kühlschranktür hing ein Block. John nahm den danebenhängenden Stift und kritzelte ein paar kurze Sätze auf das oberste Blatt.

MUSSTE GEHEN – FANGE FRÜH AN! SCHÖN, DASS ICH DICH KENNENGELERNT HABE. BITTE RUF MICH AN, FALLS DU JEMALS IN MEINE GEGEND KOMMST.

Er zögerte. Anständigerweise sollte er seine Telefonnummer dazuschreiben. Er nahm die Nummer von Willow House und nicht die der Anglerhütte.

Beschämter als je zuvor – jetzt war er nicht mehr nur ein Lüstling, sondern noch dazu ein Feigling – schlich er auf Zehenspitzen zur Tür und ging hinaus. Draußen atmete er die eisige, neblige Luft tief ein. Da er nur mit dem kurzen Rückweg vom Hibernian ins Shelbourne gerechnet hatte, hatte er keinen Mantel mitgenommen, aber jetzt tat ihm die reinigende Kälte gut. Er hoffte, daß das Mädchen erst am nächsten Morgen aufwachen und ihm seine unverschämte Unhöflichkeit verzeihen würde. Sie war schließlich ganz nett gewesen, auf eine ausdruckslose, anspruchslose Art. Aber eine Zukunft gab es für ihn und eine Person wie sie einfach nicht.

Hatte er überhaupt mit irgendeinem Mädchen eine Zukunft? Er war inzwischen fünfunddreißig Jahre alt und es war niemand in Sicht. Würde er wie der arme Ned Sherling enden und von den Resten seiner Träume zehren?

Er hatte Ned gegenüber Schuldgefühle. Er war so mit seiner Arbeit beschäftigt gewesen, daß er den alten Mann seit mindestens zehn Tagen nicht mehr besucht hatte. Ned wurde langsam alt, und obwohl er immer noch in der Lage war, sich allein zu Hause zu versorgen, war sein Sehvermögen so schlecht geworden, daß er seine geliebten Bücher nicht mehr lesen konnte. Aber er beschwerte sich nie, und John ging so oft wie möglich bei ihm vorbei, brachte Bücher aus der Bibliothek mit und las ihm etwas vor.

War Neds Schicksal auch das seine? Würde auch er im hohen Alter immer noch seiner verlorenen Liebe nachtrauern? Er war einfach ein Jammerlappen. Er sah auf seine Uhr. Zwanzig vor zwei. Die Menschen, die meinten, daß man in den frühen Morgenstunden immer in Selbstmitleid zerfloß, hatten recht. »Los, Flynn«, sagte er zu sich selbst. »Reiß dich am Riemen. Du hast morgen früh eine Menge zu tun.«

Als er seinen Schlüssel endlich am Empfangstresen des Hotels entgegennahm, lagen dort zwei Nachrichten für ihn. Eine war von Pickford und besagte, daß er ihn um halb neun zum Frühstück treffen würde, aber die andere war höchst beunruhigend. Sie war um halb sieben abgegeben worden und stammte von seinem Neffen. Bruno war offenbar in Dublin und wollte bei ihm übernachten.

Aber wo war er jetzt? Johns Schuldgefühle und Selbstverachtung erwachten erneut. Während er mit irgendeinem Mädchen herummachte, das ihm nichts bedeutete, irrte sein Neffe einsam und verlassen durch die gefährlichen Dubliner Straßen. »Sind das die einzigen beiden Nachrichten?« fragte er den Nachtportier.

Der Mann sah noch einmal nach.»Ja, Sir, die beiden, das ist alles.«

Was sollte er tun? Und was machte Bruno überhaupt in Dublin? Er überlegte, ob er Derek in Hamburg anrufen sollte, aber wußte sofort, daß das lächerlich war. Selbst wenn er Derek erreichte, was sollte sein Bruder aus der Entfernung schon tun?

Sollte er die Polizei verständigen? Dafür war es noch zu früh. Bruno war sechzehn Jahre alt und kein Baby mehr.

Dieser letzte Gedanke beruhigte ihn. Mit sechzehn hatte er bereits die Schule verlassen, und mit kaum siebzehn war er ans andere Ende der Welt ausgewandert. Es war noch nicht lange her, da hatte man Sechzehnjährige als Erwachsene angesehen. Aber es war Brunos fehlende Weltgewandtheit, die ihn ängstigte. Er konnte überall sein, bei Gott-wußte-was-für-einem-Menschen. »Ist etwas nicht in Ordnung, Sir?«

Der Nachtportier unterbrach Johns Gedanken. »Nein«, sagte er. »Aber wenn sich mein Neffe, Bruno Flynn, noch einmal meldet, dann sorgen Sie bitte dafür, daß ich die Nachricht sofort bekomme, egal, wie spät es ist, ja?«

»Aber sicher, Sir.«

»Und bitte bringen Sie mir doch eine Tasse Kaffee auf mein Zimmer.« Er konnte nichts tun außer in sein Zimmer zu gehen und zu warten.

Als Rose hörte, wie sich Darinas Schlüssel im Schloß der Haustür drehte, atmete sie tief ein und langsam wieder aus. Dies war das einzige, was sie tun konnte, um sich zu beruhigen. Je länger ihre Tochter fort gewesen war, um so verzweifelter war sie geworden. Aber sie durfte sich nicht anmerken lassen, wie aufgeregt sie war. Ruhe und Selbstbeherrschung. Das war es, was sie zeigen mußte.

Sie hörte, daß Darina die Tür schloß und die Treppe zur Wohnung heraufkam. Gleichzeitig wurde draußen ein Motor angelassen. Nun, wenigstens hatte der Junge, wer auch immer er war, sein Wort gehalten und sie mit einem Taxi nach Hause gebracht.

Die Wohnungstür wurde auf und wieder zu gemacht. »Ich bin hier, Darina«, rief sie. Nach einem Augenblick kam Darina ins Wohnzimmer. Ihr Gesicht war verquollen, und ihre Augen waren gerötet, als hätte sie geweint. Sie wollte gerade etwas sagen – schließlich war es nach drei – aber Darina hob abwehrend die Hand. »Bitte, Mammy, sag nichts. Ich weiß, daß es sehr spät ist. Aber wir haben nichts Schlimmes getan, ehrlich nicht. Das Kaffee-Dock war zu, als wir dort ankamen, also sind wir in ein anderes Lokal namens Manhattan gegangen, um dort ein Sandwich zu essen, und wir haben soviel geredet, daß die Zeit einfach verflogen ist.« Ihre Stimme war flach und leblos.

Rose klopfe neben sich auf das Sofa. »Los, erzähl mir von ihm. Wer ist er?«

Aber Darina blieb im Türrahmen stehen. »Ich werde dir morgen von ihm erzählen. Jetzt will ich nur noch ins Bett.«

»Ist alles in Ordnung? Du siehst aus, als hättest du geweint.«

»Das habe ich auch, aber eigentlich bin ich nicht wirklich traurig. Das heißt, ich bin traurig, aber zugleich bin ich sehr, sehr glücklich. Du weißt, daß man manchmal beides gleichzeitig sein kann.« Sie blickte auf ihre Fingernägel. »Weißt du, ich habe keine Ahnung, wann ich ihn wiedersehen werde. Frühestens Weihnachten.«

»Warum Weihnachten?«

»Weil das der früheste Termin ist, an dem er wiederkommen kann. Er fährt morgen wieder nach Hause.«

»Wo ist denn sein Zuhause?«

»Nun, im Augenblick macht er Urlaub in Monaghan, da fährt er morgen auch wieder hin, aber dann fliegt er zurück nach Kanada.«

Kanada. Plötzlich sträubten sich Roses Nackenhaare. »Wo in Kanada?«

»Prince Edward Island. Hast du jemals davon gehört?«

»Aber sicher.« *Oh, Himmel.*

Darina sah ihre Mutter überrascht an. »Das wundert mich. Ich hatte noch nie etwas davon gehört. Ich war sicher, daß ich dir erklären müßte, wo das ist.«

Unter Aufbietung all ihrer Willenskraft gelang es Rose, ihre Stimme ruhig zu halten. »Wie heißt der Junge?«

»Bruno. Bruno Flynn.«

14

John saß auf der Bettkante und sah seinen schlafenden Neffen an. Der Junge lag lang ausgestreckt auf dem Teppich, sein blonder Kopf ruhte auf einem von Johns Kissen, und sein Körper war in seine eigene Jacke und in die Tagesdecke des Bettes gehüllt. Er schlief so friedlich, sah so jung und verletzlich aus, daß John ihn am liebsten nicht geweckt hätte.

Aber er mußte es tun. Also beugte er sich hinunter und schüttelte ihn sanft an der Schulter. »Bruno. Bruno! Wach auf! Zeit zum Aufstehen.«

Bruno regte sich und öffnete seine blauen Augen. Erst sah er John verwirrt an, doch dann lächelte er, so daß John Mühe hatte, streng zu sein. »Bruno, wir müssen miteinander reden«, sagte er. »Weißt du, was für ein Glück du gestern nacht gehabt hast?«

»Mmmm-mm?« Die Stimme des Jungen war noch ganz verschlafen.

»Ich habe gefragt, ob du weißt, was für ein Glück du gestern nacht gehabt hast? Normalerweise nehmen Hotels wie dieses Leute, die um drei Uhr morgens hereingeschneit kommen, um bei ihnen auf dem Fußboden zu nächtigen, nicht allzu freundlich auf. Hörst du mir überhaupt zu? Wenn der Nachtportier nicht so freundlich –« Als Bruno ihn weiterhin sanft und verschlafen ansah, unterbrach er sich.

Sämtliche Zimmer des Hotels waren belegt gewesen, und es war John erst gelungen, den Portier dazu zu überreden, Bruno bei ihm übernachten zu lassen, als er erwähnt hatte, daß er selbst als Angestellter von George Cranshaw im Hotelgewerbe tätig war. Es hatte sich nämlich herausgestellt, daß der Portier Verwandte in Cavan und somit schon von George gehört hatte.

»Tut mir leid, Onkel John!« Bruno schüttelte den Schlaf ab und setzte sich auf. Seine Kleider waren zu seinen Füßen auf dem Boden verstreut. »Es wird nicht noch einmal vorkommen, das verspreche ich.«

»Und ob es nicht noch einmal vorkommen wird! Nun, letzte Nacht oder besser heute morgen hast du gesagt, du würdest mir noch erzählen, was in dich gefahren ist. Was in aller Welt hast du in Dublin gemacht? Und weiß dein Dad darüber Bescheid?«

»Ich dachte nicht, daß Dad etwas dagegen haben würde, Onkel John. Und keine Angst, es gibt nichts, worüber du oder Dad oder sonst irgendwer sich Sorgen machen müßte. Ich war hier, um eine Freundin zu sehen, das ist alles.«

»So plötzlich, ohne irgend jemandem Bescheid zu sagen?«

»Ich habe Mona Bescheid gesagt«, stellte Bruno fest. »Sie schien nichts dagegen zu haben.«

»Was hast du zu ihr gesagt?«

»Daß du mich eingeladen hast.«

»Nun, da konnte sie wohl kaum etwas dagegen haben. Das war eine Lüge, Bruno.«

»Gewissermaßen ja.« Bruno schien über die Anschuldigung nachzudenken. »Aber es war keine richtige Lüge, Onkel John«, sagte er dann. »Ich wußte, daß du mich eingeladen hättest, wenn ich dich darum gebeten hätte.« Er lächelte.

John sah ratlos in das arglose Gesicht seines Neffen. Es war sehr schwer, mit dieser Offenherzigkeit des Jungen umzugehen, der auf den ersten Blick so geradeheraus und ehrlich wirkte. Und trotzdem wußte er, daß Bruno immer genau das tun würde, was er wollte, daß er Menschen und Situationen so mühelos manipulieren würde, daß es schwer war zu erkennen, was da vor sich ging. Es war nicht das erste Mal, daß er diese zwiespältige Gabe seines Neffen bemerkte. »Hör zu«, sagte er. »Wer ist diese Freundin?«

»Sie ist etwas ganz Besonders, Onkel John, jawohl.«

»Wie heißt sie?«

»Darina.«

»Ich verstehe. Hübscher Name. Ist sie aus Dublin?«

»Ja.« Bruno nickte heftig.

John seufzte. Die Situation war so ungewohnt für ihn, daß er sich vollkommen hilflos fühlte. Dazu kam noch, daß er angesichts seines eigenen nächtlichen Abenteuers – und angesichts der erschütternden Erfahrungen, die er in Brunos Alter gemacht hatte – wohl kaum die geeignete Person war, um dem Jungen Vorwürfe zu machen oder ihm auch nur einen Rat zu geben. »Hast du Hunger?« fragte er, um sich selbst eine Atempause zu verschaffen.

»Aber sicher.« Brunos Gesicht leuchtete auf. »Können wir vielleicht auf dem Zimmer frühstücken?«

»Ich werde dir etwas bestellen. Ich habe um halb neun eine Verabredung.« Er griff zum Telefonhörer. »Was möchtest du?«

Bruno bat um ein komplettes irisches Frühstück mit Haferschleim, Schinkenspeck, Würstchen, Eiern und Tomaten. »Nun, zumindest hast du einen gesegneten Appetit«, sagte John. Allein der Gedanke, all diese Dinge zu bestellen, verursachte ihm Übelkeit. Er war nach weniger als vier Stunden Schlaf mit einem entsetzlichen Kater aufgewacht und sehnte sich nach einer heißen Dusche.

Im Vergleich zu ihm, dachte er, sah Bruno aus, als hätte er gerade einen entspannten Abfahrtslauf auf einer sonnigen Skipiste hinter sich. Seine Haut hatte den sanften goldenen Schimmer, der gute Ernährung und viel Bewegung an der frischen Luft verriet. Derek hatte Glück, einen solchen Sohn zu haben.

Oder vielleicht doch nicht? Brunos Wissensdrang und Unerschütterlichkeit waren, gelinde gesagt, frustrierend.

»Meinst du, du kommst eine Weile allein zurecht?« fragte er, während er sich ankleidete. »Ich werde nicht allzulange fort sein.«

»Oh, mach dir um mich keine Gedanken!« sagte Bruno. »Ich werde hervorragend zurechtkommen. Ich esse nur noch, und dann mache ich mich auf den Weg. Vielleicht dusche ich noch, wenn du nichts dagegen hast.«

»Wo willst du hin?«

»Nach Hause – zur Anglerhütte.«

»Und wie willst du dorthin kommen?«

»Mit dem Bus, oder wenn kein Bus in die Richtung fährt, per Anhalter. Ich bin gestern auch per Anhalter hierhergekommen, kein Problem.«

»Wenn du warten willst, kannst du gegen fünf mit mir zurückfahren.«

»Mach dir keine Sorgen, Onkel John. Falls mich bis dahin niemand mitgenommen hat, siehst du mich ja an der Straße stehen, und dann kannst du ja anhalten.« Wieder grinste er.

»Dieses Mädchen, Darina«, sagte John so beiläufig wie möglich. »Wann wirst du sie wiedersehen?«

»Wahrscheinlich Weihnachten.«

»Wird sie dich besuchen kommen?«

»Nein, ich glaube nicht, aber wenn ich darüber nachdenke, ist das gar keine schlechte Idee, Onkel John. Ihre Mom ist Stewardeß, und ich glaube, sie kann umsonst oder zumindest sehr billig fliegen. Aber ich glaube, ich komme lieber hierher. In Charlottetown gibt es um die Weihnachtszeit nicht viel zu tun. Es ist wirklich ziemlich tot. Ich meine, Darina ist schließlich das Leben in der Stadt gewöhnt.«

»Charlottetown ist auch eine Stadt«, sagte John. Wieder schien Bruno ihn auf dem falschen Fuß erwischt zu haben, wieder war er derjenige, der die Situation im Griff zu haben schien. »Und seit wann hast du die Absicht, Weihnachten hierherzukommen? Das ist das Neueste, was ich höre.«

»Das haben wir auch erst gestern abend beschlossen.«

»Wir? Ich nehme an, du meinst dieses Mädchen und du?«

»Stimmt. Aber das geht doch in Ordnung, oder nicht, Onkel

John? Ich meine, du hättest doch nichts dagegen, wenn wir kämen? Mom und Dad haben seit Jahren vor, endlich einmal zu kommen.«

Das zumindest stimmte. Seit Jahren hatte John Einladungen ausgesprochen in dem sicheren Wissen, daß sein Zwillingsbruder wohl kaum genug Urlaub hätte, sie anzunehmen. Weihnachten und der Januar waren die arbeitsreichsten Zeiten in seinem Geschäft. »Nein, natürlich hätte ich nichts dagegen, Bruno«, sagte er jetzt.

»Also gut, ich muß los. Hör zu.« Er zögerte. »Am besten erzählen wir deinem Dad nichts von deinem kleinen Ausflug, ja? Ich werde Mona sagen, daß sie auch nichts verraten soll.«

»Aber ich bin sicher, daß er mich verstehen würde.« Bruno war ehrlich überrascht.

»Hör zu, ich habe jetzt keine Zeit, um ausführlich mit dir darüber zu reden. Glaub mir, es ist besser so, Bruno. Es hat nichts damit zu tun, daß ich dir irgendwelchen Ärger ersparen will, es geht einzig um deinen Vater.«

»Sicher, Onkel John. Wenn du es sagst.« Bruno stand auf und streckte sich. »Würde es dir etwas ausmachen, wenn ich noch ein kurzes Telefongespräch führen würde, bevor ich nachher gehe?«

Als John die Treppe in den Frühstücksraum hinunterging, sah er Brunos engelsgleiches Gesicht vor sich. Unter anderen Umständen hätte er vielleicht auch einen solchen Sohn gehabt, dachte er.

Rose saß blaß und hohlwangig vor einer Tasse kaltem Kaffee am Küchentisch. Sie hörte, daß jemand die Treppe herunterkam, und da sie dachte, es wäre Darina, zwang sie sich zu einem Lächeln. Aber als sie sah, daß es Effie war, schwand das Lächeln wieder. »Hi.«

»Ist alles in Ordnung?« fragte Effie. »Du siehst furchtbar aus, falls ich das mal so sagen darf.«

Rose legte die Hände vors Gesicht. »Nein«, sagte sie. »Nichts ist in Ordnung. Effie, das Schlimmstmögliche aller Dinge ist passiert.«

»Oh, mein Gott – was?« Effie warf ihre Handtasche auf den Tisch und hockte sich vor Rose. »Was ist passiert? Ist mit Darina alles in Ordnung?«

»Ja. Nun, zumindest heute nacht um drei war alles noch in Ordnung. Sie ist immer noch im Bett.«

»Was ist es dann?« Effie schüttelte Rose ein wenig. »Um Himmels willen, Rose, nun sag schon, was passiert ist.«

Rose konnte ihre Freundin nicht ansehen. »Die Sünden der Väter«, sagte sie.

»Was? Was hast du gesagt?«

»Ich habe gesagt«, Rose sah Effie ins Gesicht, »die Sünden der Väter.«

Sie schrie es fast heraus. All ihre Ängste und Sorgen verbanden sich in dem Wunsch, Effie zu schockieren, irgendwie zurückzuschlagen. Und ihre Antwort hatte den gewünschten Effekt, denn Effie stand langsam auf. »Was soll das heißen? Du sprichst in Rätseln, Rose.«

»Du kennst die Bibel genausogut wie ich, du weißt, was ich meine.«

»Ich weiß, was die Bibel meint. Aber was meinst du?«

»Nun, wenn du es wirklich wissen willst, Effie – Darina, meine Tochter Darina, hat sich in den Sohn von John Flynns Zwillingsbruder verliebt.«

»Warte mal. Das ist um diese Uhrzeit noch etwas zu kompliziert für mich. Habe ich dich richtig verstanden? Du sagst, sie hat sich in...«

»...den Sohn ihres Onkels verliebt!« schrie Rose. »Bist du taub? In ihren Cousin ersten Grades! In John Flynns Neffen! Hast du es *jetzt* verstanden?«

Effie stand vollkommen reglos da. »Warum schreist du mich an?«

»Würdest du nicht schreien, wenn es deine Tochter wäre?« Rose wischte die Tränen fort, und sie starrten einander zornig an. Dann atmete Rose tief ein. »Es tut mir leid, Effie, bitte verzeih mir. Ich weiß einfach nicht mehr, wo mir der Kopf steht.«

»Trink einen Kaffee mit mir. Woher weißt du das?« fragte Effie über ihre Schulter, während sie Wasser heiß machte.

»Sie hat es mir selbst gesagt. Effie, sie hat keine Ahnung, wer er ist. Alles, was sie weiß, ist, daß sie in einen Jungen namens Bruno Flynn verliebt ist, der in Charlottetown lebt.«

Als der Kaffee fertig war, brachte Effie die beiden Becher an den Tisch. »Also«, sagte sie, als sie Platz nahm. »Du sagst, sie ist verliebt, aber sie hat keine Ahnung, wer dieser Junge wirklich ist?«

Rose schüttelte elend den Kopf, und die Tränen rannen ihr unkontrolliert über das Gesicht.

»Nun, vielleicht sollten wir das Ganze logisch betrachten. Was kann im schlimmsten Fall passieren?«

Rose starrte sie entgeistert an. »Du weißt verdammt gut, was schlimmstenfalls passieren kann, Effie. Selbst wenn man mich und John Flynn ganz aus dem Spiel läßt«, sagte sie verbittert, »fällt es mir gelinde gesagt schwer, hinzunehmen, daß Darina ausgerechnet ihren Cousin ersten Grades liebt.«

»Das ist doch nicht so schlimm«, sagte Effie. »Cousins ersten Grades sind nicht so schlimm. Man kann sogar die Genehmigung bekommen, seinen Cousin ersten Grades zu ehelichen.«

»Wer spricht denn hier von Heirat? Ich weiß nicht, wie alt dieser Junge ist, aber ich nehme an, daß er ungefähr ihr Alter hat. Sie sind beide erst sechzehn. *Sechzehn,* Effie –«

»Du wirfst deiner Tochter etwas vor, was du selbst nicht besser gemacht hast«, sagte Effie. »Du reagierst über, Rose, weil –«

»Ich reagiere nicht über!« Roses Stimme wurde wieder hart.

»Trink deinen Kaffee«, sagte Effie ungerührt. »Er wird kalt.«

»Zur Hölle mit dem Kaffee! Du nimmst die Sache nicht ernst.«

»Und ob ich sie ernst nehme«, sagte Effie. »Wovor hast du wirklich Angst, Rose? Sie sind, wie du sagst, erst sechzehn Jahre alt. Sechzehnjährige verlieben sich die ganze Zeit. Es ist eine vorübergehende Leidenschaft, mehr nicht.«

Rose dachte an Darinas Augen, an ihr völlig verändertes Verhalten. »Nein«, sagte sie bestimmt. »Ich habe Darina schon des öfteren verliebt erlebt. Aber dies hier ist etwas anderes. Und«, sie hob die Hand, um Effie am Sprechen zu hindern, »ich weiß, daß es mich nichts angeht, aber ich kann nicht einfach dastehen und ruhig zusehen, wie sie in Schwierigkeiten gerät.«

»Wer sagt denn, daß sie in Schwierigkeiten gerät? Du siehst alles viel zu schwarz, Rose!«

»Vielleicht«, gab Rose zu, »aber ich habe ein schlechtes Gefühl bei der Sache. Und es ist sinnlos, mit ihr darüber zu reden– du weißt, was für einen Dickkopf sie hat. Sie hat, seit sie laufen konnte, getan, was sie wollte. Und außerdem kann sie jeden um den kleinen Finger wickeln«, fügte sie finster hinzu. »Das weißt du, Effie.«

»Ja, ich weiß, aber im Grunde ihres Herzens ist sie ein durchaus vernünftiges Mädchen, und sie wird nichts Verrücktes tun. Vertraue deiner Tochter, Rose.«

Rose nahm ihren Becher und nippte an ihrem Kaffee. Wie immer hatte Effie den Nagel auf den Kopf getroffen. Wegen ihres eigenen Fehltritts traute sie auch ihrer Tochter nicht. Andererseits hatte sie Darinas natürliche Begeisterungsfähigkeit immer unterstützt. Und jetzt merkte sie, daß es zu spät war. Sie sah Effie betrübt an. »Wahrscheinlich hast du recht – ich vertraue ihr nicht. Und ich sollte ihr vertrauen.«

»Unterbrich mich, wenn ich zu weit gehe, aber ich denke, daß die ganze Angelegenheit nicht nur etwas mit Darina und Bruno zu tun hat – auch wenn du als Mutter durchaus das Recht hast, dir deswegen Sorgen zu machen –, sondern daß es in erster Linie um das geht, was in deinem eigenen Leben im Augenblick vor sich geht.«

Rose starrte sie verständnislos an. »Wie meinst du das?«

»Rose, du bist nicht Darina, und Darina ist nicht du. Ihr seid zwei verschiedene Menschen. Erstens solltest du nicht automatisch annehmen, daß sie dieselben Fehler macht wie du in ihrem Alter. Zweitens ist es durchaus möglich, daß du unter anderem deshalb so wütend bist, weil du die Dinge nicht unter Kontrolle hast, Rose. Dies ist eine Sache, die nur sie etwas angeht. Sie wird allmählich flügge, und du bist nicht bereit, sie gehen zu lassen – aber was noch wichtiger ist –« Sie hielt inne und spielte mit dem Salzfäßchen herum.

»Sprich weiter«, sagte Rose. Es sah Effie nicht ähnlich, zu zögern. »Jetzt bist du schon so weit gegangen, da kannst du mir auch noch den dritten Punkt verraten!«

»Nun«, fuhr Effie fort. »Ist dir jemals der Gedanke gekommen, daß – bitte versteh mich nicht falsch –, daß du eifersüchtig auf Darina sein könntest?«

»Was?«

»Denk einmal darüber nach, Rose. Weißt du, das ist ganz natürlich. Es passiert immerzu zwischen Müttern und Töchtern, zwischen Schwestern, zwischen zwei Menschen. In diesem Fall bist du vielleicht enttäuscht – ich sage nicht, daß es so ist, aber denk mal darüber nach – du bist vielleicht enttäuscht, weil Darina die Chance hat, sich die Träume zu erfüllen, die du all die Jahre gehegt hast. Erst gestern abend noch hast du mir erzählt, daß du Darinas wegen nicht ins Shelbourne gegangen bist.« Sie zuckte mit den Schultern. »Das ist ja gut und schön. Aber genau in dem Augenblick, in dem du das Gefühl hast, dich für deine Tochter zu opfern, was tut sie da? Sie kommt auf Wolke Nummer sieben hereingeschwebt und erzählt dir, daß sie das alles gar nicht braucht, weil sie ihr Leben selbst in der Hand hat. Und um die ganze Sache noch schlimmer zu machen, hat sie sich in keinen anderen als einen weiteren John Flynn verliebt. *Deinen* John Flynn. Sie ist ihm so nahe gekommen, wie es ihr nur möglich war. Und sie hat eine wesentlich größere Chance, etwas daraus zu machen, als du sie je gehabt hast!«

Rose war zu verblüfft, um sofort etwas zu sagen. Ihre erste Reaktion war gewesen, alles abzustreiten, zu verkünden, es wäre vollkommen absurd zu behaupten, sie wäre eifersüchtig auf ihr eigenes Kind. Aber etwas in ihrem Innern sagte, daß sie zuerst einmal über Effies Worte nachdenken sollte, ehe sie sie verwarf. Vielleicht wehrte sie sich gegen Effies Theorie, weil sie ein Körnchen Wahrheit enthielt? »Ich bin noch nie in meinem Leben auf jemanden eifersüchtig gewesen«, flüsterte sie.

»Ach nein? Bist du die Reinkarnation des heiligen Franz von Assisi, Rose? Oder Mutter Teresa? Mit Ausnahme dieser zwei gibt es wahrscheinlich niemanden, der nicht hin und wieder mal eifersüchtig ist. Das liegt in der Natur des Menschen.«

»Aber eifersüchtig auf meine eigene Tochter? Das ist einfach schrecklich.«

»Wie gesagt, das ist vollkommen natürlich.«

»Ich liebe Darina von ganzem Herzen.«

»Natürlich tust du das.«

Rose wartete, daß Effie fortfuhr, aber sie sagte nichts mehr und zwang sie, den Gedanken allein weiterzuführen. Sie liebte ihre Tochter von ganzem Herzen, aber wenn sie ehrlich war, mußte sie sich tatsächlich eingestehen, daß sie das begehrte, was Darina zu haben schien.

Sie verbarg erneut ihr Gesicht hinter den Händen, aber Effie ließ nicht locker. »Das ist noch nicht alles, Rose«, sagte sie sanft. »Aber wenn du dir diesen Teil der Wahrheit eingestehst, ist der Rest viel einfacher. Natürlich hast du Angst, daß sie einen Fehler macht. Aber sie ist kein kleines Kind mehr, und sie wird die Fehler aller Erwachsenen machen. Von nun an kannst du ihr nur noch helfen, die verschiedenen Möglichkeiten zu sehen. Aber sie wird diejenige sein, die wählt.«

»Sehr philosophisch«, sagte Rose, doch als sie merkte, wie verbittert sie klang, entschuldigte sie sich. »Bist du jemals eifersüchtig gewesen?« fragte sie.

»Meine Liebe«, sagte Effie. »Hast du jemals in den Spiegel gesehen? Und hast du uns beide jemals nebeneinander gesehen? Die Welt ist voller schöner Menschen, erfolgreicher Menschen, Menschen, die eine normale Kindheit hatten mit liebenden Eltern und Familien. Natürlich bin ich schon mal eifersüchtig gewesen.«

»Aber ich habe nie gemerkt, daß du auf mich eifersüchtig warst. Du hast es dir niemals anmerken lassen.« Rose erinnerte sich an die Begegnung mit Dolores O'Brien und dachte, daß sie dieses Gespräch nunmehr zum zweiten Mal innerhalb weniger Monate führte.

»Nur weil man eifersüchtig ist, heißt das noch lange nicht, daß man etwas dagegen tun muß«, erwiderte Effie. »Aber wenn man sich erst mal eingesteht, daß das Gefühl existiert, braucht man es nur einmal genauer anzusehen, um zu merken, daß es so schlimm nun auch wieder nicht ist. Es ist etwas, was man behandeln sollte wie Akne oder – oder Hämorrhoiden.«

Der Vergleich war so absurd, daß Rose laut lachen mußte.

»Stimmt es etwa nicht?« Effies Augen verschwanden fast ganz in ihrem runzligen Gesicht.

Sie tranken schweigend ihren Kaffee, und Rose dachte über ihre Möglichkeiten nach. Sie könnte Darina verbieten, den Jungen wiederzusehen, was sinnlos wäre; sie könnte nichts tun, was noch schlimmer wäre – oder sie könnte ihr die Wahrheit sagen. »Denkst du, ich sollte Darina die Wahrheit sagen?« fragte sie Effie.

»Ich denke, du solltest überhaupt nichts tun, solange du in diesem Zustand bist. Wann wird sie ihn das nächste Mal sehen?«

»Sie sagte etwas von Weihnachten.«

»Bis dahin sind es noch Wochen, Monate!« rief Effie. »Warum hast du mir das nicht gleich gesagt? Bis dahin wird die Sache ganz anders aussehen, wart's nur ab. Vielleicht hat sie ihn bis dahin ja schon längst vergessen.«

»Das bezweifle ich«, stellte Rose düster fest.

»Hör zu«, sagte Effie und stand auf. »Ich muß los. Aber um Himmels willen«, sie beugte sich vor und packte Rose an den Schultern. »Ich sage es dir zum letzten Mal, wann wirst du endlich dein Verhältnis zu John Flynn klären? Liebe ihn oder laß ihn endlich ruhen und uns in Ruhe weiterleben.«

»Das werde ich tun, versprochen.«

»Gut«, sagte Effie und ließ sie los. »Wenn das das Ergebnis von Darinas Verliebtheit ist, dann war es die ganze Aufregung wert. Du mußt die Sache einfach positiv sehen, Rose.« Sie grinste, nahm ihre Handtasche und wandte sich zum Gehen. »Ich will die Angelegenheit nicht herunterspielen, Rose. Wirklich nicht. Und ich weiß, daß es schwer für dich ist, aber vielleicht ist es gut, daß endlich alles herauskommt. Es wird allmählich Zeit. Denk nur an all die Jahre, die du zugebracht hast, ohne überhaupt zu wissen, was du gefühlt hast.«

Sobald Effie gegangen war, stand Rose auf. Ihr Kopf schmerzte, und ihre Beine fühlten sich an, als wären sie aus Blei. Sie beschloß, noch einmal ins Bett zu gehen. Vielleicht sähe ja alles etwas weniger düster aus, wenn sie noch etwas schlief. Sie hatte gerade die Treppe erreicht, als das Telefon klingelte, also kehrte sie noch einmal in den Flur zurück. »Hallo?«

»Hallo? Könnte ich bitte Darina sprechen?« Die junge Stimme betonte die drei Silben des Namens gleichmäßig, und Rose wußte sofort, mit wem sie sprach. Trotzdem fragte sie: »Wer ist denn da?«

»Bruno Flynn«, sagte der Junge.

»Ich verstehe«, sagte Rose und atmete tief ein. Aber es war sinnlos. Effies gute Ratschläge, all ihre guten Vorsätze rollten sich wie ein schwarzer Igel in ihrem Magen zusammen, als ihr letzter Rest von Selbstbeherrschung verflog. In diesem Augenblick haßte sie diesen Jungen, haßte ihn von ganzem Herzen, obwohl sie wußte, wie irrational es war. »Darina ist im Augenblick nicht zu sprechen«, sagte sie. »Und bitte ruf sie nicht wieder an.«

Als sie den Hörer aufwarf, hörte sie hinter sich ein Geräusch. Darina stand mit bleichem Gesicht hinter ihr. »Darina, ich –« setzte sie an, aber ihre Tochter ignorierte sie. Sie rannte an ihr vorbei, zerrte das Telefonbuch hervor und suchte verzweifelt nach einer Nummer. »Darina, bitte«, sagte Rose. »Es tut mir leid.«

»Verschwinde! Laß mich in Ruhe!« Darinas Blick war so haßerfüllt, daß Rose das Blut in den Adern gefror.

»Du verstehst mich nicht –«, weinte sie.

»Und ob ich dich verstehe. Und jetzt laß mich *endlich in Ruhe!*«

Rose hatte das Gefühl, daß ihr nichts anderes übrig blieb, als zu gehen. Sie war zu schockiert, um zu weinen, als sie zitternd in ihr Schlafzimmer ging. Sie ließ die Tür offen und horchte angestrengt, um herauszufinden, was Darina tat. Es war alles so schnell gegangen. Was war nur in sie gefahren? Wie konnte sie es nur ungeschehen machen?

Sie hörte, wie Darina verzweifelt wählte und nach einem kurzen Augenblick fragte, ob Bruno Flynn zu sprechen sei.

»Oh, bitte, lieber Gott, mach, daß er nicht da ist«, betete Rose. Doch dann drehte sie die Bitte um: *Bitte, laß ihn ans Telefon gehen! Bitte, bitte mach, daß alles wieder in Ordnung kommt, bitte, mach, daß sie mir verzeiht.*

Nach einer langen Pause hörte sie, wie Darina etwas sagte, was sie nicht verstand, ehe sie den Hörer auflegte. Rose merkte, daß sie sich nicht bewegen konnte; die Wand ihres Schlafzimmers drückte kalt gegen ihre starren Rückenmuskeln und ihre geballten Fäuste. Sie hörte, daß Darina die Treppe heraufkam, sich in ihrem Zimmer einschloß und irgendein Möbelstück verrückte.

Langsam und unter größter Anstrengung löste sie sich von der Wand und zwang sich, in den Flur zu gehen. »Darina?« rief sie und klopfte leise an. »Darina, Liebling? Bitte? Darf ich hereinkommen?«

Als sie keine Antwort bekam, drückte sie die Klinke hinunter, aber wie erwartet, ging die Tür nicht auf. »Bitte, Darina«, bat sie, lehnte die Stirn an den Türrahmen und machte die Augen zu. Ihre Müdigkeit war verflogen, und sie fühlte sich wach und angespannt wie ein Luchs. Sie versuchte, ihre Tochter mit all ihrer Willenskraft dazu zu bewegen, sie hereinzulassen. »Darina, könnten wir bitte miteinander reden? Ich muß dir etwas erklären.«

Sie lauschte angestrengt und versuchte sich vorzustellen, was ihre Tochter tat. Darina bewegte sich langsam in ihrem Zimmer, öffnete und schloß Schubladen und ging regelmäßig hin und her.

Sie packte.

»Darina!« schrie Rose panisch und hämmerte mit den Fäusten gegen die Tür. »Darina! Hör sofort auf! Ich will mit dir reden! Komm auf der Stelle raus!«

Aber immer noch kam keine Antwort, immer noch ging ihre Tochter in ihrem Zimmer auf und ab.

»Oh, Gott!« Rose lehnte sich mit dem Rücken gegen die Wand, schlug die Hände vors Gesicht und rutschte die Mauer entlang, bis sie am Boden kauerte.

Die Tür zu Effies und Willies Zimmer öffnete sich und Willie Brehony trat mit besorgter Miene heraus. »Was ist los, Rose? Ich will mich ja nicht einmischen, aber kann ich dir vielleicht irgendwie helfen?«

Rose blickte zu ihm auf. »Oh, Willie! Ich habe die Dinge einfach nicht mehr unter Kontrolle. Ich weiß nicht, wie es passiert ist, wirklich nicht.«

»Was geht da vor sich?« Er nickte in Richtung von Darinas Zimmertür.

»Sie scheint zu packen. Ich glaube, sie hat vor fortzulaufen.«

»Jetzt beruhige dich erst mal, Rose. Wenn sie fortlaufen will, würde sie das mitten in der Nacht tun, ohne daß wir es mitbekommen. Was ist passiert?«

Rose merkte, daß die Geräusche in Darinas Zimmer einer bedrohlichen Stille gewichen waren. Aber dann verriet ihr eine knarrende Bodendiele, daß ihre Tochter hinter der Tür stand und lauschte. Sie bedeutete Willie, mit ihr in die Küche zu kommen.

Unten erzählte sie ihm die ganze Geschichte, ohne etwas auszulassen. Sie endete damit, daß Darina ihr Gespräch mit Bruno Flynn mitbekommen hatte.

»Willie, was soll ich nur tun?«

»Was meinst du, wo sie hingeht?«

»Vielleicht zu einer Freundin. Sie hat zahllose Freundinnen.«

»Am besten versuchen wir nicht, sie aufzuhalten. Sie ist vollkommen aufgelöst – versuch, dich in ihre Lage zu versetzen. Natürlich hast du das Recht, sie aufzuhalten, aber wenn du das tust, wird sie dich noch mehr hassen. Wenn du sie jedoch gehen läßt, wird sie sich beruhigen, und dann könnt ihr miteinander reden. Wenn du meinst, daß es etwas nützt, können Effie und ich ja versuchen, sie in ein, zwei Tagen nach Hause zu holen.«

»Nein, danke, Willie, das ist furchtbar nett von dir, aber es ist meine Angelegenheit. Oh, Gott, was habe ich nur angerichtet!« Erneut stiegen ihr die Tränen in die Augen, aber sie schüttelte entschlossen den Kopf. *Schließlich bin ich erwachsen...* »Ich allein habe mich in diese Situation hineinmanövriert«, sagte sie. »Also muß ich auch einen Weg finden, um wieder herauszukommen. Aber danke für das Angebot – und danke fürs Zuhören. Ich nehme an, du hast recht. Am besten lasse ich sie gehen.«

»Ich bin sicher, daß das das Beste ist«, sagte Willie. »Solange du weißt, daß sie in Sicherheit ist. Und um deines eigenen Friedens willen hast du das Recht zu fragen, zu welcher Freundin sie geht.«

»Du bist einfach zu gut. Wie kommt es, daß jeder besser mit meiner Tochter zurechtkommt als ich?« fragte sie betrübt.

»Das stimmt ja nicht. Du bist eine wunderbare Mutter, Rose. Wunderbar. Das haben Effie und ich erst vor kurzem noch festgestellt. Es ist nur so, daß wir gefühlsmäßig weniger in die Sache verstrickt sind. Darina kann uns nicht so weh tun wie dir und umgekehrt.« Rose liebte Willies Wortwahl, und trotz ihres Elends lächelte sie fast. Doch dann hörte sie, daß Darina die Treppe herunterkam und etwas Schweres hinter sich her zerrte, offenbar Gepäck. Sie sprang auf, doch Willie legte ihr warnend die Hände auf den Arm. »Vorsicht.«

Entschlossen trat sie in den Flur und versperrte Darina den Weg zur Tür. »Gehst du fort, Darina?« fragte sie so ruhig sie konnte.

Darina senkte den Kopf. »Ich will fort von hier«, sagte sie. Da sie offenbar ein Verbot erwartete, klammerte sie sich trotzig an ihrem Rucksack fest.

»Ich muß wissen, wohin du gehst. Wenigstens soviel könntest du mir sagen.«

Darina blickte verwundert auf. »Ich – ich gehe zu Sharon«, murmelte sie, ohne ihre Mutter anzusehen, so daß Rose wußte, daß sie log.

»Wie lange willst du dort bleiben? Hast du deine Schuluniform dabei?«

»Nein – ja!« verbesserte Darina sich. »Sie ist im Rucksack«, fügte sie hinzu. Offenbar wußte sie nicht, wie sie auf die ausbleibende Gegenwehr ihrer Mutter reagieren sollte.

Rose hatte das Gefühl, als zerreiße es ihr das Herz. »Hast du genug Geld?«

»Ein bißchen.«

»Warte, ich gebe dir noch was.«

»Schon gut«, murmelte Darina, aber sie wartete, während Rose in die Küche ging und ihren Geldbeutel aus der Handtasche nahm. Sie nahm das Geld ohne einen Kommentar, doch dann fragte sie. »Was soll das Ganze?«

»Du wirst es brauchen«, sagte Rose und dachte, wenn Darina nicht gleich ginge, könnte sie die Scharade nicht weiter aufrechthalten. Sie konnte einfach nicht mehr. »Melde dich mal, Darina«, sagte sie, wandte sich ab und ging die Treppe so würdevoll wie möglich hinauf. Den ganzen Weg über spürte sie Darinas Blick, aber irgendwie gelang es ihr, der Versuchung, sich noch einmal umzudrehen, zu widerstehen.

Dorothy Cranshaw kam zum Empfangstresen des Hotels. »Was kann ich für dich tun?« fragte sie, während sie das Mädchen vor dem Tresen musterte: sie sah anders aus als die Gäste, die sie normalerweise hatte. Dieses Mädchen, jung, groß und schlank mit blondem, geflochtenem Haar, trug einen Rucksack. Eine Deutsche?

»Ich suche einen Jungen namens Bruno Flynn«, sagte das Mädchen. »Ich glaube, sein Onkel arbeitet hier.«

Dorothy sah das Mädchen etwas genauer an. Irgend etwas an ihrem Gesicht und an den großen, leicht schräg stehenden Augen kam ihr bekannt vor. »Ich bin nicht sicher, daß Bruno da ist«, sagte sie, »und John ist noch nicht aus Dublin zurück, aber wir erwarten ihn in ungefähr einer Stunde.« Sie griff nach dem Telefonhörer. »Ich rufe bei Bruno an. Was soll ich ihm sagen?«

»Daß Darina O'Beirne ihn sprechen möchte.«

Dorothy hätte fast den Hörer fallen lassen, aber irgendwie schaffte sie es, die Nummer zu wählen. »Ich kenne deine Mutter«, sagte sie so beiläufig wie möglich. »Ich dachte, ihr wärt schon wieder in Dublin?«

»Waren wir auch«, sagte das Mädchen. »Aber ich bin per Anhalter zurückgekommen.« Sie schien der Meinung zu scin, daß dies als Erklärung ausreichte, und Dorothy drängte sie nicht. Die Vertrautheit ihrer Züge war einfach verblüffend. Sie kannte das Gesicht dieses Mädchens fast so gut wie ihr eigenes oder das von George, aber es lag nicht daran, daß das Mädchen wie Rose ausgesehen hätte, denn sie ähnelte ihrer Mutter kaum. Die Haarfarbe, der Teint und die Augenfarbe… »Hallo, Mona«, sagte sie, als am anderen Ende jemand den Hörer abnahm. »Wie geht es dir?« Sie hörte zu, ohne mitzubekommen, was Mona sprach, und dann fragte sie nach Bruno. »Ich verstehe«, sagte sie, als Mona erklärte, daß er nicht zu Hause sei. »Würdest du ihm bitte etwas ausrichten? Hier im Hotel ist ein Mädchen, das ihn besuchen möchte. Ihr Name ist Darina.« Sie merkte, daß sie aus unerfindlichen Gründen den Nachnamen weggelassen hatte. »Sie wartet hier im Hotel auf ihn.« Als sie auflegte, sagte sie: »Bruno hat vor ungefähr einer Stunde zu Hause angerufen. Offensichtlich trampt er auch von Dublin zurück. Als er anrief, war er in Monaghan, also müßte er bald da sein.« Während sie sprach, sah sie das Mädchen weiter an. Es machte sie wahnsinnig, daß sie nicht wußte, an wen sie sie erinnerte, obwohl sie angestrengt nachdachte. »Du könntest schon mal zur Anglerhütte gehen«, sagte sie. »Sie ist ganz leicht zu finden. Aber wenn du willst, kannst du auch gerne hier auf ihn warten.«

»Vielen Dank«, sagte das Mädchen. »Wenn es Ihnen nichts ausmacht, warte ich lieber hier.«

»Möchtest du vielleicht einen Tee oder einen Kaffee?« fragte Dorothy.

»Danke, das wäre wunderbar«, erwiderte Darina, und Dorothy dachte, daß Rose das Mädchen wirklich gut erzogen hatte. Sie war sehr ruhig und höflich, was bei Mädchen ihres Alters selten war.

»Hier entlang«, sagte sie und führte ihren Gast ins Wohnzimmer. Die Überraschung der Menschen, wenn sie den Raum zum ersten Mal betraten, freute sie jedesmal, und auch Darina machte keine Ausnahme. »Es ist ein bißchen exzentrisch«, erklärte sie fast entschuldigend. »Aber es ist schon immer so gewesen, und den Gästen scheint es zu gefallen. Wir nennen es Ali Babas Räuberhöhle.«

»Es ist wunderbar«, sagte Darina. »Einfach perfekt.«

»Danke«, sagte Dorothy. »Sieh dich ruhig um, und dann mach es dir gemütlich. Ich hole dir etwas zu trinken. Tee oder Kaffee?«

»Tee, bitte.«

Als Dorothy den Flur zur Küche hinabeilte, wurde ihr klar, wem das Mädchen so ähnlich sah. Sie bekam einen solchen Schock, daß sie auf der Stelle stehenblieb und sich an der Wand abstützte.

John!

Dieses gutaussehende junge Mädchen war John Flynn wie aus dem Gesicht geschnitten. Warum war sie nur nicht eher darauf gekommen? John war ihr Vater! Sie hoffte, daß niemand ihr seltsames Verhalten bemerkt hatte, und schleppte sich weiter in die Küche. Glücklicherweise war sie allein in dem Raum.

Während sie den Tee aufsetzte, arbeitete ihr Hirn fieberhaft. Wer wußte außer ihr davon? Das Mädchen und John wußten es offenbar nicht. Aus irgendeinem Grund hatte Rose dieses Wissen jahrelang für sich behalten. Und trotzdem war sie gestern einfach unangemeldet im Hotel aufgetaucht. War es möglich, daß sie John hatte sehen wollen? Vielleicht fand sie, daß es an der Zeit war, ihm die Wahrheit zu sagen?

Und was sollte sie, Dorothy, mit diesem Wissen machen? Es war unvorstellbar, daß zum Beispiel George, wenn er die beiden nebeneinander sähe, nicht auf den Gedanken käme, daß John und Darina Verwandte waren. Und John, würde er selbst es ebenfalls bemerken?

Und das Mädchen suchte Bruno. Offenbar wußte sie nicht, daß er ihr Vetter ersten Grades war. Das Ganze war ein furchtbares Durcheinander. Und ausgerechnet in Willow House käme es zum großen Knall.

Als sie das Teegedeck aufs Tablett stellte, beschloß sie, Rose anzurufen. Diese Begegnung sollte nicht ohne ihr Wissen stattfinden. Sie müßte Rose in Dublin anrufen und ihr sagen, daß sie die Wahrheit erraten hatte, daß Darina auf der Suche nach Bruno war und daß John wahrscheinlich jeden Moment auftauchen würde.

Danach könnte Rose die notwendigen Entscheidungen treffen.

»Bitte sehr, meine Liebe«, sagte sie, als sie ins Wohnzimmer zurückkehrte.

Das Mädchen hielt eine der armlosen Porzellanschäferinnen in der Hand. »Sie haben einfach wunderbare Dinge hier«, sagte sie, als sie die Figur vorsichtig abstellte. »Ich verstehe, weshalb Sie den Raum Ali Babas Räuberhöhle nennen.«

»Es ist eine Strafe, hier staubzuwischen«, sagte Dorothy und stellte das Tablett auf den Tisch. »Ich hoffe, du bist mir nicht böse, wenn ich dich jetzt allein lasse. Falls du etwas brauchst, klingele einfach, ja?«

»Vielen Dank«, sagte Darina. »Sie sind wirklich sehr freundlich zu mir.«

»Schon gut. Viel Spaß noch hier drinnen. In diesem Raum darf alles angefaßt werden. Bis später dann.«

Draußen atmete Dorothy erst einmal tief durch. Dann marschierte sie zum Telefon und wählte die Nummer von Sundarbans. *Hoffentlich geht der Colonel an den Apparat und nicht Daphne*, flehte sie innerlich, während sie wartete.

»Hallo, Gussie«, sagte sie und lächelte vor Erleichterung. »Hier ist Dorothy. Hör zu, es ist etwas passiert, und ich muß unbedingt Rose in Dublin erreichen. Könntest du mir bitte ihre Nummer geben?« Die Zahlen kamen über die Leitung.

»In Ordnung.« Sie kritzelte die Nummer auf einen Block. »Tausend Dank. Und, ist bei euch alles in Ordnung?«

Sie hörte ein paar Sekunden zu. »Nun, mach dir nichts draus, Gussie«, sagte sie dann. »Irgendwann wird es uns allen wieder besser gehen. Bis bald.«

Sie starrte die Nummer auf dem Block lange an, doch dann beschloß sie, die Sache direkt anzugehen.

»Hallo?«

»Rose, hier spricht Dorothy Cranshaw.«

»Hallo, Dorothy.« Roses Stimme klang überrascht und zugleich verschnupft, als hätte sie eine Erkältung.

»Ist alles in Ordnung mit dir?« fragte Dorothy. »Du klingst, als hättest du einen furchtbaren Schnupfen.«

»Mir geht's gut, Dorothy. Nur ein bißchen müde, das ist alles.«

»Es ist etwas passiert, Rose. Ich weiß nicht genau, wie ich es sagen soll, aber am besten rede ich nicht lange drum herum.« Sie machte eine kurze Pause. »Darina ist hier, meine Liebe.«

»Was?«

»Sie kam vor ein paar Minuten hier an. Und, Rose – sie ist auf der Suche nach Bruno Flynn.«

Am anderen Ende der Leitung herrschte Schweigen. »Verzeih mir, meine Liebe, vielleicht findest du, daß ich eine alte neugierige

Schachtel bin, aber weißt du, John – John Flynn – kommt jeden Moment aus Dublin zurück.« Sie lauschte angestrengt, aber außer einem leisen Rauschen war nichts zu hören. »Ich dachte, ich sollte dir Bescheid sagen«, fuhr sie fort. »Was sollen wir jetzt tun?«

»Es – es tut mir leid.«

»Rose, meine Liebe, dir muß nichts leid tun. Ich bin ganz auf deiner Seite. Ich weiß nur nicht, was ich tun soll. Sie sitzt im Augenblick im Wohnzimmer.«

»Wer weiß außer dir darüber Bescheid?«

»Niemand. Und ich werde es auch niemandem erzählen. Aber, Rose...« Dorothy atmete tief ein. »Sobald John das Mädchen sieht, wird er es wissen. Und sie wird es wahrscheinlich ebenfalls wissen. Genau wie George. Sie ist John wie aus dem Gesicht geschnitten.«

Wieder herrschte eine Pause, in der nur das atmosphärische Rauschen zu hören war, und als Rose endlich sprach, klang ihre Stimme schwach.

»Dorothy, ich weiß nicht, was ich machen soll. Ich bin so müde, es ist alles so schnell gegangen. Gestern –«

»Ich weiß, meine Liebe, ich weiß«, beruhigte Dorothy sie. »Es ist alles ein furchtbares Durcheinander. Aber du hast dieses Geheimnis so lange mit dir herumgetragen, daß es bestimmt eine Erleichterung sein wird, es endlich loszuwerden. Wissen deine Eltern Bescheid?«

»Sie haben es nie ausgesprochen, aber ich weiß, daß sie es wissen.«

»Also, was soll ich deiner Meinung nach mit Darina machen?« fragte Dorothy sanft. »Ich will dich ja nicht unter Druck setzen, aber die Zeit wird knapp. Sie werden alle aufeinandertreffen. Wenigstens kommt Derek erst in zwei Tagen zurück. Das ist schon mal ein kleiner Trost.«

»Ich komme!«

Dorothy war froh über diese plötzliche Entschlossenheit. »Das finde ich vernünftig«, sagte sie. »Ich und George werden hier sein, und du kannst dich auf uns verlassen. Ihr könnt euch auf uns verlassen«, fügte sie hinzu, als sie an die Überraschung dachte, die nicht nur Darina, sondern auch ihrem geliebten und wertvollen Hotelmanager ins Haus stand.

»Es tut mir leid, daß das alles ausgerechnet bei euch passiert, Dorothy.«

»Hör auf, dich zu entschuldigen. Wie schnell kannst du hier sein?«

»Wahrscheinlich ist es zu spät, um noch einen Wagen auszuleihen, aber ich komme so schnell ich kann.«

»Schade, daß John schon unterwegs ist«, sagte Dorothy, die dem grimmigen Humor der Situation nicht ganz widerstehen konnte. »Er hätte dich mitbringen können.«

Aber Rose war zu abgelenkt, um zu reagieren. »Ich komme so schnell ich kann«, wiederholte sie.

»Und jetzt denk dran, du bist nicht die erste Frau, der es so geht, und Darina ist auch nicht die erste Tochter, die ihren Vater auf diese Weise kennenlernt. Davon geht die Welt nicht unter.«

»Meine Welt schon.«

»Oh, nein, und hör auf, so zu denken. Es könnte der Anfang einer ganz neuen und viel ehrlicheren Welt für dich sein. Und du kannst stolz auf das Mädchen sein. Sie ist einfach großartig.«

»Dorothy, das kann ich nie wiedergutmachen.«

»Unsinn! Und jetzt wirf den Hörer auf die Gabel, leg ein bißchen Kriegsbemalung auf und kämm deine Haare. Ich freue mich auf dich. Bis dahin werde ich Darina ablenken, damit sie John nicht eher über den Weg läuft, als bis du dir etwas ausgedacht hast.« Plötzlich kam ihr ein Gedanke. »Ist es in Ordnung, wenn sie mit Bruno ausgeht, falls er als erster hier auftaucht?«

»Davon wirst du sie sowieso nicht abhalten können. Darina hat einen sehr starken Willen.«

»Also gut, ich werde sehen, wie es läuft. Außerdem wäre das im Augenblick das kleinere Übel. Und jetzt hör auf, dir Sorgen zu machen und komm erst mal sicher hier an. In Ordnung?«

Rose blickte hinüber zu Willie, dessen Gesicht nur von den Lampen auf dem Armaturenbrett beleuchtet wurde. Der liebe, zuverlässige Willie, dachte sie. Er hatte sich sofort bereit erklärt, sie nach Monaghan zu fahren, und sich auch durch ihre Proteste nicht davon abhalten lassen. Effie war erst nach ihm von der Arbeit gekommen, und sie hatten auf sie gewartet. Sie hatte ebenfalls mitkommen wollen, doch schließlich hatte sie sich dagegen entschieden: Ihre Firma steckte mitten in einer Buchprüfung, und sie mußte am nächsten Morgen zeitig anfangen.

Rose sah, daß sie kurz vor Cootehill waren. Noch zehn, fünfzehn Minuten, und sie wären in Willow House. Ihr Magen zog sich schmerzhaft zusammen. Was ging dort im Augenblick vor sich? Wurde sie von John erwartet? Sie sah ihn vor sich, eine schlanke, langbeinige Gestalt, die auf einem der Sofas in Dorothys berühmter Schatzhöhle saß.

Wo waren Bruno und Darina? Was taten sie? Was würde in der nächsten Stunde passieren?

»Nervös?« fragte Willie.

»Ja. Glaubst du, wir sollten vorher dort anrufen?«

»Wozu? Sie erwarten uns doch sowieso, oder nicht?«

»Nun, zumindest Dorothy erwartet uns, und ich nehme an, George auch. Wer sonst noch weiß, daß wir kommen, weiß ich nicht.«

Ihre Stimme zitterte, und Willie tätschelte ihr beruhigend das Knie. »Nimm's leicht, Mädchen. Sie sind auch nur Menschen wie wir. Niemand wird dich erschießen.«

»In gewisser Weise wünschte ich, jemand würde es tun.«

»Also bitte, Mädchen, nimm dich ein bißchen zusammen. Es wird ein Neuntageswunder sein. Nächstes Jahr um diese Zeit wirst du dich fragen, warum du dich derart aufgeregt hast.«

»Willie, wie soll ich dir nur jemals danken?«

»Das hast du schon getan«, sagte er ernst und hielt an einer Kreuzung an. »Wo lang?«

»Rechts«, dirigierte Rose. »Was meinst du damit, ich hätte dir schon gedankt?«

»Du hast mir Effie gegeben«, sagte er.

»Ich hatte mit der Sache nichts zu tun, Willie.«

»O doch, das hattest du. Wenn du vor all den Jahren nicht so gut zu ihr gewesen wärst, wäre sie wahrscheinlich nach Offaly zurückgegangen, und ich hätte sie nie kennengelernt. Vielleicht wäre sie inzwischen sogar schon tot«, fügte er mehr zu sich selbst hinzu, während er durch die Windschutzscheibe spähte.

Sie fuhren den Rest des Weges schweigend, und Rose schwankte immer stärker zwischen Entsetzen und Aufregung, bis ihr schließlich furchtbar übel war. »Einen Augenblick, Willie«, keuchte sie. »Halt bitte kurz an, schnell.«

Er lenkte den Wagen an den Straßenrand und hielt gerade noch rechtzeitig an. Sie würgte, bis ihr Magen leer war und ihr die Tränen der Erleichterung über die Wangen rannen. Dann lehnte sie sich an den Wagen und ließ dich die kühle Abendluft um die Nase wehen. Willie kam und legte ihr den Arm um die Schulter; da er kleiner als sie war, mußte er sich richtig strecken. »Alles in Ordnung? Du Ärmste, geht es dir jetzt ein bißchen besser?«

Rose nickte und flüsterte: »Danke, tut mir leid.«

»Wenn du noch ein einziges Mal ›danke‹ oder ›tut mir leid‹ sagst, Rose O'Beirne, dann lege ich dich übers Knie«, sagte Willie. »Sollen wir noch irgendwo etwas trinken gehen, ehe du dich der Sache stellst?«

»Nein, es geht schon, ehrlich. Ich fühle mich schon viel besser.«

Und wirklich fühlte sich Rose wesentlich besser, als sie sich wieder auf den Beifahrersitz setzte. Sie fühlte sich schwach, aber ihr Kopf war klar, und sie war weniger angespannt als zuvor. Sie wischte sich den Schweiß von der Stirn und tupfte sich ein wenig Parfüm auf den Hals und hinter die Ohren. Und absurderweise fiel ihr das Mundspray ein, das sie für lange Flüge in der Handtasche trug. Sie sprühte sich etwas davon in den Mund und lächelte Willie an. »So, jetzt bin ich zu allem bereit.«

»Vergiß nicht, ich steh dir zur Seite.«

Sie lehnte sich zurück und zwang sich, das Unvermeidliche der Begegnung hinzunehmen. Was auch immer passieren würde, es wäre in Ordnung. Was hatte Effie zum Abschied gesagt? »Denk dran, Rose, sei einfach du selbst. Tauch einfach dort auf, sei du selbst, und der Rest kommt von allein.«

Dorothy und George hatten sich seit seiner Rückkehr sehr seltsam benommen, dachte John. Er sah George an, der über die Dokumente gebeugt saß, die er aus Dublin mitgebracht hatte. Das Gesicht des älteren Mannes war ernst und konzentriert, aber trotzdem war er spürbar nervös. »Ist alles in Ordnung, George?« fragte er ruhig.

George sah aus wie ein schuldbewußter Schuljunge. »Was soll denn nicht in Ordnung sein?«

»Schon gut«, sagte John, »vergiß, daß ich gefragt habe.« Sie saßen in dem kleinen Büro hinter dem Empfangstresen, und er stand auf und streckte seine verspannten Glieder. Irgend etwas stimmte einfach nicht, dachte er. George standen seine Gedanken normalerweise ins Gesicht geschrieben, aber heute abend vermied er es, seinen Manager auch nur anzusehen. »Bist du sicher, daß alles in Ordnung ist?« versuchte er es noch einmal.

George sah ihn elend an, dann stand er auf und machte seinen Füller zu. »Am besten sprichst du mit Dorothy«, sagte er. »Ich glaube, sie ist in der Küche.«

»Warum soll ich mit Dorothy sprechen?« John begann, sich ernsthaft Sorgen zu machen.

»Gehen wir«, sagte George bestimmt, und John blieb nichts anderes übrig, als ihm zu folgen.

Als sie in die Küche kamen, stand Dorothy am Tisch und bereitete das Frühstück für den nächsten Morgen vor. In einer großen Schüssel neben ihr waren Weizenflocken, und in der Mitte des Tisches hatte sie eine kleine Pyramide aus Apfelsinen errichtet, die noch ausgepreßt werden sollten. Im Augenblick entsteinte sie gerade Pflaumen. »Hallo«, sagte sie. »Wollt ihr vielleicht einen Tee?« Sie wischte ihre Hände an der Schürze ab und ging hinüber zu dem alten Ofen, der immer noch neben den modernen Gas- und Elektroherden stand.

»Nein, danke«, sagte George. »Em, Dorothy. Ich habe John mitgebracht, damit er sich mit dir unterhalten kann.«

»Setz dich, John«, sagte Dorothy. »Ich glaube, ich mache dir doch einen Tee.«

»Ich will mich nicht setzen, und ich will auch keinen Tee. Bitte, Dorothy, sag mir einfach, was los ist.« Aber als sie und George sich setzten, fühlte er sich verpflichtet, es ihnen gleich zu tun. Langsam formte sich ein schwerer Kloß in seiner Magengegend. »Ist mit Bruno alles in Ordnung?« fragte er.

»O ja, John, o ja«, sagte Dorothy. »Hör zu, mein Lieber. Du hast vollkommen recht, es ist etwas los. Ich wollte es dir eigentlich nicht sagen, weil es mich nichts angeht. Aber es ist jemand unterwegs hierher, der dich sehen möchte, John. Sie müßten jeden Augenblick hier sein.«

»Wer? Hat es etwas mit Bruno zu tun?« Wieder sah er die beiden an, aber George war ihm auch keine Hilfe. Also wandte er sich erneut an Dorothy. »Bitte, Dorothy, ich halte es nicht länger aus, es ist furchtbar. Sag mir, wer mich sprechen will.«

»Rose«, sagte Dorothy sanft. »Rose O'Beirne Moffat. Sie ist unterwegs hierher.«

Der Name traf John wie ein Vorschlaghammer. Er sah verwirrt in Dorothys besorgtes, freundliches Gesicht. »Rose? Sie kommt hierher? Heute abend?«

Sie nickte. »Wie gesagt, sie müßte jeden Augenblick hier sein.«

Dies war zuviel. Dorothys und Georges betrübte Mienen verrieten, daß sie wußten, was dieser Besuch bedeutete. Wie hatten diese Menschen erfahren, daß er und Rose einander vor so langer Zeit geliebt hatten? Aber er traute sich nicht zu fragen.

Zugleich spürte er, wie die alte Erregung in ihm aufwallte. Rose. Rose kam hierher. Sie wollte ihn sehen. Nach all den Jahren würden er und Rose sich wiedersehen.

Doch als er die besorgten Gesichter von George und Dorothy sah, erstarb seine Freude. Seine Phantasie ging mit ihm durch. Irgend etwas war nicht in Ordnung mit ihr. Sie würde sterben. Sie hatte wahrscheinlich Krebs und wollte sich bei ihm entschuldigen. Deshalb kam sie hierher. »Hat sie gesagt, warum sie kommt?« Endlich fand er seine Stimme wieder. »Ich meine, warum jetzt?«

»Ich glaube, das sollte sie dir besser selbst erklären«, sagte Dorothy. »Das geht nur euch beide etwas an.«

Stille senkte sich über die Küche, eine bedrohliche Stille, die nur vom Zischen des Ofens und dem Tropfen des Wasserhahns über der Spüle unterbrochen wurde. John merkte, daß Dorothy ihn ängstlich ansah, als sei sie darauf gefaßt, daß er etwas Untypisches oder Überraschendes täte. »Seit wann wißt ihr es?« flüsterte er.

»Was?«

»Daß Rose und ich – daß wir –«

»Nicht lange«, sagte sie. »Erst seit gestern. Eigentlich erst seit heute. Aber ich kann dir ebensogut sagen, daß Rose gestern hier war. Sie und –« Plötzlich hielt sie inne, doch dann fuhr sie eilig fort. »Sie hat Gussie und Daphne auf Sundarbans besucht.«

»Hat sie nach mir gefragt?«

»Nein. Aber wenn ich es richtig bedenke, habe ich den starken Eindruck, daß sie deinetwegen hier war.«

»Ist sie immer noch drüben auf Sundarbans?«

»Nein, sie kommt aus Dublin. Hör zu, John, ich will nichts mehr sagen. Wirklich nicht. Möchtest du vielleicht einen Sherry – bitte? Ich glaube, wir können alle einen vertragen. George?« Sie ging zu ihrem kleinen Schrank und nahm drei Gläser heraus.

Doch als die Glocke am Empfangstresen klingelte, sprangen sie alle gleichzeitig auf.

Rose bedeckte die Glocke mit der Hand. Sie hatte zu laut geklungen, zu schrill.

Willie hatte darauf bestanden, sie zu begleiten, falls sie Beistand benötigte, aber er versuchte, sich so unauffällig wie möglich im Schatten der Tür zu halten. Rose hätte es vorgezogen, wenn er nicht dagewesen wäre, doch sie wollte ihn mit der Bitte zu gehen nicht verletzen.

Aber nachdem sie die Glocke betätigt hatte, dachte sie an niemanden mehr, weder an Darina noch an Bruno, ja selbst Willie war nicht mehr existent. Die Zeit hatte keine Bedeutung mehr, als sie wartete: Sie hatte das Gefühl, auf Zehenspitzen zu stehen.

Dann hörte sie, wie eine Tür geöffnet wurde.

Fußschritte näherten sich.

Sie blickte sich um, und eine Sekunde später stand er da. Älter, breiter, aber unverwechselbar.

Er blieb wie angenagelt stehen, und sämtliche Gedanken in Roses Kopf verschmolzen zu einem einzigen, kristallklaren Satz:

Da war John Flynn.

John hatte das Gefühl, als hätte ihm jemand einen Schlag versetzt.

Sie war einfach perfekt.

Rose O'Beirne Moffat stand endlich wieder vor ihm, und sie war einfach perfekt.

Er konnte sich nicht bewegen. Er wollte sie noch nicht einmal berühren oder sie in die Arme nehmen. Er wollte sie nur ansehen. Ihr glänzendes Haar war kürzer, und ihre Kleider waren eleganter, erwachsener, aber ansonsten sah sie genauso aus, wie er sie sich jahrelang vorgestellt hatte.

Dann merkte er, daß noch jemand dabei war, ein rundlicher kleiner Mann. War dies vielleicht Roses Freund? Oder sogar ihr Ehemann? Der Gedanke löste seine Lähmung und erlaubte ihm weiterzugehen und ihr die Hand hinzuhalten. »Hallo.«

»Hallo«, sagte sie. Sie nahm seine Hand nicht, sondern starrte ihn weiterhin ungläubig an. Er merkte, daß sie seine Narbe anblickte, die inzwischen kaum noch zu sehen war, und instinktiv hob er die Hand, um sie zu verdecken. Die plötzliche Bewegung erschreckte sie. »Was ist mit deinem Gesicht passiert? War das –?«

»Ja, auf dem Schiff. Ich glaube, ich habe dir darüber geschrieben.« Er zwang sich, die Hand wieder herunterzunehmen.

Der Schimmer der kleinen grünen Lampe auf dem Empfangstresen verlieh ihrem Gesicht eine unnatürliche Blässe. Vielleicht war sie tatsächlich krank, dachte er voller Verzweiflung. So dicht vor ihr roch er ihr würziges Parfüm und unter dem künstlichen Aroma noch etwas anderes – den vertrauten, einzigartigen Duft ihrer Haut. »Wir haben uns lange nicht mehr gesehen«, stellte er überflüssigerweise fest.

»Ja.«

Hinter ihr hüstelte jemand, und der kleine Mann, der sich bisher im Schatten neben der Tür gehalten hatte, trat einen Schritt vor. »Ich warte im Auto, falls du mich brauchst, Rose«, sagte er.

Sie drehte sich um. »Oh, Willie, laß mich euch erst einander vorstellen. Dies ist John Flynn«, und rückwärts gewandt, »das ist ein Freund, Willie Brehony. Er hat mich hergefahren. Ich habe kein Auto.«

»Angenehm, Mr. Brehony«, sagte John, dem seine professionelle Erfahrung zugute kam. »Bitte, Sie brauchen doch nicht im Auto zu warten. Ich hole Ihnen gerne einen Drink oder etwas anderes.« Während er sprach, musterte er den anderen Mann. Sie hatte ihn einen Freund genannt, und er spürte keine Feindseligkeit; im Gegenteil, der kleine Mann wirkte fast so, als fühle er sich wie ein Eindringling. »Was möchten Sie?« fuhr John fort und versuchte verzweifelt, nicht sofort wieder Rose anzustarren.

»Nein, bitte«, wehrte Willie ab. »Ich warte gerne im Auto. Es wäre mir sogar lieber. Frische Luft und so –«

»Nun, wenn Sie meinen«, sagte John.

»Bitte, nimm doch einen Drink, Willie«, drängte jetzt Rose. »Du hast schließlich einen langen Tag hinter dir. Ich bin sicher, daß du etwas vertragen könntest.«

»Ja, bitte. Sie müssen etwas trinken«, sagte John. Er merkte, daß er und Rose den armen Mann geradezu verfolgten, während er sich vorsichtig zur Tür zurücktastete. Die Situation wurde absurd, als versuchten sie, diesen Freund in die Falle zu locken und den erschreckenden Moment des Alleinseins so lange wie möglich vor sich her zu schieben.

»Nein, danke, wirklich nicht.« Willie hatte die Tür erreicht. »Ich warte lieber allein draußen. Wirklich!«

»Sind Sie sicher, daß Sie sich dort draußen wohl fühlen werden?« versuchte John es ein letztes Mal. »Es ist ziemlich kalt heute abend.«

»Keine Sorge.« Es gelang Willie, die Tür zu öffnen und zu flüchten, so daß sie allein in der dämmrigen Eingangshalle waren. Die Spannung schnürte ihnen beiden die Kehle zu, als sie auf die Tür starrten, durch die Willie verschwunden war. Schließlich sprach John, der es nicht länger aushielt, zu Roses bleichem Spiegelbild. »Du wolltest mich sehen?« Seine Stimme klang heiser.

»Ja«, flüsterte sie. »Könnten wir vielleicht irgendwo hingehen, wo wir ungestört sind?«

»Hier entlang.« Er führte sie zum Wohnzimmer.

Im warmen, roten Licht des erlöschenden Kaminfeuers wirkte der Raum plötzlich nicht mehr wie ein Basar, sondern eher wie der Lagerraum eines Zauberers: die zahllosen Gegenstände glühten und glitzerten im Licht der kleinen Tischlampen; die Spiegel reflektierten das Licht und nicht die Form.

John merkte nichts davon. Er bedeutete Rose, sich auf das Sofa zu setzen und nahm ihr gegenüber auf einem Stuhl Platz. Als sie seiner Aufforderung nachkam und sich auf den Rand des Sofas setze, fiel das sanfte Licht auf ihr Gesicht, und ihr Anblick versetzte ihm einen Stich. Er hoffte nur, daß er nicht sofort etwas sagen müßte, denn er war sich sicher, daß er kein einziges zusammenhängendes Wort hervorbringen würde.

Aber sie schien ebensowenig in der Lage zu sein zu sprechen, und die Spannung wurde in der Stille so unerträglich, daß er fürchtete, sein Körper könnte außer Kontrolle geraten. Er zwang sich, die Arme vor der Brust zu kreuzen und abzuwarten.

Sie kreuzte ebenfalls die Arme vor der Brust, doch schließlich setzte sie mit leiser Stimme zum Sprechen an. »Ich muß dir etwas sagen, John.« Sie sah ihn für den Bruchteil einer Sekunde an, und er hatte das Gefühl, als hätte man ihm einen Peitschenhieb versetzt.

»Ich – ich weiß einfach nicht, wie ich es sagen soll«, sagte sie und blickte wieder zu Boden.

Er weigerte sich, in Erwägung zu ziehen, daß sie vielleicht tatsächlich sterben könnte. »Hat es etwas damit zu tun, daß du vor all den Jahren plötzlich aufgehört hast, mir zu schreiben?« Irgendwie brachte er die Worte heraus.

»In gewisser Weise ja – aber es ist schwieriger.«

»Warum hast du das getan, Rose?« Seine Angst und sein Verlangen machten sich in lautem Ärger Luft. »Warum Rose? Was habe ich dir getan? Hättest du es mir doch nur gesagt! Ich hätte es akzeptiert, *vielleicht* – wenn du es mir nur gesagt hättest.« Er beugte sich vor. »Warum, um Himmels willen? Ich habe dich geliebt, und du hast mich glauben lassen, daß du mich auch liebst. Warum hast du aufgehört? Hast du gedacht, ich wäre eine Erklärung nicht wert?«

Sie starrte ihn verwirrt an, was seinen Zorn nur noch steigerte. »Jesus, Maria und Josef, all die Briefe, die du mir ungelesen zurückgeschickt hast! Was meinst du, wie ich mich gefühlt habe? Wenn ich wenigstens gewußt hätte –«

»John, laß mich dir erklären. Ich habe einen anonym –«

»Ich dachte, wir hätten einander geliebt!« sagte er mit vor Leidenschaft zitternder Stimme. »Ich habe dir geschrieben und geschrieben und dann – nichts! Wie konntest du mir das antun, Rose? Ich habe sogar die Demütigung auf mich genommen, deiner Großmutter die Amethyste zu geben und sie zu bitten, sie dir als Zeichen zu schicken. Erinnerst du dich an das Zeichen, Rose? Elizabeth und Essex? All dieser hochtrabende, edle Unsinn?«

Sie setzte zu ihrer Verteidigung an. »Ich wußte bis vor kurzem nichts davon – ehrlich John. Du mußt mir glauben. Und jetzt ist sie tot, und ich werde nie herausfinden, warum sie mir nichts davon gesagt hat –«

»Warum sollte ich dir glauben? Was bin ich doch für ein Idiot gewesen – damals habe ich dir geglaubt, Rose! Ich Idiot!« Unfähig, all die Gefühle zu kontrollieren, die in seinem Inneren tobten – Zorn,

Entsetzen, Liebe, Haß, Verbitterung – sprang er auf. Sie erhob sich ebenfalls, wie um zu fliehen, und so schnell sein Ärger aufgeflammt war, so schnell legte er sich. »Es tut mir leid, Rose«, sagte er und setzte sich wieder hin. »Es tut mir wirklich leid. Ich hatte nicht das Recht –«

»Oh, du hast jedes Recht, John, jedes Recht der Welt«, weinte Rose. »Wenn du nur wüßtest, was für ein Recht du hast –«

»Wovon sprichst du?«

Sie umklammerte die Quasten des Sofas, als mache sie sich auf einen tätlichen Angriff gefaßt. »Du hast jedes Recht der Welt, John, weil – weil du eine Tochter hast.«

Die Worte waren bedeutungslos für ihn. Was hatte sie gerade gesagt? Er starrte sie an. Worte, Worte… »Wie bitte?« fragte er.

»Du hast – wir haben – eine Tochter.«

15

»Nur meine Mutter und mein Vater wußten Bescheid – und meine Freundin Effie in Dublin. Willie draußen ist ihr Ehemann. Natürlich weiß auch er Bescheid. Und jetzt noch George und Dorothy«, fügte Rose ehrlich hinzu. »Sie haben es allerdings erst heute erraten, als sie Darina sahen.«

»Es wußte also jeder Bescheid außer mir.« John hatte das Gefühl, die Wirklichkeit kaum noch zu begreifen. »Wie konntest du mir das antun, Rose?«

»Das habe ich doch schon gesagt – oder zumindest habe ich es versucht, ehe du mir ins Wort gefallen bist. Als ich in London war, bekam ich einen anonymen Brief, in dem stand, daß du mit einem anderen Mädchen geschlafen hättest. Irgendeinem Mädchen aus Charlottetown.«

»*Was?*«

»Irgendeinem Mädchen aus Charlottetown«, wiederholte Rose. »Ich war außer mir, John. Da saß ich in einem Kloster in London –«

»Aber ich wußte nicht, daß du in einem Kloster warst. Nicht mal das hast du mir erzählt. Wann hast du diesen Brief bekommen? Und mit wem bin ich angeblich im Bett gewesen? Wie konntest du das glauben?« Die Ungerechtigkeiten wurden so unfaßbar, daß er am ganzen Körper zitterte. Er stand vor dem Kamin und umklammerte den Sims. »Und du hast mir noch nicht einmal die Möglichkeit gegeben, mich zu verteidigen.«

»Nun, *hast* du mit einem anderen Mädchen geschlafen?«

»Du warst der einzige Mensch, den ich jemals geliebt habe, Rose.«

»Das habe ich dich nicht gefragt.«

»Ich gebe dir mein Ehrenwort, daß ich weder in Charlottetown noch sonst irgendwo mit einem anderen Mädchen geschlafen habe.«

»Aber der Brief kam von Derek!« weinte Rose.

»Ich dachte, du hättest gesagt, er war anonym –« setzte John an, doch dann wurde ihm das ganze Ausmaß des Gesagten bewußt. Er wurde kreidebleich. »Von Derek?« flüsterte er. »Woher weißt du das?«

»Er trug den Poststempel von Carrickmacross, und er war damals zu Hause, und er war der einzige, der wußte, was in Charlottetown vor sich geht. Er muß es gewesen sein.«

»Viele Leute hier in der Gegend wußten, daß ich in Charlottetown war.«

Rose reckte trotzig das Kinn, eine Geste, an die er sich noch gut erinnerte. »Ja, aber sie haben dich dort nicht gesehen. Ich weiß einfach, daß der Brief von Derek war«, sagte sie. »Ich wußte es damals, und ich glaube es immer noch.«

Irgendwo in der Gegend von Johns Zwerchfell staute sich geballte Wut. Er ballte die Fäuste. »Ich werde später herausfinden, ob der Brief von Derek war«, sagte er. »Aber der Brief ist noch lange kein Grund, mir nichts von meinem Kind zu sagen.«

»Ich hielt es damals für das Beste«, sagte Rose. »Bitte, John, das mußt du mir glauben.« Sie zuckte verzweifelt mit den Schultern. »Es ist alles so lange her. Es tut mir wirklich leid.«

»Und warum rückst du jetzt mit der Wahrheit heraus? Warum gerade jetzt?«

Sie sah ihn an, und das Elend in ihrem Blick besänftigte ihn ein wenig. Doch der Zorn auf seinen Zwillingsbruder ließ ihn weiterbohren. »Nun?« fragte er. »Warum gerade jetzt, Rose?« Als sie ihn ansah, fiel ihm etwas ein, was sie zuvor gesagt hatte. »Warum gerade jetzt? Warum nicht früher?« fragte er abermals, aber sie schlug die Hände vors Gesicht und sank auf die Couch.

Er beobachtete sie ein paar Sekunden lang, und obwohl er verzweifelt versuchte, an seiner gerechten Empörung festzuhalten, besänftigte ihr Anblick ihn. Sie sah so verletzlich aus; er wollte ihr alles verzeihen, die letzten sechzehn Jahre vergessen, sich neben sie setzen und sie in die Arme nehmen.

Und dann fiel es ihm ein. Sie hatte ihre Tochter beim Namen genannt. Darina. »O Gott!« Er setzte sich auf einen Stuhl neben dem Kamin.

Die Bronzeuhr auf dem Sims tickte laut in der Stille, und plötzlich rutschten die letzten Kohlestücke mit einem lauten Krach durch den Rost. John beugte sich automatisch vor, um neue Kohle nachzulegen, doch dann ließ er die Hand sinken. »Und im Augenblick gehen sie gemeinsam spazieren?« Rose nickte. »Was sollen wir tun?« fragte er.

»Ich weiß es nicht«, sagte sie. »Effie, die Freundin, von der ich dir erzählt habe, sagt, daß es nicht so schlimm ist. Daß sie aus dieser Verliebtheit herauswachsen.«

»Wir sind es nicht.« In seinen eigenen Ohren klangen diese Worte müde und weit entfernt. »Nun, ich kann natürlich nicht für dich sprechen, aber ich bin aus meiner Liebe zu dir nicht herausgewachsen.« Es war ihm egal, ob er sich mit diesem Geständnis lächerlich machte.

»Außerdem sagt Effie, daß sie schließlich nur Cousin und Cousine sind und daß das durchaus in Ordnung ist. Zumindest in den Augen der Kirche. Obwohl es im Augenblick natürlich nicht zur Diskussion steht, sagt sie, daß sie sogar kirchlich heiraten könnten.«

»Ach ja? Wer ist diese Effie? Ist sie gleichzeitig Kirchenrechtlerin und Psychologin?«

»Ich mache dir keine Vorwürfe, daß du wütend bist, aber laß Effie aus dem Spiel. Sie ist einfach wundervoll. Sie kümmert sich wie eine zweite Mutter um Darina.«

»Vielleicht wäre Darina mit einem Vater besser dran gewesen als mit zwei Müttern.«

»Bitte, John!«

»Nun, wäre sie das etwa nicht? Ich kann einfach nicht glauben, daß du mir das angetan hast – und ihr. Selbst wenn du mich aus dem Spiel läßt, findest du nicht, daß sie auch ein paar Rechte hat? Weiß sie überhaupt, daß sie einen Vater hat? Oder denkt sie, daß sie von irgendeinem herzlosen Monster im Stich gelassen wurde, das sie und ihre Mutter sich selbst überlassen hat?«

»Ich hielt es für das Beste. Und ich war ängstlich und verwirrt«, flüsterte sie.

»Ich habe dich etwas gefragt, Rose. Was weiß meine Tochter von mir?«

»Nur, daß du aus Monaghan bist und daß du nach Kanada ausgewandert bist.« Sie begann zu weinen, ihre Schultern bebten, und er fühlte sich widerlich.

»Oh, Rose, es tut mir leid!« Er sprang auf und wollte gerade zu ihr hinübereilen, als ihn der Schmerz, der zu tief war, um sofort abzuheilen, stehenbleiben ließ. »Ich weiß, daß ich mich schlecht benehme«, sagte er ruhig. »Normalerweise bin ich nicht so sarkastisch und verbittert.«

»Du hast das Recht dazu. Ich bin diejenige, die sich schlecht benommen hat. Ich hätte dir vertrauen sollen. Ich hätte dich nach dem schrecklichen Brief fragen sollen. Ich hätte dir sagen sollen, daß ich schwanger war –«

»Aber du warst erst sechzehn Jahre alt. Mach dir keine Vorwürfe. Es tut mir leid, daß ich diese Dinge gesagt habe – wie konntest du damals nur ganz allein Entscheidungen von solcher Tragweite fällen?«

»Ich hätte dich besser kennen müssen. Oh, John, ich habe dich so geliebt. Ich kann dir gar nicht sagen, wie verzweifelt ich war –«

»Und du hast keine Ahnung, wie viele Nächte ich wach gelegen und versucht habe herauszufinden, was los war, was ich dir getan haben könnte. Ich habe mit den Amethysten herumgespielt, ich habe sogar Nonvenen abgehalten, Rose, *neuntägige Andachten*!« Sie sprachen so schnell, die Sätze sprudelten nur so aus ihnen heraus, daß sie beinahe gleichzeitig innehielten und einander anstarrten.

»Es tut mir leid, John«, flüsterte Rose. »Kannst du mir verzeihen?«

»Ob ich dir verzeihen kann?« Doch ehe er noch etwas sagen konnte, klopfte es leise an der Tür und Dorothy streckte den Kopf herein. »Tut mir leid, daß ich störe, aber die beiden sind zurück. Sie sitzen im Augenblick in der Küche und trinken Kakao, aber ich dachte, ich frage besser, was ich jetzt mit ihnen machen soll.« Sie hielt kurz inne. »Anscheinend hast du es ihm gesagt, meine Liebe?« fragte sie Rose.

Rose nickte. »Wo hast du sie gefunden, Dorothy?«

»George ist mit dem Wagen losgefahren und hat sie auf der Straße aufgelesen – sie waren auf dem Weg zur Anglerhütte.«

Johns Herz pochte wild gegen seinen Brustkorb. Seine Tochter. Seine Tochter war nur ein paar Meter von ihm entfernt und er würde sie sehen. Angenommen, sie würde ihn hassen? Dorothy stand immer noch abwartend in der Tür. »Was soll ich jetzt machen?«

John sah Rose an. »Ich würde sie gerne alleine sehen – ich meine, mit dir natürlich – aber ohne Bruno.«

»Soll ich sie herüberschicken?« Dorothy trat einen Schritt zurück.

»Ja, bitte«, sagte Rose. »Und, Dorothy, was hat sie gesagt, als sie gehört hat, daß ich hier bin? Schließlich sind wir heute morgen nicht gerade im Guten auseinandergegangen.«

»Sie schien überrascht zu sein, aber das war alles. Ich schicke sie herüber«, sagte Dorothy. Dann wandte sie sich an John. »Bist du bereit? Ich kann sie auch noch ein wenig beschäftigen, wenn du willst.«

»Ich weiß nicht mehr, wo mir der Kopf steht, Dorothy. Es tut mir leid, daß ihr in die ganze Sache hineingezogen worden seid, es ist dir und George gegenüber wirklich nicht fair.«

»Wenn mir heute abend noch ein Mensch so eine Rede hält, werde ich ihn erwürgen! Auch Sie, Mr. Flynn.« Sie schloß die Tür.

John und Rose wagten nicht, einander anzusehen. John konnte sich nicht daran erinnern, wann er zum letzten Mal so nervös gewesen war. Er stellte sich hundertmal vor, wie sie sein würde, was er sagen würde, was sie sagen würde.

Es war einfach irreal. Eine Tochter. Er sagte es sich wieder und wieder. Eine *Tochter*.

Dann öffnete sich die Tür, und sie war da.

Der ganze Raum versank in Dunkelheit, selbst Rose, und alles, was er sah, war das Gesicht seiner Tochter. Es war, als zöge er einen Schleier von der Vergangenheit. Er sah sich selbst und Rose in ihr, aber vor allem sah er Darina. Und sie war unermeßlich schön.

Sie bedachte ihn mit einem flüchtigen Blick, und dann sah sie ihre Mutter unsicher an. Plötzlich reckte sie das Kinn, genau wie Rose es immer tat. »Ich hoffe, du bist nicht gekommen, um mich zurückzuholen, Mutter?«

»Nein, Darina, es sei denn, du willst mitkommen.«

Die stockende Stimme ihrer Mutter überraschte Darina. »Ist etwas nicht in Ordnung?« fragte sie. »Geht es Effie gut?«

»Ja«, sagte Rose. »Hast du Willie nicht gesehen? Er hat mich hergefahren.«

»Willie ist hier?« fragte Darina ehrlich überrascht. »Nein, ich – wir – wir sind durch die Hintertür gekommen.« Sie hatte immer noch den Türgriff in der Hand und wartete offensichtlich darauf, daß etwas geschah.

John hatte das Gefühl, als hätte man ihn am Boden festgenagelt. Er hätte sich nicht bewegen und nichts sagen können, selbst wenn man ihm eine Pistole in den Rücken gehalten hätte. Er starrte Darina an, ihr hübsches Gesicht, ihre purpurfarbenen Sandalen, das Spiel von Licht und Schatten auf ihren blonden Haaren. Er bemerkte, daß Rose aufstand und zur Tür hinüberging. »Darina«, sagte sie. »Komm bitte kurz herein. Ich muß dir etwas sagen.«

John sah, daß das Mädchen zögerte und dann zu ihm herübersah. Er merkte, daß sie die Augen aufriß. Hatte sie es erraten?

Sie ließ sich von Rose zur Couch hinüberführen. Als sie Platz nahm, setzte sich Rose neben sie und nahm ihre Hände. Aber Darina sah ihre Mutter kaum an; ihre Augen ruhten auf John, und er war sicher, in ihrer Miene erschrecktes Erkennen zu sehen. Er selbst versuchte, so reglos wie möglich zu sein.

»Darina«, sagte Rose mit zitternder Stimme. »Es gibt da etwas, was ich dir wahrscheinlich bereits vor langer Zeit hätte sagen sollen, aber ich dachte, du wärst noch nicht bereit dafür. Ich hoffe, du wirst mir verzeihen.«

Darina starrte John immer noch an.

Rose holte tief Luft, und dann sagte sie leise: »Darina, dieser Mann ist dein Vater. Er heißt John.«

John sah, daß sie noch etwas hatte sagen wollen, doch dann hielt sie inne; er merkte, daß sie seinen Nachnamen unterschlug. Und während er den Kampf der Gefühle in Darinas Augen las, war er froh, daß sie die schockierende Neuigkeiten nicht alle auf einmal zu hören bekam.

Nach kurzem Schweigen zog Darina langsam ihre Hände zurück und faltete sie in ihrem Schoß. »Ich verstehe.«

Rose versuchte, ihre Hände erneut zu nehmen, doch Darina entzog sie ihr abermals. Sie blickte John an, der immer noch reglos am anderen Ende des Zimmers stand. »Angenehm«, sagte sie mit so tonloser Stimme, daß es John unmöglich war, ihre Gedanken zu erahnen. Er trat vorsichtig auf sie zu, aber sie zuckte zurück.

»Das Ganze ist für mich genauso eine Überraschung wie für dich, Darina«, sagte er heiser. »Bis vor zehn Minuten wußte ich nicht, daß es dich gibt.«

»Ich verstehe«, sagte sie erneut, und dann wandte sie sich an Rose. »Kann ich jetzt gehen? Bruno wartet in der Küche auf mich.«

Rose sah sie hilflos an. »Willst du nicht noch ein paar Minuten bleiben, ein paar Fragen stellen oder so?«

»Nein, danke. Vielleicht später, aber im Augenblick nicht. Darf ich jetzt gehen?«

Als Rose nickte, stand Darina auf und verließ den Raum, ohne sich noch einmal umzusehen.

Sie blickten ihr nach. Johns Gedanken überschlugen sich: Er hatte die Situation sehr schlecht gemeistert, aber schließlich war alles so schnell gegangen. Sollte er ihr nachlaufen und darauf bestehen, daß sie miteinander sprachen? Er sah Rose an. »Es war schrecklich«, sagte er. »Oh, Rose, sie ist so schön, aber ich weiß nicht, was ich sagen oder tun soll, ich bin einfach zu schockiert. Was hätte ich tun sollen? Hätten wir ihr nicht wenigstens sagen sollen, wer ich bin?«

»Vielleicht hätte ich es ihr sagen sollen – aber ich habe gesehen, welche Wirkung du auf sie hattest, und ich habe es einfach nicht über mich gebracht. Sie braucht noch etwas Zeit. Ich bin sicher, daß sie bald eine Million Dinge wissen will. Außerdem bin ich sicher, daß Bruno ihr den Rest erzählen wird, wenn sie ihn noch nicht erraten hat. John?« Sie sah ihn zögernd an. »Bitte, bitte glaube mir, daß es mir entsetzlich leid tut. Und das Schlimmste ist, daß alles hätte ganz anders kommen können. Vielleicht glaubst du es nicht, aber ich war erst gestern hier, um dich zu sehen. Ich kann nicht glauben, daß es erst gestern war«, fügte sie mit erstickter Stimme hinzu, doch dann riß sie sich zusammen. »Meinetwegen«, sagte sie. »Gestern kam ich meinetwegen. Es hatte nichts mit Darina zu tun – aber wenn sich die Dinge so entwickelt hätten, wie ich es gehofft hatte, hätte ich dir natürlich von ihr erzählt. Und selbst wenn alles ganz anders gekommen wäre, hätte ich dir von ihr erzählt.«

John sah sie wachsam an. »Wenn sich die Dinge entwickelt hätten, wie du gehofft hattest? Was hattest du denn gehofft?«

»Wir beide, John. Ich mußte einfach herausfinden, wie es zwischen uns stand. Ich weiß, daß ich dich wohl kaum zurückbekommen werde, aber ich habe nichts mehr zu verlieren. Es war wirklich seltsam, in letzter Zeit tauchte dein Name einfach überall auf. Daddy sprach in Verbindung mit dem Sundarbans-Projekt von dir, und dann traf ich eine alte Schulfreundin in Dublin, die nach dir fragte und oh –« Ihre Stimme schwankte und sie machte eine Pause.

»Tja«, fuhr sie mit festerer Stimme fort. »Und dann haben sich die Dinge überstürzt. Nun, da Darina im Bilde ist, werden wir uns darüber unterhalten müssen, wie es weitergehen soll, selbst wenn –«

»Selbst wenn was?« John hatte das Gefühl, daß die Welt, sein Leben, von ihrem nächsten Satz abhing.

»Selbst wenn wir feststellen, daß wir nichts mehr füreinander empfinden.« Sie sah ihn mit riesengroßen Augen an. »Es ist so lange her, John. Wir waren noch Kinder. Du könntest –«

»Was mich angeht, so sind wir immer noch Kinder.« Er brauchte einen Augenblick, um sich zu beruhigen. »Ich nehme an, daß es eine Million Dinge gibt, die ich sagen und tun sollte, um mich zu schützen, Rose. Noch vor einer halben Stunde wußte ich nicht einmal, daß du in der Nähe warst, ganz zu schweigen davon, daß ich eine Tochter habe. Es ist einfach alles zuviel. Aber ich nehme an, daß du recht hast. Wir haben – ich habe nichts zu verlieren, wenn ich ehrlich bin. Eins sage ich dir. Ich habe niemals einen anderen Menschen so geliebt, wie ich dich geliebt habe. Ich meine, ich war nie so verliebt – seit ich in dich verliebt war – oje, ich kann mich einfach nicht klar ausdrücken …« Er hielt inne und ballte die Fäuste.

»O doch, das kannst du!«

»Fühlst du das gleiche wie ich?« Er wagte es, sprach die Worte laut und deutlich aus.

Sie nickte. »Warum glaubst du, bin ich wohl gestern gekommen?«

Er starrte in ihr schönes, tränenüberströmtes Gesicht. Wahrscheinlich sollte er sie in die Arme nehmen, sie küssen, sie festhalten, sie lieben, aber das, was da passierte, war einfach zu großartig für eine derart gewöhnliche Reaktion. »Und was jetzt?« flüsterte er.

»Ich weiß es nicht, aber ich weiß, daß es langsam gehen muß«, antwortete sie ebenfalls flüsternd.

Plötzlich löste sich die Anspannung, und er fing an zu lachen. »Vielleicht sollten wir diese Effie um Rat fragen?« Sein Lachen war laut und herzlich, und Rose fing ebenfalls an zu kichern. Sie schlug sich die Hand vor den Mund. »Ich könnte sie anrufen.«

»Oh, Rose!« Mit zwei Schritten war er neben ihr, zog sie auf die Füße und preßte sie an seine Brust. Sie schluchzte erneut, und er spürte, daß sein Gesicht ebenfalls tränennaß war. Er hatte seit Jahren nicht mehr geweint, aber er schämte sich nicht. Sie weinten gemeinsam, Tränen der Freude und der Erleichterung – und der Trauer um die verlorene Zeit.

In der Küche versuchte Dorothy, die beiden jungen Leute dazu zu überreden, noch etwas zu bleiben. »Wartet doch nur noch ein paar Minuten«, flehte sie. »Ich bin sicher, daß deine Mutter jeden Augenblick kommen wird, Darina. Außerdem ist es draußen dunkel und kalt. George wird euch gleich überall hinfahren, wo ihr wollt, nicht wahr, George?«

Sie sah George an und wandte sich dann wieder dem Mädchen zu. »Aber du mußt noch kurz warten, wenigstens, bis wir eine Bleibe für dich haben. Du kannst nicht einfach in der Gegend herumlaufen, ohne daß Rose weiß, wo du bist. Außerdem möchte sie vielleicht, daß du wieder mit ihr nach Dublin fährst.«

»Vielen Dank, Mrs. Cranshaw«, sagte Darina höflich. »Aber das geht nur sie und mich etwas an. Außerdem weiß sie, daß ich mit Bruno zusammen bin.«

Dorothy sah sie an und versuchte, die Gedanken zu lesen, die sich hinter ihrer ausdruckslosen, doch entschlossenen Miene verbargen. Darina war ungewöhnlich bleich, und eins ihrer Augenlider zuckte ein wenig, aber davon abgesehen wirkte sie so ruhig und gefaßt wie zuvor. Während sie anfangs jedoch bereit gewesen zu sein schien, sich den Wünschen der Erwachsenen in Willow House zu beugen, war inzwischen offensichtlich, daß sie verzweifelt zu entkommen versuchte.

»Ich werde gut auf sie aufpassen, Mrs. Cranshaw, das verspreche ich«, meldete sich Bruno zu Wort.

Dorothy hatte bereits bemerkt, daß er Darina nie länger als ein paar Sekunden aus den Augen ließ. Sie seufzte; die beiden waren so hübsch anzusehen und offensichtlich so hingerissen voneinander, daß sie gut für die Illustration eines Buches über romantische Liebe hätten Modell stehen können. »Was meinst du, George?« fragte sie. »Soll ich Rose und John holen? Schließlich«, sie wandte sich an Bruno, »ist er dein Onkel. Er hat im Augenblick die Verantwortung für dich – also hat er ja wohl auch noch ein Wörtchen mitzureden.« Aus dem Augenwinkel heraus bemerkte sie, wie Darina erstarrte. Das arme Mädchen, dachte sie. Die ganze Situation war einfach zuviel für sie.

»Ich werde Rose und John holen gehen«, sagte George, stand auf und verließ den Raum.

»Keine Angst«, sagte Dorothy, als sich seine Fußschritte entfernten. »Niemand wird euch zwingen, etwas zu tun, was ihr nicht wollt, aber ihr seid beide noch minderjährig. Bitte vergeßt das nicht. Ich kann es nicht mit meinem Gewissen vereinbaren, euch gehen zu lassen, ohne daß eure Familien einverstanden sind. In Ordnung? Könnt ihr mich vielleicht auch ein bißchen verstehen?«

Keiner der beiden sagte etwas. Bruno beobachtete Darina, aber sie starrte reglos auf den Tisch. Dorothy überlegte verzweifelt, was sie sagen oder tun sollte. Sie konnte ihnen wohl kaum noch mehr Kakao anbieten, und sie hatte das Gefühl, daß Sherry im Augenblick nicht das Richtige war. Aber ebensowenig konnte sie einfach herumsitzen und die beiden anstarren.

»Dein Dad kommt morgen zurück?« fragte sie Bruno, um etwas zu sagen.

Er nickte. »Ja«, sagte er. »Ich glaube, sein Flugzeug landet gegen zwei. Also sollte er am Spätnachmittag hier sein.«

Wieder senkte sich klammes Schweigen über sie. Immer noch gab es kein Zeichen von den anderen, und Dorothy hielt es einfach nicht länger aus. Sie stand auf. »Ich muß nur kurz telefonieren«, sagte sie. »Ich bin gleich zurück.«

Das Telefon hing an der Wand im Speisesaal, und während sie die Nummer einer Londoner Freundin wählte, spürte sie plötzlich einen kalten Zug im Rücken.

Sie drehte sich um und sah, daß die Tür von der Küche in den Hinterhof weit offen stand und sie alleine war.

Die Landschaft glitzerte in kaltem Frost, als sie beide durch die Kräuter- und Wintergemüsebeete, durch das Gartentor und über ein Feld in Richtung des Waldes rannten. Nach einer Minute hatte Darina, obgleich sie die Flucht angeregt hatte, Schwierigkeiten, mit Bruno Schritt zu halten. »Lauf ein bißchen langsamer«, keuchte sie. »Du bringst mich um.«

Er verlangsamte sein Tempo zu einem gemächlichen Trab und nahm ihre Hand. »Was ist passiert?« fragte er und sah sie an. »Warum rennst du fort?«

Sein Gesicht war wachsbleich, und sie strich ihm flüchtig über die Wange. »Ich werde es dir erzählen, wenn wir einen Platz gefunden haben, an dem wir nicht entdeckt werden können«, antwortete sie. Die Sandalen, die sie trug, waren höchstens zu einem Spaziergang in der Stadt geeignet, und auf halbem Weg blieb sie stehen und zog sie aus.

Nach ein paar Metern war ihre Strumpfhose ruiniert, und als sie endlich den Waldrand erreichten, keuchte sie. Bruno schlug ihr vor, kurz stehenzubleiben, aber sie drängte weiter. »Gleich! Ich kenne mich hier nicht aus, aber irgendwo muß es doch eine Stelle geben, an der wir sicher sind.« Sie liefen ein bißchen langsamer, und etwas abseits vom Weg entdeckte Darina ein dichtes Gebüsch, zerrte die Zweige auseinander und schob sich hindurch. Sie schoben das Geäst beiseite, bis sie beide Platz darin hatten, und dann sanken sie einander wortlos in die Arme. »Hier können wir eine Weile bleiben«, sagte Darina und schob sich hin und her, bis sie eine gemütlichere Position gefunden hatte. »Verdammt, meine Füße tun wirklich weh.«

»Erzählst du mir jetzt vielleicht, was passiert ist?« fragte Bruno und hielt sie fest.

»Wahrscheinlich wirst du mir nicht glauben.«

»Natürlich werde ich dir glauben.«

»Es geht um deinen Onkel.«

»Onkel John?« Er war ehrlich überrascht. »Was ist mit ihm?« Bruno setzte sich alarmiert auf, aber Darina zog ihn wieder zu sich herab.

»Ich erzähle es dir sofort. Aber laß uns erst ein bißchen ausruhen.« Sie hielt ihm ihr Gesicht hin, damit er sie küßte, und als er es tat, reagierte sie voller Leidenschaft.

Sie umschlang ihn mit ihren Armen und Beinen, und seine eigene Reaktion wurde immer hitziger, bis er sich atemlos zurückzog. »Ich dachte, du hättest gesagt, wir sollten noch warten, Darina?«

»Das heißt nicht, daß wir uns nicht küssen können.«

»Wenn du mich auf diese Weise küßt, glaube ich kaum, daß ich warten kann.«

»Dann halt mich einfach fest.«

Er umschlang sie, so fest er konnte, aber es war immer noch nicht genug. »Fester, fester!« forderte sie. »Bitte, Bruno, wenn du mich liebst, hältst du mich noch fester!«

»Ich liebe dich, Darina!« Er preßte sie noch enger an sich, bis sie das Zittern seiner Arme, seiner Waden- und Oberschenkelmuskeln an ihrem eigenen Körper spürte. Schließlich ließ er sie los. »Bitte erzähl mir, was los ist, Darina.«

»Würdest du mich immer noch lieben«, fragte sie ängstlich, »wenn ich dir etwas von mir erzählen würde, auf das du niemals von allein gekommen wärst? Etwas so Schreckliches, daß es kaum zu glauben ist?«

»Nichts, was du mir erzählen kannst, kann so schrecklich sein.«

»Aber dies ist eine Sache, die dir niemals auch nur im Traum eingefallen wäre. Nicht in deiner kühnsten Phantasie –«

»Bitte, Darina, spann mich nicht so auf die Folter!«

»Also gut. Denk dran, du wolltest es unbedingt wissen!« Sie setzte sich auf und schob ihn fort. »Du und ich«, sagte sie mit zitternder Stimme, »sind Cousin und Cousine.«

»Cousin und Cousine?« wiederholte er.

»Genau. Dein Onkel John ist mein Vater. Ich habe es erst heute abend erfahren.«

Er starrte sie an. »Bist du sicher?«

»Ja.«

»Ich fürchte, ich weiß nicht, was ich sagen soll.«

»Ich auch nicht.«

Wieder starrten sie einander an. »Kann ich dich immer noch in die Arme nehmen?« fragte er schließlich.

»Ich wünschte, du würdest es tun, Bruno, oh, ich wünschte, du würdest es tun!« Darina kämpfte mit den Tränen. Er nahm sie in die Arme, und sie schmiegte sich in die Wärme seiner daunengefütterten Jacke. Plötzlich krachte ein Ast, und sie sprang erschreckt zurück.

»Keine Angst«, sagte er und streichelte ihr Gesicht. »Ich bin ja bei dir.«

Sie lehnte sich wieder an ihn, und sie wurden ruhiger.

»Ehrlich gesagt«, meinte Darina nach ein paar Minuten, »ist es ein entsetzlicher Schock, aber wenn ich darüber nachdenke, überrascht es mich eigentlich nicht so sehr.«

»Wieso nicht?«

Sie setzte sich auf. »Wenn ich dir sage, warum nicht, hörst du mir dann auch zu?«

»Natürlich höre ich dir zu.«

»Ich meine, wirklich *zu*hören – unvoreingenommen. Es ist alles ein bißchen, nun – ungewöhnlich.«

»Allerdings!« sagte Bruno und richtete sich ebenfalls auf.

»Also gut«, sagte Darina. »Los geht's.« Sie legte ihre Hände auf seine Schultern und sah ihm in die Augen. »Als ich dir zum ersten Mal begegnet bin, habe ich sofort gespürt, daß es vom Schicksal vorausbestimmt war, daß wir uns treffen und lieben. Hast du auch so etwas gespürt?«

»Ich hatte eine Gänsehaut«, gab Bruno zu. »Aber –«

»Genau!« Darina verkrallte sich in seiner Jacke. »Das ist genau das, wovon ich rede. Weißt du, was ich glaube?« fragte sie mit leiser Stimme. »Ich glaube, du bist meine andere Hälfte. Weißt du, was das ist?«

»Erklär es mir.«

»Nun, das ist etwas schwer zu verstehen. Den Ursprung dieser Idee habe ich noch nicht herausgefunden – vielleicht stammt sie von den Griechen. Ich habe haufenweise Bücher zu Hause, und ich bin sicher, daß ich es finden werde. Hast du je etwas von Edgar Cayce gehört?«

»Immer wenn wir uns unterhalten, scheint mein Teil des Gesprächs in ›Wer ist das?‹ oder ›Was ist das?‹ zu bestehen.«

Unter anderen Umständen hätte Darina vielleicht über Brunos traurigen Ton gelacht, aber jetzt ging es ihr nur darum, ihm ihre Theorie zu erläutern, so daß sie ihm nur tröstend die Wange tätschelte. »Ich bin sicher, daß du auf anderen Gebieten viel mehr als ich weißt.« Doch dann fuhr sie fort, wobei sich ihre Stimme fast überschlug. »Edgar Cayce ist ein berühmter Psychologe. Ich habe drei Bücher über ihn. Egal«, sie änderte die Richtung ihres Gesprächs. »Aber du hast doch bestimmt schon von den Dichtern Robert Browning und Elizabeth Barrett gehört?«

»Ich glaube ja, obwohl ich kein großer Fan von Dichtern bin«, sagte Bruno. »Eigentlich kenne ich nur Walt Whitman.«

»Nun, die beiden waren zwei englische Dichter, die im letzten Jahrhundert lebten und sich ineinander verliebten und die ihrer Liebe wegen mindestens genauso berühmt wurden wie wegen ihrer Gedichte. Ihre Beziehung gilt als das beste Beispiel von Seelenverwandtschaft.«

»Ich verstehe«, sagte Bruno zweifelnd.

Darina ließ von seiner Jacke ab und kreuzte die Arme vor der Brust. »Dieses Konzept gibt es schon seit Tausenden von Jahren«, sagte sie, unsicher, wie er auf ihre Ausführungen reagieren würde. »Um es zu akzeptieren, mußt du auch den Gedanken von der Reinkarnation akzeptieren.«

Sie warf einen verstohlenen Blick in sein Gesicht. Soweit sie sah, schien er das, was sie sagte, zumindest nicht rundweg abzulehnen. Ein wenig ermutigt fuhr sie fort. »Wenn man also diesen Gedanken akzeptiert – wie ich es inzwischen tue – dann ist die Vorstellung von der völligen Seelenverwandtschaft nicht allzu schwer zu begreifen. Seelenverwandtschaft bedeutet, daß irgendwann vor langer, langer Zeit zwei Menschen geistig vollkommen eins waren, aber daß in einem ihrer gemeinsamen Leben irgend etwas passiert ist, das sie voneinander trennte. Und in all ihren späteren Leben suchen sie einander, über die Jahrhunderte hinweg.« Sie machte eine Pause und holte tief Luft. »Ich denke, daß diese Vorstellung auf uns zutrifft. Wir sind zwei Hälften einer Person, Bruno. Endlich haben wir einander gefunden.«

Er schwieg, und zum ersten Mal, seit sie ihn kannte, war sie verlegen. »Es tut mir leid, falls das alles ein bißchen seltsam klingt.«

»Hat es etwas mit Astrologie zu tun?«

Vorsichtig nahm sie seine Hand. »Ja und nein. Astrologie ist etwas sehr altes, es ist auch eine Art Glauben, aber das, wovon ich spreche, ist etwas anderes. Viele fernöstliche Religionen glauben daran. Siehst du denn nicht, nun, da wir wissen, daß wir Cousin und Cousine sind, ergibt das Ganze noch mehr Sinn. Daß wir einander erkennen. Daß dies unsere Bestimmung war, unser Schicksal oder wie du es sonst nennen willst.«

»Ich weiß nicht«, sagte er. »Könnte es nicht einfach an den Genen liegen? Ich meine, wenn wir verwandt sind...«

»Ja. Aber wir beide wissen, daß das, was wie füreinander empfinden, nicht einfach genetisch bedingt sein kann, nicht wahr?« Darinas Augen blitzten.

»Es fühlt sich einfach richtig an, vollkommen richtig«, sagte sie eifrig. »Ich habe das Gefühl, dich ganz genau zu kennen, fast so gut wie mich selbst. Und ich kann dir einfach alles sagen, alles.«

Er küßte sie sanft auf den Mund. »Ich glaube dir, Darina.«

Sie umarmten einander, gaben sich die Wärme, die sie nicht nur wegen der Kälte so dringend brauchten.

»Und was ist mit Onkel John?« fragte Bruno nach einer Weile. »Er ist einfach phantastisch. Er ist bestimmt ein großartiger Vater.«

»Über diese Sache will ich noch nicht sprechen«, sagte Darina.

Aus der Entfernung hörten sie, wie ihre Namen gerufen wurden, und ein paar Minuten später fuhren mehrere Wagen davon.

»Wieviel Uhr ist es jetzt?« Rose hatte das Gefühl, als hätte man ihre Augen durch glühende Kohlen ersetzt.

Dorothy blickte auf ihre Uhr. »Kurz nach drei. Himmel, warum versuchst du nicht, ein bißchen zu schlafen? Ich mache dir ein Bett fertig. Ihr solltet euch beide ein bißchen ausruhen.« Sie sah zu John hinüber, der zusammengesunken am Küchentisch saß.

»Und was ist mir dir, Dorothy?« fragte er. »Bitte, bitte geh du erst mal ins Bett. Du mußt dich schließlich morgen früh um die Küche kümmern. In drei Stunden mußt du schon wieder auf den Beinen sein.«

»Mach dir um mich keine Gedanken«, sagte Dorothy. »Ich war schon immer stark wie ein Ochse. Außerdem wird sich morgen früh George um alles kümmern. Ich weiß nicht, wann er das letzte Mal eine Nacht nicht geschlafen hat. Nur gut, daß er nicht an Bord der *Titanic* war, als sie unterging.« Sie wandte sich wieder an Rose. »Ich hoffe, dein Freund fühlt sich in seinem Zimmer wohl.«

»Willie ist einfach wunderbar«, sagte Rose. »Ich nehme an, er ist wie George. Ich weiß nicht, was ich in letzter Zeit ohne ihn angefangen hätte.« Sie war zu müde, um mehr zu sagen, und ihre Stimme erstarb, während sie ihren Becher mit dem Teerest herumschwenkte.

John stand auf und ging zum Fenster.

»Ihr wißt, wie die jungen Leute sind«, sagte Dorothy. »Ich wette, sie schlafen selig in irgendeiner trockenen Scheune, ohne auch nur einen Gedanken daran zu verschwenden, daß wir vor Sorge ganz aus dem Häuschen sind. Ihr werdet sehen! Morgen früh tauchen sie mit leuchtenden Augen hier auf und fragen, warum wir uns überhaupt aufgeregt haben.«

Rose sagte nichts. Sie wußte Dorothys Bemühungen zu schätzen und hoffte nur, daß sie recht hatte. Dies war ihre zweite schlaflose Nacht, und ihre Müdigkeit verbunden mit den Ereignissen der letzten achtundvierzig Stunden machten es ihr schwer, die Wirklichkeit noch von ihrer Phantasie zu trennen. Irgendwo in ihrem Hinterkopf hatte sie die Idee, daß sie schuld an allem war, aber im Augenblick hatte sie einfach nicht die Energie, um darüber nachzudenken. Wenn Darina erst zurück wäre, könnte sie sich Gedanken über die Zukunft machen, und vielleicht könnte sie sich dann auch den Luxus von Selbstvorwürfen leisten.

Bis dahin jedoch mußte sie sich ganz darauf konzentrieren, nicht einzuschlafen und zu versuchen, sich an Darinas Stelle zu versetzen. Wenn sie selbst wieder sechzehn wäre, in Gesellschaft des Jungen, den sie liebte, wenn sie denselben Schock wie ihre Tochter erlitten hätte, wie hätte sie reagiert? Wohin wäre sie gelaufen?

Sie versuchte, sämtliche Möglichkeiten in Erwägung zu ziehen. Darina kannte sich hier nicht aus. Sie kannte nur die unmittelbare Umgebung von Sundarbans – und das war mehr als fünfzehn Kilometer entfernt. Selbst wenn sie beschlossen hätte, dorthin zu gehen, hätte sie den Weg nicht gewußt. Sie hätte natürlich jemanden fragen können, aber das war unter den gegebenen Umständen höchst unwahrscheinlich.

Das Versteck mußte ganz in der Nähe sein, da war sie sich ganz sicher.

Aber sie und John, Dorothy, George und Willie hatten zwei Stunden lang die gesamte Umgebung des Hotels abgesucht, die Anglerhütte, selbst die Scheunen und Hütten der Nachbarn. Sie waren durch den Wald gelaufen und am Ufer des Sees entlang. Noch nicht einmal den halbfertigen Unterstand für die Golfspieler hatten sie ausgelassen.

Darina und Bruno waren einfach spurlos verschwunden.

»Bist du sicher, daß es noch zu früh ist, um die Polizei zu alarmieren?« Rose trat neben John ans Fenster, und er schüttelte den Kopf.

»Wenn wir morgen früh immer noch keine Spur von ihnen haben, werden wir die Polizei verständigen.«

»Möchte noch jemand Tee oder etwas anderes?« fragte Dorothy hinter ihnen.

»Ehrlich gesagt, Dorothy«, erwiderte John und rieb sich die Augen, »könnte ich etwas Stärkeres vertragen. Es war eine ziemlich anstrengende Nacht, und ich bin vollkommen erledigt. Aber bitte keinen Sherry, wenn es dir nichts ausmacht.«

Dorothy suchte in ihrem Schrank herum und förderte schließlich eine halbvolle Whiskyflasche zu Tage.

Wieder setzten sie sich alle drei an den Tisch. Rose war Whisky nicht gewöhnt, und als sie ihn pur herunterkippte, brannte er ihr entsetzlich im Hals. Gerade als sie überlegte, ob sie Dorothy um etwas Wasser bitten sollte, sah sie ein Paar Augen, die durch eins der Fenster in die Küche starrten. »Mein Gott! Dorothy!« rief sie. »Da draußen ist jemand!« Sie sprang auf, rannte zur Tür und riß sie eilig auf.

Die Hauskatze sprang vom Fenstersims und rannte mit eingekniffenem Schwanz unter den warmen Ofen. Die Enttäuschung war übermächtig, und Rose hätte fast die Beherrschung verloren. »Tut mir leid«, entschuldigte sie sich. »Ich dachte –«

»Mach die Tür wieder zu«, riet Dorothy, aber Rose starrte angestrengt in die Dunkelheit hinaus in der Hoffnung, irgend etwas zu entdecken, das ihr einen Hinweis gab und das Gefühl von Hoffnungslosigkeit nahm.

Sie spürte Dorothys Hand auf ihrem Arm. »Rose«, sagte sie und schloß die Tür. »Warum hörst du nicht auf mich und legst dich ein wenig hin? Wirklich, es ist sinnlos, daß wir alle drei hier herumsitzen. Für mich ist es inzwischen zu spät, um noch ins Bett zu gehen, und außerdem blühe ich um diese Uhrzeit noch mal richtig auf. Aber warum gehst du nicht? Ich mache dir noch eine Wärmflasche. Ich verspreche, daß ich dir sofort Bescheid sage, wenn es etwas Neues gibt.«

Roses Beine waren bleischwer, und der Whisky hatte sie benommen gemacht. Trotz ihrer Sorge war der Gedanke an ein sauberes, warmes Bett einfach zu verlockend. Dorothy sah ihr Zögern und wandte sich hilfesuchend an John. »Habe ich nicht recht? Sollte sie sich nicht kurz hinlegen? Du natürlich auch«, fügte sie hinzu, »aber ich weiß, daß es sinnlos wäre zu versuchen, dich dazu zu überreden.«

»Ja, Rose, geh nur«, sagte auch John. »Ich bleibe hier bei Dorothy, und ich verspreche dir, daß wir dir auf der Stelle Bescheid sagen, wenn wir irgend etwas erfahren. Und sobald es hell wird, mache ich mich wieder auf die Suche.« Er ging zu ihr hinüber. »Komm, sei ein braves Mädchen. In den nächsten paar Tagen wirst du all deine Kraft brauchen. Wie wir alle.«

Rose gab nach. Seite an Seite mit John sah sie zu, wie Dorothy die Wärmflasche machte, und dann, als Dorothy ihr noch den Rücken zugewandt hatte, legte sie John verstohlen die Hand auf den Arm.

Er beugte sich zu ihr hinab und gab ihr einen sanften Kuß auf den Mund, und trotz allem, trotz der Sorge, trotz des Ärgers, reagierte sie darauf. Aus Angst, daß Dorothy sich umdrehen könnte, zog sie sich allerdings schnell zurück.

»Hier.« Dorothy gab ihr die Wärmflasche und geleitete sie in den Flur. »Du weißt, wo du hingehen mußt? Zweite Tür links. Schlaf gut oder wenigstens so gut du kannst. Bis nachher.«

In ihrem Zimmer zog Rose nur die Schuhe, Strümpfe und ihr Kleid aus; in ihrer Unterwäsche glitt sie zwischen die gestärkten, kühlen Laken und schob sich die Wärmflasche auf den Bauch. Sie war zu müde, um ihre Gedanken und Gefühle zu sortieren, aber als sie einschlief, verschwammen die Gesichter von Darina und John vor ihren Augen zu einem einzigen, zauberhaften, wunderschönen Bild.

John, der sich nach der Dusche und zwei Tassen von Dorothys stärkstem Kaffee nur unwesentlich besser fühlte, stand auf einem kleinen Hügel hinter dem Haus.

Es war kurz nach acht, und normalerweise genoß er diese Tageszeit: Im Osten ging gerade die Sonne auf und streckte ihre lachs- und goldfarbenen Finger aus, und hinter ihm stieg der Rauch aus dem Hotelkamin in einer geraden, schlanken Säule in den harten, leuchtendblauen Himmel auf. Aber heute morgen sah er nichts von der Schönheit der schwarzen Hecken und dem frostweißen, starren Gras. Er versuchte, sich zu konzentrieren, irgend etwas zu entdecken, was er bei der nächtlichen Suche übersehen hatte. Er und Willie Brehony hatten den Wald bereits in den frühen Morgenstunden abgesucht, aber es war noch dunkel gewesen, und er überlegte, ob er es noch einmal versuchen sollte. Er wartete noch ein paar Minuten, und dann ging er los. Langsam kam er zu der Überzeugung, daß er in die richtige Richtung ging, daß die beiden jungen Leute, wenn sie irgendwo in der Nähe waren, höchstwahrscheinlich unter den Bäumen genächtigt hatten.

Obwohl er warm angezogen war mit seiner Schaffelljacke, seiner Mütze und seinen Handschuhen, brannte ihm der Frost an Wangen und Lippen, triefte seine Nase und tränten seine Augen schon nach kurzer Zeit. Um sie nicht allzusehr dem Wind auszusetzen, blickte er beständig auf den Boden.

Das war Glück, denn sonst hätte er vielleicht den seltsam geformten Gegenstand übersehen, der ungefähr zwei Meter links von ihm lag. Er ging hinüber und hob ihn hoch: Es war eine von Darinas Sandalen. Sein Herz machte einen Satz; wenigstens war er auf der richtigen Spur. Er suchte nach der zweiten Sandale und fand sie ein Stückchen weiter in einem Distelstrauch.

Mit neuer Energie ging er weiter. Am Anfang des Waldes blieb er stehen und lauschte angestrengt, aber er hörte nichts. Da die meisten Bäume bereits ohne Blätter waren, konnte er recht gut sehen. Links des Weges entdeckte er ein Dickicht aus Immergrün und dichtem Gestrüpp. Falls sie tatsächlich im Wald waren, dann dort.

Plötzlich überkam ihn die Angst vor dem, was ihn hinter dem Gebüsch erwartete. Es war eine extrem kalte Nacht gewesen. Trotzdem trat er vor, schob die Äste zur Seite und wurde von zwei aufgeschreckten Augenpaaren begrüßt.

Eine Sekunde später hatten sich die beiden aus der Skijacke des Jungen geschält und stolperten auf die Füße. John unterdrückte den Impuls, sie anzubrüllen, und es gelang ihm, halbwegs freundlich »guten Morgen« zu sagen.

»Ich bin froh, euch zu sehen«, fuhr er fort. »Ihr habt uns allen einen ganz schönen Schrecken eingejagt! Die hier gehören, glaube ich, dir?« Er hielt Darina die Sandalen hin. »Du wirst sie für den Rückweg brauchen.«

Darina nahm die Schuhe wortlos entgegen, und die beiden folgten John auf den Weg hinaus. »Ich will nicht zurück«, stellte sie trotzig fest.

»Hast du denn keinen Hunger?« fragte er, bemüht, nicht aggressiv zu klingen.

»Ich schon – ich sterbe vor Hunger«, gab Bruno zu.

»Dann macht es euch doch vielleicht nicht allzuviel aus, mit zum Hotel zu kommen, um dort etwas zu essen. Niemand wird euch vor ein Kriegsgericht stellen, das verspreche ich.« Und mit einem Blick auf Darinas klappernde Zähne fügte er hinzu: »Außerdem wäre es bestimmt nicht schlecht, wenn ihr euch ein bißchen aufwärmen würdet.«

Darina und Bruno tauschten für ihn unergründliche Blicke aus, doch dann nickten sie. »Also gut.«

Er wartete, bis sie das offene Feld erreicht hatten, ehe er weitersprach. »Deine Mutter wird froh sein, dich sicher und wohlbehalten wiederzusehen, Darina«, stellte er beiläufig fest. »Und das ist natürlich die Hauptsache. Sie war außer sich vor Angst. An deiner Stelle würde ich ein bißchen leise treten.«

»Was soll das heißen?«

»Ich glaube, eine lautstarke Auseinandersetzung wäre im Augenblick zuviel für sie.«

»Sie hat schließlich –« schnaubte Darina, doch dann unterbrach sie sich.

»Sie hat schließlich was?«

»Nichts.«

»Hör zu, ich erwarte nicht, daß du begeistert bist von den Dingen, die dir widerfahren sind –«

»Das ist wirklich großzügig!«

John seufzte und verkniff sich eine Erwiderung. Er hielt sich die Hand über die Augen und blickte gegen die Sonne, die inzwischen riesig und orangefarben am Horizont stand. Sie waren in Sichtweite des Hauses, als er sich an Bruno wandte. »Wir sollten uns einmal eingehend unterhalten, ehe dein Dad heute nachmittag wiederkommt.«

»Sicher, Onkel John«, sagte der Junge und fügte bescheiden hinzu: »Es tut mir leid, daß ihr euch Sorgen um uns gemacht habt – es tut uns beiden leid, nicht wahr, Darina?«

»Vielleicht.«

»Es tut ihr leid«, stellte Bruno unerschütterlich fest. »Es ist nur so, daß sie einen leichten Schock erlitten hat.«

»Den haben wir wohl alle erlitten.« Das Adrenalin, das John während der Suche auf den Beinen gehalten hatte, sank allmählich ab, und er spürte die Erschöpfung. Er bemerkte jedoch, daß Darina schneller ging, und aus Angst, daß sie erneut davonstürzen würde, eilte er ihr nach.

Dann allerdings schmolz sein Herz dahin, als er beobachtete, wie sie in ihren lächerlichen Sandalen über das gefrorene Gras schlitterte. Obwohl die Schuhe genau wie die purpurfarbene Jacke und die durch Laufmaschen verunzierten Strümpfe im hellen Tageslicht schrill und unpassend aussahen, betonte gerade ihre Unangemessenheit, wie jung sie war.

Als sie durch das Tor ging, verfing sich ihre Jacke, so daß sie sich umdrehen mußte. Ihr Zopf hatte sich gelöst, und das Haar fiel ihr lose über das Gesicht, die Schultern und den Rücken, flachsblond im Sonnenlicht. John, der immer noch ein paar Meter hinter ihr war, hielt den Atem an. Irgendwo in seinem Innersten spürte er eine so reine und unerwartete Liebe zu diesem Kind, daß er schwankend stehenblieb.

Derek hielt das Geld über den Münzschlitz des altmodischen schwarzen Telefons, während er darauf wartete, daß das Fräulein vom Amt ihn mit Willow House verband. Oh, es ging doch nichts über die funktionierende neue Technologie in Kanada! So war es immer, dachte er. Zwei oder drei Tage des Kampfes mit den Marotten des irischen Telefonsystems reichten immer, um ihn von der sentimentalen Vorstellung zu heilen, er könne eines Tages zurückkommen, um hier zu leben.

Das Fräulein vom Amt meldete sich und wies ihn an, das Geld einzuwerfen; aber genau in dem Augenblick, als er den Knopf drückte, um die Leitung freizumachen, dröhnte aus den Lautsprechern des Flughafens Tannoy eine blecherne, ohrenbetäubende Ansage. »Hallo?« schrie er. »Dorothy? Hier ist Derek. In der Anglerhütte geht niemand ans Telefon. Würde es dir etwas ausmachen, ihnen vielleicht etwas auszurichten?«

»Kein Problem, Derek«, sagte Dorothy Cranshaw am anderen Ende. »Bist du am Flughafen?«

»Ja. Ich rufe nur an, um zu sagen, daß es mir gelungen ist, einen früheren Flug von Heathrow aus zu bekommen, so daß ich in ein paar Stunden zu Hause sein sollte.«

»Ich werde Bescheid sagen«, sagte Dorothy.

Es war ein wunderbarer, klarer Tag, und obwohl er müde war, wurde seine Laune besser, als er in seinem Mietwagen Richtung Monaghan fuhr.

Er fühlte sich richtig beschwingt, als er endlich den schmalen, gewundenen Weg zur Anglerhütte hinauffuhr. John hatte wirklich Glück gehabt, dachte er, als er den Wagen auf dem sauber gefegten Hof abstellte. Er genoß sämtliche Vorteile eines Heims ohne die dazugehörigen Nachteile. Mona war ein wunderbarer Mensch. Karen, so dachte er säuerlich, hätte von Mona bestimmt noch etwas lernen können.

Der Gedanke an Karen hatte seiner Laune einen leichten Dämpfer aufgesetzt. Wahrscheinlich sollte er sie anrufen. Er schob die Haustür auf, die niemals abgeschlossen war. »Hallooo!« rief er. »Ist jemand zu Hause?«

Mona kam aus der Küche. »Derek!« sagte sie. »Willkommen daheim.«

»Danke, Mona. Ist es in Ordnung, wenn ich Karen anrufe?«

»Sicher«, sagte sie und kehrte in die Küche zurück.

Während Derek darauf wartete, daß er verbunden wurde, nahm

er sich vor, nett zu sein. In letzter Zeit hatte sie ihn immer öfter gedrängt, eine Eheberatungsstelle aufzusuchen. Er hatte sich immer geweigert, aber als er in Hamburg in seinem Hotel gesessen hatte, hatte er es sich anders überlegt. Vielleicht war er es ihr schuldig – auf jeden Fall würde er mit ihr darüber sprechen.

»Hallo?« Er hörte ihre Stimme, hell und ungewohnt fröhlich, doch dann wurde die Leitung unterbrochen, während das Fräulein vom Amt fragte, ob seine Frau die Kosten des Gesprächs übernahm. Es war ein Glück, daß sie so gute Laune hatte, dachte er dankbar. Vielleicht könnten sie auf diese Art endlich einmal eine normale Unterhaltung führen. Aber als sie erneut sprach, hatte sich ihre Fröhlichkeit gelegt. »Hallo, Derek.«

»Hallo«, sagte er, fest entschlossen, sich nicht von ihrer plötzlich gereizten Stimmung anstecken zu lassen. »Wie geht es dir, Karen?«

»Gut.«

Die Verbindung war nicht besonders gut, aber trotz des Rauschens merkte er, daß sie sehr verhalten war. »Das ist eine normale Frage, Karen, die ein Ehemann seiner Frau ja wohl noch stellen darf.« Der Satz war heraus, ehe er ihn zurückhalten konnte.

Und sie antwortete gleichermaßen. »Vielleicht darf ein *normaler* Ehemann seiner Frau eine solche Frage stellen…«

»Hör zu.« Derek konnte sich nur noch mühsam beherrschen. »Ich rufe nur an, um zu fragen, wie es dir geht. Was hast du gemacht, während wir fort waren?«

»Ach, nichts weiter, wie immer…« Etwas an der Art, wie sie diese Worte sagte, ließ ihn aufhorchen. Und dann weckte sie seinen Argwohn erst recht, indem sie nach Bruno fragte.

»Oh, Bruno geht's gut«, sagte er langsam, während er über den eiligen Themenwechsel nachdachte. »Ich bin gerade erst zurückgekommen, ich habe ihn noch gar nicht gesehen. Also«, er machte eine Pause. »Was hast du so getrieben? Bist du hin und wieder ausgegangen?«

»Sicher. Du erwartest doch bestimmt nicht, daß ich die ganze Zeit über meinem Nähkorb sitze, oder? Und auf die Rückkehr meines Herrn und Meisters warte.« Obwohl Derek derartige Wortgefechte gewöhnt war, war Karen selbst für ihre Verhältnisse ungewöhnlich rabiat.

»Wo?« fragte er. »Wo bist du gewesen?«

»Bin ich dir inzwischen für all meine Bewegungen Rechenschaft schuldig? Wenn du hier bist, scheint es dich ja auch nicht besonders zu interessieren, was –«

»Karen!« Dereks Zorn gewann die Oberhand. »Was in aller Welt ist mit dir los?«

»Was meinst du?«

»Du hast mich sehr gut verstanden. Ich kenne dich, du verheimlichst mir etwas.«

»Du bist derjenige, der Heimlichkeiten hat. Woher soll ich wissen, was du die ganze Zeit über machst, wenn du angeblich auf Geschäftsreise bist?«

Plötzlich ging Derek ein Licht auf; seine Frau hatte ein Verhältnis. Diese Erkenntnis mußte er erst mal verdauen.

»Derek? Derek?« Karen schien plötzlich ernstlich besorgt zu sein.

Langsam legte Derek den Hörer auf. Er hörte ein Geräusch hinter sich und drehte sich um. Am Fuß der Treppe stand Bruno.

»Dad, du bist wieder da«, sagte er, aber sein Lächeln war unsicher.

Derek dachte an das unangenehme Gespräch, das er mit Bruno über sich und Karen geführt hatte und versuchte verzweifelt, sich zusammenzunehmen. »Komm und gib deinem alten Dad einen Kuß«, befahl er, und als Bruno dem Wunsch nachkam, sagte er: »Ich habe dir etwas mitgebracht.«

»Oh, danke, Dad!«

Derek, der immer noch von dem Gespräch erschüttert war, überlegte, ob Brunos Begeisterung nicht ein wenig übertrieben war. »Nun, willst du es sofort sehen?«

»Natürlich!«

Derek nahm die Geschenke – ein Schweizer Armeemesser und wasserfeste Skistulpen – aus seinem Aktenkoffer und gab sie seinem Sohn. »Die sind Klasse!« Bruno nahm die Geschenke entgegen. »Tausend Dank, Dad. Sie sind einfach Klasse, ehrlich!«

Er machte ein solches Aufhebens, daß Derek mit Sicherheit wußte, daß etwas nicht in Ordnung war. Erst Karen und jetzt auch noch Bruno. Derek merkte, daß sein Herz ein wenig schneller zu schlagen begann. »Alles in Ordnung, während ich weg war?« fragte er in der Hoffnung, einigermaßen ruhig zu klingen.

Bruno sah ihn nicht an. »Wie bitte?«

»Also gut«, sagte Derek eilig. »Laß uns darüber reden. Was ist los?«

Der Junge zuckte mit den Schultern. »Nichts Besonderes. Ich weiß, daß es schlimm wirkt, wenn man die ganze Nacht fortbleibt – aber es ist wirklich nichts passiert.«

Wenn man die ganze Nacht fortbleibt?

»Darum geht es nicht.« Derek reagierte instinktiv.

»Mit wem hast du gesprochen?« Brunos vorsichtige Frage bewies, daß sein Instinkt nicht getrogen hatte.

»Das ist ja wohl allein meine Sache«, sagte Derek. »Aber mich interessiert deine Version dessen, was gestern nacht passiert ist.«

»Es war vollkommen harmlos.«

»Was war vollkommen harmlos?«

»Wir haben nichts Schlimmes getan. Es war nur so, daß Darina ein paar, nun, *ungewöhnliche* Neuigkeiten erfahren hatte, die sie so aufgeregt haben, daß ich bei ihr bleiben mußte. Wirklich, Dad. Ich konnte sie einfach nicht alleine lassen.«

Abermals versuchte Derek verzweifelt, ruhig zu bleiben. »Wo alleine lassen? Und außerdem, wer ist diese Darina?« Während er auf eine Antwort wartete, konnte er förmlich sehen, wie die Gedanken im Kopf des Jungen herumwirbelten. »Laß uns ins Wohnzimmer gehen«, sagte er plötzlich. »Nun, wo warst du die ganze Nacht über? Wer ist diese Darina und was hast du mit ihr gemacht?«

»Also gut, Dad«, sagte der Junge ruhig. »Ich werde dir die ganze Geschichte erzählen. Aber denk dran, daß du und Mom immer gesagt habt, ich soll die Wahrheit sagen, egal worum es geht.«

»Das ist richtig.« Derek setzte sich auf die Kante eines Stuhls neben dem Kamin.

»Und daß ich keine Schwierigkeiten bekommen würde, wenn ich die Wahrheit sage.«

»Richtig. Ich hoffe, das war kein Fehler!«

Bruno reagierte nicht auf den sarkastischen Unterton. »Dad«, sagte er einfach. »Ich liebe Darina, aber es gibt da ein Problem. Sie ist meine Cousine.«

Derek sah ihn verwirrt an. Eilig ging er die Möglichkeiten durch: Soweit er wußte, lebten sämtliche Cousins und Cousinen von Bruno auf der anderen Seite des Atlantiks. Von seinen Cousinen wäre ihm sicher keine gefolgt, ohne daß er es gewußt hätte...

»Hast du mich gehört, Dad?« Bruno sah ihn ängstlich an. »Ich habe gesagt, daß sie –«

»Ich habe dich durchaus verstanden. Wer sind ihre Eltern?«

»Das ist es ja gerade. Das ist das Ungewöhnliche an der Sache. Sie lebt bei ihrer Mom in Dublin, und sie hat erst gestern abend herausgefunden, wer ihr Vater ist, und weißt du, Dad, was das Ganze zu einem solchen Schock hat werden lassen, war, daß er es auch nicht wußte!«

»Um Himmels willen, beantworte meine Frage, Bruno! Wer sind ihre Eltern?«

»Eine Frau namens Rose O'Beirne – ich habe sie heute morgen kennengelernt, Dad, sie ist einfach wunderbar – und ob du es glaubst oder nicht«, Bruno riß die Augen auf angesichts der Bedeutung dessen, was er als nächstes sagen würde, »Darinas Vater ist Onkel John!«

Derek riß nun seinerseits entsetzt die Augen auf. Sein Herz raste immer schneller, aber auch so hätte er keinen vernünftigen Satz sagen können, selbst wenn man ihm ein Gewehr an den Kopf gehalten hätte. Die Bilder und Erinnerungen rasten in seinem Kopf herum wie sein Herz in seiner Brust: Die Szene, die er vor fast siebzehn Jahren im Gästezimmer von Karens Eltern in Charlottetown miterlebt hatte, die verschleierten Anspielungen und offenen Beleidigungen, die er und Karen in all den Jahren deswegen ausgetauscht hatten.

Und das alles gipfelte in einem entsetzlichen Gedanken. Diese Darina... dieses Mädchen war nicht die Cousine von Bruno, wie alle nun dachten. Sie war seine Halbschwester!

»Ist alles in Ordnung, Dad?« Bruno machte sich offenbar ernste Sorgen.

»Würde es dir etwas ausmachen, mir etwas zu trinken zu holen?« Mit Mühe gelang es Derek, nicht zu stottern.

»Aber sicher!« Bruno sprang auf. »Was möchtest du?«

»Frag Mona, ob sie Brandy hat.«

»In Ordnung. Aber, Dad«, Bruno drehte sich in der Tür noch einmal um. »Es ist nicht so schlimm, wirklich nicht.«

Derek klammerte sich an seinem Stuhl fest. Er fühlte sich inzwischen wirklich unwohl: Außer seinem schnellen Herzschlag verspürte er eine extreme Übelkeit und fürchtete, sich jeden Moment übergeben zu müssen. Er senkte den Kopf und konzentrierte sich darauf, tief einzuatmen. *Das Ganze war einfach unmöglich...*

Nach einem Augenblick war Bruno zurück. »Ist alles in Ordnung, Dad? Mona sagt, es ist kein richtiger Brandy, aber ich hoffe, es geht. Sie sagt, daß es Packy gehört, daß er es immer Weihnachten trinkt.«

Derek zwang sich, dem Jungen in sein ängstliches Gesicht zu sehen. Er hielt ihm eine verstaubte, halbleere Flasche mit Kirschlikör hin. »In Ordnung«, keuchte er. »Würdest du mir bitte etwas davon in ein Glas schütten?«

An dem süßen, klebrigen Zeug wäre er fast erstickt, aber es half zumindest seinem Magen. Bruno sah ihn immer noch mit besorgter Miene an. »Bist du sicher, daß alles in Ordnung ist?«

»Gleich geht's mir besser. Ich habe nur einen leichten Schock gekriegt, das ist alles.«

»Versuch, die Sache von unserem Standpunkt aus zu sehen.« Bruno nahm ihm gegenüber Platz. »Es fällt mir schwer, das zu sagen, aber es ist sinnlos, weiter auf den Busch zu klopfen. Es ist wirklich egal, was du und Mom denkt oder Darinas Mom oder Onkel John oder sonst wer. Ich kann es dir genauso gut sagen. Ich liebe sie, wirklich, und sie liebt mich auch. Natürlich wird es nicht einfach werden, weil wir Cousin und Cousine sind und weil wir so weit voneinander entfernt leben, aber weißt du was?« Er grinste. »Ihre Mom ist Stewardeß, so daß Darina ganz billig fliegen kann. Dann kann sie uns immer besuchen. Wie wäre das?«

Sein Lächeln legte sich so schnell, wie es gekommen war, und das junge Gesicht blickte wieder vollkommen ernst. »Auf jeden Fall ist Darina die Richtige, und ich weiß, daß sie für mich dasselbe empfindet. Tut mir leid, Dad, aber so ist es nun mal!«

Er zögerte, doch dann fuhr er eilig fort. »In gewisser Weise haben wir beide das Gefühl, daß es so hat kommen sollen. Weißt du, als wäre es vom Schicksal vorher bestimmt. Nun«, verbesserte er sich, »auf jeden Fall hat sie das Gefühl, und als sie es mir erklärt hat, habe ich verstanden, was sie meint.«

»Was hat sie dir erklärt?« Derek hatte das Gefühl, als müßte er jeden Augenblick aus diesem surrealen Traum erwachen.

Bruno schien das Ganze jedoch keineswegs irreal zu finden. »Hast du je etwas von Zwillingsseelen gehört?« fragte er und beugte sich vor.

»Zwillings- was? Ich bin ein Zwilling – John und ich –«

»Nein, das meine ich nicht. Es hat nichts mit unseren Körpern zu tun. Es ist anfangs ein bißchen schwer zu verstehen, aber es gibt Menschen, die sind zwei Hälften einer einzigen Person, darum werden sie Zwillingsseelen genannt. Darina hat mir die Sache erklärt. Auf jeden Fall«, sagte er ernst und machte eine Pause, »habe ich eine Gänsehaut bekommen, als ich sie zum allerersten Mal sah.«

Derek starrte ihn entgeistert an. Das Ganze war seine eigene Schuld. Er hatte sechzehn Jahre mit diesem Jungen zusammengelebt – liebte ihn –, aber er war immer so sehr damit beschäftigt gewesen, Geld zu verdienen und seine Geschäftsinteressen zu verfolgen, daß er keine Ahnung hatte, was in Brunos Kopf vor sich ging. Und weil er so unaufmerksam gewesen war, hatte er keine Ahnung, wie er mit dieser irrwitzigen Situation fertig werden sollte. »Wo hast du das Mädchen kennengelernt?« fragte er schwach.

»Am See, an dem Tag, als du mit mir auf Sundarbans warst. Sie war mit ihrer Mutter dort zu Besuch.«

Derek hob das Glas mit dem Likör an die Lippen, leerte es und füllte es erneut. »Ich fürchte, ich verstehe das Ganze nicht«, sagte er, um Zeit zu gewinnen, während er seine Gedanken sortierte.

»Ich verstehe es auch nicht ganz«, sagte Bruno, »aber Darina sagt, wir hätten einander *erkannt*.«

»Nun, das ist nicht allzu schwer zu verstehen. Wenn ihr Cousin und Cousine seid. Sieht sie dir ähnlich?«

»Ich weiß nicht, unter dem Gesichtspunkt habe ich sie noch nie gesehen. Ich nehme an, daß sie mir ein bißchen ähnlich ist. Sie ist auch groß und blond – glaubst du, daß es das ist? Daß wir uns an unseren Körpern erkannt haben, noch ehe wir wußten, daß wir Verwandte sind? Irgendwie unterbewußt?«

»Das klingt durchaus logisch.«

»Ja, aber«, Brunos Stimme wurde leiser, »es war mehr als das. Wir beide haben das starke Gefühl, uns schon ewig zu kennen.«

»Seit wann?«

Bruno errötete. »Aus – einem anderen Leben.«

Derek stellte sein Glas auf den Tisch. »Aus einem anderen Leben? Meinst du so etwas wie Reinkarnation? Solchen Unsinn?«

»Das ist kein Unsinn!« Bruno starrte ihn trotzig an. »Darina sagt –«

»Es ist mir egal, was Darina sagt! Jetzt hör mir mal gut zu, junger Mann. Was auch immer sie sagt oder was auch immer du dir einbildest, für sie zu empfinden, du hörst mir jetzt gut zu. Das Ganze ist einfach vollkommen außer Kontrolle geraten. Und übrigens«, seine Selbstgerechtigkeit verlieh ihm eine gewisse Sicherheit, »wo hat das alles stattgefunden? Oben auf Sundarbans?«

Bruno sah ihn verletzt an. »Du hast gesagt, du würdest mir zuhören.«

»Ich habe dir zugehört. Und ob ich zugehört und all diesen Unsinn habe über mich ergehen lassen. Frühere Leben, Gänsehaut! Was habt ihr beide letzte Nacht gemacht?«

»Nichts.«

»Muß ich erst John in Willow House anrufen?«

»Ruf ihn doch an, wenn du willst, Dad. Er war nicht dabei, also kann er dir auch nicht sagen, was wir *gemacht* haben ...«

Derek war es nicht gewohnt, daß Bruno ihn derart herausforderte, und fast hätte er seine schwer erkämpfte Sicherheit wieder aufs Spiel gesetzt, aber allmählich wurde er wirklich wütend. Er schlug mit der Faust auf die Stuhllehne. »Sprich nicht in diesem Ton mit mir, junger Mann! Was ist letzte Nacht passiert?«

»Wie gesagt – nichts!« Aber er sah, daß Bruno erschüttert war und ein Teil seiner Überzeugung ins Wanken geriet.

»Wo wart ihr?« donnerte er und Bruno kapitulierte.

»Im Wald.«

»Was für ein Wald?«

»Auf dem Hügel hinter dem Hotel.«

»Und du hast mitten im November die ganze Nacht mit einem Mädchen im Wald verbracht und erwartest, daß ich glaube, daß nichts passiert ist?«

Bruno war kreidebleich geworden. »Ich erwarte überhaupt nichts, Dad«, sagte er leise. »Aber ich habe die Wahrheit gesagt.«

Es folgte ein angespanntes Schweigen, und Derek spürte, daß seine Kräfte schwanden. Irgendwie hatte er eine Schlacht verloren, die er nicht verstand. »So kommen wir jetzt nicht weiter«, murmelte er.

»Jetzt nicht und auch später nicht, Dad«, sagte Bruno ruhig. »Denn ich habe die Wahrheit gesagt. Mehr gibt es nicht zu sagen.«

»Oh, doch – ganz bestimmt. Was ist mit deiner Zukunft? Du bildest dir doch wohl nicht ein, daß ich ruhig daneben sitze und zugucke, wie du dir deine Zukunft verbaust?«

»Inwiefern verbaue ich mir meine Zukunft? Ich habe dir die Wahrheit gesagt, und die ist, daß Darina und ich uns lieben. Wie sollte ich mir dadurch meine Zukunft verbauen?«

»Angenommen, sie ist schwanger?«

Bruno blieb vor Verblüffung der Mund offenstehen. Als er sich erholt hatte, sprach er langsam und deutlich. »Ich verstehe nicht, warum du mir diese Frage stellst«, sagte er. »Aber laß mich dir versichern, daß keine derartige Gefahr besteht.«

»Wie kannst du da so sicher sein?« Derek verlor immer mehr den Boden unter den Füßen, aber inzwischen war es ihm egal. Wie konnte dieser Sechzehnjährige in einer derartigen Situation so gelassen sein? Nach allem, was er, Derek, für ihn getan hatte. Daß Bruno unmöglich wissen konnte, was er für ihn getan hatte, ignorierte er geflissentlich. »Du bist erst sechzehn«, brüllte er. »Seit wann regieren Sechzehnjährige die Welt und ihre Moral und ihre Geschäfte?«

»Das tun sie nicht, Dad; du regst dich viel zu sehr auf.« Brunos Blick war so klar und stetig wie eine blaue Flamme. »Wenn du die ganze Wahrheit wissen willst, Darina und ich haben nicht miteinander geschlafen. Auch wenn es dich nichts angeht.«

»Und ob es mich etwas angeht. Ich bin für dich verantwortlich, bis du erwachsen bist, vergiß das nicht.«

»Das vergesse ich nicht.« Bruno blickte aus dem Fenster, und Derek hatte den Eindruck, daß für ihn die Sache erledigt war.

In einem letzten Versuch, zu ihm durchzudringen, richtete er sich noch einmal auf. »Nur gut, daß wir morgen früh abfahren«, sagte er so bestimmt wie möglich. »Wir werden später noch einmal über die Sache reden.«

»Ich bin sicher, daß wir das tun werden, Dad«, entgegnete Bruno, ohne ihn anzusehen. Seine Stimme war höflich, doch zugleich so distanziert, daß Derek erschauderte. »Kann ich jetzt gehen?«

»Wo willst du hin?«

»Spazierengehen.«

»Es wird bald dunkel.«

»Ja?« Schließlich sah Bruno ihn liebenswürdig an. »Wenn du willst, kann ich ja eine Taschenlampe mitnehmen.«

»Komm rechtzeitig zum Essen zurück«, murmelte Derek und schenkte sich ein drittes Glas Likör ein.

Die nächste Stunde verbrachte er in einer Art Trance. Er nahm den restlichen Likör mit, ging in das Zimmer, das er mit Bruno teilte, legte sich auf sein Bett und versuchte, sein Herz dazu zu bewegen, seinen frenetischen, unregelmäßigen Schlag zu verlangsamen. Er versuchte, seine Gedanken zu ordnen, logisch zu sein, die Probleme einzeln zu betrachten. Doch als er an Brunos leidenschaftlich aufblitzende Augen dachte, wußte er, daß er es nicht mit Logik zu tun hatte; die Sache war wirklich akut.

Offenbar hatte Bruno an diesem Mädchen etwas Außergewöhnliches entdeckt – oder war von ihr beeinflußt worden, so daß er sich einbildete, diese Romanze sei anders als alles andere.

Aber was war daran so entsetzlich? Die beiden waren erst sechzehn und würden ihre momentane Besessenheit voneinander bestimmt eines Tages vergessen.

Oder vielleicht doch nicht? Bisher hatten sie noch nicht miteinander geschlafen – das war zumindest ein positiver Punkt. Aber sie waren beide normal, gesund und energiegeladen, wie lange würde dieser Zustand noch anhalten?

Am meisten belastete Derek, daß er nicht wußte, wie er die ganze Sache handhaben sollte. Er sehnte sich danach, etwas zu tun. Aber was? Der Schlüssel des Ganzen war Distanz. Wenn sie so weit wie möglich voneinander entfernt wären, würde das Fieber, das die beiden gepackt hatte, vielleicht irgendwann abflauen.

Während er in einen unruhigen Halbschlaf verfiel, überlegte er, ob er Karen noch einmal anrufen sollte, aber dann entschied er sich dagegen. Im Augenblick hatte er einfach nicht mehr die Energie, um sich mit Karen auseinanderzusetzen. Es wäre früh genug, wenn er morgen mit ihr redete.

Und dann könnten sie auch gleich über Karens eigenes Verhalten sprechen.

Diese ganze Reise erwies sich als Alptraum.

Das leere Glas in der Hand, döste er schließlich ein. Er schlief unruhig, geplagt von kurzen, beängstigenden Träumen, Episoden ohne Gesichter und Formen, die sich, wenn er sie fassen wollte, auflösten und nichts als Furcht hinterließen.

Schließlich, nachdem er abermals hochgeschreckt war, setzte er sich auf und blickte auf seine Uhr. Dann drangen ihm die angenehm verlockenden Gerüche des Abendessens in die Nase und ihm fiel ein, daß er seit dem Vormittag nichts mehr gegessen hatte. Er duschte eilig und ging in die Küche.

Mona stand am Herd. »Oh, hallo, Derek«, sagte sie. »Das Essen ist fast fertig, ich wollte euch gerade rufen. Kommt Bruno auch runter?«

»Er wollte noch einen Spaziergang machen. Ist er denn noch nicht zurück?«

»Nein.« Mona rührte in ihrem Topf.

Derek hatte das Gefühl, daß er einfach nicht in der Lage war, eine vernünftige Unterhaltung zu führen. »Ich glaube, ich sehe mir noch schnell die Nachrichten an«, sagte er und verließ den Raum, doch statt den Fernseher im Wohnzimmer anzustellen, setzte er sich auf die Couch. Wo in aller Welt war Bruno? Das Mädchen hatte ihn anscheinend wirklich verhext.

Er schloß die Augen und versuchte, sich an Johns Stelle zu versetzen. Wie würde er sich fühlen, wenn er plötzlich feststellen würde, daß er eine Tochter hatte?

Und wie würde er sich erst fühlen, wenn er dann noch feststellen würde, daß er auch einen Sohn hatte?

Er war so in seine Gedanken vertieft, daß er erschreckt zusammenfuhr, als die Tür aufging und John eintrat.

»Hast du Bruno irgendwo gesehen?« fragte er.

John schüttelte den Kopf, und Derek bemerkte, daß er ihn nicht ansah. Sein Bruder stand offenbar kurz vor einem Wutanfall.

Er setzte sich auf. »Was ist los? Gibt es etwas, was du mir sagen willst?« Er wußte, daß er unnötig kriegerisch klang, und versuchte, die Situation zu retten. »Setz dich, John. Tut mir leid, daß der Junge dir letzte Nacht einen solchen Schrecken eingejagt hat.«

»Das ist es nicht, worüber ich mit dir sprechen will – nun, darüber auch – aber es gibt etwas noch Wichtigeres, zumindest für mich.«

In Dereks bereits überlastetem Hirn gingen die Alarmglocken los. »Wovon sprichst du?« fragte er vorsichtig.

Er sah, daß John die Fäuste ballte. »Von einem Brief. Ich spreche von einem Brief. Einem anonymen Brief.«

Derek, der sich auf eine Auseinandersetzung über Brunos Vaterschaft gefaßt gemacht hatte, war so erleichtert, daß er alle Vorsicht fahren ließ. »Was für ein Brief?« fragte er, obwohl er genau wußte, wovon sein Bruder sprach. Er hätte nie gedacht, daß diese halb vergessene und kindische Missetat je zur Sprache käme, aber angesichts der jüngsten Geschehnisse war das doch sicher eine Kleinigkeit. Um John zu beweisen, wie arglos er war, schnipste er eine eingebildete Fluse von seinem Hosenbein.

Aber John nahm die Sache offenbar weniger leicht. Sein Gesicht wurde zornrot, und er trat einen Schritt vor. »Du weißt genau, was für einen Brief ich meine. Lüg mich nicht an, Derek.«

»Also gut, tut mir leid! Aber wir waren damals noch Kinder. Es tut mir wirklich leid. Bitte nimm meine Entschuldigung an. Ich gebe dir recht, ich hätte es nicht tun sollen, aber es ist so lange her, John, und –«

»Ist das alles, was du dazu zu sagen hast, du Schwein?« John wippte vor Anspannung auf den Fußballen. Seine Fäuste fuhren in die Luft, als hätten sie nichts mit ihm zu tun.

»Beruhige dich!« Derek zuckte zurück. »Ich habe gesagt, daß es mir leid tut, oder nicht?«

»Du verdammtes Schwein!« Der Schlag traf genau auf Dereks Wangenknochen, so daß sein Kopfschmerz in Millionen kleiner Schmerzpartikel zerbarst. Er kämpfte sich hoch, hielt sich mit einer Hand die Wange und holte mit der anderen zum Gegenschlag aus, aber John hatte ein paar Schritte zurück gemacht und starrte ihn so verwirrt an, als hätte der Hieb auch ihn überrascht.

»Ich werd's dir zeigen!« Derek sprang auf und trat drohend auf ihn zu. »Wie kannst du es wagen, mich zu schlagen! Ich –« Aber sein Herz begann schmerzhaft zu rasen und er mußte sich wieder setzen. »Das werde ich dir heimzahlen«, wiederholte er und hörte selbst, wie jämmerlich es klang.

»Ach, ja?« Johns anfänglicher Zorn flammte wieder auf. »Sechzehn, fast siebzehn, Derek. Siebzehn Jahre meines Lebens hast du mit diesem Brief ruiniert. Ich hätte – ich hätte –« Er schlug verzweifelt in die Luft.

»Was?« Dereks Wange schmerzte entsetzlich, aber es gelang ihm, seiner Stimme eine gewisse Gehässigkeit zu verleihen. »Was hättest du? Ein Verhältnis mit der jungen Dame aus dem Herrenhaus gehabt? Wohl kaum, mein lieber Junge. Ich bezweifle, daß ein Brief von mir oder sonst wem einen großen Unterschied gemacht hat.«

»Ich bringe dich um, Derek.« John trat erneut einen Schritt auf ihn zu, und einen Augenblick lang hatte Derek wirklich Angst. »Um Himmels willen, hör auf«, brüllte er. »Was würde Mammy denken, wenn sie uns so sehen würde?« Die Erwähnung ihrer Mutter hatte den gewünschten Effekt, denn John ließ die Fäuste sinken. Er wandte sich ab und starrte in die Flammen des Feuers im Kamin.

»Du hast mir weh getan, John«, beschwerte sich Derek, als er sicher war, daß sein Bruder sich abgeregt hatte. »Ich kriege bestimmt ein blaues Auge.«

»Das hast du, verdammt noch mal, auch verdient.«

»Nette Wortwahl!«

»Je eher du von hier verschwindest, um so besser wird es für uns alle sein.«

»Da sind wir endlich mal einer Meinung, Bruderherz. Das heißt, wenn mein Sohn und deine Tochter lange genug von ihrer Wolke herunterkommen, damit ich ihn in ein Flugzeug setzen kann. Da wir gerade davon sprechen«, fügte er vorsichtig hinzu. »Falls du deine dramatische Vorstellung für einen Augenblick unterbrechen könntest, sollten wir uns vielleicht einmal über die Beziehung der beiden unterhalten.« Er sah, daß John erstarrte.

»Ich bin bereit, über alles zu sprechen, was mit meiner Tochter zu tun hat.« John drehte sich langsam um und setzte sich Derek gegenüber. »Aber bevor wir das tun, gibt es da noch etwas, was ich begreifen möchte, Derek. Was habe ich dir je getan? Soweit ich mich erinnern kann, hattest du es immer auf mich abgesehen, hast du mich immer gehaßt, obwohl ich nie wußte, weshalb.«

»Ich hasse dich nicht«, sagte Derek, der sich immer noch die Wange hielt.

»Das glaube ich dir nicht. Ich glaube, daß du mich haßt – und daß du mir grollst und eifersüchtig auf mich bist. Seit wir kleine Kinder waren.«

»Ich hasse dich nicht. Das ist einfach lächerlich.«

»Laß uns überlegen. Wenn man alles andere außer acht läßt, all die kleinen Dinge, die du getan hast, seit wir Kinder waren, wenn du mich nicht haßt, warum hast du dann versucht – und zwar erfolgreich versucht – das Wichtigste in meinem Leben zu zerstören, indem du Rose diesen Brief geschrieben hast? Los, sei ehrlich. Ich würde es gerne wissen. Wirklich.« Er sprach langsam und leise. Sein Gesicht lag in der Dunkelheit, aber Derek sah, daß seine Augen weit aufgerissen waren, und wieder spürte er, wie ihm die Angst die Kehle zuschnürte. Er durfte Bruno nicht verlieren. Nicht jetzt...

Also starrte er John schweigend an.

Schließlich faltete John die Hände hinter dem Kopf. »Ich verspreche, daß ich dich nicht noch einmal schlage, zumindest nicht jetzt. Los, Derek, bitte sag mir, was du gegen mich hast.«

Derek starrte ihn weiterhin an. »Als ich den Brief schrieb, wußte ich nicht, daß ich, wie du sagst, das Wichtigste in deinem Leben zerstören würde.«

»Oh, doch, das wußtest du. Darum hast du ihn schließlich abgeschickt.«

»Ich wußte nicht, daß Rose O'Beirne Moffat schwanger war. Woher hätte ich es wissen sollen?«

»Das ist vollkommen unwichtig, und das weißt du auch. Übrigens wußte weder Rose noch ich mit Sicherheit, daß *du* den Brief geschrieben hattest. Danke, daß du es mir bestätigt hast.«

Dereks Furcht war stärker als sein Zorn über diese Falle, und es gelang ihm, sich zu beherrschen. »Gern geschehen«, schnaubte er.

Ein paar Sekunden lang starrten sie einander an, und dann fuhr John fort. »Offenbar hast du in dem Brief geschrieben«, fuhr er fast im Plauderton fort, »daß ich in Charlottetown mit einem anderen Mädchen geschlafen hätte. Also bitte, Derek. Was hast du denn gedacht, wie sie darauf reagieren würde – wie jedes Mädchen darauf reagieren würde, schwanger oder nicht?«

Fast hätte Derek gesagt, daß er schließlich nur die Wahrheit geschrieben hatte, aber dann hielt er sich gerade noch rechtzeitig zurück. »Ich kann nur sagen, daß es mir leid tut, daß ich diesen Brief geschrieben habe. Ich weiß nicht, was über mich gekommen ist, warum ich es getan habe. Aber ich hasse dich nicht. Es ist lächerlich, so etwas zu behaupten.«

»Nun, wollen wir mal sehen. Liebst du mich, Derek?«

»Ich – ich –« Das Überraschende der Frage setzte Dereks Kopfschmerz wieder voll in Gang.

»Vielleicht *magst* du mich ja zumindest? Los, Derek, sag schon!« Johns Stimme traf ihn wie der Schlag einer Reitgerte. »Tolerierst du mich? Was ist es – Liebe, Mögen, Toleranz? Wenn es kein Haß und keine Abneigung ist, dann muß es eins der drei anderen Dinge sein! Irgend etwas muß es doch sein, Derek, irgend etwas mußt du doch für mich empfinden.«

»Das ist einfach lächerlich! Auf so eine Frage antworte ich nicht.«

»Also gut.« Johns Stimme wurde wieder gedämpft. »Ich will es einmal anders sagen. Wir waren – wir sind – Zwillinge. Selbst bei zweieiigen Zwillingen heißt es, daß sie einander besonders nahestehen, daß sie einander besonders lieben. Was ist mit uns geschehen, Derek? All die Zeit, in der wir miteinander aufgewachsen sind, habe ich dich geliebt.«

»Ich weiß es nicht – ich weiß es einfach nicht, John!« Die Worte brachen einfach so aus Derek heraus, und er merkte, daß er zuviel gesagt hatte.

»Nun«, sagte John und lehnte sich zurück. »Das ist wenigstens ehrlich. Vielleicht ist das der erste ehrliche Satz, den du seit Jahren zu mir gesagt hast.«

»Ich wollte nicht –«

»Demütige mich nicht, Derek!« John faltete die Hände in seinem Schoß und senkte den Kopf wie ein angriffslustiger Stier. »Verdammt noch mal, demütige mich nicht!«

Derek saß vollkommen reglos auf dem Sofa, und seine Wange, sein Kopf und sein Herz pochten in schmerzhafter Disharmonie. John verharrte lange, lange Minuten in der Position des Angreifers, ehe er sich langsam wieder aufrichtete. »Ich werde nicht locker lassen, Derek«, sagte er. »Doch im Augenblick haben wir keine Zeit für solche Dinge. Aber wir werden noch einmal darüber sprechen.« Das Versprechen – oder die Drohung – war unüberhörbar.

Er stand auf und ging zum Kamin. »In der Zwischenzeit sprechen wir vielleicht besser über Bruno und Darina und darüber, was wir machen sollen. Darina und ihre Mutter übernachten auf Sundarbans. Ich gehe in einer Stunde rüber, und ich denke, wir drei Erwachsenen sollten uns zumindest darüber im klaren sein, was getan werden kann.«

16

»Um Himmels willen, John, wann kaufst du dir endlich ein besseres Auto? Daß diese Klapperkiste überhaupt noch fährt...« Die Federn von Johns altem Hillman ächzten, als sie über den schlaglochübersäten Weg nach Sundarbans hinaufpolterten. In dem Versuch, die Balance zu halten, hatte Derek seine Beine vor dem Beifahrersitz gespreizt und die Hände gegen das Armaturenbrett gestemmt.

»Mir reicht dieser Wagen.« John hielt angestrengt Ausschau nach besonders tiefen Schlaglöchern und trügerischen Fahrspuren und lenkte das Auto gnadenlos in großen Schlenkern um die Gefahrenstellen herum. Seine neu entflammte Besessenheit von Rose wurde noch von seinem Zorn auf seinen Bruder übertroffen, und er freute sich geradezu über die Unbequemlichkeit, die die Fahrt Derek bereitete. Andererseits wußte er, daß er um aller Beteiligten willen ein Mindestmaß an Beherrschung zeigen mußte. Und Derek hatte recht – er könnte sich locker einen neuen Wagen leisten – er hatte einfach noch nicht darüber nachgedacht. »Aber ich werde es mir überlegen«, sagte er jetzt.

Nachdem er sich ein wenig beruhigt hatte, hatten er und Derek die Situation so ruhig wie möglich besprochen. Sie waren übereingekommen, daß ihre größte Chance darin bestand, sich Bruno und Darina gegenüber einig zu zeigen. Doch noch während er zugestimmt hatte, hatte John ernste Zweifel gehegt, ob er überhaupt das Recht hatte, sich in die Sache einzumischen – oder, praktischer gedacht, ob Darina seine Einmischung überhaupt hinnähme.

Auf jeden Fall käme es auf Sundarbans zur entscheidenden

Schlacht, denn da Bruno um halb neun immer noch nicht in der Anglerhütte aufgetaucht war, schien sicher zu sein, daß es ihm irgendwie gelungen war, sich zu Darina nach Sundarbans durchzuschlagen. »Wir könnten ja dort anrufen«, hatte Derek vorgeschlagen.

»Damit sie dann gleich wieder davonlaufen?« John hatte den Kopf geschüttelt. Und nun, da sie das Ende des Weges erreichten, versuchte er, sich weiterhin friedlich zu geben. »Wir sind gleich da.«

»Zum Glück«, stellte Derek fest, und John wunderte sich nicht zum ersten Mal darüber, daß sein Zwilling trotz all der Jahre immer noch den alten Monaghan-Akzent sprach.

»Wir sollten die ganze Sache ruhig angehen.« Er sah Derek von der Seite an. »Mach nur nicht alles kaputt, indem du einen Wutanfall kriegst.«

»Ich und einen Wutanfall kriegen? *Ich?*« Doch inzwischen hatten sie den Hof vor dem Haus erreicht, und es war keine Zeit mehr für weitere Seitenhiebe. »Was ist mit dem Colonel und der alten Dame?« fragte Derek. »Wie werden sie auf die ganze Sache – und auf unser plötzliches Auftauchen – reagieren?«

»Sie haben ja wohl auch etwas damit zu tun«, erwiderte John. »Ob es ihnen nun gefällt oder nicht, schließlich ist Darina ihre Enkelin.«

»Allerdings«, stellte Derek düster fest.

John brachte den Wagen zum Stehen, und sie gingen vorsichtig die rutschige Treppe hinauf. »Die Front des Hauses müßt ihr wohl als erstes wieder in Schuß bringen«, sagte Derek, während sie darauf warteten, daß sie hineingelassen wurden.

Das Sundarbans-Projekt und die Sicherheit irgendwelcher Touristen waren Johns letzte Sorge, als Rose ihnen die Tür öffnete. Sie war blaß, aber gefaßt und sehr schön, und am liebsten hätte er sie in seine Arme genommen. »Ich habe Derek mitgebracht«, sagte er. »Erinnerst du dich noch an ihn?«

»Angenehm«, sagte sie steif, ohne seinen Bruder anzusehen. »Ja, ich erinnere mich an ihn. Kommt doch herein.«

Als sie in der Eingangshalle standen, tauchten zwei lebendige Bilder fast gleichzeitig vor Johns innerem Auge auf: Er sah sich selbst, durchnäßt, in ärmlichen Kleidern und vollkommen verzweifelt, wie er mit den O'Beirne Moffats zu sprechen versuchte. Und neben diesem Bild sah er den Tigerkopf aus Gus' Arbeitszimmer. Anders als die meisten anderen Schätze des Hauses war er noch nicht versteigert worden.

»Ist Bruno hier?« fragte er, und als Rose überrascht mit dem Kopf schüttelte, sah er Derek an. »Es ist nur so, daß er vor über drei Stunden zu einem Spaziergang aufgebrochen und immer noch nicht zurückgekommen ist. Wir waren uns fast sicher, daß er hier ist. Vielleicht könnten wir Darina fragen?«

»Sie ist in ihrem Zimmer. Ich werde sie fragen.«

John zögerte. »Bist du sicher, daß es in Ordnung ist – daß wir hier sind? Deine Eltern …«

»Sie sind in der Küche. Bitte kommt doch mit.« Rose führte sie in das kleine, gemütlich eingerichtete Wohnzimmer, das letzte Juwel in dem ansonsten vollkommen verwahrlosten Haus. Sie wartete, bis die beiden Platz genommen hatten, und dann ging sie hinaus.

»Nicht schlecht, was?« Derek sah sich bewundernd um, und John wurde bewußt, daß dies das erste Mal war, daß sein Bruder das Innere des Herrenhauses sah.

»Dies und die Küche und ein paar Schlafzimmer sind die einzigen noch bewohnbaren Räume«, sagte er knapp, und wie um jede weitere Unterhaltung von vornherein abzublocken, streckte er die Hände über der Hitze des Kaminfeuers aus.

Derek musterte seinen Bruder verstohlen. Als er Rose O'Beirne Moffat und Brunos wirklichen Vater nebeneinander gesehen hatte, war ihm die Gefährlichkeit seiner eigenen Position bewußt geworden: Ein unkluges Wort, nur eines, und er könnte Bruno als Sohn verlieren. Diese Möglichkeit hatte er niemals ernsthaft in Erwägung gezogen; durch die räumliche Trennung von seinem Bruder war er richtiggehend selbstzufrieden geworden. Erst diese Bedrohung zeigte ihm, wie wichtig Bruno für ihn geworden war.

Vielleicht, dachte er, war seine Liebe zu Bruno der einzig wahrhaft selbstlose Akt in seinem Leben. Aber wie selbstlos war sie in Wirklichkeit? Hatte Bruno es nicht verdient zu erfahren, wer sein wahrer Vater war?

Eine derart schmerzliche Selbstanalyse war ungewöhnlich für Derek, und sein Herz reagierte auf die emotionale Belastung, indem es wieder schneller schlug.

John räusperte sich, drehte ein wenig den Kopf, und Derek sah zum ersten Mal die schwarzen Ringe unter seinen Augen. Die Anspannung war also auch ihm anzusehen.

Er versuchte, sich an Johns Stelle zu versetzen, aber es gelang ihm nicht. Rose O'Beirne Moffat war eine schöne Frau, das sah selbst ein Blinder, und auch ohne großes Einfühlungsvermögen merkte man, wie hingerissen sein Bruder von ihr war. Aber Derek fand sie kühl und distanziert; seiner Meinung nach ließen sich ihre unterschiedlichen Lebenswege niemals überbrücken. Er erinnerte sich an den jugendlichen Kuß, den er ihr im Stall abgerungen hatte. Wie hatte er nur so dreist sein können?

Die Antwort war einfach. Er hatte nur das gewollt, was John so mühelos zugefallen war.

Ein Außenstehender hätte sie wohl kaum für Zwillinge gehalten, dachte er. Nicht nur wegen ihrer Persönlichkeitsunterschiede, sondern vor allem wegen ihres vollkommen verschiedenen Äußeren. In früheren Jahren hatten sie einander recht ähnlich gesehen, vor allem, als er in Kelly's Cross an Stärke und Kondition gewonnen hatte, aber John hatte die Geschmeidigkeit seiner Jugend behalten, und auch wenn er behauptete, nicht mehr allzu fit zu sein, wirkte er zumindest so.

Derek blickte angewidert auf seinen eigenen dicken Wanst und seine Wurstfinger. Wie hatte er es nur so weit kommen lassen können?

Doch ehe er sich weiterhin derartigen Gedanken hingeben konnte, kam Rose zurück. »Sie ist nicht in ihrem Zimmer.« Auf ihren bleichen Wangen brannten zwei leuchtendrote Flecken. »Mein Vater hat sie vor ungefähr zwei Stunden gesehen. Sie sagte, sie wolle einen Spaziergang machen.«

Derek und John sahen einander an. »Bruno!« sagten sie zur gleichen Zeit.

Rose hielt sich den Kopf. »Was sollen wir nur mit ihnen machen?«

»Es ist, als würde man versuchen, zwei Karnickel auf dem offenen Feld zu überwachen.« John lächelte grimmig. »Aber vergiß nicht, Bruno fliegt morgen zurück nach Kanada. Das wird uns allen eine Atempause verschaffen.«

Derek spürte geradezu die Bande zwischen seinem Bruder und Rose; was die beiden betraf, so hätte er ebensogut nicht anwesend sein können, dachte er. »Sollten wir sie nicht vielleicht suchen gehen?« fragte er, um sich bemerkbar zu machen.

»Was meinst du, John?« Wieder sah sie Derek nicht an.

»Ich bin immer noch Brunos Vater!« sagte er empört. »Also habe ich ja wohl –«

»Oh, halt die Klappe, Derek. Wir haben in dieser Angelegenheit etwas zu sagen – schließlich sind wir alle in irgendeiner Weise betroffen.« John ging durch den Raum und packte Rose am Ellbogen. »Wir dürfen nur nicht in Panik ausbrechen. Eins nach dem anderen.«

»Oh, John.« Rose kreuzte die Arme vor der Brust. »Da draußen ist es bitterkalt.«

Er beugte sich über sie. »Wo auch immer sie sind, es wird ihnen gutgehen. Sie haben schließlich die ganze letzte Nacht dort draußen überlebt. Sie sind jung und gesund. Übrigens, kennen sie inzwischen die ganze Geschichte?«

»Ich habe Darina das Wichtigste erzählt. Aber nicht *alles*!« Sie bedachte Derek mit einem Blick, der ihm das Blut in den Adern gefrieren ließ.

»Wie hat sie darauf reagiert?«

»Nicht gerade begeistert«, sagte Rose und zeigte die Spur eines Lächelns.

»Hört zu«, sagte Derek mit zitternder Stimme. »Ihr könnt euch noch die ganze Nacht unterhalten, wenn ihr wollt, aber vorher haben wir noch etwas sehr Wichtiges zu erledigen.« Er war fest entschlossen, sich von Rose O'Beirne Moffat nicht einschüchtern zu lassen, egal, wer sie war oder was er ihr in der Vergangenheit angetan hatte. »Wir sollten sofort etwas unternehmen, statt immer nur zu reden«, sagte er, und seine Stimme wurde lauter und selbstbewußter.

»Hör auf, Derek«, sagte John.

»Oh, nein, ich höre nicht auf!« Derek sprang auf. »Ich höre nicht auf«, wiederholte er und zwang sich, genug Stärke zu entwickeln, um die beiden dazu zu bringen, ihm Aufmerksamkeit zu schenken, und vor allem, um seine eigene Position zu behaupten. »Schließlich sprecht ihr von *meinem* Sohn.« Er betonte jedes einzelne Wort. »Einem Sohn, der noch nie in seinem Leben einem Menschen Schwierigkeiten gemacht hat, bis er dieses Mädchen traf, das ihm offenbar mit eigenartigen Gesprächen und Ideen den Kopf verdreht hat. Wißt ihr beide zum Beispiel, daß sie ihn davon überzeugt hat, daß ihre Beziehung irgendwie vorbestimmt war?«

»Was willst du damit sagen?« fragten die beiden anderen gleichzeitig.

»Ich will damit sagen, daß Bruno und Darina offenbar glauben, daß sie eine Art astrales Liebespaar sind, daß sie wiedergeboren sind oder so. Ich glaube, Bruno sagte etwas von ›Zwillingsseelen‹.«

»Darina liest viel«, sagte Rose beinahe entschuldigend. »Und ich weiß, daß sie im Augenblick auch sehr viel nachdenkt. Sie ist sehr ernst.«

»Ernst oder oberflächlich, darf ich vielleicht feststellen, daß mein Sohn unter ihrer fachfraulichen Anleitung die Überzeugung gewonnen hat, daß es ihm und Darina vom Schicksal vorherbestimmt war, einander zu begegnen, und daß sie sich aus einem früheren Leben kennen und daß alles, was zwischen ihnen passiert, unvermeidbar ist?« Er übertrieb ein wenig, aber wenigstens hatte er jetzt ihre ungeteilte Aufmerksamkeit, und er hoffte, daß es ihm gelungen war, die Nähe und Vertrautheit zwischen sich und Bruno deutlich zu machen.

»Und das alles ist in den letzten paar Tagen passiert?« Endlich starrte Rose ihn an.

»Ich glaube. Schließlich war *ich* nicht da.« Derek ließ die Bedeutung des letzten Satzes im Raum stehen.

»Das ist schließlich nicht das Ende der Welt – alle Jugendlichen machen solche Phasen durch.« John nahm Roses Hand.

»Was mich betrifft«, sagte Derek so würdevoll wie möglich, »so will ich nicht, daß mein Sohn derartigen Einflüssen ausgesetzt ist.« Nach dieser Feststellung ging er zum Fenster hinüber und zog die schweren Vorhänge auf. Das Wohnzimmer lag nach vorne raus, und der Mond war freundlich zu der vernachlässigten Landschaft, die unter der weißen Frostschicht sanft glitzernd bis zu der dunklen Baumreihe abfiel. Aber Derek starrte in die schwarzsilberne Schönheit hinaus, ohne sie zu sehen. Ihm ging es nur noch um das eigene Überleben. Selbst sein körperliches Unwohlsein, sein Herzjagen und sein erneuter Kopfschmerz waren ihm im Augenblick egal.

Er hörte, wie jemand zur Tür hereinkam und drehte sich um. Es waren Roses Eltern. Derek hatte sie seit Jahren nicht mehr gesehen und war auf ihr verändertes Aussehen nicht vorbereitet gewesen. Für ihn waren sie immer noch der Hausherr und die Hausherrin des Gutes, die jedes Jahr Weihnachten mit milden Gaben zu den Pächtern kamen und die ihre gottgegebenen Privilegien und ihre Autorität wie Hermelinpelze trugen. Er überlegte eilig, wie alt sie waren, und kam schockiert zu dem Schluß, daß sie nicht viel älter als sechzig sein konnten.

Wenn er daran dachte, daß er diese beiden Rentner einst bewundert, gar gefürchtet hatte. Mrs. O'Beirne Moffat war eine schmächtige kleine Person mit dünnem Haar und großen, wäßrigen Augen. Als er näher hinsah, bemerkte er, daß wenigstens der Colonel noch etwas von seiner früheren Ausstrahlung hatte; obgleich er einen Stock benutzte, hielt er sich aufrecht, aber er hatte bedeutend abgenommen, und seine Haut hing in gelben Falten über seinen altmodischen Stehkragen.

»Ich glaube, ihr kennt euch alle?« fragte Rose und sah ihre Mutter an.

Mrs. O'Beirne Moffats gleichgültige Miene veränderte sich nicht, und nur der Colonel antwortete: »Ja. Wie geht es dir, John? Hallo, Derek.« Nach dieser kleinen Ansprache schien er in seiner Westentasche nach etwas zu suchen. Doch dann überlegte er es sich anders und wandte sich an seine Frau. »Setz dich doch, meine Liebe. Ist es hier drin auch warm genug für dich?«

Daphne ging langsam zu dem Stuhl, der beim Feuer stand. Sie ignorierte die Anwesenden und griff nach einer Stickarbeit. Der Colonel räusperte sich. »Ich nehme an, die beiden Schlingel sind wieder einmal verschwunden?«

»Die Geschichte wiederholt sich immer wieder.« Die Worte, die dem Colonel entgegengeschleudert wurden, klangen erstaunlich vehement für eine Frau, die aussah, als würde sie zerbrechen, wenn sie auch nur von einem Spatzenflügel berührt würde.

»Hör auf, Mutter!« Rose fuhr zornig zu ihr herum. »Erspar dir deinen Kommentar.«

»Ich sag nur meine Meinung. Dies ist immer noch mein Haus, wenn ich mich nicht irre. Da habe ich doch wohl noch das Recht, meine Meinung zu sagen. Wenigstens das.«

»Bitte, Daphne.« Gus sah sie flehend an.

John mischte sich ein. »Es tut mir leid, daß Sie immer noch derartige Gefühle hegen, Mrs. O'Beirne Moffat. Aber es gab da ein paar Dinge, die Ihnen Rose vielleicht eines Tages erzählen wird und aufgrund derer Sie Ihre Meinung vielleicht ändern werden.«

Derek merkte, daß seine Wangen glühten. Er mußte das Gespräch unbedingt auf ein anderes Thema bringen. »Wenn es Ihnen nichts ausmacht, würde ich jetzt gerne losgehen und meinen Sohn suchen.«

»Ich glaube, dafür ist es bereits zu spät.« Mrs. O'Beirne Moffat ließ sich nicht so einfach den Mund verbieten.

»Hör auf, Mutter!« Rose hielt sich die Ohren zu. »Wenn du nichts Sinnvolles zu diesem Gespräch beizutragen hast, dann sag bitte gar nichts mehr.«

»Zu spät für was, Mrs. O'Beirne Moffat?« Die Anspannung, die sich seit so vielen Stunden in Derek angesammelt hatte, drohte sich Luft zu machen.

»Einfach zu spät«, wiederholte Daphne und sah ihn an. »Und Sie wissen genau, was ich meine, junger Mann. Sie und Ihr Bruder haben nichts als Elend über dieses Haus gebracht.«

Entsetztes Schweigen senkte sich über den Raum, als die anderen vier die Vermessenheit ihres Kommentars begriffen.

»Bitte, meine Liebe.« Der Colonel wurde puterrot. »Es tut mir furchtbar leid«, murmelte er, an die Zwillinge gewandt. »Sie meint es nicht so, das ist ihr im Eifer des Gefechts herausgerutscht. Sie meint es nicht so.« Er wandte sich an sie. »Du bist bestimmt erschöpft, meine Liebe.«

»Und ob ich es so meine. Dieser Mann« – sie wies mit zitternden Fingern auf John – »hat unsere Familie zerstört, und es sieht ganz so aus, als wolle er es ein zweites Mal tun, dieses Mal mit Hilfe seines Bruders.«

»Es reicht, Daphne!« Der Colonel stieß einen Stock auf den Teppich, so daß seine gelben Wangen zitterten. »Ich verbiete dir, noch etwas zu sagen.«

Derek war es peinlich, Zeuge dieser Auseinandersetzung zu sein. Er wandte sich hilfesuchend an John, aber der starrte den Colonel geradezu bewundernd an.

»Ich sage nur die Wahrheit.« Daphne kniff die Lippen zusammen. »Auf meiner Seite der Familie hat es nie auch nur den geringsten Skandal gegeben, Gus.«

»Ich sagte, es reicht, meine Liebe.« Der Colonel milderte seinen Ton. Er ging zu ihr hinüber und legte ihr fast zärtlich eine Decke über die Knie. »Ich glaube, ich gehe kurz raus und sehe mich bei den Ställen um. Ich könnte wirklich ein bißchen frische Luft vertragen.« Er richtete sich auf und wandte sich wieder an Derek und John. »Das Ganze ist gewiß nur ein Sturm im Wasserglas. Die Kinder sind bestimmt bald wieder da. Ich wette, daß sie einfach die Zeit vergessen haben.«

»Kommst du, Daddy?« Rose richtete sich zu ihrer ganzen Größe auf, und als sie eilig den Raum verließ, bemerkte Derek, wie ähnlich sie ihrem Vater sah.

»Zieht euch warm an!« rief Daphne ihnen mit einer so veränderten Stimme nach, daß man hätte meinen können, die Auseinandersetzung hätte nie stattgefunden.

»Auf Wiedersehen, Mrs. O'Beirne Moffat«, sagte John in seiner Hotelierstimme. »Ich entschuldige mich für die Störung. Kommst du, Derek?«

Derek starrte Roses Muter immer noch an. »Ja, ich komme.« Wenn die Situation nicht so verfahren gewesen wäre, dachte er, wäre sie geradezu lustig gewesen. Diese Frau war verrückt.

Gus hatte richtig geraten. Darina und Bruno lagen zusammengerollt in einer Ecke der Hütte, in der früher das Futter für die Pferde gelagert worden war.

Sie waren in eine aufgeregte Unterhaltung vertieft, das heißt, Darina sprach, und Bruno hörte ihr aufmerksam zu, während sie ihm ihre ganz persönlichen Geistertheorien erläuterte. »Wenn man erst einmal anfängt, darüber nachzudenken«, sagte sie ernst, »dann ergibt das Ganze eindeutig einen Sinn. Jede Seele ist ein Individuum, das vor Trillionen von Jahren geschaffen wurde. Und das Ziel ist die Perfektion – der Himmel, wenn du so willst. Aber vorher muß sie etliche Leben durchwandern, Prüfungen bestehen, bis alles, was die Perfektion verhindert, durchgemacht und überwunden wurde. Jedesmal, wenn du geboren wirst, hast du eine bestimmte Anzahl von

Aufgaben zu erfüllen, je nachdem, welches Leben du gerade führst. Verstanden?«

»Ich glaube, ja.« Bruno runzelte konzentriert die Stirn. »Vielleicht ist dies der Gedanke, der allen Religionen gemeinsam ist. Für uns Christen zum Beispiel ist die Perfektion erreicht, wenn wir sterben und zu Gott gelangen.«

»Ja, aber der Unterschied ist, daß Gott uns mehr als nur diese eine Chance gibt, wenn man es so betrachtet wie ich. Glaubst du, er wäre Gott, wenn er dich für ewig verdammen würde, nur weil du in einem Leben ein paar Fehler gemacht hast?«

»Wenn man es so sieht, ergibt es keinen Sinn«, gab Bruno nachdenklich zu.

»Ich glaube, daß jeder im Grunde seines Herzens weiß, daß es nicht so ist, auch wenn man es uns in der Schule oder der Kirche so erzählt«, fuhr Darina fort. »Aber sie schließen diese Möglichkeit einfach aus. Vor allem Erwachsene. Meine Mutter, zum Beispiel. Sie ist ein wunderbarer Mensch, aber sie sieht die Dinge inzwischen auf eine so banale Art. Du mußt mir ja wohl recht geben, wenn ich sage, daß Erwachsenen die Magie verschlossen ist.«

»Ich meine«, sie setzte sich auf, »früher habe ich an Feen geglaubt, und irgenwie tue ich das immer noch – woher wollen wir wissen, daß es keine Feen gibt? Schließlich gibt es dafür keinen *Beweis.*«

»Also hör mal, Darina! Bei Feen mache ich aber einen Punkt –«

»Nein«, beharrte sie auf ihrem Standpunkt. »Woher wollen wir es wissen? Ich wette, daß die Leute auf der Insel, von der du kommst, immer noch von Geistern und solchen Sachen reden.«

»Ja, aber das ist etwas anderes.«

»Nein. Auch in Irland reden die Leute davon, sogar in Dublin, sogar mitten in einer großen Stadt. Ich sage dir, was ich glaube. Ich glaube, daß wir, wenn wir noch jung sind, viel jünger als wir beide, sehr leicht an all diese Dinge glauben können, weil wir sie fühlen und weil wir unseren Gefühlen glauben. Aber dann werden wir erwachsen und tun lauter erwachsene Dinge wie arbeiten und Geld verdienen und erfolgreich sein, und wir horchen nicht mehr in uns hinein, und auf die anderen hören wir auch nicht mehr.«

Sie lehnte sich an Brunos Schulter. »Wie gesagt, meine Mutter ist ein großartiger Mensch, und sie ist sehr intelligent, aber wahrscheinlich würde sie einen Herzinfarkt bekommen, wenn sie mich jetzt reden hören würde. Was sie für mich will, ist, daß ich es im Leben zu etwas bringe, daß ich glücklich und erfolgreich bin. Aber vielleicht wußte auch sie noch all diese Dinge, vielleicht hat auch sie sie noch gespürt, als sie so alt war wie wir – vielleicht haben es auch deine Eltern in unserem Alter noch gespürt – aber jetzt haben sie es einfach vergessen. Verstehst du? Ich werde es nicht vergessen. Vor allem nun, da ich dich getroffen habe –«

»Was ist das?« Bruno nahm ihren Arm.

Darina hatte es auch gehört. Draußen wurden Fußschritte laut.

Sie hielten den Atem an.

Wer auch immer es war, öffnete die Tür. Zu spät erinnerte sich Darina an die Kerze, die sie angezündet hatte, und als sie sie ausblies, hatte die Person das Licht bereits gesehen und kam in ihre Richtung.

»Hallo«, sagte Gus. »Auf dem harten Fußboden muß es aber verdammt ungemütlich sein.«

»Hallo, Großvater!« Darinas Stimme war leise, aber entschlossen. »Darf ich dir Bruno vorstellen?«

Im Flur der Anglerhütte schlug die Standuhr Mitternacht. Derek sah deprimiert den Jungen an, der immer sein Sohn gewesen war. Bruno konnte so verdammt starrsinnig sein, und zum x-ten Mal fragte er sich, wie er so lange mit ihm hatte zusammenleben können, ohne diese Seite seines Charakters zu sehen. Die Kompromißlosigkeit war schlimm genug, aber das eigentlich unüberwindbare Hindernis war Brunos unerschütterliche Freundlichkeit. Derek hatte es mit Schmeicheleien versucht, mit Drohungen und logischen Argumenten, doch es war zwecklos; Bruno war noch genauso nett und hielt noch genauso hartnäckig an seiner Meinung fest wie zu Beginn der Diskussion vor über einer Stunde.

In gewisser Weise bewunderte er den Jungen für seine Standfestigkeit.

Nachdem man ihm noch fünfzehn Minuten Zeit gegeben hatte, um sich endgültig von Darina zu verabschieden, war Bruno bereitwillig mit ihm und John nach Hause gekommen, aber Derek hatte den ganzen Rückweg über ein ungutes Gefühl gehabt. Obwohl die Unterhaltung zwischen ihnen dreien während der Rückfahrt freundlich verlaufen war, wurde er den Eindruck einfach nicht los, daß Bruno in Gedanken bei etwas ganz anderem war, bei etwas, das außer vielleicht Darina niemand verstand.

Sie saßen an dem großen Küchentisch, und der Junge sah so frisch und energiegeladen aus, als wäre es neun Uhr in der Früh. Derek beschloß, es noch ein letztes Mal zu versuchen. »Du bist noch zu jung, um zu verstehen, was vor sich geht, Bruno«, sagte er so ernst wie möglich.

»Dad, das ist eine Beleidigung.« Brunos leichter Ton verriet, daß er keineswegs beleidigt war.

»Ich wollte dich nicht beleidigen«, erwiderte Derek. »Aber es gibt da ein paar Dinge, die du besser verstehen würdest, wenn du älter wärest.«

»Was zum Beispiel, Dad?«

Plötzlich dachte er an ein Wort aus der Kindheit, aus dem lange vergessenen Kommunionunterricht. »Weißt du, was ein Ehehindernis ist, Bruno?«

Bruno runzelte die Stirn. »Ich glaube ja – eine Sache, die eine Eheschließung schwierig macht.«

»Nun, gewissermaßen ja. Aber es ist viel mehr als nur ein Erschwernis. Es ist etwas, das eine Heirat zum Beispiel dem Gesetz nach unmöglich macht.«

»Ich verstehe nicht, was du meinst.«

»Bitte, Bruno, ich gebe dir mein Wort.« Derek beugte sich vor, um seinen Worten zusätzliches Gewicht zu verleihen. »Du mußt mir glauben, wenn ich sage, daß es ein sehr ernstes Ehehindernis gibt, das jede Beziehung zwischen dir und Darina Flynn verbietet.«

»Du meinst, weil wir Cousin und Cousine sind? Das wissen wir bereits. Das ist kein Problem, wirklich nicht –«

»Es ist viel ernster. *Viel* ernster.« Derek erhob sich von seinem Stuhl und baute sich vor Bruno auf. »Du mußt mir vertrauen. Habe ich dich in der Vergangenheit jemals im Stich gelassen oder belogen?«

»Nein.« Zum ersen Mal entdeckte Derek den Schatten eines Zweifels in den blauen Augen des Jungen. »Würdest du mir jetzt auch vertrauen?« fragte er.

»Inwiefern?«

»Würdest du mir glauben, wenn ich dir sagen würde, daß ich etwas weiß, was ich auf keinen Fall verraten darf, was jedoch bedeutet, daß du aus ethischen Gründen zu diesem Mädchen keine Liebesbeziehung haben darfst?«

»Ich glaube dir nicht.« Bruno stand auf. »Tut mir leid, Dad, ich wollte nicht aggressiv klingen. Natürlich glaube ich, daß *du* glaubst, was du da sagst. Aber du kannst ja wohl kaum erwarten, daß ich dir etwas glaube, was du mir noch nicht einmal erklärst.«

»So etwas gibt es immer wieder zwischen Freunden, zwischen Vater und Sohn.«

»Ja, aber ich dachte, ich hätte dir erklärt, daß jetzt Darina das Wichtigste in meinem Leben ist. Ich will dir nicht zu nahetreten, Dad, aber da kann es kein Hindernis geben, nichts von dem ich – von dem wir – uns abhalten ließen. Ich weiß, daß wir noch jung sind, und ehrlich gesagt glauben wir, daß es das ist, was alle so furchtbar stört. Aber wir lieben uns wirklich. Es tut mir leid, aber so ist es nun mal. Ich versuche bestimmt nicht, euch alle zu ärgern, genausowenig wie sie. Aber das Ganze könnte nur noch ungeschehen gemacht werden, wenn man die Uhr zurückdrehen würde. Und das ist unmöglich, zumindest in diesem Leben. Und, glaub mir, wegen des Ärgers, den wir allen machen, bin ich fast versucht zu sagen, ich wünschte, ich hätte sie gar nicht erst kennengelernt. Aber das wäre eine Lüge. Ich wünsche es nicht – ganz bestimmt nicht. Vielleicht klingt es schmalzig, aber ich kann meine Gefühle für Darina nur erklären, indem ich sage, daß sie mich vollkommen ausfüllt, daß sie in mir und bei mir ist, die ganze Zeit.«

»Ich weiß, was für ein Gefühl das ist.«

»Ich will dir wirklich nicht zu nahetreten, Dad, aber das ist deine Sache. Aber wenn du das Gefühl kennst, wenn du es wirklich kennst, dann wirst du auch wissen, daß du uns nicht aufhalten kannst. Es gibt nichts, was irgendwer tun könnte, um uns auseinanderzubringen.«

»Warum glaubst du mir nur nicht?«

»Es gibt nichts zu glauben. Aber, Dad, ich möchte, daß du weißt, daß es keinen Unterschied machen würde, selbst wenn du mir sagen würdest, was es ist.«

Derek sah in das schöne Gesicht des Jungen, das in einer Leidenschaft glühte, die er nie zuvor gesehen hatte, und einen schmerzlichen Augenblick lang stand er kurz davor, ihm alles zu sagen. Doch dann riß er sich zusammen. Selbst wenn er das persönliche Trauma und den Verlust des Sohnes ertragen würde, hatte er nicht das Recht, Bruno die Wahrheit zu sagen. Was auch immer er für Probleme mit Karen hatte, wäre es ihr Vorrecht, den Jungen aufzuklären.

Er packte Bruno bei den Schultern, so daß er ihn ansehen mußte. »Du machst einen schrecklichen Fehler, Bruno«, sagte er. »Ich wünschte, ich könnte dich davon überzeugen, daß du einen furchtbaren Fehler machst.«

In einem allerletzten Versuch, Bruno zu überzeugen, sah er ihn eindringlich an. »Ich wünschte, ich könnte dir sagen, was in meinem Kopf vorgeht – ich wünschte es wirklich. Aber das Geheimnis, von dem ich spreche, hat noch mit zwei anderen Menschen zu tun, und ich habe vor Jahren versprochen, nie mit einer Menschenseele darüber zu reden. Ich habe nicht das Recht, es dir zu erzählen. Ich würde es tun, wenn ich es könnte – und ich bin sicher, daß du das verstehst.«

Bruno erwiderte den Blick. »Ich weiß deine Ehrenhaftigkeit zu schätzen, Dad. Aber es geht nicht nur um deine Ehre, sondern auch um meine. Und ich habe Darina ein Verspechen gegeben.«

»Was für ein Versprechen?« Derek ließ ihn nicht los.

»Wir haben einander versprochen, niemals auseinander zu gehen.« Er sah Derek weiterhin unverwandt an und ließ den Satz in der Luft hängen, bis Derek sich endlich geschlagen gab. Zumindest im Augenblick akzeptierte er, daß es für Bruno keinen Unterschied machen würde, wenn er wüßte, daß Darina Flynn, die er für die Liebe seines Lebens hielt, seine Halbschwester war. Es bestünde sogar die Gefahr, daß das Außergewöhnliche der Wahrheit das Abenteuer für die beiden noch reizvoller machen würde.

Sie alle konnten nur hoffen, daß die Beziehung ein natürliches Ende finden würde.

Also hielt er den Mund und wandte sich ab. »Ich glaube, es ist Zeit, ins Bett zu gehen«, sagte er und ging zur Tür. »Ich habe dir meine Position klargemacht. Wir werden irgendwann noch einmal darüber sprechen, vielleicht wenn sich alle ein wenig beruhigt haben. Ich weiß nicht, wie es dir geht, aber ich bin vollkommen erschöpft.«

»Und sie kann uns besuchen kommen?« Bruno war einfach unerbittlich.

»Das hängt von deiner Mutter ab.« Die Müdigkeit hüllte Derek ein wie eine schwere, wärmende Decke. Er hatte sein Möglichstes versucht. Jetzt wollte er nur noch schlafen. »Komm ins Bett, Bruno«, sagte er. »Es ist schon nach Mitternacht, und wir müssen morgen früh aufstehen.«

»Sicher, Dad.«

Rose saß auf der Kante von Darinas Bett. »Hast du mir verziehen?« fragte sie und drückte Darina die Hand.

»Was?« Darina erwiderte den Händedruck nicht. Ihre Hand lag leblos in der Hand ihrer Mutter, und sie sah sie auch nicht an.

»Du weißt, was«, entgegnete Rose. »Das habe ich bereits gesagt. Ich habe das Gefühl, daß das alles nicht passiert wäre, wenn ich nicht einfach den Hörer aufgelegt hätte –«

»Bitte, Mutter, hör auf. Es gibt nichts zu verzeihen.«

»Also gut. Ich möchte nur, daß du weißt, daß es mir leid tut. Ich habe einfach unüberlegt reagiert.« Sie zwang sich, nüchtern zu klingen. »Und nun, was ist mit Bruno und dir? Bitte glaube mir, ich möchte verstehen, was da vor sich geht.«

»Das habe ich dir doch schon hundertmal gesagt. Wir lieben uns. Es ist ganz einfach.«

»Aber Derek – Brunos Vater – sagt, daß ihr etwas ganz Besonderes in eure Beziehung hineininterpretiert. Daß du und Bruno glaubt, eure Begegnung sei vom Schicksal vorherbestimmt. So etwas.«

Darina sah sie an. »Ach ja? Das ist dann doch wohl unsere Sache, oder nicht?«

»Du bewegst dich auf einem gefährlichen Terrain, Darina.«

»Ich weiß, was ich fühle und was Bruno fühlt.«

Rose glaubte auf rohen Eiern zu balancieren. Ein falscher Schritt und alles würde zerbrechen. »Aber laß dir wenigstens Zeit, mein Liebling, du und Bruno, ihr seid schließlich noch sehr jung.«

»Hast du Angst, daß ich schwanger werden könnte?«

Es gelang Rose nur mit Mühe, ihren Schrecken zu verbergen. »Das auch. Aber ich mache mir noch mehr Sorgen um deine Gedanken und Gefühle.«

»Es ist dir also egal, ob ich schwanger werde…«

»Natürlich nicht. Dann wäre ich sehr enttäuscht.«

»Bei allem Respekt, Mutter, aber daß gerade du das sagst…«

Touché, dachte Rose. Aber das war ihre eigene Schuld. »Ich habe Fehler gemacht, Darina, ja«, sagte sie. »Aber nur weil ich sie gemacht habe, mußt du sie ja nicht auch machen.«

»Dann tut es dir also leid, daß du mich bekommen hast?« Darina wandte den Blick wieder ab.

»Natürlich nicht.« Rose merkte, daß sie auf clevere Weise vom Thema abgelenkt wurde. »Bitte, Darina«, sagte sie. »Ich möchte nur, daß du vorsichtig bist.«

»Ich habe dir doch schon gesagt, daß wir nicht miteinander geschlafen haben.«

»Das weiß ich, und ich bin froh darüber. In deinem Alter verkompliziert Sex eine Beziehung ungemein. Aber das wollte ich eigentlich gar nicht mit dir besprechen –«

»Nun, auf diesem Gebiet scheinst du die Expertin zu sein –«

»Bitte!« Rose hatte das Gefühl, daß sie allmählich klang wie eine meckernde Ziege. Sie ließ Darinas Hand sinken, stand auf und begann, im Zimmer auf und ab zu gehen. »Ich möchte dir ein bißchen von mir und deinem – deinem Vater erzählen«, sagte sie. »Wenigstens das hast du verdient.« Sie blickte zum Bett hinüber und sah, daß Darina ihr endlich aufmerksam zuzuhören schien.

»Mutter«, sagte sie mit flacher Stimme. »Das geht mich nichts an. Das ist aus und vorbei. Ich will nichts davon hören.«

»Vielleicht nicht«, Rose stapfte weiter auf und ab. »Aber ich will es dir erzählen. Ich muß es dir erzählen. Vielleicht hätte ich es dir schon vor langer Zeit erzählen sollen – aber ich hatte einfach nicht den Mut dazu. Und ich möchte, daß du mir auch das verzeihst.«

»Es ist mir *peinlich*, Mammy –«

»Mir auch. Aber ich will, daß du es weißt. Ich habe John Flynn sehr geliebt. Wahrscheinlich so sehr wie du Bruno liebst. Auch wir hatten alle möglichen Probleme – nicht zuletzt weil er der Sohn eines armen Pächters hier auf Sundarbans war und meine Mutter eine Beziehung zwischen uns beiden vollkommen unmöglich fand. Nicht, daß ich ihr jemals die Chance gegeben hätte, sich anders zu verhalten«, fügte sie ehrlich hinzu. »Ich nahm einfach an, daß sie alles in ihrer Macht stehende tun würde, um uns auseinander zu bringen.« Sie machte eine Pause. »Genauso wie du von mir annimmst, daß ich euch auseinander bringen will.«

»Ich nehme überhaupt nichts an. Aber du scheinst ja genau zu wissen, wie es Bruno und mir geht –«

»Oh, nein, Darina! Und genau darum geht es.« Rose kehrte neben das Bett zurück. »Ich weiß es nicht ganz genau«, wiederholte sie. »Ich erkenne die Gefühle, die du für diesen Jungen hegst – das mußt du mir glauben. Aber was ich nicht verstehe ist diese Sache, von der Bruno sprach. Zwillingsseelen ... Ich möchte es verstehen, ich möchte euch helfen.« Rose hielt den Atem an. Vielleicht kämen sie ja alle noch heil aus der Sache heraus, wenn es ihr gelänge, Darina dazu zu bewegen, sich ihr anzuvertrauen.

Darina spielte mit ein paar losen Fäden an ihrem Laken herum. »Ich kann nur sagen, wenn ich mit Bruno zusammen bin, habe ich das Gefühl, in einen Spiegel zu sehen.« Als hätte sie bereits zuviel gesagt, unterbrach sie sich und glitt unter die Bettdecke. »Ich bin sehr müde. Könnten wir vielleicht morgen früh weiterreden?«

»Erzähl mir mehr, Darina, bitte erzähl mir mehr.«

Aber Darina drehte ihr Gesicht zur Wand.

Rose konnte jetzt unmöglich einfach gehen. »Ich verspreche dir, daß ich dich nicht unterbrechen werde.« Sie berührte Darinas Schulter, aber das erwies sich als Fehler. Darina zuckte zusammen, als hätte sie sich verbrannt.

Rose trat einen Schritt zurück. »Also gut, mein Liebling, dann gehe ich jetzt. Aber du wirst mir davon erzählen, ja? Weißst du, die Idee ist mir nicht neu, es ist nur so, daß es mir noch nie passiert ist. Ich verspreche, daß ich dir deswegen keine Vorhaltungen machen werde. Ich möchte nur versuchen zu verstehen, was für ein Gefühl es ist.«

»Ja, ich weiß, Mammy, aber bitte sprich jetzt nicht mehr davon.« Darina sah eilig über ihre Schulter. »Ich werde es dir bald erzählen, das verspreche ich.« Sie stieß einen langen, gekünstelten Seufzer aus, als könnte sie sich einfach nicht länger wach halten.

Derek versuchte, ganz zu sich zu kommen. Irgendein Geräusch hatte ihn aus seinem tiefen, traumlosen Schlaf geweckt. Er wollte wieder einschlafen, doch zuvor mußte er das Geräusch identifizieren. Er lauschte angestrengt, aber jetzt war nichts mehr zu hören. Es herrschte eine unheimliche Ruhe.

Das war es! Es war zu ruhig. Er setzte sich auf und machte Licht.

Brunos Bett war leer.

Er starrte auf das zerwühlte Laken, nicht willens zu glauben, was er sah. Bruno war bestimmt im Badezimmer, er würde sicher gleich wiederkommen. Aber egal, wie sehr er die Ohren spitzte, er hörte einfach nichts. Keine Schritte, keine Toilettenspülung – nichts. Er sah auf seine Uhr: zehn nach drei.

»Oh, Gott.« Er sagte die Worte laut, und weil sie in der Stille unwirklich klangen, sagte er sie noch mal. »Oh, Gott.«

Er kämpfte sich aus dem Bett, zuckte zusammen, als er die Kälte des Linoleums unter seinen Füßen spürte, und während er seine Kleider zusammensuchte, die er vor weniger als drei Stunden abgelegt hatte, fluchte er. Dieses Mal war der Junge zu weit gegangen. Zur Hölle mit all dem Verständnis und all der Liberalität. Derek hatte noch nie die Hand gegen Bruno erhoben, aber jetzt hatte der Junge wirklich eine Tracht Prügel verdient, dachte er.

Er war so erregt, daß er zu keuchen begann. Sein Kopf drehte sich, und er mußte kurz im Schuhebinden innehalten, um sich zu beruhigen. Der kleine Teufel! John hatte recht gehabt. Die beiden unter Kontrolle zu halten war schwerer, als Kaninchen auf einem freien Feld zu überwachen.

Dieses Mal – er wiederholte den Satz wie ein Mantra – dieses Mal war er zu weit gegangen. Dieses Mal würde er ihm den Hintern versohlen, wenn er ihn zu fassen bekam.

Um niemanden aufzuwecken, schlich er auf Zehenspitzen die Treppe hinab und nahm seinen Mantel vom Haken hinter der Tür. Seine Reisetasche, die er wegen all der Aufregung noch nicht ausgepackt hatte, stand im Flur und erinnerte ihn daran, daß er und Bruno in ein paar Stunden auf dem Heimweg wären. Je eher, um so besser, dachte er. Diese Reise war für alle Beteiligten eine einzige Katastrophe gewesen. Ihm graute bereits jetzt davor, es Karen zu erzählen.

Bei dem Gedanken an Karen machte sein Herz einen Satz, so daß ihn schwindelte. Er müßte vorsichtig sein, wenn er Karen all die schlechten Nachrichten überbrachte. Irgendwie fühlte er sich trotz all ihrer Streitereien immer noch zu ihr hingezogen – ihre körperliche Anziehungskraft hatte zwar nachgelassen, aber hin und wieder flackerte seine alte Leidenschaft für sie noch auf. Sie war etwas, was sie immer noch zusammenhielt. Ihre gemeinsame Leidenschaft, dachte er, und das zweite Band, das es zwischen ihnen gab – ein Band, das er in seinen wachen Momenten als das erkannte, was es war. Er und Karen konnten Bruno jederzeit benutzen, um einander emotional zu erpressen, wenn es ihnen gerade gefiel. Vielleicht wäre alles anders gekommen, wenn sie eigene Kinder gehabt hätten – aber es war nie passiert, und sie hatten sich deswegen keine allzu großen Gedanken gemacht. Bruno hatte ihnen immer gereicht.

Und jetzt? Natürlich hatte er keinen Beweis dafür, daß Karen ihn betrog, aber wenn er darüber nachdachte, fiel ihm auf, daß sie sich in letzter Zeit sehr eigenartig benommen hatte, und ein-, zweimal war er ans Telefon gegangen, und der Anrufer hatte einfach aufgelegt. Wie hatte er nur so blind sein können?

Derek wurde von einer Eifersucht gepackt, die ihn überraschte. Verdammt, dachte er, und sein Zorn auf Bruno steigerte seine fieberhaften Spekulationen über Karen ins Unerträgliche. Sofort nach seiner Rückkehr würde er sie zur Rede stellen. Wo waren die Autoschlüssel? In seiner Wut riß er sämtliche Schlüssel von dem Teller auf dem Flurschränkchen, aber keiner war der richtige.

Er durchsuchte die Taschen seines Mantels und sah dann auf dem Boden nach. Nichts.

Vielleicht hatte er sie einfach stecken lassen. Er öffnete die Haustür, sah hinaus und blieb wie angewurzelt stehen.

Johns alte Klapperkiste stand noch da, aber sein Mietwagen war fort.

Außer Zorn verspürte Derek plötzlich Angst. Bruno war ein sicherer Fahrer – da es auf Prince Edward Island keine öffentlichen Transportmittel gab, waren sämtliche Jugendlichen auf der Insel gute Autofahrer – aber er war noch nie mit einem rechts gesteuerten Fahrzeug auf der linken Straßenseite gefahren. Auf überfrorenen Wegen. Um drei Uhr nachts.

Außerdem durfte er als Sechzehnjähriger in Irland gar nicht fahren und war noch dazu nicht versichert. »Sieh bloß zu, daß du dich nicht von der Polizei erwischen läßt«, murmelte Derek und starrte blind in den Spiegel im Flur. »Rotzbengel, Rotzbengel, *Rotzbengel!*« Sein Zorn half ihm, die Angst zu überwinden, und ihm wurde klar, daß er dem Jungen nachfahren mußte.

Er nahm Johns Schlüssel, ohne ihn zu wecken und um Erlaubnis zu fragen, und trat hinaus in die frostige Nacht. Draußen war es hell und klar und, obwohl sein Atem gefror, nicht halb so kalt, wie er erwartet hatte.

Er ließ den Wagen an und mußte kurz warten, bis er warm genug war, damit die Windschutzscheibe frei wurde. Während er wartete, überlegte er, was er den beiden jungen Taugenichtsen erzählen würde, wenn er sie erst erwischt hätte. Er hatte keinen Zweifel daran, daß sie wieder in ihrem Versteck in den Stallungen von Sundarbans waren. Nun, ein, zwei Dinge hätte er ihnen bestimmt zu sagen, er würde schon dafür sorgen, daß ihnen die Ohren klingelten.

Seltsamerweise fühlte er sich frisch und munter. Sein Herzjagen hatte ihn – bis jetzt – verschont, und obwohl er nur drei Stunden geschlafen hatte, verlieh ihm die kalte, windstille Luft ungeahnte Energien.

Er stellte die Scheibenwischer an, damit die Scheibe schneller vom Eis befreit würde. Während er weiter wartete, kam ihm plötzlich ein Gedanke, der ihn leicht beunruhigte. Er hoffte nur, daß er mit dem Ehehindernis nicht schon zuviel verraten hatte. Bruno war ein intelligenter Bursche, hoffentlich würde er nicht zwei und zwei zusammenzählen ...

Zumindest mit einer Annahme lag Derek falsch.

Darina und Bruno waren nicht in den Stallungen, sondern in dem alten Bootshaus am See, nur zweihundert Meter von der Stelle entfernt, an der sie sich zum ersten Mal begegnet waren. Sie hatten sich dort verabredet, als die Erwachsenen sie ein letztes Mal allein gelassen hatten, um sich voneinander zu verabschieden.

Sie hatten eine Ecke des Bootshauses aufgeräumt und ein paar verrottete Segeltücher und anderen Abfall zu einem improvisierten Bett übereinander gehäuft, und jetzt lagen sie vollständig bekleidet nebeneinander. Bruno küßte Darina an jeder erreichbaren Stelle ihres Körpers, und sie tat dasselbe mit ihm.

Er zog sie verzweifelt an sich. »Ich liebe ich, Darina.«

»Ich liebe dich, Bruno.«

»Für immer, in alle Ewigkeit…«

»Ja.« Sie sagte es mit absoluter Sicherheit.

»Ich will dich nicht verlassen.«

»Ich weiß.« Sie stützte sich auf einen Ellbogen, sah ihn zärtlich an und streichelte sein Gesicht. »Ich wünschte, ich hätte dich in einen Palast führen können.«

»Das Bootshaus reicht mir.«

Wieder küßten sie sich. »Erzähl mir, wie es mit deinem Dad gelaufen ist«, sagte sie.

»Oh, weißt du, wie immer.«

»Er will nicht, daß wir zusammen sind.« Darina sah, wie die Taschenlampe die Spinnweben über ihren Köpfen erleuchtete. »Das will keiner von ihnen.«

»Ich fürchte, so ist es – aber es ist mir egal, Darina. Es ist mir egal, was er oder sonstwer in dieser Sache denkt.«

»Weißt du, sie werden es nicht akzeptieren.«

Irgend etwas an ihrer Stimme ließ ihn aufhorchen. »Weil wir Cousin und Cousine sind?«

»Ich glaube, ja. Aber ich habe das Gefühl, daß da noch etwas anderes dahinter steckt. Etwas, das mit ihnen selbst zu tun hat.«

»Seltsam, daß du das sagst«, stellte er nachdenklich fest und zog ihren Kopf herab, bis er in seiner Halsbeuge lag. »Mein Dad hat irgend etwas angedeutet, was er mir nicht genau erklären wollte. Ein Geheimnis.«

»Ein Geheimnis?« Darina erstarrte. »Hat er dir irgendwelche Hinweise gegeben?«

Bruno zögerte. »Nein, eigentlich nicht –«

»Bist du dir sicher? Ganz sicher?«

»Ehrlich gesagt, hat es mich nicht interessiert, was er mir zu sagen hatte. Aber er sagte, er hätte zwei anderen Menschen geschworen, das Geheimnis zu bewahren – oder daß er geschworen hätte, das Geheimnis zu wahren, und daß noch zwei andere Personen daran beteiligt sind, irgend so was. Außerdem sagt er, es wäre so etwas wie ein Ehehindernis, was auch immer das ist.«

Darina setzte sich auf. »Bist du sicher, daß er das Wort ›Ehehindernis‹ benutzt hat?«

»Ja. Ist das wichtig?«

»Ich bin mir nicht sicher«, sagte Darina langsam. »Ich muß erst darüber nachdenken.«

»Was ist ein Ehehindernis?«

»Ich weiß es nicht mehr genau. Wir haben das Wort in der *Apologetik* gelernt, aber ich weiß nicht mehr genau, was es bedeutet.«

»Was ist die *Apologetik?*«

»Ach, nichts Besonderes. Das ist der Name eines Buches, das wir im Religionsunterricht lesen mußten. Es zählt all die Argumente auf, die dafür sprechen, daß Christus der einzig wahre Gott ist, und erklärt dir, wie du irgendwelchen christlichen Sekten und den Zeugen Jehovas gegenüber argumentieren kannst. Solche Sachen.«

»Und was hat das mit uns zu tun?« Brunos Stimme klang gedämpft.

»Ich glaube, ein Ehehindernis ist zum Beispiel, wenn der Mensch, den du heiraten willst, deine Schwägerin oder deine Schwiegermutter ist oder irgendein naher Verwandter.«

»Nun, ich nehme an, das hat er gemeint. Daß wir Cousin und Cousine sind.«

»Aber, Bruno, wir wissen, daß selbst die katholische Kirche Ehen zwischen Cousin und Cousine erlaubt. Ich glaube, das hat er nicht gemeint. Laß mich nachdenken«, sagte sie langsam und nach kurzem Schweigen: »Er hat gesagt, daß er *geschworen* hat, das Geheimnis zweier Menschen zu wahren?«

»Ich erinnere mich ganz genau, daß er gesagt hat, daß noch zwei Menschen mit der Sache zu tun haben. Ja, genau.«

»*Zwei* andere Menschen –« Das Ausmaß des Gesagten wurde beiden gleichzeitig bewußt. Sie spürten es. Darina begann zu zittern. »Weißt du, was ich denke?« fragte sie mit einer fast versagenden Kinderstimme.

»Sag es mir. Sag mir, was du denkst«, flüsterte Bruno, während sie instinktiv näher aneinander rückten.

»Ich glaube, deine Eltern sind nicht deine richtigen Eltern.«

»Warum denkst du – sicher –«

»Ich denke, du bist mein Bruder und nicht mein Cousin.«

»Das ist vollkommen unmöglich.« Aber Brunos Stimme klang alles andere als überzeugt. »Ich bin nur fünf Monate jünger als du«, fügte er hinzu, als flehe er sie an zu sagen, daß es nicht wahr sein konnte.

Wieder dachten sie über die Situation nach.

»Hast du deine Geburtsurkunde schon mal gesehen?« fragte Darina.

»Natürlich.«

»Und die Namen deiner Eltern stehen drin?«

»Ja.«

»Und du bist ganz bestimmt in Kanada geboren?«

»Ich habe eine kanadische Geburtsurkunde und einen kanadischen Paß.«

»Nun, dann ist eine Sache schon mal klar. Meine Mutter kann unmöglich deine Mutter sein, weil sie zum Zeitpunkt deiner Geburt mit mir in Dublin war. Das ist sicher. Also müssen wir über deinen Dad nachdenken.«

»Was ist mit ihm?« Brunos Stimme verriet ehrliche Furcht. »Darina, ich will nicht mehr darüber reden.«

»Wir müssen darüber reden. Du willst doch auch die Wahrheit erfahren, oder nicht?«

»Ich – ich bin mir nicht so sicher.«

»Dein Dad und dein Onkel John sind Zwillingsbrüder. Sie sind beide gleichzeitig ausgewandert, nicht wahr?«

»Ja. Dad erzählt mir oft von der Schiffsreise, und wie er meine Mom kennengelernt hat, und wie Onkel John …« Er ließ seine Stimme verklingen, und die Stille zwischen ihnen wurde unerträglich. Es war so still, daß sie tatsächlich die Bewegungen in den Spinnennetzen über ihren Köpfen hören konnten.

Das Licht der Taschenlampe flackerte noch einmal auf und erstarb. Darina hörte ihr eigenes Herzklopfen. »Es ist dein Onkel John«, sagte sie. »Er ist nicht dein Onkel. Er ist dein Vater. Das ist das Geheimnis.«

Bruno antwortete nicht.

»Ist alles in Ordnung?« fragte sie und streckte die Hand nach ihm aus. Sie verschränkten ihre Finger und hielten einander fest.

»Es tut mir leid«, sagte sie, schob sich neben ihn und nahm ihn in den Arm. »Wir beide, Bruno. Wir beide. Ich glaube, wir wußten es schon die ganze Zeit.«

»Ich wußte es nicht.« Seine Stimme erschauderte. »Ich wußte es wirklich nicht, Darina. Ich habe meinen Dad geliebt.«

»Aber jetzt weißt du, warum wir uns kannten.«

»Ja.«

»Aber es war mehr als nur Bruder und Schwester, Halbbruder und Halbschwester, was auch immer. Du und ich sind in diesem Leben, um einander für das nächste Leben zu helfen. Ins nächste Leben.« Ihre Stimme wurde lauter, wies eine Spur von Erregung auf.

»Ich weiß nicht, was du damit sagen willst.«

»Ich bin sicher, daß wir heute nacht zusammen hier sind, um diese Sache herauszufinden und unser Ziel zu erreichen. Wir haben den Hintergrund unserer Beziehung aufgeklärt.«

»Geht es wieder um Zwillingsseelen?«

»Gewissermaßen schon. Aber, Bruno, wenn wir die Dinge nicht in diesem Leben klären, dann treffen wir uns immer wieder in zukünftigen Leben, bis wir sie klären, und ehe wir sie nicht geklärt haben, werden wir unglücklich sein.«

»Darina, ich verstehe das Ganze einfach nicht.«

»Du brauchst es auch nicht zu verstehen. Du brauchst es nur zu fühlen.«

»Ich war nicht unglücklich. Bestimmt nicht. Nein.« Er zog sich ein wenig zurück.

»Vielleicht wußtest du ja nicht, was wahres Glück ist. Hast du nicht immer das Gefühl gehabt, auf der Suche nach etwas zu sein, ohne zu wissen, was es war?«

»J–aa. Ich glaube schon. Jetzt, wo du davon sprichst. Aber solange ich es nicht wußte, war ich auch nicht unglücklich.«

»Warst du nicht glücklich, seit du mich getroffen hast, seit wir uns getroffen haben?«

»O ja, Oh, Darina, ja!« Er zog sie an sich. »Aber woher weißt du das alles so genau? Wer hat dir das alles beigebracht?«

»Ich weiß nicht alles – noch lange nicht. Ich weiß nur, was ich gelesen habe, aber was noch wichtiger ist, ich weiß, was ich fühle. Und ich bin sicher, daß das, was ich fühle, richtig ist. Ich bin sicher, wenn wir das Richtige tun, werden wir verwandelt.«

»*Was?*«

»Versuch, das Ganze logisch zu betrachten, Bruno. Sie weden uns nicht zusammenlassen, nicht wahr? Nicht mehr. Sie alle kennen die wahre Geschichte. Sie versuchen, uns auseinander zu bringen, damit wir es nicht herausfinden und sie alle in Schwierigkeiten bringen. Ihre Schwierigkeiten. Das ist die Wahrheit, nicht wahr? Wenn wir uns ihrem Willen beugen, dann ist dies die letzte Stunde, die wir auf dieser Welt, in diesem Leben zusammen verbringen. Alles, was ich weiß, ist, daß es mir furchtbar schlecht ohne dich gehen wird, wenn wir ihnen nachgeben.«

»Aber was bleibt uns denn anderes übrig?« flüsterte er, den Kopf an ihre Brust gepreßt.

»Was besitzen wir? Wir besitzen unsere Seele und unsere Körper, jedesmal wenn sie uns gegeben werden. Das ist alles, was wir jemals besitzen werden.«

»Du glaubst wirklich, daß wir mehr als ein Leben haben?«

»Hunderte von Millionen von Buddhisten und Hindus können sich nicht irren.« Darinas Stimme klang beinahe fröhlich. »Tut mir leid, ich mache mich nicht lustig über dich. Um deine Frage zu beantworten, ja, das glaube ich. Jetzt ergibt alles einen Sinn. Denk drüber nach, Bruno. Macht es einen Sinn, daß wir eine und *nur eine* Chance bekommen, um alles wiedergutzumachen – und daß wir abhängig davon, was wir aus dieser Chance machen, *in alle Ewigkeit* bestraft oder belohnt werden? Es ist unmöglich, daß Gott so ist, es ist einfach unmöglich. Zumindest glaube ich, daß es nicht so ist.«

»Ich verstehe, was du meinst, aber –«

»Und es ist gar nicht schwer zu verstehen.« Darina wurde immer aufgeregter. »Sie – sie alle – wissen es genau wie wir, Bruno, aber sie geben es nicht zu. Menschen wie wir aber geben es zu, weil wir noch auf unsere Gefühle hören. Und weil wir uns mit den Antworten nicht zufrieden gegeben haben, die sie uns gaben.«

»Du meinst, Menschen wie du. Du sprichst von dir, Darina. Ich habe nie derartige Fragen gestellt.«

»Aber jetzt glaubst du mir, oder? Oder du *spürst* wenigstens, daß ich recht habe.«

Bruno dachte lange nach. »Ja«, sagte er schließlich. »Es macht einen Sinn.«

»Siehst du!« Sie triumphierte. »Siehst du. Darum sind wir uns begegnet und uns so nahegekommen. Es ist nicht nur so, daß wir einander gekannt haben und daß wir Zwillingsseelen sind, wir wurden einander *geschickt.* Vor ein paar Monaten habe ich mir ein Buch in der Bibliothek ausgeliehen – ich weiß den Titel nicht mehr –, aber eine Sache ist mir besonders im Gedächtnis geblieben. Ich habe mich in dem Augenblick daran erinnert, als ich dir begegnet bin. Die genauen Worte weiß ich nicht mehr, aber es war etwas wie ›Wenn der Schüler bereits ist, wird der Lehrer kommen‹. Wir sind unsere Lehrer. Erst seit ich dich kenne, habe ich all das verstanden. Es gibt einen großen Unterschied zwischen Wissen und Verstehen. Es hat etwas mit Akzeptanz zu tun.«

»Und du glaubst wirklich, daß wir uns vorher schon einmal begegnet sind?«

»Ja!« Sie nickte heftig. »Was ich in meinem Innersten fühle, ist, daß Gott *will,* daß wir – nicht nur wir, sondern alle Menschen, in den Himmel kommen, denn der Himmel ist die Perfektion. In der Hinsicht hat die katholische Kirche recht. Aber was sie uns *nicht* erzählen, ist, daß wir immer wieder eine Chance bekommen, bis wir es in den Himmel schaffen. Und unterwegs treffen wir alle Menschen, die uns helfen oder schaden. Und es liegt an uns, sie zu erkennen. Wir haben die *Pflicht,* sie zu erkennen, und das mit ihnen zu tun, was wir mit ihnen tun sollen. Das ist unsere Aufgabe.«

»Und was passiert, wenn wir diese Aufgabe nicht erfüllen?«

»Dann treffen wir diese Menschen immer wieder, bis wir es eines Tages tun.«

»Willst du damit sagen, daß wir uns vielleicht in einem anderen Leben wiedersehen, wenn wir uns nach heute nacht nicht mehr sehen?«

Sie zögerte. »Ja. Aber außerdem sage ich, daß wir einander gekannt haben, Bruno. Wir lieben uns, wir haben einander geholfen. Wir spüren es beide. Unsere Aufgabe in diesem Leben ist erfüllt.«

Er dachte über seine Antwort nach, als sie ihm die Hand auf den Arm legte. »Pst. Hörst du etwas?«

Sie lauschten beide und hörten das entfernte Dröhnen eines Automotors.

»Es kommt den Weg hinauf«, flüsterte Darina.

»Woher weißt du das?« flüsterte er zurück.

»Weil es keine andere Straße gibt.«

Sie horchten erneut. Der Wagen kam näher. »Sie sind's«, sagte sie. »Sie haben bemerkt, daß wir verschwunden sind, und jetzt suchen sie uns.«

»Was sollen wir tun?« zischte Bruno.

»Pst, sei leise.«

Angespannt warteten sie, bis der Motorenlärm erstarb. »Oh, Darina!« Er zog sie eng an sich. »Wir können nicht einfach hier sitzenbleiben und auf sie warten.« Seine Stimme war panisch.

»Pst«, sagte Darina. »Pst, mein Liebster.« Sie umarmte ihn und küßte ihn langsam und sanft auf den Mund. »Pst, mein Baby. Keine Angst, es wird alles gut werden. Gut. Ich verspreche dir, alles wird gut werden. Du wirst sehen...« Sie summte leise und küßte ihn ein ums andere Mal. »Vertrau mir und glaub an mich, dann wird alles gut werden. Niemand wird uns je wieder trennen. Wir werden ewig zusammen sein.«

Ein paar Sekunden später glitten sie aus dem Bootshaus und flüchteten in den Wald.

»Aha!« sagte Derek zu sich selbst, als er die letzte Kurve der Straße nach Sundarbans umrundete. Der Mietwagen stand direkt vor dem Haus. Er brachte den Hillman zum Stehen und stellte den Motor ab.

Er würde sich allein auf die Suche machen. Es wäre sinnlos, das ganze Haus zu wecken, und falls er Verstärkung bräuchte, könnte er immer noch zurückkommen.

Er klappte den Kragen seines Mantels hoch und ging direkt zu den Stallungen. Er hatte das Gefühl, als sei er das einzige lebende Geschöpf auf einem fremden, kalten Planeten. Seit er die Farm der MacGuigans vor Jahren verlassen hatte, fuhr er nur noch selten aufs Land hinaus und schon gar nicht nachts. Aber selbst er mußte zugeben, daß diese Nacht einfach herrlich war. Und kalt. Aber es war eine trockene Kälte, die nicht in die Knochen kroch.

Doch sofort schalt er sich für seine Unaufmerksamkeit. Er hatte keine Zeit, um sich umzusehen oder den Mond zu bewundern. Er mußte den Jungen finden, ihn von dem Mädchen losreißen und ihn sicher nach Hause bringen. Er schlang den Kragen fester um seinen Hals.

Etwas – eine Ratte? – huschte über die Pflastersteine, als er das Tor zu den Stallungen öffnete. Die Tür des Lagerschuppens stand sperrangelweit offen. »Aha«, sagte er erneut, ging lautlos hinüber und trat ein. Drinnen war es stockfinster und so still, daß er den Atem in seiner Lunge rasseln hörte. Aber die beiden Kinder waren nirgends zu sehen. Er fluchte, weil er eine Lampe vergessen hatte und tastete sich vorsichtig an den Wänden entlang.

Nichts.

Sie waren nicht hier.

»Verdammt!«

Er verließ den Schuppen, ging zu den Pferdeboxen, öffnete die Türen und lauschte angestrengt.

Nichts.

In einer Ecke des Hofes entdeckte er einen steinernen Torbogen über einer schmalen Treppe, die in die ehemaligen Wohnräume der Pferdeburschen führte. Er wußte von den oberflächlichen Gesprächen mit John, daß diese Teile der Stallungen, die in einen Freizeit- und einen Billardraum umgebaut werden sollten, in sehr schlechtem Zustand waren. Selbst zwei junge Liebende, sagte er sich, waren wohl kaum so verrückt, sich die halb verfallenen Stufen hinaufzuwagen. Also begnügte er sich damit, hinaufzusehen und angestrengt zu horchen. »Bruno!«

Seine Stimme klang hohl, und er wartete, bis das Echo vollständig verklungen war.

Immer noch nichts.

Übelster Laune kam er zu dem Schluß, daß sie wieder in den Wäldern waren. »Ich werde es euch schon zeigen, ihr Rotzbälger!« murmelte er, während er vom Hof marschierte und die Abkürzung durch den verfallenen Lustgarten nahm.

Darina und Bruno lagen schweigend nebeneinander ein paar hundert Meter vom Bootshaus entfernt im Wald. Bruno weinte lautlos, und die Tränen rannen ihm ungehindert über das Gesicht. Darina fing sie auf, kostete sie, und dann küßte sie ihn auf den Mund.

In einiger Entfernung hörten sie, daß jemand sich näherte; wer auch immer es war, versuchte sehr leise zu sein. »Los«, flüsterte sie sanft, löste sich von ihm und zog an seiner Hand. »Wir haben nicht viel Zeit.«

Überwältigt zog er sie wieder zu sich herab und küßte sie erneut. »Oh, Gott, Darina...«

»Liebst du mich?«

»Ich liebe dich. Ich liebe dich...«

»Ich liebe dich auch. Es wird alles gut werden, mein Liebling. Wir werden für immer zusammen sein – für immer.«

»Ich weiß nicht, ob ich es tun kann.«

»Es ist die einzige Möglichkeit. Das weißt du ganz genau.«

Die Geräusche kamen näher. Bruno zog sich mit schreckgeweiteten Augen zurück. »Jetzt weiß ich, was daran nicht stimmt – daß wir uns in anderen Leben immer wieder sehen.«

»Was?« Ihre Stimme war zärtlich und ruhig.

»Du hast gesagt, daß wir unsere Aufgabe erfüllt haben.«

»Fast«, flüsterte sie.

»Aber warum sollten wir uns dann noch einmal wiedersehen?«

»Wir brauchen uns nicht wiederzusehen, wir werden es *wollen*, und wir werden es *können*. Das ist die Perfektion. Das ist der Himmel.« Sie küßte ihn abermals, dann schlang sie die Arme um seinen Hals und sah ihn mit großen Augen an. »Das ist Magie, Bruno«, sagte sie und zog ihn auf die Füße. »Komm, mein Liebling, komm.«

Gehorsam, wenn auch immer noch weinend, ließ er sich von ihr führen, als sie aus dem Versteck trat und sich dem schimmernden See zuwandte.

Derek kam genau neben dem Bootshaus heraus. Hier mußten sie sein. Warum hatte er nur nicht früher daran gedacht? Er hatte wirklich die Nase voll. Seine Waden schmerzten vom Gehen, und der Energieschub der letzten Stunde war langsam verebbt. Er sah auf seine Uhr. Es war nach vier. Dieses Mal hatten sie die Grenze wirklich überschritten. Wenn sie nicht in dem verdammten Bootshaus waren, würde er aufgeben und im Herrenhaus Alarm auslösen.

Er seufzte. Es war so ein langer Rückweg...

Die Tür des Bootshauses stand offen, und er trat lautlos ein. Das Mondlicht fiel auf einen leuchtenden Gegenstand auf dem Fenstersims. Eine Taschenlampe, noch leicht warm. Sie waren hier gewesen.

Wahrscheinlich hatten sie ihn gehört. Sie konnten nicht weit sein.

Er trat wieder hinaus und suchte das Ufer ab. Er wollte sich gerade zum Gehen wenden, als er sah, daß sich die ansonsten ruhige und glatte Wasseroberfläche an einer Stelle kräuselte; und dann, ungefähr fünfzig Meter von sich entfernt, entdeckte er die Ursache. Etwas bewegte sich langsam vom Ufer zur Mitte des Sees. Schwäne vielleicht? Das oder die Lebewesen – es waren zwei – waren seltsam geformt. Wenn er nicht gewußt hätte, daß es unmöglich war, hätte er sie für Robben gehalten. Er vergaß Bruno und Darina für ein paar Sekunden und sah den schwimmenden Kreaturen ein paar Sekunden nach. Er ging langsam am Ufer entlang, und plötzlich trat er auf etwas Weiches.

»Himmel!« Sein Herz machte einen beunruhigenden Satz. Er erkannte die leuchtenden Blitze auf Brunos Joggingschuhen. Sie waren da draußen. Das waren *ihre* Köpfe. Das waren *sie.* Diese idiotischen Kinder. In einer Nacht wie dieser würden sie an Unterkühlung sterben. Er fing zu Rennen an. »He! He!« brüllte er. »Kommt zurück. Kommt sofort zurück. Ihr dummen Gören – Bruno! Ich verlange, daß du sofort zurückkommst!«

Die beiden Köpfe bewegten sich immer weiter von ihm fort.

Immer noch rufend zog er seine eigenen Schuhe aus und stürzte ihnen nach. Er ignorierte sein jagendes Herz. »Bruno! Darina! Kommt zurück, kommt sofort zurück!«

Da er nicht darauf achtete, wohin er trat, glitt er auf einem Stein aus, so daß er schwer ins Wasser fiel. An dieser Stelle war es höchstens sechzig Zentimeter tief, aber der Schock und die Kälte ließen seine Brust vor Schmerz explodieren. Der Schmerz blendete ihn, verbrannte seine Lunge und lähmte seine Schultern, seine Arme, seinen Kopf.

Er spuckte das eiskalte Wasser aus und rang nach Luft, aber es hatte keinen Sinn. Der Schmerz war so heftig, daß er nicht nur seinen Körper, sondern auch das Wasser anfüllte ... die Luft ... den Himmel ... das Universum ...

Schließlich senkte sich lindernde Dunkelheit um ihn. Die Dunkelheit war zuerst grau, grau und weich, dann wurde sie schwarz, und als das Schwarz sich lichtete, sah er ein unendlich friedliches Weiß.

17

John wachte davon auf, daß ihm Tränen über die Wangen rannen. Es überraschte ihn, daß er weinte, weil er einen glücklichen Traum gehabt hatte, warm, hell und liebevoll. Er und Derek waren wieder Kinder gewesen. Sie hatten im Hof des Pförtnerhäuschens gespielt. Ihre Mutter hatte eine Tischtennisplatte für sie gebaut und hatte sogar mitgespielt, sie auf der einen, er und Derek auf der anderen Seite. Sie hatte gelacht, ihr Haar hatte in der Sonne geschimmert, und er und Derek hatten ebenfalls gelacht. Sie waren einander so nahe gewesen, so nahe und so froh.

Aber nur wenige Sekunden nach dem Erwachen wich seine Freude dem Entsetzen des vergangenen Tages, wurde die Wärme von einem kalten Schauder vertrieben. Er drehte sich auf den Bauch und vergrub das Gesicht im Kissen.

Die Ereignisse liefen vor seinem geistigen Auge wie in Zeitlupe ab.

Als er morgens an die Tür des Gästezimmers geklopft hatte, um Bruno und seinen Vater zum Frühstück zu rufen, hatte ihm niemand geantwortet. Also war er eingetreten und hatte die leeren Betten entdeckt. Ein Blick aus dem Fenster hatte ihm gezeigt, daß auch der Mietwagen verschwunden war.

Immer noch im Halbschlaf und gereizt von seiner Müdigkeit und all den Dingen, die über ihn hereingebrochen waren, hatte er nichts als Verärgerung verspürt. Wenn sie schon so früh aufgebrochen waren, hätten sie zumindest die Höflichkeit haben können, sich von ihm zu verabschieden.

Er war nach unten gegangen, um nachzusehen, ob sie ihm vielleicht eine Nachricht hinterlassen hatten. Als auch diese Hoffnung enttäuscht worden war, hatte sich seine Verärgerung in blanke Wut verwandelt. Es war einfach zuviel, hatte er gedacht und war zornbebend wieder hinaufgestürmt, um sich zu waschen.

Erst eine halbe Stunde später hatte er gemerkt, daß auch sein Wagen verschwunden war.

Von dem Augenblick an hatten sich die Ereignisse überstürzt. Ein Telefonanruf auf Sundarbans, um nachzufragen, ob Derek und Bruno vielleicht dort waren, hatte ergeben, daß Darina ebenfalls verschwunden war, und John war ehrlich verzweifelt. Die beiden Kinder waren offensichtlich gemeinsam mit dem Mietwagen getürmt, und Derek hatte sie mit Johns Auto verfolgt. Aber wo waren sie alle?

Rose hatte die Polizei verständigen wollen, aber John hatte darauf bestanden, wenigstens so lange zu warten, bis die geplante Abreisezeit von Derek und Bruno verstrichen wäre.

Fünfzehn Minuten später hatte sie ihn erneut angerufen und weinend erklärt, daß beide Autos mit den Schlüsseln in den Zündschlössern auf dem Hof vor dem Herrenhaus stünden.

Dann hatten sie die Polizei angerufen.

Gegen zehn hatte man die Schuhe der beiden jungen Leute am Ufer des Sees gefunden, und Dereks Leiche war nur wenige Minuten später aufgetaucht.

Um zwölf hatte eine Tauchmannschaft auch die anderen beiden Leichen gefunden. Darinas Arme waren immer noch um Brunos Hals geschlungen gewesen, und die Taucher hatten die beiden herausholen müssen, ohne sie voneinander zu trennen.

Danach hatte der Tag aus einer endlosen Reihe von Telefongesprächen, Beileidsbezeugungen, Tee, belegten Broten, Krankenwagen, Obduktionen, Erklärungen, Unterschriften, Gesprächen mit dem Beerdigungsunternehmer und der Polizei und vor allem aus Tränen, Tränen, Tränen bestanden.

Die einzige, die nicht geweint hatte, war Rose gewesen. Sie hatte eher verwundert denn trauernd gewirkt, und obgleich ihr Anblick ihm das Herz gebrochen hatte, war John einfach nicht in der Lage gewesen, etwas zu sagen oder zu tun, was sie erreicht hätte. Es war gewesen, als hätte sie die Welt und die Tragödie durch eine undurchdringliche Glaswand hindurch gesehen. Ihre Freunde Effie und Willie waren nachmittags gekommen und hatten sich um sie gekümmert, aber sie waren ebenfalls nicht zu ihr durchgedrungen. Sie war ungewöhnlich passiv gewesen, und Effie und Willie hatten den ganzen Nachmittag einfach neben ihr im Wohnzimmer von Sundarbans gesessen und ihre Hände gehalten. Von Zeit zu Zeit hatte Effie verstohlen geschluchzt, aber Rose hatte keine Regung gezeigt.

Es war John überlassen gewesen, mit dem Beerdigungsunternehmer, dem zwar mitfühlenden, doch zugleich dienstlich strengen Polizeibeamten und dem Priester zu sprechen. Er warf sich wieder auf den Rücken, während er sich an die gräßlichen Einzelheiten dieser Gespräche erinnerte.

Der relativ junge Gemeindepriester, der noch nicht lange in der Gemeinde war, hatte sich als große Hilfe erwiesen. Er hatte Roses hysterische Mutter beruhigt und sich vor allem bereit erklärt, in Charlottetown anzurufen, um Karen die schreckliche Nachricht zu überbringen. Er hatte keine allzu aufdringlichen Fragen gestellt, auch wenn er ein wenig zusammengezuckt war, als John ihm die ungewöhnlichen Beziehungen der Beteiligten erläutert hatte. John hatte ihm diese Reaktion nicht übelgenommen; aus der Sicht des Priesters gehörten die Umstände der Tragödie wahrscheinlich eher in ein Stück von Tennessee Williams als in eine kleine Gemeinde im ländlichen Irland.

Sein Wecker klingelte. Es war sechs Uhr morgens. Er mußte zum Flughafen in Dublin, um dort Karen und ihre Eltern abzuholen, die um halb elf erwartet wurden. Er fürchtete sich vor der Begegnung, aber er konnte diese Aufgabe wohl kaum einem Fremden übertragen. Mona hatte ihm angeboten, ihn zu begleiten, und George lieh ihm seinen Rover.

Er zwang sich aufzustehen und ins Bad zu gehen. Aber als er in den Spiegel über dem Waschbecken starrte, sah er nicht sein eigenes Gesicht, sondern die grotesk verschlungenen Körper der beiden Kinder, seiner Tochter und ihres Geliebten. Dieses Bild würde ihn von nun an sein Leben lang verfolgen.

Er und Rose waren beide am See gewesen, als die Leichen ans Ufer gebracht worden waren. Die blonden Haare der beiden hatten glatt und naß an ihren Köpfen geklebt, das Wasser war aus ihren blinden Augen, ihren aufgerissenen Mündern, ihren Nasen und Ohren geronnen. Sie hatte ihre Arme um seinen Hals geschlungen und die Finger hinter seinem Kopf verschränkt, aber seine Arme hatten lose herabgehangen, und als man sie aus dem Schlauchboot gehoben hatte, hatten sich ihre Köpfe zur Seite geneigt.

Rose hatte nach Luft gerungen, und er hatte sich schützend neben sie gestellt, aber sie hatte abwehrend die Hand gehoben. Es war Gus gewesen, der eine Decke über die beiden Leichen auf dem nassen, grasüberwachsenen Ufer gelegt hatte.

In den frühen Morgenstunden war der Bann des klaren Frostwetters gebrochen, und während sie alle um den entsetzlichen, mit einer Decke verhüllten Hügel herumgestanden hatten, hatte heftiger Regen eingesetzt. Als wäre das Elend noch nicht unerträglich genug gewesen, hatte John bemerkt, daß die Decke nicht groß genug war, um die beiden vollständig zu verhüllen, so daß ihre blanken Füße darunter hervorgesehen hatten; Darinas lang, schmal und zart, wie die Füße einer Tänzerin, Brunos breiter und eckiger. Der Anblick war so unendlich traurig gewesen, daß John sich lautlos schluchzend abgewandt hatte.

Seine Tochter. Zwei Tage lang – oder noch weniger – hatte er eine Tochter gehabt. Er hatte sich kein einziges Mal mit ihr unterhalten.

Am Vortag hatte er sich hin und wieder dabei ertappt, wie er seine Reaktion auf den Tod seiner Tochter zu erfassen versuchte. Einerseits hatte er nicht das Gefühl, einen Menschen von seinem Fleisch und Blut verloren zu haben, andererseits sah er immer wieder das Bild ihres schlaffen Körpers vor sich, wie er an dem toten Jungen hing, den bläulichen Schimmer ihrer Haut, der ihn einfach nicht losließ.

Angewidert wandte er sich vom Spiegel ab. Er schaffte es im Augenblick einfach nicht, sich zu rasieren, also würde er es später tun.

»Sie müßten jeden Augenblick kommen, John.« Es war mehr als vier Stunden später, und er zuckte zusammen, als Mona ihn zaghaft am Arm berührte. Vor über fünfzehn Minuten war die Landung des Flugzeugs gemeldet worden und seine Nerven waren zum Zerreißen gespannt.

Selbst wenn es ihm gutging, haßte er den Dubliner Flughafen: das geordnete Chaos, die blechernen Lautsprecheranlagen, die gehetzten, geistesabwesenden Gesichter. Am liebsten hätte er sie alle angeschrien, leise zu sein und den gehörigen Respekt zu zeigen. Er wußte, daß er sich dumm verhielt, aber es war schwer zu akzeptieren, daß die anderen Menschen nicht von der schrecklichen Tragödie berührt waren, die über ihn und die drei Menschen, die er gleich treffen würde, gekommen war.

Er entdeckte Karen und ihre Eltern, ehe sie ihn sahen. Sie und ihre Mutter gingen ein Stückchen hinter Sven, der einen Kofferkuli schob. Alle drei bewegten sich sehr langsam, als wären sie nicht ganz sicher, daß dies der richtige Flughafen war. Karen hatte sich kaum verändert: Sie trug schwarz und hatte eine dunkle Sonnenbrille auf, ihr blondes Haar war zu einem großen Knoten zusammengesteckt, und sie sah genauso statuenhaft und hinreißend aus wie eh und je. Es blieb John nicht verborgen, daß sich immer noch fast alle Männer nach ihr umdrehten. Er atmete tief ein und trat auf sie zu.

Karens Mutter trug ebenfalls Schwarz und eine dunkle Sonnenbrille, aber die Trauerkleider waren das einzig sichtbare Zeichen von Streß: Nach außen hin waren sie alle sehr gefaßt. »Hallo Karen, guten Tag Mr. und Mrs. Lindstrom«, sagte er ruhig und gab ihnen nacheinander die Hand. »Ich möchte euch mein Beileid aussprechen.«

»Und wir dir unseres, John. Es muß ein furchtbarer Schock gewesen sein –« Svens Stimme klang heiser und angestrengt. »Eine schreckliche Geschichte.«

»Du kennst sicher Mona noch, Karen?« und dann machte er sie mit den Lindstroms bekannt. Sie reichte ihnen die Hand und sprach ebenfalls eine Beileidsbezeugung aus. Sie war einfach die perfekte Begleiterin bei einer traurigen Begegnung wie dieser, und John war ihr wirklich dankbar.

Die Fahrt nach Monaghan war eine traurige, schweigsame Angelegenheit. Mona saß auf dem Beifahrersitz neben John, und Karen saß hinten zwischen ihren Eltern. Hin und wieder hörte John, daß sie und ihre Mutter leise schluchzten und sich die Nasen putzten, aber sie waren sehr diskret, und unweigerlich bewunderte er ihre tadellose Würde.

Als sie in Willow House ankamen, war es um Johns Fassung geschehen. Er hatte zwei Zimmer für die Lindstroms reserviert und begrüßte die Ablenkung, die sich ihm bot, indem er die Neuankömmlinge George und Dorothy vorstellte und ihr Gepäck holen ging. Er hatte Mr. und Mrs. Lindstroms Koffer gerade auf ihr Zimmer gebracht und ging mit Karens Koffer durch den Flur, als sie ihm eine Hand auf den Arm legte. »Hast du vielleicht eine Minute Zeit für mich, John? Könntest du bitte kurz auf mein Zimmer kommen?«

Die Miene seiner Schwägerin war unergründlich, aber John bemerkte ihre fiebrige Anspannung, die nichts mit Trauer zu tun hatte.

Er hatte fast den Eindruck, daß sie wütend auf ihn war. »Ehrlich gesagt, muß ich sofort ins Herrenhaus zurück. Ich habe gesagt, ich wäre um eins wieder da, und es ist schon fast zwei.« Es überraschte ihn, wie eilig diese Lüge über seine Lippen kam. Warum hatte er das gesagt?

Sie standen vor ihrer Tür, und er öffnete sie. Um das eben Gesagte ein wenig abzuschwächen, legte er ihr sanft die Hand auf die Schulter. »George wird dich und deine Eltern nach Sundarbans bringen, sobald ihr ausgepackt habt. Ihr wollt euch bestimmt ein bißchen ausruhen, ihr müßt völlig erledigt sein. Können wir vielleicht später miteinander sprechen? In den nächsten Tagen sehen wir uns sicher noch oft.«

Sie stand vollkommen reglos in der Tür, und irgend etwas an ihrem Blick ließ ihn erschaudern. »Schon gut, John. Ich brauche mich nicht auszuruhen, danke. Ich will Bruno so bald wie möglich sehen. Aber es gibt da etwas, das ich dir unbedingt sagen will.«

John und Karen hatten erst nach der Beerdigung Gelegenheit zu einem Gespräch.

Dies lag vor allem an ihm. George und Dorothy wollten nichts davon hören, ihn im Augenblick arbeiten zu lassen. Sie hatten übergangsweise jemanden aus dem Ort angestellt, so daß er sich ganz auf die Vorbereitungen für die Trauerfeier konzentrieren konnte. Und während die Ereignisse in alptraummäßiger, unwirklicher Folge abliefen, gelangte er zu der Überzeugung, daß der Schlüssel zu seinem eigenen Überleben darin lag, sich ständig zu beschäftigen, die Trauer der anderen über die eigene zu stellen.

Während die Stunden dahinkrochen, kam er zu dem Schluß, daß den Geschehnissen eine furchtbare Logik zugrunde lag; manchmal hatte er das Gefühl, an einer dämonischen Dominopartie teilzunehmen, und gerade die ehrliche Freundlichkeit aller Beteiligten schien das jeweils folgende Leid noch zu verstärken.

Zuerst mußte er die offizielle Identifizierung in der Leichenhalle des Krankenhauses durchstehen. Er stand neben Karen, als sie die Leichen ihres Sohnes und ihres Ehemannes identifizierte, und dann neben Rose, als es um ihre Tochter ging.

Dann mußten sie alle auf die Freigabe der Leichen warten. Sie hatten sich in Sundarbans eingefunden, wo mehrere Nachbarn ständig damit beschäftigt waren, Erfrischungen für die vielen Leute zuzubereiten, die kamen, um ihr Beileid zu bezeugen. Der Name O'Beirne Moffat war in der Umgebung immer noch bekannt genug, um einen Todesfall in der Familie zu einer großen Neuigkeit zu machen. Das Ausmaß und das Entsetzliche dieser Tragödie zog Menschen aus ganz Ulster, aus Leinster und aus Teilen Connachts an. Mehrere alte Freunde waren aus London angereist, und nicht nur Willow House und Sundarbans, sondern auch viele der anderen Hotels und Pensionen in der Gegend waren voll belegt.

Dann war da die Frage, wo Derek und sein Sohn begraben werden sollten. Es war John überlassen, Karen und ihre Eltern zu fragen, ob sie die Leichen nach Kanada überführen lassen wollten, aber sie alle waren sich sicher, daß Derek lieber zu Hause begraben wäre.

Dann stellte Karen nach einer kurzen Pause fest: »Und wenn wir Bruno gefragt hätten, hätte er bestimmt gesagt, daß er neben seinem Dad begraben sein will.« John wunderte die Vehemenz dieser Äußerung. Trotz ihrer Trauer machte Karen immer wieder Anspielungen, die er nicht verstand. Oder vielleicht war er auch nur so erschöpft, daß er sich bereits Dinge einbildete.

Die ganze Zeit über wirbelte ihm die Frage im Kopf herum: *Warum, warum, warum?*

Johns Hauptsorge in den sechsunddreißig Stunden galt allerdings Rose, die sich immer noch mit derselben unnatürlichen Ruhe bewegte, die sie nach der Entdeckung der Leichen befallen hatte. Er rief am Morgen der Beerdigung den Arzt, doch sie weigerte sich, ihn zu sehen. »Bitte mach dir um mich keine Sorgen, John. Es geht mir gut. Und es wird mir auch weiterhin gutgehen. Ich habe Effie und Willie und dich.« Kerzengerade saß sie in dem neuen schwarzen Kleid, das Effie ihr gekauft hatte, auf der Kante ihres Bettes in dem Raum, den sie mit Darina geteilt hatte.

»Der Arzt wartet unten, Rose. Er möchte nur kurz mit dir reden – es wird höchstens eine Minute dauern, das verspreche ich dir.« Er versuchte, sie zu berühren, seine Arme um sie zu legen, aber sie hob abwehrend die Hände. »Nicht jetzt, bitte, John. Tut mir leid.«

Er konnte sie nicht überreden und mußte den Arzt unverrichteter Dinge nach Hause schicken.

Karens Reaktion war nach Johns Auffassung viel natürlicher und verständlicher. Sie schluchzte und weinte und stapfte zornig im Wohnzimmer auf und ab, aber trotzdem bemerkte er immer wieder, daß sie ihn so wütend ansah, daß er erschauderte. Was auch immer sie ihm sagen wollte, war anscheinend alles andere als angenehm. Er hatte das entsetzliche Gefühl, daß sie etwas loswerden wollte, das mit Derek zusammenhing.

Aufgrund dieser Überzeugung ging er ihr aus dem Weg. Er hatte das Gefühl, im Augenblick einfach keine weitere Verurteilung seines Bruders oder auch nur andeutungsweise schlechte Nachrichten zu ertragen. Er las nicht viel, aber irgendwann hatte er, wahrscheinlich im Wartezimmer seines Arztes oder Zahnarztes, einen Artikel über die Psychologie der Trauer gelesen, in dem gestanden hatte, daß die tiefste Trauer immer die Menschen befiel, die eine schlechte Beziehung zu dem Verstorbenen hatten. Instinktiv wußte er, daß ihn diese Trauer erwartete, wenn er nur lange genug mit der Arbeit innehielt.

Wenn er sich weiter auf den Beinen halten wollte, dann mußte er das, was Karen ihm sagen wollte, so lange wie möglich vor sich her schieben.

Sie alle warteten angespannt im Wohnzimmer, als John die beiden für die Beerdigung gemieteten Limousinen vor dem Haus entdeckte. »Sie sind da«, sagte er sanft. Mr. und Mrs. Lindstrom standen auf und gingen zu Karen hinüber, die zusammengesunken auf einem Sessel saß und ins Feuer starrte. Sie ließ sich hochziehen und in den Mantel helfen. Willie und Effie, die mit dem Colonel und Daphne im zweiten Wagen fahren würden, standen ebenfalls auf, doch Daphne, die den ganzen Morgen geschwiegen hatte, sah John flehend an. »Bitte, Mr. Flynn, würden Sie Rose holen gehen? Ich glaube, sie ist in ihrem Zimmer.«

»Aber sicher, Mrs. O'Beirne Moffat«, sagte er überrascht.

Er wollte gerade den Raum verlassen, als sie ihn zurückhielt. »Ich wollte nur sagen, Mr. Flynn, daß ich – wir – der Colonel und ich, sehr zu schätzen wissen, was Sie in den letzten Tagen getan haben.«

John blickte auf die kleine, zerbrechliche Frau, die in dem unmodernen schwarzen Mantel noch kleiner und zerbrechlicher aussah, und zum ersten Mal sah er nicht die schwierige, stachelige Matrone in ihr, sondern die verzweifelte, trauernde, verängstigte ältere Dame. »Schon gut, Mrs. O'Beirne Moffat«, sagte er. »Schon gut.«

»Ja, John, dasselbe gilt für mich.« Der Colonel spielte mit seiner Taschenuhr herum. »Danke. Ich weiß nicht, was wir ohne dich –«

»Bitte, Colonel, ich habe nur getan, was erforderlich war.« John stand gefährlich kurz davor, zusammenzubrechen. »Bitte – ich werde Rose holen.«

Aber als er an ihre Zimmertür klopfte, kam keine Antwort. Er klopfte erneut und öffnete die Tür. Sie saß immer noch dort, wo sie gesessen hatte, als er sie zum Arzt hinunter hatte schicken wollen, in genau derselben Haltung, aufrecht und starr wie eine Schaufensterpuppe. Er merkte, daß sie sich noch nicht einmal die Haare gewaschen hatte: platt und ungekämmt klebten sie an ihrem Kopf, was ihre Bleichheit noch betonte. »Es ist soweit, Rose«, sagte er. »Die Autos sind da, wir müssen gehen.«

Sie rührte sich nicht. Es war, als befände sie sich in Trance.

»Möchtest du, daß ich Effie rufe?« fragte er.

»Nein«, flüsterte sie und schüttelte unmerklich den Kopf. »Ich will dort nicht hin, John.«

John reagierte instinktiv. »Meine Liebste«, sagte er, ging zum Bett und setzte sich neben sie. »Du brauchst nicht zu gehen, wenn du nicht willst. Aber ich werde kurz bei dir bleiben. Und ich denke, daß Darina gewollt hätte, daß wir zusammen dort sind. Meinst du nicht?«

»Darina kann nichts mehr wollen«, sagte sie mit monotoner Stimme.

»Nein, soweit wir wissen, kann sie das nicht. Aber ich glaube, sie wird uns helfen, darüber hinwegzukommen, Rose. Ich glaube, daß sie jetzt glücklich ist und daß sie will, daß wir bei ihr sind.«

Sie sah ihn mit verwirrten, toten Augen an. »Was?«

Er nahm ihre Hand, froh, daß sie sie ihm nicht entzog. »Ich glaube, sie denkt an uns auf eine Weise, die wir noch nicht verstehen. Sie war – sie ist ein ganz besonderes Mädchen, Rose.«

»Sie ist tot, John.«

»Ich weiß, mein Liebling, sie ist tot. Es ist schrecklich. Darina ist tot.«

In diesem Augenblick brachen sämtliche Dämme in Rose. Sie warf den Kopf zurück, schwankte hin und her und öffnete den Mund, um die Woge der Trauer herauszulassen. Die Geräusche, die sie ausstieß, waren fast unmenschlich, hoch und klagend, ein primitiver Schrei unerträglichen Schmerzes. Zuerst hatte John Angst, doch dann hielt er sie so fest er konnte, während sie zu einem Rhythmus schwankte, der fremden Ohren verborgen blieb.

So ging es mehrere Minuten, doch dann beruhigte sie sich. Ihr Körper zuckte immer noch unter Schluchzern, mit denen er jedoch besser zurechtkam als mit ihrer unbeugsamen Starrheit. Er hielt sie fest, summte leise in ihr Ohr und besänftigte sie, wie sie es ihm vor allzulanger Zeit im Umgang mit scheuen Pferden gezeigt hatte.

Der Empfang nach der Beerdigung fand in Willow House statt, das mit dem Andrang nicht fertig wurde. In gewisser Weise war dies allerdings ein Segen. Das Durcheinander und Gedränge in dem kleinen Eßzimmer, in dem die Erfrischungen standen, bedeutete, daß man laut miteinander sprechen mußte und eng zusammenstand. Während sich die Gäste von der Anspannung und Trauer in der Kirche und auf dem Friedhof lösten, brachen sie in eine ansteckende, erleichterte Fröhlichkeit aus, die sich schnell ausbreitete. Freunde, die einander seit Jahren nicht mehr gesehen hatten, schlugen sich auf den Rücken und erzählten sich Anekdoten von anderen Todesfällen und anderen Beerdigungen, auf denen man sich zum letzten Mal gesehen hatte.

John, der trotz heftiger Proteste der Cranshaws darauf bestanden hatte zu arbeiten, nahm eifrig Bestellungen entgegen. Als er den Raum mit professionellem Auge überblickte, sah er, daß sich Effie und Willie um Rose kümmerten, während die Lindstroms und die O'Beirne Moffats zusammen ein wenig abseits saßen. Die vier wirkten leicht befremdet von der fröhlichen Atmosphäre um sie herum.

Er gab seine Bestellungen an eine der Aushilfen weiter und ging zu ihnen hinüber. »Kann ich Ihnen irgend etwas bringen?« fragte er sanft. »Etwas zu trinken? Vielleicht eine Suppe? Es ist ein sehr kalter Tag.«

»Ja, bitte, John«, antwortete Sven für sich und seine Frau. »Wir hätten gern einen Kaffee, wenn das möglich wäre.«

»Wie steht's mit Ihnen, Mrs. O'Beirne Moffat? Colonel?«

»Ich nehme ein Malzbier, falls ihr so etwas habt.« Dann wandte sich der Colonel an seine Frau. »Wie steht's mit dir, meine Liebe?«

»Es ist einfach schrecklich!« platzte es aus ihr heraus. »Eine Schande. Darina liegt kaum in ihrem Grab, und es sieht aus, als fände hier eine *Feier* statt.«

»So ist es Brauch, Ma'am«, sagte John. Seine Geschäftigkeit hatte seine Trauer vorübergehend überdeckt, und jetzt überlegte er, daß die Freundlichkeit, die Mrs. O'Beirne ihm gegenüber vor der Beerdigung gezeigt hatte, ein Irrtum gewesen sein mußte. »Hier finden häufig Trauerfeiern statt«, fuhr er fort. »Ich glaube, daß die alte Totenwache inzwischen von Veranstaltungen wie dieser abgelöst worden ist.«

»Ich finde es trotzdem unpassend«, erwiderte Daphne, und die papierene Haut ihrer Wangen färbte sich rosa.

»Das ist nicht Johns Schuld, meine Liebe«, protestierte der Colonel. »Er will doch nur wissen, ob du eine Erfrischung möchtest.«

»Ich hätte gern einen trockenen Sherry«, sagte sie, und dann sah sie John ins Gesicht und sagte in herausforderndem Ton: »Tut mir leid.«

Es geschahen doch immer wieder Zeichen und Wunder, dachte John, während er davoneilte, um ihre Bestellungen aufzugeben. Die alte Schachtel gab sich offensichtlich die größte Mühe.

Während er auf die Getränke wartete, sah er sich nach Karen um, aber sie war nirgends zu sehen. Wahrscheinlich war sie im Nebenraum, dachte er. Das Eßzimmer war inzwischen so überfüllt, daß sich ein paar Leute in den Wintergarten geflüchtet hatten.

Er balancierte die Getränke zu der verlorenen kleinen Gruppe in der Ecke hinüber. »Hast du Karen gesehen?« fragte Mrs. Lindstrom. Sie sah so traurig und einsam aus, daß sie John ehrlich leid tat. Die Situation war hart genug für ihn und Rose, aber sie hatten zumindest den Beistand ihrer Freunde. Die Lindstroms hingegen waren das erste Mal in Irland, und genau wie die Frau des Colonels fanden sie die gelöste Atmosphäre mehr als bizarr.

»Nein«, erwiderte er mit lauter Stimme, um sich über den Lärm hinweg verständlich zu machen. »Ich muß kurz in die Küche, aber wenn ich zurück bin, werde ich sie suchen gehen. Sind Sie sicher, daß Sie nichts essen möchten?« Alle vier schüttelten den Kopf.

Als er ging, überlegte er, ob er sie nicht dezent voneinander trennen sollte. Sie paßten nicht zusammen und hatten keine Gemeinsamkeit. Außer, dachte er und sah wieder die wächsernen Leichen vor sich, daß ihre Enkel sich ineinander verliebt hatten und gemeinsam ertrunken waren. Er schluckte. Am besten hätte er weiterhin viel zu tun.

Dorothy war mit zwei Aushilfskräften in der Küche und strich Butter auf Brote für weitere Sandwichs. Sie schob sich eine Haarsträhne aus dem Gesicht. »Ich war sicher, daß wir genug gemacht hätten«, sagte sie. »Aber gleich gibt's Nachschub.«

»Wir brauchen noch Suppe«, sagte John, nachdem er in den Topf auf dem Herd gesehen hatte.

»Kümmerst du dich darum, John?« fragte Dorothy automatisch. »Ach, was sage ich da? John, du solltest heute wirklich nicht arbeiten. Es tut mir leid.« Sie stellte sich neben ihn, schob ihre Hand unter seinen Arm und fragte leise: »Wie geht es dir?«

»Gut. Wirklich«, antwortete er und fügte ehrlich hinzu: »Obwohl ich nicht weiß, wie lange noch.«

»Du weißt, daß George und ich alles für dich tun würden – alles.«

»Ja, ihr beide seid einfach wunderbar, Dorothy.«

»Ich meine es ernst – alles! Dies ist vielleicht weder die rechte Zeit noch der rechte Ort, aber wir haben bereits beschlossen – das heißt, wenn du einverstanden bist und keine anderen Pläne hast – daß wir über Weihnachten zwei Wochen zumachen und dich mit in den Urlaub nehmen.«

John sah sie unsicher an. »In Urlaub? Aber was ist mit den Leuten, die schon gebucht haben?«

»Wir können die Buchungen rückgängig machen. Wir können eine dringende Renovierung, Überschwemmungen, sonst was vorschützen. Und wir haben bisher nur eine Anzahlung erhalten. Kein Problem. Ja, die Schweiz, Florida, irgendwo anders.« Sie trat zurück und sah ihn fragend an. »Du hast doch noch keine anderen Pläne, oder?«

»Nun, das kommt darauf an –« Er dachte sofort an Rose und merkte, daß er Pläne hatte, auch wenn er es noch nicht offen zugegeben hatte. Aber diese Pläne hatte er geschmiedet, ehe die Tragödie über sie alle hereingebrochen war. »Ehrlich gesagt«, sagte er, »plane ich im Augenblick überhaupt nichts mehr.«

Er sah, daß Dorothy genau wußte, was er dachte. »Natürlich«, sagte sie sanft. »Aber wenn du dich entschieden hast – wenn du weißt, wie es für dich weitergehen soll – dann laß es uns wissen. Und George und ich sind uns vollkommen einig. Wenn du mitkommst – und ein Nein akzeptieren wir nicht –, laden wir dich ein. Du hast es verdient, nach all den Jahren, die du dich um uns gekümmert hast, ein bißchen verwöhnt zu werden.«

»Dorothy, du bist so gut zu mir.« John war verlegen, und statt noch etwas zu sagen, drückte er stumm ihren dicken Arm.

Er merkte, daß sie beobachtet wurden, und als er sich umsah, entdeckte er Karen in der Tür. »Oh, Karen«, er drehte sich um. »Deine Eltern suchen dich schon. Ist alles in Ordnung?«

»Wäre es dir recht, wenn wir uns jetzt einmal unterhalten würden?« fragte sie.

»Geh nur, John.« Dorothy eilte geschäftig zum Herd. »Ich kümmere mich schon um die Suppe.«

»Wollen wir auf mein Zimmer gehen?« fragte Karen, und wieder weckte ihr eigenartig kriegerischer Ton seinen Argwohn. Aber er spürte, daß er dem Gespräch nicht für alle Zeit ausweichen konnte.

»Warum nehmen wir nicht das kleine Wohnzimmer?« schlug er vor und führte sie aus der Küche in die Eingangshalle. Aus irgendeinem Grund wollte er mit Karen nur an einem sicheren, neutralen Ort alleine sein. »Da wären wir«, sagte er und öffnete die Tür zu Ali Babas Räuberhöhle. Er ließ ihr den Vortritt und schloß hinter sich die Tür. »Wie kommst du zurecht?« fragte er so angespannt, daß er fast zu zittern begann.

»Was glaubst du?« sie begann, auf und ab zu stapfen, und ihre Größe und die steife Eleganz ihres schwarzen Kleides wirkten vollkommen deplaziert in dem vielfarbigen Durcheinander des Raumes. So deplaziert, daß John Angst hatte, sie könnte ein paar der zerbrechlicheren Gegenstände zertrampeln oder wie ein schwarzweißer Drache alles mit einem Atemzug in Flammen setzen.

»Ich bin froh, daß wir einmal allein miteinander sprechen«, setzte er an. »Derek –«

»Ich will nicht über Derek sprechen«, sagte sie knapp. »Oder doch«, sie wirbelte zu ihm herum. »Vielleicht doch – jetzt, wo du ihn erwähnst.«

Sie setzte die Sonnenbrille ab, die sie den ganzen Tag selbst im Haus getragen hatte. John sah, daß sie ungeschminkt war und daß sich unter ihren Augen dunkelviolette Ringe gebildet hatten. Er wappnete sich für das, was sie sagen würde.

»Nicht, daß es noch wichtig wäre«, sagte Karen mit blitzenden Augen. »Aber ich hatte die Absicht, mich von Derek scheiden zu lassen.«

John hatte keine Ahnung gehabt, daß die Situation zwischen seinem Bruder und Karen so schlecht gewesen war. Diese Neuigkeit verblüffte ihn. Trotzdem hatte er den deutlichen Eindruck, daß Karen ihm nur davon erzählte, um ihm weh zu tun. »Es tut mir leid –« setzte er an.

»Das reicht wohl kaum!« Sie kreuzte die Arme vor der Brust und setzte sich erneut in Bewegung.

John war wie vom Donner gerührt – und seine Furcht vor dem, was Karen wirklich von ihm wollte, steigerte sich noch. Obwohl er sie nicht drängen wollte, setzte ihm seine Neugierde zu. Die Neuigkeit über ihre und Dereks Ehe war an sich schon schlimm genug. Aber der Hauptgrund für ihren Zorn mußte noch schlimmer sein.

Karen stapfte immer schneller auf und ab, bis sie sich das Schienbein an einem kleinen Tischchen stieß. »Verdammt!« explodierte sie und rieb sich das Bein. »Verdammt!«

Er eilte zu ihr. »Ist alles in Ordnung? Blutest du? Brauchst du ein Pflaster oder so?«

»Ich will, verdammt noch mal, kein Pflaster!« Sie richtete sich auf und starrte ihn so zornig an, daß er ein paar Schritte rückwärts machte.

Aber sie folgte ihm, das Kinn wie ein Boxer gereckt. »Wahrscheinlich sollte ich nicht so mit dir sprechen, wahrscheinlich sollte ich dir gar nicht sagen, was ich dir sagen werde.«

Er zog sich noch weiter zurück, bis er fast die Tür erreicht hatte, als sie sich an den Kopf faßte und direkt vor ihm stehenblieb. »Verdammt!« Sie schrie fast. »Ich habe es so verdammt satt! Ich halte es einfach nicht mehr aus!«

John wagte nicht, etwas zu sagen.

»Hast – du – mich – *verstanden*?« schrie sie ihn an. »Ich habe es *satt*!«

»Ich verstehe«, sagte er ruhig.

»Wie zum Teufel willst du es verstehen?« kreischte sie. »Du weißt doch *überhaupt nichts.*«

»Ich weiß nicht, was du meinst, Karen. Ich weiß, wie erregt du bist, aber ich wünschte, du würdest aufhören, mich so anzuschreien. Gleich steht bestimmt das halbe Hotel vor der Tür.«

»Das ist mir scheißegal!« Sie wippte auf ihren Absätzen, als würde sie jeden Moment abheben, und dann brach sie plötzlich geräuschvoll auf einem Stuhl zusammen. Der Zug, den sie dabei verursachte, warf mehrere Fotos auf einem der Beistelltischchen um, die mit leisem Poltern zu Boden fielen.

John stand da wie vom Donner gerührt. Seltsamerweise wurde er angesichts ihres Zorns und ihrer Erregung innerlich vollkommen kalt. Als wäre er ein Maler oder ein Fotograf, registrierte er jede Einzelheit, die Art, wie sie saß, die Art, wie sie die Hände verschränkte, den Ansatz eines Doppelkinns.

Ein paar Sekunden lang sah sie ihn einfach an. »Also gut«, sagte sie dann in völlig verändertem Ton. »Es tut mir leid, daß ich dich angeschrien habe. Aber bevor ich sage, was ich zu sagen habe, möchte ich, daß du weißt, daß es allein meine Idee war. Daß Derek nichts damit zu tun hatte – ich habe ihn dazu überredet, ihm das Versprechen abgenommen, es niemandem zu sagen, und dafür gesorgt, daß er dieses Versprechen hielt.«

John gefror innerlich.

»Erinnerst du dich noch an die Silvesterparty in Dads Haus in Charlottetown?« fragte sie ohne aufzublicken.

»Ja«, sagte er. »Sehr gut sogar.«

»Nun, woran du dich vielleicht nicht erinnerst – obwohl ich es nie genau wußte und dich wohl kaum fragen konnte –, ist, daß ich spätnachts, als du schliefst, in dein Bett gekrochen kam und mit dir geschlafen habe«, murmelte sie so leise, daß er sie kaum verstand.

»Was?« Johns Hirn weigerte sich, das Gesagte zu verstehen. »Du hast mit mir geschlafen? Ich weiß, daß wir miteinander getanzt haben, aber –«

»Glaub mir«, sagte sie, und ihre Stimme wurde wieder lauter. »Ich bin spätnachts in dein Bett gekrochen und –« sie lachte so rauh, daß ihm das Geräusch das Blut in den Adern gerinnen ließ – »ich habe einfach das genommen, was sich mir bot. Nicht, daß es dich sonderlich beeindruckt hätte, daß ich es war«, fügte sie verbittert hinzu. »Du hast mich Rose genannt.«

»Das ist einfach unmöglich«, flüsterte John. »Unmöglich.« Er erinnerte sich daran, daß er betrunken gewesen war. War es möglich, daß sie die Wahrheit sagte? »Aber warum sagst du es mir jetzt?« krächzte er, obwohl er genau wußte, warum sie gerade diesen Zeitpunkt wählte.

Sie sah ihn immer noch nicht an. »Weil ich dachte, daß es dich vielleicht interessieren würde zu erfahren, daß Bruno dein Sohn ist – tut mir leid, war.«

John spürte im ersten Moment rein gar nichts. Dann begann sich etwas in seinem Kopf zu drehen, als wäre sein Hirn an ein wild gewordenes Wagenrad gebunden. Der Boden schwankte unter seinen Füßen, und er streckte die Hände aus, um nicht das Gleichgewicht zu verlieren. »Ich glaube dir nicht.« Seine Stimme klang für ihn wie die eines Fremden.

Sie sah ihn überheblich an. »Oh, du kannst mir ruhig glauben. Und falls nicht, frag doch einfach Derek!«

Als er sie entsetzt anstarrte, merkte sie, was sie gesagt hatte, und ihr Gesicht fiel in sich zusammen. »O Gott!«

»Du Hexe!« John fluchte nur selten, aber jetzt war es ihm egal. Seine Stimme verriet seinen wachsenden Zorn. »Du wartest bis jetzt, bis der Junge *tot* ist, ehe du mir sagst, daß er mein Sohn war. Du *Hexe*!« Er hätte sie am liebsten geschlagen und hatte Angst, es wirklich zu tun.

Statt dessen ging er zum Flügelfenster hinüber, so weit wie möglich von ihr fort. Draußen fiel dichter Nieselregen in der trüben Novemberdämmerung, aber John sah wieder nur das quälende Bild der beiden verschlungenen Leichen vor sich.

Seine Kinder.

Seine beiden Kinder.

Bis zu diesem Augenblick war es schon schlimm genug gewesen. Seine neu gefundene Tochter und ihr Cousin –

Jetzt waren es seine Tochter und sein Sohn.

Am liebsten hätte John jemanden umgebracht. Sein Zorn war so groß, daß er das Bedürfnis hatte, einen Menschen zu töten.

Er fuhr zu Karen herum und merkte, daß sie vor ihm zurückschreckte. Er haßte sie dafür. Er haßte diesen Raum. Alles Schlimme in seinem Leben war in diesem Raum passiert. Wenn er nicht fort käme von diesem Raum, diesem Haus, diesem Menschen, zerspränge sein Kopf.

»Ich gehe jetzt«, stieß er mit erstickter Stimme hervor. Sie hatte ehrlich Angst vor ihm, doch diese Erkenntnis verschaffte ihm eine wilde Befriedigung. Er mußte an ihr vorbei, um zur Tür zu gelangen. »John, es tut mir leid, ich dachte nicht, daß du dich so aufregen würdest, ich dachte nicht –«

»Du dachtest nicht, daß ich mich aufregen würde? Was in aller Welt hast du denn gedacht, was ich tun würde? Von welchem Planeten kommst du eigentlich?« Er ballte die Fäuste, und sie sprang hinter ihren Stuhl. Ihr Gesicht war aschgrau, und die violetten Ringe traten hervor wie zwei Verletzungen. Ihre Angst drang durch den Schleier seiner Wut zu ihm durch, und nach ein paar zitternden Sekunden entspannte er sich. »Was hast du denn gedacht, wie ich reagieren würde?«

Als sie sah, daß er sie nicht schlagen würde, gewann sie einen Teil ihres Gleichgewichts zurück, aber sie hielt sich dennoch abseits und beobachtete ihn. »Ich nehme an, ich habe an gar nichts gedacht. Wenn es dir hilft, werde ich keinem Menschen davon erzählen.«

»Erzähl es der ganzen Welt. Erzähl es der ganzen verdammten Welt! Was macht das jetzt schon noch aus? Karen, warum in Gottes Namen mußtest du es mir jetzt erzählen?«

Einen langen, langen Augenblick sah Karen ihn an, doch dann hob sie den Kopf. »Irgendwer mußte dafür bezahlen.«

Mehr als eine Stunde später fand Rose John.

Seit sie am Morgen in seinen Armen geweint hatte, hatte sie sich den ganzen langen Tag über auf seine ruhige, stützende Gegenwart verlassen, auch wenn Effie es gewesen war, die sich tatsächlich um sie gekümmert hatte.

Als sie die Stufen zum Wagen hinuntergegangen war, hatte Effie sie kurz angesehen, ihr eine kleine weiße Pille gegeben und darauf bestanden, daß sie sie nahm. Als Folge des Medikaments hatte sie zwar immer noch unkontrollierbar gezittert und viel geweint, aber ein Großteil des Tages war wie in Trance vergangen. Es war, als würde nicht sie all diese schrecklichen Dinge durchmachen, sondern jemand anders, der nur aussah wie sie. Sie konnte sogar zurücktreten und ihr Abbild beobachten. Ihr Abbild zitterte, weinte, dankte Menschen für ihr Mitgefühl, aber erlebte nichts davon.

Während die Gäste in dem überfüllten Eßzimmer weniger wurden, ließ die Wirkung der Pille langsam nach. Rose saß ruhig zwischen Willie und Effie in einer Ecke des Raumes, doch die emotionale Taubheit nahm langsam ab. Eine Woge der Einsamkeit und des Entsetzens näherte sich ihr, doch ehe sie über ihr zusammenschlagen konnte, wich sie wieder zurück, und ihr Abbild übernahm erneut die Gespräche mit ihren Freunden, von denen viele ebenfalls bei der Aer Lingus arbeiteten und extra aus Dublin gekommen waren.

In einem ihrer wacheren Momente merkte sie, daß John nicht im Zimmer war. Sie brauchte ihn dringend, brauchte seinen Trost. Sie stand abrupt auf, zu abrupt, denn ihr wurde schwindelig. »Ist alles in Ordnung?« fragte Effie.

Rose, die echte Rose, wußte plötzlich, daß sie genug davon hatte, daß alle sie fragten, wie es ihr ging. »Ja«, sagte sie. »Ich gehe nur kurz auf die Toilette.«

Aber sie kam nicht ungehindert zur Tür des Eßzimmers, denn immer wieder hielten sie wohlmeinende und freundliche Stimmen des Mitleids und der Besorgnis auf. »Danke, danke«, sagte sie zu jedermann, nickte wie eine Marionette, schüttelte ausgestreckte Hände und ließ die herzlichen Umarmungen der Menschen über sich ergehen, von denen sie einige nie zuvor gesehen hatte.

Schließlich flüchtete sie in die Eingangshalle und sah sich um. Wahrscheinlich war er in der Küche, dachte sie.

Sie ging zur Küchentür und öffnete sie. Zwei fremde Frauen saßen am Tisch, die Füße auf einen Stuhl gelegt. »Ich suche John Flynn, den Manager«, sagte sie. »Haben Sie ihn vielleicht irgendwo gesehen?«

»Zum letzten Mal vor einer Stunde, Ma'am«, sagte eine von ihnen.

Er war auch nicht in Ali Babas Räuberhöhle, obwohl Rose bemerkte, daß in dem Raum eine solche Unordnung herrschte, als hätten zwei ungezogene Kinder darin gespielt.

Er war nicht im Wintergarten und auch in keinem der Schlafzimmer. Am Ende eines der Flure entdeckte sie Dorothy und George, aber sie zog sich unbemerkt zurück. Sie würden sich um sie kümmern wollen, aber sie wollte, brauchte nur John.

Je länger sie suchte, um so verzweifelter wurde sie. Obwohl ihr Abbild die meiste Zeit noch die Oberhand hatte, kamen die Wogen des Entsetzens und der Realität immer häufiger, und sie überlegte, ob sie Effie nach einer zweiten Pille fragen sollte.

Wenn sie nur John fände, dachte sie. Er würde ihr helfen. Ihn zu finden, wurde ihr alleiniges Ziel. Sie klammerte sich an die Realität der Suche. Wenn sie nur John fände, müßte sie über nichts anderes mehr nachdenken… Im Augenblick war die Suche nach ihm wichtiger, als ihn zu finden.

Auf halbem Weg die Hintertreppe hinab mußte sie sich an das Geländer klammern, weil sich alles um sie herum zu drehen begann und die nächste Stufe zu weit entfernt zu sein schien, als daß sie ihren Fuß hätte darauf stellen können. Sie mußte John Flynn finden. John Flynn war die einzige Realität.

Unter größter Anstrengung schaffte sie es die Treppe hinab und trat durch eine Tür auf den überfüllten Parkplatz hinaus. Mehrere Wagen fuhren gerade los.

Einer der Wagen, ein alter, der blauen Rauch ausstieß, manövrierte um einen anderen herum, der so dicht neben ihm stand, daß er mit jeder Vorwärts- und jeder Rückwärtsbewegung nur wenige Zentimeter an Raum gewann. Erleichtert sah Rose, daß John hinter dem Steuer saß.

»John! John!« Weinend lief sie auf ihn zu.

Er hielt an und spähte durch das Fenster. Die Scheiben waren so schmutzig, daß sie sein Gesicht nicht genau sah. Erst als sie die Tür öffnete, merkte sie, daß etwas nicht in Ordnung war.

»John?« fragte sie unsicher. Das Gesicht, das sie anblickte, war nicht das Gesicht, nach dem sie sich gesehnt hatte.

Dieses Gesicht, rot, verquollen und tränenüberströmt, war zu beängstigend, um es anzusehen.

Rose hatte das Gefühl, in der Falle zu sitzen. Sie schwankte und überlegte, was sie tun sollte. »Hallo, Rose«, sagte er, und auch seine Stimme war ganz anders, als sie es erwartet oder gebraucht hätte.

Roses Abbild gewann wieder die Oberhand. »Darf ich einsteigen?«

»Es tut mir leid«, flüsterte er, als sie sich auf den Beifahrersitz setzte. »Ich habe es da drinnen einfach nicht mehr ausgehalten. Es war zuviel, zu lange. Zuviel.«

Rose hatte das Gefühl, daß sie ihn in die Arme nehmen und trösten sollte, wie er es am Vormittag mit ihr gemacht hatte. Aber er saß zu weit von ihr entfernt, kauerte sich in die Ecke seines eigenen Sitzes. »Es tut mir leid«, wiederholte er. »Ich fürchte, im Augenblick bin ich keine besondere Hilfe.«

Sie bemerkte Nässespuren an seinen Mundwinkeln, die sich bewegten, wenn er sprach, ohne sich allerdings aufzulösen. »Schon gut, John«, sagte sie.

Er sah sie aus den Augenwinkeln an. »Ich liebe dich sehr, Rose.«

Die nassen Spuren an seinem Mund faszinierten sie. »Ich liebe dich auch, John.« Die Formel klang platt und hohl. Meinte sie es ernst?

Meinte er es ernst?

Der nagelneue Mercedes, der den Hillman blockiert hatte, fuhr an, und sie beide sahen zu. »Schönes Auto«, sagte John. Er zog ein zerknülltes Papiertaschentuch aus seinem Ärmel und versuchte, es auseinander zu ziehen, um sich die Nase zu putzen.

»Ja, ganz nett. Hier – nimm das!« Rose reichte ihm ein unbenutztes Taschentuch.

»Es ist bestimmt schön, wenn man Geld hat.« Er lachte leise auf, aber schien an seinen eigenen Worten zu ersticken, und plötzlich schluchzte er.

Wieder hatte sie das Gefühl, daß sie ihn in die Arme nehmen sollte, aber ihre Hände wollten ihr einfach nicht gehorchen. Er schneuzte sich. »Meinst du, daß du zurechtkommen wirst? Wann fährst du nach Dublin zurück?«

»Ich glaube, ich fahre heute abend mit Effie und Willie.«

»Sie können so lange bleiben, wie sie wollen. Das weißt du. Wir haben genug Zimmer.«

»Sie müssen wieder arbeiten.«

»Ja, natürlich.«

Sie verfielen in Schweigen. Rose – oder war es ihr Abbild? – war angespannt, als müßte sie sich alles, was in den nächsten Sekunden geschehen würde, genau einprägen.

Zwei weitere Wagen verließen den Parkplatz.

John schneuzte sich erneut. »Es tut mir leid, daß ich so rührselig bin. Normalerweise bin ich nicht so, Rose. Ich fürchte, ich brauche ein bißchen Zeit. Weißt du, es sind viele Dinge passiert.«

Rose versuchte, die Bedeutung seiner Worte zu verstehen. Meinte er, daß er Zeit brauchte, um über sie beide nachzudenken? Aber ihre Zunge, oder die Zunge ihres Abbilds, antwortete vorschnell: »Ich auch.«

»Aber wir bleiben in Verbindung?«

»Kommst du nach Dublin?«

»Ja.«

»Ja.«

Er schniefte, es klang wie ein langes, unangenehm schweinemäßiges Grunzen, und Rose haßte das Geräusch. »Man weiß nie, was einen im Leben noch erwartet«, sagte er.

»Nein«, stimmte sie ihm zu. »Aber vielleicht ist es besser so.«

Etwas anderes fiel ihr nicht ein.

Als er erneut sprach, war seine Stimme wieder ruhiger und kräftiger. »Rose, vor drei Tagen – oder vor zwei oder vier, ich weiß es nicht mehr – wollte ich nichts mehr auf der Welt als dich halten, dich lieben, dich heiraten. Ich dachte, mein Traum wäre endlich wahr geworden. Du hast mir alles bedeutet. Und das tust du immer noch.« Er spielte mit dem Taschentuch herum. »Aber es gibt da ein paar Dinge, Dinge, die seither passiert sind, die dazu führen, daß ich im Augenblick mit keinem Menschen zusammen sein kann, noch nicht einmal mit dir. Verstehst du?«

Sie nickte, obwohl sie nicht verstand. Alles, was sie verstand, war, daß John für sie dagewesen war und daß er sich jetzt von ihr zurückzog. Seine Stimme sagte diese Dinge, doch sie begriff sie nicht. Sie hatte das Gefühl, irgendwo anders hingehen zu müssen, irgendwohin, wo sie allein wäre, ihre Ruhe hätte und nachdenken könnte. Oder nicht nachdenken müßte. Sie wußte es nicht.

»Ich glaube, ich sollte jetzt gehen«, sagte sie.

»Bitte sag, daß du mich verstehst, Rose, und daß du auf mich warten wirst. Es wird nicht lange dauern.«

»Natürlich werde ich auf dich warten, John. Ich habe schon so lange gewartet.« Dies waren offensichtlich die richtigen Worte gewesen, denn er lächelte und nahm ihre Hand. Ihre eigene Hand fühlte sich an wie Kaugummi.

»Diesen schrecklichen Tag werden wir niemals vergessen können – aber –«

Rose wußte nicht, wie sie ihm helfen sollte. Also wartete sie ab, während er um Fassung rang.

»Ich wünschte, mir würden ein paar wirklich tiefsinnige Worte einfallen«, fuhr er schließlich fort. »Etwas, das nicht gewöhnlich klingt, aber es gelingt mir nicht. Ich bin ein einfacher Mann.«

»Ich glaube, ich gehe jetzt«, wiederholte Rose. »Effie wartet bestimmt schon auf mich.«

Einen Augenblick lang dachte sie, er würde sie küssen. Sie wollte nicht, daß er sie küßte, nicht mit den Nässespuren an seinem Mund.

Aber er strich ihr nur über die Wange. »Auf Wiedersehen, meine Liebe. Ich rufe dich in ein paar Tagen an, wenn ich mich ein bißchen gefaßt habe.«

»Hast du meine Nummer?«

»Ja.«

»Paß auf dich auf.«

»Ich liebe dich.«

»Ich liebe dich auch.« Wieder wunderte sich Rose über diesen Satz, der ihr so leicht über die Lippen kam, ohne auch nur das geringste zu bedeuten.

Während der ersten Tage in Dublin kam Rose weiterhin alles unwirklich vor. Effie und Willie, die Mitte des Monats in ihr neues Haus umziehen wollten, versuchten, sie dazu zu überreden, mitzukommen. »Diese Wohnung wird für dich allein viel zu groß sein«, sagte Effie sanft. »Und die Erinnerungen werden schrecklich sein. Du brauchst Gesellschaft, jemanden, der sich um dich kümmert.«

Aber Rose wußte instinktiv, daß sie sich ihrem Trauma und der Einsamkeit stellen mußte, und daß sie niemals die Chance hätte, jemals wieder so etwas wie ein normales Leben zu führen, wenn sie es nicht alleine schaffte. Sie dankte Effie und Willie, aber lehnte ihr Angebot ab.

Auch die Fluggesellschaft war ehrlich bemüht um sie und bot ihr Sonderurlaub an – ein Angebot, das sie ebenfalls ablehnte.

Weniger als eine Woche nach Darinas Beerdigung nahm sie die Arbeit wieder auf und saß gerade mit drei Kolleginnen beim Abendessen in einem Hotel nahe des Central Park in New York, als John Flynn in ihrer Wohnung in Dublin anrief.

John hielt den Hörer umklammert und hatte immer noch das unbeantwortete Klingeln im Ohr. Es war vier Uhr nachmittags, und seit den frühen Morgenstunden hatte er versucht, all seinen Mut zusammenzunehmen und sie anzurufen. Er verstand nicht, was mit ihm los war und weshalb er das Telefonat immer wieder verschob. Er liebte Rose, da war er sich ganz sicher. Warum also benahm er sich wie ein hilflos verliebter Teenager?

Und da war noch etwas, was ihn verwirrte: fast siebzehn Jahre lang hatte er sich an jedes Detail ihres lieblichen Gesichts und ihres wunderbaren Körpers zu erinnern vermocht; wenn er jetzt an sie dachte, sah er ihr Gesicht immer wie eine leere, weiße Scheibe vor sich.

Er legte den Hörer wieder auf. Wahrscheinlich arbeitete sie, dachte er. Er würde es später noch einmal versuchen.

Er hatte darauf bestanden, am Tag nach der Beerdigung die Arbeit wiederaufzunehmen. Dorothy und George hatten heftig dagegen protestiert und gesagt, er solle einmal eine Pause machen, aber er hatte nicht auf sie gehört. Einziges Zugeständnis, was er erbeten hatte, war gewesen, daß sie an seiner Stelle die Lindstroms zum Flughafen brachten.

John hatte sich in Reparaturarbeiten gestürzt, in die Neudekoration von vier Schlafzimmern und höchstpersönlich die Teppiche aus den Fluren herausgerissen, die unbedingt durch neue ersetzt werden mußten.

Außerdem hatte er sich mit einer solchen Besessenheit an das Sundarbans-Projekt gemacht, daß George, der ihn zu einigen Gesprächen mit den Investoren begleiten mußte, sich zu einem Kommentar genötigt gesehen hatte. »Hör zu, alter Junge, das Ganze ist ein bißchen viel, findest du nicht? Bist du sicher, daß du nicht etwas kürzer treten solltest?«

»Ganz sicher! Ich wünschte, die Leute würden endlich aufhören, sich immerzu Gedanken über mich zu machen!« John hatte gemerkt, daß er zu weit gegangen war. »Tut mir leid, George«, sagte er. »Aber ich habe das Gefühl, wenn ich all das nicht tue – wenn ich nicht ununterbrochen arbeite – dann werde ich verrückt.«

»Paß auf dich auf.« George, der gefahren war, hatte nicht von der Straße aufgesehen. »Es nützt niemandem etwas, wenn du dich kaputtmachst. Ich weiß nicht, was wir alle ohne dich machen würden.«

Nach vierzehn Tagen war das Bedürfnis, Rose anzurufen, übermächtig geworden, und John ließ sich durch nichts mehr aufhalten. Nachdem er es um vier Uhr das erste Mal versucht hatte, versuchte er es jede halbe Stunde, bis um neun Uhr endlich jemand antwortete.

Aber es war nicht Rose. Als er Effies atemloses »Hallo?« hörte, hätte er fast wieder aufgelegt, aber er zwang sich, etwas zu sagen. »Hier ist John Flynn«, sagte er mit angestrengter Fröhlichkeit.

»Hallo, John«, sagte Effie. »Tut mir leid, daß ich so außer Atem bin – ich habe das Telefonklingeln schon gehört, als ich noch in der Haustür stand, und dann bin ich den ganzen Weg herauf gerannt. Du hast Glück, daß du mich überhaupt erwischst. Willie und ich haben gestern die Schlüssel zu unserem Haus gekriegt, und ich fange an, meine Sachen rüber zu transportieren. Ich nehme an, du möchtest Rose sprechen?«

»Ja, bitte, falls sie da ist.«

»Tut mir leid, sie ist in New York, aber morgen kommt sie zurück. Soll ich ihr ausrichten, daß du angerufen hast?«

»Ja, bitte.«

Es gab eine angespannte Pause. John und Effie kannten sich kaum. »Wie geht es dir? Kommst du zurecht?« Es war Effie, die das peinliche Schweigen brach.

»Halbwegs. Die Arbeit hilft.«

»Ich glaube, das denkt Rose auch. Es ist noch nicht lange her, John, sei nicht zu streng mit dir.«

»Ich werde es versuchen, Effie, danke.«

»Also gut. Ich werde Rose sagen, daß du sie sprechen wolltest – ich schreibe es gleich auf, damit ich es nicht vergesse. Soll sie dich zurückrufen?«

Er gab ihr die Nummer von Willow House und der Anglerhütte, doch dann überlegte er es sich anders. Er würde es nicht ertragen, neben dem Telefon zu stehen und zu warten. »Nein, sag ihr lieber, daß ich sie noch einmal anrufe«, sagte er. »Ich rufe morgen zwischen zwei und vier an, ja?«

»Bis dahin ist sie auf jeden Fall zurück«, sagte Effie. »Das weiß ich, weil sie uns in unserem Haus besuchen will und meinte, ich sollte gegen drei anrufen, um mit ihr eine Zeit zu vereinbaren.«

Roses Herz machte einen Satz, als sie die Nachricht neben dem Telefon fand. Obwohl Effie geschrieben hatte, daß er noch mal anrufen würde, hätte sie am liebsten sofort zum Hörer gegriffen und die Nummer von Willow House gewählt. Sie hob den Hörer ab, doch dann legte sie ihn wieder auf.

Eine Hälfte von ihr sehnte sich schmerzlich danach, mit ihm zu sprechen, ihn zu sehen, bei ihm zu sein; aber die andere Hälfte schreckte vor jeder möglichen Liaison zurück, und es war diese Hälfte, die fast immer die Oberhand gewann.

Sie schob den Zettel, den Effie geschrieben hatte, in ihre Handtasche. Sie war müde von dem Flug und beschloß, erst einmal eine Runde zu schlafen. Wenn sie wieder wach wurde, könnte sie immer noch entscheiden, ob sie ihn anrufen wollte oder nicht.

Sie war auf halbem Weg die Treppe hinauf, als sie zögernd stehenblieb. Sie machte kehrt, ging abermals zum Telefon und nahm den Hörer ab.

John stapfte in dem winzigen Verschlag hinter dem Empfangstresen auf und ab, der sein Büro war. Seit zwei Uhr hatte er alle fünf Minuten Roses Nummer gewählt, aber es war die ganze Zeit besetzt. Mit wem konnte sie nur so lange reden? Effie hatte gesagt, sie riefe erst um drei bei der Freundin an.

John sah auf seine Uhr. Es war fünf vor drei. Er wählte erneut, und als der hohe Piepton verriet, daß immer noch besetzt war, beschloß er, das Fräulein vom Amt anzurufen.

Die Frau war hilfsbereit, konnte ihm allerdings nur bestätigen, daß die Leitung belegt war.

»Könnten Sie überprüfen, ob nur der Hörer neben dem Telefon

liegt oder ob die Teilnehmerin spricht?« John hatte das Gefühl, als steche er sich selbst mit einer Nadel in eine offene Wunde. Aber er mußte es wissen.

Nach einem Augenblick bekam er die Antwort. »Nein, Sir, sie spricht nicht. Wahrscheinlich hat sie einfach den Hörer abgenommen. Wollen sie, daß ich die Leitung als defekt melde?«

»Nein, danke, schon gut.«

Mit zitternden Händen legte er den Hörer wieder auf. Er vertraute darauf, daß Effie die Nachricht weitergegeben hatte. Rose mußte also wissen, daß er um diese Zeit anrufen wollte. Demnach wollte sie anscheinend für ihn nicht erreichbar sein.

Wenigstens wußte er es jetzt.

Fast sechs Wochen später schickte Rose eine Weihnachtskarte an John. Sie wählte eine schlichte Karte ohne Engel und Weihnachtsbäume, ohne das Wort »fröhlich« im Text und achtete genau darauf, was sie schrieb.

Ich weiß, daß es für uns beide schwer sein wird, aber bitte versuche, ein friedliches Weihnachtsfest zu verleben. Vielleicht treffen wir uns im neuen Jahr ja einmal unter günstigeren Umständen? Ich denke an dich, in Liebe, Rose.

P. S.: Ich werde Weihnachten bei Willie und Effie Brehony sein.

Obwohl Gus mit Unterstützung der Cranshaws sie wieder und wieder zu überreden versucht hatte, brachte sie es einfach nicht über sich, die Ferien auf Sundarbans zu verbringen. Abgesehen von allem anderen dachte sie nicht, daß sie mit dem zusätzlichen Trauma der Veränderung des Hauses fertig würde. Während eines Telefongesprächs hatte ihr Vater gesagt, daß der Vertrag mit dem Konsortium abgeschlossen war und das Gerüst bereits stand. Am liebsten hätte sie sich allein in ihrer Wohnung in Drumcondra verkrochen, und nur zögernd hatte sie die Einladung von Effie und Willie angenommen.

Nachdem sie den Umschlag zugemacht hatte, dachte sie noch einmal über das nach, was sie geschrieben hatte: Der Hinweis – vor allem die besondere Erwähnung von Willies Nachnamen, für den Fall, daß John ihn vergessen hätte – ging vielleicht doch zu weit. Aber ehe sie es sich noch einmal anders überlegen konnte, warf sie den Brief ein und überließ alles weitere dem Schicksal. Es würde so kommen, wie es kommen sollte.

Von dem Tag an wartete sie täglich sehnsüchtig auf die Post in der Hoffnung auf eine Antwortkarte, eine Nachricht, irgendwas. Sie wußte, daß sie nur sich selbst die Schuld an Johns Zurückhaltung geben konnte, aber trotzdem gab sie die Hoffnung nicht auf. Seit der Beerdigung hatte sie zugelassen, daß ihre Gefühle für John langsam wieder aufgetaucht waren. Aber sie waren noch zu frisch, um sie genauer unter die Lupe zu nehmen.

Als sie allerdings am Weihnachtsabend immer noch nichts von ihm gehört hatte, war sie vom Ausmaß ihrer Enttäuschung überrascht. Sie versuchte, sich selbst zu beschwichtigen, indem sie sich sagte, daß sie die Karte an ihn eben zu spät eingeworfen hatte, um eine Reaktion zu erwarten.

Der Weihnachtstag verlief trotz Willies und Effies Bemühungen traurig, aber irgendwann war er vorbei, und sie kehrte in ihre Wohnung zurück. Sie wollte allein sein, aber im Grunde ihres Herzens erkannte sie den Teil ihres Selbst, der hoffte, daß John Willie Brehonys Telefonnummer vielleicht einfach nicht gefunden hatte – schließlich war der Anschluß ganz neu – und daß er sie in ihrer Wohnung anrief.

Sie hörte sich die Weihnachtsgeschichte im Radio an und schaltete dann den Fernseher an, aber es gab nichts, das sie nicht an ihre Einsamkeit erinnert hätte. Sie ließ die Tür vom Wohnzimmer zum Flur auf, um das Telefon ja nicht zu überhören, doch je angestrengter sie lauschte, um so stiller wurde es.

Schließlich hielt sie es nicht länger aus. Sie hatte Effies Nachricht, auf der Johns Telefonnummern standen, behalten und zog den Zettel jetzt hervor. Zuerst versuchte sie es in der Anglerhütte. Beim dritten Klingeln kam ein Mann an den Apparat, offenbar Monas Vater.

»Tut mir leid, Sie zu stören«, sagte sie. »Ich würde gern John Flynn sprechen. Ach ja, frohe Weihnachten – hier spricht Rose O'Beirne.«

»Frohe Weihnachten, frohe Weihnachten«, brüllte der alte Mann der, wie viele alte Menschen, das Telefon immer noch als ein Wunder betrachtete, und der immer noch meinte, man müsse, um sich verständlich zu machen, schreien. »Nein«, rief er. »John, ist nicht da. Warten Sie, ich verbinde Sie mit meiner Tochter.«

Der Hörer wurde krachend auf den Tisch geworfen, und nach einem Augenblick kam Mona an den Apparat. »Hallo, Rose, ich hoffe, du verlebst ein schönes Weihnachtsfest? Nun, so schön, wie man es erwarten kann.«

»Danke, Mona. Es ist ein bißchen traurig, aber wir tun unser Bestes. Dein Vater sagte, John wäre nicht da?«

»Nein, Rose«, sagte Mona mit ihrer ruhigen Stimme. »Mr. und Mrs. Cranshaw haben ihn mit nach Florida genommen. Sie kommen Silvester zurück. Weißt du, er hat einfach zuviel gearbeitet. Wir haben uns Sorgen um ihn gemacht und fanden, daß er unbedingt ein bißchen Urlaub brauchte. Wie geht es dir, Rose?«

»So là là«, sagte Rose ehrlich. »Mal so, mal so, aber ich komme zurecht.« Während sie sprach, rangen Enttäuschung und Erleichterung in ihr. *Er war weg. Da konnte er sie wohl kaum anrufen... Wahrscheinlich hatte er bis jetzt noch nicht einmal ihre Karte gesehen.* »Du sagst, er kommt Silvester zurück?«

»Ja.«

»Würdest du ihm bitte ausrichten, daß ich angerufen habe?«

»Aber sicher. Paß gut auf dich auf, Rose.«

»Das werde ich.«

»So Gott will, wird neunzehnhunderteinundsiebzig für uns alle ein besseres Jahr.«

»So Gott will.« Roses Stimme schwankte. Sie hatte den ganzen Tag überstanden, da durfte sie jetzt nicht sentimental werden. »Auf Wiederhören, Mona«, sagte sie und hängte ein, ehe die Tränen die Oberhand gewannen.

Als sie eine halbe Stunde später ins Bett ging, verlor sie den Kampf, aber zum ersten Mal seit Darinas Tod waren ihre Tränen nicht schwarz vor Bitterkeit. Diese Tränen waren klar und reinigend, sie rührten einzig von ihrer Trauer her, und anschließend fiel sie in einen friedlichen Schlaf.

Als John seine Post durchsah, entdeckte er eine Weihnachtskarte. Er überlegte kurz, wer ihm eine Weihnachtskarte geschickt haben könnte, obwohl er immer noch trauerte.

Er legte den Umschlag neben die ungeöffneten Rechnungen und anderen braunen Umschläge und überflog Monas handgeschriebene Liste von Telefonanrufen, von denen die meisten das Sundarbans-Projekt betrafen. Mona saß am Herd und strickte. »Da war noch ein Anruf, der nicht auf der Liste steht«, sagte sie. »Rose O'Beirne Moffat hat Weihnachten angerufen, und ich hatte gerade keinen Zettel parat, aber ich wußte, daß ich es nicht vergessen würde.«

John gefror das Blut in den Adern, aber er tat so, als sei er ganz in die Liste vertieft. »Danke.«

Nach einer Weile ging er in den Flur und wählte Roses Nummer, die sich unauslöschlich in sein Hirn gegraben hatte. Wieder ging niemand dran, aber dieses Mal war er nicht enttäuscht. Er wußte mit Sicherheit, daß es nur noch eine Frage der Zeit sein würde, bis er sie erreichte. Vielleicht war sie wieder beruflich unterwegs. Er sah auf die Uhr – halb zehn – und wunderte sich, wie spät es schon war. Der Tag war wie im Flug vergangen. Vom Flughafen aus war er mit den Cranshaws direkt nach Willow House gefahren und hatte sich sofort an die Arbeit gemacht, damit sie nach der zweiwöchigen Pause sofort wieder aufmachen konnten.

Er kehrte in die Küche zurück und sortierte seine Post. Er trennte Rechnungen von Rundschreiben und legte die Briefe wegen des Sundarbans-Projekts auf einen gesonderten Stapel. Eine Rechnung ließ ihn erstarren. Sie war vom örtlichen Steinmetz und betraf die Bezahlung für die Gravur von Dereks Namen in den Grabstein seiner Mutter:

Für die Gravur
UND IHR SOHN DEREK MATTHEW FLYNN,
GEBOREN 25/8/1938,
GESTORBEN 3/11/1970.
in einem Grabstein auf dem Friedhof in Drumboola
erlauben wir uns, Ihnen elf Pfund in Rechnung zu stellen.

Die Endgültigkeit des Ganzen hatte eine seltsame Wirkung auf ihn.

Florida hatte ihm gutgetan, obwohl er die Feuchtigkeit gehaßt hatte und sich nach der Frische der irischen Luft, ja selbst nach der

Kälte und dem Regen gesehnt hatte. Aber die Hitze hatte ihn derart ermattet, daß er sich nur noch wie in Trance hatte bewegen können und die Ereignisse von Anfang November nie ganz in sein Bewußtsein gedrungen waren.

Aber nun, an seinem ersten Tag zu Hause traf ihn der Schmerz, spitz wie ein Dolch.

Er legte die Rechnung auf den Tisch und öffnete den Umschlag mit der Weihnachtskarte.

Rose hatte gerade Collon erreicht.

Den ganzen Tag lang war sie in ihrer Wohnung auf und ab gestapft, hatte das Telefon angestarrt und auf die Uhr gesehen: inzwischen war er wieder zu Hause, er mußte wieder zu Hause sein – wahrscheinlich war er im Hotel – sollte sie – sollte sie nicht – wie würde er reagieren – was würde er denken?

Neujahr, ein Feiertag, erstreckte sich wie eine Wüste vor ihr. Selbst Effie und Willie waren fort, zu Besuch bei Willies Verwandten in Cork.

Gegen sieben hatte sie in den Spiegel gesehen. »Ach, Scheiße!«

Sie hatte einen Freund bei einem Autoverleih am Dubliner Flughafen angerufen, und er hatte sich bereit erklärt, ihr nach der Arbeit um acht einen Wagen zu bringen. Dann hatte sie auf Sundarbans angerufen und ihrer überraschten Mutter erklärt, daß sie zu Besuch kommen würde.

Sie hatte abermals zum Hörer gegriffen, aber schließlich hatte sie es sich anders überlegt. Sie würde ihn nicht anrufen. Sie würde ihn überraschen. Sie würde zuerst zur Anglerhütte und dann zum Herrenhaus fahren.

Und wenn er schon schlief?

Na und, hatte sie gedacht. Sie würde ihn eben wecken. Niemand sollte Silvester schlafen. Sie war dreiunddreißig Jahre alt. Erwachsen. Sie konnte durchaus einen Fünfunddreißigjährigen wecken, wenn sie es wollte.

Außerdem hatte er vor siebzehn Jahren auch kein schlechtes Gewissen gehabt, als er sie aus dem Bett geholt hatte.

Sie hatte ein paar Sachen in eine Reisetasche geworfen und ungeduldig auf ihren Freund mit dem Auto gewartet.

Um halb elf lag John im Bett. Er war erschöpft, zu erschöpft, denn als er sich hinlegte, gelang es ihm nicht einzuschlafen. Etwas versuchte, sich an die Oberfläche seines Gehirns vorzuschieben, aber er wußte nicht, was. Er versuchte verzweifelt, sich zu erinnern, und schließlich wurde er für seine Mühe belohnt.

»Und ihr Sohn Derek Matthew Flynn, geboren 25/8/1938, gestorben 3/11/1970…«

Wieder formte sich der zornige Kloß in seinem Hals, den er inzwischen allzugut kannte. Mit welchem Recht bekam Derek Matthew Flynn eine derart zivilisierte, *normale* Inschrift im Grabstein seiner Mutter? Je öfter John sich sagte, daß er sich irrational verhielt, um so stärker schien die Inschrift seiner zu spotten.

Seit der Beerdigung hatte er die Gedanken an Derek im Zaum gehalten; es war einfach zu schmerzlich, allzusehr über den Betrug, die Jahre der Eifersucht und der Verdächtigungen, das Fehlen brüderlicher Sorge und Liebe nachzudenken.

Aber jetzt ließen sich die Gedanken nicht länger unterdrücken. Sie traten einzeln hervor: Die Ungeheuerlichkeit des anonymen Briefes, mit dem er ihm Rose und das Wissen um seine Tochter genommen hatte. Wenn Derek diesen Brief nicht geschrieben hätte, hätte er vielleicht ein normales Familienleben gehabt, weitere Kinder…

Dann, genauso schlimm, *nein, schlimmer* – der Betrug, den Derek mit Karen ausgeübt hatte.

Sechzehn Jahre lang hatte John Flynn sowohl einen Sohn als auch eine Tochter gehabt, und sie beide waren ihm von seinem Zwillingsbruder vorenthalten worden. Und nicht nur das, auch die Frau, die er liebte, hatte ihm der Bruder geraubt.

Dereks Taten hatten ihm sogar die Würde genommen, bei der Beerdigung seiner Kinder den angemessenen Platz einzunehmen. Wieder und wieder tauchten diese Gedanken auf, während er innerlich zerbarst vor Zorn, gefolgt von Haß, in einem endlosen, quälenden Kreis.

Er versuchte verzweifelt, fair zu sein: Derek hatte nicht gewußt, daß Rose schwanger war – *zumindest hatte er das gesagt.*

Karen hatte darauf bestanden, daß *sie* Brunos wahren Vater nicht hatte nennen wollen. *Aber war das wahr?*

Je länger er darüber nachdachte, um so wütender und erregter wurde John. Er wälzte sich unruhig in seinem Bett und zerrte an der Decke, bis sie aufgewickelt war wie ein straffes Tau.

Und dann die grausamste aller Fragen: *Würden die beiden Kinder noch leben ohne Dereks Betrug? Wenn sie ganz normal aufgewachsen wären, wäre es dann nicht höchst unwahrscheinlich, daß sie sich ineinander verliebt hätten?*

Er wußte, daß es darauf keine Antwort gab, aber dennoch ließ ihn diese Frage einfach nicht mehr los. Er sprang aus dem Bett, und nur halb bewußt, was er tat, zog er sich an und rannte die Treppe hinab.

Mona und ihr Vater saßen noch im Wohnzimmer und hörten Radio. Sie kam an die Tür, als sie ihn hörte. »Stören wir dich, John? Ich mache das Radio leiser, wenn es zu laut ist.«

»Nein, nein. Mir ist nur gerade etwas eingefallen. Ich muß noch mal weg. Es wird nicht lange dauern.« Er sah sie nicht an. »Ich gehe kurz auf den Friedhof«, rief er über die Schulter zurück.

»Oh.« Sie nickte, als ob sie ihn verstand.

John versuchte, seinen Zorn im Zaum zu halten, während er wie ein Wahnsinniger über die schmale Straße fuhr. Er hatte keine Ahnung, was er tun würde.

Aber er würde etwas tun, soviel war klar. Derek würde nicht ungestraft davonkommen.

Rose war so schnell gefahren, wie sie es mit dem Mietwagen wagte. Jetzt hatte sie nur noch wenige Kilometer vor sich und trat heftig aufs Gaspedal. Glücklicherweise war es eine trockene, klare Nacht, und es war kaum Verkehr, obwohl die Parkplätze vor den Pubs vollgeparkt waren.

Endlich bog sie in den Zufahrtsweg zur Anglerhütte ein. Unten brannten noch sämtliche Lichter. Es war erst Viertel nach elf. Keine allzu späte Zeit, um am Silvesterabend bei jemandem aufzutauchen.

Mona öffnete ihr die Tür und sah sie überrascht an. »Rose!«

Rose hielt es vor Ungeduld nicht mehr aus. Sie konnte sich jetzt unmöglich mit höflichen Vorworten aufhalten. »Ist John da – könnte ich ihn bitte sehen?«

»Du hast ihn um fünfzehn Minuten verpaßt«, sagte Mona, doch als sie Roses bestürzte Miene sah, fügte sie hinzu: »Ich – ich weiß nicht, ob ich es dir sagen soll, aber er hat gesagt, daß er kurz auf den

Friedhof wollte. Schließlich ist Silvester«, fügte sie erklärend hinzu. Dann trat sie zurück. »Ich bin sicher, daß er nicht lange fort sein wird – komm doch rein und warte auf ihn.«

»Nein, schon gut. Ich werde ihn suchen. Ich habe nur ein, zwei Dinge mit ihm zu besprechen. Wegen Sundarbans«, stellte sie eilig klar, als sie merkte, daß sie sich in Monas Augen wahrscheinlich wie eine Verrückte gebärdete. »Wahrscheinlich treffe ich ihn ja unterwegs.«

»Also gut«, sagte Mona.

Sie sprang erneut in den Wagen und winkte Mona, während sie mit quietschenden Reifen wendete. Auf dem Friedhof? Was tat er dort? Aber sie glaubte zu verstehen.

Zehn Minuten später fuhr Rose vor den Toren des Friedhofs vor. Sein Wagen stand da, aber die Fahrertür war offen, und die Innenbeleuchtung brannte. Auch der Kofferraumdeckel stand sperrangelweit auf. Einen Augenblick lang zögerte sie. Der Gedanke an Darina, die starr und kalt in dieser Halle lag, ganz allein, weckte Trauer in ihr, klar und rein wie eine Stimmgabel.

Dann stieg sie aus und sah sich um. Sie schon sich den Kragen ihres Mantels vors Gesicht, schloß die Fahrertür von Johns Wagen, so daß die Innenbeleuchtung erlosch, und trat durch das halbrunde Tor. Dann blieb sie stehen, um sich zu orientieren.

Der Friedhof erstreckte sich bis zur Kuppe eines kleinen Hügels hinauf. Seine Steinmauern waren von Brombeersträuchern und knorrigem Weißdorn überwuchert, und an ihrem Rand reckten sich die Zweige eines blattlosen Dornenstrauches wie die Finger einer deformierten Hand in den sternenübersäten Himmel hinauf. Seit Jahrhunderten waren die Katholiken des Bezirks hier begraben worden. Viele der alten Steintafeln und keltischen Kreuze hatten sich bereits bedrohlich zur Seite geneigt oder waren von einem wirren Teppich aus Efeu, Nesseln und hartem, holzigem Gestrüpp bedeckt. Rose sah sich um, wobei sie den Abschnitt, wo Darina lag, mied. Obwohl der Dreiviertelmond hell und strahlendweiß schimmerte, entdeckte sie eine Bewegung. Von allen Seiten drang ihr der scharfsüßliche Friedhofsgeruch, eine Mischung aus Erde, verrottender Vegetation und etwas anderem, an das sie lieber nicht denken wollte, in die Nase. Rose straffte die Schultern und ging langsam in Richtung des neueren Friedhofsteiles. Das Geräusch ihrer Schritte wurde von dem grasüberwachsenen Weg verschluckt.

Die Sektion des Friedhofs, die jetzt genau vor ihr lag, war sauberer, ordentlicher. Die Gräber waren gepflegt, und die marmornen Grabsteine schimmerten kalt und hart. Aber an der Stelle, an der der alte Friedhofsteil in den neuen überging, war eine von Flechten überzogene Jesusfigur hintenüber gestürzt und lag nun mit hilflos ausgestreckten Armen und starrem, blindem, gen Himmel gerichtetem Blick auf einem dornigen Brombeerkissen. Als Rose die Figur betrachtete, kam es ihr so vor, als starre sie reglos zurück.

Plötzlich erschien ihr der gesamte Friedhof unendlich größer und finsterer. Vom Kopfende eines Grabes direkt neben dem Weg schien sich eine Engelsstatue mit ausgebreiteten Flügeln auf sie zu stürzen, die künstlichen Blumen zu ihren Füßen schienen ihre bösartigen Tentakel gegen die Plastikumhüllungen zu strecken, um sie einzufangen und zu sich herabzuziehen, und die schwarze Erde und der Kies auf den Gräbern wirkten viel zu leicht, um die Bewohner festzuhalten.

Sie hielt es einfach nicht aus. Sie würde draußen neben seinem Wagen warten. Falls er wirklich hier war, mußte er ja früher oder später herauskommen. Doch dann hörte sie das Geräusch, ein leises Klirren, als hätte jemand mit einem Löffel gegen eine Porzellantasse geschlagen.

Sie zwang sich stehenzubleiben und zu lauschen. Da war es wieder – unüberhörbar.

Und wieder.

Und wieder und wieder – ein rhythmisches Klirren, das von der anderen Seite des Hügels herüberdrang.

Mit klopfendem Herzen ging sie vorsichtig den Hügel hinauf, bis sie ganz oben neben dem Dornenstrauch stand und den ganzen Friedhof überblicken konnte. Sie sah ihn sofort. Er kauerte über einem Grab, und sein helles Haar hob sich leuchtend von dem dunklen Hintergrund ab. Sie versuchte ihn zu rufen, aber ihre Kehle war wie ausgetrocknet, und sie brachte keinen Ton heraus. In der Hoffnung, daß er sie hören und aufblicken würde, trat sie auf ihn zu.

»John?« rief sie. »John?«

Doch er war zu sehr in seine Arbeit vertieft. Als sie näher kam, sah sie, daß er Werkzeuge aus seinem Auto – eine Felgenkurbel und einen Wagenheber – als Hammer und Meißel benutzte. Er hielt den Wagenheber an den Grabstein und trieb ihn vorsichtig mit der Kurbel hinein. Dann wurde ihr klar, was er tat.

John versuchte, ein paar Worte aus dem Grabstein herauszuhauen. Sie stand vollkommen reglos hinter ihm. Etwas so Furchtbares passierte da, daß sie erschauerte. »John!« rief sie lauter.

Er sprang auf und fuhr herum. Und als er sie anstarrte, ohne sie zu sehen, entdeckte sie nie gesehene Furchen in seinem Gesicht. »Ich bin es«, sagte sie ängstlich. »Ich bin es, Rose.«

Langsam schien er aus einer Art Traum zu erwachen. Sein Gesicht entspannte sich, und er sah sie zuerst überrascht und dann freudig an.

»Rose!« Doch dann wich seine Freude neuem Argwohn. »Was machst du hier?«

»Ich bin gekommen, um dich zu sehen. Mona sagte mir, daß ich dich hier finden würde.« Sie wies auf das Werkzeug. »Was machst du damit?«

Er blickte auf den Wagenheber und die Kurbel, als sähe er sie zum ersten Mal. Dann, als hätte er seine Arbeit beendet, nahm er sie beide in eine Hand. Er sah sie ruhig an. »Wenn ich es dir erzählen würde, würdest du es doch nicht glauben.«

Sie sah zu dem Grabstein hinüber. Die neuen, in Goldfarbe gefaßten Buchstaben waren klar und deutlich zu sehen. Nur vor drei Buchstaben, *r...e...k,* wies der Marmor dunkle Flecken auf.

Voller Entsetzen sah sie ihn an. »Du versuchst, Dereks Namen aus dem Grabstein herauszuhauen!« Sie trat einen Schritt zurück. »Das verstehe ich nicht, John.«

Er reagierte nicht sofort, doch dann trat er ebenfalls einen Schritt zurück und lehnte sich lässig an den Grabstein. »Ja, nun, ich sagte ja, daß du mir nicht glauben würdest.« Er zuckte mit den Schultern.

»Warum?« drängte sie. »Könntest du nicht wenigstens versuchen, es mir zu erklären?«

Wieder bedachte er sie mit dem reglosen Blick, der sie erschaudern ließ. »Es hat auch mit dir zu tun, Rose.«

»Mit mir?« Diese Antwort hätte sie nicht erwartet.

Er sah sie an, als wäre sie diejenige, die sich höchst merkwürdig verhielt und nicht er. »Der anonyme Brief«, sagte er leise. »Vielleicht hätten wir geheiratet und noch mehr Kinder gehabt.«

»Ich verstehe.« Aber sie verstand ihn nur teilweise. Sie fühlte sich hilflos und vollkommen deplaziert. Was für eine Leidenschaft trieb einen Mann, der den Namen seines Zwillingsbruders aus einem Grabstein schlug?

»Es tut mir leid, daß du es mitbekommen hast.« Immer noch sah er sie argwöhnisch an.

»Mir nicht!« Sie reckte das Kinn. »Wenn wir zusammen sein wollen, John Flynn, dann darf es keine Geheimnisse zwischen uns geben.« Sie verstummte. Die Verwegenheit dieser Aussage erschien ihr unter den gegebenen Umständen irgendwie lächerlich. Auf dem gesamten Friedhof war kein einziger Laut zu hören. Dann wurde irgendwo in weiter Ferne ein Wagen angelassen, stotterte kurz und erstarb. Rose begann zu zittern, obgleich sie nicht fror.

»Und was ist, wenn es ein paar Geheimnisse gibt, über die ich niemals reden kann?« fragte er sanft.

Sie hörte auf zu zittern. Plötzlich hatte sie große Angst. »Gibt es solche Geheimnisse?«

Er sah sie immer noch reglos an. Dann schien er sich ein wenig zu entspannen, ließ die Werkzeuge auf ein paar verrottende Blumen fallen und trat einen Schritt vor.

»Nein«, sagte er. »Du weißt alles, was es zu wissen gibt.«

DANKSAGUNGEN

Dank all denen, die mir geholfen haben:

Jim MacNeill vom Prince Edward Island für Bücher, Geschichte und nützliche Ratschläge, Treasa Davison dafür, daß sie mit mir auf die Insel gefahren ist und daß sie mich, immer wenn es erforderlich war, unterstützt und ermutigt hat.

Kapitän Frank Forde, der sich große Mühe gegeben hat, als ich Informationen über Schiffe von ihm erbat, sowie seinem Freund Tom Dolan aus Liverpool, der einfach alles über die Empress Linienschiffe weiß und der mir ein paar seiner wertvollen Souvenirs geliehen hat. Malcolm und Margery Nash aus Orpington in Kent, die auf der Atlantikroute der Canadian Pacific gearbeitet und viel Energie darauf verwandt haben, mir einen langen Fragenkatalog zu beantworten. Ludmilla Rickwood und David Plane von der Plymouth Polytechnic South West sowie Tom Manson und Roger Seymour von Denholm Coates.

Des weiteren gilt mein Dank Charlie Byrne, dem Wildhüter in Lough Fee, der mir einen Nachmittag gewidmet hat; Julie Lordan, die die Antworten auf zehn außergewöhnliche Fragen gefunden hat; Professor John Harbison, der seine forensischen Fachkenntnisse mit mir geteilt hat; Frank Hession und Roger Cronin für wichtige Details; Dr. Sean O'Loughlin und Eilish O'Leary vom Mater Hospital, Antoinette François vom Gesundheitsministerium und nicht zuletzt Martin Clancy für eine höchst originelle Idee.

Außerdem danke ich meiner Verlegerin Jane Wood, Treasa Coady, Charles Pick, Felicity Rubinstein – und wieder einmal meiner geduldigen Familie, Kevin, Adrian und Simon.

Deirdre Purcell